长江儿童文学研究论丛

新世纪中国大自然文学观察

韩进 著

长江出版传媒 | 长江少年儿童出版社

图书在版编目(CIP)数据

新世纪中国大自然文学观察 / 韩进著 .—武汉：长江少年儿童出版社，2021.10
(长江儿童文学研究论丛)
ISBN 978-7-5721-2099-2

Ⅰ . ①新… Ⅱ . ①韩… Ⅲ . ①中国文学—当代文学—文学评论—文集 Ⅳ . ① I206.7-53

中国版本图书馆 CIP 数据核字 (2021) 第 190605 号

CHANGJIANG ERTONG WENXUE YANJIU LUNCONG
长江儿童文学研究论丛
XINSHIJI ZHONGGUO DAZIRAN WENXUE GUANCHA
新世纪中国大自然文学观察

作　　者：韩　进
出 品 人：何　龙
策　　划：姚　磊　胡同印
责任编辑：刘　瑛
美术编辑：陈　奇
排版制作：昊雅工作室
责任校对：莫大伟
督　　印：邱　刚
出版发行：长江少年儿童出版社
业务电话：（027）87679174　（027）87679195
网　　址：http://www.cjcpg.com
电子邮箱：cjcpg_cp@sina.com
承 印 厂：湖北恒泰印务有限公司
经　　销：新华书店湖北发行所
规　　格：787 毫米 ×1092 毫米
开　　本：16 开
印　　张：22
字　　数：430 千字
印　　次：2021 年 10 月第 1 版　2021 年 10 月第 1 次印刷
书　　号：ISBN 978-7-5721-2099-2
定　　价：98.00 元

目录

2012年

2014年

2015年

2016年

2017年

2018年

2019年

2020年

2021年

附　录

后　记

引 言

生态文明时代的新世纪大自然文学

——兼议刘先平大自然文学现象

中国大自然文学是当代概念,至今才不过40年的历史。

中国大自然文学作为当代文学一种明显的文学现象,有其清晰的发展轨迹可寻。它自发于新时期、自觉于新世纪,又经过20年的发展,如今进入生态文明建设的新时代,呈现欣欣向荣的喜人景象。

一

新时期大自然文学(1978—2000)指从“文革”后开始的新时期到21世纪前,是中国大自然文学的发蒙期或发生期。这一时期还没有“大自然文学”这个名称,主要指大自然题材、环保主题的作品,又称环保文学或绿色文学。

新世纪大自然文学(2000—2017)指从进入生态文明的新世纪开始到2017年党的十九大提出建设“美丽中国”新任务,是中国大自然文学的正名期和发展期。这一时期提出了明确的“大自然文学”概念,发起了一波接一波的“大自然文学”活动,“大自然文学”被称为新世纪儿童文学界“三大美学旗帜”之一,并以“大自然文学”的名义开展国际文学交流,“呼唤生态道德”“建设美丽中国”成为大自然文学的突出主题。

新时代大自然文学(2017年以来)指从党的十九大提出中国特色社会主义进入新时代以来,在习近平生态文明思想的指引下,中国大自然文学迎来前所未有的发展机遇,也将迎来高质量发展的繁荣期。这一时期的大自然文学创作,以宣传“绿水青山就是金山银山”的绿色发展观为主题,融入中国特色社会主义建设的生态文明进程,讲好人与自然和谐发展的“美丽中国”故事和人与自然和谐共生的“美好生活”故事。

二

《新世纪中国大自然文学观察》是一部编年体新世纪中国大自然文学发展简史。这里的“新世纪”是单纯的时间概念，指 2000 年至今的 22 年，包含了上述大自然文学发展分期中的“新世纪大自然文学”和“新时代大自然文学”两个发展阶段。将新世纪以来 22 年的中国大自然文学发展分为前 17 年和后 5 年，其依据是大自然文学创作过程中自然观与文学观的变化。前 17 年指新世纪之初的生态自然观处于形成阶段，后 5 年指中国特色社会主义进入新时代后的生态自然观已经成熟。

人类不是一开始就对人与自然的关系有科学的理解。人类自然观的演变经历了古代朴素唯物主义自然观、中世纪神学自然观、近代机械唯物主义自然观、现代辩证唯物主义自然观。大自然文学是人类进入生态文明时代的新文学，其自然观只能是现代辩证唯物主义的自然观，其代表理论是马克思主义自然观。现代马克思主义自然观在西方表现为生态学马克思主义自然观，在东方发展为当代中国生态文明建设的自然观。

当代中国生态文明建设的自然观，与中国社会主义制度紧密相关，因为“社会主义在本质上是生态社会主义”[①]，当代中国是人类最成功最有影响的社会主义国家，绿色发展理念是国家发展战略。当代中国生态文明建设的自然观孕育于“道法自然”“天人合一”的中华传统文化，是“马克思主义关于人与自然关系的思想”在社会主义中国的实践，形成了具有中国特色社会主义生态文明实践的自然观，其核心内容是“八个坚持”：坚持生态兴则文明兴；坚持人与自然和谐共生；坚持绿水青山就是金山银山；坚持良好生态环境是最普惠的民生福祉；坚持山水林田湖草是生命共同体；坚持用最严格制度最严密法治保护生态环境；坚持建设美丽中国全民行动；坚持共谋全球生态文明建设。

三

有什么样的自然观，就有什么样的大自然文学。人们一旦认识到人与自然是生命共同体，一种以人与自然关系为审美对象的文学便应运而生。

自 20 世纪下半叶，中国文坛兴起了一种文学流派——“颠覆一个只写‘人’的以

---

① 岩佐茂．社会主义在本质上是生态社会主义：节选［M］// 江守义，丁云亮，何旺生．马克思主义文论．合肥：安徽大学出版社，2012：295.

往文学世界"[①]——大自然文学，这是一种讲述大自然动植物故事、为大自然代言的文学。然而，这不是一种单纯地描写自然界动植物知识的科普写作，而是将动植物生命放在大自然生态系统中去讲述自然万物和谐共生的生态故事，将动植物作为大自然的代表放在大自然系统中去讲述人与自然命运与共的和谐故事。在大自然文学里，动植物和人类都是大自然的孩子，人类发展史与自然进化史融为一体。人类与自然是生命共同体，人类必须尊重自然、顺应自然、保护自然。人类只有遵循自然规律才能有效防止在开发利用自然上走弯路，人类对大自然的伤害最终会伤及人类自身，这是无法抗拒的规律。

中国大自然文学形成与中国生态文明进程同步，是当代中国特色社会主义生态文明建设的重要组成部分。1949 年新中国建立社会主义制度，开始探索一条中国特色社会主义的绿色发展道路。特别是 20 世纪中后期改革开放以后，中国明确提出了"生态文明"的新理念，党的十八大将生态文明建设纳入中国特色社会主义事业总体布局，提出"大力推进生态文明建设"。党的十九大进一步提出了"坚持人与自然和谐共生""建设美丽中国"的发展方略。2017 年 10 月 24 日修改通过的中国共产党章程，增加了"中国共产党领导人民建设社会主义生态文明"的内容，提出要"树立尊重自然、顺应自然、保护自然的生态文明理念，增强绿水青山就是金山银山的意识，坚持节约资源和保护环境的基本国策，坚持节约优先、保护优先、自然恢复为主的方针，坚持生产发展、生活富裕、生态良好的文明发展道路"，"把我国建成为富强民主文明和谐美丽的社会主义现代化强国"[②]。2018 年 3 月 11 日通过的《中华人民共和国宪法修正案》写进了"生态文明协调发展"[③]。2020 年 10 月 29 日通过的《中共中央关于制定国民经济和社会发展第十四个五年规划和二〇三五年远景目标的建议》中写道："推动绿色发展，促进人与自然和谐共生。"[④] 生态文明已经上升为党的主张、国家意志和中国特色社会主义建设的伟大实践。

中国大自然文学发展与中国生态文明建设同步，形成有别于欧美自然文学的中国特色，即以中国特色社会主义生态文明思想为创作指导，立足中华传统文化"道法自然""天人合一"的生态哲学，关注生态危机的现实，从人与自然关系视角，以第一人称讲述"美丽中国"奋斗故事，呼唤以生态道德建设生态文明，具有鲜明的时代感、现场感

---

① 班马．自自然然地颠覆一个只写"人"的以往文学世界：读出刘先平作品的性情或气质［C］//束沛德．人与自然的颂歌：刘先平大自然探险文学评论集．合肥：安徽少年儿童出版社，1999:31.

② 中国共产党第十九次全国代表大会文件汇编［G］．北京：人民出版社，2017:74,61.

③ 中华人民共和国宪法［Z］．北京：人民出版社，2018:4.

④ 中国共产党第十九届中央委员会第五次全体会议文件汇编［G］．北京：人民出版社，2020:50.

和导向性。因而,中国大自然文学作家都具有强烈的责任感和坚定的使命感,是中国生态环保的实践者、生态道德的呐喊者和生态文明的建设者。

四

近代大学者王国维在《宋元戏曲考》里曾说:“凡一代有一代之文学:楚之骚,汉之赋,唐之诗,宋之词,元之曲,皆所谓一代之文学,而后世莫能继焉者也。”王国维这里所说的“一代之文学”,显然是就“文体”特征而言。一定的文体形式是为一定的作品内容和作者情感服务的,而文体形式一旦形成又具有自身的独立性,反过来成为人们判断“一代之文学”的明显标志。中国大自然文学就是这样产生出“标志”自己的“一代之文学”形式——大自然文学体。

所谓“大自然文学体”,是从大自然文学代表作家和典范作品中概括出来的。翟泰丰认为,刘先平具有中国特色的大自然文学创作,在世界大自然文学中独树一帜,“创造性地开创了大自然文学的一种新形态、新文体”。这种新文体,“不拘泥于文学创作传统‘三要素’,不是构造离奇的情节和编织厮杀的故事,而是尊重大自然的自在心灵,让文体与之相适应,沿着大自然探险历程,在叙事中融小说、纪实文学、散文、散文诗、报告文学于一体,穿插互存,形成一种独特的新文体。这种新文体,不是哪一个人的主观愿望所决定的,而是大自然客观外在世界的变化在作家主观审美视野中的反映。这种新文体,如同多声道立体电影,它让读者如同身临其境,既真实又神秘,既惊险又和谐,作者与读者共同享受大自然赐予的美,共同思考人类与自然合一的生存理念”。翟泰丰进一步分析指出,“文体当然是为作品内容服务的,只有多文体的文学作品,才能涵纳于大自然自身的富有”[①]。

所谓“大自然文学体”,其实是大自然文学作家的“跨文体写作”。仍然以刘先平大自然文学创作为例,有大自然探险长篇小说、大自然探险故事、大自然探险散文、大自然探险报告文学等“四大文体”——小说、故事、散文、报告文学。这些文体都有一个共同特征,即均是描写“大自然探险”的非虚构纪实作品,这种非虚构纪实文学的重要特征,是作者以第一人称讲述亲身经历,并运用大量摄影图片、音视频资料来再现场景。所以,有评论家认为,“刘先平的大自然文学,文体很难界定,他的很多作品都是跨文体的写作风格”,它是这样“一种特殊的文学类型,这种特殊性体现在它是跨文化的

---

① 翟泰丰.文学形态的探索、创新[C]// 何向阳.呼唤生态道德:刘先平大自然文学作品评论选集.北京:人民文学出版社,天天出版社,2020:13.

对话、跨代际的沟通、跨文体的写作。这是刘先平大自然文学重要的艺术取向”[①]。

五

在这部《新世纪中国大自然文学观察》里，最集中、最重要的观察是“刘先平大自然文学现象”。观察新世纪中国大自然文学，“刘先平大自然文学”是最佳观察点，也是最佳观察对象，因为刘先平是业界公认的“我国现代意义上的大自然文学的开拓者”[②]，被誉为“中国当代大自然文学之父”[③]，是“高举中国大自然文学的旗手”[④]，在刘先平的创作中有中国大自然文学的缩影，一部刘先平大自然文学的创作史，就是一部中国大自然文学的发展史。

关于刘先平大自然文学创作的特色、价值、地位与意义，评论界给予了高度一致的肯定评价。早在1996年，“刘先平大自然探险长篇系列”（5册）在中国青年出版社出版之际，北师大教授、著名评论家浦漫汀就对刘先平说过：“你以崭新的人与自然的关系审美，写出的是最新的大自然文学，有鲜明的特点，是中国的大自然文学。”[⑤]翟泰丰认为，刘先平大自然文学创作“独具中国风格”，“创建了人与自然和谐共生的中国特质、中国气魄”[⑥]。束沛德认为，“刘先平是我国最早投入大自然文学创作的拓荒者”，“是生态文明建设热情的倡导者、践行者”[⑦]，是新时期中国大自然文学的一面“美学旗帜”[⑧]。

---

① 王泉根．我们最缺少的是这样的书：读《追梦珊瑚》[C]// 赵凯．大自然文学研究：第3卷．合肥：安徽文艺出版社，2018：126.

② 2003年1月，湖北少年儿童出版社推出刘先平新作“东方之子刘先平大自然探险”系列（8册），第一次在作者介绍中称刘先平是“我国现代意义上的大自然文学的开拓者”。

③ 2017年1月，长江少年儿童出版社推出刘先平新作《追梦珊瑚——献给为保护珊瑚而奋斗的科学家》，第一次在作者介绍中称刘先平是“中国当代大自然文学之父”。

④ 金波最早于1997年提出“先平是高举大自然文学的旗手”。金波．高举大自然文学的旗手[C]// 安徽大学大自然文学研究所．大自然文学研究：首卷．合肥：安徽人民出版社，2013：198.

⑤ 刘先平．跋涉在大自然文学的30年[C]// 安徽大学大自然文学研究所．大自然文学研究：首卷．合肥：安徽人民出版社，2013：8.

⑥ 翟泰丰．大自然文学与文学形态的探索[C]// 安徽大学大自然文学研究所．大自然文学研究：首卷．合肥：安徽人民出版社，2013：29.

⑦ 束沛德．自然美与心灵美交相辉映：读《美丽的西沙群岛》[C]// 安徽大学大自然文学研究所．大自然文学研究：首卷．合肥：安徽人民出版社，2013：194.

⑧ 束沛德．新景观　大趋势：世纪之交中国儿童文学扫描[N]．文艺报，2002-01-01(2).

高洪波认为，中国现代意义的大自然文学发端于安徽，代表作家是刘先平，“开创了中国的‘大自然文学’流派”①。曹文轩认为，“20 世纪 80 年代，中国文学出现了 1919 年以来的新文学史上从未有过的大自然崇拜”，刘先平就是其中的大自然崇拜者，早在 20 世纪 70 年代就开始走出“大自然属于人类”的误区而进入“人类属于大自然”的境界，“为中国创造了一种叫‘大自然文学’的门类”②。所以，有评论认为，“中国大自然文学特指‘刘先平创作’”③，刘先平不仅是大自然文学作家，还是中国大自然文学的拓荒者、倡导者、组织者、引领者、代表者。一部《新世纪中国大自然文学观察》不能没有“刘先平大自然文学现象”，而且“刘先平大自然文学”的含义，已经超越了单纯文学创作上的意义。

“刘先平大自然文学”作为一种明显的文学现象得到社会广泛关注，已经从单纯的文学意义演变到文化意义，与社会主义核心价值观教育与社会主义生态文明建设深度融合，大大溢出了文学边界，形成了以安徽省政府刘先平大自然文学工作室为中心，联合安徽大学大自然文学协同创新中心、安徽大学大自然文学研究所、长江少年儿童出版社(集团)有限公司、安徽省儿童文艺家协会、安徽省文艺评论家协会等多家单位组成的类似“大自然文学集团”架构的联盟，开展大自然文学创作、出版、教学、培训、研究、评论、创意策划等协同创新活动；作家刘先平五十年如一日坚持大自然探险和大自然文学创作而形成的“先平精神”，对今天作家如何深入生活和创作精品力作，很有启示意义和研究价值。

“刘先平大自然文学现象”的形成，除了作家刘先平不忘初心、牢记使命的坚定信念和坚韧精神外，还有出版界始终如一的坚强支持。所谓“作品”就是创作与出版合作的产品，就像一枚硬币的正反两面，少了哪一面都不成其为硬币。最初出版刘先平作品的是中国少年儿童出版社、人民文学出版社和安徽少年儿童出版社，三家出版社有着发现并培育刘先平大自然文学创作的意义。此后有更多出版社慕名而来，将刘先平的大自然文学创作推向更广阔的市场，这些出版社有中国青年出版社、海天出版社、湖北少年儿童出版社(长江少年儿童出版社)、晨光出版社、江苏人民出版社、新世纪出版社、外语教学与研究出版社、明天出版社、接力出版社、天天出版社、海豚出版社、新蕾出版社、新世纪出版社、少年儿童出版社、南京大学出版社、湖北科学技术出版社、安徽文艺出版社、安徽美术出版社、河北教育出版社等。从上述出版社名称可以看出，刘先平的

---

① 2009 年，高洪波推荐刘先平新作《走进帕米尔高原——穿越柴达木盆地》参加中宣部第十一届精神文明建设“五个一工程”奖的推荐词。

② 曹文轩 . 大自然文学的美学回归 [J]. 中国少儿出版，2009(1)：32.

③ 韩进 . 刘先平大自然文学创作研究 [M]. 合肥：安徽大学出版社，2020：4.

大自然文学作品出版已经跨越了少儿类出版社，其读者对象明显从少年儿童向所有人扩展，表明中国大自然文学的发展已经“走出儿童文学的藩篱”，走向具有独立品格的大自然文学门类。而在此过程中，长江少年儿童出版社（集团）有限公司始终是一支重要的支撑力量，从新世纪初策划出版“东方之子刘先平大自然探险”系列(8 册）以来，二十年如一日，坚持不断推出刘先平的原创大自然文学作品，坚持与刘先平一起策划大自然文学创作选题，坚持推进刘先平大自然文学产业化开发，坚持打造中国大自然文学出版、研究、阅读与培训的综合基地，为中国大自然文学创作发展、队伍培养和学科建设做出了突出贡献，在此向长江少儿出版人致敬！

这部《新世纪中国大自然文学观察》的“新世纪”，起自 2000 年 10 月刘先平在黄山主持召开安徽儿童文学创作趋势研讨会并第一次明确打出“大自然文学”旗帜，到 2021 年 7 月刘先平正在筹备与中国作协创研部联合于 2021 年九十月间在合肥召开“中国当代大自然文学理论建设研讨会”。这不是从儿童文学创作会议到大自然文学理论会议的名称变化那么简单，而是标志着兴起于 20 世纪 80 年代的中国大自然文学经过新世纪 20 来年的发展，已经达到了必须产生出自己理论的新发展阶段，这是大自然文学发展的一次质的飞跃，表明大自然文学不再只是一种引人注目的文学现象，而是已经坐进文学殿堂与其他文学门类相提并论了。这是一个从无到有的艰苦创业过程，这是一个由弱到强的拼搏奋斗过程，这是一个需要英雄而且产生英雄的过程——这个过程都浓缩在《新世纪中国大自然文学观察》里。《新世纪中国大自然文学观察》是以一个人的评论视角，记录新世纪中国大自然文学的发展全貌，为中国大自然文学发展立下了第一块路碑，也为中国大自然文学正名；为中国大自然文学研究留下足印，更为中国大自然文学未来的美好前景奠基并祈愿。

2021 年 7 月 11 日（星期日）于巢湖凤栖湖畔

2000 年

面向新世纪的大自然文学①

孔子曰:有朋自远方来,不亦乐乎?金秋十月,我们在风景秀丽的黄山迎客松前,迎来各位朋友,大家相聚一起,在新世纪来临之际,探讨一个全新的文化话题——大自然文学,这在安徽乃至全国,还是第一次。

一、自然是永恒的创作母题

人与自然的关系是一个永恒的话题。人类在自然中究竟是怎样的一个位置,自然对人类的发展又有什么样的意义,这个看起来十分简单的问题,千百年来却仍然处于探索之中。探索有多种方式,文学乃其中之一,而且是一种非常重要的探索方式,此所谓自然、生死、爱情为文学创作之三大永恒主题。哲学观决定文学观,对人与自然关系的不同理解,就有不同的关于大自然的文学,注意,我这里说的是"关于大自然的文学",意思是指"以自然为题材的文学",而不是"大自然文学"。那么,什么是"关于大自然的文学"?什么又是"大自然文学"呢?

自然与文学的关系是非常深厚的,人们常说"文学即人学",那么文学与自然的关系,核心问题就是人与自然的关系。自古以来,文学就有表现大自然的传统,我国第一部诗歌总集《诗经》中就有很多诸如"关关雎鸠""呦呦鹿鸣"这样描写大自然的名句,安徽人曹操,他的《观沧海》一诗就因其对自然山水的描写而被认作是后来山水诗的雏

---

① 2000 年 10 月,安徽省儿童文艺家协会在黄山召开"安徽儿童文学创作趋势研讨会",通过对安徽儿童文学创作传统、创作特色与创作现状的分析,确立了倡导"大自然文学"的发展战略,并着手筹建大自然文学创作研究中心,将大自然文学作为中国儿童文学的一面旗帜、作为重振皖军的一支重要力量,提上优先发展日程。《文艺报》以《安徽儿童文学打出"大自然文学"旗帜》为题报道了这次会议。本文是会议发言论文。

形。而自晋至唐宋,文人寄情山水,成为文学的重要一翼,涌现出了陶渊明、孟浩然、王维、柳宗元、欧阳修、苏轼、徐霞客等一大批描写大自然的高手,创造了一个寄情山水的文学时代。而就世界文学来说,大自然也自古以来是作家取之不尽的创作源头。东方是世界文学的摇篮,被誉为“世界儿童文学史上第一部故事书”的印度《五卷书》,就有很多“鸟言兽语”。西方最早认识和发现了儿童,在第一批贡献给孩子们的读物中,就有在世界文学史占有突出地位的法国中世纪杰出的动物故事《列那狐列传》。像这些寄情山水、借景抒情、托物言志的作品,大自然在文学创作中的意义主要被当作一种宣传的“教具”来使用,我们认为它是“以自然为题材的文学”。

二、大自然文学是现代意识的文学

所谓“大自然文学”,是一个具有现代意识的文学概念,相关的作品到了 20 世纪初叶才引起人们的关注。先是有痴迷于动物考察的加拿大作家欧·汤·西顿创作的动物故事,继之有奥地利女作家乔·亚当斯、法国作家黎达,以及俄罗斯作家比安基的大自然故事,通过他们的努力,以描写动植物生态的大自然文学成为 20 世纪最宽泛、最受读者欢迎的儿童文学品种之一。这样,到了 20 世纪中期,随着生态平衡和环境保护这一全球性问题日益突出,特别是在全球范围内展开了抢救珍稀濒危物种的运动,环境保护与生态平衡也被提上人类持续发展的议事日程,于是对人与自然关系才有了新的理解,保护大自然以及人与自然和谐发展的观念才被人们广泛接受,具有现代意识的大自然文学的兴盛也就水到渠成了。

现代意识的大自然文学,有其形成发展的过程。首先它是以大自然为文学题材的文学,但它又不仅仅是一个题材概念,即写大自然还不是大自然文学的全部,更重要的还要看其怎样写,还要看渗透在其中的关于人与自然关系的基本观点。凡是那些体现出对大自然的生命意识、尊重意识、平等意识、关怀意识的作品,那些反映大自然的生存状态、肯定大自然自身存在的价值、倡导人与自然和谐发展、共存共荣的作品,才可以被称为“大自然文学”。

现代意识的大自然文学,将大自然当作大自然来写,要再现大自然生命状态的原始面貌,要还大自然与人类关系的本来面目,要将人与自然作为一个整体成为文学的反映主体,而不是像传统的以大自然为题材的文学那样,自然只有依附在人的情感世界才具有文学的意义。大自然不是人类的附庸,文学也不仅仅是人学,文学也不只是社会生活的反映。凡是以自然为道具,将自然拟人化,借景抒情、托物言志的作品,凡是借自然以逃避社会与人生、渲染个人的悲怨情绪的作品,都不是我们所说的大自然文学。

现代意识的大自然文学，大自然在文学中具有独立的审美价值，与人类一样也是文学反映的主体，而不是被动地被用来表达人类某一情感的道具。大自然文学是人类观照自身文明历程与未来命运的文学，是追求人与自然和谐发展、共存共荣的文学，是面向未来、面向发展的文学。

三、大自然文学是面向新世纪的文学

近年来，大自然文学有异军突起之势，是有其深厚的社会文化根基和时代特征的。新世纪的发展主题是人与自然和谐共生、共同发展，我们深信，新兴的大自然文学也将因此得到更多的关注与更大的发展。

可以预见，21 世纪将是大自然文学发展与繁荣的世纪。因为大自然在呼唤大自然文学，人们的审美观在推崇大自然文学，儿童文学、环保文学在拓展大自然文学，生态环境建设、旅游产业发展需要大自然文学。我们的作家、文学家、艺术家，要更多地关注大自然，关注人与自然的关系，亲近大自然、珍爱大自然、描述大自然，创作更多、更好的大自然文学。

进入新的 21 世纪，大自然文学将会以一种明显的发展趋势得到关注，站到追求“人与自然和谐发展”这一世纪主题的高度，将大自然文学作为一种独立的极具发展潜力与前途的综合性文学来给予充分的关怀。我们这次开展对大自然文学的研讨，就是要将大自然文学当作“一种独立的极具发展潜力与前途的综合性文学”来讨论，以期在交流与研讨中，更进一步地认识以下三个方面的问题：

（一）什么是大自然文学，什么是大自然文学的本质，什么是大自然文学的美学特征，什么是大自然文学的创作方法；

（二）进一步了解大自然文学的过去、现在与未来，了解中外大自然文学的历史、现状与发展趋势；

（三）探讨发展中国大自然文学的有效途径以及如何有效地进行中外大自然文学的交流，让中国的大自然文学在发展中壮大，在发展中走向世界。

显然，一次会议不可能彻底地解决这些问题，但这是一个良好的开端。

安徽有着发展大自然文学的良好土壤，不仅有美丽富饶的大自然资源，还有一支热心大自然文学的创作队伍，他们为中国大自然文学的兴盛，已经做出了自己的努力，也必将为中国大自然文学的繁荣发展而不懈努力。我们甘愿做一粒大自然文学的铺路石子，在各位朋友的关爱支持下，拧成一股绳，不断奋进，努力将安徽建设成中国大自然文学的重要基地，以我们的方式，为中国的文学发展做出贡献。

2001 年

追求人与自然的和谐发展①

——推介"中国 Discovery 书系"②

"中国 Discovery 书系"包括《寻找树王》《野象出没的山谷》《黑叶猴王国探险记》《从天鹅故乡到塔克拉玛干大沙漠》4 册，是刘先平继"大自然探险长篇系列"（5 册）后奉献出的又一套大自然文学力作。该套丛书具有"格式特别""环保主题""探索精神""西部情缘"等四个方面的艺术特征。

格式特别。精美的图片、美妙的文字与精美的制作，即散文的笔法与摄影图片这一图文并茂的形式，是该套丛书最突出的表现方式。再一个特色，是用美的形式表达了作者对艺术美的追求。几乎每一面都有作者亲自拍摄的彩色照片，既与文字相呼应，又可以弥补文字表现的不足。譬如，读《寻找树王》时，不仅可以从那优美朴实的文字里领略树王的神奇，还可以从图片上一睹它的雄伟。而拿起《野象出没的山谷》，就会被封面上的大象所吸引，仿佛它正从山谷里笑吟吟地向我们走来。翻开书，一幅幅精美的照片更让人爱不释手。文字的优美与别具匠心的编排版式，给读者鲜明的印象，有一种回到大自然的感觉。

环保主题。环保是 21 世纪的发展主题，也是刘先平探险西部、创作大自然文学重要的出发点与主旨所在。在《从天鹅故乡到塔克拉玛干大沙漠》里，作者用优美的文字描绘了天鹅湖的幽静纯美，又以沉重的笔触描写了沙漠中大片胡杨林被人为破坏的情景，两两相比，触目惊心，给人们深深的思索。作者发出"地球只有一个！地球是人类唯一的保护区"的警示，让人们感到保护环境的紧迫性——环境对于生物与人类的生存发展是多么重要。作者正是站在追求人与自然和谐发展的时代精神高度，才使得这批新作有了它特殊的时代意义与文学价值。

探索精神。作品主人公在探险中表现出的不怕艰险、勇往直前的探索精神，给读者的心灵以深深的感染。刘先平夫妇已是花甲"老人"，但他们依然这样执着于追求，到

---

① 韩进．追求人与自然的和谐发展［N］．江淮晨报，2001-07-21(3)．

②"中国 Discovery 书系"（4 册）由东方出版社 2000 年出版。

大自然中去探险，这是需要很大的勇气与胆识的。探险的历程是艰辛的，甚至有生命危险。但作者在作品中表现出的远不止这些，还传达了探险过程中的快乐与探险成功的喜悦，而这种快乐与喜悦不是亲身经历是无法体验到的。

西部情缘。四部新书写的都是作者在中国西部探险的经历。在人们以往的印象里，西部总是与荒凉、原始、落后、愚昧、充满野性联系在一起。而这套丛书却给人们新的视野，让人们感觉到西部很美，充满生命的活力，是一个未受到人类破坏的绿色世界。不论是黑叶猴王国，还是野象出没的山谷；不论是寻找树王之路，还是从天鹅故乡到塔克拉玛干大沙漠，都一样的充满神奇、充满活力。这生命的绿洲，令人向往，给人启迪，撩起人们探险西部、保护西部的强烈愿望。

神奇的世界 ①

——读“大自然探险系列” ②

被誉为我国“大自然探险文学第一人”的刘先平，最近出版了他的精品选集“大自然探险系列”，包括《寻找相思鸟》《寻找香榧王》《寻找猴国》《寻找魔鹿》4册50万字。这些探险散文是作者20多年来“用自己的双脚去认识大自然，亲身体验大自然的特殊风韵和底蕴”，又用优美的文字与精美的摄影，“将大自然丰富多彩的野生生物世界谱写成壮美的诗篇”，展现给读者一片“神奇的世界”。

神奇来自大自然生存竞争的惊心动魄。大自然的生存法则是“物竞天择，适者生存”。为能在大自然生命世界里占有一席之地，并维持该种族的生存、繁衍与发展，继续其生命的历程，不论是动物还是植物，都付出了沉重的甚至是生命的代价。魔鹿为什么会成为热带雨林的杀手？象脚杉木王为什么有了900多岁？（《寻找魔鹿》）坡鹿间为什么会发生残忍的角斗？（《寻找猴国》）新疆的巴各布鲁克为什么会成为天鹅的故乡？（《寻找香榧王》）人们为什么要“纵虎归山”？（《寻找相思鸟》）每一现象的背后都有一个震撼灵魂的生存故事，读者可以从中领略到野生动植物世界激烈的生存竞争，以及维系神秘生物链条的造化神功。正像作者所说的：“在动物世界中，最强大的动物也有致命的弱点；最弱小的动物也有生存发展的特殊本领……而动物之间的生存，往往是以激烈的搏斗、残酷的掠杀进行着，这时焕发出的生命光华无比耀目、灿烂辉煌，犹如雷霆万钧的生命交响曲。”唤起人们对一切生命的理解与敬畏，警醒人们对人类以外的生命价值做出新的评定。

神奇来自探险主人公刚毅执着的探险精神。作者虽然已是年近花甲的“老人”，但他的心灵永远是年轻的。他神奇地出现在年轻人都不敢涉足的危险地方，多少危险都因他的机智勇敢而神奇地躲过。“危险时刻，虽然腿肚发抖，在生命攸关时，能吓得魂不附体；但在那种令人颤抖的冒险中，同时有着令人难忘的快乐。”读这套作品，让读者特

① 韩进．神奇的世界[N]．江淮时报，2001-11-02(3).

②“大自然探险系列”(4册)由中国少年儿童出版社2001年出版。

别感动的就是作者这种热爱自然、不畏险阻、顽强探索、相信自己、乐观进取的人格精神，这是一笔宝贵的精神财富，是今天的青少年特别需要的。

神奇还在于它是孩子们梦寐探求的心灵世界。大自然是万物之母，人类也是大自然的孩子，与其他大自然生命是平等的。而儿童的心灵最近于自然，与自然的关系最为亲密。刘先平的大自然探险文学，给了孩子一个发现自然、重返自然、学习自然的机会。打开这套大自然文学，你会发现到处都有孩童般充满新奇神秘的眼光，孩子们会在每片绿叶中，看到生命的跳跃；在每条小溪里，听到动人的歌唱；在每座山峰上，发现一片新奇的世界。

阅读自然的快乐①

——评王蜀新作《小霞客华东游》②

近来有一种趋势，就是“大自然文学”——大自然探险文学、旅游文学、绿色诗歌、环保童话、动物小说、植物故事等的提倡。社会日益发展，人们对自然的认识与理解越深入，人类回归自然、与自然融为一体的愿望也越强烈。正如大文学家冰心所说：“我们都是自然的婴儿，卧在宇宙的摇篮里。”所以，读王蜀的新作《小霞客华东游》，有一种“回家”的感觉。

《小霞客华东游》是“小霞客游记”丛书(10 册，这套丛书刚刚荣获第 12 届中国图书奖)之一，写的是小霞客徐小松从华北回来后，又与小眼镜一起踏上了旅游华东之路。他们从江苏出发，至福建、浙江，安徽，再回到江苏，结束于上海，全书 40 个短篇，选取沿途 40 个有代表性的景点，通过小霞客的眼睛介绍给青少年朋友。读这部旅游探险文学，读者仿佛变成了“一只小小鸟”，“自由逍遥”在神奇美妙的大自然，“不知有忧愁，不知有烦恼，只是爱欢笑”(《我是一只小小鸟》)。不是吗？秀美的西湖、秦淮河畔的花灯、雨中的齐云山、花果山 72 洞穴，让你心醉神怡；武夷悬棺、虎丘斜塔、东方明珠塔，让你叹为观止；倒飞的鸟儿、魔幻般的岩石、神秘的鸳鸯溪，让你感到神奇；水仙城、金山寺、莲花佛国，又让你感到厚重的文化内蕴。而在追踪神鸟、守候扬子鳄和水中“大熊猫”中，你的心灵会受到强烈的震撼，感到对大自然与濒危动植物的保护已经刻不容缓！如果说这部旅游探险小说是一部游览华东名胜的导游图与欣赏手册，那是十分表面的，掩卷深思，我们会想得很多很多，深深感到，只有亲近自然、热爱自然的人，他的心灵才是健康完美的。而作为“万物之灵”的人类，对“万物之母”的自然，难道只有无尽的索取而不思回报吗？

《小霞客华东游》出版的意义还在于向青少年展示大自然的美丽神奇与大自然生命多姿多彩的同时，陶冶他们热爱大自然、热爱大好河山的爱国主义情操，增强他们的

---

① 韩进．阅读自然的快乐 [N]．安徽日报，2001-04-27(C3)．

②“小霞客游记”丛书(10 册)，浦漫汀主编，晨光出版社 1999 年出版。

民族自豪感、自信心，激发他们的爱国激情、探索精神与自强不息、百折不挠的奋斗精神，这正是新一代少年所需要的心理素质。正如著名儿童文学家浦漫汀教授在主编致辞中所说的："徐小松不是一个孤立的个体，他代表了中国跨世纪的一代新人。他们沿着先辈的足迹，在旅游探险的活动中认识大自然，认识祖国的一山一水，一草一木，从中汲取知识的力量。徐小松的旅游探险活动，体现了徐霞客旅游探险精神的延续性，从中他们学习书本上没有的知识，努力创新，锻炼自己的意志和体魄，争做祖国建设的合格人才。这也是'小霞客游记'出版的目的和意义。"

文学的品格在于它对人的教育是娱情的，像春雨润物般纤细无声，这是一种快乐的享受。这一点，在读游记时，就有亲切的感受。虽然作品在结构与形象的塑造上似稍幼稚，在儿童的口吻与人物的个性方面还可以提炼得更好些，但在描写方面的成功给人带来的美感却大大弥补了这一不足。

新儿童文学的新实践①

——评“生命状态文学”丛书②

我把 20 世纪 90 年代以来的中国儿童文学称作“新儿童文学”,其中一个最重要的原因,就是这一时期的儿童文学创作,由于有一批勇于探索、不断求新的作家、出版家、批评家的自觉联合,策动了一幕幕发展儿童文学的新运动,使儿童文学呈现出令人鼓舞的繁荣局面,不仅创作观念开放,而且创作实践丰富,可以说,创作、出版、评论儿童文学日益成为人们一种自觉的社会行为。如:以策划“新潮儿童文学丛书”(1988)而独领风骚的 21 世纪出版社,十年后的 1997 年,再次策动“大幻想文学”新潮,成为跨世纪中国儿童文学的一道彩虹;1997 年,明天出版社也大胆地将一批颇具实力的当红成人作家“引渡”到儿童之国,有了“金犀牛丛书”;与此同时,北京少年儿童出版社也不示弱,策划了由儿童自己担纲的新儿童文学“自画青春”丛书;1998 年,浙江少年儿童出版社又以“中国幽默儿童文学创作丛书”的出版为标志,举起了“幽默儿童文学”的大旗;1999 年,安徽省儿童文艺家协会开始策动面向 21 世纪的“大自然文学”,并成立了“大自然文学创研中心”;2000 年,湖南少年儿童出版社又郑重地推出了他们“蓄谋已久”的“生命状态文学”丛书,以自己的方式将发展中的儿童文学探索视线聚焦到一个人类最古老的话题:生命—生与死——这一文学表现的永恒主题。

“生命状态文学”的策动始于 1996 年,被列入重点图书出版规划。1997 年深秋,独具慧眼的湖南少年儿童出版社,又将一批有志于生命状态文学的作家、评论家召集到风景如画的国家级森林公园张家界,一边领略大自然生命的丰富与神奇,一边商讨发展生命状态文学大计。其实在这之前,湖南少年儿童出版社就策划了“中国最新动物小说”丛书(8 册)与“世界经典动物小说”丛书(8 册)。他们或许是在策划、编辑这两套动物小说的过程中,感觉到动物小说在题材的广度与主题的深度以及对读者心灵的震撼力上,都有开拓的余地;同时又越来越清醒地感到人与自然关系的不和谐发展将会给

---

① 韩进 . 新儿童文学的新实践 [N]. 新书报,2001-03-02(B2).

②“生命状态文学”丛书(5 册),由湖南少年儿童出版社 2000 年出版。

人类及人类以外动物的生存环境带来何等不良的影响。他们想因此有所行动，而最好的方式就是选择他们熟悉的文学，希冀通过文学的感染力，呼唤人们关注生物、关注生命。于是经过两年的不懈努力，终于推出了一套“生命状态文学”丛书。

“生命状态文学”丛书包括金曾豪的《鹤唳》、陈自仁的《猴徙》、薛屹峰的《鳄踪》、方敏的《大绝唱》和王树槐的《命运之角》5部长篇小说。《鹤唳》描述的是国家一级保护动物丹顶鹤鹤群在一年中所充满的内忧外患的生活。在作者“对丹顶鹤生命状态的凝视”中，展示了丹顶鹤优雅、傲岸、酷爱自由的生命形象。《猴徙》写的是另一种国家一级保护动物——金丝猴。秋天里，猴群要向低海拔山区迁移，准备去过冬；春天里，猴群又要向高海拔的山区移动，准备去度夏。就在这一迁一徙之中，猴群遭遇了无数惊心动魄的劫难，生命的光辉便在这过程中闪烁。《命运之角》写的是与金丝猴齐名的我国高山森林型三大珍稀动物之一的国家一级保护动物——羚羊，也是一个种群迁徙的故事。在雅鲁藏布江大峡谷腹地，一群庞大的羚羊因为头羊长胡子为了它喜爱的黑炭，推迟了向山上迁移的时间，而陷于危机四伏的境地……《鳄踪》中的扬子鳄自然也是国家一级保护动物。冬眠的扬子鳄被盗墓者挖掘出来时，浑身僵直着，凭借残存的本能终于吓走了两个“两条腿的动物”，而得以保全的生命在春暖花开时节，又与它的同伴一起，开始了艰难的生命之旅。在《大绝唱》里，作者则是颇有意味地将“两条腿”的人类与河狸种群的生存联系起来，叙说人类为了寻求生命的绿洲，出现在九曲河畔，进而威胁到河狸种群的生存。人类与河狸两个种群之间一场力量悬殊而又顽强惨烈的生死较量就这样开始了……

读完这套丛书，你的心灵会被这些珍稀动物为生存而作的生与死的拼搏所震撼，会以一种全新的眼光来看待周围的一切生命现象，甚至会为人类猎杀周围弱小生命的行为感到不安与悔恨；这是“生命状态文学”给读者的一种特殊的心理震撼，但它的出版对新儿童文学的实践意义却是多方面的。

首先是生命状态文学取材范围的特殊性。

上述5部作品告诉我们，生命状态文学的题材主要取自自然界中那些有着顽强生命力或者在生存的姿态上显得强有力的物种，而又以濒于灭绝的珍稀的国家一级保护动物为取材的重点，不是一般的动植物所能入选的。这就决定了生命状态文学作为重大题材的文学意义，而由此生发出的文学主题也往往是重大的，正如这5部作品所显示的，通过对某一物种在大生物圈中的生存与消亡，艺术地表现了生命的生存状态，在给人类一种全新的心理体验的同时，还“在传统的认识上撕开缺口。透过这些缺口，我们得以窥视到生命的种种状态，种种体质”（《鹤唳·与鹤对视》），从一个新的角度和更高的层次上，唤醒人们的生命意识，重视生命的质量，使人类与自然的关系得到和谐的发展。

“生命状态文学”还责无旁贷、而且也毫不犹豫地将环保作为自己的文学主旨之一，但它又不是一般意义上的环保文学。目前的环保文学还是十分狭隘的“人类本位”文学——环保更多的是为了人类自身的生存；而生命状态文学关注的是大自然中每一生命物种的生存状态，它们对生命的执着追求，唤起的反而是人类对大自然所有生命的尊重。

其次是文学样式的独特性。

“生命状态文学”以动物为主人公，描写的是动物世界的新奇与壮美。但为了与普通的动物小说相区分，作者又刻意将人类自身从这一题材范围中排除出去。虽然在写动物的同时，不可避免地要写到人，但人类是作为大自然生物之一种，处于动物世界平等的位置，而且在创作的文学境界中，也只不过是动物世界诸多背景因素之一。如果说动物小说中的动物世界更多像是对人类社会的投影，其中的动物主角更像是“披着羊皮或狼皮的人”的话，那么，“生命状态文学”中所描绘的动物世界就是原生的动物世界本身，作为主角的动物就是动物本身，而不是某一类人的替身。

与动物小说的又一重要区别，“生命状态文学”不着重于某一生物个体的形象塑造，而是站在一个纯客观的立场上，刻画某一动物群体为了自身的生存与繁衍，是从动物学与生态学的基础上来演绎它们在大自然、在所属的生物链中的生命轨迹。因此，“生命状态文学”是按照动物的本来面目描写动物群体的行为，按照动物所固有的生活习性和特点来构思故事情节，所设计的细节和情节，基本上应该是“可能发生”的。

“生命状态文学”在表现手法上对新文学实践的贡献在于它对“叙事角度”的拓展。由于“生命状态文学”关注的是生命状态的本来样式，而人们对非人类生命的理解是没有语言、没有思维，这就决定了作品中的动物主人公不仅没有对话，而且也不能有心理活动，一切只能“用环境和动作两种描写手法”（《命运之角・生命的光辉》），这是对作家创作才能的一次极大挑战。

作为一种全新的文学样式，“生命状态文学”是以人类之外的生命为表现对象的、反映非人类生命生存状态的文学。正如该套书的序中所明确表示的：“所谓生命状态文学，就是专门以大自然当中的生命群体作为作家观察、思考、剖析的对象，通过对这些生命群体的诸种生存状态和繁衍历程的描述，表达出生命的意义和价值，以及生存与发展的一种独特的文学现象。”由此可见，“生命状态文学”的加入，在题材、主题、表现手法等方面，无疑会给不断深入的新儿童文学的创作实践带来新的活力。

动物是人类的朋友①

——推荐“世界经典动物小说”丛书

世界各国的儿童文学作品中，以动物为素材的不可胜数，就其总量而言，与以人为素材的作品不相上下。其原因可能有三：

一、动物在人类的生活中是不可缺少的伴侣。从生物学上来讲，人类也是动物的一种，彼此间自然会有某些交流。这只要看看我们身边的猫、狗、牛、马与小鸟，就可以了解。

二、儿童与动物特别亲近。年龄越小，对动物的亲切越发明显而深情。这从人类学上来讲，个体发生原来与系统发生的程序相同，胚胎时代经过生物进化的历程，儿童时代又有一个由动物进化到人的“第二次成人过程”，即儿童的社会化过程，也就是让儿童脱离动物走向人的过程。因此在整个的儿童期，儿童的心理与情感都有亲近动物的倾向。

三、动物世界是儿童走向成人世界的桥梁。在伴侣与情感两方面，儿童生活都与动物不可分，对动物世界的描绘，不仅能够吸引儿童的好奇心和探究心，使他们增进自然界方面的知识，而且更进一步还能以此为基础去思考人类的问题。

动物文学几乎占有儿童文学的大部分领域，把动物人格化的故事，从格林、安徒生一直绵延到现代童话。动物小说作为动物文学的一个分支，虽然也是以动物为主角，但它不同于童话与动物故事。它是依据动物的生态，以小说的形式来描绘它们的悲欢苦乐。动物小说写作的方式，一般有两种：一是把动物人格化，使它具有跟人一样的感情、心理，也就是人与动物居于一元化的状态；二是保持动物原有的自然的实态来写作。

在世界范围内，动物小说源起于 17 世纪科技领先的欧洲，其时的作品往往是某一作家即兴灵感的偶作，也是以成人为阅读对象的。而那些以儿童为读者或者说受到儿童文学史家注意的动物小说的出现，还要晚两个世纪，即 19 世纪以英国小说家吉卜林

① 韩进．动物是人类的朋友［M］// 韦苇．世界经典动物小说．长沙：湖南少年儿童出版社，2001：序言．

的《丛林之书》、俄罗斯小说家契诃夫的《卡施唐卡》,以及 20 世纪初叶美国小说家杰克·伦敦的《野性的呼唤》为代表。

遗憾的是,此后的发展并没有能够以这些奠基性的作品为典范,继续走“小说”之路,而是更多地将动物题材作成“故事”。究其原因,可能是作家更多地顾及儿童的故事心理,在描绘动物世界时又倾向于传达科学的物性,而不十分注重动物形象的艺术塑造,如加拿大博物学家西顿和法国教师黎达的动物故事;另一方面,也许是作家有意识地为儿童创作,为照顾儿童的审美习惯,借鉴童话的艺术表现手法,让动物开口说话,如奥地利作家萨尔登的《小鹿斑比》和英国作家亚当斯的《兔群迁移大战》。但这说明了一个事实,即以儿童为读者对象的动物小说作为一种文体形式的发展,还或多或少地受制于故事、童话等其他儿童文学形式的束缚,或者说动物小说作为一种儿童文学类型,还没有被人们广泛认同,因为不少人有这样的误解,以为儿童的审美能力还难以接受小说艺术,尤其是动物小说。因而,在世界范围内可以称之为典范的动物小说的作品数量极其有限,中、长篇作品更是寥若晨星。

进入 20 世纪,随着人们对人与自然关系的重新审视,动物小说作为透视人与自然关系的一扇窗口,得到了发展,在众多作品中,出现了以前没有出现在小说里的动物,虽然拟人化的作品仍然很多,但都有一个共同趋向,就是更仔细、更正确地描写动物的生态和性格,把动物写得更像动物。湖南少年儿童出版社密切关注着儿童成长过程中的心理需求与阅读兴趣,适时地供给他们精神食粮,在出版“中国最新动物小说”丛书(8 册)后,不失时机地策划了这套“世界经典动物小说”丛书(8 册)与之配套,这对喜爱动物小说的少年朋友来说,无疑是一个福音。我们希望这套丛书的出版,不仅能受到广大少年读者的喜爱,也能给我国的动物小说创作提供一些必要的参照与有益的借鉴。应该说明的是,由于受到版权因素的限制,当代一些优秀的作品,这次没有能够收入,相信今后会有弥补的机会。

2003年

大自然文学走出儿童文学的藩篱[①]

进入新世纪，一种明显的趋势就是“大自然文学”——大自然探险文学、大自然环保文学、大自然旅游文学、大自然摄影文学等等文学作品的新兴。20世纪80年代以降，我国著名的儿童文学作家刘先平、樊发稼、金波、吴然、沈石溪都连续有这样的作品问世，著名儿童文学评论家束沛德更将大自然文学与在此前倡导的大幻想文学、幽默儿童文学一起，称为90年代中国儿童文学的“三面美学旗帜”。他们最初都是从儿童与自然与生俱来的自然关系出发，把大自然文学作为儿童文学的一种加以倡导，而最终又不约而同地走出儿童文学的制限，站到“人与自然和谐发展”这一世纪主题的高度，将大自然文学作为一种独立的极具发展潜力与前途的综合性文学来给予充分的关怀。所以，我们这里所说的大自然文学，是儿童文学，又不完全是儿童的文学，它是指一种关照人类本身生存、发展、追求人与自然和谐、共荣共存的文学，它属于儿童，也属于整个人类。

过去，曾经在很长的时间里，人们大多不能正确地理解自然，有人将它作为人类的对立面，认为大自然属于人类，人是大自然的主宰，因而无视大自然的存在意义，疯狂地掠夺自然；另一种极端就是将它作为一种神圣不可侵犯的神力，认为人是大自然的奴隶，在自然力面前推行不抵抗主义，因而闹出多少“为河伯娶媳”“为海神送子”的人间悲剧。然而，物极必反，待到大自然以大洪水、大污染、大灾难来惩罚人类的时候，人类才如梦方醒，不得不开始重新认识人与大自然的关系，终于发现自己原本与大自然就是不可分割的一体，就像冰心早在20世纪初叶创作《繁星》时所说的：“我们都是自然的婴儿，卧在宇宙的摇篮里。”人类不过是大自然万物中的一员，而且还是出世最迟的婴儿，就像科学表明的那样，宇宙起源于150亿年前的一次大爆炸，简单的生命体出现在38亿年前，而人类的出现却只在200万年前。有人把从生命的起源到人类出现的过程极富象征性地浓缩在一天的24小时内，人类的出现只在这一天的最后一刻——24

① 韩进．大自然文学走出儿童文学的藩篱[N]．中华读书报，2003-07-06(13).

时。可见,人类不仅是大自然的一分子,而且还是大自然长期不断进化的产物。所以,我们不能人为地将自己与自然界分开,以“万物灵长”的理性君临大自然之上,而应该对大自然存敬畏感激之心,至少应该平等地看待那些曾经是我们同类的生灵们。可以说,以平等的态度来看待自然,应该成为今天的少年儿童具有的一种自然观。用文学的形式完整地传达这样一种现代意识的自然观,始于“文革”结束后的 20 世纪 70 年代末 80 年代初,以刘先平的三部大自然探险长篇小说《云海探奇》《呦呦鹿鸣》《大熊猫传奇》为标志。刘先平用新的审美角度反映当时在我国崭露头角的大自然保护意识,以崭新的题材、崭新的人物、崭新的面貌,开拓了我国儿童文学创作的新天地,刘先平也因此被称为我国倡导大自然文学的第一人。在他的策动下,安徽省儿童文艺家协会还于 2000 年打出了发展“大自然文学”的旗帜,并由此得到中国作家协会儿童文学委员会的高度关注以及海内外文学界的真诚期待。

大自然文学以儿童文学为发端是很自然的事情。儿童天生就是一个自然人,承载着更多的原始的大自然的信息,因而天性喜爱大自然,与大自然有着一种与生俱来的亲和力;同时,大自然也是他们成长中的一个重要课堂,在大自然里,儿童不仅可以“发现自己”,而且还从大自然中汲取知识、情感等丰富营养,使情与智得到均匀发展,成为一个心灵健全的人。从这个意义上说,儿童文学是最贴近大自然的文学,站在儿童文学的立场提倡大自然文学,是在将过去忽视了的本属于儿童精神世界的东西还给了儿童。但它在文学上的意义又不仅仅如此,它还带来了一系列关于“文学与自然”“人与文学”关系的再认识。

其实,文学与大自然的关系也十分密切,大自然与生死、爱情并称为人类文学艺术的三大母题。我国自古以来就有表现大自然的传统文学,这种文学形式可以上溯到古代的山水诗和游记散文。《诗经》中就有“关关雎鸠”“呦呦鹿鸣”的名句,曹操的《观沧海》也可以作为山水诗的雏形。晋至唐宋,山水诗日渐成熟,涌现出了陶渊明、孟浩然、王维等一批描写大自然的高手。而大自然散文方面,虽然在《山海经》时代就有了记叙山水的文字,但是到了唐宋时期才有标志性的作家作品出现,如唐代的柳宗元及其《永州八记》,宋代的欧阳修、苏轼,明代的徐霞客等,都是创作大自然游记文学的高手。可见以大自然为题材的文学在我国有着深厚的传统。就世界文学来说,大自然也是作家取之不尽的创作源头。东方是世界文学的摇篮,被誉为“世界儿童文学史上第一部故事书”的印度《五卷书》,就有很多“鸟言兽语”。西方发现的最早贡献给孩子们的第一批读物中,就有在世界文学史占有突出地位的法国中世纪的动物故事《列那狐列传》。虽然如此,但就世界范围而言,到了 20 世纪,具有现代意义的大自然文学才开始兴盛。20 世纪初,痴迷于动物考察的加拿大画家、作家欧·汤·西顿,为动物故事的创作树起了一个相当高的标杆。继而,奥地利动物故事女作家乔·亚当斯和法国动物文学作家黎达的作品标志着以动物文学为主体的大自然文学繁荣的开始。从此,以描写动植物生态的大自然文学成为20世纪最宽泛、最受读者欢迎的儿童文学品种之一。尤其是到了20世纪中期,世界各国纷纷提出了生态平衡和环境保护问题,在全球范围内展开了抢救珍稀濒危物种的运动,环境保护与生态平衡也被提上人类持续发展的议事日程,人类对人与自然的关系有了新的理解,保护大自然以及人与自然和谐发展的观念被广泛接受,这成为20世纪中后期大自然文学得以兴盛的前提。这种情感认同,也可以从引进版读物《我的野生动物朋友》(云南教育出版社)被广泛接受得到明证。一个叫蒂皮的10岁法国女孩,将自己与非洲各种野生动物生活在一起的亲身经历写成故事,同时编入她父母现场拍摄的130多幅极为难得的图片,不仅可亲可赏,而且能唤起人们保护大自然、保护野生动物的意识,出版后很快成为全球畅销书,给中国的大自然文学创作带来鼓舞与借鉴。它的引进不仅受到中国读者超乎寻常的欢迎与关注,被《中国图书商报》和中央电视台《读书时间》联合推荐为2002年十大引进书之一,而且在《中国图书商报》组织的《中国阅读目光——60余家媒体编辑记者2002年读书印象》活动中,有10人将其列入2002年10种印象最深的读物,入选率最高。

由此可见,所谓大自然文学,首先是以大自然为文学题材的文学;但它又不仅仅是一个题材概念,即写大自然还不是大自然文学的全部,更重要的还要看其怎样写,还要看渗透在其中的关于人与自然关系的基本观点。凡是体现出对大自然的生命意识、尊重意识、平等意识、关怀意识的作品,反映大自然的生存状态、肯定大自然自身存在的价值、倡导人与自然和谐发展、共存共荣的作品等都可以称之为大自然文学。如果以自然为道具,将自然拟人化,借景抒情、托物言志,或是借自然以逃避社会与人生、渲染个人的悲怨情绪的作品,就不是我们所说的大自然文学了。换言之,大自然文学就是要再现大自然生命状态的原始面貌,要还大自然与人类关系的本来面目,要将人与自然作为一个整体成为文学的反映主体,而不是像传统的以大自然为题材的文学那样,自然只有依附在人的情感世界才具有文学的意义。大自然不是人类的附庸,文学也不仅仅是人学,文学也不只是社会生活的反映。大自然在文学中具有独立的审美价值,与人类一样是文学反映的主体,而不是被动地用来表达人类某一情感的道具。所以我们说,大自然文学是人类观照自身文明历程与未来命运的文学,是追求人与自然和谐发展、共存共荣的文学。

大自然文学是面向未来、面向发展的文学,它在近年来的异军突起,实在有着深厚的社会文化的根基。新世纪的发展主题是人与自然和谐共生、共同发展,我们深信,新兴的大自然文学也必将得到更多的关注与更大的发展。

21世纪将是大自然文学发展与繁荣的世纪。

搜寻大自然文学的踪影①

今天,大自然文学研讨会由安徽主办,在黄山召开,表明安徽正在成为中国大自然文学的策动地。安徽不仅是中国大自然文学积极的倡导者、实践者和组织者,也必将成为中国大自然文学的代表者。

一、大自然文学研讨会与中国大自然文学的倡导

三年前的 2000 年 10 月,也是在黄山,安徽省儿童文艺家协会召开了“安徽儿童文学创作趋势研讨会”,会议通过对安徽儿童文学创作传统、创作特色与创作现状的分析,确立了倡导“大自然文学”的发展战略,并着手筹建大自然文学创作研究中心,将大自然文学作为中国儿童文学的一面旗帜、作为重振皖军的一支重要力量,提上优先发展日程。

2001 年,束沛德在评述世纪之交的中国儿童文学时,将“安徽大自然文学”作为“三

---

① 本文为作者 2003 年参加“大自然文学研讨会”的大会交流论文,后收入作者儿童文学文集《幼者本位》,由接力出版社 2011 年出版。2003 年 11 月 6 日至 10 日,安徽省委宣传部、安徽省作家协会和安徽省儿童文艺家协会联合主办的“大自然文学研讨会”在风光秀丽的黄山召开。会议由安徽省作家协会常务副主席、安徽省儿童文艺家协会主席、著名作家刘先平主持,中国作家协会书记处书记高洪波、安徽省人大常委会副主任苏平凡、安徽省文联党组书记杨屹等参加会议并发言。与会专家、学者与作家、评论家一起,围绕什么是大自然文学、中外大自然文学的发展进程与现状、如何繁荣大自然文学三大中心议题,进行广泛而热烈的探讨乃至激烈论争,会议取得圆满成功。参加研讨会的作家、评论家还有:北京大学教授曹文轩,北京儿童电影制片厂主任张之路,中国大百科出版社编审、作家马光复,内蒙古社会科学院研究员、评论家张锦贻,北京艺术研究院方敏,以及安徽的苏中、唐先田、钱念孙、赵凯、唐跃、黄书权、韩进、伍美珍、陈曙光、杨老黑、王蜀、李秀英、张玉庭、王国刚、邢思洁、刘君早、程亚星、徐卫新、李化等。《人民日报》(海外版)、《文艺报》、《光明日报》等媒体记者应邀参加会议。

面美学大旗”（另外还包括江西的大幻想文学、浙江的幽默儿童文学）之一给予充分肯定。中国作家协会金炳华书记在“两会”（文代会和作代会）所做的工作报告中，也给“安徽大自然文学”一席之地。今天，中国作家协会书记处书记高洪波、安徽省文联党组书记杨屹，以及各位专家、作家，都在百忙中亲临指导，坚持参加会议，这是对安徽大自然文学的支持与鼓舞。我以为，安徽作为中国大自然文学的领头羊，发展大自然文学的内外条件已基本具备。我们相信，这次会议后，安徽的大自然文学创作与研究必将有一个新的飞跃。

在安徽召开“大自然文学研讨会”，还是安徽省儿童文艺家协会 2003 年的“三大文学工程”之一。2002 年 12 月，安徽省儿童文艺家协会在安徽巢湖召开“2002 年度创作汇报会暨 2003 年度创作规划会”，会议确定将 2003 年作为安徽儿童文学的“大自然文学年”，并围绕这一中心设计了三大工程：

一是与省环保局、林业局协作，在 2003 年上半年，选派 6 名有志于大自然文学创作的青年作家到本省的大自然保护区深入生活（安徽现有大自然保护区 34 个，其中国家级 5 个）。这项工作虽然遭遇“非典”的影响，仍然得以圆满完成。

二是在作家深入大自然生活的基础上，创作出版一套以大自然保护区为背景、以生态与环保为题材、以人与自然和谐发展为主题的大自然文学创作丛书。目前，这项工程正在进行，各位作家正在对初稿进行加工润色。

三是在年底召开“大自然文学研讨会”。

我认为，这次研讨会的意义，不仅在于总结、交流与研讨，给大自然文学做一份准确的“说明书”，也是大自然文学这一文学新品种的“立项论证会”与“品牌认证会”，同时还是为日益明显的大自然文学创作现象寻求一种舆论导引与理论支持。

这次会议的召开表明大自然文学将以安徽为策源地，迈出了走出儿童文学、走向全国的第一步。但这还只不过是万里长征刚刚迈出的第一步，以后的路程将更长也更艰辛，就像攀登黄山险峰，只有不畏劳苦而善于攀登的人，才有希望达到光辉的顶点；亦如探险华山幽洞，入之愈深，其进愈难，而其见愈奇，非“有志与力又不随以怠”者而不能至。

回顾大自然文学的倡导历程，一个基本的事实是：先有一批具有当代大自然文学新质的作品，然后才有将这类作品称之为“大自然文学”；而在有了“大自然文学”这一文学发现后，安徽的儿童文学创作有了新的发展方向，一批有志于大自然文学的作家集聚在大自然文学的旗帜下，开始了大自然文学的新实践。正如曹文轩所说，安徽是大自然文学的大本营，刘先平就是大自然文学的旗手，由于安徽省儿童文艺家协会在大自然文学方面的不懈倡导，才使大自然文学成为当代文学的一个重要话题，被提到文学创新与发展的重要日程上。

二、当代意义上"大自然文学"演进的逻辑踪迹

文学的发展是不能割断的,任何一种文学现象都有它发生与发展的历史渊源与现实要求。今天所说的"大自然文学",作为一种文学现象,有它的文学传统与演进踪迹。顾名思义,大自然文学与大自然有关,首先是题材意义,是"大自然的"文学,大自然是文学的永恒母题之一,到了当代,大自然文学才日益成为一种明显的文学现象,成为独具个性品质的新文学。遵循文学与大自然的关系,搜寻大自然文学的逻辑踪迹,尝试将其分为五个文学发展的逻辑阶段,即远古的神话文学、古代的山水文学、近代的动物文学、现代的生态文学和当代的大自然文学。

(一)远古的神话文学

远古时期,在自然进程中出现了生命。生命由低级向高一级进化,出现了高级形态的脊椎动物,而最后在这些脊椎动物中,又发展出这样一种脊椎动物,在这种脊椎动物的身上自然界达到了自我意识,这就是人。

人从大自然中独立出来,也逐渐走向了大自然的对立面——人从大自然中分离出来,大自然被一分为二,成为人类社会与自然界互为对象的两大生命系统。不论是最初的狩猎文明,还是稍后的刀耕火种,原始人对自然界的了解都极其有限,他们在变幻莫测的大自然面前感到无能为力,心中油然生成对自然力的恐惧、敬畏而至崇拜,认为自然神是一切事物之母,于是幻想出许多解释自然力、征服自然力、把自然力加以神化的原始文学——神话。

这时的人类虽然开始从大自然中走出,却仍然是"自然人"。

人类既然不能了解自然万物,那就从自身探索起吧。于是最初的神话是与母系社会形态相一致的关于人类神秘起源的始祖诞生神话(包括生殖崇拜神话和祖先崇拜神话两大类,如我国古代神话中的女娲之腹、古希腊神话中的奥林匹斯山诸神、古希伯来神话中的亚当和夏娃等)。

当原始人类由最初的狩猎时代进入部落—部族为社会组织形式的农牧业时代后,人与自然的关系得到进一步调整,出现了以自然物如日月星辰风雨雷电为神话形象的自然崇拜神话。又由于人类在了解与征服自然的过程中,涌现出各方面的英雄人物,这样又有了英雄崇拜神话的诞生,如征服自然的英雄神话(盘古开天辟地、夸父追日、大禹治水、愚公移山、普罗米修斯、诺亚方舟等)、部落战争英雄神话(炎黄之战、特洛伊的故事、俄底休斯的故事等)和关于创造发明的英雄圣贤神话(神农辨药、仓颉造字等)。

至此,随着人类的不断进化与生产力的不断提高,神话在演进过程中,神性逐渐丧

失，而人性则日益明朗，这表明原始社会的发展已经走到了人类文明时代的门槛，作为人类童年时代所特有的文学现象——借想象来征服自然力的神话，随着这些自然力的实际上被支配，也就消失了。所谓的英雄神话也就近于传说故事了。

综观神话文学的演进，它是借幻想来征服与支配自然力，不仅反映的对象是大自然，而且这个大自然也包含人类自身。人类对自身的探究，正是人类探究整个自然的一条途径、一个部分。那时候的人力还十分渺小，十分有限；自然力却十分强大，法力无边。人类还无法对大自然有科学的认识，对自然万物做出科学的解说，所以，神话文学虽然是以整个大自然为反映对象，似乎也就是大自然文学了，但它并不是建立在科学的自然观上的科学想象，可以称之为"文学"——大幻想文学，却不能叫它"大自然"文学，然而其中有关自然崇拜的神话，因其直接描写自然万物，却是值得我们今天的大自然文学者给予关注与借鉴的。

（二）古代的山水文学

人类进入文明时代后，随着生产力的提高而对自然的了解日益深入，自然力已不再像过去那样神秘可怕了，人类开始将眼光从被神化了的自然力投向大自然本身。

如果把大自然比作一本书，那么自然力（上帝或神）就是它的作者，现在该是人类去阅读上帝（神）创作的这部自然之书的时候了！于是关于人与自然的关系有了种种说法，反映到人类信仰上，就有了各种不同的宗教自然观。

譬如基督教认为，人是地球的管家，是万物的朋友，是自然界的祭司，莫忘"修理看守"的责任，崇尚"神人合一"；伊斯兰教则认为人是真主创造的自然界的一部分，而宇宙万物应该和谐发展；佛教则视"众生万物皆兄弟"，追求"物我不二"的涅槃境界；而道教主张"天人合一""道法自然"，认为"宇宙万物皆同道"。虽然宗教信仰不同，但在自然观上都有一个基本点相通，就是人与宇宙万物应该和谐发展，人要尊重一切生命，要爱自然万物。

也许是本着这一人性良知的牵引，自有反映人类情感的文学以来，就有描写大自然的作品。亲近自然，讴歌自然，关爱自然，师法自然，成为大自然作品的最基本内容，而最常用的表现方法，或借景抒情，或托物言志，或寄情山水。

如我国第一部诗歌总集《诗经》中就有不少诸如"关关雎鸠""呦呦鹿鸣"这样描写大自然的名句。先秦诸子百家中的许多寓言也是借自然之物、自然之道来阐明人间至理。三国时期曹操有《观沧海》一诗，因其对自然山水的描写而被认作后来山水诗的雏形。而自晋至唐宋，寄情山水成为抒情派文学的重要一翼，涌现出像陶渊明（《归园田居》）、郦道元（《水经注》）、孟浩然（《过故人庄》）、王维（《使至塞上》）、柳宗元（《永州八记》）、欧阳修（《秋声赋》、徐弘祖（《徐霞客游记》）等这样一些描写大自然的高手，延续了一个寄情山水的文学时代。

然而，不论是陶渊明的“采菊东篱下”，还是孟浩然的“把酒话桑麻”，描写的也不过是作者眼中所见的田园风光和心中渴望的世外桃源般的悠闲生活，是将内心的精神体验与外界的自然景物融为一体而生发的人生感喟，用王维的话说，“一生几许伤心事，不向空门何处销”（《叹白发》），多少有种远离尘世的无奈，大多是一种暂时的个人解脱。此时的自然成了人类的倾诉对象，是人类的精神家园，成了人类精神之象征。

也有不把个人解脱当作唯一目标的，而是真正敬重大自然的一草一木，成为大自然的朋友。白居易在《游云居寺赠穆三十六地主》中道出了这一真谛：“乱峰深处云居路，共蹋花行独惜春。胜地本来无定主，大都山属爱山人。”只有达到了人与自然和谐相处的高境界，才能与大自然具有感情上的共鸣，从而达到人与自然的互爱。这时，具有高境界的人虽然不想去做山水的主人，但山水却认他为主人了。因而，酷爱自然的郦道元，虽然写的是一部地理志，却真心讴歌自然之美，像《水经注》那样描写三峡四季景色迭变的美妙文辞，才被后人推为山水记游的典范。而明代旅行家和地理学家徐弘祖，更是投身大自然，不再只是游戏山水之间，而是于记述地貌、水文、地质、植物等现象的同时，开辟了一个从地理学上系统观察、描述自然的新方向——讲述大自然的故事。是否可以说，《水经注》和《徐霞客游记》就是那个时代“集个人的情感和自然的观察为一身”的中国大自然文学的雏形呢？

就世界文学来说，大自然也自古是作家取之不尽的创作源头。东方是世界文学的摇篮，被誉为“世界儿童文学史上第一部故事书”的印度《五卷书》，就有不少关于自然的故事。西方最早的文学《荷马史诗》（公元前六世纪）中的《奥德修纪》，就是一部航海漂流记，写奥德修纪在大海上整整漂流的十年间如何与自然力作斗争而最终战胜自然力的故事。

14 世纪至 17 世纪，当中国仍然处在封建社会最后的三个王朝（元、明、清）时，欧洲的资产阶级发生了一场文艺复兴运动，提倡人性，反对神性；提倡人权，反对神权，突出了以“人”为中心的社会价值观。大诗人但丁说，人的高贵超过了天神；大戏剧家莎士比亚说，人是一件了不起的作品，是“宇宙的精华，万物的灵长”。但与此同时，大科学家伽利略又要求人们到大自然中去阅读“自然之书”。

18 世纪初叶，作为《鲁滨孙漂流记》的原型伍兹·罗杰斯船长的航海纪实《环球航行记》，也是真实记录大写的人在阅读自然之书（荒无人烟的小岛）中的冒险经历，谱写了“人定胜天”的壮美。法国博物学家、作家布封（1707—1788）的 36 册巨著《自然史》，包括地球史、人类史、动物史、鸟类史和矿物史等，以科学的观察为基础，用形象的语言描绘大自然的神奇面貌，具有很高的文学价值。而美国的威廉·巴特姆（1739—1823）的《旅行笔记》（1791），以自己于 1773 年至 1777 年间遍游美国东南部的观察日记为素材，不仅描述了动植物群和自然景观，还表达了作者作为一个自然之人的哲学思想，认为大自然中，万物都有一种亲族关系，都像人一样有知觉和灵魂。这部以日记为素材而整理的散文体《旅行笔记》，多年以后成为美国自然文学作品独特的文学形式，他对美国东南部荒野的描写，形成了一种对荒野的审美观，使他成为美国自然文学的奠基人。

（三）近代的动物文学

18 世纪 60 年代，从英国开始的工业革命迅速遍及整个欧洲，到 19 世纪 30 年代工业革命基本完成，最终以机器大工业取代了工厂和手工业，大大提高了人类利用自然和征服自然的能力。这时人与自然的关系，因为人力的日益强大，自然被置于任人宰割的被动地位，尤其是对矿产资源的掠夺日胜一日，自然界在人类的眼里又被简单地分为有生命的动植物与无生命的矿产资源。

对矿产资源无节制的掠夺将人性中贪婪的一面暴露无遗，而在满足贪婪的同时，人类又将展现出人性中的善良一面，将自己的爱心与人道主义的同情给予了与人类一样有生命的动物，于是，出现了在人与自然的关系中重点表现动物的作品。

这一时期的动物作品，不是神话时代的寓言式作品，如伊索寓言中的《狼和小羊》，也不是《列那狐列传》中的列那狐，它其实是一个社会动物，是一种象征，表达的是一种社会批评，张扬的是一种人类良知。这一时期的动物作品，以传统文学的眼光看，它属于科普读物中的自然知识读物，介绍的是动物的生活习性、生命状态，以及物种的繁衍与演化等自然内容，同时充满人道主义的温暖与关怀，在展示动物世界的同时，带有明显的知识性、欣赏性，与“向动物学习”“拜动物为师”的明显倾向。

如法国博物学家、作家和动物画家西顿(1860—1964)的《我所熟悉的野生动物》(1898)，忠实于生物学的真实性、忠实于他自己的野外考察，为加拿大文学乃至整个美洲文学开拓了一条动物文学的新路子。他在作品中，不把动物加以人化，不堕入庸俗的拟人化，而是着眼于“生物学知识的普及——首先是向少年儿童普及，在于帮助他们形成自然知识，在于培养少年的人道情感”（西顿语）。由西顿开拓的这条动物文学的新路子，一直延续下来，成为现代大自然文学的重要一翼。

法国动物故事女作家黎达(1899—1955)在《跳树能手》《春天的报信者》等 8 部动物故事书中，以松鼠、野兔、刺猬、棕熊、海豹、野鸭、杜鹃、翡翠鸟 8 种兽鸟为主角，分别写了它们的出生、成长、外貌、习性、适应环境的本领和为自己的生存、繁衍后代而斗争的方式。同时丛书还介绍和描述了其他 130 多种动物、70 多种植物，此外，在故事中还穿插了一些大自然现象。作者以诗意的文字，为少年读者揭开大自然的奥秘，将丰富多彩、千奇百怪的大自然生动完美地展现给少年读者，极富科学性、真实性与趣味性。

日本作家椋鸠十(1905—1987)的动物故事丛书把少年儿童带进了高山密林，带进那个遍布野生动物的神秘诱人的世界，表现了“野性可敬，自然可贵”的主题。作品多次获奖并被大量选入日本中小学课本。代表作有《一只耳朵的大鹿》《动物的脚印》《孤岛野犬》《赤鸟》等。

加拿大作家乔治·斯·别兰尼(1888—1938),从一个猎人和捕兽人,发展到自然探索者和动物故事作家,并以自己的作品赢得了世界声誉。他在观察日志的基础上写成的动物札记和动物故事,号召人们保护“海狸种族”和其他珍稀动物,使它们免遭无情的捕杀。代表作品有《林中书页》和《消逝的游猎部落》。作品中对大自然生活深挚的爱与对世界的富有诗意的描述,强有力地吸引了俄罗斯杰出的大自然文学家普里什文,称誉别兰尼的作品是世界儿童文学的典范之作。

动物文学在俄罗斯有着系统的发展,延续时期也享有很高声誉,拥有众多的读者与可观的销售量。早在 19 世纪,就有屠格涅夫的《猎人笔记》、列夫·托尔斯泰笔下以动植物故事与以大自然为题材的散文、马明-西比里亚克的《灰脖鸭》和《猎人叶米里》、契诃夫的《卡什唐卡》和《白额头》、库普林的大象故事等。到 20 世纪二三十年代,尤其是后半世纪和人道主义传统扭结在一起,显示了动物文学、大自然文学读物作为一条儿童文学支脉的强大。其代表性作家有比安基、普里什文、帕乌斯托夫斯基等。由单个的动物到动物生存的环境,到大自然,到写自然中的动物。这类在人与自然的关系中侧重表现动物的作品,其中的动物主要是个体或种群,仍然将动物世界作为人类社会的对立面来描写的,对动物大都有一种居高临下的心理优势,一种玩赏的文学心态。

比安基(1894—1959)是俄罗斯大自然文学的奠基作家,其数量之众、品位之高、流传空间之广、传播时间之长、赢得读者之多,在整部俄罗斯儿童文学史中可以与之匹比的,为数鲜少。代表性作品有:《木尔楚克》(关于大山猫的故事)、《独生子》(关于驼鹿的故事)和《写在雪地上的书》(关于兽类脚印的故事)以及趣味盎然的森林百科知识全书《森林报》等。

普里什文(1873—1954)具有一种把对大自然的爱心酿化成诗意的天才,也具有一种把对大自然的爱心酿化成趣浓味深的故事的能力。代表作之一是《大自然的日历》,记述了大自然四季的变化和引发的思考。

帕乌斯托夫斯基(1892—1968)作为风格独特的大自然文学作家,作为散文巨匠和写情景的大师,1965 年曾被提名为诺贝尔文学奖的候选人。主要作品有短篇集《夏天的日子》《一篮枞果》《獾的鼻子》等。

俄罗斯的大自然文学到了 20 世纪六七十年代出现了繁荣期,并成为俄罗斯当代儿童文学最具茁壮生命力的富有人道主义的文学枝丫。这些作家有:特罗耶波尔斯基(《白比姆黑耳朵》)、恰普丽娜(《牧羊人的朋友》)、帕甫洛娃(《以前没见过——以后会看到》)、斯拉德科夫(《银色的尾巴》《林中隐秘的地方》)、阿凯莫什肯(《在动物世界里》)、罗曼诺娃(《地下旅行家》)、费拉托夫(《驯兽员的故事》)等。当代大自然文学作家有两个新的特点:第一是作家们追随着现代意识,认为在世界动物品种日渐减少的情况下,对所有动物都要采取爱护与保护的态度;第二是这类文学读物所担负的也不只是知识启蒙和知识普及的任务,而是需要突出整个生命科学的相互有机联系,提醒人类要关注生命、重视生命,充分认识到只有人与自然的和谐发展,才是人类文明建设的正途。已经与生态文学交融并流了。

(四)现代的生态文学

20 世纪之前以自然为题材的文学有着浓厚的纪实色彩,多强调人对自然的交流,思考与写作的着眼点仍限于自然与自我或自然与个人的思想行为的范畴。

到了 20 世纪,随着生态问题日益凸显,以大自然为题材的文学,其思考的视角和价值追求都发生了重大转变,越来越专注反映生态环境与人类社会发展的关系,越来越以生态整体主义或生态整体观来考察自然与人的关系,出现了以生态整体主义为思想基础、以生态系统整体利益为最高价值的考察、重点表现自然与人之关系、探寻生态危机的社会根源的生态文学,因其生态思想、生态视角、生态主题的重要,越来越成为一种主要的文学形式和文学批判力量,受到文化精英层的欢迎,将其作为新的科学启蒙、思想启蒙、文化启蒙、道德启蒙的利器加以推广,其文学形态也与环境文学、问题文学、反思文学、寻根文学有着更多的貌合形似。

生态文学的关键是"生态",其理论基础是生态系统论,文学特征是批判现实主义,即以生态系统的整体利益为最高价值的文学,而不是以人类中心主义为理论基础、以人类的利益为价值判断之终极尺度的文学。

生态文学也描写大自然,但传统的描写自然的文学大都把人以外的自然物仅仅当作工具、途径、手段、符号、对应物等,来抒发、表现、比喻、对应、暗示、象征人的内心世界和人格特征。"感时花溅泪,恨别鸟惊心"里的花和鸟本身并不重要,重要的是它们可以用作工具表达诗人的情感。这种写法是人类中心主义在文学里的一种典型表现。生态文学家非常反对人类纯功利地、纯工具化地对待自然。生态文学的核心特征决定了它必须将所有以工具化的态度和工具化的方法对待自然的文学排除在外。这一核心特征使我们能够在生态文学作品与非生态的描写自然的作品之间划出一条清晰的界限。

生态文学也着力表现自然与人的关系,但生态文学的突出特点是生态责任。生态文学对自然与人的关系的考察和表现主要包括:自然对人的影响(物质的和精神的两个方面)、人类在自然界的地位,自然整体以及自然万物与人类的关系,人对自然的征服、控制、改造、掠夺和摧残,人对自然的保护和对生态平衡的恢复与重建,人对自然的赞美和审美,人类重返和重建与自然的和谐等。在表现自然与人的关系时,生态文学特别重视人对自然的责任与义务,急切地呼吁保护自然万物和维护生态平衡,热情地赞美为生态整体利益而做出的自我牺牲。生态文学把人类对自然的责任作为文本的主要伦理取向。

生态文学与后起的大自然文学相比，一个重大区别在于生态文学可以不直接描写大自然。许多作家对人类中心主义、二元论、征服和统治自然观、欲望动力观、发展至上论、物质主义、消费主义等思想观念，对破坏生态平衡的自然改造、竭泽而渔地榨取自然资源的经济发展、违反自然规律和干扰自然进程的科技创造、严重污染自然的工业化和农业现代化、大规模杀伤武器的研制和使用等许许多多的思想、文化、社会现象提出了严厉的批判。正因为这一特征，在判断具体作品是否属于生态文学时，可以不把直接描写自然作为必要条件。一部完全没有直接描写自然的作品，只要揭示了生态危机的思想文化根源，也堪称生态文学作品。

人与自然的关系，这个文学永恒的主题，发展到 20 世纪成为最重要的文学现象，20 世纪也被称为一个“生态诗学”的世纪。面对这个生态失衡、人性复杂的年代，生态文学为世人敲了警钟。生态文学在欧美、俄罗斯最为发达。文学家强烈的自然责任感和社会使命感，推动着生态文学兴起、发展并走向繁荣。

（五）当代的大自然文学

大自然文学是以现代生态文学为发展背景，汲取生态文学营养发展起来的，主要以少年儿童为阅读对象的生态文学的一个特殊分支，其具有生态文学的基本特征外，因为接受对象少年儿童的特殊性，更彰显文学的引导功能，更关注文学的爱的主题、道德主题、和谐主题、发展主题、未来主题。所以说，现代意义上的大自然文学有着深厚的文学传统，又是一种新兴的具有独立审美品格的文学品种，科学的大自然观、大自然的独立审美价值和对一切生命意义的人文关怀，面向孩子、面向未来的理想主义和浪漫情怀，是当代大自然文学的重要特征。当代意义上的大自然文学应该是以整个大自然为审美主体、以环保生态为重要内容、以追求人与自然和谐发展为目标主题、以少年儿童为主要读者的一种综合性文学。还有旅游文学、大自然摄影文学、游记文学等一些以大自然为审美对象的文学，也都可以集聚在大自然文学的旗帜下，各得其所，汇聚成当代意义上的大自然文学大家庭，这又与生态文学有明显区别。

就世界范围而言，只有到了 20 世纪，大自然文学才在儿童文学最为发达的俄罗斯、法国、美国、加拿大、日本大为兴盛，成为 20 世纪最宽泛、最受读者欢迎的儿童文学品种之一。我国具有大自然文学性质的作家作品的出现，是在 20 世纪七八十年代，以安徽儿童文学作家刘先平倡导的大自然文学创作活动为标志，但大自然文学的发展比较缓慢，发展水平不高，需要加大投入、理论指导与创作支持。

这里特别需要说明，上述五阶段说，是为了叙述的方便而人为划分的。其实，文学的发展进程不可能有这样一个分明的时间表和路线图，而是各种文学形态包容在一起，只是在某个阶段某种文学形式表现突出，其他的文学形态相对而言处于隐性。一般而言,后一种文学形态必然是在前一种文学形态基础上孕育发展而来的,越到后来,文学的形态就越丰富,呈现多种文学形态并存、相互借鉴、各自发展的繁荣局面。

附:中国大自然文学论析(提纲)

绪论(约1万字)

什么是大自然文学:(1)大自然文学是一个现代概念;(2)大自然文学研究的对象、范围、现实基础与理论指导;(3)大自然文学的主要文体特征、表现手法、美学个性以及文学贡献;(4)研究中国大自然文学的文学意义和史学价值。

第一章 搜寻中国大自然文学的踪影(约2万字)

讲述从古代以大自然为题材的文学如何演变为现代的大自然文学。拟分作五个文学阶段,主要讲述近代文艺启蒙以后出现的以动物为审美,在人与自然的关系中着重表现生命的动物文学;现代工业文明时期(20世纪中期),在人与自然的关系中着重表现人的寻根文学;现代工业文明后期(20世纪末),在人与自然的关系中关注种群的命运以及生态平衡的环保文学和生态文学,以及当代高科技文明时代(世纪之交),在人与自然的关系中关注和谐发展、共存共荣的大自然文学。(1)远古的神话文学;(2)古代的山水文学;(3)近代的动物文学;(4)现代的生态文学;(5)20世纪后叶兴起的大自然文学。

第二章 现代意义上中国大自然文学的倡导(约4万字)

(1)创作准备。20世纪初叶以大自然为题材的文学创作(冰心、高士其、艾青、郭风等著名作家以大自然为审美的作品创作);

(2)文学倡导。20世纪中叶现代意义上大自然文学的兴起(一场声势浩大的“大自然文学运动”;大自然文学兴起的深厚社会文化根源及审美取向;大自然文学与儿童文学、环保文学、生态文学的关系等);

(3)海外影响。当代世界大自然文学对中国大自然文学发生、发展的影响。

第三章 中国大自然文学重要作家作品(约6万字)

(1)在人与自然关系中表现动植物的科普作家作品;

(2)在人与自然关系中表现大自然生态的环保作家作品;

(3)在人与自然的关系中追求人与自然和谐的“新文学”作家作品;

(4)刘先平对中国大自然文学的贡献。

第四章 中国大自然文学的理论建设(约2万字)

(1)大自然文学对“文学即人学”传统文学观的颠覆;

（2）“大自然文学”——三大儿童文学美学旗帜之一；

（3）大自然文学的理论构架及学科建设。

第五章　中国大自然文学的发展趋势（约 2 万字）

（1）当代大自然文学发展的条件（作家、出版、推广、批评与理论研究）；

（2）引进与原创——发展与繁荣大自然文学的双飞翼；

（3）经济发展与大自然文学的关系；

（4）大自然文学的“儿童文学”前途。

第六章　中外大自然文学之比较研究（约 2 万字）

（1）俄罗斯大自然文学比较研究；

（2）英美大自然文学比较研究。

附录（约 1 万字）

（1）百部中外大自然文学经典作品简介；

（2）中外大自然文学重要作家简介；

（3）主要参考书目。

高扬大自然文学的旗帜[①]

——“大自然文学研讨会”纪要

2003年11月6日至10日，由安徽省委宣传部、安徽省作家协会和安徽省儿童文艺家协会联合主办“大自然文学研讨会”在风光秀丽的黄山召开。会议由安徽省作家协会常务副主席、安徽省儿童文艺家协会主席、著名作家刘先平主持，中国作家协会书记处书记高洪波、安徽省人大常委会副主任苏平凡、安徽省文联党组书记杨屹等参加会议并发言。与会专家学者与作家评论家一起，围绕什么是大自然文学、中外大自然文学的发生发展以及如何繁荣大自然文学等三大中心议题，进行广泛而热烈的探讨乃至激烈论争。大会高度评价安徽省儿童文艺家协会三年来对大自然文学的热心提倡、积极实践与精心组织，认为大自然文学应该成为一面高高飘扬的文学旗帜，成为新世纪文学发展与繁荣的一道亮丽风景，为人类精神世界的回归与提升产生积极的影响。大家一致认为，这次会议举办得非常成功，必将在当代文学的发展史上留下积极而深远的影响。

一、什么是大自然文学

关于什么是大自然文学，大家一致认为，大自然文学是一个具有现代意识的文学概念，是在20世纪中后期生态平衡和环境保护这一全球性问题日益突出的情况下，文学关注社会、关注人类、关注未来的自觉选择。

苏平凡（安徽省人大常委会副主任、作家）认为，大自然文学，首先是以大自然为题材的文学；但它又不仅仅是一个题材概念，即写大自然还不是大自然文学的全部，更重要的还要看其怎样写，还要看渗透在其中的关于人与自然关系的基本观点。凡是那些

---

① 该文发表于安徽省文联内部刊物《作家文讯》2003年11月18日。《安徽日报》2003年11月21日C2版发表作者以《高扬大自然文学的旗帜》为题的会议报道。

体现出对大自然的生命意识、尊重意识、平等意识、关怀意识的作品；那些反映大自然的生存状态、肯定大自然自身存在的价值、倡导人与自然和谐发展、共存共荣的作品……都可以称之为大自然文学。凡是以自然为道具，将自然拟人化，借景抒情、托物言志的作品；凡是借自然以逃避社会与人生、渲染个人的悲怨情绪的作品……都不是我们所说的大自然文学。换言之，大自然文学要将大自然当作大自然来写，要再现大自然生命状态的原始面貌，要还大自然与人类关系的本来面目，要将人与自然作为一个整体成为文学的反映主体，而不是像传统的以大自然为题材的文学那样，自然只有依附在人的情感世界才具有文学的意义。大自然不是人类的附庸，文学也不仅仅是人学，文学也不只是社会生活的反映。大自然在文学中具有独立的审美价值，与人类一样也是文学反映的主体，而不是被动地用来表达人类某一情感的道具。所以说，大自然文学是人类观照自身文明历程与未来命运的文学；是追求人与自然和谐发展、共存共荣的文学；是面向未来、面向发展的文学。

很多同志在发言中强调，不要过于狭隘地从某一个方面来理解大自然文学，而应该将大自然文学当作一个宽泛而开放的文学概念，不仅所有的文学样式——诗歌、小说、散文、戏剧等都可以成为大自然文学的载体，而且还包括环保文学、绿色文学、大自然游记和大自然摄影文学等。如果一定要给大自然文学下一个定义，是否可以这样说：大自然文学是指以大自然为文学描述对象，以环保生态为主要题材，以反映人与自然关系为中心内容，以追求人与自然和谐发展、共存共荣为基本主题，以人文关怀为美学特征的当代文学现象。

唐先田（安徽省社会科学院副院长、文学研究所所长）认为，大自然文学因为是以“大自然”为反映主体的“文学”，因而它是对传统的“文学即人学”的文学观的颠覆，对文学理论建设具有重要的创新意义。但也有不少同志不同意这样一种提法，而是认为，大自然文学虽然以大自然为描写的主体，但反映的最终还是人的情感与思想，所以，仍然不可能走出“文学即人学”这一基本命题。

马光复（中国大百科全书出版社编审，著名作家）认为，大自然文学是一个跨文体的综合性文学品种，具有报告文学的纪实性、散文的哲理性、游记的抒情性和小说的形象性。但大自然文学在本质上是文学，应该多从文学的意义上来解读大自然文学，或者说，大自然文学不是一个科技意义上的概念，也不是一个读者意义上的概念，所以，既不能单纯从题材角度理解，也不能单纯从体裁角度来界定，还不能从读者的角度来定位。从某种意义上说，将大自然作为文学描写的主体，是对传统的视文学为人学的文学观的一次重大拓展；同时，也创造了一种融纪实性、知识性、故事性与文学性于一体的一种特有的“大自然文学体”，但与科学文艺一样，作为一种综合性的文学品种，它还可以有小说、散文、戏剧、报告文学等多种文学样式。由于大自然文学与生俱来的教育品格，它的主要读者应该是处于受教育阶段的少年儿童,但又不仅仅是局限于少年儿童。

赵凯(安徽大学中文系教授,文学评论家)认为,大自然文学就是大自然文学,它不是儿童文学,也不是生态文学、环保文学,它应该有自己的文学主张、审美追求、体裁特征。大自然文学应该是以科学的自然观为基础的当代艺术理念,以大自然的现象与法则、人与自然的关系为审美表现的主体,有别具一格的文体特征和审美追求,其价值取向的终极关怀,应该是人与自然的共存共荣。苏中(著名文学评论家)认为,大自然文学,首先是题材意义,指称以表现大自然为对象的各种形式的文学;同时要以现代精神来体现与关照人与自然的关系,通过表现自然现象来影喻人类社会求和平求和谐求共存求发展的理念,从而唤起人们热爱自然,热爱生活,热爱生命。

二、中国大自然文学的发生与发展

关于中国大自然文学的发生与发展,大家经过交流与研讨,一致认为,现代意义上的大自然文学,兴起于 20 世纪 80 年代,以安徽作家刘先平的大自然文学创作为代表,至今已经有 20 年的创作实践,但鲜明地打出"大自然文学"这一旗帜,还不过两三年的时间。2000 年 10 月,安徽省儿童文艺家协会提出要把"大自然文学作为安徽儿童文学的一面旗帜"来提倡,将大自然文学作为重振皖军的一支重要力量列入优先发展战略,并得到了安徽省文联、中国作家协会的充分肯定和高度重视,被誉为新世纪初叶中国儿童文学"三大美学旗帜"(另外两面是大幻想文学和幽默儿童文学)之一。大自然文学虽然首先兴盛于儿童文学,但又不仅仅属于儿童文学,它已经走出了儿童文学的藩篱,成为一种面向人类、面向未来的综合性文学样式,是 21 世纪最有发展前途的文学。

安徽作为中国大自然文学的策动地,已经形成了一支稳定的大自然文学创作队伍,成为中国大自然文学当之无愧的倡导者、实践者、组织者与代表者。回顾大自然文学的发展历程,刘先平(安徽省作家协会常务副主席、著名作家)认为,大自然文学的兴起与发展是与人们对大自然的认识进程相一致的。现代意义上的大自然文学概念的提出,是建立在一批被后来称之为大自然文学作品的成功实践的基础上,而不是概念在先,创作在后。大自然文学首先是通过作品说话,但同时也需要批评界、理论界的关注,还有各级文学组织的支持。这次大自然文学研讨会的核心议题之一,就是要为已经兴起的大自然文学写一份说明书,把大自然文学推向全国,推向深入。

杨老黑(儿童文学作家)认为,大自然文学在安徽的兴起,有着深厚的基础,不仅位于江淮之间多样性的地理环境造就了安徽生物的多样性与丰富性,为大自然文学创作提供了得天独厚的自然条件,更重要的是由刘先平这位热心大自然文学创作的大作家的带头与示范，安徽已经形成了一支比较稳定、富有实力的大自然文学创作与评论队伍，而且得到省委宣传部、省文联、省作家协会和中国作家协会以及一大批专家、学者与作家、评论家的支持。

大会对以刘先平为代表的大自然文学创作给予了高度评价，认为刘先平的大自然文学建构了一种独特的审美空间，与中国文学中常见的自然书写有着本质的区别，它实现了文学立场由人本主义到生态主义的转变，实现了文学视野由生活到大自然的扩展，也具有跨文体写作的探索性，同时建构了成人文学与儿童文学的美学通道，实现了儿童文学的国际对话。曹文轩（北京大学教授、著名作家）认为，安徽是大自然文学的大本营，刘先平就是大自然文学的旗手，由于安徽儿童文艺家协会在大自然文学的不懈倡导，才使大自然文学成为当代文学一个重要的话题，被提到文学创新与发展的重要日程上。黄书权（安徽大学中文系教授、评论家）认为，大自然文学的倡导与实践，在儿童文学与成人文学间打开了一条通道，为儿童文学进入当代大学文学课堂提供了契机，大自然文学的倡导与研究应该成为当代文学重新获得新生与发展的增长点。

三、如何繁荣大自然文学

关于如何繁荣大自然文学，会议认为，作家必须也只有用作品来说话，要让大自然文学深入人心，就必须创作出一批真正具有典范意义的、深受广大读者喜爱的大自然文学作品；必须培养一支具有较高素质与一定数量的较为稳定的作者队伍（包括作家与评论家）；各级文学组织还应该实行优先发展与重点扶持战略，为大自然文学作家深入生活和出版作品创造有利条件。

高洪波（中国作家协会书记处书记、著名作家）认为，如今我们已经进入以经济建设为核心的世纪，进入奔小康的崭新纪年，我们尝到了挑战自然带来的苦涩果实，所以，我们变得宽容而聪明，这种思维方式的重大调整，使大自然文学拥有一种辽阔深厚的背景支持。当然，与西方先进国家相比，我们缺少资金、设备，缺少从事这一事业的更多的专家乃至“发烧友”，缺少耐力和勇气直至体魄——大自然文学是强悍者的文学，是野外生存者的文学，同时又是爱心文学、细心文学；也是既拯救环境也拯救人类自我的文学，是当代人的文学，也是为了未来的文学。所以，大自然文学有着广阔的发展空间与美好的前景。

安徽省儿童文艺家协会表示，在做好大自然文学创研中心的同时，将尽快开通“大自然文学网”，加强国内国外的创作交流，积极推动大自然文学的发展与繁荣。

会议期间，大家对提倡大自然文学的意义、大自然文学与儿童文学的关系、大自然文学与以大自然为题材的文学的关系、大自然文学与生态文学的关系、中国大自然文学如何走向世界等话题进行了热烈研讨。张之路（北京电影制片厂主任、著名作家）认为，大自然是人类生存的家园，不论经济如何发达，物质的东西终究不能代替精神，面对生活富裕了、精神却退萎了这样一个残酷的现实，呼唤回归自然、回归人性、追求人与自然和谐发展的大自然文学，还是实现人类精神的回归与提升的一服良药。

张锦贻（内蒙古社会科学院研究员、评论家）认为，大自然文学与儿童文学有着必然联系。大自然文学首先是儿童的文学，不要以为将大自然文学认为是儿童文学，就降低了大自然文学的层次，相反，儿童文学与大自然文学都是面向未来的文学。儿童最有自然属性，也最亲近自然，儿童的好奇心、求知欲、爱探险等天性，都能在大自然文学中得到满足。

方敏（著名作家）认为，大自然文学与生命科学都是以大自然中的生命为对象的，大家可以联起手来，用文学的手段表现生命科学，用生命科学的成果丰富大自然文学的内涵。高洪波也认为，没有热爱文学的科学家的加入，大自然文学的发展肯定是缺了一条腿。

韩进（儿童文学评论家）认为，现代意义上的大自然文学与传统意义上以大自然为题材的文学有着本质的区别。从传统以大自然为题材的文学走向现代意义上的大自然文学，经历了一个漫长的文学探索与发展过程，大致经历了远古时代（狩猎文明）的感恩文学（主要是大自然神话）、古代文明时期（农牧文明）的娱情文学（主要是山水游记）、近代工业文明时期(20 世纪初叶）的动物文学（在人与自然的关系中表现动物的文学）、现代工业文明时期(20 世纪中期）的寻根文学（在人与自然的关系中表现人的文学）、现代工业文明后期(20 世纪末）的生态文学（在人与自然的关系中关注种群的命运以及生态平衡的环保文学），以及当代科技文明时代（世纪之交）的大自然文学（在人与自然的关系中关注和谐发展、共存共荣）。所以说，现代意义上的大自然文学有着深厚的文学传统，又是一种新兴的具有独立审美品格的文学品种，科学的大自然观、大自然的独立审美价值和对一切生命意义的人文关怀，是现代大自然文学的重要特征。

中国大自然文学的里程碑①

——评“东方之子刘先平大自然探险”系列②

在刚刚结束的第六届全国优秀少儿读物评奖中，“东方之子刘先平大自然探险”系列(8 册)获得一等奖，作为原创儿童文学的代表进入国家图书奖的初选，这是对这套大自然文学创作的最好奖赏。

在当代文学百花园里，以“人与自然和谐发展”为主题的大自然文学得到越来越多的关注。作为一种引人注目的文学现象，大自然文学萌芽于 20 世纪 70 年代末新兴的环境保护运动中，在 90 年代获得长足的发展，如今作为中国儿童文学“三面美学大旗”(大幻想文学、幽默儿童文学、大自然文学)之一，日益彰显出独特的文学魅力。而中国大自然文学每前行一步，都与一位传奇式的作家——大自然的探索者——刘先平分不开，他就是中国大自然文学的开拓者、奠基者与代表者，是中国大自然文学的旗手。半个世纪以来，他始终坚持以双脚去度量大自然，以相机去记录大自然，以心灵去感悟大自然，大胆实验，不断创新，写下了 200 余万字的大自然文学作品，其体裁也由初期的鸿篇巨制到后来的记游美文再到现在的摄影文学，每一次探索都有里程碑式的示范意义。这次由湖北少年儿童出版社隆重推出的“东方之子刘先平大自然探险”系列，就是具有里程碑意义的一部创新之作。

“东方之子刘先平大自然探险”系列包括《黑麂的呼唤》《麋鹿回归》《天鹅的故乡》《迷失的大象》《潜入叶猴王国》《经历神奇红树林》《圆梦大树杜鹃王》和《解读树王长寿密码》，共 8 部，约 50 万字，1000 余幅照片，生动记录了刘先平探险大自然的无穷乐趣，以及对人与自然关系的深刻思考。

《黑麂的呼唤》是对人类爱心的呼唤。一只黑麂跑到分管林业和野生动物保护的县长家里，状告人类对大自然的破坏打破了大自然的生态平衡，给它们的生存带来了灭顶之灾。人类为了自己的需要，却要动物付出永远离开生它养它的大自然的生命代

---

① 韩进．中国大自然文学的里程碑 [N]．中华读书报，2003-10-08(24).

②“东方之子刘先平大自然探险”系列(8 册)由湖北少年儿童出版社 2003 年出版。

价！这是怎样的生存逻辑！人类凭什么一定要将自己的幸福建立在同样是生命的动物朋友的痛苦之上？作品告诉人们，动物也像我们人类一样有着爱情、亲情与友情；像我们人类一样，也在竭尽全力地生活着、奋斗着，直至走完自己的一生。而在它们身上体现出的牺牲精神和无私爱心，甚至让今天日益显得自私的人类感到羞愧。在很多方面，进化的人类还应该认真地向动物学习。

《麋鹿回归》也是动物生命的呼唤，呼吁人类归还本该属于麋鹿的生存空间。在很多动物的眼里，人类无疑是动物世界的强盗魔鬼。作者通过自己在麋鹿保护区的探险经历，揭开了一个个鲜为人知的麋鹿种群的生存与发展之谜，尤其是重笔描绘的在角斗中产生鹿王的过程，更是惊心动魄，发人深思。作者在300多万年自然、人类发展史的宏阔背景下，通过对麋鹿两次回归（回归中国、回归自然）的艺术概括，诗化般地再现了麋鹿种群的生存状态、生命奥秘，讴歌生命的价值，欢呼野性的胜利。

《天鹅的故乡》（包括《哈纳斯湖探水怪》《天鹅的故乡》《救救胡杨林》三个短篇）同样以“回归自然”为主题，警醒人类，一旦属于动植物生存的大自然空间没有了，人类还能生存吗？长久以来，人类在“大自然属于人类”的误区中走得太长、太远，残酷无情地掠夺、破坏，使很多物种濒临灭绝甚至已经灭绝，所以才有作品中写到的野马还乡计划、大漠寻找野驴、天鹅故乡的呼唤、原始胡杨林的厄运、干枯的罗布泊、几十万亩撂荒的沙地……每一件都是人类在为自己过去的无知付出沉重的代价。人类要建立动植物保护区、大自然保护区，就是人类对自己过去错误行为的反省与悔改。如果地球上只有人，其他生物都灭绝了，那将是怎样的一种景象？人，还能生存吗？

《迷失的大象》（包括《大象学校》《野象谷》两部中篇）是对人类文明的一种讽刺。人类对于大自然的住客，总是采取极端的利己主义的态度，对大象也是如此，一面顶礼膜拜，一面又因贪婪它们珍贵的象牙而大肆残杀。就是那些在动物园养尊处优、为孩子们带来笑声与欢乐的大象，又有哪一头是自动走出丛林的呢？每一头大象的身后都有一段辛酸血泪。

《潜入叶猴王国》是一部探险叶猴王国生存秘密的发现之作。叶猴属灵长类动物，是人类的近亲，现在已濒临灭绝，是我国一级保护动物。我国的叶猴有白头叶猴、黑叶猴、灰叶猴、戴帽叶猴四种。这里讲述的是作者寻访白头叶猴、巧遇戴帽叶猴、三探黑叶猴的神奇经历。叶猴王国神秘的“杀婴”行为、“猴结”的种群意义、惊心动魄的猴战等生命历程，是否也映照着人类早期的影子呢？

《经历神奇红树林》描绘了与动物世界一样神奇、充满生命奥妙的植物世界。红树林是生长在热带、亚热带海岸潮间区的森林，又称海底森林，它是一个特殊的森林系统，其中隐藏着太多的生命之谜。而红树林的自然生态更是非亲眼所见难以想象的——“前面的世界，惊奇得我透不过气来：树林中突然出现了无数的大蟒，它们或昂首，或低伏;扭曲游动,由地上向森林上空蹿去;见不到头,看不到尾,错综复杂。这些大蟒在树中织成了一片奇异的景象、怪异的氛围……”如蟒的红树林就是一个充满奥妙的奇根世界。

《圆梦大树杜鹃王》是一首礼赞生命的交响曲。就在这棵大树杜鹃身上,折射着中华民族一个世纪以来的屈辱与奋起。重新发现大树杜鹃的意义又何止是找到了一棵杜鹃树、一个物种,而是找回了中华民族的尊严与自信。在新发现的那棵大树杜鹃的周围,又发现了100多棵同样挺拔的大树杜鹃。这是一个庞大的群落,是一个依然保持着强盛生命力的群落。难道从它们身上不能体味到我们民族今天所拥有的蓬勃精神吗?

《解读树王长寿密码》告诉人们生命的本质在于创造。如前所述,树王是一部鲜活的历史,它忠实地记录着这片土地的气候、天文和树种的变迁。而它的长寿,又不能仅仅理解为一种自然现象,它还永远活在人们的心中,成为一种象征、一种力量。如果能够寻找到其顽强生命力的基因(生物基因与文化基因)奥妙,那将不仅仅是生命科学上的巨大发现,也将对人类文化的发展产生巨大的影响。

综观“东方之子刘先平大自然探险”系列,作者探险自然奥秘,解读生命密码,反思人类行为,呼吁文明发展,宣示了这样一个基本的生存法则,也是我们这个时代的永恒主题:人类属于大自然,因而保护自然万物,就是保护人类自身;只有人与自然的和谐发展,人类才能得到真正的发展。

2004 年

安徽新时期儿童文学发展论析[①]

一、在恢复中发展的安徽儿童文学

人们习惯将“文革”以后获得新生的文学，称作新时期文学。安徽新时期儿童文学，是指 1976 年以后的安徽儿童文学。

1976 年，十年动乱结束。1977 年，儿童文学界开始拨乱反正。1978 年，国家出版局、教育部、文化部、共青团中央、全国妇联、全国文联、全国科协等单位，在江西庐山联合召开会议，就儿童读物的出版、评奖、交流、科研和教学等做了认真、细致、具体的规划和部署。根据这次会议精神，《人民日报》11 月 8 日发表了题为《努力做好少年儿童读物的创作和出版工作》的社论。12 月 21 日，国务院又批转了由国家出版局等 8 家单位根据“庐山会议”起草的《关于加强少年儿童读物出版工作的报告》。由此，中国儿童文学开始进入全面恢复时期。安徽儿童文学创作就是在这样的背景下，得到恢复与发展。奚立华的革命历史题材的长篇小说《燃烧的圣火》(1979)、刘先平的大自然探险长篇小说《云海探奇》(1980)、黄国玉的中篇儿童生活小说《神秘的笔记本》(1980)、严阵的战争题材长篇小说《荒漠奇踪》(1981)，以及薛贤荣的寓言，赵家瑶、李先轶、谢采筏、潘仲龄的儿童诗等，都是“文革”后第一批有影响的作品。

《燃烧的圣火》是一部以解放战争为背景，描写江南某城圣母孤儿院这一特殊环境中人们为迎接解放而团结起来反对虚伪主教的长篇小说，共 19 章。小说通过 13 岁的孤儿荒子在孤儿院的所见、所闻、所行，揭露了教主的虚伪与反动，并在地下党的启发与领导下，自觉加入革命斗争的行列。1949 年的春天，党的阳光终于射入这座幽暗的

---

① 刘先平，韩进．安徽新时期儿童文学发展论析 [M]// 王泉根．新时期儿童文学研究．石家庄：河北少年儿童出版社，2004：612-617.

圣母孤儿院，温暖了孤儿们的心田。

长篇小说《荒漠奇踪》，通过红军战士司马真美惊心动魄的革命经历，颂扬了红军战士在极其困难艰苦的境况中，对革命始终坚贞不屈的高尚情操。全书 21 章，以情景交融的抒情笔法、诗一般的语言、惊险曲折的故事情节，着力塑造了少年战士司马真美生动、真实、感人的形象。

二、安徽儿童文学的新起点

（一）大自然文学创作

“恢复期”安徽儿童文学的发展，在与全国的儿童文学创作取同一步调的同时，还有一些新的特色。有一些作家开始有意识地从审美的角度来观照儿童文学，并且将创作的题材拓展到更为广阔但又与儿童的心灵成长密切相关的领域，如刘先平以探讨“人与自然和谐发展”为主题的大自然探险文学创作，正是这样的一种文学探索。从 80 年代初期开始，刘先平陆续创作了 4 部大自然探险长篇小说，即：《云海探奇》（中国少年儿童出版社，1980）、《呦呦鹿鸣》（人民文学出版社，1981）、《千鸟谷追踪》（中国少年儿童出版社，1985）、《大熊猫传奇》（人民文学出版社，1987）。这些作品，被评论界认为“开拓了一个新领域——大自然文学”。1996 年，著名儿童文学理论家樊发稼在谈到刘先平这一时期的创作时，曾有这样的评价：“刘先平作为一个儿童文学作家，在 20 多年前，就矢志不移地执着于这样一个重大题材……这在文学创作领域，是一种开创性的创造性劳动，开创性的业绩。”这些具有当代意识的大自然文学创作，也毫无疑问地成为安徽儿童文学的新起点。

在刘先平之外，涉足大自然文学创作的还有两位重要作家——方君墨和张子仪。他们合作创作了大自然游记小说《神奇的黄山》（1981）、大自然散文《花儿开在你心上》（1985）等。

《神奇的黄山》以兄妹游览黄山为线索，形象地描绘了黄山的秀丽风光，介绍了那里的珍禽怪兽、奇花异草，展现了那里雄伟壮丽的群峰、栩栩如生的巧石、苍劲多姿的青松、变幻莫测的云海和四季宜人的温泉。浅显的语言，并配有大量精美的插图，非常适合青少年阅读。

《花儿开在你心上》是一本描写花朵的别开生面的散文集。作者采用观看电影的手法，展示了 20 余种色彩绚丽、形态各异的花朵。这些花朵生活在春、夏、秋、冬，生长在高山、平原、水面和屋顶，开放在白天和夜晚……作品对这些花朵的某一特性都给予拟人化的描绘，形象地揭示了它们高尚的品德、美好的心灵、刚毅的性格和不屈的精神，在陶冶读者心灵的同时，让人们从情感深处，热爱自然，珍爱大自然给予我们的美好环境。

（二）儿童诗创作

在大自然文学之外，儿童诗也是80年代安徽儿童文坛的一颗耀眼的新星，涌现出了一批在全国有影响的儿童诗诗人，其代表作家有：赵家瑶、李先轶、谢采筏、潘仲龄等。谢采筏的《小鸵鸟》(1980)、《在植物王国里（组诗）》(1981)；潘仲龄的《春妈妈的三个小姑娘》(1981)；赵家瑶的《爬》(1985)、《梅花鹿》(1986)等，均被收入《中国儿童文学大系·诗歌卷》。李先轶的《彩色电视进山坳》《小红花》《伞花花》《月儿弯弯》《我和小树比着长》，赵家瑶的《小白鹅上学校》《大山》《什么叫》《梳子弯弯像月牙》以及谢采筏的《天上的宝石花》和潘仲龄的《雪》等，均收入《中国新童谣选》。这些童诗童谣，意趣盎然，易诵易记，来自儿童生活，反映儿童情趣，得到广泛流传。不少诗人的第一部儿童诗集也在这一时期出版，如谢采筏的《宝石花园》(1984)、赵家瑶的《小宝贝的歌》(1984)、潘仲龄的《春天的世界》(1985)、李先轶的《花蝴蝶》(1986)等。

三、走向繁荣的安徽儿童文学

经过十年的积累与发展，到80年代中后期，安徽儿童文学已表现出欣欣向荣的景象。主要体现在五个方面：

（一）领导重视，组织健全，积极营造发展安徽儿童文学的良好环境

新时期以来，安徽儿童文学得到较快的发展，受到省委宣传部、安徽省文联、省作协的高度重视与关注。1986年6月，安徽省儿童文学创作委员会成立，侯永任名誉主任，刘先平任主任，边子正、徐瑛等任副主任，王正刚为秘书长。省教委、省广播电视厅、安徽少年儿童出版社、共青团安徽省委、省妇联、省总工会等为协办单位。儿童文学创作委员会采取了一系列促进安徽儿童文学发展的新举措，为安徽儿童文学的发展营造了良好的氛围。

（二）多种形式的儿童文学活动

安徽儿童文学创作委员会成立后，采取了一系列推进儿童文学发展的活动。首先决定自1987年起，每两年举办一次儿童文学评奖。1987年，安徽儿童文学创作委员会举办大型儿童文学作家与青年美学家对话活动，共同研讨儿童文学创作情况，并就具体作品进行研讨，既提高了作家的审美意识，又让评论界了解了作家，并在此基础上，举办了首届安徽儿童文学评奖；1989年第二届安徽儿童文学奖也如期举行。两次评奖，有《呦呦鹿鸣》《野鸭洲历险记》《求药记》《神秘的笔记本》《春天的世界》《春天·童年》

等一批作品先后获奖，极大地鼓舞了儿童文学作家的创作激情。

在举办儿童文学评奖的同时，安徽儿童文学创作委员会还组织了一系列儿童文学创作研讨活动。

1988 年 9 月 23 日，“沪皖儿童文学笔会”在安徽歙县召开，两地的儿童文学作家、理论家、编辑 40 余人参加了会议。应邀而来的王一地、蒋风、浦漫汀、何紫（香港）等还分别介绍了各地的儿童文学现状与发展趋势，借此作为发展安徽儿童文学的参照，对安徽儿童文学如何走向世界，提出了建设性意见。

1989 年，安徽儿童文学创作委员会又组织了“皖台儿童文学研讨会”，拉开了两岸儿童文学交流的序幕。7 月 11 日至 23 日，台湾儿童文学研究会林焕彰一行 7 人，首航安徽，然后到上海、北京等地进行儿童文学交流活动。

1990 年，安徽儿童文学创作委员会接待了苏联儿童文学作家代表团访问安徽，就中俄儿童文学进行交流；同年，还组织编选了《安徽省儿童文学作品选》，分“诗歌”“童话·寓言”“散文”“小说”等四个部分，收录代表性作品 48 篇，由安徽少年儿童出版社出版。

1991 年，刘先平应邀参加在法国巴黎举行的国际儿童文学研究会，在会上介绍了中国儿童文学和安徽儿童文学的发展，受到与会者的关注，为安徽儿童文学走向世界架起了一座桥梁。

1993 年，为适应安徽儿童文学形势的发展，根据上级指示，安徽儿童文学创作委员会更名为安徽省儿童文艺家协会，此后，又主要做了以下十件事：

1. 1993 年，在马鞍山举办题为“儿童文学发展趋势研讨会”，澳大利亚的邦伯瑞教授、美国的艾莉教授，介绍了国际儿童文学的发展趋势，这为安徽作家了解世界儿童文学发展趋势，早日走向世界做了准备。

2. 1994 年，与安徽省关心下一代工作委员会、安徽省陈鹤琴教育思想研究会联合举办了“安徽省首届保险杯幼儿文学、幼儿歌曲大奖赛”，获奖作品集——《系红丝带的小鸽子》，由安徽少年儿童出版社出版。

3. 1995 年“六一”前夕，举行儿童文学座谈会；同年组织了“安徽省首届儿童剧创作‘小百花’奖”活动，14 部获奖作品结集为《获奖儿童剧本选》，由安徽少年儿童出版社出版。

4. 1996 年 9 月，与省委宣传部共同举办“刘先平大自然探险长篇系列”研讨会；10 月，与中国作协、中国青年出版社、安徽省委宣传部、安徽省文联一起，在北京联合举办“刘先平大自然探险长篇系列”研讨会。

5. 1998 年，策划安徽儿童文学作家创作丛书——“天柱文学丛书”。第一辑包括徐瑛的长篇小说《都市里的乡下少年》、雪涅的长篇小说《月亮溪的童话》、雪涅的短篇小说集《十五岁的风景》、戎林的短篇小说集《摇曳的烛光》和杨老黑的短篇小说集《猎犬和它的主人》,共5部,80万字,由安徽少年儿童出版社出版。

6. 1999年,为建国50周年献礼,编选《安徽文学50年·儿童文学卷》,分"小说""童话""寓言""诗歌""散文""科学文艺"等六个方面,收录了安徽作家建国以来创作的儿童文学作品91篇(部),50余万字。

7. 2000年10月14日至21日,举办"安徽儿童文学创作趋势研讨会暨安徽儿童文学研讨班"。著名儿童文学家束沛德、樊发稼、金波、张美妮、王泉根、徐德霞、张明照等,应邀参加会议并为研讨班学员授课。会议就"安徽儿童文学创作的现状与未来""安徽儿童文学新人的培养"以及"安徽儿童文学的大自然文学特色"等三大议题,进行了深入研讨与广泛交流,并成立了安徽"大自然文学创研中心"。会议期间,增补薛贤荣为安徽儿童文艺家协会副主席,王蜀、韩进为副秘书长,一批青年作家被选入常务理事会,同时决定举行第三届安徽儿童文学评奖,参评作品的出版时间为1989年至2000年。

8. 2000年12月,在"安徽省青年作家创作会"期间,召开"大自然文学创研中心"会议,进一步落实发展"大自然文学"的规划。

9. 2001年2月,举办王蜀获中国图书奖、冰心儿童图书奖新作《小霞客华东游》作品研讨会。

10. 2001年3月,在合肥幼儿师范举办刘先平新作"中国Discovery书系"(4册)作品研讨会。

(三)形成了一支数量可观的、老中青相结合的、稳定的作家队伍

各项儿童文学活动开展,不仅活跃了儿童文学的空气,而且为安徽作家的儿童文学创作创造了良好的环境,在老一辈作家的带动与扶植下,儿童文学新人不断涌现,逐渐形成了一支数量可观的、老中青相结合的、稳定的作家队伍。老一辈作家仍笔耕不辍,陆续有作品问世,如方君墨(诗集《写在树叶上的歌》,1988)、边子正(长篇小说《魔窟脱险记》,1988)、祁小林(长篇小说《风雨摇篮》,1990)等。中年作家更是发展安徽儿童文学的中坚力量,队伍最为庞大,代表作家有:刘先平、徐瑛、薛贤荣、戎林、赵家瑶、谢采筏、潘仲龄等。青年作家成长很快,队伍整齐,成绩突出,充满朝气。他们有:杨老黑、陈曙光、李志伟、伍美珍、王蜀、韩进、方志平、王蔚、王国刚、韩新东、邢思洁、敬勇、李秀英、陈忠义等。从体裁来看,从事儿童小说创作的有:刘先平、戎林、徐瑛、边子正、祁小林、金萍、周德钿、海涛、王世才、姜义田、宋知贤、徐善新、徐金星、杨老黑、陈曙光、雪涅、伍美珍、王蜀、王蔚、王国刚、阎亮等;从事童诗创作的有:方君默、谢采筏、赵家瑶、李先轶、潘仲龄、陈所巨、欧澄裁、程谱、韩新东、邢思洁、敬勇、李秀英等;从事童话、寓言创作的有:薛贤荣、陈忠义、张玉庭、祁小林、戎林、吴谨如、李志伟、杨老黑等;从事散文创作的有:刘先平、戎林、方志平、邢思洁、王胜龙、陶继森等;从事科学文艺创作的有:苏平凡、胡世晨、程富金、司有和、孙述庆、王国刚等；从事幼儿文学创作的有：方君默、赵家瑶、李秀英、吴彦琳、江全章等；从事儿童剧创作的有：王胜龙、房曼之、郭辉、李琦、李平、程小艺、陈次方等；从事儿童文学理论研究与批评的有：刘先平、薛贤荣、巢扬、韩进等。

（四）产生了一批有影响的优秀作品，获得了儿童文学界的肯定与好评

作家的辛勤劳动，结出了丰硕成果。安徽作家的儿童文学作品在全国性的儿童文学评奖中引人注目，除安徽儿童文学奖外，在全国性的儿童文学评奖中，安徽作家的儿童文学作品每每榜上有名。譬如，1982 年，刘先平的《云海探奇》获全国优秀儿童文学奖；1997 年，“刘先平大自然探险长篇系列”（5 册）同时获得中宣部“五个一工程”奖、第二届国家图书奖、第八届冰心儿童图书奖，并被推荐给联合国教科文组织；另有大自然探险散文集《山野寻趣》，1989 年获得全国新时期十年优秀儿童文学作品奖，并被中国青年出版社选入“希望丛书”；1999 年，《山野寻趣》（增删本）又获得全国优秀儿童文学奖。王蜀的大自然旅游文学《小霞客华东游》(2000 年，作为“小霞客游记丛书”之一种）同时获中国图书奖、冰心儿童图书奖。奚立华的长篇小说《燃烧的圣火》、鲁彦周的中篇小说《找红军》、陈永镇的《数数看》（美术）获第二届全国少年儿童文艺创作评奖(1954—1979) 三等奖；严阵的长篇小说《荒漠奇踪》获中国作协首届儿童文学奖(1980—1985)；方君默、张子仪的《神奇的黄山》获全国优秀少儿读物奖(1981)；陈忠义的寓言集《枫树的遭遇》获中国寓言文学研究会第二届“金骆驼奖”优秀创作成果奖(1998)。此外，历年来获冰心儿童图书奖的作家作品还有：刘先平的大自然散文集《红树林飞韵》、薛贤荣的寓言集《老鼠与神灯》、陈忠义的寓言集《枫树的遭遇》、李秀英《娃娃歌谣》(4 册)、方志平的散文《送别我的阿母娘》《红泥小手炉》等。青年作家李志伟、伍美珍的作品在小读者中受到欢迎，在《少年文艺》《故事大王》《东方少年》《小学生之友》《少年报》等报刊由读者投票评选的“好作品”奖中，他们的作品获奖频率很高。1997 年至 2000 年的 7 年间，李志伟的作品年年获奖，获奖作品有《拯救地球》《鲸王的决断》《与星星有约》《奇异的一课》《最高机密》《侦探小说家的奇遇》《时光邮筒》等。伍美珍的报告文学《雨季心事》《卡通女孩 YOU》连续两年(1999、2000) 获《少年文艺》（上海）小读者投票评选的“好作品”奖；1999 年，杨老黑还获得《儿童文学》杂志社主办的首届“俊以儿童文学基金奖”，并作为获奖代表在颁奖大会上发言。

安徽作家的作品还在海外，尤其在台湾地区产生了良好影响。新时期以来，安徽作家在台湾发表、出版的作品近千篇（部），其中有不少作品获奖。如戎林的中篇小说《九龙闯三江》(1993) 获台湾第一届九歌文教基金二等奖，《采石大战》(1997) 获台湾杨焕儿童文学奖；陈曙光的中篇小说《重返家园》(1994) 获台湾第二届九歌现代儿童文学奖。

（五）高擎“大自然文学”旗帜，走特色发展道路

在 2000 年 10 月举办的“安徽儿童文学创作趋势研讨会暨安徽儿童文学研讨班”

期间,安徽省儿童文艺家协会通过对安徽儿童文学成绩的回顾,认识到安徽儿童文学的突出成就与最大特色,是以刘先平的5部“大自然探险长篇系列”为代表的“大自然文学”;是刘先平率先在我国文学界(不仅是儿童文学界)树起了“大自然文学”这面旗帜,让大自然文学成为我国当代儿童文学百花园中的奇葩。安徽儿童文学的发展应该承继这一优良传统,高举“大自然文学”的旗帜,以其鲜明的地域文学特色为我国儿童文学在21世纪的多元化发展做出贡献。在刘先平突出的创作成就与创作示范下,一批青年儿童文学作家,如陈曙光、王蜀、程亚新、王少飞等,也自觉地走向大自然,创作了一些有影响的大自然文学作品,成为发展大自然文学的一支有生力量。加之安徽地处江淮,有驰名中外的黄山、九华山、太平湖等美妙山水,这些都为作家深入大自然、创作大自然文学提供了得天独厚的自然条件。所以,安徽省儿童文艺家协会提出:要把“大自然文学”作为安徽儿童文学的品牌文学来打造,当作安徽儿童文学的发展方向来提倡,集中一部分作家的创作力量,以大自然为创作母题,创作出一批高质量的大自然文学作品,高举“大自然文学”的旗帜,形成集团优势,力争将安徽建设为我国“大自然文学”的创作基地。同时鼓励作家坚持自己的创作个性,选择适合于自己的创作题材与创作样式,共同营造安徽儿童文学的繁荣局面。为推动安徽“大自然文学”的发展,“大自然文学创研中心”还对安徽大自然文学的创作、出版与评介做了全面规划。

四、重要的作家作品

(一)以刘先平为代表的大自然文学创作

安徽儿童文学的突出成就与最大特色,是以刘先平为代表的“大自然文学”创作。刘先平是我国当代大自然文学的积极倡导者与奠基者,在刘先平的创作示范下,安徽还有一批儿童文学作家自觉走向大自然,创作了一些有影响的大自然文学作品,如陈曙光、王蜀的大自然旅游探险文学创作等。

1. 刘先平的大自然文学创作

刘先平(1938—　　),安徽肥东人。国际儿童文学研究会会员、中国作家协会儿童文学委员会主任委员,中国野生动物保护协会理事,安徽省作家协会常务副主席,安徽省儿童文艺家协会主席,安徽省政协常委。1957年开始发表处女作《儿山与母山》。大学毕业后,做过教师、编辑。之后,因故搁笔近15年。但其中一次偶然的机会,为他后来从事儿童文学创作打下了基础。那是1972年,他结识了一批在野外考察的动物学家,使他有机会从科学的角度去认识山野中丰富多彩、喧嚣繁荣的动植物世界,认识到新兴的自然保护事业的意义以及引导青少年热爱大自然的重要性,也由此爆发了强烈的创作欲望。

“文革”结束后，恢复写作自由的刘先平，毅然放弃他已有成绩的诗歌、散文与美学研究，以一个作家的敏锐与教师的天职，结合他多年野外考察动植物的体验，将审美的视野投注于大自然，二十年如一日，写下了200万字的“大自然探险文学”，为新时期以来的中国儿童文学树起了一道充满生机的绿色风景线，成为中国大自然文学的一面旗帜。

刘先平的大自然文学创作大致可以分为三个阶段。1976年至1987年，为第一个十年，主要作品形式是4部描写在野生动物世界探险的长篇小说:《云海探奇》(1980)、《呦呦鹿鸣》(1981)、《千鸟谷追踪》(1985)和《大熊猫传奇》(1987)。《云海探奇》被评论界认为是一部“开拓了中国儿童文学的新领域——大自然保护文学”。前3部长篇小说初稿均完成于1978至1981年间，都是以安徽的黄山为背景而创作的大自然探险文学，不仅故事有一定的连贯性，而且在创作题材、主题、风格上，都有一脉相承的地方，但又各自独立，堪称“姊妹篇”。而这4部长篇小说又被称为“我国第一部描写在猿猴世界、梅花鹿世界、鸟类世界、大熊猫世界——野生动物世界探险的长篇小说”，受到特别关注。1996年，刘先平将这4部长篇小说进行了修订，与稍后出版的大自然探险散文集《山野寻趣》(1987)一起，结集为“刘先平大自然探险长篇系列”，由中国青年出版社出版。该套丛书代表了刘先平大自然文学创作的最高成就，它作为中国儿童文学创作在当代所取得的重要收获，于1997年同时获得中宣部“五个一工程”奖、第三届国家图书奖、第八届冰心儿童图书奖，并被推荐给联合国教科文组织。1999年，其中的《山野寻趣》获第四届中国作协儿童文学奖。

1987年至1997年，为刘先平大自然文学创作的第二个十年。主要作品形式是3部“大自然探险纪实散文”:1987年初版、1996年修订重印的《山野寻趣》，1997年出版的《红树林飞韵》和1999年出版的《东海有飞蟹》，计50余万字。《山野寻趣》曾获得全国新时期十年优秀儿童文学作品奖(1989)，《红树林飞韵》曾获安徽省“五个一工程”奖和“安徽图书奖”(1998)。可以说，这3部作品是刘先平对大自然探险文学创作的又一次实践，尤其是作者在《山野寻趣》后记《热爱祖国的每一片绿叶》中对自己创作大自然文学的表白，更是人们解读刘先平大自然文学创作奥秘的一把钥匙。1994年，刘先平的《在大熊猫故乡探险》一书，由台湾国语日报社出版。

1999年以后，为第三个时期，主要作品形式是“图文并茂”的纪实文学，即由东方出版中心(上海)出版的“中国 Discovery 书系”，包括《寻找树王》《野象出没的山谷》《黑叶猴王国探险记》《从天鹅故乡到塔克拉玛干大沙漠》4部。与以往创作相比，该套丛书有三大特色:一是形式的特别。采用大量彩色写实图片，给人以强烈的视觉冲击力;与文字相互补充，给人亲临其境的阅读快感。二是西部题材。4部新书写的都是作者在中国西部探险的经历,告诉人们,西部不是只有荒凉、原始、落后与充满野性,而是一个未受到人类破坏的世界,不论是黑叶猴王国,还是野象出没的山谷;不论是寻找树王之路,还是从天鹅故乡到塔克拉玛干大沙漠,都一样的壮美、神奇、充满活力,是引领人们认识西部的好读物。三是人与自然和谐发展的主题。4部作品表达了作者的强烈心声:“地球只有一个,地球是人类唯一的保护区!”作者站在人与自然和谐发展的高度,强调了环境对于生物与人类生存发展的重要性,以及破坏环境对生物的多样性与人类发展所造成的严重危害。

综观刘先平的大自然文学创作,以探索人与自然的关系为主题,揭示动植物世界的生存状态与生存奥秘,追求人与自然的和谐发展;以科学探险与亲身体验为创作素材,将纪实与审美相结合,综合多种艺术表现形式,使得他的作品融文学性与科学性、探险性与儿童性、知识性与趣味性、环保意识与生存意识、发展主题与爱国情愫于一体,始终保持有一种主题的严肃性、内容的神秘性、情景的生动性以及阅读的新鲜感,具有长久的艺术生命力,不仅为当代中国儿童文学创作开拓了一个全新的领域——大自然探险文学或称其为大自然保护文学,而且在审美视角、审美意识上也使当代的中国儿童文学进入了一个新的层次。

2. 陈曙光、王蜀的大自然文学创作

陈曙光(1964—),安徽萧县人。安徽省作家协会理事,安徽省民间文艺家协会会员,萧县文联副主席。1997以前,以小说、童话创作为主,作品有:中篇小说《刀》、童话《神燕》《金凤凰》《乌鸦婆婆》、童话诗《鸡蛋的苦恼》等。同时还与人合编有《安徽民间文学集成 · 萧县卷》故事、谚语、民歌3册。1994年是他创作的丰收年,在台湾九歌出版社出版了《雪地菠萝》《重返家园》两部少年小说。其中《重返家园》获台湾第二届九歌现代儿童文学奖第一名。小说描写一个三餐不继的卖艺人“憨爷”,如何以爱心收留、安抚、感化流浪的小孩,再送他们“重返家园”;负气出走的小学生亮子,与一生充满传奇、满身本事的“憨爷”相逢,由此发生了一段人生奇遇。小说出版后,被认为是一部感人的少年小说,生动地描写出了行侠仗义、正直、善良等中国社会的人间温情;对受委屈的孩子的心理刻画,更是入木三分;全篇情感真挚,文笔优美。台湾著名儿童文学家桂文亚在获奖评语中称该书具有“成熟的小说架构,繁复交错的情节,情义兼具,更富浓郁的乡土气息”,是一部具有“深度与力度”的优秀作品。

1997年以后,陈曙光又出版科幻小说《戈尔登星球奇遇记》(台湾九歌出版社,1997)和童话《奇奇庄园》(新世纪出版社,1999)。但他这一时期的创作重点,已开始投放到“大自然文学”上。1997年、1998年、1999年、2001年,他四次自费到中国西部探险,沿着古丝绸之路,向西、向西……作者被粗犷、神奇的西部震撼了:“戈壁滩,一望无际的漫漫戈壁滩!灰、白、黑、褐色大小石头遍布的荒原,干涸弯曲延伸的古老河床,少有的几簇低矮红柳,野风卷起的垂直旋风……火车跑了整整一天,我竟没有发现一个人影,只有道轨旁竖立的一排电线杆蜿蜒前伸,让我明白:前面是有生命迹象的地方。”走进陌生,探究好奇,挥洒激情,作者将自我融汇到大自然中,不仅用生动的图片艺术地记录下探险大自然的神奇之美,还用美妙的文字抒发了对大自然的热爱之情。2000 年,陈曙光在台湾幼狮出版社出版了他的旅游探险摄影文学——《丝路,雅克西》和《环游塔里木》,以他的亲身经历与生动形式,告诉孩子:“中国很大,西部很美!”读他的作品,你会强烈地感受到:关于中国西部,不仅是儿童,即使是成人,也应该进行知识的更新,或者说更正,它包括历史的、自然的、人文的……”陈曙光的大自然探险摄影文学,不仅适应了读图时代的文学欣赏需要,而且还是少年读者了解西部、了解大自然的好读物,成为安徽大自然文学创作的又一收获。

王蜀(1963—), 1984 年毕业于安徽大学中文系。现为安徽省儿童文艺家协会常务理事,副秘书长。1988 年发表童话《藕》后,主要创作以动植物为主人公的童话。2000 年出版游记体长篇小说《小霞客华东游》(晨光出版社),该书作为“小霞客游记”丛书(10 册)之一,荣获第 12 届中国图书奖、冰心儿童图书奖。小霞客徐小松从华北回来后,又与小眼镜一起,踏上了旅游华东之路。他们从江苏出发,至福建、浙江、安徽,再回到江苏,结束于上海,全书 40 个短篇,选取沿途 40 个有代表性的经典景点,通过小霞客的眼睛介绍给青少年朋友。该书向青少年展示大自然的美丽神奇与大自然生命多姿多彩的同时,还陶冶他们热爱大自然、热爱大好河山的爱国主义情操,增强他们的民族自豪感、自信心,激发他们的爱国激情、探索精神与自强不息、百折不挠的奋斗精神,这正是新一代少年所需要的心理素质。正如著名儿童文学家浦漫汀教授在主编致辞中所说的:“徐小松不是一个孤立的个体,他代表了中国跨世纪的一代新人。他们沿着先辈的足迹,在旅游探险的活动中认识大自然,认识祖国的一山一水、一草一木,从中汲取知识的力量。徐小松的旅游探险活动,体现了徐霞客旅游探险精神的延续性,从中他们学习书本上没有的知识,努力创新,锻炼自己的意志和体魄,争做祖国建设的合格人才。这也是《小霞客游记》出版的目的和意义。”《小霞客游记》的成功,为安徽的大自然文学园地又增添了一片新绿。

(二)徐瑛、戎林、薛贤荣、潘仲龄等儿童文学作家的创作

徐瑛(1939—),安徽太和县人。中国作家协会会员,安徽省作协副主席,阜阳市文联主席。主要作品有中、长篇小说《向阳院的故事》《并非英雄的故事》《野鸭洲历险记》《天鹅恋》《都市里的乡下少年》等。

60 年代,徐瑛以中篇小说《向阳院的故事》加入儿童文学领域,一举成名,该书被誉为“文革”期间最有影响的儿童小说,并出版英、日译本。徐瑛的创作主要以农村及小城镇的儿童生活为题材。进入新时期,他的中篇小说《野鸭洲历险记》(1987)、长篇小说《都市里的乡下少年》(2000),也是如此,它们与《向阳院的故事》一起,塑造了60年代、80年代、90年代三个不同历史时期的农村少年形象,具有浓厚的乡土气息。

《向阳院的故事》描写亳州城东门里“向阳院”的一群孩子们,在石头爷爷的指导下,利用暑假支援公路建设的故事。小说塑造了黑蛋、雪花、铁柱、山虎子等孩子的集体形象。《野鸭洲历险记》以70年代末80年代初的乡村为背景,染马庄大名鼎鼎的“海军司令”赵水龙,学习成绩落在人后。暑假中,在外地工作的爸爸给他请来一位“小老师”陶小钏。小钏是城里“洋姑娘”,水龙心里不服她,设置一道道生活难题捉弄她。后来,通过实践,特别是通过去野鸭洲考察野生动物时,经历一段鲁滨孙式的奇险生活,赵水龙才有了转变,开始崇敬她,佩服她,直至不愿意离开她。作家大胆地将细腻的笔触深入到少男少女的心灵,描摹了他们美好的情感世界,歌颂少男少女间的纯真友谊。《都市里的乡下少年》主人公已经走出了乡镇,来到了都市,面对陌生世界,他们的情感经历磨炼。小说通过杨明亮、韩小红等农村少年转学城市后的一系列遭遇,在家庭、社会、学校的广阔背景下,曲折地反映了在社会转型期少年多姿多彩的生活。

徐瑛的儿童小说,十分注重故事性,情节跌宕,可读性强;人物个性鲜明,生活气息浓厚,有很强的时代感。

戎林(1946—),安徽阜阳人。1968年毕业于安徽大学中文系。中国作家协会会员,安徽省作家协会理事,马鞍山市文联副主席,《作家天地》杂志主编。1979年开始发表作品,先后发表小说、散文、童话、寓言等作品500余万字,出版作品30余部,获得省级以上文学奖20余次,有的作品还被编入教材,拍摄成电视剧。

进入新时期,戎林的创作重点在中、长篇小说。1980年至2000年的20年间,共创作《求药记》(1984)、《采石大战》(1987)、《九龙闯三江》(1993)等9部中、长篇小说;出版《神奇的采石》(1981)、《小狐狸刮胡子》(1981)、《将军与强盗》(1987)、《戎林童话公司》(1990)、《吃青草的老虎》(1997)、《摇曳的烛光》(2000)等12部作品集。其中《求药记》获安徽省优秀儿童小说一等奖,《九龙闯三江》获1993年台湾九歌文教基金二等奖,《啄木鸟你在哪里》获1993年陈伯吹儿童文学奖,《父亲远行之后》获鲁迅文学奖二等奖,长篇小说《采石大战》获1997年安徽文学奖、台湾杨焕儿童文学奖,《海峡情》获两岸征文一等奖,散文《认识父亲》获1998年陈伯吹儿童文学奖。

在戎林的所有创作中,一半以上是儿童文学,又以小说与童话创作成绩最为突出。然而不论是小说、童话,还是故事,戎林的写作灵感都来自生活,如他所说的:“我的故事不是空想的……”每到一个地方,住下来,他就和当地的人一块儿生活,而他的老家阜阳农村更是他每年必去的生活体验基地。以他获台湾九歌文学奖的中篇小说《九龙闯三江》(1993)为例,他花了三个月时间,与农民、工人们相处,收集资料,书中男主角九龙拎着十斤香油进城探亲的情节,就是在与农民闲聊中得来的。在具体的创作过程中,戎林重视对作品中人物性格的刻画,而人物的性格一旦形成,又会主动铺设情节,与作者一起创造出引人入胜的艺术世界。在重视人物、情节与故事性外,戎林还特别重视细节的刻画,把真实的细节看作故事的血肉。至于教育性,他不赞成直接的道德教训,用他的话说,是因为"我们的孩子不喜欢那一套"。

薛贤荣(1950—),安徽肥东人。中国作家协会会员,中国寓言文学研究会常务理事,安徽作协副主席,安徽省儿童文艺家协会副主席。1975 年开始发表作品,长期致力于寓言文学,被誉为中国当代"十大寓言家"之一。1991 年,出版我国第一部《寓言学概论》。此后,陆续出版寓言集《小猴躲雨》(1989 年)、《否否先生》(1991)、《国王与海盗》(1995)、《四季寓言》(1996)、《老鼠与神灯》(1997)、《太阳结婚》(1998)、《狼兄弟猎驴》(1999) 等 9 部。专著《寓言学概论》获安徽省社科优秀成果二等奖,寓言《青蛙博士》获安徽省 1979 年至 1985 年优秀儿童文学作品三等奖,《伊素的园子》获 1988 年中国寓言文学研究会创作优秀作品奖,《老鼠与神灯》获 1998 年冰心儿童文学奖、安徽图书奖,《学生与哲人》《打猎的狗与看家的狗》《科学家与疯子》分别获 1990 年、1998 年、2000 年上海《少年文艺》好作品奖。

对于自己的寓言创作,薛贤荣曾在《太阳结婚·序言》中自述道:"我自幼爱好文学。自上初中起,即开始不间断地写作与投稿,中短篇小说、诗歌、散文、杂文、剧本、曲艺等,几乎所有的文艺样式我都涉足过,写得很苦,也发表不少,但总的说来,收获不大。在大学中文系,我很喜欢'外国文学'这门课,当学完《伊索寓言》后,突然对寓言这种文体产生了浓厚兴趣,于是尝试写了几则,居然有了良好的反应。从此一发不可收,时间精力渐渐聚焦于这种小小的精灵,完完全全成了伊索信徒。"所以,他的寓言创作,也深受伊索寓言影响,立意新颖,构思奇巧,或嘲讽愚昧、赞颂聪慧,或锥刺邪恶、张扬正义,熔故事与哲理于一炉。如成名作《小猴躲雨》,就是一篇难得的佳作,通过戏剧性的故事,讽刺了那种遇事只知道"开始研究",却不肯"亲自动手"的坏作风。像《伯乐相马》《千里马和蜗牛》都是寓意深刻、讽刺入木三分的力作。有的寓言,篇幅很小,如《肥皂的友谊》《青蛙博士》等,仅百余字,其中蕴含的哲理却异常深刻,发人深省。

潘仲龄(1944—),安徽怀宁人。安徽省儿童文艺家协会理事。自 1980 年以来,先后在大陆、香港、台湾三地,发表儿童诗 1600 余首,出版《春天的世界》(1985)、《春天·童年》(1988) 等多部诗集(以上两部诗集分别获得安徽儿童文学二、三等奖)。1985 年,诗集《农家人的手掌》,由早稻田大学讲师中野淳子翻译,在日本出版;《农家人的手掌》《油彩花那么黄,那么香》等篇还被编入日本早稻田大学的中文教材(1986)。在国内,潘仲龄的儿童诗也获得好评。《春妈妈的三个小姑娘》被选入教育部编写的《中等师范语文教科书阅读文选(第一册)》(人民教育出版社, 1999)。儿童诗《老师的白发》获《儿童文学》1982 年优秀作品奖。不少诗作被选入《中国幼儿文学集成(1919—

1989)》《中国新时期幼儿文学大系》《中国当代优秀儿童文学精品》《中国儿童文学50年精品库》等十多部选集。

1982年,潘仲龄在《朝花》儿童文学丛刊第7期,发表成名作《为了有个美丽的春天(外四首)》。早期代表作是1985年出版的诗集《春天的世界》。该诗集分《春天的世界》《我们的山乡》《我们是孩子》三辑,共59首。翻开这本诗集,你将看到江南山乡在春的沐浴下婀娜多姿、丰采绚丽的风光,山村农家晨耕牧归、炊烟袅绕的画卷,尤其是少先队员以行动慰藉老师的纯真童心,以及他们神奇而又变幻的理想、高尚而又稚真的情趣,都给读者以美的享受。90年代以后,潘仲龄在台湾发表的儿童诗达300多首,受到广泛关注。

(三)杨老黑、李志伟、伍美珍、方志平等青年作家的创作

杨老黑(1968—),原名杨永超。安徽省作家协会理事,阜阳市作协秘书长。发表各类体裁的儿童文学作品100余万字。作品多次被《儿童文学选刊》等选载,曾获《儿童文学》杂志创刊30周年征文佳作奖,公安部"金盾"文学二等奖(1995),首届"新世纪公民"儿童文学联合征文佳作奖等。1999年,杨老黑获得《儿童文学》杂志社主办的首届"俊以儿童文学基金奖",并作为获奖代表在颁奖大会上发言。2000年,出版第一部作品集——《猎犬和它的主人》。

著名儿童文学评论家张美妮这样评价杨老黑的创作:"杨老黑的作品,大多取材于他的家乡农村,并以博爱为题旨,文笔优美,清新自然,淳厚朴实,弥漫着浓郁的乡土气息,而且想象丰富,语言幽默,富有儿童情趣。在创作手法方面,他勇于探索,力求推陈出新,不落窠臼。《地丁婆婆》和《满月》是杨老黑的代表作,以此为例进行评析,似可管中窥豹。"童话《地丁婆婆》(1993),采用象征与变形相结合的技法,浓墨重彩地塑造了一个神奇的童话形象"地丁婆婆"——她神通广大,又朴实无华;既威武尊严,又慈祥可亲;生动风趣,又富有人情味。作者熔生活真实、幻想与情愫于一炉,赋予这篇作品以美好韵致,读来犹如一首散文诗。中篇小说《满月》(1997),以作者的家乡牛屎凹为背景,展现了农村皮影艺人乐乐从青年到老年那荣辱交织、悲欢离合的一生。故事温婉凄美,作者的笔触饱蘸情感,情意真,意境美,感人至深。

《猎犬和它的主人》是杨老黑的第一本作品集,收入《老人·苍獾·雪》《牛屎凹漫记》《我们村的孩子们》《乡村孩子的乐章》《猎犬和它的主人》等19篇中短篇小说,多侧面地反映了当代农村少年儿童的生活和精神面貌,集中展示了杨老黑的创作成绩。

李志伟(1973—),安徽省作协会员,安徽省儿童文艺家协会会员。1995年出版处女作中篇童话《阿里巴巴山洞历险记》。主要作品有13部中、长篇童话:《欢乐失踪奇案》(1996)、《吹牛大王新冒险》(1999)、《霹雳果传奇》(1999)、《玩具爸爸》(2000)、《克隆风暴》(2000)、《重返未来》(2001)等,同时在《儿童文学》《少年文艺》《巨人》等报刊发表童话等作品 400 余篇，其中《拯救地球》《与星星有约》《时光邮筒》等作品获得小读者投票的刊物“好作品”奖。

关于自己的创作，李志伟说过：“我学写童话，主要就是模仿郑渊洁……所以，我的童话也可以归在热闹派里，但表现出自己的特色，即现代感比较强，有幽默感。毕竟我与郑渊洁是不同时代的人，我更喜欢高科技和更加夸张的想象。”这段话为我们认识李志伟的童话，提供了一条思路。作为多产作家的李志伟，作品的题材都是他从日常生活中积累、发现与提炼的。他平时就备一个小本子，记下生活中的一些火花，如《特殊商品》《超人学校》《健康银行》等作品的题材，就是这样获得的。有了题材，再根据童话的幻想法则来构思，譬如，银行是用来存钱的，存进去的钱是为着今后用，那么，要写童话，就设想有这么一个银行，不是存钱，而是储存健康，年轻时将健康储存起来，为老的时候用。于是，就有了《健康银行》的构思。而在具体的作品结构上，李志伟最常用的是一种“戏剧结构”，即“向下一波三折”：开头就吸引读者，然后情节一波三折，最后在高潮处结束，并习惯于用一句话点出全文主题。所以，李志伟的童话具有很强的可读性，切合小读者阅读心理，在少年儿童中有一定影响。

伍美珍(1966—　　)，笔名汐子，安徽屯溪人。1988 年毕业于安徽大学中文系。安徽省作协会员，安徽省儿童文艺家协会常务理事，《少年博览》杂志社主任编辑。1999 年开始涉足青少年题材的文学创作，作品因贴近青少年生活而引起关注。短篇小说《穿浅棕色短大衣的女孩》(1999)、《我的爱情鸟要飞走了》(2000)，分别被《儿童文学选刊》和《中国儿童文学》选载。报告文学《雨季心事》《卡通女孩 YOU》获《少年文艺》2000 年“好作品”奖。2000 年，出版报告文学集《雨季心事》《花季心雨》、少儿法律故事集《写作文惹上的官司》，以及长篇青春小说《青梅竹马》。2001 年初，由她撰写故事脚本的长篇卡通故事《做好孩子》以及由她主编的“YES 时代”丛书(包括《动漫先锋》《科幻奇兵》《网络战士》3 部)也先后出版。

伍美珍的作品，采纳了当代青少年熟悉的新鲜语言，注重人物的真实性和情节的可读性，排斥生硬的说教，并适当吸收了卡通漫画、网络文学等新型文化特点，故对于青少年读者有着较强的亲和力和吸引力。著名作家竹林称誉《青梅竹马》是一部“融青春感受与传统意识为一体、没有任何阅读障碍的小说”。《花季心雨》被评论界认为是“贴近青少年生活，手法新颖”的少年文学新形式。“YES 时代”丛书也因其“为素质教育喝彩”的精神，一出版便得到广泛关注。

方志平，安徽省儿童文艺家协会常务理事。发表散文、小说、诗歌、报告文学等作品 200 余篇，又以散文为主。她的散文多取材于她的童年生活，描写的是给她幼时的心灵成长带来震撼而终生难忘的人和事；与童年生活相关的母爱亲情与伙伴友情也自然成为她散文的最主要内容，而对母爱的礼赞与对童心的赞美，使得她的散文成为纯美清新、充满阳关般关爱温暖的“爱与美”的文学——她灌注于字里行间的美好情感,清纯、晶莹,犹如吸自然之灵气的露珠,是蕴藏在她心灵深处的美好人性的升华。代表作有两篇获冰心儿童文学新作奖的《送别我的阿母娘》(1999)和《红泥小手炉》(2000)。

《送别我的阿母娘》以讴歌无私、博大、富于牺牲精神的母爱为主题,写她生命中“有幸”“遇着两位阿母娘”:一个是她的生母,生她养她十三载;一个是她的后母,爱她疼她二十年。后母是在生母离去一年后,来照顾这个家的。孩子们都还没有从失去母亲的悲痛中解脱出来,所以无法接受她,由此给了她许多难堪。然而后母将这一切默默地承受下来,无怨无悔地和孩子们的父亲一起,竭尽全力,将孩子们培养成人。她用博大的爱,赢得了孩子们的尊敬。但孩子们还没有来得及报答,她却在一个飘雨的春夜,突发脑溢血,永远地离开了她疼爱的孩子们。她是在红杜鹃盛开的时候来的,又是在红杜鹃映红山岭的时候去的。每当杜鹃盛开的季节,思念的苦痛犹如杜鹃啼血,蚕食着作者的心灵;无尽的哀思化作深情泣诉,送别心中的阿母娘。思念阿母娘,讴歌母爱,尤其是将母亲对于女儿的爱与女儿对于母亲的爱表达得淋漓尽致、如泣如诉、如醉如痴,不知感动了多少读者。

《红泥小手炉》述说了一个催人泪下的悲剧故事——童年的作者与小伙伴杏子的生死友情。“我”与杏子同年同月同日生,又是同班同桌。她有一只用红泥巴做成的小手炉,是我冬日里的温暖和我们友情的象征。可就是这样一位可爱的小姑娘,夜里突发脑膜炎,早晨就永远地离开了她的学校、老师与朋友,永远地离开了她心爱的小手炉。作者不禁诘问道:“上苍,你为何不能怜惜这冰雪聪明的一个小女孩?太完美的人或事,就一定不能长久吗?!”杏子把小手炉留给了作者,把最后的温暖留在了作者的心间;作者则用极其洁净而柔美的文字,在杏子20周年的忌日,为她编织了最美的花篮,奉献到杏子的灵前。一个悲戚的故事,一段真实的情感,还有呼之欲出的人物,都让人的心情久久不能平静。

(四)薛贤荣、巢扬、韩进的儿童文学研究

薛贤荣不仅是一位寓言作家,还是一位寓言研究者。1991年出版了我国第一部《寓言学概论》。作者充分运用文艺学、美学、心理学、思维学、写作学的研究方法,吸收了国内外寓言研究成果,把寓言这种深受广大少年儿童喜爱的文学体裁,置于多学科透视的焦点上,对其进行立体化剖析。全书分寓言本体论、寓言创作论、寓言史论三大部分。对寓言的要素、情节、寓意、创作技巧、语言运用、文体和风格、寓言的分类、寓言的概念、寓言的历史诸方面,运用新的观点和思维,进行深入探讨和阐述,使全书和别的“概论”一类的书比较,不仅谋篇布局有所不同,而且文笔清新流畅,分析鞭辟入里,许多方面具有独到见解,不仅是我国当代寓言学研究的重要收获,也对寓言创作有一定的指导与促进作用。随着创作实践的深入,他又不断地丰富与发展着他的寓言观,尤其从自身的创作体会出发，提出一个成熟的寓言作家，必须具备以下七个方面的素质：一是对客观生活的高度敏感；二是对各种知识的全面了解；三是对人生奥秘的深邃洞察；四是对生活现象的哲理思考；五是对激情的理智抒发；六是对万物万理的广泛联想；七是对寓言形式的准确把握。

巢扬(1947—)，中国作家协会会员，中国儿童文学研究会会员。著作有中外幼儿童话评论集《智慧草》(1993)、《严文井评传》(1999)、《幼儿文学概论》(合著，1996)。与张美妮合作主编《中国新时期幼儿文学大系》荣获第四届国家图书奖。

《幼儿文学概论》是巢扬与张美妮合著的一部幼儿文学研究专著。全书共分四编，前两编以论为主，后两编是史的叙述和作家作品分析与介绍。著者从丰富的研究、教学与编辑工作实践出发，除对幼儿文学的基础理论和体裁做了系统阐述外，又对中外的作家作品进行了论述和介绍，是迄今为止大陆比较完善的幼儿文学理论著作，尤其是中国作家作品论部分填补空白之作。

《严文井评传》是作者又一部研究力作。全书共 10 章 29 万字，并附有严文井生平、作品年表。以往人们对严文井的了解仅限于他的那些家喻户晓的童话，而巢扬这部评传却让人们认识了一个更为真实、全面的严文井，让人们再次走近这位德高望重的作家，并领悟他那些构成生命之美的艺术追求，以及闪烁在那些脍炙人口的童话背后的艺术之光与智慧之光。

韩进(1962—)，安徽桐城人。儿童文学硕士。中国作家协会会员，中国儿童文学研究会会员，安徽省儿童文艺家协会常务理事、副秘书长。1988 年开始发表作品。论著有《中国儿童文学源流》(1998)、《中国儿童文学史》(合著，1998)、《儿童文学原理》(合著，1998)、《陈伯吹评传》(2001)等；编著有中师、幼师教材《儿童文学》(1999)、小学教师进修高等师范专科小学教育专业指定用书《儿童文学课程学习指导书》(2000)、“儿童文学导读丛书”(4 册，1998)等；参与编著的有《世界儿童文学事典》(1992)、《儿童文学教程》(1993)、《玩具论》(1996)等。同时在《儿童文学研究》《少年儿童研究》《中国文学研究》《中国出版》《中国少儿出版》《鲁迅研究月刊》《文艺报》《台湾儿童文学》等报刊发表儿童文学文论近百篇，约 40 万字。

韩进的儿童文学研习，结合他的儿童读物出版实践，着眼于儿童文学的基础理论及儿童文学的普及推广，在儿童文学史、作家作品论与儿童文学教学三方面，都有积极的探索。尤其对中国传统儿童文学读物的搜理、中国儿童文学发生的探讨以及中国儿童文学发展史的研究等方面，都发表了自己的见解，丰富与拓展了当代中国的儿童文学研究。近年来致力于安徽儿童文学的探究，关注大自然文学发展态势。

中国大自然探险文学的开篇之作①

——评刘先平长篇小说《云海探奇》

被评论界誉为“中国大自然探险文学第一人”的刘先平，他的第一篇大自然探险长篇小说就是1980年出版的《云海探奇》。小说出版后，引起读者与评论界广泛注意，不仅电台连播，《人民日报》《中国青年报》等也发了评论，尤其是受到儿童文学界的泰斗陈伯吹先生的高度评价，认为它以崭新的题材、崭新的人物、崭新的面貌，在中国儿童文学领域开拓了一个极有价值的新天地。中宣部、新闻出版总署、教育部、文化部、妇联、团中央等6家单位将它列入向全国青少年的推荐书目，它还被有关部门提名参评茅盾文学奖。在20世纪80年代初，一部儿童文学作品能受到如此高的礼遇，还是很少见的。此后，《云海探奇》多次再版，还作为“刘先平大自然探险长篇系列”之一，获得国家图书奖和中宣部“五个一工程”奖。如今，22年前独具慧眼、出版这部文学经典的中国少年儿童出版社，以新世纪的眼光，决定重新出版这部“开篇之作”，这本身就是一件十分“有趣而有意”的事情。我在想，出版行为是十分严肃的社会行为，为什么22年后，出版这部作品的出版社还要重新出版它呢？如果说，22年前，作者创作、出版社出版这部小说有千千万万个理由，而在22年后的今天又要再版它，只有一个理由最有说服力，那就是《云海探奇》是一部经受了时间与读者检验的不朽之作。

说到这部小说的创作缘起，还要追溯到30年前。1972年，被迫搁笔近15年的刘先平被调到《安徽文学》当编辑，一次偶然的机会，他结识了一批在野外考察的大自然环保工作者，很快成为他们中的一员。艰苦的野外科学考察，将他领到了一个新的天地与新的高度，使他有机会从科学的角度去认识山野中丰富多彩、喧嚣繁荣的动植物世界，认识到世界上新兴的自然保护事业的意义，在目睹了大自然生态平衡遭受破坏的严酷现实后，新的世界、新的审美意识激荡着他思绪汹涌，使他爆发了强烈的创作欲望。于是，在经历了几年的野外探险之后，1978年，刘先平做出了一个在今天看来非常

---

① 本文为中国少年儿童出版总社将《云海探奇》列入“儿童文学传世名著书系”(2004年版)而写的序言。韩进．中国大自然探险文学的开篇之作[J]．中国出版，2003(7)：53-54.

重大的决定,那就是恢复写作,并且不是去继续他已经小有成就的诗歌创作与文学评论,而是要“用新的审美意识写当时在我国崭露头角的自然保护事业。或许是教师的天职吧,将读者对象定为少年,当时就有了完成三个姊妹长篇小说的构想(就是后来的《云海探奇》《呦呦鹿鸣》《大熊猫传奇》)。6 月份开始艰难的创作,整个酷暑挥汗如雨,历时 5 个月,终于完成了初稿。11 月将书稿寄到中国少年儿童出版社,很快就收到出版社决定出版的通知。1979 年初应出版社之约到北京改稿,1980 年初《云海探奇》就与读者见面了。

如果说 22 年前《云海探奇》的出版是先有作者投稿的话,22 年后《云海探奇》重新出版却是出版者向作者抛出了橄榄枝。

这里还有一个小小的却很有意味的插曲。在刘先平 4 部大自然探险长篇小说中,中国少年儿童出版社出版的就有两部,分别是 1980 年出版的《云海探奇》和 1985 年出版的《千鸟谷追踪》。1995 年,后一部作品的 10 年专有出版权刚刚到期,在中国少年儿童出版社还没有来得及向作者表达续签出版合同的愿望时,中国青年出版社捷足先登,以比较优惠的条件从作者那里取得了将这两部作品归入“刘先平大自然探险长篇系列”出版的授权。2001 年,中国青年出版社的 5 年出版权到期,中国少年儿童出版社再也犹豫不得,认为是“物归原主”的好时机,再也不能丢失了。所以,中国少年儿童出版社不仅决定重新出版这两部长篇,而且从中汲取教训,将该社自 1956 年成立以来出版的所有少儿读物进行了一次大“清理”,将其中经受时间与读者检验,仍然有读者市场与文学影响的优秀之作挑选出来,与这些作品的作者或著作权人重新签订出版合同,作为出版社的精品图书集中出版。刘先平的《云海探奇》和《千鸟谷追踪》也有幸入选这个系列。(关于《千鸟谷追踪》,我已有文字专门论及它的文学意义与出版价值。)

当今的出版竞争异常激烈,一部作品要赢得与读者见面的机会,而且还要在时间的长河里“不朽”,最基本、也是最重要的,就是作品本身的质量。《云海探奇》的竞争力不在于它是“第一部”大自然探险长篇小说——那是文学史家关心的事,吸引读者的是小说创造的那个全新的文学世界所表现的全新的文学形象(人、动物与植物同为自然之子)以及通过这些新的形象所反映的“人与自然关系”的重大主题。

《云海探奇》是我国第一部描写在猿猴世界探险的长篇小说,两位少年帮助野生动物科考队在猿猴世界探险的故事征服了一代又一代读者。小说从茫茫云海开篇,叙述了少年黑河与望春由怀疑到信任再到自觉参加王陵阳科学考察短尾猴生态的过程,渐次展开了紫云山瑰丽多姿的自然风光、科学探险的艰辛和乐趣。这便有了小说所描写的丰富多彩的世界。在这片如诗如画如梦如幻的漂游云海里,有高山峡谷、溪流瀑布、密林幽径、奇松怪石,还有山鸡与锦鳞鱼的欢跳、山雀与乌鸦的鸣叫,还有一个鲜为人知的短尾猴“部落社会”。在看似平静和谐的自然关系里,各种生物为谋求自身的生存与发展,却严格遵循着自然界“物竞天择,适者生存”的自然法则,无时无刻不在进行着一场你死我活的生存竞争。这种竞争的最后结果往往要经过残酷的虐杀来解决。如小说中描写野猪与斑狗的搏斗、红嘴蓝鹊与毒蛇的智斗,甚至是“部落”领导权的更替也是通过新老猴王间血淋淋的决斗来产生。正如作者在《云海探奇》卷首语中所说的:“动物之间的生存竞争,往往是以激烈的搏斗、残酷的虐杀进行着,这时焕发出的生命的光华无比耀目、灿烂辉煌,犹如雷霆万钧的生命交响曲。”动物世界打动了人类的心灵,而一批智者融于自然、探索自然、热爱自然、保护自然、建设自然的活动,明确地表达了作者对人与自然友好相处、和谐发展这一文学主题的自觉追求。所以,作者满怀激情地塑造了王陵阳这样一位献身科学、保护大自然的勇敢先行者。王陵阳是在“文革”中来到紫云山进行科学考察的,考察对象又偏偏是在紫云山还没有记载的“云海漂游者”——短尾猴。他和他的助手一起,跋涉在千山万壑之间,终于弄清了短尾猴的属性、生活习性和活动区域,为在紫云山建立自然保护区竭尽全力。如果没有高度的事业心、责任心、科学的态度以及为科学献身的精神,是不可能做到的。王陵阳的言传身教与人格力量,不仅是那个时代中国科学工作者科学精神的真实写照,也是少年儿童学习的榜样,难怪小黑河和望春发誓长大了要做一位像王陵阳叔叔一样的科学家。

小说的成功,还在于它塑造了以小黑河为代表的少年形象。小黑河的性格最有儿童性,调皮、伶俐,勤奋、好学,富有幻想,又有股初生牛犊不畏虎的闯劲,同时还有那个时代的少年所特有的思维方式、知识水平、思想觉悟及政治敏锐性。他把唐朝的李白当作外国人,把戴眼镜的人都看作是坏蛋,所以,当王陵阳只身来到紫云山考察时,误以为王陵阳是坏人而秘密跟踪,结果自己迷了路,险遭野兽的伤害。“文革”结束后,他虽然参加了科学考察队,却还是个孩子,一心要表现自己,却屡次给科考队添加麻烦。他一声大叫,惊跑了科考队寻找多日才发现的短尾猴;他用激将法,和哥哥望春射杀了国家保护动物苏门羚。还是这个小黑河,为了考察队早日完成考察短尾猴的任务,只身一人在深山老林跟踪流窜的猴群,“根本没有想到森林中雷电的危险、毒蛇的伏击、荆棘的剐扯、山蚂蝗的可怕……一边跑着,一边抹掉脸上的雨水,生怕失去跟踪的目标”。还是这个小黑河,通过艰苦的录音、分析与模仿,他发出的猴子失群声终于得到了猴群的呼应,从而成功地找到了猴群。

题材的开拓性、主题的深刻性、形象的典型性是《云海探奇》最为成功的地方。此外,小说情节的丰富性、语言的生动性以及融于作品中的探险性、科学性、知识性与儿童性,都使这部小说具有了广泛的读者性与不朽的艺术魅力。我们完全有理由相信,即使再过 20 年,等到它的第一批少年读者的孩子能够阅读的时候,他们仍然会选择它。

永远的经典①

——评刘先平长篇小说《千鸟谷追踪》

《千鸟谷追踪》是我国第一部描写在鸟类世界探险的长篇小说，是作者最有影响的“大自然探险长篇系列”之一（其他 3 部分别为我国第一部描写在猿猴世界探险的长篇小说《云海探奇》、我国第一部描写在梅花鹿世界探险的长篇小说《呦呦鹿鸣》、我国第一部描写在大熊猫世界探险的长篇小说《大熊猫传奇》）。初版于 20 多年前的 1982 年，1996 年被收入“刘先平大自然探险长篇系列”（5 册）时，作者做了较大的修订，甚至重写了部分章节，使得这部以儿童为主人公的探险小说更臻完美，成为他所有大自然文学创作中最具儿童文学性质的经典之作，也被评论界认为是一部代表中国大自然保护文学的巅峰之作。

小说写李龙龙、刘早早、林凤鹃三位鸟迷，因为共同的爱好，不约而同地探险千鸟谷，追踪相思鸟，从普通的爱鸟者成长为鸟学小专家与自觉的大自然保护者。他们是同班同学，鸟迷李龙龙，因父母工作变动，从大城市庐城转学到紫云山区的仙源镇，就读黟溪中学初一（2）班，与有“自然小百科”美称的“鸟专家”刘早早同桌。在刘早早的影响下，李龙龙连上课都在想着鸟国趣事，被老师叫起来回答问题，他两次都答非所问，班主任王黎民老师不得不将他们分开，让李龙龙与品学兼优的女生林凤鹃同桌，没想到，在李龙龙爱鸟行为的感染下，林凤鹃也与李龙龙成了好朋友，原来林凤鹃不仅是一位鸟学爱好者，而且在护林员赵青河的指导下，正在研究相思鸟的生态习性，俨然是一位“鸟学小专家”了。他们三人相见恨晚，成为千鸟谷相思鸟王国的勇敢探险者。他们还巧妙地通过作文，向王老师汇报他们的爱鸟情怀、探险精神与新的发现，呼吁在学校成立课外生物小组，探索鸟类王国的秘密。王老师读着他们充满稚气与科学精神的作文，开始检讨自己对学生过于简单的教育方式，坚定地支持他们开展追踪相思鸟的大自然探险活动，并且成为他们当中的一员，在一次对千鸟谷的考察中，意外地与自己

① 本文为中国少年儿童出版总社将刘先平长篇小说《千鸟谷追踪》列入“儿童文学传世名著书系”（2004 年版）而写的序言。

昔日的恋人赵青河相遇,他们共同担负起引导孩子调研、保护孩子安全的重任,最后圆满地完成了王陵阳教授交给他们的课题,成功地研制出成群捕获相思鸟的科学办法,将捕获的相思鸟编上号码,放飞大自然,等来年它们迁徙归来时,就会给人类带来更多的大自然的信息,为人类解开鸟国之谜。这位王陵阳教授是小说中始终没有正面出场的人物,他是赵青河的老师、鸟学专家、省城某大学的研究生导师,是他给赵青河提出了研究相思鸟的课题并对赵青河的实地调研通过书信给予具体指导,而三位中学生在赵青河的带领下,将自己对鸟类的简单喜爱升华到鸟学研究与环境保护的高度,成为自觉的小科学工作者了。

小说成功塑造了一群热爱自然、勇于探索、崇尚科学的少年探险者形象。共同的爱好与理想使他们走到了一起,他们是一个探索大自然奥妙的集体,但作者在塑造这一群体形象时,对其中每一个体的着墨又不是平均用力的,可以分为三个形象层次:第一层是最突出、最重要的形象,即三位中学生,他们是事件的主体,是小说的主角;第二层是从属于三位中学生的两位成人形象:班主任王黎民老师和护林员赵青河,他们的恋情故事成为作品的一条隐线;第三层是始终没有出场的王陵阳教授。对三位少年形象的描写,作者十分尊重儿童的成长特点与文学塑造形象的个性化原则,用发展的眼光来描写他们的心路历程。所以,三位少年的形象有一个不断丰富,甚至是由反面(调皮、不专心学习、不守纪律、爱恶作剧等)到正面(爱鸟类、爱自然、爱生命、爱科学、有理想、爱幻想、富有冒险与探索精神等)的过程,就像作品中写到王黎民眼中李龙龙的变化那样:“王黎民印象中的那个愣头愣脑的皮猴子不见了,站在面前的是一位倔强、豪爽、内心闪着理想光芒的孩子……”

儿童的成长显然离不开成人的正确引导,这也是作品中三位成人形象的文学意义。对成人形象的塑造,作者始终遵循典型环境服从典型人物的现实主义创作要求,将成人形象作为三位少年成长的典型环境中的人物来处理。虽然在现实环境里,成人对于儿童有引导、保护的作用,但在文学环境里,作者不仅如实地表现了这一点,而且是把儿童作为主体、成人作为背景来处理的。也就是在人物形象的塑造上,有主要与次要之分。如何处理成人形象与儿童形象在作品中的关系,这对一部儿童文学作品非常重要,也是成人文学与儿童文学在描写形象(成人与儿童)上的重要区别所在。虽然人们普遍认为,无论从本质或现象上看,大自然文学都是更贴近儿童的文学,但我们说《千鸟谷追踪》是一部典型的、或者说是经典性的儿童文学作品,其最重要的标志就是这部作品在创作过程中体现出的可贵的“儿童本位”思想:儿童始终是事件的主角,儿童是成长中的儿童,成人在儿童的这一成长过程中扮演的只是引导、保护的角色。这也是我最看重这部小说的最根本原因。

小说在叙述方式上也十分适合中国小读者的阅读习惯。以爱鸟作为叙述平台,寻找相思鸟作为叙述主线，保护大自然作为叙述主题，将小说情节发展分作五个相互连接的阶段，即爱鸟情趣(1 至 3 章)、探险三人行(4 至 10 章)、追踪相思鸟(11 章至 14 章)、捕鸟(15 章至 23 章)、放飞大自然(24 章)。人物出场也依情节的发展自然而然地走到读者面前。具体来说，李龙龙是一个头，因为李龙龙转学，才有新老师王黎民与新同学刘早早；因为李龙龙与刘早早的爱鸟事件，才有同学林凤鹃的出场；而林凤鹃的加入，带来了她的恩人、护林员赵青河的出现；又因为赵青河的加入，引出大学教授王陵阳。情节的波浪一浪高过一浪，人物也随着情节的发展渐次登场，整部作品，主线突出，脉络分明，故事完整，高潮处圆满结束。这些重情节、重故事的叙述方式，非常适合中国小读者的文学阅读心理，小读者会在不知不觉中随着故事的展开与人物命运的发展而被深深吸引，饶有兴趣地读到结尾。

小说的独到与可贵之处，还在于它将大自然这一永恒的文学主题与儿童爱探险、求知强的天性相融合，让儿童的心灵回到久已阔别的大自然，让大自然成为孩子们探险、求知的乐园，探险的路程也是儿童心灵成长的历程，每前行一步，都将面临难以预测的艰难险阻，甚至有生命危险，只有那些“不畏劳苦，沿着陡峭山路攀登的人”，才有希望体验探险的快乐，也才能真正体会到人与自然和谐发展是多么重要，正如作者在书中写道的：“危险时刻，他虽然腿肚发抖，在生命攸关时，能吓得魂不附体；但在那种令人胆战的冒险中，同时有着令人难忘的快乐。这种快乐在一生中也只有那么几次，这是因为和危险、恐怖搏斗时，心中油然升起了一种自豪，这是对自我价值的认识和肯定，这是一个懦夫永远体会不到的情感，当然也根本得不到这种快乐。”然而，探险小说中主人公所遇到的艰险不仅仅来自大自然的陌生与险恶，还来自少年主人公面对大自然险恶的挑战能力，甚至还有那个时代对自然、对少年、对探险、对科研的种种偏见。作者成功地展现了孩子们突破层层障碍，走近自然、走进科学、走出自我、走向成功的成长历程，他们的行为又无疑会感染读者，激发他们探险自然、保护自然的激情与行动。而在探险过程中培养起来的不畏艰险、勇敢、自信的坚毅品格与热爱自然、热爱科学、互助合作、坚持真理的科学精神，将会让孩子们终身受益，将大自然探险与科学考察相结合是本书的一大特色，而对探险精神与科学精神的提倡也便成为该书最为重要的主题之一。

应该说，小学高年级以上的学生，要阅读这部描写大自然探险的长篇小说，在阅读能力上是没有问题的，但要完全理解小说中丰富而深厚的文化内涵，却不是一件容易的事情，甚至需要读者具备多方面的知识。要体味《千鸟谷追踪》的不朽魅力，可以尝试从三个阅读层面来感受。

第一层是感受作品中描写的文学世界，这是由一群热爱自然的探险者与大自然的动植物世界组成的一个立体的丰富多彩的形象世界，是读者通过阅读能够从文字还原为图像的生动鲜活的人与自然相和谐的美好世界,也可以说是作品第一层的表象世界。

第二层是形而上的、充满哲理的、意义上的世界,也就是读者从形象感知中升华而来的理性世界。这是个被抽象了的世界,却是第一层表象世界的灵魂,也是作品的主题与作者创作作品的主旨所在。这个意义上的世界,也是可以把握的,就像汉字是形、音、义的统一体一样,表象世界与灵魂世界也是相互依存、相互表达、互为内外的一个世界,但读者在阅读时,对这两个世界的感知会因为阅读主体的阅读能力与审美关注的不同而有差异。一般来说,儿童更容易感知的是第一层次的形象世界,也能部分地感知第二层次的意义世界,而成人更重视的可能是意义世界给人们的警醒与教育。这就是这部作品为什么在出版后的20多年来,一直被读者阅读着,而且,不仅儿童出版社出版它,青年出版社出版它,成人出版社也争相出版。

这里,我要特别说的,还有一个蕴藏在上述两个世界中的"第三世界",一个被读者忽视了真实的世界,也是需要读者具有特殊的知识准备(关于黄山的知识,以及以宏村、西递为代表的"徽文化"的知识)才能认识的世界。细心的读者会发现,王陵阳所在的庐城就是合肥,李龙龙父母工作的紫云山就是黄山,黟溪中学所在的仙源镇就是宏村。合肥是安徽的省会城市,黄山、宏村都被列入世界文化遗产,在这样特殊的历史文化背景下所发生的典型故事,其文学以外的意义,随着人们对黄山与"徽文化"的了解,将会被越来越多的读者所感知、所重视。

这部小说还是一部关于鸟类知识、尤其是相思鸟生态习性的小百科,丰富的知识性是作品十分突出的特征,关于这点,已有很多文章说得很具体,这里不再重复。而语言的传神与独特魅力,更应该引起读者与研究者的关注。生动的叙述,传神的描写,哲理的议论、诗意的韵律,以及极富人物个性的对白,使作品成为一部当之无愧的语言教科书。

创新与象征 ①

——评王蜀长篇新作《神秘的 Y 级地带》②

王蜀是一位执着勤奋、有着自己创作追求且个性鲜明的青年作家。近几年来，她几乎每年出版一部长篇小说，但都围绕一个大的文学母题——人与自然的关系来展开不同层面的艺术探讨，以文学的名义讲述大自然的神奇故事，传达科学的自然观，启蒙少年读者的环保意识，取得了令人瞩目的成绩，其中《小霞客华东游》获得 12 届中国图书奖以及冰心儿童图书奖。而此后创作的长篇小说《神秘的 Y 级地带》，可以说是她大胆创新的又一部成功之作。

创新首先表现在“格式的特别”。读《神秘的 Y 级地带》，它的体裁形式就有些“神秘”。从整部作品的架构看，很像科幻小说；但在具体的阅读中，又像一部大自然探险游记；而作者在这部“游记”里并非寄情山水、写景抒情，而以介绍大自然的科学知识为重点，俨然一部科学故事了；而从三位少年主人公的情感经历与冒险旅程看，这又可以说是一部少年成长小说。当然，对这部作品的文体特征还可以有其他解析，然而，不论如何解析，有一点是十分明确的，那就是作者对文体形式的选择甚至创新，是她精心谋划来为她所要表达的内容和主题服务的。

作品的主线是地球少年帮助外星少年在地球上寻找一个“神秘的 Y 级地带”。说它神秘，正如数学中表示未知数的 Y 一样，这个地球人尚未发现的神秘地带竟然维系着另一个星球文明的生死存亡。是什么东西有着如此神奇的伟力？是什么原因让木星球 K 国的两位 14 岁少年冒险来到地球寻求人类的帮助？原来木星球遭遇了一场罕见的自然灾害，连续的黑石酸雨使 K 国的自然生态遭到了毁灭性的破坏，使得一种叫“MND”的资源极度匮乏，虽然在与 X 国的资源争夺战中，K 国取得了胜利，但他们非常清楚，如果不尽快寻找到新的 MND 物种，哪怕是它的替代品，不仅 K 国的经济将陷入瘫痪，而且将危及 K 国的球籍！小说由此展开扑朔迷离的情节，重点塑造了地球少

---

① 韩进．创新与象征：评王蜀长篇新作《神秘的 Y 级地带》[N]．安徽日报，2004-12-31(C3).

② 王蜀．神秘的 Y 级地带 [M]．深圳：海天出版社，2002.

年智慧勇敢的形象——16 岁的严飞飞像孙悟空护送唐僧到西天取经一样，帮助两位外星少年历经千辛万苦，经受“九九八十一难”，终于死里逃生，找到了地球上的神秘地带——Y 级，取到了真经——一种叫作 MND 的物种！

所谓 MND 物种，是一种生活在含矿岩土层中的植物，木星球最古老的物种之一，是木星球生物链中不可缺少的一个种类，它同时还是 20 多种生物的主食和木星球高尖端产品的基础原料。近年来，由于木星球各国之间的疯狂掠夺，环境被严重污染，MND 物种赖以生存的岩土层严重沙化，MND 濒临灭绝边缘。如果 MND 灭绝了，木星球也将走向毁灭。

由此可见，这是一个源于资源匮乏而发生在木星球和地球间的“取经”故事，最适合构思科学幻想小说；又因为他们寻找的是一种存活于大自然的 MND 物种，需要在自然万物中仔细辨认，那么介绍沿途物种和相关植物知识就成为必然，作品中也因此才有了那么多丰富神奇的自然故事，犹如一部介绍自然知识的小百科；而大自然本身就充满了种种神秘的尚未为人类所了解的奥妙甚至危险，在大自然中探险不仅需要有不怕困难甚至牺牲的过人胆识与勇气，更需要丰富的自然知识和超人智慧，因而少年的“寻找”过程，其实也是一种建立自信、健全人格、认识社会的心灵成长过程。所以，作者将她的作品称之为“大自然科幻探险”，不仅准确地概括了作品的文体特征，也表明了作者强烈的创新意识。

形式的创新是为了更好地表达内容，当形式与内容和谐之后，就会最大限度地彰显作品的主题。作者善于在细节与场面的描写中提炼主题，在情节冲突中升华主题。其实，小说在一开始就巧妙地点明了主题。木星球的两位少年为什么要到地球来寻找一种叫 MND 的物种，就是因为木星球的这种资源已经严重匮乏到影响该星球存亡的关头。“资源危机”的正面解说就是告诫人们：资源是有限的，要珍惜资源。而“资源危机”的直接原因是过度的开发和无节制的疯狂掠夺，而深层次的原因是对资源与自然的错误理解。虽然作者将小说发生的背景设置在外星球的木星球，难道不是借外星文明的即将毁灭来暗示今天的地球人类吗？可以说《神秘的 Y 级地带》是一部寓言式的作品，在整体上有着强烈的象征意味。就是说，如果今天的人类还不从木星球的遭遇中吸取教训，在不远的将来，同样的悲剧就必然会降临在人类的头上。所以，作者一方面深情饱满地介绍地球物种的丰富性，一方面又在提醒人们要珍惜资源，保护资源，倡导人与自然的和谐发展。这样一个重大的主题，作者并没有刻意把它说出来，却刻意将它隐喻在细节、场景、故事与人物描写之中，让读者在阅读中自己去感受体味。作者始终抓住读者的好奇心，以追寻“神秘的 Y 级地带”为诱惑，不动声色地将读者的注意力吸引到“追根溯源”的阅读中，待看完全篇才恍然大悟。

2005 年

探索大自然文学创作的新疆域[①]

——王蜀大自然文学创作印象[②]

《魔鬼基地》是王蜀出版的第四部长篇小说。王蜀钟情于大自然文学探索，追求人与自然关系的哲学阐释，每年推出一部长篇，从《小霞客华东游》的游记探险，到《神秘的Y级地带》和《蓝色魔域》的科幻历险，再到《魔鬼基地》的魔幻侦探，渐渐形成了自己的创作特色，对拓展大自然文学创作视野做了积极的尝试。

王蜀的小说，有一定的创作模式。作品大多从开篇设立一个矛盾的对立面，双方阵营分明，有一个中心情节和明确的情节方向，然后采用大故事套小故事的讲述方式，依次道来，在讲述故事的同时，又十分注意相关科学知识的介绍，结局总是"大团圆"式的正义战胜邪恶，很适合少年读者的口味。主人公都是少年，如小霞客、严飞飞、小叶儿、阿米和雨齐，都是十四五岁的少年，还是大自然的热爱者与环保运动的先锋，他们带着读者畅游华东山水，探险神秘的Y级地带，到魔幻般的海洋世界历险，在魔鬼基地与星际邪恶势力斗智斗勇，读者在满足好奇历险幻想心理的同时，又能获得多方面的自然科学知识和环境保护知识，并有助于在审美阅读中养成科学的自然观，那就是于潜移默化中养成这样一种意识：自然与人类不可分，人在本质上也是自然界的一部分，人与自然应该和谐发展，而地球是人类唯一的家园，热爱自然，保护地球生态，就是拯救人类自身。所以说，小说通过人物的表演、情节的夸张和环境的渲染，彰显出作者对人与自然关系的哲学思考，具有一定意义上的前瞻性，也是作者非常宝贵的创作品格。

王蜀小说创作的主体特色经历了由纪实而科幻进而魔幻的演变，题材也相应地由现实的山水，到幻想的海洋世界，再到子虚乌有的魔界——Y级地带和AD基地，幻想的色彩越来越浓烈，使得她的作品在魔幻的同时又有着淡淡的童话色彩，尤其《魔鬼基地》中设计的能飞的小妖战士，很有些现代西方童话中"小飞人"的意味(如《狮子王》中的沙祖形象)，这不仅给读者阅读增加了新的趣味，而且也大大拓展了作者创作的艺

---

① 韩进．探索大自然文学创作的新疆域[N]．安徽日报，2005-06-03(C1).

② 王蜀．魔鬼基地[M]．武汉：湖北少年儿童出版社，2004.

术空间,可以借助这类神奇的人物,打破时空,打破魔界,自由剪辑故事,情节也更具张力。但从整体风格来说,仍然遵循现实主义的创作方法,注意在典型环境中塑造主要人物形象,注意在矛盾冲突中刻画人物的性格,注意通过细节描写来丰富人物与激活情节,注意情节的完整性与故事的圆满性——现实主义的创作手法与现代浪漫幻想的结合,使得她的作品比那些追求象征隐喻的魔幻现实主义作品显得更清新透明简洁单纯,这也与儿童读者的阅读能力相呼应。

王蜀是大自然文学的热心探索者,她有意识地将四部小说在大自然的背景下展开,主题、人物、情节也都与大自然分不开,尤其是在作品中介绍了大量自然科学知识和环境保护知识,成为小说的一大特色,其知识面之广,大至宇宙天体,小至蜜蜂细菌,不论是常见的动植物,还是珍稀物种,她都能给以科学的描述,而这些知识的提供又无一不与情节的发展融会在一起,起着丰富与深化主题的服务。尤其是《魔鬼基地》中对不明物种侵害地球生命的关注,比一般倾向于知识介绍的科普作品立意更高,文学性更强,意义也更深远。

文学不仅是人学,也是关注大自然的文学;大自然文学在关注大自然的本身,也就是关注人类自身。如何通过文学的方式反映人与自然的简单而复杂的关系,可以有多种不同的创作形式。王蜀选择科幻乃至魔幻的文学表现手法,大胆尝试,迈开了可喜的一步,有不少经验值得总结与借鉴。从已有的四部作品看,也有需要进一步商榷的地方。譬如,人物形象有较为明显的类型化、片面化现象,性格的丰富性与发展性不够;叙述语言的文学化与人物语言的个性化也有待进一步提升;整体情节的幻想性与具体人物活动的现实性如何有机结合,以及科学知识的传播与文学审美品格如何统一,都有进一步探索的空间;而对于儿童读者,如何让故事写得更生动,情节更有吸引力,留给儿童读者更多的回味与思考,让人物与思想都能走进儿童读者的心里,仍然需要作者做不懈的努力。创作是一项艰苦复杂的个人劳动,法无定法,艺无止境,祝愿王蜀在已有的基础上不断创新,不断有新的作品奉献给儿童读者。

2008年

高士其科普创作对中国大自然文学创作的启示①

3年前，我在写作《高士其评传》②时，在后记里写了一段话，表明我对大自然文学现象的一点新思考，希望能够得到研究高士其和大自然文学学者的重视。我写道：

高士其首先是一位科学家，其次才是一位科普作家，而且是热心为大众为孩子写作的科普作家。“把科学交给大众”“把科学交给孩子”是高士其科普创作的出发点与落脚点。而科学的海洋是无边无际的，高士其最关注的是与大众与孩子关系最密切的自然科学——人类生活家园的大自然与危及人类健康生命的细菌世界。高士其堪称现代中国以文学的笔触描写细菌生活的第一人，堪称现代中国从人与自然关系的角度科学地描写大自然生态的第一人，其代表作分别为《菌儿自传》和《我们的土壤妈妈》。对于前者大多数人已经耳熟能详了，对于后者却很少有人关注，以往的研究者多从题材与主题的角度谈得多，而把它放到高士其的整个创作中，放到整个中国文学的大背景中，从创作母题的角度来研究的就很少，这就让高士其在中国大自然文学方面的开拓性贡献与示范意义埋没了将近半个世纪！与其说高士其超越了一个时代，还不如说社会的大自然文学意识比高士其晚了一个时代。如果要说我的这部评传性的文字有什么值得肯定的话，我以为就是在这方面做了一点基础性的梳理，为有兴趣研究中国大自然文学的人们提供了一点信息、一种参照、一根标杆。有没有这个参照和标杆，对中国大自然文学的历史、发展与成绩的评价会很不一样。

---

① 本文写于2008年，为纪念高士其(1905—1988)逝世20周年而作，收入韩进．幼者本位［M］．南宁：接力出版社，2011:412-422.

② 韩进．高士其评传［M］．太原：希望出版社，2005.

我在这部评传里用了相当的篇幅来讲高士其的科普创作对于中国大自然文学的发蒙意义。这些文字主要有三:(一)第十二章第三节的“中国大自然文学的先驱”;(二)第十四章第二节“祖国的春天”中对高士其这一时期创作特点的分析之二:关注大自然与生态环境,具有大自然文学的启蒙意义;(三)第十四章第三节“论科学文艺”中高士其对大自然文学创作所发表的意见。

一、“人生活在自然界,是自然界的一部分。他的一切生活,都受自然环境的影响,人和自然的关系非常密切”

在高士其的科学文艺创作中,有一个十分突出的现象——以大自然为题材传布科学自然观的作品占有重要比例,这类作品从自然与人的关系入手,歌颂了大自然对人类的贡献,告诉人们要在了解自然的基础上,利用与改造自然,让自然为人类造福。这类作品,有科学诗,有科学小品,取材也十分广泛,自然万物——不论山川湖泊、动物植物、宇宙星空,还是人类肉眼不能看见的微生物世界,甚至是抽象无形的时间、空气等,在高士其的笔下都一样的栩栩如生,形象鲜明,意境深远,在向读者传达自然科学知识的同时,也传达了一种博大无私的自然之爱,人类之爱,于不经意间成为中国大自然文学创作的先驱。

从题材和主题的角度来分析高士其的大自然文学创作,可以分作下列五类:

(一)和人关系非常密切的自然环境。如阳光、空气、水等,它们是人类生命存在的几大要素。这类作品有:科学诗《空气》《春天的歌》《水和火》《生命之歌》、科学小品《生命的起源》《水的故事(一)(二)》等。

(二)和人类生存发展关系密切的物质世界。又有三类:

一是写土壤、森林、矿石和金属等自然资源的,如科学诗《我们的土壤妈妈》《土壤——制造植物的工厂》《石林》《森林之歌》《科尔沁草原》《阿尔山颂》《湛江行》《洛阳行》,科学小品《燃料的家庭》《冰的化石》《森林的礼物》《土壤世界》《大海给我们的礼物》《木材先生的贡献》《自然免疫》《地下王国漫游记》等。

二是写动物、植物和微生物的世界的,如科学诗《最大的鸟——鸵鸟》《蛙》《蜜蜂之歌》、科学小品《空气中的居民》《猪笼草和紫胶虫》《犀鸟》《土壤里的小宝宝》《小人国的轰炸机——蚊子》《细菌世界探险记》《蜜蜂的故事》《土壤里的劳动者》《小球藻》《蚯蚓先生和蜜蜂姑娘》《蛔虫的一生》《霉菌的贡献》《微生物小宝宝一些生活情况》等。

三是写太阳、地球、月亮和星星等宇宙世界的,如科学小品《地球的帐幕》《太阳的工作》《太阳系的小客人》《访问月亮和星星》《人类访问月球和火星的日子为期不远了》等。

（三）威胁着人类生存发展的自然势力，如洪水、地震、火灾、毒虫、病菌等自然灾害等。这类作品有科学诗《冬天老人的警告》《传染病的头号战犯》《小人国的冬季攻势》、科学小品《看不见的敌人——病毒》《细菌的敌人和细菌的朋友》《庄稼的朋友和敌人》《种子为什么霉了》《不让细菌过春节》《细菌知识》《细菌和滤过性病毒》《灰尘的旅行》《水的改造》等。

（四）人类利用自然求得自身发展的实践与成就。在逐渐认识自然的历史过程中，人类逐渐征服了火力、风力、水力、蒸汽、电和原子能，让自然力为人类造福。这类作品非常多，主要有科学诗《地下资源的报告》《石油颂》《访大庆油田》《机器工业的汇报》《发电机的自述》《动力会议记录》《交通和邮电的建议》《第三颗人造地球卫星》《歌唱原子反应堆》《火箭颂》《电姑娘》《哦！超声波》《书本的颂歌》、科学小品《食品的冷藏》《传染病的故事》《怎样预防鼠疫》《和传染病作斗争》《人类和细菌的搏斗》《防止伤寒先生的秘密活动》《无线电的故事》《炼铁的故事》《照相机的故事》《电的眼睛》《锡的贡献》《现代的灯》《太阳能》《衣料会议》《人工免疫》《未来的旅行》等。

（五）倡导人与自然和谐发展，以生态平衡和环境保护为内容的作品。如科学诗《祖国的春天》《随地吐痰——坏习惯》、科学小品《森林之宝》《让自然更好地为人类服务》《水的清浊》等。在这类作品中，高士其号召人们要科学地认识与开发大自然，保护自然资源，让自然更好地为人类服务。

上述五类以大自然为题材的科普创作的显著特点，首先是它的科学性和知识性。高士其在创作这类作品时，有着明确的读者意识与创作目的，那就是在向读者介绍自然万物科学知识的同时，提高大众的自然意识，传达辩证唯物主义的自然观。1953 年，高士其为少年儿童写了一篇题为《为什么要学习自然知识》[①] 的文章，其中的观点正可以理解为高士其“为什么要创作大自然科普”的自白，为我们理解高士其的大自然科普创作提供了一把钥匙。高士其写道：

> 新中国的少年儿童，都应该学习征服自然、利用自然、改造自然的本领，准备做自然的主人。要做自然的主人就要学习自然知识。
>
> 人生活在自然界，是自然界的一部分。他的一切生活，都受自然环境的影响，人和自然的关系非常密切。光、空气、水、食物、衣服、房屋、家具以及一切日常用品，都靠自然供给，人是不能离开自然而生存的。

---

① 高士其．为什么要学习自然知识［C］// 高士其．高士其全集：第 4 卷．合肥：安徽少年儿童出版社，1994：111-112.

自然界就是物质世界，就是太阳、地球、月亮和星星世界；就是空气、水、土壤、矿石和金属的世界；就是动物、植物和微生物的世界。这些东西，有的离我们很远，有的就在我们的眼前。懂得这些东西的形状、结构，它们之间的关系，和它们变化发展的过程，就可以使我们懂得怎样去征服它们、利用它们、改造它们，使它们更好地为人类服务。

在自然界里，有各种不同的势力，威胁着人类的生存。洪水、猛兽、地震、火灾、毒虫、病菌都是。学习了自然知识，就能知道怎样去控制它们、战胜自然的灾害。

在自然界里，有各种不同的力量，人类可以利用它们，来替人类做工。在人和自然斗争的历史中，人逐渐地征服了火力、风力、水力、蒸汽、电和原子能，我们的祖先给我们积累了丰富的经验。学习自然知识，就会使我们得到这些经验，掌握征服自然的力量。

这段文字集中代表了高士其的自然观，尤其是高士其所表达的“人生活在自然界，是自然界的一部分……人是不能离开自然而生存的”思想，这在五六十年代，对人与自然的关系还不能正确理解的情况下，显得特别可贵。不仅如此，高士其还通过文学的形式来反映他的自然观，自觉地将大自然作为文学创作的审美对象，将大自然作为审美反映的主体，以科学的自然观为指导，通过文学的形式向人们形象地介绍自然、阐释自然，解读人与自然的关系，这在中国现代文学创作中，高士其可以说是开创者之一。

人与自然的关系是一个永恒的话题。人类在自然中究竟是怎样的一个位置，自然对人类的发展又有什么样的意义，这个看起来十分简单的问题，却千百年来始终处于探索之中。探索有多种方式，文学乃其中之一，而且是一种非常重要的探索方式，此所谓自然、生死、爱情为文学创作之三大永恒主题。哲学观决定文学观，对人与自然关系的不同理解，就有不同的关于大自然的文学。人们常说“文学即人学”，那么文学与自然的关系，核心问题就是人与自然的关系。自古以来，文学就有表现大自然的传统，我国第一部诗歌总集《诗经》中就有很多诸如“关关雎鸠”“呦呦鹿鸣”这样描写大自然的名句，曹操的《观沧海》一诗就因其对自然山水的描写而被认作是后来山水诗的雏形。而自晋至唐宋，文学寄情山水，成为文学的重要一翼，涌现出了陶渊明、孟浩然、王维、柳宗元、欧阳修、苏轼、徐霞客等一大批描写大自然的高手，创造了一个寄情山水的文学时代。像这些以自然为题材的寄情山水、借景抒情、托物言志的作品，自然在文学创作中的意义主要还是被当作一种传道移情的工具，自然本身还不是完全意义上的审美反映的主体。到了20世纪，随着人类对自然的了解，人道主义的温情博爱使人们更进一步将审美的触角深入到大自然，出现了一些后来被称为环保文学或者生态文学的作品，尤其是到了 20 世纪中期，随着生态平衡和环境保护这一全球性问题日益突出，特别是在全球范围内展开了抢救珍稀濒危物种的运动，环境保护与生态平衡也被提上人类持续发展的议事日程，于是对人与自然关系才有了新的理解，保护大自然以及人与自然和谐发展的观念才被人们广泛接受，具有现代意识的大自然文学的兴盛也就水到渠成了。由此可见，现代意义上的大自然文学，首先是以大自然为文学题材的文学；但它又不仅仅是一个题材概念，即写大自然还不是大自然文学的全部，更重要的还要看其怎样写，还要看渗透在其中的关于人与自然关系的基本观点。凡是那些体现出对大自然的生命意识、尊重意识、平等意识、关怀意识的作品，那些反映大自然的生存状态，肯定大自然自身存在的价值，倡导人与自然和谐发展、共存共荣的作品都可以称之为大自然文学。凡是以自然为道具，将自然拟人化，借景抒情、托物言志的作品，凡是借自然以逃避社会与人生、渲染个人的悲怨情绪的作品……都不是我们所说的大自然文学。换言之，大自然文学是将大自然当作大自然来写，是要再现大自然生命状态的原始面貌，还大自然与人类关系的本来面目，将人与自然放在一个恰当的位置来描写。正是从这个意义上说，高士其以大自然为题材创作的科普作品，表达了科学的自然观，正确揭示了人与自然相互依存、患难与共的关系，可以被看作是中国现代意义上的大自然文学创作的最初尝试，为此后中国大自然文学的兴起提供了重要参照。

二、“很需要有一批科普作家来为我们的青少年提供探险记、考察记这一类读物”“应组织力量，来写关于大自然的科学小品；写鸟、兽、鱼、虫的童话；写大自然探索者的故事”

高士其对自己以关注大自然与生态环境为主题的文学创作非常重视，在一部专为少年儿童选编的科学诗集《祖国的春天》里，除《祖国的春天》外，其余 12 篇作品都是精心挑选的从人与自然关系的角度来写大自然的优秀作品，如《太阳的工作》《空气》《土壤——制造植物的工厂》《水的故事(一)》《水的故事(二)》《冬天老人的警告》《时间伯伯》《手的进化》《火之歌》《揭穿小人国的秘密》《小人国人口总检查》《小人国的冬季攻势》，衷心希望少年儿童“努力学好自然知识，从小养成爱科学、学科学、用科学的优良风尚”。

在选编作品时，高士其给予“大自然题材”的作品以充分的关注。新时期以来，高士其也更多地选择大自然题材和环保主题作为他创作新作品的重点，写出了《向海洋进军——几位著名科学家的心愿和展望》(1979)、《花时》(1981)、《太阳颂》(1981)和《森林之歌》(1983)等一批大自然文学作品。与此同时，高士其还希望有更多的作家来关注大自然，指出“大自然，是科普创作取之不尽、用之不竭的题材和内容的源泉”；“自然博物馆应组织力量,来写关于大自然的科学小品;写鸟、兽、虫、鱼的童话;写大自然探索者的故事;画祖国的风光人物;画四化建设的宏伟蓝图"[①]。而对那些有心大自然科普创作的青年作者,更是热心扶植,为他们的新作写序给予鼓励、肯定和推荐。如《〈火〉序》(1979)、《〈奇妙的大自然〉序》(1981)、《〈生命·衰老·长寿〉序》(1982)、《〈唱给大自然的歌〉序》(1983)、《〈气候风光集〉序》(1984)、《〈智慧的翅膀〉序》(1984)、《〈世界国花集锦〉序》(1984)、《〈她和森林"恶魔"握手〉序》(1986)等。

在《〈火〉序》里,高士其高度赞扬《火》"这部科学诗,不单给人以科学知识的滋养,同时,也予人以艺术上的享受",更给人思想上的启迪。因为作品"通过对火的叙述,描写了火是怎样进入人类史前生活,改变人类生活状况,推动历史的前进;描写了火的性质和人类是怎样揭示了火的秘密,由此反映出科学的发展道路的崎岖和艰辛;描写了历史上人类对于火的使用和火造成的危害。同时指出人类在改造自然和征服自然的道路上,将更好地利用火的力量,摒除火带来的灾难,并对今后火的利用发展,如地热、太阳能、原子能等作了辽阔的展望"。所以,高士其说:"《火》是一部火的发展史吗?不!是一部人类生活的发展史。火是没有生命力的,而人是有生命力的。在大自然中,人类的发展,正是依据了大自然的规律。人类掌握了大自然的规律,才成为大自然的主人,创造了人类社会今天的高度文明。"高士其在这里揭示了自然、人类和社会文明三者之间的辩证关系——人类的发展必须"依据了大自然的规律",才能"创造了人类社会今天的高度文明"。

高士其还热情推荐郭曰方、杜志民两位诗人创作的科学诗《唱给大自然的歌》,称其"既有对知识的普及,又有对科学的讴歌;既有带着历史线索对科学发展做出的高度概括总结,又有通过千姿百态不同学科领域挖掘的内在科学规律,对大自然的花鸟鱼虫以及人类本身都阐述出一定的科学知识和生活哲理,赋予人有意的启示"[②]。

在《〈智慧的翅膀〉序》里,高士其对作者陈广斌以大自然为题材创作的诗作中表现出的可贵的环保主题,给予了高度评价:"娴静的白天鹅在湖面上徜徉,美丽的梅花鹿在绿林间徘徊,蝴蝶在花丛间飞舞,鱼儿在碧波里漫游……大自然给人类的生活带来无限乐趣。诗中以优美的笔调、活泼的语言,提醒人们保护自然界的生态平衡,创造幽静

① 高士其．大自然是科普教育的源泉[C]// 高士其．高士其全集:第4卷．合肥:安徽少年儿童出版社,1994:330.

② 高士其．《唱给大自然的歌》序[C]// 高士其．高士其全集:第4卷．合肥:安徽少年儿童出版社,1994:536.

葱郁的生活环境。这些诗给人以美的享受和有益的启示。”①

高士其为张锋、晓宇两位作者创作的大自然探险文学《她和森林“恶魔”握手》写的序言，更是人们了解我国现代意义上的大自然文学创作的重要文字，从中更清楚地看到高士其所提倡的大自然文学。高士其写道：

> 读罢全书，我的心仍久久不能平静。
>
> 一是书中那些探险家、考察家坚忍不拔的精神感染着我。近百年来，佳纳、阿克莱、沙勒、福茜等人不避艰难，前赴后继，为了弄清大猩猩的真实面目和保护这一珍贵物种，有的十余年如一日坚持考察，更有的甚至献出了生命。这些形象至今仍历历浮现在我的脑海里，难以忘却。
>
> 一是人类发现和认识大猩猩的过程竟如此漫长，这给了我十分深刻的印象。从 17 世纪初英国士兵巴特尔见到森林中的“大怪物”算起，至今已有 300 多年了，才初步认清大猩猩的面目。我不记得有别的哪一种动物，花去了这么漫长的时间的。从前对于大猩猩的种种非难和误解，传说、电影、小说里对它的种种夸张、歪曲的渲染，在事实面前被揭破了。我不禁为书中那几位探险家、考察家所表现的勇气和毅力所深深折服了。
>
> 我认为，从书中那些探险家、考察家的身上，表现了以下共同的可贵的品质：勇敢探险、顽强求索的性格；勇于创新、开拓的精神；对考察事业、对野生动物的执着的爱，这些都值得我国的青少年学习和发扬。
>
> 本书作者多年来致力于科学文艺创作，在野生动物(尤其是类人猿)方面写过不少作品。如今这本关于大猩猩的历险记，时间跨度不可说不长(至少有三百多年)，涉及的人物不可说不多，但读来环环紧扣，每个章节的末尾又引出下一个故事的悬念，运用了我国章回小说的写法。在这本书里，你既可以读到迷人的传说，热带高山丛林的奇景，人、猿相遇的刹那的特写，又可以读到大猩猩充满人情味的趣闻轶事，作者还注意随时加以科学的说明，向读者交代了大量的灵长类方面的知识。所感不足的是，对于探险家、考察家的性格、心理的刻画，略嫌不够充分(而这对于展示他们的精神品质是十分必要的)。此外，个别段落文字尚欠精练。
>
> 我们正处在新旧世纪之交，当今的时代需要我们的青少年成为富有理想、敢于探险、勇于创新的新一代。所以我认为，很需要有一批科普作家来为

---

① 高士其.《智慧的翅膀》序［C］// 高士其．高士其全集：第 4 卷．合肥：安徽少年儿童出版社，1994：539-540.

我们的青少年提供探险记、考察记这一类读物。本书作者现在将他们酝酿多年的大猩猩王国的历险记奉献出来，文笔流畅，叙述动人，我相信，广大青少年将会喜爱它的。我还希望有很多的这一类读物问世。

由此可见，高士其科学文艺观的一个重要内容，就是一贯重视以大自然为题材的科普创作，不仅自己带头创作了一大批以大自然为题材的科普作品，热心扶植科普作家的大自然科普创作，而且早在五六十年代，就提出要将“自然科学通俗化”[①]，“让自然界更好地为人民服务”[②]。进入新时期科普创作的春天，高士其更明确提出，“大自然是科普教育的源泉”，要求自然科学博物馆也要在科学普及中发挥重要作用，从题材、内容、主题、形式、组织等方面为大自然科普的创作提供新思路，尤其是人类属于大自然的自然观和环境保护、生态平衡的主题，更超出那个特定时代的社会认识水平，具有现代大自然文学的启蒙意义：

自然科学博物馆，是普及科学知识，宣传辩证唯物主义的场所。

大自然，是科普创作取之不尽、用之不竭的题材和内容的源泉。

在博物馆的大厅里，陈列着各种动、植物和矿石标本，古代脊椎动物的化石以及其他实物资料，是大自然的缩影。

大自然，有它的过去、现在和未来。

生命的起源、生物的进化、人类的起源、远古人类的生活，都是大自然的过去。

我国古代的发明创造，如陶瓷、丝绸、指南针、造纸法、火药、印刷术等，也是属于过去改造大自然的成就。

现在，特别是新中国建立以来，中国人民由于掌握了自己的命运，在工农业生产和建设方面，都取得了前所未有的辉煌成就。把祖国山河的面貌，改造得更加壮丽了。

认识大自然的过去，改造大自然的现在，这还不够，还要保护和发展大自然的未来。

我们要保护大熊猫、老虎、“四不像”；我们要劝劝孩子们，不要扑灭蜻蜓，

---

① 高士其．自然科学通俗化问题［C］// 高士其．高士其全集：第 4 卷．合肥：安徽少年儿童出版社，1994：391.

② 高士其．让自然界更好地为人民服务［C］// 高士其．高士其全集：第 4 卷．合肥：安徽少年儿童出版社，1994：238.

不要把它们一网打尽。蜻蜓是专吃苍蝇和蚊子的益虫;也不要杀害青蛙,青蛙在田里能治害虫,是庄稼的好朋友。所有的益虫、益鸟、益兽,我们都要保护。

认识大自然,保护大自然,改造大自然,这不只是有关部门和领导干部的事,也不只是有关研究单位和科技人员的事,而是全民族、全人类的根本任务。

为了极大地提高整个中华民族的科学文化水平,以适应实现四个现代化的要求,需要充分发挥各种类型的自然科学博物馆的作用。

自然博物馆应组织力量,来写关于大自然的科学小品;写鸟、兽、鱼、虫的童话;写大自然探索者的故事;画祖国的风光人物;画四化建设的宏伟蓝图。

自然界万物繁衍,生生不息,千姿百态,异彩纷呈。原因就在于:竞争、自由,让活泼泼的生机,创造出百花竞放、万籁争鸣的活泼泼的世界。大自然属于我们,我们也属于大自然。①

① 高士其.大自然是科普教育的源泉[C]// 高士其.高士其全集:第 4 卷.合肥:安徽少年儿童出版社,1994:329-330.

2009年

呼唤生态道德　讴歌自然和谐[①]

——刘先平与他的大自然文学

"大自然在召唤"系列(9册)[②]荟萃了刘先平30年来最优秀的大自然文学作品,其中有获得广泛影响的长篇小说《云海探奇》《呦呦鹿鸣》《千鸟谷追踪》《大熊猫传奇》,有大自然探险散文系列《山野寻趣》《麋鹿找家》《寻找大树杜鹃王》《和黑叶猴对话》,还有历时10年精心创作的新作——长篇探险纪实文学《走进帕米尔高原——穿越柴达木盆地》,这些作品全方位展示了作家的探索历程、创作高度和美学追求,再次高高举起大自然文学的旗帜,以亲历故事,讲述自然之道;借文学利器,启蒙科学发展:呼唤生态道德,化解人与自然的矛盾,在金融危机与生态危机双重挤压现实生活空间的当下,显得那么单纯而富有理想、善良而富有爱心、自信而富有责任。

中国现代意义上的大自然文学,以刘先平的大自然文学创作实践为代表,起步于20世纪80年代初,正好走过30个年头。如果说有一种文学现象是因为一个人的创作而形成的,那就是中国的大自然文学与刘先平的创作。

刘先平的大自然文学创作经历了三个发展时期。1978年至1987年是第一个十年时期,创作出版了《云海探奇》(1980)、《呦呦鹿鸣》(1981)、《千鸟谷追踪》(1985)和《大熊猫传奇》(1987)4部在野生动物世界(猿猴世界、梅花鹿世界、鸟类世界、大熊猫世界)探险的长篇小说。作品以大自然科学考察为内容,以环境保护为主题,展现了一个多姿多彩充满神奇瑰丽的大自然世界,在20世纪80年代的中国文坛,开拓了一种新的大自然文学流派,刘先平也被誉为"中国大自然文学第一人"。

1987年至1997年是第二个十年时期,创作出版了《山野寻趣》(1987年初版、1996年修订)和《红树林飞韵》(1997)两部大自然探险纪实散文作品。这期间,一篇篇真实的故事,以第一人称记叙大自然探险中的奇遇奇趣奇思奇想,每一个字都浸透着他的血与汗,每一个新发现又无不蕴藏他灵感的火花,每一个篇章都涵纳着他对大自然无

---

① 韩进.呼唤生态道德　讴歌自然和谐[N].文艺报,2009-03-05(2).

②"大自然在召唤"系列(9册)由安徽少年儿童出版社2008年出版。

限的情与爱,每一个动魄惊险的故事、离奇神秘的情节都记载着他在危境中的勇敢与战栗,激发人们对每片绿叶、每座山峰、每条小溪的喜爱,直至升华为对祖国的热爱,有一种蕴藏在平常中的特殊魅力。

1998 年至今是第三时期,创作出版了“中国 Discovery 书系”(4 册)、“大自然探险系列”(4 册)和“东方之子刘先平大自然探险”系列(8 册)等一批大自然探险纪实摄影文学,还有长篇新作《走进帕米尔高原——穿越柴达木盆地》。这些作品图文并茂,延续探险纪实风格,讲述作者由文明世界走进自然环境那种身体和精神的体验,思索与描写人类与自然的关系。每一篇都是有感而发,每一篇都在讲述一个道理,将他的自然观和大自然文学观表达得淋漓尽致。可以说,哪里有鹿鸣鹰飞,哪里有荒野河流,哪里就会有刘先平探险的身影,哪里就会成为他永久的心灵家园。

《走进帕米尔高原——穿越柴达木盆地》是中国作家协会重点扶持的原创作品。刘先平用两年时间横穿中国,从南北两线走进帕米尔高原,穿越柴达木盆地,领悟生命的真谛,关注生命状态,呼唤生态道德。读他的作品,有一种自然清新的审美取向——旷野的壮美、生命的震撼、自然的魅力、道德的力量、历史的沉重、批判的品格、时代精神以及和谐的境界。

在刘先平笔下,生命的色彩丰富而深厚。帕米尔高原的盘羊们,宣扬着生命的壮丽;黑颈鹤典雅的美丽,就是一首动人的诗;戈壁中蓝色的绒蒿花、石缝中金黄的野花丛,宣泄着生命力的顽强。可鲁克湖为快乐而鲜活的生命妩媚多姿——水生植物茂盛,浮游生物丰富;阳光下的盐湖,日复一日地蒸发,成了另一种形态,不再有荡漾的水波,却留下了岁月清晰的年轮;有个茫茫无际的察尔汗盐湖,静静地躺在蓝蓝天穹下,任凭大漠风沙肆虐,没有一棵草,没有一棵树,没有一只飞鸟,似乎没有一种生命。

在刘先平笔下,生命的力量无处不在。一条小河,把绿色的希望镶嵌在万里黄沙之中,有着一部与沙漠抗争的英雄史;一垛垛红柳与胡杨的台地,散播在浩瀚的沙漠中,像一对对沙漠情人,深情地眺望;一株株孤傲的胡杨,扎根地下 50 多米,抗干旱、斗风沙、耐盐碱,更有顽强的生命力,“生而一千年不死,死而一千年不倒,倒而一千年不朽”:应对干旱和风沙,胡杨常常是自枯一部分枝条,以自己的躯体作为根系,滋养新枝繁荣茂盛,以延续生命——母株已被沙丘掩埋,却将新的枝条顶出,以枝代干,又是一片新绿。胡杨懂得通过放弃获得新生,求得本质的前进,对得失的理解最为透彻,对生命的理解最有哲理。

30 年来,刘先平响应大自然的召唤,用双脚去丈量大自然,用镜头去记录大自然,用心灵去对话大自然,用文学去反映大自然,创造了融文学性与纪实性、科学性与知识性、哲理性与批判性于一体的“大自然文学体”,成为当代文学令人激动期待的文学流派。如今他突然明白自己 30 年来“实际上只做了一件事:启蒙和宣扬生态道德、树立生态道德观念”。这是他对当代中国文学从题材、体裁到内容、主题作出的开创性贡献。

大自然经过几百万年的物竞天择、相克相生、共存共荣,才创造一个物种。自从人类进入工业化时代以来,地球上的动植物从每天消失一种“发展”到每小时消失一种。这不能不引起严重关切。人类是万物之灵,应该懂得保护物种的多样性,保护人类赖以生存的自然环境。生态道德应该成为文学的一个主题。

生态道德是个既古老又崭新的课题。两千多年前我国先哲就有“天人合一”的学说,天就是自然界,人类和万物都是大自然和谐的组成部分,人类与自然界是生命共同体。所谓生态道德,就是人处理与自然关系的态度、观念和准则。对于人与自然的关系,向来有两种误解:一是“自然属于人类”,人是万物之灵,人是自然的主宰,人类可以随心所欲地掠夺自然;一是“人定胜天”,向大自然宣战,完全无视自然的生态规律。两者都造成人与自然的对立,造成自然生态的失衡,最终毁灭的将是人类。

美国环境史学家罗德瑞克·纳什认为,从过去到现在到将来,伦理学中道德共同体的范围是按这样的顺序扩大的:自我—家庭—部落—国家—种族—人类—动物—植物—生命—岩石(无机物)—生态系统—星球。生态道德属于人类进入地球村时代的生态系统阶段。

如何重建人与自然的和谐关系,刘先平认为当务之急是启蒙生态道德,树立正确的自然观。将道德扩展到生态,关注人与自然的和谐关系,这是文明的进步,是历史的进步。过去,只有用法律(野生动物保护法)来打击和制止违法犯罪者;现在有了生态道德。让破坏生态平衡者受到良心谴责,知道哪些破坏生态平衡的行为是缺德。自责自律,防患于未然,人类得到大自然的回报就会更多。

有个叫西雅图的印第安酋长说得好:“人类属于大地,但大地不属于人类。世界上万物都是相互关联的,就像血液把我们身体的各个部分连接在一起。生命之网并非人类所编织,人类不过是这个网络中的一根线、一个结。但人类所做的一切,最终会影响到这个网络,也影响到人类本身。”人类应把自己看成大自然生态链中的一个组成部分,思考人与自然和谐相处的方式。民间传说,每一座山、每一棵树、每一处泉水、每一条小溪,都有自己的“地方神”即守护神,人们在进山、伐树、采矿和筑坝之前,都需要举行仪式乞求神灵并最终服从它。自然是人类之母,自然是人类的摇篮,自然是人类生活的家园,自然是人类的保护神。人对自然应该有一种敬畏感,有一颗感恩心。

公民意识觉醒胜过千条法规。刘先平正是以文学的形式唤起人们与大自然和谐相处的意识,呼唤生态道德,帮助人们找回在大自然中的本来位置,激励人们去追寻一种有利于生态平衡的生活方式。同时,站在大自然的立场批判人类对大自然肆意改造和破坏,歌颂、追求人与大自然的和谐,以保护人类赖以生存与发展的大自然,展现了一个从未被文学描绘得如此深入和广阔的人与自然的世界。呼唤生态道德、化解人与自然的矛盾、建设生态文明，成为他 30 年来大自然文学创作孜孜追求的主题，也是时代赋予当代大自然文学的责任和使命。

大自然文学是作家用脚丈量大地的行走文学，是行与知、思与行的思辨文学，是讴歌生命、呼唤生态道德的文学，是直面现实追求人与自然共生共赢的和谐文学。刘先平 30 年大自然文学创作中对人与自然关系的探寻，浓缩了以人类为中心走向以生态为中心的文明进程。21 世纪是以自然与人类和谐共处为主题的世纪，与时俱进的中国大自然文学也将呈现出主流文学的发展态势，这是现实社会变革的需要，也是文学发展的需要。描述人与自然的关系，也将与描写爱情、战争和死亡一样成为文学的永恒母题，关注生命状态、呼唤生态道德也应成为大自然文学的永恒主题。

2010年

大自然与童年是他的"理想国"[①]

——评邢思洁的儿童文学集《豆国音乐》[②]

《豆国音乐》是青年作家邢思洁近十年儿童文学创作的小结，也是他对童年生活的一次缅怀和坚守人文创作的一次独白。反顾童年是他创作的基本母题，人文关怀是他创作的基本追求，维系两者的是他对现时童年消失或当下人文丢失的困惑与隐忧。

走不出童年，童年是他生命初始的地方。惠济河边是他的出生地，那是一个春天开满樱桃花、芍药花，秋天到处是紫石榴、红柿子的小山村，四季分明，冬寒夏暖，土地肥沃，民风淳朴，盛产小麦、大豆、高粱和泡桐树。作者用饱蘸深情的笔墨礼赞故乡，"那是一个埋着自己血衣胞胎的地方，一个有着母亲的微笑和父亲疲倦身影的地方，一个总有人牵挂着自己的地方，一个总让人魂牵梦绕的地方"。

走不出故乡，故乡绘就了他的人生底色。《豆国音乐》以浓烈的乡情乡音，传达他真切朴素、悠远深长、丝丝欲抽的相思情愫。《惠济河边》是一部故乡风情素描，《草色追忆》是一部童年生活记忆，《精神之树》礼赞童年不朽，《绿野寻梦》梦回童真年华，《凝视苍茫》缅怀故乡圣贤，《百味人生》体味成长苦乐，《落雪栅栏》回归童趣童真。

最难忘故乡的人和事。不识一字的爷爷让他明白了"水大了鱼都能淹死"的道理(《那年夏天》)，安静平和的外公从5岁起就临摹清朝亳州书法家梁献的字，九十年如一日(《外公》)，"见识不同"的母亲用一碗酸汤面叶奖励学习好的孩子(《酸汤面叶》)，最喜欢马的村长大胆到北方草原买马给贫穷的山村带来美的遐想(《小村八骏图》)。还有有"小村仙女"美称却吃尽人间辛酸的哑巴媳妇蓝小米(《清音》)，"穷得连娘都没有""连续七年没有考上大学"的老夏(《老夏的高考》)，真实得让人窒息，每一个人物都有人性中永恒的东西，每一个故事都揭示了人生中永存的真理。

最难忘童年时代的动物朋友。马通人性，马是贫困童年唯一能给村民带来美好生活的寄盼。《寻找金马驹》通过母马与失踪小马驹的心灵感应，讴歌母爱、母性与天性。

---

① 韩进．大自然与童年是他的"理想国"[N] 文艺报，2010-02-05(4).

② 邢思洁．豆国音乐[M]．合肥：合肥工业大学出版社，2009.

《那年夏天》写在给村里母马割草时发生的故事。《小村八骏图》在买马、放马中巧妙地展现了马的野性、村长的人性和村民的诚心。《蓝眼草狼》是一部关于爷爷和枣红马的凄凉故事。

鸟是孩子天然的朋友，也是童年放飞幻想的风筝。《横在夕阳里的空巢》告诉人们环境污染给鸟儿带来的灾难，《故乡的卷尾》控诉人类将卷尾鸟囚禁出卖赚钱的自私行为，《大树小学》"劝君莫打枝头鸟"，《第 101 只鸿鸭》写小孙子一句"大鸟是在喊妈妈吗？"让沙爷放下了举过头顶的枪，《伯劳灰灰》写发生在"我"与机智、勇敢、聪明的伯劳之间一段刻骨铭心的记忆，《黑水鸟和鹪莺》对濒临灭绝的稀有鸟类的未来充满担忧，《冬日观鸟》礼赞破冰捕鱼的小小翠鸟"是一个勇士"，《寒雀图》描绘了一幅大自然万物有致各得其所的和谐美景，还有《小麻雀获救》《雪野看鸟》《漂泊鸟》也都有感而发。作者对鸟的特殊情感，集中表达了他对生态失衡的深深忧虑，对人与自然和谐发展的孜孜追求。保护动物，保护环境，生态与环保的主题成为作者关注的创作重点。

最难忘的还有老家的树和林。在作者心里，在人和动物外，没有比树木更有生机的东西了。人与树的特殊关系，作者说他是在长大后才终于明白一个道理，他说，"老家就是一片树林，尽管树林清冷，但人是林子里长大的鸟儿，无论飞到哪儿，最终都要飞回来"，这叫叶落归根。无怪乎，他在作品中写了很多树，大树和小树，春天的树和秋天的树，夏季的树和冬季的树，大人的树和孩子的树，还把邻县新建轮窑冒出的滚滚浓烟叫作"烟囱树"。甚至作者干脆说："我的整个童年是在一棵皂角树下度过的。"（《皂角树下》）大杏树是孩子们上课的学校（《大树小学》），秋风吹落的黄叶是村民做饭的柴火（《风儿凉透了树林》），村口的榆树见证了爷爷和"我"两代人的情感（《村口的榆树》），与村民一起经历悲欢离合的大杨树已经成为寄托村民美好幸福想象的精神之树（《精神之树》）。

谈到自己的创作，作者说："我是个小人物，注定了我的视野向下，关注最微弱的生命，小草、小花、小鸟等最不为人注目，但万物有灵，它们的世界依旧精彩，它们的情感依旧丰富。文学不仅要关注大的事物，也要关注小的方面，要注入深厚的情感。我写大自然、写故园、写底层劳动者、校园读书少年及打工者的命运。我觉得，用笔把他们的喜怒哀乐写出来是作家的责任。"这让他的作品不是停留在简单的"视野"重现，更多的是"关注"思考，多了艺术批判与文化关怀，凸现了"作家的责任"，这对青年作家来说非常可贵。

在作者的关注中，"故乡变了，显得苍老而忧郁"，"土地一天天减少，井水一天天下沉，绿色一天天枯萎，蓝空一天天失色"。人与自然的和谐打破了，人与人的和谐也打破了。贫富的差距，使邻里关系越来越远，箅瓜串门的风景没有了，合用的老墙推倒了，昔日热闹的饭场消失了，发财的儿女离开老巢建起了自己的王国，留在老宅基上的是破屋、柴垛、瓜架、粪坑，相伴的是一些走不动的老人和一群眼光很迷茫的“留守儿童”。一次次读着家乡，作者“炽热的心渐渐冷却，少年的梦幻开始破灭，固执的乡情也在破碎”（《黄花开遍故乡》）。特别让作者不安的是，“乡亲们刚要摆脱物质贫困，又被精神上的空虚折磨着。河头小庙建了起来，烛光闪烁，鞭炮不断，在厚厚的炮衣和香火间，还有我 80 岁的奶奶。面对无助的乡亲，我还能说什么呢”（《千年葛藤》）。

在作者的关注中，童年在消失。没有童年是人生最大的悲哀。“当我看到我的学生在作业重压下，在世俗目光和功利思想的影响下，小小年龄——我沿矮墙爬行的年龄，却已经老了，满口老人腔，满脑子人生哲理，我为自己有一个单纯的童年而感到幸运，为当代孩子童心的缺失而担忧。现在，不少孩子生活中没有童话，没有玩闹，只有没完没了的作业、考试，整个人像被抹上催熟剂的果子，像提前上市的反季节蔬菜，生活还有什么味道？”作者大声疾呼：“千万别让孩子长得太快，成熟太早，也让童年的他们到自己的‘矮墙根’爬爬吧！”（《矮墙根》）

作者还要在这片土地上寻找不抛弃童年理想、不放弃儿童文学的“精神树”。他“与庄子同行”，读《庄子》，更爱庄子人格——他才高盖世，却甘愿一生守着清贫；他追求内心的逍遥，不断放飞理想，一生不屈服权势，个性得到最大限度的舒展，真正达到了至人、神人、圣人的境界。在一组“夜读庄子”中，敬仰“独与天地精神往来”的庄子（《深秋的温暖》）；渴望像庄子那样，做一个“活出了个性，活出了水平的真人”（《生生死死如赶集》）；憧憬以庄周化蝶的美好梦境来解决现实中的尴尬事（《战国的蝴蝶》）；提倡“勇气”，认为“勇气就是庄子精神”，“是最健康的，最有用的，也是人们在最困难、最落魄、最不能坚持下去之时最离不开的精神支柱”（《人需要点庄子精神》）；从庄子身上，作者也看到了自己追逐多年而未得的“道”，恍然大悟：原来，道是处处都有的（《漂泊涡河的幽灵》）。作者对庄子的膜拜也透视了他面对全面失衡的世界“无为而治”的个人情怀，从事儿童文学创作，寄希望于儿童和未来，让他的心灵得到暂时的慰藉和温暖。

读思洁的文字，时常会陷入沉思。起初，我不明白他为什么要用《豆国音乐》这篇很短的文字的篇名来做他十年创作的总名。我把那篇小文读了一遍又一遍，看不出它有什么特别值得重视的地方。读它的第一句“我，常常在深秋的豆田听得入迷，因为那里有大自然最美妙的音乐”，我脑海里突然出现的却是鲁迅笔下《故乡》中少年闰土在月夜瓜地看瓜的情景，感觉非常奇妙（在读其他的文字时，还让我自然联想到鲁迅的《社戏》，周作人的《乌蓬船》，想到任大霖、任大星兄弟的《童年时代的朋友》）。多读几遍后，你会明白作者不只是在听豆国音乐，而是在倾听大自然的声音，用作者的话说：“这是音乐与画面的和谐，是自然与人间的默契啊！”像《豆国音乐》的美文还有很多，《小蠓虫的第九乐章》《夏日蝉事》《第六只蓝背土蜂》《墓园与黄蛉》《浅浅的虫鸣》都以大自然为题材，在细腻观察和逼真描写中，创造了一幅幅人与自然和谐的美景。现在我终于明白了,原来作者是把豆田当作他的理想国了,那里的音乐,便是仙乐,便是和谐之声,便是他全部创作的寄托所在。

儿童文学评论界有将思洁的创作归入“人文主义写作”的说法,评价他的创作是“真正关注儿童的生命状态,真正理解儿童的精神世界,并且能够从多种视角切入儿童的生命本质,从而以精美的文字来呵护童心,捍卫童年”。思洁确是有自己追求和鲜明艺术个性的青年作家,他以童年题材或以童年视角写的散文,自然适合生活在童年的孩子阅读,自然适合所有从童年走过来的大人阅读,因而他获得了很多儿童文学方面的创作奖。他以《那年夏天》作为书名的儿童文学集被列入“冰心儿童文学新作奖”系列出版,其中有细腻生动的小说、优美灵动的散文、意境悠远的诗歌、活泼稚趣的幼儿文学,其文字优美、意境深远、想象丰富,给读者以亲切的感受、心灵的启迪,可以作为《豆国音乐》的姊妹篇。

思洁又不像很多儿童文学作家那样,局限在儿童文学内,而是有更广泛的童年视角、更深切的人文关怀。他的创作也不局限于某一类体裁,所有的文学样式他都采用过,而且每一类作品都各有特色,各有成就,不论是童话、童诗,还是散文、小说,不论是幻想作品,还是写实作品,他都能运用自如,都能从作品中读出他那一颗始终没有退色的童心,甚至可以认为他的一切作品,即便是虚构的幻想作品,都是他童年生活的生动体现,都能在他童年生活中找到踪影。乡土是他创作的底色,童年是他创作的情结,为孩子写作是他赋予自己的责任,勇气是他一直坚守着文学之梦的精神之树,和谐是他这样的“小人物”以创作干预生活的美好愿景,祝思洁为孩子写出更多更好的作品。

2012年

心灵的风景[①]

——评刘先平新作《美丽的西沙群岛》[②]

先平有一颗“自然之心”，他与大自然亲密接触30多年，将大自然风景尽收眼底，融入心灵，成为他取之不尽、用之不竭的创作源泉。《美丽的西沙群岛》是刘先平大自然文学创作的最新收获。走向海洋，标志着刘先平大自然文学创作实现了题材意义上的完整美满，海洋文明所特有的蓝色文化成为刘先平大自然文学画廊中最美的“心灵的风景”。

“美丽是西沙群岛的名片。”先平这样说，“西沙群岛拥有无与伦比的自然之美。西沙群岛还拥有另一种至高无上的美——心灵之美。每个小岛都被大海环绕，但最缺的是淡水。每个小岛都是一块陆地，但最缺的是可以种植庄稼、蔬菜的土地。正是在反差极大的环境中，守卫、建设海疆的战士和渔民，创造了另一种震撼人心的美——令人神往的精神家园。”读完《美丽的西沙群岛》，我认为，西沙群岛的美丽还有她“惊心动魄的生命之美”和“不可侵犯的庄严之美”。

首篇《月亮河》，借主人公东方明之口，揭开了西沙群岛的美丽面纱——“不到南海，怎么也想不到植物世界会这么千姿百态！辽阔的大海里还不晓得有多少稀奇古怪哩！”

美丽温柔的水母是大青鱼的杀手，海龟却是水母的克星。水母的身体构造非常奇特，只有薄薄的三层皮膜，身体的97%是水。它想从海底上来，防水吸气，就浮上来了；放气吸水，就沉海底了。通过控制防水与吸水的比例，想沉到哪个深度就沉到哪个深度，像现在靠计算机操纵的潜水艇。尤其是水母触手上的小肉疙瘩，动物学家叫它“听石”，能感受很远的海面刮起风暴时产生的次声波，如果大批水母浮上海面，说明至少15天之内，这片海域没有大风暴；如果水母往海里沉，暴风雨就要到了。(《水母，美丽的杀手》)

---

① 韩进．心灵的风景[N]．光明日报，2012-06-19(14)．

② 刘先平．美丽的西沙群岛[M]．济南：明天出版社，2012．

哪里有飞鱼，哪里就有鲣鸟；哪里有鲣鸟，哪里就有军船鸟，因为它们各是食物链的一环，从而上演了一曲海空一体的生命保卫战——早已聚集在涌浪上方的鲣鸟，在嘎嘎的尖叫声中，纵横飞掠，捕猎飞鱼。飞鱼们在浪尖上如一条条银线，射向不同的方向。天空、海面和海里，同时上演了围猎与大逃亡的生死博弈。遭到上下围攻的飞鱼们，个个奋力疾飞，运用群体协作，迷惑敌人。一只鲣鸟叼住了一条飞鱼快速爬高，一只黑色的大鸟突然从高空的云层里，如出膛的炮弹，以迅雷不及掩耳之势，向捕到了飞鱼的鲣鸟展开凌厉的攻势，其强盗本性、强悍的掠食本领，生命之美也在瞬间绽放。（《南海有飞鱼》）

我们读《美丽的西沙群岛》，特别是《变幻的鱼阵》《海钓惊魂》《谁在海底狩猎》《珊瑚世界》《长棘海星》《凤凰螺》《海上飘起白带子》《走进海岛王国》《寻找野牛》等作品，分享着作者发现的乐趣、自然的启迪、心灵的风景，体味那种与大海、与生命本身融为一体的感觉，以大海的博大与沉静求得内心的宽广与宁静，获得一种阅读的快乐、情感的满足和精神的升华。

与以往大自然文学不同，《美丽的西沙群岛》洋溢着紧迫的国土意识和强国情愫，有突出的现实意义和时代精神。国土是一个国家与民族生存的根基。先平的忧虑是，谁都知道我国有约 960 万平方千米的辽阔陆地，但又有多少人知道我国还有 470 多万平方千米的海疆？又有多少人知道，拥有一个弹丸之地的岛礁，根据《海洋法公约》就拥有了数万倍面积的海疆？所以，他不遗余力、不厌其烦地在《美丽的西沙群岛》里，讲述西沙历史，普及疆土知识，讴歌建设成就，宣传蓝色文化，宣示南海主权，誓死保卫海疆。《爱国爱岛，乐守天涯》《历史是面镜子》《司令的朋友》《海博士和西沙海洋博物馆》《翻跟头的滨珊瑚》《神秘岛》《财富的故事》《大海拾贝》《英雄岛》等作品，有着十分可贵的疆土意识、海权意识，以战争保卫和平、以生命捍卫主权的意识。

在先平的精神里，海洋是神圣的代名词，南海自古就是中国领土，西沙群岛是南海的名片。先平用脚“走”向海洋，用身体与海洋亲吻，用心灵与海洋对话。先平笔下的西沙群岛，不是印象的简单复印，不是纯粹地折射自然，而是将所见所闻所思所想，用艺术的手法融合起来，表面看是一篇篇短小的自然习得，合起来堪称一部长长的艺术画卷，可谓画中有诗，诗中有画，是文章又是乐章。现场感、新奇感、流动感、审美感、亲密感、责任感，成为刘先平大自然文学创作的基本美学特征。

从 20 世纪 80 年代创作第一部大自然文学探索作品《云海探奇》到今天《美丽的西沙群岛》，先平用自己的双脚“走”出了一个中国大自然文学的独立王国。“走”是他创作大自然文学的特征，笔迹、足迹、心迹完美地融合在他的大自然文学作品里。先平始终在做着一件事情：他以自己的亲身经历向世人表明怎样才能成为自然之友，怎样才能永久地留住自然；他以创作大自然文学的形式，普及科学的自然观，倡导科学的发展观,创建科学的文学观。

纵观先平的大自然文学创作,有两条清晰的轨迹可以追寻:一是走进自然,由此重新认识自然、评价自然、尊重自然、敬畏自然,人为自然的一分子;二是走进心灵,由此重新认识人性、评价人类、尊重人权、敬畏生命,自然是人类之母。“走向自然”与“走进心灵”成为刘先平大自然文学创作经久不衰的创作主题。

先平大自然文学创作的成功告诉人们,大自然文学作家首先必须是作家,同时还需要具有特殊的才能,是“能够将科学事实精确地记录下来、并给予清晰的解释,赋之以诗的神魂,使之成为文学作品的人”。在大自然文学家的眼中,自然不仅是文学艺术的源泉,还是精神的象征,是教导人们高尚品行的良师。

先平大自然文学创作的突出贡献,不在大自然文学的题材,也不在创造了大自然文学文体,而是他以作品说话,颠覆了“文学是人学”的文学传统,确立了以大自然为审美主体的新文学观,将审美主人公由“人”变成了(自然万)“物”(动物植物),把描绘与探索人类与自然的和谐关系作为文学创作的主题,极大地拓展了中国儿童文学的发展空间,丰富了中国文学生存形态,开辟了一条对接世界文坛的新路径。大自然文学是滋养人类心灵的文学,大自然文学家是真正的人类灵魂的工程师,刘先平无疑是当代中国最出彩的儿童文学作家,其在中国大自然文学上的成就是无与伦比的。

作为一部文艺作品,《美丽的西沙群岛》也有它可以不断探索完美的地方。扁平化展览式的结构方式,散文化的叙述手法,在平行描写、人物较多的情形下,不易掌握描述的层次和叙述的节奏,容易带来阅读的疲劳感、相似感;人物对话还可以少些、精要些,有利于加快情节推进的速度,突出大自然文学“大自然”的审美主体地位。美国大自然文学的代表作——苏姗·F. 库珀的《乡村岁月》,以日记体来记录“美丽的乡村岁月”,我们可以借鉴尝试。

2014 年

中国大自然文学安徽独树一帜[①]

1996 年，“刘先平大自然探险长篇系列”(5 册)出版之际，著名文学评论家、北师大浦漫汀教授给予高度评价，称赞“以崭新的人与自然的关系审美，写出的是最新的大自然文学，有鲜明的特点，是中国的大自然文学”。关于“中国大自然文学”的积极倡导，首都师范大学金波教授回忆说：“那是 2000 年 10 月份，在安徽开的一次会议。那次刘先平写了一篇文章《高举大自然文学的旗帜》，我写了一篇《标举大自然文学的旗帜》。从那次开始，儿童文学界的这杆旗帜就举起来了。”

金波说的这次会议，是指 2000 年 10 月 14 日至 21 日举办的“安徽儿童文学创作趋势研讨会暨安徽儿童文学研讨班”。会议认为，安徽儿童文学的突出成就与最大特色，是以刘先平为代表的“大自然文学”创作。刘先平自 20 世纪 70 年代以来，创作了《云海探奇》《呦呦鹿鸣》《千鸟谷追踪》《大熊猫传奇》等 30 多部具有中国风格和广泛影响的大自然文学作品。面向 21 世纪的安徽儿童文学发展，应该承继并发扬这一特色优势。2003 年 11 月 6 日至 10 日，“大自然文学研讨会”在黄山如期召开，来自全国评论界、儿童文学界的 40 多位作家、评论家、出版家，围绕什么是大自然文学、中外大自然文学的发展进程与现状、如何繁荣大自然文学三大议题，进行广泛、深入而热烈的研讨，第一次在我国文学界对“大自然文学”给出了明确释义。

所谓大自然文学，是指以刘先平大自然文学作品为典范、以大自然为母题的所有类型的文学作品总称。具有以下五个方面的基本特征：一是大自然题材，以整个大自然为审美对象，自自然然地颠覆了一个只写“人”的以往文学世界；二是生态道德主题，以描写生态状态为重要内容，写人与自然关系的故事，呼唤生态道德，追求人与自然和谐发展；三是综合性文学新品，一种融纪实性、知识性、故事性与文学性于一体的“大自然文学体”，包括小说、诗歌、散文、戏剧、影视、童话、故事等所有文体样式；四是以少年儿

---

① 韩进．中国大自然文学安徽独树一帜 [N]．安徽日报，2014-06-27(10)．该文为 2014 年 10 月 18 日至 19 日在合肥召开的“大自然文学国际研讨会”大会交流论文。

童读者优先，展示大自然奥秘，普及科学发展观，同时倡导大众的大自然文学，以满足大众读者的生态文化阅读需求；五是现实主义创作风格，纪实性、思辨性是其显著特征，是作家用脚丈量大地的文学，是行与知相融合的文学。

安徽儿童文学界对大自然文学的倡导与发动，成为新世纪最引人注目的中国儿童文学现象。2001 年，束沛德在《新景观　大趋势：世纪之交的中国儿童文学扫描》中，将“安徽大自然文学”作为中国儿童文学“三面美学旗帜”（还包括江西的大幻想文学、浙江的幽默儿童文学）之一给予充分肯定。2001 年，中国作家协会金炳华书记指出：“孙幼军、金波、刘先平、张之路、郑春华等一大批儿童文学作家，在童话、儿童诗、科幻小说、幼儿文学、大自然文学、探险文学等不同领域的可喜收获，充分说明儿童文学创作提升到了一个新的水平。”2004 年，王泉根主编的《新时期儿童文学研究》收录刘先平、韩进的《新时期安徽儿童文学发展论析》，认为“大自然文学创作”是新时期“安徽儿童文学的新起点”，“高擎大自然文学旗帜”是“安徽儿童文学发展新思路”。源自儿童文学的大自然文学，已经走出儿童文学的樊篱，具有独立的审美价值；发自安徽的大自然文学倡导，已经具有全国意义和国际影响。刘先平的大自然文学作品先后九次获得国家大奖，推荐到联合国教科文组织，出版英语版本，刘先平也被推荐为国际安徒生奖、林格伦纪念文学奖候选人。

值得注意的是，安徽倡导并策动中国大自然文学，不是一种孤立的文学现象，而是与世界文学潮流不约而同。后工业化时代的到来，全球范围内的生态危机愈演愈烈，维护生态平衡、追求人与自然和谐关系，成为世界性话题和文学创作母题。在生态批评的视域下，美国文坛兴起了一种新的文学流派——自然文学。2001 年，程虹的博士论文《寻归荒野》由三联书店出版，以“自然与心灵的交融”为主题，介绍了美国自然文学的缘起、发展与现状，给安徽大自然文学的倡导以极大的鼓舞、促进和引导，提供了国际视野、创作参照和理论指导。

安徽倡导大自然文学，不仅有其深厚的文学基础，更是安徽文化强省发展战略的重要内容，得到省委、省政府的大力扶持。2007 年 4 月，一批专家学者以《大力扶持我省优势文学门类，积极推进文化创意产业发展》为题，建议由省政府牵头，集结作家、出版社、电视台、剧团等方面的力量，整合扶持安徽大自然文学，对著名代表作家和大自然文学创作研究中心给予政策扶持，加强理论研究和作品评介。2009 年 2 月，中国作家协会、安徽出版集团等单位在北京召开“刘先平大自然文学 30 年”研讨会，肯定了安徽倡导的、以刘先平为代表的大自然文学在当代文学界的地位和价值。2010 年 1 月，安徽省政府批准建立并授牌“刘先平大自然文学工作室”，规定工作室的任务是“大自然文学作品的研究、创作、整理、展示和衍生产品的开发等”；同年 4 月，省发改委、省参事室、省出版集团联合召开“刘先平大自然文学创意产业开发研讨会”；5 月，安徽大学成立大自然文学研究所。2011 年 1 月，刘先平大自然文学工作室与安徽省文化产权交易所签订协议，转让 12 部作品影视、动漫、儿童剧的改编权，委托产权交易所开展版权交易。2012 年，刘先平新作《美丽的西沙群岛》获得中宣部“五个一工程”奖，《大自然文学逻辑学探索和界定》《大自然文学动画置换研究》等一批科研项目被列入部级、省级课题规划。2013 年，《生态道德读本》和《大自然文学研究》丛刊出版，安徽省委宣传部召开“刘先平大自然文学与影视对接会”。2014 年，大自然文学国际研讨会召开，向世界介绍安徽大自然文学的发展态势，建立中国大自然文学与世界大自然文学的联系交流，开展中外大自然文学比较研究，推进大自然文学这一文学新品的发展繁荣。随着建设生态文明的发展和国际文学交流的开展，中国大自然文学更彰显其重要意义。

文学皖军扛旗：中国大自然文学与世界同步①

10月18日至19日，大自然文学国际研讨会在安徽召开。研讨会由中国出版集团、人民文学出版社、安徽大学、安徽省文联联合主办。中国作协名誉副主席、中宣部原副部长、中国作协原党组书记、著名评论家翟泰丰作《刘先平大自然文学创作成就与文学形态的探索、创新》主题演讲，并召集“如何将大自然文学品牌做大做深做强”专家座谈会。省委常委、宣传部长曹征海参加研讨会并致辞。中国作协副主席、著名作家高洪波发来贺信。著名作家刘先平、薛贤荣、王蜀，评论家唐先田、赵凯、韩进、谭旭东、雷鸣、吴尚华、梅杰，出版人李岩、刘国辉、叶显林、刘春霞、王舜平，来自美国、俄罗斯、英国、瑞典的大自然文学研究者以及《光明日报》《文艺报》《中华读书报》《安徽日报》等媒体代表70余人参加会议。

与会专家一致认为，在习近平总书记召开文艺工作座谈会之后，举办大自然文学国际研讨会，意义重大。根据习近平总书记讲话的重要精神，文艺工作不是普通工作，而是铸造灵魂、培育精神的思想工程。唯有志存高远的定力，学养深厚的底蕴，执着攀登的毅力，为民立言的正气，自觉与人民同呼吸、共命运、心连心，脚踩坚实大地，放飞理想翅膀，才能把人民的伟大实践和时代的深刻变迁融于创作之中，拿出经得起时间检验的优秀作品。安徽作家刘先平正是这样一位杰出作家。

翟泰丰认为，刘先平的大自然文学经过30多年的考验，无论是在“以人民为中心”或是“文艺在引领一个时代的风貌、成为时代精神的先觉者、倡导者”，还是在打造精品方面，都符合总书记的要求。生态文明是一切文明的基础，党和国家已把生态文明建设纳入中国特色社会主义事业“五位一体”总体布局，这是一项长期的任务，是人类共同的永恒主题。旨在呼唤人与自然和谐的大自然文学作品，对提高全民生态道德、建设生态文明有着不可替代的作用；同时大自然文学作品又是发展文化创意产业的丰富资源，

① 韩进．文学皖军扛旗：中国大自然文学与世界同步［N］．中华读书报，2014-12-03(8)．本文中会议代表的引文均来自大会交流论文。

是我国当前极其缺少的生态文化。

研讨会以习近平总书记讲话精神为指导，聚焦刘先平的大自然文学创作，研讨文学与时代同行、为人民服务的规律，强调作家的责任担当。人民文学出版社党委书记、天天出版社社长刘国辉说，这次研讨会有三个目的：一是探讨中国大自然文学的本源、发展、现状以及未来；二是观照当下大自然文学创作和中国生态文明建设，探究中外大自然文学交流交融发展；三是研讨作家刘先平大自然文学创作的时代特征、中国风格和国际意义以及刘先平大自然文学的品牌建设。

一、安徽作家刘先平：中国大自然文学的一面旗帜

刘先平是位天生的大自然探险家，他将人生价值追求与审美追求高度融合，从1974 年开始在大自然探险至今 40 个年头，曾六上青藏高原，两次从南北两线走进帕米尔高原，多年穿行于横断山脉，两赴西沙群岛……从事大自然文学创作 30 多年。这种将探险生活与文学创作血肉相连的历程，是独特而又罕见的。刘先平书写人与自然的故事，歌颂人与自然和谐，共创作长篇小说《云海探奇》《呦呦鹿鸣》等大自然文学作品300 多万字，《走进帕米尔高原——穿越柴达木盆地》《美丽的西沙群岛》和大自然探险奇遇《爱在山野》《追踪雪豹》等作品先后 9 次获得中宣部“五个一工程”奖、中国出版政府奖、全国优秀儿童文学奖。长篇小说《大熊猫传奇》等 9 部作品被译成英文版。因为大自然文学的突出成就，刘先平先后获得国际安徒生奖、林格伦纪念文学奖提名，成为有国际影响的中国大自然文学作家。

翟泰丰高度评价“刘先平是一位生就与大自然深厚结缘的大自然文学家”，“是我国大自然文学的开拓者，是我国大自然文学界的一面旗帜”。翟泰丰认为：“国际上大自然文学作家，潇洒挥笔，创作了大量优秀作品，俄罗斯、英国、法国、美国的许多大自然文学作品，在中国享有众多读者。瑞典著名儿童文学作家林格伦的作品，也深受中国孩子欢迎。刘先平具有中国特色的大自然文学，在世界大自然文学中独树一帜，多种作品被译为外国文字。他创造性地开创了大自然文学的一种新形态，一种新文体，先人一步开创了新的审美天地，进入了生态文明建设新的历史时期。”

高洪波认为：“中国现代意义上的大自然文学发端于安徽，开拓者是著名作家刘先平，他是一位以崇尚自然、关注自然、描写自然，进而提出大自然文学的比较独特的作家，是一位用脚来行走、用头脑来写作、用心灵来感受自然的独特作家，是一位有着强烈责任感和使命感的作家。”北方工业大学教授、谭旭东博士认为：“‘大自然文学’是刘先平提出来的概念，刘先平也是我国最早的大自然文学创作者。中国大自然文学经过

30多年的发展，已涌现了一大批优秀作家，如胡冬林、牧铃、黑鹤等，以及丰富多彩的作品，已成为一面美学旗帜。”

安徽省社科院原副院长、评论家唐先田认为，“大自然文学的出现，是文学的一种自觉，是当代文艺家对人类自身生存危机认识和反思的结果，对人类终极关怀的结果”。认为“刘先平的大自然文学，是文学自觉的体现”——刘先平的大自然文学是建立在生态道德基础之上的，这是文学理念的自觉；刘先平的大自然文学以目击性、纪实性和现场性为标志，这是文学创作方法的自觉；刘先平的大自然文学是可持续发展、构建人类美好未来的文学，这是文学价值的自觉。

评论家韩进认为，一方水土养育一方文学。现代意义上的中国大自然文学发端于安徽不是偶然的。首先是因为安徽具有深厚的自然文化底蕴和文学传统，老子的“道法自然”和庄子的“天人合一”就源于安徽的涡阳和蒙城，建安文学、桐城文派、新安画派、徽州文化、两淮（淮河）文明，至今流淌在安徽文化的血脉里。其次，安徽地处中国东部、华东腹地，江淮之间，鱼米之乡，有驰名中外的黄山、九华山、天柱山、齐云山、大别山、巢湖、太平湖等美妙山水，仅国家级自然保护区就有6个，安徽作家对大自然有着与生俱来的亲近感，大自然为安徽作家的文学提供了创作灵感和得天独厚的资源。刘先平自幼在巢湖边长大，20世纪70年代参加野生动物科学考察队或在大自然保护区考察，就开始于皖南的黄山和皖西的大别山，这里40年来一直是刘先平的生活创作基地，他每年至少要在这里生活考察两三次，他的4部大自然探险长篇中的3部就是以安徽黄山、太平湖等自然生态为背景创作的。正如瑞典原驻华参赞伊爱娃所说：“黄山太美了，看了黄山，我才明白了大自然文学为什么繁荣在安徽，我才读懂中国的山水画。黄山就是壮丽、炫目的山水画卷。”再者，刘先平的大自然文学创作一直得到省委、省政府的高度重视，被作为安徽省优势文学门类和文化品牌加以重点扶持，早在2010年就批准建立并授牌“刘先平大自然文学工作室”，这一建设文化强省的卓见曾在全国产生极大的影响。省委常委、宣传部长曹征海曾率队到“刘先平大自然文学工作室”调研，为繁荣大自然文学和做大做强品牌出谋划策，搭建发展文化创意产业平台，帮助解决问题，使大自然文学走上新的台阶，以此作为振兴文坛皖军的突破口，推动安徽生态强省、文化强省建设。

二、大自然文学：书写人与自然关系的文学

什么是大自然文学？安徽省文联副主席吴雪认为：“大自然文学是关注自然、关注人与自然、关注人类未来的文学，它以生态文明为文化底色，以生态伦理为价值标杆，

以人与自然和谐发展为文学主题，开创了 20 世纪世界文学的新领域、新格局、新潮流。安徽作家刘先平是中国大自然文学的倡导者、组织者、代表者。”

安徽师范大学副教授、评论家吴尚华认为：“大自然文学是在 20 世纪全球性的生态环境危机背景下崛起的、以人与自然的关系作为主要书写内容、以生态哲学作为思想基础、以建构人与自然和谐共生的诗意家园为最高的审美理想境界、具有鲜明的生态伦理意识的一种文学思潮和文学现象，具有强烈的现实批评精神和文化反思意识。”他强调，“人与自然的和谐共生是大自然文学最核心的主题，也是大自然文学的美学理想”。他以安徽作家刘先平的“大自然文学”为例，探讨大自然文学对人与自然和谐共生的生态理想具有两个方面的建构价值：在人与自然的道德对话中确立生态理想；在人与自然的互动关系中建构生态人格。

安徽大学教授、评论家赵凯认为：“现代意义上的大自然文学，应该具有这样两个基本的学理前提。第一，它是对现代主义文明造成人类生态危机的深刻反省与理性批判；第二，它应该是当代艺术审美的自然生成，即大自然具有艺术审美本体的价值与意义，既是对象又是目的。当代世界文学发展的趋势，表明了当代人类对人与自然关系的创新关注与审视，而人对自然的关注，实际上是对人类自身命运与前途的关注。从这个意义上说，大自然文学的强势呈现，是理性主义文学观念与美学观念的苏醒。”“刘先平的文学创作是中国当代最早的现代意义上的大自然文学。他的作品是以大自然为原创母题的，关注人与自然的依存关系，同时他的作品站在大自然的立场上，审视人自身存在的问题。”

英国《汉语世界》（英文）杂志社编辑卡洛斯·欧德利(Carlos Ottery)认为，大自然文学顾名思义是书写自然的文学，但“自然”本身包含多种定义，应该怎样定义大自然文学中的“自然”，或者说，自然的什么特质使得我们非写自然不可呢？更简单地说，应该怎样描述自然？应该描述自然的哪一部分？他认为，当我们决定描述自然时，需要记住以下两件事：“第一，了解自然是一个广义的博大的概念，而不要试图去限制它。第二，当我们想起自然时，小心别拉远我们和自然的距离，分离我们的联系。或许人与自然的关系不是一团解不开的结，而是人即自然，至少人是自然的一部分。如果我们能够理解这样的关系，我们关于自然的作品将更加有力。”他希望能通过《汉语世界》向英国读者译介刘先平的大自然文学作品。

韩进认为，自然是文学创作三大母题之一，而且与儿童文学、生态文学有着密切的关系，但“大自然文学不是儿童文学，也不是生态文学，它就是大自然文学，是一种新的文学形态。所谓现代意义上的中国大自然文学，是指以刘先平大自然文学作品为典范、以大自然为母题的所有类型的文学作品总称，具有以下五个方面的基本特征：一是大自然题材，以整个大自然为审美对象，颠覆了以往‘文学即人学’的文学传统；二是生态道德主题，以描写大自然生态为重要内容，突出人与自然的道德关系，追求人与自然和谐发展；三是综合性文学新品，形成融纪实性、知识性、故事性、文学性于一体的独特的‘大自然文学体’，包括小说、诗歌、散文、戏剧、影视、童话、故事等所有文体样式；四是先以青少年读者优先，继之面向大众读者，普及科学的自然观、发展观；五是现实主义创作风格，是作家用脚丈量大地的文学，用心感悟自然的文学，行与思相融合的文学。上述五个方面也便是刘先平大自然文学创作的基本特征及其对当代文学创作的意义”。

三、回归本源：生态文明视阈下的中外大自然文学

研讨会期间，中外专家学者不约而同地将大自然文学的当代意义与全球生态危机及重构人类生态文明联系起来，赋予大自然文学行为反思、生态批评、思想启蒙、道德建设、自我拯救的诸多审美价值。

刘先平说："我在大自然中跋涉了 40 年，写了几十部作品，其实只是在做一件事：呼唤生态道德——在面临生态危机的世界，展现大自然和生命的壮美。因为只有生态道德才是维系人与自然血脉相连的纽带。我坚信，只有人们以生态道德修身济国，人与自然的和谐之花才会遍地开放！"

翟泰丰认为，刘先平的大自然文学从哲学视觉提出了回归本源——老子的"道法自然"、庄子的"天人合一"这样一个深刻而又崭新的审美新课题，带领读者走进了"人类属于大自然"新的更高境界，"它与当今世界第三次工业革命同歌同曲，急切地向社会呼唤生态道德"，因为人与大自然和谐相处的生态道德，将成为第三次工业革命大数据智能化时代重要的观念形态，是生态文明建设的观念基础。"刘先平的大自然文学，走进了社会文明，走进了工业文明新的历史时期，具有人与大自然和谐一体的中国特色，这也正是刘先平大自然文学的历史地位和审美价值。"

赵凯认为，"大自然文学关注的是人与自然的整体关系，它以一种世界观的姿态重新审视当代人类的生存理念与行为准则"。人类社会与生俱来的生态危机与当代世界愈演愈烈的生态灾难，从本质上来说就是人类文明的危机，是人类自身自由和谐发展的障碍。因此生态整体主义世界观既包括了对人类自身生存与发展权利的充分关注，又把这种关注扩大和延伸到生命环链中的其他物种，从而形成整体生态系统的良性循环与有序平衡。"在刘先平的大自然文学创作中，读者就深刻感受到作家对大自然物种生命的关爱与悲悯情怀，感受到作家对那些破坏生态平衡、践踏野生物种生命权利行为的否定与批判热情，感受到作家对人与自然共存共荣关系与'天人合一'境界构建的期待与呼唤。"

美国大自然文学作家、理论家、俄亥俄州联合大学文学和环境研究所教授、文学和环境研究联盟主席约翰·塔尔梅奇(John Tallmadge)博士更是感慨第一次知道中国有如此深刻的大自然文学,与美国的自然文学比较更显出中国的特色,表示在今后的研究中会将其列入文学和环境研究的重点课题,关注刘先平的大自然文学创作和中国的大自然文学发展。塔尔梅奇同时带来了美国大自然文学界对大自然文学发展的认识,认为美国大自然文学复兴于 20 世纪 60 年代,与生态批评同步,但直到 20 世纪 80 年代,“随着生态与经济的全球化,学者和教育家们才开始意识到大自然文学的重要性”。1992 年,文学与环境研究学会成立,从当初只有 300 会员的美国组织发展成为今天遍及全球 30 多个国家的重要国际组织,包括中国。“鉴于当今中国快速的发展步伐,以及随之而来的环境压力,毫无疑问,当下生态批评与大自然文学也迎来了新生。”塔尔梅奇强调,“就像中国的大自然文学作家一样,美国的大自然文学作家发现,回归根本——人是自然一部分而非凌驾于其上,才是实现人类可持续发展的康庄大道。”

瑞典伯尼尔出版集团编辑马丁·哈瑞斯(Martin Harris)认为,瑞典 97% 的国土无人居住,公民享有对自然的公共访问权,自然对瑞典社会的影响是方方面面的,其中包括文学对自然的书写。20 世纪上半叶,瑞典经历了从农业社会向现代化工业社会的过渡,之前居住在农村的 90% 的人口转移到了城市,渐渐许多人失去了与自然的天然联系,也许这就是为什么林格伦的许多故事都以乡村为背景,就像城市化之前的那些作品一样,因为人们,尤其是孩子们,可以在林格伦的自然书写中亲密地与大自然和动物们互动,而这正是生活在城市里的读者渴望的生活方式,这也是我们为什么需要大自然文学的缘故。“人与自然的关系对于年轻读者的意义和对于所有瑞典人的意义都同样重要,我们与自然的关系是自由和谐的,我们与自然息息相关,并为之骄傲。我们渴望将这种关系延续传承给我们的后代,所以在我们的儿童文学和艺术作品中自然的身影随处可见。”哈瑞斯希望在瑞典出版刘先平的大自然文学作品,并邀请作家刘先平、评论家赵凯以及大自然文学研究所去瑞典交流访问。

美国野外摄影师、泰国国立法政大学讲师、联合国儿童基金会与教科文组织顾问迈克·米哈莱茨(Mike Michalec)认为,随着城市化进程的加速,人们对体验自然、进行户外活动的渴望也在逐渐增加,大自然文学在这方面必将持续发挥关键作用,因为大自然文学呈现的特殊形态,可以是图文并茂、非常好看的、色彩斑斓的摄影文学。“关于自然的摄影作品影响了人们对自然的看法及人类的作用和地位”,摄影、图画、插图和文字的协同关系,让大自然文学特别能帮助读者在阅读过程中调动直觉、感觉、味觉和记忆,在文本背后体验有形、有色、有声的自然世界,“这将大大提升自然文学作品的目的和意义,使之胜过利润与销售数字的刺激,激发人们对环境文学和环境管控的责任心,并鼓励他们做出实际的行动”。尤其在科技进步的今天,“过去人们通过评价获奖情况和销售数字来衡量一本书的价值，但现在我们可以通过访问数据，更全面、更深入地了解读者与内容的关系。大自然文学大量使用摄影作品的特性，完全可以通过相应的科学技术，附加视频、图片、网页链接，共享注释和其他媒体功能，以及网络聊天、在线论坛、多媒体互换等交流方式，来提高读者阅读大自然文学的体验”。刘先平大自然文学中探险纪实文学正是采用了大量摄影图片和插图，成为别具一格的“大自然文学体”，这一点是与大自然文学的当下视听潮流相一致的。

俄罗斯著名大自然文学作家、评论家亚历山大·格里戈里(Alexander Grigorenko)通过分析20世纪50年代至80年代“俄罗斯乡村小说的诞生与消亡”这一文学现象，指出和中国的现代化进程一样，俄罗斯在由农业大国向城市化国家转型这一不可逆转的进程中，饱受对传统习惯的破坏和人性的异化，对与错、善与恶、真与假这些传统的观念需要重新诠释，乡村小说将这种感受以语言的形式呈现出来，正如当代俄罗斯文学大师瓦连金·拉斯普金的小说《告别马焦拉》那样，描绘了农民脱离了生根地，离开了祖坟，远离了居住在这里世世代代的生命记忆，在富有生命的、灵感的乡土面前，人类为自身所犯的错误而招致的痛苦感受以及无力改变命运的悲剧结局而重新反思：“乡土不是名义上的土地，而是人的神秘家园”；“乡村小说本身就是一个空间，其中包含了国家和人民现状的启示录”。

合肥师范学院副教授祖琴通过对中美大自然文学发生发展的比较研究，认为“刘先平大自然文学与美国大自然文学一样，也是‘集个人的情感和对自然的观察于一身’，颠覆了‘文学即人学’的传统文学观，把自然作为文学王国的主角，森林、沙漠、高山、河流都被作家充满深情的笔墨惟妙惟肖地表现着变幻莫测的春夏秋冬、无常的喜怒哀乐、残酷的生老病死”。但刘先平在作品中体现的对人与自然和谐发展的理想追求更执着、呼唤生态道德的情感更强烈，具有鲜明的中国色调、中国风格、中国气派，在世界大自然文学中独树一帜。

四、面向未来：打造具有中国特色的大自然文学国际品牌

研讨会上，与会代表对“中国当代大自然文学已形成具有中国特色、中国气派、中国故事的文学流派”和“刘先平是中国现代意义上的大自然文学的倡导者、践行者与代表性人物”有了更深刻的认识，中外专家都表达了开展大自然文学创作和研究深度交流合作的共同愿望。

刘国辉认为，地球村是人类唯一的家园，生态危机威胁着全人类，化解人与自然的矛盾是地球村所有人面临的任务，而“自然文学从古至今都是人类的共同语言，是真正

意义上的‘世界语’”。借重此次大自然文学国际研讨会，“全方位地将刘先平大自然文学打造成真正拥有国际声誉和大众影响力的中国大自然文学作家品牌和中国大自然文学品牌，引导和推动中国大自然文学的创作、出版、研究、发展，进一步提升中国大自然文学在国际上的影响和地位”。

翟泰丰认为，刘先平大自然文学是安徽的财富、品牌、文化的积累，应从发展国家文化软实力的战略高度来推进，作为一项文化积累工程来落实，防止急功近利，因为建设生态文明是人类的永恒主题。要认真地挖掘刘先平大自然文学深厚的文化底蕴、学术底蕴、道德底蕴、哲学底蕴，寻找“天人合一”的中华文化之根脉，探寻刘先平大自然文学独树一帜的中国特色的文化灵魂；要做好顶层设计，从创作、研究、出版、推广四个方面将大自然文学品牌做大做深做强；要理顺关系，全力保障刘先平的创作时间，以期写出更多更好的作品；要组织培育一支不断壮大的创作队伍，持续性地向社会贡献大自然文学作品；要设立“大自然文学发展基金”，扶持大自然文学发展；要切实加强大自然文学的评论研究工作，将其纳入社科规划重大项目，早出成果，出高水平成果；要加快大自然文学的学科建设，加强大自然文学研究成果的学术推广；要采用全版权的立体运营方式，争取形成系列品牌产品，提升大自然文学的国际影响力；要充分发挥全媒体的力量，真正打造一个从中国走向世界的文学品牌。安徽省委宣传部副部长汪家驷表示，安徽将从文化安徽、生态安徽、重振文坛皖军的战略高度，把创作、研究、推广、繁荣大自然文学作为一项长期的文化事业来做，重点打造国家级、世界级的一流精品，为刘先平在大自然文学的创作保驾护航。希望“刘先平大自然文学工作室”、安徽大学大自然文学研究所发挥更加重要的作用，打造具有中国特色大自然文学的文化品牌，推向全国，走向世界。

把人与自然的关系纳入生态道德[①]

——读《生态道德读本》[②]

作为出版者,我有幸参与了《生态道德读本》出版的全过程,审读了全书内容并提出了自己的意见。书中丰富扎实的生态知识和发生在身边触目惊心的危机案例,给我上了生动的一课,认为该书出版及时,具有多重现实意义。

首先是完成了众多人的一桩心愿。该书出版凝聚了各级领导的关心和鼓励,特别是省政协王明方主席亲自命题并作序,指导、督促、关心本书的诞生;省政府参事室邱江辉主任在省政协生态强省专题常委会上的发言,直接推动了本书的立项;刘先平大自然文学工作室勇敢地承担本书的编写工作,以创造性的文学劳动将领导的关怀和愿望变成生动的文本;时代出版传媒公司高度重视该书的出版,接受出版任务的安徽人民出版社更是选派优秀编辑,社长总编辑也亲自上阵,确保高质量出版本书。大家都明白,这本小书,承载着众多人的美好愿望,它是响应党的十八大将"生态文明建设"纳入中国特色社会主义事业"五位一体"(经济建设、政治建设、文化建设、社会建设、生态文明建设)总体布局的自觉行动,是落实安徽省九次党代会将"生态强省"纳入安徽未来五年发展"三个强省"(加速崛起的经济强省、充满活力的文化强省、宜居宜业的生态强省)目标的具体行动,是一批生态道德建设的觉醒者自觉践行科学发展观的主动追求,从这个意义上说,该书的编写出版也是一项政治任务、社会责任和道德自觉,看到该书的出版,有一种欣慰和喜悦,有一种激动和期待。

为普及生态道德知识提供了一本好书。生态道德是建设生态文明的基石,树立生态道德需要文化的熏陶,全民都急需补上生态道德这一课,《生态道德读本》的编写出版就是及时提供了一本好教材。本书包括中国的生态道德足迹、生态道德危机警示、生态道德哲理故事、生态道德模范行动和漫画日常生活中的生态道德五个部分,有大量的信息,典型的案例,生动的讲述,深刻的议论;以小故事讲述大道理,以身边事折射全

---

① 韩进. 把人与自然的关系纳入生态道德 [J]. 安徽文艺界,2014(1):35-36.

② 邱江辉,刘先平. 生态道德读本 [M]. 合肥:安徽人民出版社,2014.

人类，以活泼文风表现严肃主题，是一部精心策划、创作、出版的普及生态道德常识的启蒙读本。

说是启蒙读本，是其内容的基础性、文字的通俗性、形式的大众性，传达的是生态道德的一般常识，不做高深的理论研究，只用浅近的案例说理，又多以故事形式讲述，自然而然，直截了当，明白无误，没有一点生态知识积累的人都能接受，都能饶有兴趣地看到结束，都能从中获得知识和启发，适合各阶层各类读者阅读。特别是第五章漫画“日常生活中的生态道德”，图文并茂，更适合青少年学生阅读，建议可以单独出版，作为安徽省中小学教育的“地方教材”使用，也可以在《生态道德读本》的基础上重新编写学生读本。去年，中国生态道德教育促进会和人民教育出版社就联合编写出版了《生态道德教育中学生读本》和小学高年级读本、低年级读本共 3 种，安徽也完全可以这样做，让生态道德教育走进课堂，让一个人在学生阶段就在学校接受系统的生态道德教育，具备初步的生态文明素质，走向社会就不会沿袭以牺牲环境为代价来换取经济发展的传统思路。从这个意义上说，该书的编写出版，让我们感到开展生态道德学生教育的可行性、启发性、必要性、紧迫性。

对安徽“生态强省”建设具有现实针对性。省九次党代会提出未来五年安徽发展的“三个强省”目标，即加速崛起的经济强省、充满活力的文化强省、宜居宜业的生态强省。那么，安徽“宜居宜业”的生态现状到底怎样？很多人并不清楚。《生态道德读本》既告诉人们“中国的生态足迹”和“全球面临的生态危机”这一共性问题，又在典型案例中剖析了安徽生态道德缺失引发的生态危机，如长江成了“最大的下水道”、淮河的呻吟、巢湖的噩梦、黄山松遭遇可怕的松材线虫入侵、合肥美食小龙虾对生态和身体的危害等，也从正面肯定 800 年生态传奇的黄山宏村“牛”形村落，再辅之第五章“日常生活中的生态道德”，可以说勾勒了当今安徽人生活的三大生态圈：身边日常生活中的生态道德、安徽社会建设发展进程中的生态道德、中国现代化进程与全球生态足迹中的生态道德，明确自身生态道德的水平、找准自身生态文明的目标，每个人都从“我”做起、从身边做起、从现在做起，“宜居宜业”的“生态强省”目标建设就不再是一句空话。建设生态强省，既要有发达的生态经济作基础，又要有科学的生态制度作保障，更要有高尚的生态道德来引领。建议省委、省政府有关部门，特别是宣传、教育、团委等部门，站在“生态强省”建设目标的高度，组织推荐发行该书，如列为全省精神文明建设活动指定读本和全省中小学读书活动指定用书，发挥好本书的内容价值。在此基础上，本书编写组还可以进一步深化推出适合不同人群特点的专题出版物，如《生态道德干部读本》《生态道德公务员读本》等，提高安徽人民的生态道德修养，加速安徽“生态强省”建设。

生态道德把人与人的关系纳入道德范畴，这是一种新型道德观。《生态道德读本》

告诉人们一个简单而深刻的道理,不仅人对人的社会行为,而且人对环境的自然行为都要受到伦理评价;不仅要正确处理个人与他人、个人与集体、个人与社会的利益关系,还要恰当地对待人与自然的交往行为、利益关系、短期与长期关系,摆正人在自然中的位置,改变过去的人类中心思想,真正把人看作是环境中的普通一员,树立人与自然是一个有机整体的思想,使人与自然环境之间真正建立起一个相互依赖、和谐相处的融洽关系,为实现绿色中国、生态中国、美丽中国的"中国梦"构建扎实的道德基础。期待生逢其时的《生态道德读本》能够发挥它应有的作用、体现它应有的价值。

2015 年

大自然的脚步①

——读金妤的《风生水起：二十四节气的故事》②

读金妤的《风生水起：二十四节气的故事》，有一种惊喜与欣慰。这是一部难得的向少年儿童介绍传统节气文化的知识童话，作者巧妙地运用幻想艺术，塑造了节节虫、大尾鱼、吉鸟等自然形象，营造了一个似幻犹真的童话世界，融人生于自然，化传统为现代，为孩子们完整地讲述了一段有趣有味的自然故事。

一

《风生水起：二十四节气的故事》以传统民俗二十四节气为题材，有丰厚的中华文化内涵；以节节虫、大尾鱼、吉鸟三位动物为主人公，有鲜明的热闹童话色彩；以节气顺序为故事主架构，有多幕剧的叙事张力；以“吉鸟歌声”播报大自然生长为主旋律，有诗情画意的抒情风格；以节节虫追求“长见识”的圆梦故事为主情节，讲述了一年四季大自然的节气变化；以“天、地、水”“三组合”构建多元开放的立体生态，描绘了大自然赋予万物生命的神奇历程以及人类关于自然、生命的价值思考。这是一部传统文化故事、童话文学故事、科普知识故事、生命成长故事、心灵励志故事、自然传奇故事……一部作品，能够让人一口气读下去并浮想联翩，这是很久没有的阅读体验，不能不说这是作品的魅力和作者的成功，也让我难以给这篇读后感取一个合适的名字。

我想到俄罗斯文学大师普里什文的《大自然的日历》，这部描写一年四季自然万物生长与变幻的原生态文学，被认作大自然文学的经典之作，“大自然的日历”与“二十四

---

① 韩进 . 大自然的脚步 [J]. 淮南文艺，2015(1)：121-123. 音像出版物 24 集动画片《风生水起之 24 节气的故事》由时代新媒体出版社出版，获得安徽省“五个一工程”奖，入选国家新闻出版署 2018 年向全国青少年推荐百种优秀出版物。

② 金妤 . 风生水起：二十四节气的故事 [M]. 合肥：安徽人民出版社，2014.

节气的故事”相映成趣，但“日历”偏于过去时的“记录”，有历史感、宁静美和感念情怀，却少了“节气故事”所有的那种“风生水起”的生命传奇和扑面而来的泥土气息，那种不管你在意不在意，“二十四节气”都年复一年，周而复始，悄然前行，有一种不可抗拒的神秘力量。老子说，“天地任自然，无为无造”，但我却愿相信这“二十四节气”就是“大自然的脚步”，就像北京奥运之夜那天马行空、铿锵有力、向我们大步走来的焰火脚印，神奇奔放，给人激情梦想。

二

为什么取名《风生水起:二十四节气的故事》？因为风“生”节节虫，水“生”大尾鱼，风和水创造了自然万物，吉鸟是自然万物之灵，是播报节气变化的使者，“风生水起”就是讲述生于风的节节虫、游于水的大尾鱼、飞于天的吉鸟“三个伙伴”的生活故事。全篇依次以立春、雨水、惊蛰、春分等二十四节气的名字为一节，加上尾声共25节。每节以“风水故事”讲述大自然的神奇，以“吉鸟歌声”点明节气的特征，以二十四幅温暖的“强子漫画”拉开序幕，上演一幕幕充满童真童趣的童话剧。

立春时节，东风轻轻吹拂河边的银杏树，树下悄然融化的雪水慢慢润泽冰冻的土地，松软的泥土里，一条节节虫睁开了蒙眬的双眼，冥冥中有一个声音告诉它：“为了见识，来到这个世界。”何为“节节虫”？它的身体在每一个节气长出一节，全年二十四节，就是它一生的长度。立春是它的生日，头和身体连成一节；大寒是它的忌日，头和二十四节身体恰好连成一个满圆，满足了它对圆满的渴望，也给它短暂的一生画了一个圆满的句号。生命在最灿烂时戛然而止，这是多么震撼！作者深情地描写了节节虫生命中最后时刻的乐观坦然——节节虫知道今天是一年中最后一个节气，它最后的一节身体要在今天长出来，这是它期待已久的，因为有了这最后的一节，它的身体就可以首尾相连成满圆的形状，想到这美妙的时刻，它笑了，安详地闭上眼睛，勇敢地迎接生命之花的最后绽放！“只见它的身体剧烈地抖动起来，接着，脖子后面一节粉嫩的身体长出来了。节节虫的身体停止了抖动，节节虫的眼睛再也没有睁开”。吉鸟含着眼泪将节节虫的二十四节身体整理成“圆圆的形状”，帮它完成了最后的心愿。这个“圆圆的形状”寓意圆满，节节虫为圆梦付出了生命的代价，有一种悲壮与崇高的力量咚咚地撞击心房，有一种顿悟与觉醒的清空让人敬畏生命期待来年立春时节，东风吹拂，银杏树下，泥土松软，又一条节节虫睁开了蒙眬的双眼……

节节虫是个好奇、好问、好学、好思的孩子，“长见识”是它毕生的追求，就像它的生命离不开泥土，“即使行走也是走得实实在在，留下泥印”。《风生水起：二十四节气的故事》就是这样一部记录节节虫短暂一生的传奇传记，一首弘扬有梦追梦圆梦的生命之歌。因为节节虫的形状很弱小，作者将其性格设置为心智不断成熟的儿童，对世界充满好奇，有强烈的求知欲望，其言行就是一个孩子，它的一生在追求见识、渴望圆满中，完成了从懵懂到成熟、由生到死再到蜕变成风的生命升华。帮助它实现生命价值的朋友大尾鱼，则是一个好为人师、乐于助人、见多识广的成人形象。播报节气的吉鸟是只吉祥鸟，它是大自然的精灵，先知先觉，自由翱翔，指点自然万物有序生长，最具童话色彩，又兼具神性与人性，可说是作者的神来之笔。三个伙伴在立春时节偶遇，在每一个节气里相扶同行，联手组成“水平线组合”，共同面对生存挑战。它们从相识到相知，从相知到相爱，最终结成生死朋友。在安葬完节节虫后，吉鸟“用一双翅膀紧紧扣住大尾鱼的身体”，“大尾鱼将尾巴圈在身下，把吉鸟紧紧包在怀里，朝着泥水，一头扎了进去”……三位大自然的舞者，各以独特的舞姿，领舞自然万物，最终回归大地母亲的怀抱。待到来年立春日，风生水起又一轮！

三

现代人的印象里，二十四节气就是我国民间的一个传统节令，似乎与现代城市生活没有多大关系，没有意识到二十四节气不仅是中华民族祖先历经千百年的实践创造出来的智慧结晶，已经列入第一批国家级非物质文化遗产，而且仍然准确地反映着当下气候和物候的变化，由古代的一种历法成为今天的一门学问，我们每个人只要细心体察回味，都能深刻地感受到其与人类的农业生产及人们的衣食住行有着密切的关系。如何把这样一种司空见惯又深奥难懂的节气文化传承给今天的孩子，将枯燥的知识变成鲜活的形象，用儿童最熟悉最喜欢的童话形象来讲故事再恰当不过了，其中转换的难度也可想而知。

作者以吉鸟遨游天空的高度来预报自然气候的变化，以节节虫行走泥土的速度来反映大地物候的变化，以大尾鱼游走淮河的深度来描写季节水文的变化，三位自然之子分别从天上、地下、水里全方位接收二十四节气的自然信息，组成“天、地、水”的“水平线组合”，再通过它们各具物性的独特反应，传递给读者关于二十四节气的感受、影像、变迁与应用，一部《风生水起：二十四节气的故事》就是一部二十四节气知识的小百科。

节气知识是抽象的，用吉鸟的话来说，“节气不仅是感觉，更是经验积淀的学问。一年二十四节气，分别反映的是季节、气温、降水、物候的变化”。作者正是依据二十四节气的顺序，突出“十二节”（立春、惊蛰、清明、立夏、芒种、小暑、立秋、白露、寒露、立冬、大雪、小寒）和“十二气”（雨水、春分、谷雨、小满、夏至、大暑、处暑、秋分、霜降、小雪、冬至、大寒）的物候特征，通过自己的“经验”将“感觉”复活到形象身上。仅以立春(正月节)一节为例，就是紧扣“东风解冻、蛰虫始振、鱼上冰”来描写，“风水故事”讲述东风吹醒淮河两岸，“大尾鱼破冰而出，节节虫蠢蠢欲动”；“吉鸟歌声”播报节气变化，“立春土地把冻化，春耕整地莫迟缓”。以后每一节气都是以“吉鸟歌声”播报节气变化和该节气农事安排，以节节虫、大尾鱼的成长见闻记录每一节气里淮河两岸动植物的生长变化。全篇向孩子们完整讲述了一年四季二十四节气在淮河两岸的呈现规律，教给孩子们如何通过观察天象和身边自然的微妙变化来倾听悄无声息的“大自然的脚步”，获得知识的同时，享受阅读的趣味，更有启迪和思考。

四

《风生水起》的故事发生在淮河岸边。淮河是中国地理、气候、文化等诸方面的南北分界线，淮南恰好横跨淮河两岸。西汉时期淮南王刘安有《淮南子》传世，在这部融会诸子百家又以道家思想为主、自成一家的哲学名著里，第一次出现了和现代完全一样的二十四节气的名称。作者金好是淮南之子，喝着淮河水长大，又对《淮南子》情有独钟，著有《〈淮南子〉故事》《问道〈淮南子〉》《思想〈淮南子〉》等心得文字，这部《风生水起：二十四节气的故事》也明显受到《淮南子》文化的影响，在讲述二十四气节知识故事的同时，融入了作者对自然奥妙、生命价值、人类与自然关系的“问道”思考，有着鲜明的哲理意蕴、思想深度和淮河风味。

“为了见识”，节节虫在立春时节“来到这个世界”。所谓“见识”，它的理解是“自己看见并且体验到的东西”，包括好为人师的大尾鱼传授的节气知识，智者吉鸟播报的气候农事，但这些也“要靠自己去发现和领悟，只有锻炼和提高自己各方面的能力，才能做到这一切”。为此，节节虫要努力地从自己狭小的土洞里“爬出去”。

当“雨水”时节来临，吉鸟——“人生的第一个导师和引路人”——用翅膀把它捧着放到地面上时，它第一次“长了见识”，看到了“天下”，开始形成自己的世界观：天下就是“由天和地构成的自然世界”，“清明之气上升为天，混浊之气下降为地，天地之气斡流、运动，化生万物”；这个“世界不是一成不变的”，而是“天天都在变化”，“你永远看不到相同的风景”；变化又是有规律的，规律是可以认识的，可以运用来为人类服务，二十四节气的运行规律不仅千百年来为农业生产服务，而且透过秋夜银河璀璨的星空，可以参悟宇宙的玄机，譬如，“在以北斗星为圆心的钟表上”，就可以画出“一张完整的二十四节气图”，“在这个圆形上每个节气都代表着一定的意义，都不可或缺，没有高低之分，各自都肩负着不同的责任和使命"，"为地上所有生物营造着完整的生态环境"。

清明时节，节节虫第一次明白了自己是"风的孩子"，在每个节气里身体长出一节，由此开始探索生命的奥妙和意义，认为生命不是神的安排，而是"大自然的创造"，"我们都是大自然的孩子"；生命的意义在于"奉献自己的美丽"，"将自己的生命历程以最好的形式呈现出来"，"为世界增添一道风景，而不是索取、占有美丽的风景"。生命的价值在于不断地超越自己，就像节节虫在"一次次超越虫类的举动"里，享受到超越自己之后的美妙感觉一样，更坚信了一个道理："超越自己并不难，只要有信心，有目标，就一定能够做到！"

节气有序，景色各异，从花开花谢、雪花融化、雨后彩虹等自然现象的感悟中，节节虫发现了生命的不如意和生活的不完美，开始形成自己"美的哲学"。它认为"外表的美是没有生命力的"，"真正的美是带着缺憾和缺失的，太完美了就不成其为美"，"半圆就是彩虹最美的形状"，节节虫最美的时刻就是二十四节身体长成之时可以首尾相接成为满圆的生命时刻。为了弥补美的缺憾，需要有一种"高洁"的美德和"超越的精神和力量"。人生要"像荷花一样高洁美丽，又要像莲子一样丰硕饱满"，还要有菊花那种"独立的情怀和不屈的精神"。

节节虫是为二十四节气而生的，它的二十四节身体记载了每个节气的变化，这样节气分明的气候，也只有淮河两岸才如此鲜明。这无疑是与淮河独特的地理位置有关，也让人联想到为什么关于二十四节气最早完整的记载见于《淮南子》而不是其他典籍，为什么《二十四节气》特种邮票在淮南首发？我们知道，千百年来，关于二十四节气背后的传说故事在民间有很多很多，但作者只是忠实的记录淮河岸边大自然的原生态景象，一年中二十四节气的季节、气温、降水、物候的变化，通过银杏树、桃花、荷花、菊花、梅花、布谷鸟、蛇、蜻蜓、蝉、大雁等具体形象的"感受"摹写出来，特别是那棵饱经风霜、傲立岸边的千年银杏树，作者着墨不多，却贯穿全篇，用心设置，让它见证淮河变迁的历史，亲历淮河自然的风雨，以"高洁""独立"的品格，包容开放的姿态，将树上的吉鸟、树下的节节虫、河里的大尾鱼三个维度串连成立体生态，组成"二十四节气"这一非物质文化遗产"传承组合"，有一种精神力量和文化象征的意义。作者写的是自然，抒的是情怀，讲的是童话，传的是文化，将生活的深度、思想的高度、历史的厚度、文化的温度较好地融合在一起，有着"漫画"淮河生态的田园风和"问道"淮南文化的精气神。

2016 年

中国大自然文学的基本理论问题[①]

中国大自然文学的历史还不长，如果以刘先平大自然探险文学创作为例，至今不过 40 年时间，但在这 40 年间，以自然书写为特征的文学创作和文艺批评，逐渐成为文学界的热词，大自然文学、自然文学、生态文学、儿童大自然文学、绿色文学等相关相近的文学概念，特别是中国大自然文学发展的基本理论问题需要开展讨论，譬如中国大自然文学的现实意义、地域特征、文学主题、民族特性与自然母题等。安徽大学大自然文学协同创新中心学术委员会将这次会议定位为“中国大自然文学基本理论问题学术研讨会”，我认为看到了创作中的问题，感受到了理论建设的紧迫，抓到了中心学术工作的要害。

一、大自然文学的现实意义

最近一段时期，我们痛切地感受到自己的生活、健康乃至生命受到严重的威胁，没有灿烂的阳光可以照耀，没有洁净的空气可以呼吸。北京的空气质量指数(AQI)突破 500(AQI 共分六级，从一级优，二级良，三级轻度污染，四级中度污染，直至五级重度污染，六级严重污染。空气污染指数划分为 0 ~ 50、51 ~ 100、101 ~ 150、151 ~ 200、201 ~ 300 和大于 300 六档)，被迫发布自 2013 年《北京市空气重污染应急预案》通过以来首次最高级别“空气重污染红色预警”，警告一般人群尽量避免户外活动，室外执勤、作业等人员可戴上口罩，保护自己免受空气污染之害。中小学、幼儿园因此有了三天的

① 该文为 2016 年 6 月 29 日在“安徽大学大自然协同创新中心学术委员会暨中国大自然文学基本理论问题学术研讨会”的交流论文。会议由吴怀东主持，刘先平、赵凯、韩进、丁放、刘飞、王泽庆、雷鸣、韩清玉、张玲等参加会议，安徽大学文学院大自然文学专业硕士生、博士生 10 余人旁听会议。会议地点在安徽大学文科楼文学院 B403 会议室。

“雾霾假”（从 2015 年 12 月 8 日 7 时至 12 月 10 日 12 时）。外交部回应雾霾红色预警：中国是气候变化受害者；雾霾问题与气候变化问题同根同源；雾霾问题的严重性凸显了治理环境和应对气候变化的紧迫性。

这让人想起三年前(2013 年 1 月 29 日）钟南山院士做客央视《新闻 1+1》时说过的话：“大气污染这些比非典可怕得多”，“不单是人们所感受到的咽炎、鼻炎，或者眼睛的病症，现在从更长远地考虑，对人体造成更大的危害还在后头”。研究表明，PM2.5 每立方米增加 10 个微克，呼吸系统疾病的住院率可以增加到 3.1%。如果灰霾从 25 个微克增加到 200 微克，日均病死率可以增加到 11%。灰霾首先危害的是呼吸系统，还对心血管、脑血管、神经系统都有不利影响。北京十年来肺癌增加 60%，空气污染就是非常重要的原因。如果说每一小时就有一个物种从地球上灭绝，我们是否可以说人类的丧钟已经敲响，那个属于人类的时刻正在向我们走来！

人类不会坐以待毙。同一个时期，联合国气候变化大会在巴黎召开，有来自 150 多个国家的领导人、195 个国家以及欧盟的代表、全球近 2000 个非政府组织出席，协商 2020 年后应对气候变化的行动。中国国家主席习近平在开幕式上发表题为《携手构建合作共赢、公平合理的气候变化治理机制》(2015 年 11 月 30 日，巴黎）主题演讲，承诺“把生态文明建设作为‘十三五’规划重要内容”，“形成人和自然和谐发展现代化建设新格局”。在“国家自主贡献”中，中国提出了自己的努力目标：将于 2030 年左右使二氧化碳排放达到峰值并争取尽早实现，2030 年单位国内生产总值二氧化碳排放比 2005 年下降 60% ~ 65%，非化石能源占一次能源消费比重达到 20% 左右，森林蓄积量比 2005 年增加 45 亿立方米左右。向世界宣示了中国走以“增长转型、能源转型和消费转型”为特征的绿色、低碳、循环发展道路的决心和态度。

实现这一目标，不仅需要中国政府付出艰苦的努力，同样需要全球各国“共同而有差别”的行动，还需要文学等一切艺术形式的参与。直面人与自然严重对立的现实，思考人与自然和解的路径，追寻人与自然和谐的梦想，正是当代中国大自然文学需要正面回答的文学主题，这也昭示了中国大自然文学有着深厚的社会根源、美学特质、国际视野和人类意义。

我们由此更加明白和坚定了大自然文学的价值和意义，它是关乎每个人生活与幸福的文学，关乎整个人类命运与前途的文学，关乎这个星球及其所有生命存亡与兴衰的文学。如果说当下中国社会发展正处于落实创新、协调、绿色、开放、共享“五个发展理念”的转型期，那么是否也可以说，中国大自然文学发展由此进入千载难逢的机遇期，中国大自然文学作家也因此有了大有作为的新时期。

二、大自然文学的地域特征

20 世纪 80 年代以来,中国社会开始迈进市场经济时代。经过短短 30 年的高速发展,中国竟然以世界第二大经济体跃升世界经济的顶层,生态环境有不断恶化的危险趋势,不断威胁人类生活与生存的生态危机,必然反映到文学里,大自然文学也因此以一种独立的文学样式“出走”,成为一种特立独行的文学现象。

自 20 世纪 80 年代刘先平开始创作大自然探险长篇小说以来,特别是新世纪的 15 年,文学界、出版界、评论界对“大自然文学”的兴趣越来越浓,已经形成一种文学气候,这与刘先平的大自然文学创作示范和呐喊倡导有直接关系。中国大自然文学发端于安徽,说的就是以刘先平为代表的大自然文学创作,刘先平是学界公认的中国大自然文学的一面旗帜,是中国大自然文学的先觉者、先行者、代表者。中国大自然文学的兴起以刘先平的大自然文学创作为先导引,中国大自然文学学科的确立也是在总结刘先平 35 年大自然文学创作成绩与经验的基础上得出的理论成果。

1996 年 12 月 6 日,韩进在《文艺报》发表《大自然的呼唤——刘先平大自然文学创作散论》,虽然第一次提出“刘先平大自然文学”概念,但没有对这个概念加以解释,行文中仍然使用“刘先平大自然探险文学”,在同一时期出版的《中国儿童文学史》(安徽教育出版社, 1998)著作里,韩进也仍然将刘先平的大自然探险文学作为“儿童小说”来介绍。据刘先平回忆,第一个将刘先平的创作定位为“大自然文学”的是浦漫汀,她曾亲口对刘先平说:“你以崭新的人与自然的关系审美,写出的是最新的大自然文学,有鲜明的特点,是中国的大自然文学。”

“大自然文学”作为一种文学样式,开始于 2000 年 10 月在黄山召开的“安徽儿童文学创作趋势研讨会”,刘先平的《高举大自然文学的旗帜》和金波的《标举大自然文学的旗帜》两篇会议论文,不约而同地提出新世纪安徽儿童文学创作的“大自然文学方向”,通过这次会议的宣传,安徽儿童文学界倡导大自然文学创作的做法得到高度关注。2001 年 5 月 31 日,束沛德在《新景观　大趋势:世纪之交中国儿童文学扫描》这篇重要文论中,将安徽倡导“大自然文学”与二十一世纪出版社倡导“大幻想文学”、浙江少年儿童出版社倡导“幽默儿童文学”并称“三面美学旗帜”给予高度肯定。该文于 2002 年 1 月 1 日在《文艺报》发表后,在学界引发广泛好评和关注,直接催生了 2003 年 11 月在黄山召开的“大自然文学研讨会”。

这是安徽第一次明确以“大自然文学”为研讨对象的文学活动。会议期间,苏平凡在《亲近大自然、珍爱大自然、描述大自然——刍议大自然文学》论文中,提出“大自然文学是具有现代意识的概念”,并对安徽倡导大自然文学从创作和研究两个方面提出要求。高洪波在《非典时期的野猫——我的大自然文学观》中指出:“我的大自然文学主张很简单,一是自然,二是文学。”“甚至这样想,当代中国的大自然文学,有时就像这只踽踽独行着的野猫,顽强地在大自然中、在文学的丛林里生存,昭示着某种生命和生存的尊严与价值,传递着生命与生存的信息与信念。这样的一只文学之猫,非常值得尊重!”韩进在这次会议上提交论文《搜寻大自然文学的踪影》,回顾中国大自然文学的倡导过程,搜寻当代意义上的“大自然文学”演进的逻辑踪迹,提出《中国大自然文学论析》著作的编著大纲,开始思考中国大自然文学的学科建设。稍后,韩进在《中华读书报》发表《大自然文学走出儿童文学的藩篱》论文(2003 年 3 月 20 日),提出中国大自然文学的倡导源自儿童文学又要走出儿童文学发展的思考。同一时期,唐先田在《江淮论坛》(2004 年第 2 期)发表《大自然文学的鲜明品格——兼论刘先平的大自然文学创作》,开始将大自然文学作为一个独立的文学门类,刘先平作为代表性作家来研究,提出了“大自然文学是以大自然整体系统利益为最高价值的文学”“考察和表达大自然和人类关系的文学”“探寻人与自然和谐相处、预测未来的文学”的学术论断。第一篇完整的“刘先平大自然文学创作研究”是赵凯为《1949—2009 安徽作家报告》(安徽文艺出版社,2009)撰写的《大自然的壮美诗篇:刘先平创作论》,该文通过解读刘先平大自然文学的文本价值,确立了刘先平作为我国现代意义上大自然文学开拓者的地位,以及他的大自然文学“是中国的也是世界的”审美价值。这篇作家论又以《刘先平的大自然文学》为题,收入唐先田、陈友冰主编的《安徽文学史》(安徽文艺出版社,2013)。

2010 年是个转折点,大自然文学在完成了初期的理论倡导后,开始进入大自然文学的组织建设时期。2010 年 1 月,安徽省政府批准建立“刘先平大自然文学工作室”。2010 年 5 月,安徽大学大自然文学研究所成立,出版《大自然文学研究》辑刊。2014 年 10 月,“大自然文学国际研讨会”成功召开。2015 年初,“安徽大学大自然文学协同创新中心”成立……这一切表明,安徽大自然文学开始进入最好的发展时期。

三、大自然文学的人类主题

人不仅仅是一个“自然的”存在,区别于其他物种,人更是一种“精神的”存在,文学就是人类独有的精神现象。大自然文学就是将“人与自然”一同纳入审美,它与古老的中华文明一脉相承,又与现代环保运动和生态文学息息相关,或者说以拯救人类为主题的现代环保运动和生态文学催生了大自然文学从“自发”走向“自觉”,并且已经走出了环保文学和生态文学的藩篱,成为一个独立的拥有主权和疆土的文学王国。

建造这样一个大自然文学王国的历程,如果放到人类文明进程中去考察,你会发现一个有趣的现象,这个历程恰巧与联合国关注人类环境与气候变化的进程在时间上大体一致。这也在刘先平的文学创作实践中得到印证。刘先平在20世纪70年代初开始大自然题材的探险文学创作,90年代以前的这类文学创作,当时还被看作是儿童文学范畴的有环保意义的绿色文学;90年代以后才开始将这类文学创作及“以自觉意识创作”的大自然文学作品统称为“刘先平大自然文学”。这也是韩进在《中华读书报》(2014年12月3日)上所说的,“安徽扛旗:中国大自然文学与世界同步”的又一层意义。

空气、阳光和水是生命三要素。以空气为核心的气候变化给人的生活影响最大,人类也是首先从气候变化中感知到人类活动对于自然生态系统和人类自身产生的不利影响。1972年,联合国在瑞典召开“人类环境大会”。1992年5月,联合国在纽约总部通过《联合国气候变化框架公约》,开宗明义,“本公约各缔约方承认地球气候的变化及其不利影响是人类共同关心的问题”。1992年6月,联合国在巴西里约热内卢召开有世界各国政府首脑参加“世界环境与发展大会”,会议期间签署《联合国气候变化框架公约》。1994年3月21日,该公约生效。然而, 20多年过去了,自然不断破碎,环境日益恶化,丧钟已经敲响,人类一筹莫展。终于在刚刚落幕的《联合国气候变化框架公约》第21次缔约方巴黎大会上传来好消息。12月12日,近200个缔约方一致同意通过《巴黎协议》,协定对2020年后全球应对气候变化的行动做出统一安排,各方承诺将加强对气候变化威胁的全球应对,把全球平均气温较工业化前水平升高控制在2 ℃之内,并为把升温控制在1.5℃之内而努力。全球将尽快达到温室气体排放峰值,在20世纪下半叶实现温室气体净零排放目标。联合国大会主席吕克托夫特在声明中说,在我们共同应对全球气候变化挑战、努力转型为更加可持续的生活方式之时,这一协议的意义不逊于一次人类复兴。

这一“人类复兴”的伟大实践无疑是大自然文学最重要的题材,也是全人类共同的文学主题。“人类复兴”的理想国莫过于中华文明历来强调的天人合一、道法自然,莫过于“万物各得其和以生,各得其养以成”的勃勃生机。然而,人类再也不能回到“关关雎鸠”“杨柳依依”这样人与自然的融怡亲和的“诗经时代”,我们对自然的误读和误会已经太深,我们对自然犯下的错误和罪恶已经太重。我们已经习惯了凌驾于自然之上,习惯于从大自然索取。我们已经忘记了人也不过是“两条腿的动物”,人类也只是自然界进化中的一个物种。“事实上,人只是生物队伍中的一员的事实,已由对历史的生态学认识所证实。很多历史事件,至今还都只从人类活动的角度去认识,而事实上,它们都是人类和土地之间相互作用的结果。土地的特性,有力地决定了生活在它上面的人的特性”[①],这是人类的悲哀,还是大自然文学的幸运?

四、大自然文学也有民族性

大自然文学的最大特点是“大自然”,表面看是文学与大自然的关系,实质是人与大自然的关系。有什么样的大自然观,就有什么样的大自然文学。中国大自然文学,必然有中国的大自然观,它应该以中国哲学为学理基础,以科学发展观为指导原则,汲取中国传统文化营养,借鉴世界先进文化成果;它应该发自人类生命的“最深处”,又站在时代文明的“最高处”,立足当下,面向未来,激荡人心,匡正风气,首先拯救大自然,然后拯救人类自己。唯有这样的大自然文学,才是具有中国精神、民族风格、美学价值的中国大自然文学。

我们说“中国大自然文学”,一是“中国的”,二是“大自然的”。不说“自然文学”,有两个含义,一是区别于以往文学中使用的“自然”,如自然文学、自然书写等;二是表示我们的自然观不是将人类与自然并列,而是包括人类属于自然的“大自然观”,有着鲜明的中国文化特质。

人类的自然观,中西方有着明显差异。中国哲学从《周易》开始,讲“生生之谓易”“天地氤氲,万物化醇”,讲“道生万物”“道法自然”,讲“天人合一”“物与民胞”——“自然”始终是一个“出发点”,同时也是一个“制高点”,在这里,并不把“自然”看作外在于人的一种客观存在物,更不把人和自然看作二元对立的存在,而是把“人—社会—自然”看作一个整体性的生命系统,是一个“大自然”的概念。再比如,老子在《道德经》里就把“自然”比作“玄牝”,把自然看作一个包括人类在内的、独立的、完整的、充满活力的、拥有自己心灵的生命体。这一自然观因为中国长久的农业文明而没有中断地演进到今天,其合理内核不断得到继承与发展,形成今天以人与自然和谐为内容、以可持续发展为特征的科学自然观。

西方对于自然的理解,或许在文明之初就与东方有异。《圣经·旧约》关于创世记的传说就已经确认了“人对自然有管辖权”,因为上帝曾经对诺亚及其子孙说:“你们要生养众多,遍满了地。凡地上的走兽、空中的飞鸟,都必惊恐、惧怕你们。连地上的一切昆虫并海里的一切鱼类,都交付你们的手,凡活着的动物,都可以做你们的食物,这一切我都赐给你们如同菜蔬一样。”在自然界的所有生灵中,唯独人类被上帝高看一眼,这里就埋下了“人与自然对立”的伏笔。

---

① 奥尔多·利奥波德.沙乡年鉴[M].侯文蕙,译.长春:吉林人民出版社,1997:195.

但地球只有一个，人与自然同属“地球村”。中西方文明在经济一体化、信息全球化的当下交汇交融，殊途同归，正好从不同文明进程与不同发展阶段共同质疑人类“征服自然”的发展模式，也就是我们非常熟悉的论断：“人类的历史就是人类改造自然、战胜自然的历史；人类社会进步的程度决定于人类对于自然开发利用的程度。”如今人类面临的将是人类自己引发的全球性环境污染和生态危机，人与自然的关系、人与人的关系、人与自己内心的关系，比以往任何时候都更真切、更紧迫、更严峻、更无可回避地摆在我们每一个人面前。

为什么会这样？我们又该怎么办？

五、大自然文学扎根于自然母题

鲁迅说，改造国人的精神世界，首推文艺。大自然文学首先是文学。从本源上说，文学艺术之花总是根植于大自然的泥土之中。大自然成为文学的审美对象，并不是新鲜事物，可以追溯到人类文学表达的起源。无论我们如何定义“自然”这个词，该词一直是文学表达的中心主题之一，与爱情、死亡并称“文学三大母题”。我国第一部诗歌总集《诗经》就有“关关雎鸠，在河之洲”（《关雎》）、“昔我往矣，杨柳依依”（《采薇》）这样人与自然的融怡亲和的诗句。世界第一部书面文学古埃及的《亡灵书》，也是一篇“赞美黑土地，赞美尼罗河”的自然史诗。通过文学探索人与自然的关系，实质上是在寻找人类在自然界中的合适位置，思考一系列哲学问题：我是谁（人）？从哪里来（从自然来），又往哪里去（往自然去）？人的一生应该怎样度过？我们人类究竟想要什么？人类如何与自然友好相处？

自然是文学之母的观念，我国古代文艺评论家刘勰在《文心雕龙》里就有回答。刘勰说：“山林皋壤，实文思之奥府。”在《文心雕龙》第一篇《原道篇》中，刘勰就反复论述了自然观与文学观的一致性：文学之道乃自然之道——天、地、人，三位一体；日月、山川、文章，三位一体；形声、文采、心灵，三位一体；“天地之辉光”“生民之耳目”“夫子之辞令”，三位一体。用现在的话说，宇宙自然、社会人生、文学艺术原本是一个浑然有机、充满活力、生生不息的整体。

刘勰在《文心雕龙》中展现的这种自然观和文学观和今天很接近，值得品味和借鉴。习近平《在文艺工作座谈会上的讲话》（2014 年 10 月 15 日）中指出：“文艺创作不仅要有当代生活的底蕴，而且要有文化传统的血脉”；“中华民族有一脉相承的精神追求、精神特质、精神脉络”。《中共中央关于繁荣发展社会主义文艺的意见》（2015 年 10 月 3 日）指出，文艺创作要“传承中华文化基因”，“从传统文化中提炼符合当今时代需要的思想理念、道德规范、价值追求，赋予新意、创新形式，进行艺术转化和提升，创作更多具有中华文化底色、鲜明中国精神的文艺作品”。这些精辟论断应该成为当下发展中国大自然文学的行动指南。中国大自然文学不仅要发现自然并表现自然美，还要展示中国人对自然的看法，更好地传播中国价值、中国精神、中国形象。

也有当代学者对“自然与文学的关系”做过探索，如胡兰成在其著作《中国文学史话》[①] 里，就试图“以自然之维”来“立文学坐标”，他提出的“大自然的五项基本原则”就很有意味。一是大自然有意志有灵气；二是大自然有阴阳变化；三是大自然是有限无限的统一；四是大自然是因果性（合理性）与非因果性的统一；五是大自然是循环的、周而复始的、非线性发展的。在胡兰成看来，真正的文学，都应该能够与自然“素面相见”，唯有文学，才能领会大自然深处的奥妙。用这样的观点来要求所有文学，显然有其局限性，但对于大自然文学作家，正可以从中得到有益的启示。

我们倡导的大自然文学，不是游山玩水的休闲娱乐文学，它有着强烈的问题意识和社会责任；不是作家可以杜撰的幻想文学，它来自作家的自然行走和对自然生命的哲学思考；不是将自然与人分隔两个世界的环境保护文学，它努力描绘将人还原到自然中并给人类在自然界中应有位置的美妙前景；不是关注生态失衡与生态文明建设的生态批评文学，它重点呼唤建立科学的自然观和生态道德；不是只写给儿童看的科普文学，它特别重视科学的自然观从孩子养成又强调其面向全人类的文化启蒙。

我们倡导的大自然文学，不仅颠覆了“文学是人学”的传统命题，更是要创立“文学也应当是人与自然的关系学”的新文学观。我们倡导的大自然文学，应该是一种理想主义照耀下的现实主义文学，它立足人与自然矛盾关系的和解和人与自然和谐关系的重建。我们倡导的大自然文学，就像蓝天上的阳光、春季里的清风、山野里的空气，能够启迪思想、温润心灵、陶冶人生。

我们希望的大自然文学作家应该是“时代风气的先觉者、先行者、先倡者”，他们脚踏大地又仰望星空，筚路蓝缕又顶天立地，用现实主义精神和浪漫主义情怀观照现实，以“有筋骨、有道德、有温度”的大自然文学作品驱散人们心灵的雾霾，让人们看到美好、看到希望、看到梦想就在前方！

让我们一起高举大自然文学的旗帜，导引人类灵魂向着光明的高处飞翔！飞翔！向各位大自然文学作家致敬！祝中国大自然文学好运！

---

① 胡兰成．中国文学史话 [M]. 上海：上海社会科学出版社，2004.

2017年

两次重要的“大自然文学”会议①

——兼议儿童文学与成人文学不同语境下的大自然文学

要全面、准确地回答“什么是大自然文学”并不是一件容易的事情,这不仅仅因为人们对“大自然”的理解各有不同,自然观和文学观又见仁见智,而且大自然文学的兴起不是一场“运动”,而是顺应时代潮流的一种自然“涌动”,并且这“涌动”的“泉眼”遍布各地,成人文学里有,儿童文学里也有;纪实文学里有,虚构文学里也有;中国文学里有,外国文学里也有。但它们有一个共同点,就是共同兴起于20世纪80年代,最现实的原因是文学关注现实、关注和谐、关注人与自然的关系、关注人类可持续发展,一句话,人类文明进入生态文明时代,必然有适应生态文明时代的文学产生,大自然文学就是生态时代的文学。在生态时代这个共同的大背景下,仿佛文学的春天已经到来,大自然文学的泉眼在文学的大地上四处“涌动”,形成涓涓溪流,溪流汇成江河,江河奔腾不息,百川归海,大自然文学的海洋就这样“涌现”了,但回望走过的路,大自然文学在不同领域、不同地域发生发展的历程,仍然历历在目,而且泾渭分明。

在40年大自然文学的发展进程中,有两次重要的、以“大自然文学”名义召开的专题研讨会,分别在中国东南部的安徽黄山和西北部的新疆喀纳斯召开。两次会议时间相隔10多年之久,两地相距近万里之遥,参加会议的人员也不重复,不是一个圈子里的文人(一个是纯儿童文学的聚会,一个是纯成人文学的沙龙),但话题只有一个:大自然文学。回顾这两场本来没有任何直接联系的会议,也许对认识“什么是大自然文学”“中国为什么需要大自然文学”“中国大自然文学发展的现状及其趋势”等很多关系大自然文学本质的问题,都有启迪和帮助。

两次“大自然文学”研讨会,代表了大自然文学“两大部类”——儿童文学界和成人文学界对“大自然文学”的认识。从比较中认识大自然文学,也许有助于全面、准确

① 本文为2017年1月5日在安徽大学大自然文学协同创新中心举办的第一届学术委员会上的交流论文。第一届学术委员会的主要议题是就协同创新中心2017年度学术工作计划及大自然文学有关理论问题进行探讨。会议地点在安徽大学磬苑校区磬苑宾馆第二会议室。

地把握大自然文学的本质。

一、大自然文学研讨会　安徽黄山,2003 年 11 月 6 日至 10 日

(一)一次“蓄谋已久”的重要会议

这次“大自然文学研讨会”的召开,已经有了三年的准备。此前已经有两次研讨会涉及“大自然文学”议题。

第一次会议是 2000 年 10 月在安徽黄山召开的“安徽儿童文学创作趋势研讨会”。会上首次确立安徽儿童文学优先发展“大自然文学”的理念,《文艺报》2000 年 10 月 31 日第一版以《安徽儿童文学打出“大自然文学”旗帜》为题进行了报道。会议认为刘先平创作的“刘先平大自然探险长篇系列”为安徽的大自然文学创作起到了带头和示范作用,已经成为安徽儿童文学的重要品牌,因而安徽省儿童文学家协会提出倡议,把“大自然文学”这块安徽儿童文学界的品牌保持下去,将“大自然文学”当作安徽儿童文学的发展方向,号召作家、评论家为做强安徽儿童文学的“大自然文学”品牌共同努力。为更好地推动这项工作,在刘先平的带领下,安徽省儿童文艺家协会成立了“大自然文学研究中心”,着手对大自然文学创作与出版、评介与研究进行全面规划。

第二次会议是 2002 年 12 月 28 日至 30 日在安徽巢湖召开的“安徽儿童文学创作会议”,会议就 2000 年倡导大自然文学以来的创作进行汇报并规划 2003 年儿童文学创作。会议确定将 2003 年作为安徽儿童文学的“大自然文学年”,计划召开“大自然文学研讨会”。

可以说,2003 年 11 月 6 日至 10 日,在安徽黄山召开的“大自然文学研讨会”,是一次“蓄谋已久”的重要会议,也是中国文学史上第一次以“大自然文学”为主题的专题研讨会。

这次“大自然文学研讨会”的召开,还有两篇文章起到“推波助澜”的重要作用。

一是 2002 年 1 月 1 日束沛德在《文艺报》发表《新景观　大趋势:世纪之交中国儿童文学扫描》的评论文章,将刘先平开创的“大自然文学”列为“20 世纪 90 年代中后期,中国儿童文学领域上空先后高扬起的三面鲜明的、光彩夺目的美学旗帜”之一,给予高度评价并热情推介。束沛德所说的“三面美学旗帜”是“大幻想文学”“幽默儿童文学”“大自然文学”。束沛德写道:“2000 年 10 月举办的安徽儿童文学创作会上打出了大自然文学的旗帜。…… “刘先平大自然探险长篇系列”的问世,对大自然文学

的发展起了带头、开拓的作用。”[①] 受到儿童文学权威评论家束沛德先生的肯定和鼓舞，安徽儿童文学界在自己提出的“大自然文学”方面，必须有所回应，应该有所行动，也是借势扩大大自然文学及安徽儿童文学的影响，招呼有志于大自然文学的人们一起努力。

二是2003年10月20日程虹在《文艺报》发表《自然与心灵的交融——美国的自然文学》的评论文章，全面而丰富地介绍了美国自然文学的发展情况，给倡导中国大自然文学的安徽儿童文学界及时打开了一扇了解国外大自然文学的窗户，对如何建设中国大自然文学带来新视野、新观念、新启示。会议期间，程虹的这篇文章也复印给每位代表作为会议学习材料。

（二）高扬大自然文学的“美学旗帜”

2003年11月6日至10日，第一次以“大自然文学”名义召开的“大自然文学研讨会”在安徽黄山召开。会议由安徽省委宣传部、安徽省作家协会和安徽省儿童文艺家协会联合主办，安徽省作协常务副主席、安徽省儿童文艺家协会主席刘先平主持。

这是一次全国性的高规格学术会议，汇聚了北京、安徽两地的重要作家、评论家。著名儿童文学作家、中国作家协会书记处书记高洪波，著名儿童文学作家、安徽省人大常委会副主任苏平凡，以及安徽省文联党组书记杨屹等文学界领导参加会议并发言。参加会议的还有一批著名儿童文学作家，如马光复、张之路、张锦贻、曹文轩、方敏等。安徽文学界及儿童文学界的苏中、刘先平、唐先田、钱念孙、赵凯、唐跃、黄书权、韩进、伍美珍、陈曙光、杨老黑、王蜀、李秀英、张玉庭、王国刚、邢思洁、刘君早、程亚星、徐卫新、李华等作家、评论家参加会议。

会议事先要求参会者提交会议发言论文，围绕什么是大自然文学、中外大自然文学的发展进程与现状分析及比较研究、如何繁荣大自然文学创作等三大中心议题发表各自看法，展开广泛讨论，交流学术观点。会议收到的主要论文有：高洪波的《非典时期的野猫——我的大自然文学观》、张锦贻的《自然·时代·儿童——刘先平近期大自然文学创作略论》、苏平凡的《面向未来的大自然文学》、方敏的《大自然文学与生命科学的互动》、韩进的《搜寻大自然文学的踪影》、王国刚的《人与自然的共鸣》、程亚星的《诗中黄山更秀美》等。会议成果在《人民日报》《光明日报》《文艺报》等重要媒体进行了报道。其中《文艺报》在2003年12月2日头版头条的显著位置，登载了该报记者江湖采写的《高扬起大自然文学的旗帜》长篇报道，从“大自然文学是一个现代概念”“大自然文学必须凸显强烈的人文意识”和“坚实地走好发展之路”三个方面，介绍了本次会议的成果。

---

① 束沛德．束沛德儿童文学论集：守望与期待［C］．南宁：接力出版社，2003：8-9.

(三)儿童文学界对“大自然文学”的集体描述

这是一次开放自由的学术交流会议,是儿童文学界“关于大自然文学的大讨论”,没有任何条框限制,大家畅所欲言,会后汇总大家的智慧,最大限度地记录各种观点,为初始期的大自然文学留下了珍贵的史料,也为此后大自然文学建设提供了诸多话题和启示。儿童文学界对“大自然文学”的集体描述主要如下:

1. 大自然文学是一个现代概念

大自然文学是作家反思人类生存危机的直接结果,这种反思直接来源于现代科技的迅猛发展和发达国家后工业化的实践。国外也有这类反思人与自然关系的文学创作,或曰生态文学、环保文学、绿色文学等。儿童文学作家、评论家高洪波对动物题材的文学创作做过研究,也积累了讲述人与动物故事的创作经验,他发问道:要是没有了动物,人会怎么样?广而言之,没有了森林,没有了小溪,没有了蓝天白云,没有了辽阔的草原,没有了洁净的江河,没有了清新的空气,人会怎么样?这正是大自然文学所要回答的问题。从这个意义上来说,大自然文学首先是以大自然为题材,但这还远远不够,还要看渗透其中的自然意识、生态意识、生命意识、拯救意识、平等意识、关怀意识、发展意识,从而反映大自然的生态状态,审视人与自然的关系,倡导人与自然和谐共生。这样的文学才能称得上具有现代意义的大自然文学。

2. 大自然文学体现了人与自然关系的全新理念

20 世纪是革命的世纪,汇聚了中国近代以来的民族解放斗争和阶级斗争,残酷的战争和野蛮的运动严重破坏了自然环境,也使人们忽视乃至无法顾及大自然以及环境状况,甚至向大自然发出挑战,片面追求高速发展带来日益严重的生态危机,开始让人们尝到了无极限地挑战自然带来的生态恶果,人们开始反思自身行为,反思人与自然应该如何相处,这种思维方式的重大调整和转变,成为大自然文学发生的社会原因。评论家苏平凡、苏中认为,人类发展到 20 世纪中期,生态平衡和环境保护这一全球性问题日益突出,人们对人与自然关系有了全新的理解,不再像以前那样,把自己当作大自然的主宰,而保护大自然、促进人与自然和谐发展的新理念,已经普遍为人们接受。具有现代意义的直接摹写大自然、描述人与自然关系的大自然文学才应运而生。

3. 大自然文学发生发展有着清晰的轨迹可寻

大自然文学毫无疑问有自己的历史长河,本身也在发展之中。人类在自然界中所处的位置以及环境对人类发展的意义,是人类有史以来经久不息的探索,一直到现在都在进行时,而文学就是其中一种重要的探索方式。自然与人之间的关系无比深厚,人类既是大自然进化的产物,也是大自然和谐统一的重要组成部分。古今中外表现大自然的作品很多,或寄情山水,或借景抒情,或托物言志。在这里,大自然主要是作为文学作品的题材和寓意,成为一个载体。而“大自然文学”则是适应生态时代的需要,在现代性的语境中产生的具有现代意识的文学概念，有其身后的社会文化根基与时代特征，它所关注的不是一花一草或某一个动植物或种群，而是人与自然关系的整体，这样便从“小我”走向“大我”，因而可以说，大自然文学是一种面向未来、面向发展的新文学。

4. 大自然文学必须凸显强烈的人文精神

大自然文学，简言之，就是自然的色彩、人文关怀、人与自然关系的生态审美，三者融会贯通，缺一不可。大自然文学中的“大自然”，是题材，是内容的载体，更是被描述的主体，有其独立的审美价值，并以此倡导人与自然和谐共生、和谐发展。儿童文学作家张之路认为，在发展的中国社会鲜明地举起大自然文学的旗帜，不仅是为文学花园增添一个门类，更重要的是让人类精神世界得到回归与提升，它本身还应当承担着人类精神的充实与升华。大自然文学是人性的回归，大自然不单单指的是人类之外的自然界，大自然包括人类自身。大自然文学应在发展中注重其人文精神。不光停留在知识的普及和对大自然的热爱上，为了争取更多的读者，也为了争取更多的心灵，应该注重人物精神世界的表达。这样的大自然文学才能更加壮大和发展。中国的大自然文学不能太功利化、技术化，应该在更广泛的取材范围内主动去寻求美，赞美和谐，体现出人类发展到一定阶段的必然选择。

5. 大自然文学文本具有开放性

就大自然文学创作的文本表现而言，大自然文学是包罗万象的，正如人类投诸自然的精神和心态一样复杂多变泛化的开放性体系，决定了大自然文学必然是内涵丰富的“跨文体”写作，能够接受各种各样的文学作者，可以写成散文、小说、诗歌、报告文学、纪实文学等多种文学样式，是典型的内容决定形式，或者说形式为内容服务。因而，大自然文学想走得更宽广，从事大自然文学的作者就要提升自身的文学修养和审美品格，熟悉运用各种文体形式，还要有更高的追求，向古典的、现代的、外国的和民间的文学学习，相互借鉴，融会贯通，形成大自然文学独特的文本形式。

6. 如何发展大自然文学？

21 世纪是生态世纪，人与自然和谐发展是时代主题，作为拯救环境也拯救人类的大自然文学，既是当代人的文学，也是开拓未来的文学，理应得到更多关注和更快发展。作家方敏、评论家张锦贻认为，创作大自然文学必须以科学观念为指导，必须与生命科学相互动，最好还应该有热爱文学的科学家来加盟其中。作家马光复认为，大自然文学要真正形成一个文学流派，需要有代表性的作家和相当数量的作品作为基础，需要有理论体系作为支撑，同时需要经得起时代的历史的检验。中国大自然文学要走的路还很长。刘先平认为，作家们要拿出更多优秀作品，以作品说话；理论家要开展大自然文学研究，从理论上讲清楚大自然文学；同时还需要环保、保护区等有关部门单位支持。高洪波认为,大自然文学在中国发展的机遇与挑战并存,与西方发达国家相比,我们缺少资金、设备和从事这项事业的专家乃至发烧友,缺少耐力和勇气直至体能。大自然文学是强悍者的文学,是野外生存者的文学,大自然文学作家可以说是用"脚"来写作,他们深入生活,获得切身感受,其艰苦甚至危险的程度,都是一般人难以想象和坚持的。目前我们还缺少像国外那样的资助机构,没有更多的资金投入支持,作家就要吃更多的苦,这就更需要一种勇气和精神。

二、大自然文学研讨会　新疆喀纳斯,2016年6月28日

(一)一次沙龙式的"大自然文学漫谈"

这是一次大自然文学爱好者的聚会,为着大家在交流时不要紧张,不做长篇的学术性报告,主持人评论家谢友顺告诉各位可以"非常自由地、很任性地"讨论,"可以谈文学,谈自然,谈自己写作的感受,谈写作中一些个人感悟,都可以","可以自由一点,因为这是大自然文学研讨会"。会议结束后形成的会议成果,以《大自然文学座谈会发言实录》的题目,发表在《西部:新文学(上)》2016年第11期。因为是同仁沙龙式的自由发言,围绕"大自然文学"的话题非常广泛,谢友顺在主持的开场白里,就提出了四个有意味的话题:一是"关于文学中的自然问题、生态问题,包括人与这个世界和谐的问题",这是一个"中心的问题";二是大自然文学"不仅仅是一种指强调写自然的、写地理的,或者写作为环境和生态的文学",还是要"强调自然的这样一种精神性"——一个和自我的认识,和精神的舒展有关的一个自然世界,这是一个"文学问题";三是"美国自然主义文学的倡导者提到的生态良心,提到的土地伦理,其实都是对现代社会的一个重新认识",这是一个"有意思的角度";四是"在这样一个实用的自然、物质的自然的基础上,需要找到重新解释人与世界的关系、重新认识自我的一种方式",这是一个"文学的主题"。

(二)成人文学界对"大自然文学"的集体描述

参加这次会议的有作家、评论家、翻译家、大学教授、文学研究者,还有旅行家和摄影爱好者,他们来自各方,各有其思想,围绕"大自然文学"发散思维,发表自己关于大自然、人与自然、大自然文学、自然教育、自然生态等方面的印象、感悟、思考、研究。虽然交流时是意识流式,由主持人即兴连接,没有固定的发言顺序,没有刻意的主题要求,但一场聊天下来,又自然会形成若干个话题中心,对大自然文学概念、内涵、价值、形式、创作、前景都有丰富的见解。这些灵感式的真知灼见,汇总起来,真实地记录了成人文学界对大自然文学的理解。

1. 大自然文学是关注"人与自然关系"的文学

南子认为,每个人来到这个世界的时候,就面临着人与人、人与社会、人与自然的关系。"大自然文学就是以大自然为原创母题的、关注人与自然的这样一种作品。"文学从来都是写人的,是人本主义的,人对大自然的关注,实际上也就是对自身命运和前途的关注,正如苏联的大自然文学作家普里什文说过的:我写的是大自然,但是大自然的背后我写的还是人。这说明大自然文学作家"仅仅了解某个地方的此地此景还远远不够,还应该了解风景背后的人的生活,了解他们自身的命运,以及命运背后的归属感,了解在这样的一种大的社会格局下,现代化、消费主义的自然环境、生产方式的一种侵蚀与改变"。因而"在当下的大自然文学创作中,大自然不仅仅只是文学叙事的中心。如何建构大自然与文学的关系,作家应有自己的文学独白:'现代意义上的大自然文学是以大自然为题材,观照人类生存本身,追求人与自然的和谐'。这种审美追求,应是作家自觉的生态文明视域,是其大自然文学创作的出发点"。

2. 大自然文学是重新思考人与自然关系的文学

谢友顺认为,过去我们总觉得人和自然的关系是古典文学解释的内容,但今天随着社会的发展和科技的进步,人与自然的关系需要我们重新反思,重新找到人与自然如何相处的方式。汪剑钊认为,人本身就是自然的一部分,但与其他的自然衍生物不一样,具有一定的独立性,而且他从大自然母体脱离后,似乎马上就站到了大自然的对立面。一方面,他仍然要依靠自然,凭借自然而生存;另一方面,他的身上滋生了一种野心,老想着怎么样去征服自然,对自然进行剥夺,在极端情况下不惜肆意去破坏自然。人的自恋、自怜,甚至唯我独尊、狂妄自大,其源头至少可以追溯到文艺复兴。文艺复兴推倒了神的垄断和专制,却抬高了人的地位,就势把人摆到了神原来的位置,借用莎士比亚在《哈姆雷特》剧中的一句台词:人是宇宙的精华,万物的灵长。人自以为了不起,有理性和智慧,可以取代神,取代上帝,从而让自己就成为新的上帝。这种狂妄的意识、无所不能的观念在很长一段时间里就支配着欧洲人,一方面成为他们进取的驱动力,另一方面则成了对自然、对外邦进行掠夺的依据。随着科技的发展和认识的提高,到了19世纪,人们才发现自己根本不是什么世界的主宰,而是茫茫宇宙中的尘埃,如草芥般渺小,而且整个人类的生命期,在自然博大无限的生命面前,也就是沧海一粟般渺小。人们开始重新思考人与自然的关系,认识到人不仅不是自然的主宰,实际上只能是自然的一个部分,而且是很渺小的一个部分。承认这一点,人就明白应该怎样去处理与自然的关系。首先是感恩自然,对孕育了自身的母体表达感激之情;其次是善用自然,放弃居高临下的姿态,摆正自己的位置,与自然建立平等互利的关系,对自然生态要有敬畏心,不能放纵自己的侵略性,再次是学习自然"重归泛神论",突破自身的思维定式,相信万物有灵,尊重每一个生命,拜自然为师;最后是从中国传统的"天人合一"观念中汲取营养，在“天人合一”的生命最高境界里，建立人与自然和谐共生的关系。如此一来，人享受着自然的恩惠，诗人和作家感恩自然写出“大自然文学作品”，如梭罗的《瓦尔登湖》以及俄罗斯屠格涅夫的小说、普里什文的散文和叶赛宁的诗歌等。董立勃认为，“大自然的生存，看起来很被动。面对人类的霸道，有些无可奈何。但实际上，大自然也有尊严，也不甘于总是被欺凌，一样会在忍无可忍时，进行反抗和报复。近些年来，发生的许多灾害，给人类带来的伤亡之大，不能不让我们想到因果报应的惩罚”。谢友顺认为，大概 20 世纪 80 年代，美国重新兴起自然主义的文学流派，“它不同于 19 世纪那种自然主义的文学，不是那种客观的、科学的、精准的描写日常生活的自然主义，它也和美国之前的那些湖畔诗人所主导的那一些自然主义的观念不太一样，其实它也是在一个现代社会的背景下重新来反思人与自然的关系，重新以自然为我们的一个读本，就是重新提出一些问题，比如说美国的自然主义文学的倡导者提到的生态良心，提到的土地伦理，其实都是对现代社会的一个重新认识”。

3. 大自然文学的特殊性在“自然”两字上

董立勃认为，“文学是人学，表现的是人的感情，讲的是人的故事。自然文学有所不同，它表现的情感是人与自然的情感，讲的是天地万物的故事。自然文学中，人不再是主人公。自然界的动物、植物、山川、江河、荒原，包括空气和风、月亮和星星，被推到了作品的主体位置，成为作家表现描绘的主体，人退到了一边，变得次要，成了配角，但文学的基本属性没有变。大自然文学以独特的视角和感受，描写自然万物之美，产生强烈的艺术感染力，让人们更理解自然、热爱自然、崇拜自然。赵均海认为，谈论大自然文学就会自然而然地想到享受自然美景，想到保护自然美景。但作家笔下的自然美景不是单纯的自然风景，“也是有时代印记的，那个时代的风云变化可能会在文字深处呈现”。谢友顺认为，大自然文学“不仅仅是一种只强调写自然的、写地理的，或者写所谓环境和生态的文学。如果这样来理解的话，可能就太肤浅了。我觉得还是要强调自然的这样一种精神性，因为我们习惯了把自然分成实用性的自然，就是我们看得见的，能够感受的，包括可以在里面居住和起居的自然。但是我们还是要知道有一个精神自然，或者叫内自然，就是一个和自我的认识，和精神的舒展有关的一个自然世界”。赵均海认为，“发展现代化与自然景观破坏之间的矛盾需要认真慎重的思考，社会如何发展需要认真的思考”，这些都是大自然文学回避不了的问题。

4. 大自然文学和大自然与文学是两个概念

“大自然文学”和“大自然与文学”是两个不同范畴的概念。从“大自然与文学的关系”“大自然在文学中的重要意义”两个方面来讨论“大自然文学”，谢欣认为，自然和文学间的“互动”有以下四种情形：一是“社会生活的巨大变化，产生了自然和文学的变化”。“翻开文学史，一个非常有意思的现象就是作品里描写的大自然的改变常常是社会的改变，常常是一种新的社会生活方式，一种新的人类的思想，一种新的社会的变革诞生的一种东西”。作家常常能够非常敏锐地捕捉到这个社会的变化，把它反映到大自然里边。比如预示着社会的重大变化的大航海时期，就产生了相当多的、重新发现大自然、重新发现我们所生活的地球的作品，如《鲁宾孙漂流记》等，“人类在文学中表现出对大自然的一种渴望和好奇，以及探究的精神”。二是当对文学人物有“新的发现”、对人物命运有“新的理解”和“新的开掘”时，“也带来了笔下自然的变化”。“人物的命运带来了大自然的变化，就是说自然在文学中的作用不是点缀式的、可有可无的，它也是一种至关重要的东西”，如果不是“主要的元素”，也是“非常重要的元素”。三是文学形式的“互动”。“诗歌和散文可以以大自然为主体”，但小说是一种叙事作品，是关于人的命运的描写，文学是人学，一部小说不以人物的命运为主体是很难站得住的，从小说的角度来讲还是欠缺了一些。“在文学与自然的关系中，在小说的领域还是应该以人的情感、人的内心、人的命运为主体”。四是在自然与文学关系方面，俄罗斯作家是处理得最好的，像托尔斯泰、陀思妥耶夫斯基，他们常常有写到自然的地方，常常有动人的一笔。但这种动人的一笔都是和人的心、人的命运相关的，像这种巨匠，他们很少脱离人的主体来写风景、写自然，比如说《战争与和平》，主人公获得了爱情的时候，他听到了不远处俄罗斯冰河裂开的声音，写大自然的声音，但是写人类，是写人自己的心声，把大自然和文学两者的关系处理更好。这是因为“在西方作家的眼中自然是一种比较独立的东西，西方作家对自然有一种敬畏，有一种宗教般的情怀，他把自然当成一种独立的、而不是附庸的东西”。谢锦认为，大自然和文学的关系是一个非常悠久、非常深刻的一种关系。“人是自然的一部分。‘大自然文学’应该是人与自然的真诚交流，所谓交流，是双方有倾听、有表达、有互动，甚至有争议，而从来不是你说了算，然而这样的‘大自然文学’又何其少而珍贵”。因为“我们出问题了”，我们“在钢筋水泥的丛林中长大，四体不勤、五谷不分”，“连各种花儿草儿都认不全”，“已经失去了内心安静和侧耳倾听的习惯”，“我们的耳朵和心灵已经关闭，我们与世界其实是隔绝的却又不自知”。“大自然文学”的最大意义也许就在于擦洗我们的耳朵，然后，让我们可以不受任何干扰地倾听。因而，我们需要的大自然文学，不是“自然教科书”，也不是“野外生存法”，而是让我们“聆听天籁，而天籁，绝不是寂静无声，更不是不知所云，它是与你远古血液中的那个世界相通的声音，是另一个维度的语言，是需要调动所有的感官去触摸的冷暖，是这一刻，宇宙洪荒的情感”。

5. 大自然这个概念东西方是有差别的

何言宏认为，“中国文学当中的自然意识区别于西方文学当中的自然意识很重要的一点就在于自然与人生的高度交融”。谢友顺认为，“泛神论”是西方的思想背景；“天人合一”是东方中国的思想背景，这里边有许多人生的智慧，包括文学的智慧，值得我们今天重新来阐发。沈苇认为，中国人理解的大自然包含了“天人合一”的理想，大自然指的是天，还有道，包括内自然和精神自然的一种东西。老子把自然比作“玄牝”。“玄牝之门，是谓天地根。”他视“自然”为“天”和“道”的替代物，庄子说“天地与我并生，而万物与我为一”，说明天、地、人、声在他那里是一个整体性观念，这就有了中国传统文化中的“天人合一”。这种自然哲学观其实可以追溯到《易经》。西方的大自然主要侧重于人和上帝的关系，爱默生说大自然是“上帝之网”，它就是上帝撒下的一张“天罗地网”，是笼罩我们生命的一种氛围。文艺复兴颠倒了这个关系，人的地位提高了，自然的主体性退场了，人占了上帝的地盘。到了蒸汽机发明、工业革命之后，更进入一个人和自然关系严重错位的状态。所以西方到了 20 世纪 60 年代，就兴起了一种生态保护运动，包括大自然文学的兴起，其实跟这些历史都是有关系的。如今，“在大自然被开膛破肚的时代里谈论大自然和文学，既可以说出我们的热爱、陶醉和赞美，也要说出我们的忏悔，就像本雅明说的一样，人类已经被单一的发展力量裹挟，冲破了爱默生所说的‘上帝之网’，然后使人类变成了现代性废墟上的孤魂野鬼。因此，所有的大自然文学，其实都在重新寻找我们的失魂、我们的落魄。大自然的存在本身就是一个提醒，是对我们的一种教诲，就像我们传统中的‘山水教’。那么，大自然文学的写作，使人与自然关系严重错置的这么一种不端正，重新回到端正与尊重，重新回到人类面对大自然时的谦卑状态。”所以，“中国的文学当中还是需要有更多的自然和生态的维度，尤其是有现代意识的自然和生态的维度”。

6. 中国文学中的自然书写

何言宏认为，“大自然文学似乎是在命名某种文学类型”，与“文学中的自然意识”有关。自然意识在文学中“古已有之”。这与中国传统“天人合一”的观念相一致。现在，有些中国人讲到自然主义的时候，很容易就追溯到西方文学，其实中国也有这方面的资源。谢友顺认为，在中国诗人笔下，自然是一个非常重要的主题，他们主要是把它对应于山水，曾经有学者说中国文人有一门宗教，叫“山水教”。我国几乎每一位古代文人都有对山水近乎宗教的信仰。沈苇认为，“我们的文学观念其实是有很大的问题，虽然我们有很好的山水诗的写作传统，但是进入现代社会里，其实我们并没有很好的这种大自然的文学，也没有很好的把山水作为读本、作为主体来书写的这样一种意识”。“其实我们的作家也需要接受自然的教育。大自然给我们那种智慧，大自然给我们的一种伦理，其实和人有非常密切的关系，所以我们承认说，我们在写自然的同时也写自然的人化，或者人化的自然，也写自然背后的人，也写建造在自然之上的那个心灵的家园，其实就是说自然的智慧或者自然给我们的这种伦理和我们人所要追求的、所要建造的那个伦理是一种共同的东西”。从这个角度上说，自然其实就是某一心灵的外化，作家笔下的自然，一定是被他咀嚼过再讲述出来的。大自然文学创作“需要把自然当作读本,当作主体来书写。如果没有对自然最基本的描绘、对自然最基本的认识,你要想说藉由这个自然来抒发你的自我这是很难的”。可惜“中国作家不仅仅缺少关于自然的基本的知识和教育,也缺少自然背后那种精神的跋涉,那种心灵的跋涉和超越”。谢友顺认为,契诃夫有篇短篇小说《草原》,三分之二的篇幅就是写自然风光,就写草原,“这个完全是大自然的一种描写”,但“中国文学里面缺少这个东西,中国古代的小说是不写风景的。……我们诗歌里面其实更多写的是人化的自然,或者写的是那种诗人内心镜像里面的自然。……讲到风也好,讲到水也好,讲到山也好,好像都是为我所用。我们缺少那种具体的描绘自然风貌的这一类的文学作品……更多的是通过人心的这种体验写跟我有关系的一种所谓的人化的自然,或者人格化的一种自然。它真的是缺少美国文学、缺少俄罗斯文学里边那种,真的把一个自然风貌,把一个非常广阔的世界的物质层面的、自然层面的风貌呈现在我们面前,我觉得这是中国文学非常有意思的现象”。董立勃认为,目前真正投入大自然文学创作的作家并不多。多数作家的作品里写的大自然,也往往只是作为故事的背景,或者说是为了烘托气氛,或者当成可有可无的闲笔,用来点缀铺垫情节的过渡。完全把自然万物当作文学的叙述主体,进行主题的深化、情感的表达,还是太少。“大自然文学不但要有审美功能必需的艺术性,还要传播知识、普及科学”,所以,“自觉的生态文明视域是大自然文学创作的出发点”,从事大自然文学写作,首先不可缺少的是对自然的敬畏和尊重,其次是从生态审美的视角写大自然,再是成为相关知识的专家,最后还要找到“恰当叙述方式”,这样“才可能写得有意思、有意义、有趣味性、有知识性”,写出有“深度和厚度”“长久流传”的“大作品”。

7. 文学中的大自然是地域性与普遍性一体的文化意象

李赋认为,一方水土养一方人,“大自然和文学中的大自然肯定是带有地域性的”。钟志清认为,在城市化文明的进程当中,原生态的一些东西遭到了毁灭,留给人们无尽的怅惘与乡愁,“从这个意义上说,世界上许多区域的作家已经关注到自然与文学这一主题,关注到如何维护原始的、淳朴的、美丽的自然生态环境的问题,这是现实赋予作家的又一种使命”。他认为在希伯来文学叙事传统中,关于文学与自然关系的描写出现得很早,并以第一部现代希伯来文学小说《锡安之恋》为例,分析指出,锡安——耶路撒冷的一个山名,不仅是小说故事发生的场所,更是作为一种意象,首先代表了犹太文化,其次才是自然,作者对“锡安这一地理位置的风景描写并不单纯是写风景、写自然,而是把风景、自然和人的心态,乃至民族意识紧紧地结合到了一起”。这表明“文学中关于风景与自然描写的意义往往是多重的、厚重的。一片自然风景有时代表一个地域,有时可能代表一个民族,代表一种民族的文化和内在的精神”。比如新疆作家身处喀纳斯这样一个美极之地,这里的风景不只是单纯的自然风景,而在自然风景中孕育有一种文化、一种历史、一种传承。如果把喀纳斯的这些东西书写出来,呈现出来,那么这种地域性的描写就会具有普遍性，就能打动新疆以外地区的读者，甚至国外读者。当作家把某一地域呈现在作品里的时候，在“简单的地域表象”后，往往遮蔽着“人性的广度和深度”。大自然“非常自然地进入到文学作品里”，“给你一种人格的底色或者是内核”，但“一个杰出的作家或诗人是会向地域性的深处掘进的”，“作品里头肯定有一些世界性的东西是那个地域里头带来的，甚至是一个小乡村里头带来的”。地域性给予读者的“滋养和启示”，是大自然文学的一个重要特征。

8. 大自然文学的存在和发展繁荣，不但很有必要，而且意义重大

董立勃认为，“文学的力量，会把人的心带进大自然。在文学的大自然里，我们的心会比脚下的路走得更远，会看到很多眼睛看不到的东西，会更容易达到人与自然融为一体的境界，从而获得更加丰富的精神愉悦”。所以，歌颂大自然就成了大自然文学的最重要的主题。赞美大自然，就是赞美生命，赞美成长与健壮，赞美真诚与善良，赞美平等与自由。大自然文学在赞美同时还会有强烈的批判。社会的发展与科技的进步让人类生存越来越方便，越来越富足。但不容忽视的是，人类的方便和富足是伴随着对自然的破坏和掠夺。往往经济越发达，现代化程度越高，这种情况就越严重。对大自然粗暴无知的践踏，必然带来严重的后果，作家的良知和对生命万物的尊重，让他们无法回避和沉默，使得大自然文学无法不举起批判的旗帜，反省人类犯下的错误，审视我们自私自利的行为。那些种种可怕的举止——对动物的乱捕乱杀，对土地的滥用开发，对森林草原的砍伐放牧，对河流及空气的污染，都无一例外地成为大自然文学愤怒声讨控诉的对象。呼吁人类珍惜地球，保护环境，关注生态，还大自然一个没有被毁坏的面目，不仅是为了保留一片风景的美丽，更关系到我们的生活品质、我们的生与死以及后代子孙的幸福。“文学自出现，就负有启蒙警醒人类的使命。大自然文学，应在调整人类与环境的良好关系中，恢复社会对自然的理性态度的过程中，完善自然生态的保护体系的建设中，发挥不可替代的作用。由此看来，大自然文学的存在和发展繁荣，不但很有必要，而且意义重大。”①

---

① 本篇《大自然文学研讨会》（新疆喀纳斯）部分所引用文字均见李奕．大自然文学座谈会发言实录［C］．西部：新文学（上），2016(11)：124-149.

刘先平大自然文学的价值[①]

——读《蘑菇圆舞曲》《雪豹小兄妹》

刘先平是中国倡导大自然文学第一人，被誉为“中国大自然文学之父”。他全身心投入大自然文学创作40余年，创作了《大熊猫传奇》《呦呦鹿鸣》《千鸟谷追踪》《走进帕米尔高原——穿越柴达木盆地》《美丽的西沙群岛》《追梦珊瑚》等50余部作品，获得中宣部“五一个工程”奖、国家图书奖、全国优秀儿童文学奖等重要荣誉。也因为在大自然文学方面的开创之功和突出成就，刘先平获得2010年度国际安徒生奖提名。2011年、2012年连续两年被推荐为林格伦纪念文学奖候选人。

中国大自然文学是现代文学概念，自觉于20世纪80年代，以刘先平的创作实践和理论倡导为标志，以安徽省儿童文艺家协会为策源地，成为世纪之交中国儿童文学“三大美学旗帜”之一（另外是江西的“大幻想文学”和浙江的“幽默儿童文学”），其文学影响力由此走出安徽、走向全国、走向世界。

中国“大自然文学”和英美“自然文学”属于同一类文学，都是以自然为母题的文学，但有文化与审美的民族差异。类似“幻想文学”与“大幻想文学”的表述，“大”既带有强烈感情色彩的习惯性夸张表达，又包含有中国人的自然观。“自然”一般与“人类”对应，自然不包括人类，人是万物之灵，是自然的主宰，这是过去很长一段历史时期人们习以为常的自然观。“大自然”一般指“自然与人”这个整体，人是自然的一部分，有中国哲学“天人合一”的大自然观，这是今天重新发现又赋予时代精神的科学自然观。所以，我们说“大自然文学”，有一种敬畏和做大的自豪感，更看重其哲学沉思，视大自然文学为“关于人与自然关系的文学”，不是单纯“以自然为题材”的文学。我们所说的“大自然文学”，也是有别于英美“自然文学”的中国说法，其中包含有中国国情、中国哲学、中国故事和中国梦想。

“中国说法”来自“文学反映生活”的基本原理。中国大自然文学的兴起与中国生

① 韩进．刘先平大自然文学的价值[J]．十月少年文艺，2017(9)：27.《蘑菇圆舞曲》《雪豹小兄妹》是本期刊物的重点阅读推荐作品。

态环境问题分不开。只有在人与自然关系出现突出问题的时候,大自然文学才应运而生,响应了时代的需要和呼唤。是人与自然的关系由疏远、对立到逐步转变为亲近和谐的长期过程。随着后工业化生态环境的恶化,像刘先平这样行走自然、敏感而有责任的作家,率先以文学为启蒙利器,将审美的笔触深入大自然,以生态批评的眼光检讨人与自然的关系,以生态道德理想描写人与自然和谐共生的愿景。如今生态意识逐渐成为社会共识,生产和生活的绿色方式正在普及,生态环境安全屏障基本形成,生态环境质量总体改善,中国社会正在进入生态文明建设、绿色发展和生态盈余的美好时代。中国大自然文学与中国社会发展进程"取同一步调",迎来千载难逢的发展良机。

2015 年 4 月 25 日,中共中央、国务院印发了《关于加快推进生态文明建设的意见》,要求"积极培育生态文化、生态道德,使生态文明成为社会主流价值观,成为社会主义核心价值观的重要内容。从娃娃和青少年抓起,从家庭、学校教育抓起,引导全社会树立生态文明意识。把生态文明教育作为素质教育的重要内容,纳入国民教育体系和干部教育培训体系"。大自然文学就是"培育生态文化、生态道德"的文学,她以少年儿童为核心读者,特别适合家庭亲子共读和校园课外阅读。当代中国大自然文学借力国家生态文明建设并成为其中一支文学力量,通过激发人们的心灵情感,种下生态道德的种子,开出鲜艳灿烂的生态文明之花。

刘先平大自然文学的主题就是呼唤生态道德,歌颂人与自然和谐。刘先平说,我在大自然中跋涉 40 年,写了几十部作品,其实只是在做一件事:呼唤生态道德——在这个面临生态危机的世界,充分展现大自然和生命的壮美——因为只有生态道德才是维系人与自然血脉相连的纽带,坚信只有人们以生态道德修身济国,人与自然的和谐之花才会遍地开放。

《雪豹小兄妹》就是一篇展现大自然和生命壮美的代表作。野生动物保护中心接到牧民报警,有犯罪分子要抢走两只小雪豹。雪豹是国家一级保护动物、濒危物种,警情就是命令,保护区公安局桑局长火速赶往牧场,在牧民家里见到了雪豹兄妹,听取牧民介绍,在牧民带领下,勘察母豹遇害现场,经过缜密侦查,还原雪豹一家不幸遭遇的"自然法则",最终消除了质疑,讴歌了牧民就是雪豹的守护神。以寻找真凶的破案情节结构文本,实质是以第一人称的纪实笔法,讲述人与自然和谐相处的美好故事,雪豹与狼群的生死搏杀、母豹以生命守护幼崽的神圣母爱、牧民自觉救助雪豹的保护意识,有一种令心灵震撼的悲壮和激荡人性的温暖。

大自然文学与生态问题相伴而生,但大自然文学不是暴露问题的生态文学,而是以生态文明的理想来观照人与自然的关系,对人与自然和谐景象的描绘是其孜孜以求的美学理想。自然是美的化身,最精细的美来自自然,大自然文学的最高境界不仅是自然美,而且是通过人的心灵感悟所产生的动人的美感及道德和精神的升华,简言之,就是心灵与自然的契合、自然之美与伦理道德的交融。在《蘑菇圆舞曲》里，刘先平以最精细的文笔，描绘了“你从未见过的大自然之美”。自然美的诱惑其实就深藏在每个人的心灵里，让你自然而然地去追寻。原本去朝拜天山主峰，却一路寻觅雪豹的踪迹，带着南疆“仙果蟠桃”的醇香，沿着一条湍急的山溪而上，乱石悬崖，无路可走处，有雪鸡啄食，在一片神奇的草地里，上演了一幕“触目惊心、美得魔幻、充满玄机”的蘑菇圆舞曲……在这幕“大自然圆舞曲”里，人们惊喜地发现，留下有雪豹的脚印和身影！大自然的美就是这样与心灵美、艺术美交融成大自然文学的美。

刘先平的大自然文学都是他亲历大自然的纪实作品，第一人称动情讲述，配有大量自拍图片，呈现在读者面前的是风景（所见）、声景（所闻）、心景（所思）及愿景（所想）的多维画面，有着很强的现场感和感染力，在享受自然美和艺术美的同时，得到道德和精神的升华，读者还完全可以带着他的作品去行走大自然，领略祖国大好河山的壮丽优美。

重建生态道德的文学呼唤 ①

——读刘先平的《追梦珊瑚》②

今年是刘先平创作大自然文学 40 周年。40 年来,刘先平每年深入大自然体验生活,进行专题科学考察,以大自然行走者的现场讲述和思想者的批判精神,呼唤生态道德建设,创作了 50 余部大自然文学作品,被誉为“中国当代大自然文学之父”。80 高龄的刘先平又推出大自然文学新作——《追梦珊瑚——献给为保护珊瑚而奋斗的科学家》,在极富小说艺术感的讲述中,带领读者一起探险海底珊瑚世界,追逐人与自然和谐梦想,再一次发出重建生态道德的文学呼唤,成为刘先平大自然文学创作又一座山峰。

有着五千年文明的中国,正在奋力实现中华民族伟大复兴的中国梦。海洋强国是中国梦不可分割的重要内容。不同于起源海洋文明的西方国家,我们对 2000 多年前古罗马哲学家西塞罗所说的“谁控制了海洋,谁就控制了世界”的论断没有切身体会。长期以来,我们习惯说中国有约 960 万平方千米的土地,却忘记了还有 470 多万平方千米的海洋国土。我国东部和南部大陆海岸线有 1.8 万多千米,我国不仅是陆地大国,而且也是海洋大国,但我们对海洋的了解少之又少。有科学家断言,经过几千年发展,我们对大海的了解却只有 1%,这个缺课我们今天需要尽快补上。正是这样的紧迫感和责任感,刘先平将大自然文学创作题材从广袤的陆地走向浩瀚的海洋,希望借文学的力量,做普及海洋知识的志愿者,做呼唤海洋生态道德建设的呐喊者。他希望读者通过阅读这部《追梦珊瑚》,可以多一点对海洋的了解,就像观察一滴水可以领略太阳的光辉一样,了解珊瑚礁就多了一把打开神秘海洋世界的钥匙,因为在珊瑚礁中,众多生物共同形成了一个特殊的生态系统——珊瑚礁生态系统,它与陆地上的热带雨林系统相似,被誉为海洋的热带雨林或热带海洋的绿洲,是海洋的顶级生态系统。可惜全球超过 20% 的珊瑚礁被彻底破坏, 24% 的珊瑚礁处于危险状态, 26% 的将遭到破坏。保护珊瑚礁,就是保护海洋、保护地球、保护人类家园。主题立意更高,生态思考更深,有“21

---

① 韩进 . 重建生态道德的文学呼唤 [N]. 光明日报,2017-06-01(16).

② 刘先平 . 追梦珊瑚:献给为保护珊瑚而奋斗的科学家 [M]. 武汉:长江少年儿童出版社,2017.

世纪是海洋世纪”的战略视野，以及陆地文明与海洋文明融合发展的时代精神。

十年前，刘先平在创作长篇大自然探险文学《走进帕米尔高原——穿越柴达木盆地》后，就将深入大自然生活的重点由陆地转向海洋，开始关注海洋生态，创作大自然文学。《追梦珊瑚》是他继《美丽的西沙群岛》后，又一部描写西沙群岛的海洋大自然文学，描写作者与海洋科学家皇甫晖博士带领的科考队一起进行珊瑚礁生态考察的故事。皇甫晖博士的科考队由一批珊瑚生物学和珊瑚礁生态学的专家学者组成，以如何保护和修复被破坏的珊瑚礁生态系统为科研课题。珊瑚礁生态是海洋中的顶级生态系统，如果珊瑚礁生态出了问题，将给整个海洋生态带来灾难，保护珊瑚礁生态，就是保护人类家园。西沙群岛是由珊瑚礁形成的岛礁，是最理想的珊瑚礁生态考察地。在驻岛部队的大力支持下，科考队在西沙群岛建立了珊瑚孵化移植试验区，和守岛官兵一起开展“追梦珊瑚”行动，把保护祖国海疆和保护海洋生态融汇一体，极大地丰富了“我为祖国守边疆”的时代内涵。

科考队通过对我国近海岸珊瑚礁缩减 80% 和西沙群岛珊瑚礁生态保持良好的比较研究中，有了重大科学发现，就是珊瑚礁生态系统可以依靠“自然本身蕴藏着的巨大修复能力”而得到不同程度的恢复，提出了“封海育珊瑚、植珊瑚造礁的宏伟构想”，这一完全颠覆了学界普遍认为“珊瑚生态不可能或很难依靠自然力恢复”的观点，成为他们“追梦珊瑚的理论基础”。科考队将这一远赴南海的珊瑚礁生态考察称为“追梦之旅”，以期为恢复和保护珊瑚礁生态系统探索出一条新路。在以皇甫晖博士为代表的科学家身上，集中体现了我国青年科学家执着、奉献、求真、追梦的科学精神，作品有着批判现实主义的厚重和青春浪漫主义的情怀，在现实与追梦之间架起了一座生态道德的桥梁，坚信没有生态道德就没有生态文明。

刘先平的大自然文学创作始终具有科考纪实风格，科学家是他作品中不可缺少的正面形象。每一部作品都是他探险考察大自然所见所闻所思所感的文学记录，而每一次探险考察都会由当地的科学工作者陪同向导，刘先平满怀敬意地将他们写进作品，借他们之口介绍科学知识，在他们身上赋予象征愿景，体现崇尚科学的精神、尊重自然的敬意和面向未来的希望，给读者留下深刻印象，如《云海探奇》中的大学教授王陵阳、《千鸟谷追踪》中的鸟类学家赵青河、《大熊猫传奇》中的兽医冷秀峻、《呦呦鹿鸣》中的动物学家陈炳岐、《寻找大树杜鹃王》中的植物学家冯国楣、《黑叶猴王国探险记》中的环保专家李明晶。这部《追梦珊瑚》更是冠以“献给为保护珊瑚而奋斗的科学家”的标题，这里的科学家是以海洋生物研究专家皇甫晖博士、小袁博士、小李博士和小安研究生等为代表的科学家集体。人物形象的重大突破，反映了作者文学立场的重大转变，已经由过往批判地反映生态问题的批评家，提升为现在积极建设生态系统的实践者，大自然文学对自然生态的观照更为深刻，与生态文明建设的关系更为密切，中国大自然文学创作也由此进入一个新时期。

《追梦珊瑚》的故事讲述非常注重“小说艺术”。作者在开篇《引子》里，用一组长镜头推出了大自然—宇宙—太阳系—地球—陆地与海洋—海洋生态—珊瑚礁这样一幅由远及近的宏阔画面，寥寥数句，极富层次地展示了珊瑚礁在海洋、地球、宇宙、大自然中的重要位置和生态意义，引发全文对珊瑚的追梦和对人类的追问。作品以探险小说的悬念推进情节，以极富个性的语言塑造人物，以鲜活逼真的描写，展现海洋世界的优美、生命状态的壮美、人与自然的和谐美，突出生态道德建设主题，给人阅读的美感和哲理的启迪。

既然讲述的是“追梦珊瑚”的海洋历险故事，就离不开对海洋世界的描写。作者以生花妙笔，成功描写出海洋世界的不同境界。以“海洋之夜”为例，就有多层视角转换。作者刚登上珊瑚礁盘，举目张望，“今夜没有月亮，繁星虽满天，但总在闪烁。海水泛着深沉的靛蓝色，就像一块大幕，遮住了神奇世界的大门，只有迷迷糊糊的身影似虾似鱼，在水中游动，而近处远处的鱼跳声和各种似昆虫叫的窸窸窣窣声又特别撩人。嗨，还有个小红球在游动呢！是海龟还是刺鲀？可当我想去追寻真相时，一切又被黑暗掩去……”待作者打开头灯探望，“光柱下，海底花园色彩斑斓，里面仿佛长满了奇异的树木和小草，开满了大朵大朵的鲜花。然而南海海水虽透明度高，夜里看，仍给人一种乌兰花的感觉”。情不自禁地潜到海水中，“好家伙，眼前这景色如西天晚霞落入海底！青翠的枝状珊瑚，变幻着深红、玫瑰红的红海柳，鹿茸般的鹿角珊瑚，白玉般的石芝珊瑚，大块头的脑珊瑚、滨珊瑚……更有无数盛装的小鱼在珊瑚礁中游来游去，红白相间的是小丑鱼吧，嫩黄、靛红、黑蓝相间的是蝴蝶鱼吧，还有举着大钳子的蟹，一纵一纵的虾……好美的珊瑚世界！”作者巧妙地用人们熟悉的陆上世界来比拟海洋世界，读者在自然联想中有如临其境之感，美不胜收，心旷神怡。文学是语言的艺术，儿童文学的语言表达更要规范、准确、纯洁、传神，孩子们阅读作品的同时，不仅享受文学的魅力，而且学习语言表达。

《追梦珊瑚》在题材、主题、人物、语言的全面突破，标示着刘先平的大自然文学创作进入了一个新的审美阶段，即由大自然题材的动植物书写转向自然与人并重、突出科学家在重建生态道德和重构人与自然和谐关系中的主导作用，或者说，由过去习惯单纯以“大自然动植物”作为审美对象，转向以“人与自然”整体作为审美对象，真正意义上将“人作为自然之子”来描写，通过青年科学家提出的“大自然修复力”理论，将人类“异化了的自然”“再修复”到“人与自然和谐”的生态系统中，引发我们思考，人类自身是否也应该具有一种力量来主动修复“被人异化了的自然”？答案是肯定的，那就是人类亟须建立科学的“生态道德观”。

2018 年

什么是大自然文学？①

什么是大自然文学？文学界至今还没有标准答案，这不仅仅因为中国和世界范围内的大自然文学的历史都不长，而且从事大自然文学的作家、评论家对“大自然”与“文学”的认识和理解又不尽相同，在回答什么是大自然文学的命题上，各有所据，各有所思，各有所表，很难整齐划一，这也是思想解放和文艺多彩的常态，在百花齐放的学术环境里开展百家争鸣的学术交流，不断追寻太自然文学的本质和科学概括大自然文学的特征，是繁荣和发展大自然文学所必需的文学生态。

作为一种明显的文学现象，大自然文学有迹可求的历史已近半个世纪，恰逢生态时代给大自然文学带来千载难逢的发展机遇，从创作实践和理论评论要求来看，都迫切需要也应该可以对“大自然文学”这一新兴的文学现象做一个初步的总结性研究和学科性阐述。

文学理论是对创作实践的总结与提升，中外大自然文学的兴起都在 20 世纪七八十年代，这之间有没有规律性的必然联系？大自然文学是怎样一种类型的文学？不同文化背景下的大自然文学是不是一个概念？不同话语下的大自然文学又有哪些不同解读？这些正是本篇探讨的学术话题。

---

① 2018 年 6 月 1 日，“新时代少儿文学艺术创作暨传播座谈会”在合肥市稻香楼宾馆召开。会议由安徽省文联文艺理论研究室、安徽省儿童文艺家协会主办。省文联党组书记、书记处第一书记何颖出席并讲话，省文联文艺理论研究室主任史培刚主持。参加会议并发言的主要作家、评论家有刘先平、薛贤荣、赵凯、韩进、李秀英、伍美珍、王蜀等。《什么是大自然文学？》根据会上发言修改、定稿，后收入拙作《刘先平大自然文学创作研究》，安徽大学出版社 2020 年 11 月出版。

一、大自然文学的基本概念

什么是大自然文学？简言之，大自然文学是写大自然的文学。这里的“大自然”是关键，有狭义和广义之分。狭义的“大自然”与“人类”相对应，广义的“大自然”是将“人与自然”看作一个生态整体，不是简单地将自然界划分为“大自然”与“人类”两大阵营，而是以“人与自然关系”为视角，将“大自然”与“人类”融为一体，已是上升到一种艺术哲学高度的生态整体自然观。

那么，是否可以说，大自然文学就是在自然观指导下的大自然书写？在文学创作中，“写什么”固然很重要，这是文学创作最基本的题材问题；但“怎么写”更重要，这涉及文学观指导下的创作思想和创作方法的重大问题，是作品成败的关键。具体到大自然文学“怎么写”，除去创作手法的艺术性因素外，决定其“大自然文学”本质的是作者的“自然观”，即对大自然的认识，核心是对人与自然关系的认识。

有什么样的大自然观，就有什么样的大自然文学，这是大自然文学中“大自然”一词的特殊意义。

（一）广义的大自然文学是指以大自然为书写对象的文学

从理论上说，每一种自然观都会有一种文学与之相应，按照传统文学观认为的文学是对社会生活的反映，大自然先于人类成为人的生活环境，所以自古以来就有描写大自然的作品，是不是大自然文学就古已有之呢？如果说大自然文学就是“写大自然”的文学，那么完全可以说大自然文学的历史与文学史一样长，甚至从“人属于自然”的角度看，属于人类所特有的文艺活动——大自然文学就是文学史的全部。

那么，为什么在悠久的文学史长河里，直到 20 世纪七八十年代才有“大自然文学”的兴起呢？显然，现在所说的大自然文学不只是“写大自然”的文学，而是在“写大自然”的基础上，又有了新内涵，这个新内涵的产生，只能也必须从产生大自然文学的那个时代去寻找答案。

（二）狭义的大自然文学特指以人与自然关系为审美对象的文学

大自然文学，就是关于大自然的文学，因为对大自然理解的不同，又有广义和狭义之分。一代有一代之文学，大自然文学是与“大自然问题”联系在一起的。“大自然问题”的核心是生态问题，生态问题的核心是“人与自然的关系”问题。大自然文学就是通过关注人与自然的关系来解决生态问题的文学，最终解决“大自然问题”——实现人与自然和谐共生。

大自然文学中所写的大自然，是以人与自然关系为审美对象的产物。人与自然的关系无外乎和谐与不和谐两大情形。当人与自然关系和谐时,呈现出人性美与自然美的统一,人类美与生命美的统一。当人与自然关系不和谐时,体现在人性贪婪欲望对自然生态造成不可修复的破坏,以及自然界对人类的报复。人与自然关系是否和谐,不是抽象的概念,而体现在具象的自然物上。所谓"自然物"就是作者写进作品中的大自然,以人与自然关系来审美后的大自然,如刘先平笔下皖南山区的野生动物世界(《云海探奇》)和南海西沙群岛的海底"珊瑚礁生态"。"自然物"一定具有鲜明的地域特征,呈现出独一无二的生态系统的"地理性"——自然地理与人文地理融合体。大自然文学中的"大自然"就是以这一独特的"地理性"来体现自然物现象背后所隐藏的"人与自然关系"的本质。所以,一地有一地之文学,一国有一国之文学,"地理性"是大自然文学具有生态维度的显著特征。

(三)大自然文学以反映生态危机现实并描绘生态和谐理想为主要内容

文学关注人与自然的关系,源自生态危机的现实。众所周知,从 20 世纪中期以来,由于环境的污染破坏所带来的严重灾难向人类的持续生存发展敲响了警钟,人类开始对工业文明的弊端进行反思,开始了"从工业文明向生态文明过渡的阶段"——"生态文明是人类文明发展的一个新的阶段,即工业文明之后的人类文明形态"①。大自然文学就是在此背景和环境下产生的、一种包含生态维度的新文学。

1962 年,美国著名女海洋生物学家蕾切尔·卡逊(1907—1964)发表了一部引起世界轰动的环境科普作品《寂静的春天》,在这部具有里程碑意义的作品里,作者描绘了一幅由于农药污染所带来的可怕景象,对传统工业文明所引起的严重环境污染进行了有力的揭露和深刻的反思,惊呼人们将会失去"明媚的春天"。她在作品最后提出了著名的人类社会处于交叉路口的名言。她说:

> 现在,我们正站在两条道路的交叉口上。这两条道路完全不一样。……我们长期以来一直行驶的这条道路使人容易错认为是一条舒适的、平坦的超级公路,我们能在上面高速前进。实际上,在这条路的终点却有灾难等待着。这条路的另一条岔路——一条很少有人走的岔路——为我们提供了最后唯一的机会让我们保住我们的地球。②

卡逊在这里所说的"舒适的、平坦的超级公路"就是人们习以为常的工业文明所坚

---

① 中国社会科学院邓小平理论和"三个代表"重要思想研究中心 . 论生态文明 [N]. 光明日报,2004-04-30(2).

② R. 卡逊 . 寂静的春天 [M]. 吕瑞兰,译 . 北京:科学出版社,1979:292,48.

持的自然无限开发、经济无限增长、最终引起生态危机的“灾难”之路；而她所说的“很少有人走的岔路”，则是“唯一的机会让我们保住我们的地球”的生态文明之路。

《寂静的春天》这部作品因其对“生态危机的现实”所做的真实反映和生态反思，不仅成为美国大自然文学的奠基之作，开启了一个文学的“生态时代”，而且也有力推进了世界环保事业的发展。1970 年，在美国举办了第一个“地球日”，标志着“生态学时代”的开始。1972 年，联合国召开首届环境会议，发布了《人类环境宣言》。1972 年，美国副总统阿尔·戈尔在给《寂静的春天》作序时做过这样评价：“如果没有这本书，环境运动也许会被延误很长时间，或者现在没有开始。她的声音永远不会寂静。她惊醒的不但是我们国家，甚至是整个世界。”

1973 年，英国著名历史学家阿诺德·汤因比以其历史学家的远见，从当代生态哲学的理论高度，再次提出人类正处在“何去何从”的交叉路口，然而结论却是明确的——放弃“滥用日益增长的技术力量”，“克服”“导致自我毁灭的放肆的贪欲”，人类不要“将置大地母亲于死地”，而是“能够使她重返青春”。

汤因比在《人类与大地母亲》的最后一章（第 82 章）“抚今追昔，以史为鉴”的最后一段写道：

> 人类将会杀害大地母亲，抑或将使她得到拯救？如果滥用日益增长的技术力量，人类将置大地母亲于死地；如果克服了那导致自我毁灭的放肆的贪欲，人类则能够使她重返青春，而人类的贪欲正在使伟大母亲的生命之果——包括人类在内的一切生命造物付出代价。何去何从，这就是人类所面临的斯芬克斯之谜。①

生态危机的现实引发人们深思，在转变经济发展模式的同时，社会文化也随之转型，甚至可以说，需要文化先行来启蒙和引领经济发展。意大利罗马俱乐部创始人、经济学博士、著名的工业家奥雷利奥·贝切伊（1908—1984）认为，人类对于自然的无限扩张实质上是“人类文化发展的一个巨大过失”②。著名环保组织“塞拉俱乐部”前任执行主席麦克洛斯基也认为，“在我们的价值观、世界观和经济组织方面，确实需要一场革命。因为，文化传统建立在无视生态地追求经济和技术发展的一些预设之上，我们的

---

① 阿诺德·汤因比．人类与大地母亲：一部叙事体世界历史：下卷［M］．徐波等译．上海：上海人民出版社，2012：641.

② 曾繁仁．当代生态文明视野中的生态美学观［C］// 曾繁仁．当代生态文明世界中的美学与文学．郑州：河南人民出版社，2006：4.

生态危机就根源于这种文化传统。工业革命正在变质，需要另一场革命取而代之，以全新的态度对待增长、商品、空间和生命”。也就是说，“现代工业文明的基本原则……与生态的有限是相冲突的，从启蒙运动发展而来的整个现代意识形态，特别是个人主义一类的核心信条，也许不再可行了”[①]。

很显然，这里呼唤的是一种建立在人与自然新型关系基础之上的新文化和新道德——生态文化和生态道德，以及宣传生态文化和呼唤生态道德的——大自然文学。这种新文学以反映生态危机的现实并描绘人与自然和谐共生的美好未来为内容，自觉承担呼唤生态道德与建设生态文明社会的文学责任。

（四）大自然文学是现代文学观念

在西方，大自然文学作为生态文化的文学实践，从 20 世纪 80 年代以来蓬勃发展，逐渐成为显学，如美国的自然文学复兴。在中国，大自然文学作为一种新的文学形态，也是兴起于 20 世纪 80 年代，与中国的改革开放同行，与生态时代同行，与世界大自然文学同行。很显然，大自然文学是现代文学观念，从而和此前以大自然为题材的自然书写区别开来，因为大自然文学中的“大自然”是生态维度的“大自然”，是聚焦“人与自然关系”的“大自然”，通过反思“人与自然的关系”来重建“人与人的关系”，实现经济发展与生态保护相统一。

1976 年中国结束了持续十年的“文化大革命”。1978 年党的十一届三中全会决定将工作中心转移到经济发展上来。1979 年中国实行改革开放政策。改革开放首先是观念更新和思想解放，面对经济迅猛发展和环境严重透支的现实矛盾，中国社会出现了一些新意识，环境保护和生态平衡的发展理念越来越受到重视，文学反映生活的深度和广度，也在伤痕文学、寻根文学、反思文学的浪涛中不断推进和不断深入，新文学创作的主题与题材、体裁与方法也随之扩大和不断创新，一些大自然文学的先行者有感于“生态危机的现实”，从人类可持续发展的战略高度，重新审视人与自然的关系，以颠覆“文学是人学”这一传统文学观的反叛面貌出现，以强烈的忧患意识，呼唤建立生态道德的和谐社会，呼唤建设人与自然和谐共生的美丽中国。中国大自然文学以一种特立独行的姿态，成为中国文坛具有一种明显的文学现象和不断成长壮大的文学力量。

中国第一批具有大自然文学性质的作品出现在 20 世纪 80 年代。代表作品是“刘先平大自然探险长篇系列”，包括“四个中国第一”：中国第一部描写在猿猴世界探险的长篇小说《云海探奇》(1980)、中国第一部描写在梅花鹿世界探险的长篇小说《呦呦鹿鸣》(1981)、中国第一部描写在鸟类王国探险的长篇小说《千鸟谷追踪》(1985)、中国第

① 王诺. 欧美生态文学：修订版 [M]. 北京：北京大学出版社，2011：120-121.

一部描写在大熊猫世界探险的长篇小说《大熊猫传奇》(1987),还有一部大自然探险纪实散文《山野寻趣》(1987)。这些作品“颠覆了一个只写‘人’的以往文学世界”[①],“开拓出一块极有价值的新天地”[②]。此后,刘先平初心不变,四十年如一日,坚持只做一件事,就是创作大自然文学,呼唤生态道德。他以“一木支大厦”的勇气和精神,将大自然文学从一种名不见经传的文学表现形式,发展为一门独具特质和品格的大自然文学门类,成为中国大自然文学的开拓者和奠基人。以刘先平为代表的中国大自然文学,与中国社会改革开放进程同步,不仅反映了中国社会在发展经济主导下生态环境恶化的严峻现实,也在热情呼唤生态道德和建设生态文明的伟大事业中,实现了中国大自然文学自身的价值与意义,正如徐刚在论及大自然文学现象时说道:“近四十年来,在中国社会沉醉于发展、崛起,乃至盛世的狂热时,不可或缺的忧患意识,莫早于自然文学,莫过于自然文学。”[③]

综上所述,我们可以给大自然文学有个初步的定义:

大自然文学由“大自然”和“文学”两个词组合而成,文学是其不变的形式,有什么样的大自然观就有什么样的大自然文学。广义的大自然文学是指以大自然为题材的自然书写;狭义的大自然文学是指以生态整体自然观为指导,以反思人与自然关系为审美视角,以反映生态危机的现实并讴歌人与自然和谐共生的理想为内容,运用一切文学样式和表现方法创作的一种综合性文学形态。

正如儿童文学、科学文艺那样,大自然文学作为一种新的类型文学,属于现代文学概念,它兴起于20世纪80年代的绿色运动,发展于21世纪的生态文明时代,具有鲜明的时代性、地理性、纪实性、科学性和文学性等五大基本特征。或者说,大自然文学是生态时代的产物,是对包含“人与自然关系”典型意义的“自然物”(自然地理与人文地理的共生体)的审美反映,是作家大自然探险的真实记录,是读者养成科学自然观和学习科学知识的文学读本。

---

① 班马.自自然然地颠覆一个只写“人”的以往文学世界:读出刘先平作品的性情与气质[C]// 束沛德.人与自然的颂歌:刘先平大自然探险文学评论集.合肥:安徽少年儿童出版社,1999:31.

② 陈伯吹.人与自然的颂歌[C]// 束沛德.人与自然的颂歌:刘先平大自然探险文学评论集.合肥:安徽少年儿童出版社,1999:9.

③ 徐刚.大森林[M].北京:北京十月文艺出版社,2018:412.

二、大自然文学的边界

大自然文学是一门新兴的综合性文学门类，因为“大自然”含义的丰富性，大自然与文学结合后，兼有多种文学的特征，而在文学实践过程中——创作、阅读与评论中，也有不同的文学标准，甚至对一个作家、一部作品有多种不同的文学解读，造成作家身份和作品类别的混乱，这都是因为文学的立场和出发点不相同，“一千个读者就有一千个哈姆雷特”的读者接受效应的正常表现，这一表现从理论上加以说明和说清，对科学认识、运用和评价大自然文学有指导意义。

（一）大自然文学就是大自然文学

大自然文学经过40年的艰难发展，虽然还不很强大，却已经是独立的文学现象，尽管它在成长的过程中呈现出儿童文学、科学文艺、生态文学等某些特征，但汲取了多种文学形式的营养而长大的大自然文学，已经独立门户，成为一个自主的“共和国”。早在2009年，著名评论家樊发稼评价刘先平的大自然文学新作《走进帕米尔高原——穿越柴达木盆地》时，特别强调指出：“我想郑重辨正一个概念，这就是：我们过去把大自然文学简单归类为儿童文学（可能是因为许多作品都是由少儿读物出版机构出版之故吧），实际上是不准确的、不科学的，是一个‘误区’。大自然文学就是大自然文学，是整个大文学的一个门类，就像文学分成人文学和儿童文学一样，大自然文学也有‘成人’与‘儿童’之分。最近我和云南著名作家吴然通信谈大自然文学，他在信里称：‘如你所说，大自然文学是个大概念、大文学，非儿童文学所独有。俄罗斯的大自然文学恐怕是世界上最发达、最突出的，很多都不好归入儿童文学。日本也极重视大自然文学，川端康成的作品，岛崎藤村、国木田独步、德富芦花等的散文，都是经典的大自然文学；德富芦花的散文，一直被列为日本国民情感教育的读本。我国古代的《徐霞客游记》堪称大自然文学的范本。’”樊发稼认为，“在地球自然生态遭到严重破坏的当今高科技时代，大自然文学是特别应当受到重视、应当予以大力倡导和发展的一个文学品类”，“现代大自然文学的一个庄严使命就是：以我们21世纪人类的良知，向世人呼吁：迅速行动起来，保卫大自然，拯救我们赖以安身立命的地球母亲”。[①]

（二）大自然文学与自然文学的关系

大自然文学有时也称作自然文学。1996年，评论家孙武臣在评价“刘先平大自然

---

① 樊发稼．高举大自然文学旗帜［C］//安徽大学大自然文学研究所．大自然文学研究：首卷．合肥：安徽人民出版社，2013：175-176.

探险长篇系列”时认为，刘先平的大自然探险文学就是“自然文学、环保文学”①。自然文学作家、评论家徐刚笔下的“自然文学”，与“大自然文学”的基本含义是一致的，为什么不说“大自然”文学，没有特殊的含义，应该是文学话语的习惯，从对这种文学现象关注之初，就称之为“自然文学”。一般儿童文学界多以“大自然文学”称之，成人文学界多以“自然文学”称之。

刘先平习惯以“大自然文学”来指称这类文学现象，或许是有意区别于已有的“自然文学”概念，更有怕被误解为“自然主义写作”；但也不否认，并且越来越清楚地感觉到，刘先平称之为“大自然文学”是有将其作为“大文学”来倡导、建设、发展的意思，因为儿童文学作家的刘先平肩负着引导儿童读者健康成长的使命，将给儿童的“自然文学”叫作“大自然文学”，此种有“小读者”“大文学”的心理预期，符合儿童文学特质，也表达了作家的文学情怀；同时，刘先平笔下的“自然”又不仅仅是与“人”对应的“自然”，而是包含了“人与自然关系”的“大自然”——人也在自然之中、人也是自然的一部分，“生态美学”是刘先平大自然文学重要的理论基础。而“人属于自然”的自然观，也是“自然文学”作家徐刚的自然观，建立在这一自然观基础上的文学，或称为自然文学，或称为大自然文学，没有本质意义上的差别，但在文学审美的倾向、文学表达的主题、文学表现的风格上有所侧重，又是理所当然的。

与刘先平儿童文学作家身份不同，徐刚完全是从成人文学的视角来看“自然文学”，将其作为“回到大地本原”的文学，“大地美学”是他重要的立论基础，“直面生态的挑战”，自然文学“更多的不是牧歌式的赞美和抒写，而是呐喊与呼号”，“毫不留情地对人、人性的解剖与批判，力图使人回归原点——动物——万类万物之一种”②。徐刚认为，可以把包含生态文学的自然文学的兴起，看作是“中国当代文学史上出现的第五次大的文学思潮和文学现象”，“把中国现当代文学的发展和走向带入了一片新天地”③。

徐刚认为，中国自然文学的兴起“与西方尤其是美国自然文学的复兴同步”④。美国自然文学是怎样的概念呢？美国自然文学研究专家程虹说得非常清楚：“自20世纪下半叶，尤其是20世纪80年代以来，美国文坛上兴起的一种文学流派‘美国自然文学’(American nature writing)，就是一种讲述土地故事、为自然代言的文学。然而，这又不是一种单纯的描述自然的写作。可以说，美国自然文学从最初的自然史散文(natural

---

① 孙武臣．作家心中的自然美［C］// 束沛德．人与自然的颂歌：刘先平大自然探险文学评论集．合肥：安徽少年儿童出版社，1999：74.

② 徐刚．大森林［M］．北京：北京十月文艺出版社，2018：420，411，413.

③ 同② 456.

④ 同② 412.

history essay)或自然散文(natural essay)到当代的自然文学(natural writing),有着一种历史的传承。它是一种讲述土地的故事并从中探索人类心灵的图谱与地理图谱相依相附的文学,是将自然史与人类发展史融合在一起的文学。"

不论是刘先平倡导的大自然文学、徐刚关注的中国自然文学,还是程虹研究的美国自然文学,尽管研究对象不同,话语体系不同,但对自然文学根本特征的认识是一致的。程虹在介绍美国自然文学中对自然文学的描述,带有普遍意义。程虹认为:"自然文学的主题是探索人与自然的关系","21 世纪是以自然与人类和谐共处为主题的世纪",因而,"自然文学研究的主题不仅是现实的需要,而且是未来的需要","到目前为止,自然文学最典型、最富有特色的文体,仍是作者以第一人称,用非小说的散文体,来描述自己与自然的体验","不仅如此,由于自然文学是以日记、笔记和散记这些简洁方便的文学手法来表现的,这也为它的发展打下深厚的人文基础"①。

(三)大自然文学与生态文学的关系

一般认为,大自然文学的概念中包含生态文学,或者说,生态文学是大自然文学的一种特殊形式。生态文学与环境文学、绿色文学往往是一个概念,或者说大自然文学中有一类作品,起初反映环境破坏的现实,表达环保的主题,就叫作"环境文学"。继而对环境保护的深入,要求全社会形成绿色生产方式和生活方式,这时的环境文学便进入"绿色文学"阶段。而绿色社会的形成有赖于生态道德的建立和生态文明社会的建设,生态审美和生态批评成为这一阶段文学的主要特征,因而称作"生态文学"。虽然逻辑上可以做上述推演,但实际上环境文学、绿色文学、生态文学之间不仅往往互用,而且与大自然文学也时常互用。徐刚认为,"20 世纪 80 年代中国环境文学、生态文学,我称之为自然文学"②。程虹也说,"从我在 1995 年初次接触美国自然文学至今,目睹了'自然文学'从鲜为人知到眼下走向繁荣的局面。在自然文学的基础上,不断地衍生出'环境文学'(environmental literature)、'生态批评'(ecocriticism)"③。

另一方面,大自然文学可以当作生态文学,或者从生态文学的角度去解析。大自然文学的首倡者刘先平说,"大自然文学即是描写人与自然的故事,歌颂人与自然的和谐,以构建生态文明社会。人与自然的关系是人类赖以生存的根本。生态文明是一切文明的基础"④。刘先平总结自己的创作,"我在大自然中跋涉 40 年,写了几十部作品,其实

① 程虹.美国自然文学三十讲[M].北京:外语教学与研究出版社,2018:前言 11.

② 徐刚.大森林[M].北京:北京十月文艺出版社,2018:515.

③ 同① 14.

④ 刘先平.跋涉在大自然文学的 30 年[C]// 安徽大学大自然文学研究所.大自然文学研究:首卷.合肥:安徽人民出版社,2013:11.

只是在做一件事：呼唤生态道德——在这个面临生态危机的世界，充分展现大自然和生命的壮美——因为只有生态道德才是维系人与自然血脉相连的纽带。我坚信，只有人们以生态道德修身济国，人与自然的和谐之花才会遍地开放"[①]。因为"生态道德"主题，刘先平并不反对人们将他的大自然文学创作当作生态文学来阅读、来研究。评论家赵凯认为，"刘先平的大自然探险文学是中国最早的现代意义上的生态文学"[②]。评论家谭旭东也说："刘先平的大自然文学在我看来，是中国特色的生态文学。"[③]

（四）大自然文学与儿童文学的关系

大自然文学与儿童文学是两个不同的文学门类。这在中国大自然文学的发起人刘先平的观点里最为清晰。早在 2007 年，刘先平曾经以安徽省参事室《政府参事建议》的形式，上书省政府，认为"我省大自然文学、儿童文学是全国公认的优势文学门类，大自然文学更是独树一帜"，认为"我国现代意义大自然文学"，是"观照人类本身生存、发展、追求人与自然和谐、共荣共存的文学"，也被称为"大自然探险文学或自然保护文学"。

大自然文学可以是儿童文学的一种，一般称作"大自然儿童文学"或"儿童大自然文学"，但这里的"大自然文学"是指由儿童文学作家创作的、以儿童为主要读者、适合儿童阅读的那一部分大自然文学。如 2018 年 10 月发生的两件事：一是中国儿童文学研究会与辽宁少年儿童出版社联合开展"大自然原创儿童文学作品征集活动"；二是接力出版社将俄罗斯大自然文学奖"比安基国际文学奖"引进中国，在 2019 年 6 月第三届评奖中，中国大自然文学作家、儿童文学作家刘先平的《孤独麋鹿王》与黑鹤的《黑焰》分别荣获"小说荣誉奖""小说大奖"。

大自然文学与儿童文学的关系最为密切。首先是"大自然"题材的原因。大自然是人类文学艺术三大母题之一，与儿童更有天然的联系，儿童喜爱大自然，大自然也是他们成长中的一个重要课堂，所以，以大自然为题材的文学，与儿童最亲近，儿童文学表现了"对于自然母题的一往情深的钟爱"，"恐怕是最接受大自然的文学"。其次是作者创作方式的原因。譬如，"刘先平的'大自然文学'在文体形式上采用了与大自然亲和的儿童文学样式，主要通过儿童视角和想象来展开对大自然的生态书写"[④]。因而，

---

① 刘先平．一个人的绿龟岛［M］．北京：人民文学出版社，天天出版社，2017：卷首语．

② 赵凯．大自然的壮美诗篇：刘先平创作论［C］// 安徽大学大自然文学研究所．大自然文学研究：首卷．合肥：安徽人民出版社，2013：100．

③ 谭旭东．从文学的人本主义到生态主义［C］// 安徽大学大自然文学研究所．大自然文学研究：首卷．合肥：安徽人民出版社，2013：73．

④ 吴尚华．人与自然的道德对话：刘先平"大自然文学"生态意涵初探［C］// 安徽大学大自然文学研究所．大自然文学研究：首卷．合肥：安徽人民出版社，2013：80．

"文学界与读者心目中对刘先平的最初印象,是一位优秀的儿童文学家。他的大自然文学创作首先是奉献给孩子们的"[①]。再次从大自然文学的发生发展历程看,大自然文学首先在儿童文学界孕育发生,刘先平是中国大自然文学的开拓者、代表者,但刘先平同时是一位著名儿童文学作家,他的大自然文学作品获得了儿童文学界几乎所有的优秀作品奖,刘先平本人获得的国际安徒生奖提名、林格伦纪念文学奖提名、比安基国际文学奖荣誉奖,也都是儿童文学性质的奖项。所以,刘先平的大自然文学是最好的儿童文学,但又不仅仅是儿童文学,而是走出了儿童文学的藩篱,成为儿童和成人都喜欢的大自然文学。刘先平曾借用安徒生的话来表达自己的创作追求:"安徒生曾郑重地说,'我的童话不只是写给小孩子们看的,也是写给老头子和中年人看的。小孩子们更多地从童话故事情节中体味到乐趣,成年人则可以品尝其中意蕴'。这也是我在创作中的审美追求。"[②]

不是所有的大自然文学都是"儿童的"文学,因为有很多大自然文学不是为儿童写的,也不适合儿童阅读,不仅内容超越了儿童的接受能力,而且艺术形式也不适合儿童,如徐刚所说的"中国自然文学",程虹介绍的美国自然文学,都属于成人文学范畴。所以,评论家樊发稼说得好:"大自然文学是整个大文学的一个门类,就像文学分成人文学和儿童文学一样,大自然文学也有'成人'与'儿童'之分。"[③] 究竟是不是儿童文学,还要具体作品具体分析。

从儿童文学出发走向文学大舞台。毋庸置疑,儿童文学最重要、最发达,仍然改变不了她在文学大家庭的边缘位置,始终没有处于文学舞台的中央,仍然是圈子内的文学,仍然被认为小儿科。虽然儿童代表未来,儿童文学代表希望,但大自然文学只有走出儿童文学的藩篱,融入文学大家庭,才有更加光明的前途,这是无法回避的残酷而忧伤的现实。大自然文学是生态文明时代的文学,她的意义和价值不能只在儿童文学的小天地里,而应该是立于大地的关于人与自然关系的大文学。这样说丝毫没有贬谪儿童文学的意思,而是强调大自然文学和儿童文学一样,都是独立的一类文学,各有其特点和使命,可以相互交融和借鉴,但不能相互替代和排斥,虽然可以结伴而行,但各有其性情,各走各的路径。

---

① 赵凯.大自然的壮美诗篇:刘先平创作论[C]// 安徽大学大自然文学研究所.大自然文学研究:首卷.合肥:安徽人民出版社,2013:88.

② 刘先平.对大自然探险小说美学的蠡测[C]// 束沛德.人与自然的颂歌:刘先平大自然探险文学评论集.合肥:安徽少年儿童出版社,1999:178.

③ 樊发稼.高举大自然文学旗帜[C]// 安徽大学大自然文学研究所.大自然文学研究:首卷.合肥:安徽人民出版社,2013:175.

（五）大自然文学与科学文艺的关系

大自然文学和科学文艺的共同特征之一是科学性，大自然文学与科学文艺中的科普作品最接近，这类作品主要是以大自然为题材，介绍大自然知识，描绘大自然生命状态，探讨人与自然关系，涉及生物学、植物学、动物学、生态学，以及自然史、人类史等自然科学和社会科学方面的知识，因而作品具有科学的严谨性和知识的科学性，与科学文艺的科普作品面貌相似。大自然文学作品不仅告诉读者关于大自然、自然与人、人与人的科学知识，而且通过科学知识的传达养成读者科学的世界观，与科学文艺的使命接近。如刘先平的大自然文学作品，因为其丰富的知识性和科学性，经常被当作科普作品来阅读和研究。有些科普作品兼有大自然文学特征，如高士其以大自然为题材的科学诗、科学小品、科学报告等作品，也可以看作是广泛意义上的大自然文学。

徐刚自然文学观初探[①]

——《大森林》阅读笔记

徐刚(1945—),著名作家,自1987年创作《伐木者,醒来》以来,专注于生态文学创作,从生态文学视角对自然文学有自己的见解,具有代表性。在代表作《大森林》第二十一章"独立苍茫,中国自然文学之涌现"[②]中,集中阐述了他的自然文学观。徐刚笔下使用"自然文学"概念,而不是"大自然文学",但两者在含义上没有本质区别。

一、关于自然文学的发生与发展

徐刚认为,"涌现于20世纪80年代的中国自然文学,习惯称为环境文学、生态文学,其作者被称为环保作家,其实对写作者而言,冠以何种称谓并不重要,重要的是这些作家及他们的作品从物欲横流中挣扎而出,回到大地、大地之上的森林、草原、荒漠戈壁、江河源头,探寻树何以高,根何以生,水何以流,沙何以鸣,等等。此种探寻一旦开始,便触及了本原——大地万有的本原——以及本原的神圣美妙。为什么?因为你已经认真地带着爱意去观察一块土地、一片林子、一处荒野、一根小草了。而在此之前,我们几乎从未专心地关注过这土地之上为什么有林子?这林子边沿为什么是荒野?这荒野之中的小草为什么开着不同色彩的小花?如果沿着小草的根须深入地下,会不会看见一个根的世界?那网络一般的根的世界缠结于幽暗之中,它们是有使命的吗?那使命仅仅是高大树木、支撑小草还是稳固大地?神圣、庄严和美妙就这样呈现了。中国在新的社会意识及生态环境丕然巨变的催生下,一种崭新的文学门类与书写体裁应运而生,

---

① 2018年8月,第七届(2014—2017)鲁迅文学奖获奖作品名单公布,徐刚的报告文学《大森林》获奖。本文根据该书获奖后的个人阅读笔记整理而成。

② 徐刚.大森林[M].北京:北京十月文艺出版社,2017:410-456.以下引文均出于此处,不再一一注释。

出现了一批为森林草木、江河大地的歌者、呐喊者,所谓自然文学也。"

徐刚强调指出:"中国自然文学的出现在时间上具有两个特征:与中国改革开放同步,与西方尤其是美国自然文学的复兴同步。这两个'同步'体现了以发展经济为主导的中国改革开放的丰富与复杂,也是中国和世界面临共同的生态恶化的明证。"

二、关于自然文学的文本及内容特征

徐刚认为,自然文学"写作者们已经深入到了人心深处、人与自然的深处,其深刻超过了时下所有别的文学门类","形成了它的最可宝贵的文本及内容的独特性:它是诗,它是散文,当你以敬畏之心描述草木山川或候鸟迁徙的翎毛时,你只能用诗和散文的语言勉力为之;它是童话,它是迷幻,我们只需要稍稍了解一点花的秘密或森林四季的生命气息,冬眠动物细若游丝的呼吸,便明白迷幻与童话源出何处;它是无始无终的报告文学,因为我们无法报告自然生命万类万物之始之终,而只能观察记录其循环往复的一章一节,此一章一节于人而言便是大块文章;它甚至还是小说,小草枯而复苏,江河源出点滴,大地生生不息,有多少生命的细节若根蔓游走蛰伏,便有多少生命故事,但不必虚构,人只能虚构人的故事,那些永远重复的故事;人无法虚构自然的故事,那些从不重复的生命故事"。

徐刚指出,"请不要把自然文学写作与别的写作相提并论","自然文学的写作因为题材、内容、文本的关系,又有了它的另一特征:它只能而且必须是跨学科的写作,其跨越范围之大几乎无所不包,它是文学,涉及生态,因为生态的多样性、地域性及其进化演变的过程……倘若无地球学、古海洋学、古植物学、古生物学等学说的支持且深入其堂奥,怎能落笔?怎能书写?可是一旦对这些各不相同又互为交叉的学说得以掌握,并为这生命的历程感动,使我们渺小的生命附着于这一伟大的历程,而你又有相当的文字素养时,便有了史性和诗性的写作。毫无疑问,这是当今时代极富魅力且有个性的写作"。

三、关于自然文学中的"自然"——大地、人与自然物

面对生态危机的现实,中国自然文学"以怀疑及批判发出了生态环境忧患之先声","先是呼告,继之代大地发言,其词也悲壮,其心也愁苦,其声也激越。面对汹涌的经济大潮,知其不可为而为之,却也为中国文坛及森林文化坛添了一种沉思、一抹清

新，于独立苍茫中，有无限风情”。徐刚将自然文学的“呐喊与呼号”比作黑暗中“有光闪烁”，“有拯救的声音微弱而顽强地传来：人啊，你要回到原点，这一原点只能是大地，敬畏谦恭地面对一山一水一草一木，你要代表大地‘和这个世界争执’（海德格尔语），当大地隐退再隐退，人类哪有立足之地？”当“自然文学重新沉思，亲吻这片土地时，人啊，会不会生出根的神圣的感觉？”所以，中国自然文学从“出现之初便是不同凡响、卓然独立”，“毫不留情地对人、人性的解剖与批判，力图使人回归原点——动物——万类万物之一种。人具有两重性，因为极高的灵智，人是万物之灵；因为极大的贪婪，人是万物之害。因着此一特点，自然文学的笔触在描绘大地——宇宙图景时——无可避免地涉及人从哪里来到哪里去的终极话题”，无可避免地将要反思高科技时代人与自然的关系以及人在自然界中的地位。

徐刚认为，“自然文学无疑是唯物主义的写作”，“自然文学之活力，正在于真实地思考一根草一棵树的生长，以及对森林从而也是对江河大地命运之忧患，忧患江河大地岂非忧患人类世界？忧患人类世界岂非忧患万类万物？忧患万类万物岂非忧患子孙万代？一则是对一草一木的赞美，一则是为子孙后代的忧虑，境界出矣！”然而，诗人、作家为何要赞美及忧患，其灵感和活力正来自大自然中具有生态意义的“自然物”的激发。“面对自然物的有惊讶，大不解，多困惑，由物而心，是人类思想之始，灵智渐积而有精神，何种精神？屈原之《天问》也，老子之上善若水也，孔子之高山仰止也，爱默生之《自然之门》也。爱默生首创美国自然文学，其不朽著作中最经典者实为一句话八个字：‘精神乃自然之象征’。”自然文学中描写的自然正是体现了自然文学作家思想和精神的“自然物”。在自然文学作家的眼里，“植物是站着的风景”，“江河是流动的风景”，“自然文学作家把这一切风景看成为心目中的风景，从而化生出大爱和精神。何为大爱？天地万物、众生共荣之爱也；何种精神？自强不息、厚德载物之精神也。到那时便有风生水起，便有祥云飘动，是谁能使风生水起、祥云飘动？天上有风了，雾霾消散了，人们可以自由呼吸了。什么时候，造物设定的人人可以得而享之的阳光、空气和水，重新归于人人呢？”在徐刚看来，“中国自然文学立足中国大地，关注世界和地球，表现出强烈的大地意识”，虽然历经的时间还不长，“仍处于发生之初的发展期”，但“在社会大众环境意识不断增强、环境灾难接踵而至的双重现实中，自然文学正渐渐地为社会心理所重视，其影响广及文坛和社会，其生命力已显露思潮端倪”。

四、关于自然文学的特色

从上述对中国自然文学的耙搜中，可以给“自然文学”一个小结，用徐刚的话说，面对生态危机的现实与追问，自然文学显示有如下六个方面特色：

> 1. 中国自然文学是对“文学是人学”的突破，文学不仅是人学，还是大地自然之学，追根溯源，甚至可以说首先是大地自然之学，是对人类中心说在文化上的反动。
>
> 2. 中国自然文学彻底否定人定胜天说，自然文学对自然的敬畏，使其得到了老子之“道”及爱因斯坦所言之“宇宙宗教”的境界。
>
> 3. 中国自然文学因使命使然，遂成为中国传统文化自觉的追随、继承、弘扬者，并指向源头，即《诗经》《易经》《老子》《庄子》《楚辞》等，且汲取了美国爱默生、梭罗及俄罗斯普里什文等作家自然文学的精髓，具有东西方文化交融的气象。
>
> 4. 自然文学是科学主义的反对者，并且指出：技术的泛滥正成为人类的噩梦。自然文学不反对科学与发展，但认为一切皆有限度，人类必须“小心翼翼地接近辉煌”。
>
> 5. 中国自然文学以山水、草木、虫兽、田园作为直接的书写对象，柔软地显现生命的广大和美丽，探求人只能处于天覆地载之一的位置的同时，虔诚地捍卫着大地的尊严。
>
> 6. 中国自然文学在文本的意义上，先是以报告文学的形式出现于文坛，然当其出现之初，便不同于传统意义上的报告文学，即人的故事成为人与自然的故事，并在大地的背景上展开。随着自然文学创作从初始阶段的单一而走向综合，叙事方式为之丕变，中国自然文学集生物学、地理学、环境学、历史考古学乃至哲学、人类文化学于一炉，成为大跨度的跨多种门类的诗性写作，使其有了词语的特色及文本意义上的革命，亦是当下中国宏大叙事的典范。

综上所述，徐刚对自然文学“六个方面”的特色解读，已经非常清晰地描绘了自然文学的特色。徐刚站在大地哲学的立场，关注生态危机的现实，在中华文化和中国文学的大背景下，将自然与人文作为文学永恒的叙事主题，希望自然文学“从直面生态的挑战，与世界争执”，变得“有更多形而上的力量”，在“沉思”中追寻“本原”。所以，徐刚眼中的自然文学,“是指回到大地本原的自然文学”,是那些“指向生活、生存以及人类心理深处的文字”。“自然文学的写作,离不开诗与思,诗与思的发生和延续、深入,总是指向大地风景”。当“自然文学的笔触向着山川大地荒野草木的探索,其词语除了诗性、神性之外,还必然带有史性,因为:天地及天地之间的一切事物都是历史,宇宙是历史的,山脉是历史的,原始森林是历史的,江河是历史的,就连嫩绿如茵的小草也是有历史的,谁能度量根的深邃?谁能告诉我最早的、初始草木的种子是谁撒向大地?我们说每一块土地都有自己的历史、自己的故事,都是生命的秘密,但土地不说话,植物是万类万物中最安详的沉默者”,自然文学就是“代大地发声”“代植物发言”,“它护卫大地,它守望家园,它寻找天籁,它是大地和天籁的追问者、追随者”,它要告诉人们“什么是大地本原”,“力图使人回归原点——动物——万类万物之一种”,从而获得“更多形而上的力量”,明白人在自然界中的地位及作用。徐刚甚至认为,“倘若中华民族的复兴以文化复兴为先导,而文化复兴必须得溯源、‘复古’,那么有此气象的在当今文坛,首推中国自然文学了”。

生态道德的文学讲述①

——读刘先平的《续梦大树杜鹃王》②

祝贺刘先平的《续梦大树杜鹃王》荣获首届“中国自然好书奖”之“2018 年度华文原创奖”。刘先平倡导并创作大自然文学 40 年,获奖无数,这是第一次以“自然好书”的名义获奖,表明“自然意识”已经成为一种社会主流意识,大自然文学已经成为一种明显而独立的文学现象。

这是期盼已久的文学事件。文运同国运相牵,文脉同国脉相连。党的十九大指出:“我们要建设的现代化是人与自然和谐共生的现代化。”要推进绿色发展,建设美丽中国,为子孙后代留下天更蓝、山更绿、水更清、环境更优美,这是一项伟大工程,不能没有大自然文学的参与,因为大自然文学就是追求人与自然和谐共生的文学。

中国大自然文学始于 20 世纪 80 年代,与改革开放同步,刘先平是中国大自然文学的开拓者、建设者、引领者。40 年前,刘先平孤身只影走进“山野”,“寻趣”自然,以生态环保为主题,创作了第一批在野生动物世界探险的 4 部长篇小说《云海探奇》《呦呦鹿鸣》《千鸟谷追踪》《大熊猫传奇》。20 年前,刘先平和夫人一起,扛着相机,走进动植物世界,以自然写真的风格,创作了第二批探险大自然的 8 部纪实作品《天鹅湖的故乡》《迷失的大象》《黑鹿的呼唤》《麋鹿回归》《潜入叶猴王国》《经历神奇红树林》《解读树王长寿密码》《圆梦大树杜鹃王》。10 年前,刘先平夫妇从高原走向海洋,以探究海洋生态为内容,创作了第三批在南海探险的大自然文学“海洋三部曲”《美丽的西沙群岛》《一个人的绿龟岛》《追梦珊瑚》。今年,八十高龄的刘先平又三登高黎贡山,不忘自然心,追寻中国梦,创作了一部崭新的融媒体大自然文学《续梦大树杜鹃王》,成为刘先平大自然文学创作的新高峰。

40 年来,他从西部雄伟的帕米尔高原写到南部辽阔的西沙群岛,有一件事始终让他魂牵梦绕,那就是云南腾冲的千年大树杜鹃王。他不忘创作初心,因为大树杜鹃的命

---

① 韩进. 生态道德的文学讲述 [N]. 光明日报,2018-12-25(16).

② 刘先平. 续梦大树杜鹃王:37 年,三登高黎贡山 [M]. 武汉:湖北科学技术出版社,2018.

运就是中华民族命运的缩影,在大树杜鹃的身上,有中国人民的历史;他坚持追寻大树杜鹃, 37 年的执着,有一份还原历史、讲好中国故事、讴歌美丽中国的使命担当。我们看到这本新书时,眼前一亮,杜鹃花开,如沐春风;披读作品,如临其境,有一种“我要去云南,寻梦杜鹃王”的冲动。作家如何不忘初心,始终脚踏实地反映现实生活;如何不忘使命,始终与时俱进吹响时代号角,刘先平的大自然文学创作树立了榜样。

《续梦大树杜鹃王》讲的是作者与大树杜鹃的故事,由三个篇章组成:21 年圆梦、16 年寻梦、37 年续梦。这个梦就是寻找大树杜鹃王,它源自 21 年前,中国植物学家冯国楣告诉刘先平, 1919 年——距今 100 年了,英国植物学家福瑞斯特在云南发现了一棵巨大的杜鹃树,有 250 年树龄,英国人放倒大树,锯成圆盘,做成标本,运回大英自然博物馆,轰动植物学界,1926 年被学界定名为“大树杜鹃”。为寻找这棵大树杜鹃,我国植物学家冯国楣在山水间跋涉 30 年,终于实现了梦想。刘先平受到激励,立志寻访大树杜鹃,终于在 21 年后,见到了大树杜鹃。遗憾的是,此时花期已过,满地落英,有一种渴望越来越强烈,那就是渴望见到满树红艳、漫山遍野的繁华景象,刘先平在思念、向往、期待中度过了 16 年,终于在 2017 年重返云南,续梦大树杜鹃王。这个圆梦、寻梦、续梦的故事,有着强烈的象征意义,它是源自初心的信仰,来自使命的担当,我们很自然地想到中华民族伟大复兴的“中国梦”,想到十九大描绘的青山绿水的“美丽中国”。

40 年行走大自然,刘先平的文学之履有着清晰的足印。在思考人与自然关系的主题下,刘先平从走进山野到走向海洋、从探险动物到描绘植物、从虚构小说到虚拟体验、从反映自然到反思人类,在动物学、植物学到博物学的自然书写中,传达了生态学、文化学到人类学的哲理情思。正如刘先平自己所说的,他在大自然中跋涉 40 年,写了几十部作品,其实只是在做一件事:呼唤生态道德——在面临生态危机的世界,展现大自然和生命的壮美;坚信只有以生态道德修身济国,人与自然的和谐之花才会遍地开放。

刘先平所说的“和谐之花”,不仅指人与自然的和谐,还有“修身济国”的社会和谐。和谐之美是大自然文学的最高境界,大自然文学就是反映人与自然关系的和谐美学。大自然文学作家以“美的心灵”观照自然,告诉人们一个简单的事实:人类来自自然,自然从未离开。自然不仅供给人类生存的物质,还满足人类更崇高的精神需求——对美的渴望和热爱。首先是赏心悦目的自然美,给人以认识自然感知自然的快乐;继之是自然法则规范人类行为的道德美,人类的一切行为都必须遵守生态道德;进而是与美德相联系的和谐美,生态道德维系着人与自然的血脉关系,开放出人与自然命运与共的和谐之花。

《续梦大树杜鹃王》不仅是作者不忘初心的“追梦之作”,还是放飞理想的“和谐之作”。云南腾冲的高黎贡山无人区,屹立着世界上独一无二的千年大树杜鹃王,这是大自然的神奇,作者以文字、图片和摄像视频,全方位展现了高黎贡山原始森林的自然生态美。作品中写到作者37年间三上高黎贡山寻梦、圆梦、续梦大树杜鹃王的历程,得到植物学家冯国楣等科学家、保护区工作人员和出版单位编辑热情无私的支持帮助,字里行间流淌着浓浓的人情人性美。作者讲述了100年前(1919年)英国植物学家福瑞斯特从高黎贡山砍倒大树杜鹃制作成圆盘标本带回英国,在英国自然博物馆展出的历史故事,既为西方园艺界流传的一句名言而骄傲——"没有中国的杜鹃花,就没有西方园林的丰富多彩",更为那个时代积贫积弱的中国感到痛惜和悲哀,发誓一定要找到大树杜鹃,那时他要自豪地说:"这是我们中国人自己找到的!"为此,刘先平魂牵梦绕37年,三上高黎贡山,又远涉重洋到英国自然博物馆,追寻并找到大树杜鹃成为他人生的使命和责任,直到实现这一愿望。他将这一心路历程写进作品里,极大地拓展了作品的叙事空间,给人一种穿越时空的历史厚重感和文化沉思美。刘先平动情地讲述"续梦大树杜鹃王"的故事,他将壮美的大树杜鹃赠送给每个人,供他们种植在心灵家园,努力地呼唤生态道德的建立,歌颂人与自然友好相处的和谐之美,将大自然文学提升到一个新境界。

美好的故事也需要美妙的形式。刘先平以热爱生命的激情,追求大自然文学的极致,将文学与博物学有机结合,实地探险和虚拟体验无缝衔接,创造了大自然文学创作与阅读的新体验,让人眼前一亮,别开生面,又恰到好处。《续梦大树杜鹃王》首先映入眼帘的是一幅幅探险自然的精美照片,让你情不自禁地动手翻阅。翻阅中你会惊奇地发现有24处二维码标识,拿起手机轻轻一扫,就能看到无人机拍摄的高黎贡山原始森林的视频。再去阅读作者充满激情的温暖文字,就有身临其境、物我两忘的阅读体验。大自然文学与博物学、影像学、新媒体的融合,有着特殊的文体创新意义。文学或博物学的自然书写如何精准,相比镜头中鲜活的自然都相形见绌。作者的镜头充满诗意和灵气,捕捉到的影像纯净无瑕,充满人与自然之间的爱和信赖,伴读饱满深情的文字叙事,更有达到天人合一的美妙意境。大自然文学的自然性、具象性和整体性呈现,特别需要也适合图片、视频、数字媒体的加入,本书做了有益的尝试,不仅图文并茂,而且集多种媒体形式于一书,是一部融媒体大自然文学,可读、可看、可听、可视、可玩。读文字、看图片,听故事、看视频、玩虚拟体验,不仅创造了大自然文学表现的新形式,更给读者阅读带来前所未有的新体验。

"杜鹃也报春消息,先放东风一树花。"刘先平的《续梦大树杜鹃王》以其新高峰、新境界、新体验的新形象,预示着中国大自然文学春天的到来。刘先平倡导的中国大自然文学必将在新时代的东风里,百花竞放,春色满园。

大自然的生命之歌①

——读刘先平的《一个人的绿龟岛》

《一个人的绿龟岛》是大自然文学作家刘先平以海洋生态为题材的最新力作，讲述作者在神钓手阿山带领下考察我国南海濒危动物绿海龟的探险故事。阿山是南海渔民，生于斯长于斯，了解海洋，敬畏海洋，是海洋生态保护的模范，被称为“精英渔民”。在一次海洋风暴中，他迷失孤岛，绝境中的他与受伤的红脚鲣鸟相依为命，在绿海龟的引航下，来到被海洋潜流环绕、生态完美、从未被人发现的绿龟岛——绿海龟的产卵地。他把这个属于他“一个人的绿龟岛”，介绍给大自然文学家刘先平夫妇，带领他们“再探绿龟岛”。作品以第一人称纪实手法，以生动的文笔，深情讲述探险海洋生命的快乐，带领读者体会海洋生命的广博、丰富、坚韧和伟大，有助于养成人类保护海洋生命的自觉意识，是一部激荡人心的大自然生命之歌。

一、千姿百态的生命美

生命源于大自然。作者描绘了“你从未见过的大自然之美”，给人蔚蓝壮阔的绘画美、意境美和变幻无穷的神秘感、神圣感。看那蓝色，更是匪夷所思地变幻着：蔚蓝、湛蓝、钢蓝、湖蓝、宝石蓝、靛青……在阳光的辉映下，呈现出赤、橙、黄、绿、青、蓝、紫相融相映的迷离……日出时大海燃烧，辉煌灿烂；日落时万千霞光射向蓝天，多姿多彩的云霓幻化出山峦、虎、豹等无尽的形象，映得大海如繁花似锦的草原；待明月升空，大海又如少女般娴静妩媚。在一望无际的蔚蓝海洋中，西沙群岛犹如漂浮的绿叶，小小的绿龟岛更像一朵浪花在大海中闪烁，有着“海市蜃楼”般的神秘神圣。站在岛边看大海，“夕阳如一只硕大的金橘，悬在西天，海里也有个金橘——我还是头次看到大海里的夕阳如此金黄——金橘上空却是一抹胭脂红，衬得西天迸射的万千金线无比美丽”。

① 刘先平．一个人的绿龟岛［M］．北京：人民文学出版社，2017．本文为应出版社邀约而写的书评。

美丽自然是生命赏心悦目的衣装。作者“每天都沉浸在海的呼吸中,都在海边看画”,他们在“海的呼吸”里嗅到生命的味道,在海边的浪涛里看见生命在欢歌,在海面的蔚蓝下有千姿百态的生命。有的生命“美得惊人”,如能跳会蹦的螃蟹、飞翔的鱼群、跳摇摆舞的花园鳗,还有滨珊瑚,竟然一个滨珊瑚上附生着几十种贝类、螺类,像是南海生物多样性的袖珍博物馆。有的生命“美得你毛骨悚然”,如惹不起的海葵、碰不得的海百合、恐怖的魔鬼鱼、吃海龟的鲨鱼,还有笑面杀手彩霞水母,“刚出水,一片红艳耀花了眼……天哪,什么时候湛蓝的海上,直径总在五六十厘米,阳光下霞光四射,彩色缭绕,大海美极了,美得我小腿肚打战,心都提到了喉咙口”,可千万小心,彩霞水母的美姿会让人忘记它是有毒的海洋生物,“不懂的人见它只是一收一合,优雅地漂荡,无比飘逸、潇洒,可知道它厉害的人见到它,会觉得它美得让你心惊胆战,魂飞魄散”。

二、生命的神圣与壮美

生命的大美莫过于母性。作者感叹:“生命形态真是千变万化!小到每个生物一生中有不同的形态,大到万物各具特色的丰富多彩!生命真是太伟大了!”生命的伟大不仅在于“生命的广度”,更在于“生命的温度”——动物母性中体现出的坚韧、奉献与自我牺牲的本能行为,赋予高尚、伟大与神圣的审美品格,具有庄严的使命感和崇高的道德美。在《惹不起》里,小丑鱼选择海葵丛作为自己的产卵区,利用海葵有毒刺的触手,为自己的下一代建一个保护区,当发现穿着潜水服的作者游过来时,小丑鱼奋不顾身地扑上去,用自己的牙齿撕咬潜水服,凶猛如狼地发起攻击。在《梦想》里,有着超常灵性的海龟,不管身在何处,每年六七月,都要回到出生地产卵,纵有千里之遥,也要历经艰险,踏上“回家”的路,在明月之夜,完成生命的交付。有的海龟在“回家”途中就付出了生命代价,幸存的海龟陆续登岛、趴窝、产卵,再扒沙掩盖蛋坑免遭伤害,海龟们专心致志地做着一切,早将自身安全置之度外,它们必须在太阳出来之前返回大海。有的海龟还没有产完蛋,就被海盗抬着上了贼船;有的海龟产完蛋自己也没有了气息,活活累死;更多的海龟在返回大海时,遭到鲨鱼的伏击……它们用顽强不屈和恪守天职谱写着生命的神圣与壮美。作者感叹:“无论是陆地还是海洋,动物们的母爱都同样深厚!没有母爱,哪有世界!”

生命的神圣在于孕育着生命。母爱出于天性,却承载着生命传继的神圣使命,作者用大量篇幅写海龟迁徙产卵的过程,有着仪式感和神圣感。《鲨鱼伏袭》写一个海上明月的夜晚,正是海龟们“朝圣”的日子——从四面八方赶往产卵地,完成它们寻根、留根的生命使命。“食物链具有神奇的魅力,鲨、鲸,从冥冥之中得到了信息,赶来狩猎。不信——不远处海浪声响成一片，不难揣测，鲨鱼正在追赶海龟！海龟们在奋力游动，努力尽快上岛……一条大鲨鱼从海里蹿出，将海龟顶出了几米高，待到它落下时，张开口，咬住了海龟，咔嚓一声，剩下的一半掉到了水中……”大自然的法则就是这样严酷，有时竟严酷得让你无法接受。这种严酷在《梦想》里引发作者忧伤和悲叹，每只海龟要从海里爬到岛上，产下一百五六十个蛋，历时几小时，筋疲力尽，但海龟准备回到大海的路途中，早有鲨鱼潜伏，以逸待劳，结果海龟凶多吉少。血腥的屠杀无法阻挡海龟们完成生命传承的重任，而留在岛上的幼龟出壳后，又难以逃脱海鸟、鲨、鲸等各种天敌的捕猎，百分之九十的生命在诞生时即死亡。

生命的壮美在生与死的瞬间迸放。大海中每一种美妙的生命，都有它的天敌，就像作者在《夜海奇遇》中描述的，自由飞翔的鱼群后面，紧跟着庞大的海蛇阵，海蛇阵后面悄然潜行着魔鬼鱼，真可谓“螳螂捕蝉，黄雀在后”。在《跳摇摆舞的》故事里，有一场海豚追猎花园鳗的悲壮演出。开始时，海豚们在花园鳗的上层游弋，若无其事地兜了一圈又一圈。突然，“像听到了号令，海豚们一弓身，迅速向密集的花园鳗方向俯冲，但距离还有一二十米时，似是飓风前哨已到，正跳着摇摆舞的精灵们顷刻销声匿迹、无影无踪！只有一片流畅的沙地，稀疏的海藻”。你以为海豚已经失手，就大错特错了，只见“海豚们没有丝毫气馁、沮丧，反而快乐地将嘴贴到了沙上”，海底突然混浊，扬起沙粒，钻在沙里的花园鳗暴露无遗，成了海豚的美味。原以为至此已是一场完美的狩猎，但正在享用美食的海豚突然仓皇逃窜。原来有一条大鱼正贴着海底悄无声息地快速接近，来不及逃走的几条花园鳗还在三四米远的地方，就被大鱼丢过来的长鞭子腰斩成几段，海里弥漫起殷红的血水。在自然界中，所有生命都不过是食物链中的一环，追捕和逃生是它们生活的常态，每一个生命在每时每刻都面临生与死天择，“生”是死里逃生，“死”是为生而死，似乎没有最终的胜利者，纵然生命在瞬间消失，也要在最后时刻闪出耀眼的红光——那鲜血迸放的生命之花，便是永恒！对生的执着与对死的坦然，让人心灵受到震撼，想到什么是生命，什么是死亡；面对生死，如何自爱又如何爱人；想到人从自然中走来，又如何回到自然中去……

三、人在自然生命中的位置及意义

人是有思想的生命。人回到自然中，就会看见自己从哪里来，要往哪里去；就会明白人在自然界的位置，作为“两条腿”的动物，和其他生物一样，也是大自然的匆匆过客；就会重新认识生命的价值，自然中的生命生来平等，各有其不可替代的生命价值，必须得到尊重和保护；就会深刻反思人与自然的关系，人不是大自然生命的主宰，人与自然要和谐相处，打造人与自然生命共同体。

刘先平说："人在大自然中都返璞归真了。"其实如冰心所说："我们都是自然的婴孩，卧在宇宙的摇篮里。"一切生命都是平等的，都应该得到尊重。人在自然中有自己的位置，对待自然万物必须恪守生态道德——你如何对待自然，自然就会如何对待你；你如何对待生命，就如何体现你的生命价值。阿山在风暴之夜救护了受伤的海龟，海龟给迷路的阿山引航送他脱险回家。阿山和海龟的情感故事告诉人们一个简单朴素的道理，爱动物就是爱自己，爱自然就是爱人类。自然因生命而精彩，生命在生态中呈现价值。人如何与身边的生命相处，作者在作品里分别从社会发展、科学研究、文学审美的三个层面——以生于斯长于斯的阿山和他的妻子阿慧为代表的靠海而生的渔民、以欧阳东博士为代表的研究保护海洋生态的科学家、以作者夫妇为代表的文学家文化人——给出了共同的价值观：人与自然是生命共同体，人类必须尊重自然、顺应自然、保护自然。人类只有遵循自然规律才能有效防止在开发利用自然为人类造福上走弯路，人类对大自然的伤害最终会伤及人类自身，这是无法抗拒的规律。

人类要对其他自然生命承担保护的责任和义务。人不能脱离自然而独立存在，人与自然是生命共同体，人与自然的关系除了开发利用之外，更重要的就是在向自然索取的过程中清醒地认识到人是大自然的一部分，而非大自然的主宰。更重要的，人作为大自然中唯一有思想的生命，在道德和伦理方面，对其他自然生命具有保护的责任和义务，只有人类自身深刻地意识到这种使命，确立人与自然是生命共同体的科学发展理念，才能放弃将人类的幸福以掠杀其他生命为代价，在对自然的无伤和对自然的保护中，最终实现人与自然的和谐发展。如果说海龟与鲨鱼间的生存搏杀，遵循着"物竞天择，适者生存"的自然法则，那么人类对海龟和鲨鱼的掠杀，就是违背生态道德和谋杀生命的犯罪行为。作品中对海盗、偷猎和滥捕滥杀的行为予以严厉谴责，指出人与万物本相通，自然界中的每一种生命，都有其独立的生命价值和特殊的种族意义，本是同根生，相煎何太急，生命同可贵，和谐价更高。作品最后写阿山的"保护绿龟岛的计划"，连同南海珊瑚这一海洋顶级生态系统一同保护起来，还要建立网上保护区——进行国土教育、海洋生态教育、生态道德教育，作者称其为"功德无量的好事"，就是传播人与自然和谐相处的价值观。

大自然文学作家是生命及生态启蒙教育的"引路人"。刘先平创作大自然文学正是借文学的形式，讲述生命故事，揭示自然规律，做生态道德启蒙的引路人，在青山绿水的美好自然里安放人类的灵魂。在《遭遇海难》中，作者借阿山之口赞赏肯定民间"传帮带"的引领方式，"老一辈人总是用大海的神奇和富饶，给我们这些小青年进行启蒙教育"。那么，像刘先平这样"老一辈"的文学家，以自己一生的文学经验，倡导大自然文学。刘先平在《一个人的绿龟岛》前有一篇极短的卷首语，全文不过百字："我在大自然中跋涉40年,写了几十部作品,其实只是在做一件事:呼唤生态道德——在这个面临生态危机的世界,充分展现大自然和生命的壮美——因为只有生态道德才是维系人与自然血脉相连的纽带。我坚信,只有人们以生态道德修身济国,人与自然的和谐之花才会遍地开放。”这段话凝聚了刘先平40年大自然文学创作实践的宝贵经验,昭示其建立在生态道德之上的新文学观——生态美,并在《一个人的绿龟岛》里有着完整体现。

2019 年

安徽大自然文学简史[①]

中国现代意义的大自然文学发端于安徽，始于新时期刘先平《云海探奇》等 4 部大自然探险长篇小说创作，兴盛于世纪之交的“大自然文学”理念的倡导，在十九大后的新时代迎来千载难逢的发展机遇。

新时期是指 1976 年“文革”结束以后。中国大自然文学兴起于 20 世纪 70 年代末 80 年代初。1977 年儿童文学界开始拨乱反正。1978 年国家实施改革开放国策。同年国家出版局、文化部等单位在江西庐山联合召开会议，就儿童读物的出版、评奖、交流、科研和教学等做了认真、细致、具体的规划和部署。同年 12 月 21 日国务院批转了国家出版局等八家单位根据“庐山会议”起草的《关于加强少年儿童读物出版工作的报告》，中国儿童文学开始进入全面恢复时期。以大自然文学为代表的安徽儿童文学，从新时期拨乱反正中重新出发，与改革开放同步，与世界大自然文学同步，40 年来结出可喜成果，成为中国大自然文学的策源地与发展中心。

2014 年 10 日至 19 日，“大自然文学国际研讨会”在安徽合肥召开，高洪波因故不能参加会议，他在给大会发来的《贺信——致大自然文学国际研讨会》中写道：“中国现代意义的大自然文学发端于安徽，开拓者是著名作家刘先平。”在刘先平的带动和示范下，“安徽一直从建设生态文明的战略高度关注、重视大自然文学的繁荣和发展”，“有理由企盼大自然文学将成为安徽文化的一张闪亮的名片”。

一、安徽大自然文学创作从新时期起步

安徽儿童文学创作在这样的背景下得到恢复与发展。1980 年刘先平出版大自然探险长篇小说《云海探奇》，开启了新时期安徽儿童文学的新征程。此后一发而不可

① 2019 年 4 月 27 日（星期六）在“大自然文学作家班”的讲课内容。

收，陆续创作出版了3部大自然探险长篇小说——《呦呦鹿鸣》(1981)、《千鸟谷追踪》(1985)、《大熊猫传奇》(1987)。这些作品被评论界认为“开拓了一个新领域——大自然文学”。1996年，樊发稼在谈到刘先平这一时期的创作时，曾有这样的评价：“刘先平作为一个儿童文学作家，在20多年前，就矢志不渝地执着于这样一个重大题材，而且历尽艰险参与考察，呕心沥血投入创作，终于写出了130多万字的系列作品。这是一个很了不起的重大成果。这在文学创作领域，是一种开创性的创造性劳动，开创性的业绩。这也是作者踏踏实实深入生活，满怀社会责任感，为广大青少年创作取得的一个重大成果。作品在一定程度上代表了新时期青少年文学、儿童文学健康发展的方向。”[①] 这些具有当代意识的大自然文学创作，也毫无疑问地成为安徽儿童文学的新起点。1982年，刘先平大自然探险长篇小说《云海探奇》获全国优秀儿童文学奖。

在刘先平之外，涉足大自然文学创作的还有两位重要作家——方君墨和张子仪。他们合作创作了大自然游记小说《神奇的黄山》(1981)、大自然散文《花儿开在你心上》(1985)等。《神奇的黄山》以兄妹游览黄山为线索，形象地描绘了黄山的秀丽风光，介绍了那里的珍禽怪兽、奇花异草；展现了那里雄伟壮丽的群峰、栩栩如生的巧石、苍劲多姿的青松、变幻莫测的云海和四季宜人的温泉。浅显的语言，并配有大量精美的插图，非常适合青少年阅读。《花儿开在你心上》是一本描写花朵的别开生面的散文集。作者采用观看电影的手法，展示了20余种色彩绚丽、形态各异的花朵。这些花朵生活在春、夏、秋、冬，生长在高山、平原、水面和屋顶，开放在白天和夜晚……作品对这些花朵的某一特性都给予拟人化的描绘，形象地揭示了它们高尚的品德、美好的心灵、刚毅的性格和不屈的精神，在陶冶读者心灵的同时，让人们从情感深处，热爱自然，珍爱大自然给予我们的美好环境。[②]

二、安徽倡导大自然文学始于新世纪

世纪之交，憧憬美好未来，文学界都在积极谋划，期待以全新的面貌进入新世纪。20世纪80年代以来，中国社会开始迈进市场经济时代。经过短短30年的高速发展，中国竟然以世界第二大经济体跃升世界经济的顶层，生态环境有不断恶化的危险趋

① 樊发稼．独具思想艺术魅力的精品［C］// 束沛德．人与自然的颂歌：刘先平大自然探险文学评论集．合肥：安徽少年儿童出版社，1999：62.

② 刘先平，韩进．安徽儿童文学发展论析［C］．王泉根．新时期儿童文学研究．石家庄：河北少年儿童出版社，2004：612-627.

势，不断威胁人类生活与生存的生态危机，必然反映到文学里，大自然文学也因此以一种独立的文学样式“出走”，成为一种特立独行的文学现象。安徽儿童文学界从“20 世纪是儿童的世纪”得到启发，结合近 20 年大自然文学创作的体会，顺应人类文明生态时代的到来，提出了“21 世纪是生态的世纪”“21 世纪的新文学是大自然文学”，由此开始了一场又一场倡导“大自然文学”的接力运动，终于形成气候，长成大树，成为中国文坛显著的文学现象，并在世界大自然文学界开始发挥积极影响。

（一）刘先平创作被认定为“中国的大自然文学”

自 20 世纪 80 年代刘先平开始创作大自然探险长篇小说以来，特别是新世纪以来，文学界、出版界、评论界对“大自然文学”的兴趣越来越浓，已经形成一种文学气候，这与刘先平的大自然文学创作示范和呐喊倡导有直接关系。中国大自然文学发端于安徽，说的就是以刘先平为代表的大自然文学创作，刘先平是学界公认的中国大自然文学的一面旗帜，是中国大自然文学的先觉者、先行者、代表者。中国大自然文学门类的兴起以刘先平的大自然文学创作为先导引，中国大自然文学学科的确立也是在总结刘先平 40 年大自然文学创作成绩与经验的基础上得出的理论成果。

早在 1996 年 12 月 6 日，韩进在《文艺报》发表《大自然的呼唤——刘先平大自然文学创作散论》，第一次提出“刘先平大自然文学”概念。1998 年出版的《中国儿童文学史》著作里，韩进也以《刘先平的大自然文学创作》为题介绍刘先平的创作。但第一个将刘先平的创作定位为“大自然文学”的是儿童文学理论家浦漫汀教授，她曾亲口对刘先平说：“你以崭新的人与自然的关系审美，写出的是最新的大自然文学，有鲜明的特点，是中国的大自然文学”。由此作为理论铺垫和创作追求，倡导“大自然文学”已经水到渠成。

（二）安徽首举“大自然文学”旗帜

“大自然文学”作为一种文学样式，开始于 2000 年 10 月在黄山召开的“安徽儿童文学创作趋势研讨会”，刘先平的《高举大自然文学的旗帜》和金波的《标举大自然文学的旗帜》两篇会议论文，不约而同地提出新世纪安徽儿童文学创作的“大自然文学方向”，“第一次正式提出了‘大自然文学’的概念，认为安徽儿童文学的亮点之一是‘大自然文学’，由此开始了大自然文学的提出与研究”[①]。通过这次会议的宣传，安徽儿童文学界倡导大自然文学创作的做法得到高度关注。束沛德在《新景观 大趋势：世纪之交中国儿童文学扫描》这篇重要文论中，将安徽倡导“大自然文学”与二十一世纪出版社倡导“大幻想文学”、浙江少年儿童出版社倡导“幽默儿童文学”并称“三面美学旗帜”给予高度肯定。该文于 2002 年 1 月 1 日在《文艺报》发表后，在学

---

① 韩进．有声有色 欣欣向荣：新世纪安徽儿童文学印象［C］．文艺百家，2008(2)：176.

界引发广泛好评和关注，直接催生了 2003 年 11 月在黄山召开的“大自然文学研讨会”。

“2003 年，适逢安徽省儿童文艺家协会成立 20 周年，‘大自然文学研讨会’在黄山召开，旗帜鲜明地打出‘大自然文学’的旗帜，对安徽发展大自然文学的优势、条件及趋势、方向做了专题研讨，成立了‘大自然文学创研中心’，制定了大自然文学创作研究规划。由于安徽儿童文学界的提倡，‘大自然文学’成为新世纪最引人瞩目的中国儿童文学现象，受到理论界、创作界的高度关注，成为安徽儿童文学的强势品牌。”① 这是安徽第一次明确以“大自然文学”为研讨对象的文学活动。会议期间，苏平凡在《亲近大自然、珍爱大自然、描述大自然——刍议大自然文学》论文中，提出“大自然文学是具有现代意识的概念”，并对安徽倡导大自然文学从创作和研究两个方面提出要求。高洪波在《非典时期的野猫——我的大自然文学观》中指出：“我的大自然文学主张很简单，一是自然，二是文学。”“甚至这样想，当代中国的大自然文学，有时就像这只踽踽独行着的野猫，顽强地在大自然中、在文学的丛林里生存，昭示着某种生命和生存的尊严与价值，传递着生命与生存的信息与信念。这样的一只文学之猫，非常值得尊重！”韩进在这次会议上提交论文《搜寻大自然文学的踪影》，回顾中国大自然文学的倡导过程，搜寻当代意义上的“大自然文学”演进的逻辑踪迹，提出《中国大自然文学论析》著作的编著大纲，开始思考中国大自然文学的学科建设。

（三）“刘先平大自然文学”写入《安徽文学史》

2003 年以后，倡导大自然文学、创作大自然文学、研究大自然文学、教学大自然文学，成为安徽文学界一种欣欣向荣的新景象。韩进在 2003 年 7 月 6 日《中华读书报》发表《大自然文学走出儿童文学的藩篱》一文，提出中国大自然文学的倡导源自儿童文学又要走出儿童文学发展的思考。安徽省社科院文学研究所唐先田研究员将“刘先平大自然文学研究”成功申报安徽省社科联 2003 年课题，其课题成果《大自然文学的鲜明品格——兼论刘先平的大自然文学创作》发表在《江淮论坛》2004 年第 2 期，开始将大自然文学作为一个独立的文学门类、刘先平作为代表性作家来研究，提出“大自然文学是以大自然身体系统整体利益为最高价值的文学”“考察和表达大自然和人类关系的文学”“探寻人与自然和谐相处、预测未来的文学”的学术论断。2009 年，赵凯为《1949—2009 安徽作家报告》撰写《大自然的壮美诗篇——刘先平创作论》，通过解读刘先平大自然文学的文本价值，确立了刘先平作为我国现代意义上大自然文学开拓者的地位，以及刘先平的大自然文学“是中国的也是世界的”审美价值。这篇作家论又以《刘先平的大自然文学》为题，收入由唐先田、陈友冰主编，安徽文艺出版社 2013 年出版的《安徽文学史》。

---

① 韩进．有声有色　欣欣向荣：新世纪安徽儿童文学印象［C］. 文艺百家，2008(2)：176-178.

2010 年是个转折点，大自然文学在完成了初期的理论倡导后，开始进入大自然文学的组织建设时期。2010 年 1 月，安徽省政府批准建立“刘先平大自然文学工作室”。2010 年 5 月，安徽大学大自然文学研究所成立，出版《大自然文学研究》辑刊。2014 年 10 月，“大自然文学国际研讨会”成功召开。2015 年初，“安徽大学大自然文学协同创新中心”成立。2016 年，赵凯牵头安徽大学大自然文学研究所申报的《生态文明视野中的“大自然文学”》入选安徽省社科规划重点项目……这一切表明，安徽大自然文学开始进入最好的发展时期。

（四）安徽倡导大自然文学为现代文学做出的贡献

大自然文学是具有现代意识的文学概念，是在 20 世纪中后期生态平衡和环境保护这一全球性问题日益突出的情况下，文学关注自然就是关注社会、关注人类、关注未来的新理念下，做出的自觉选择。安徽以刘先平为代表，提倡大自然文学创作，对当代文学创新发展做出了可贵的探索和多方面的贡献。“主要有四个方面：一是和谐主题。大自然文学追求人与自然的和谐发展，这既是现代文学创作的主题，更是建设和谐社会和生态文明的主题，具有无比的创作生命力和不朽的文学魅力。二是创新文学观念。以大自然为审美反映对象，以人与自然关系为审美反映内容，以自然美、生命美、人性美与人文美为美学特征，颠覆了‘文学即人学’的传统文学观，对当代文学理论建设具有重要的创新价值。三是创造了一种综合性的文学门类。一种融纪实性、知识性、故事性与文学性于一体的特殊的‘大自然文学体’，是小说、散文、报告文学、诗歌等多种文学样式的‘跨文体写作’。四是创新了现实主义创作传统。大自然文学是用脚丈量大地、用眼观察自然、用心沟通生命、用笔记录情怀的文学，是行与思、知与行、行与文的文学。”可以说，进入新世纪的安徽大自然文学，已经迈入一个“呼唤精品而且能够产生精品的新时期”，创作“叫得响、立得住、传得开、留得下”的大自然文学力作，成为安徽大自然文学作家的自觉追求。①

三、新时代迎来大自然文学发展新空间

2017 年 10 月 18 日，党的十九大召开。十九大报告提出“中国特色社会主义进入了新时代”，明确了新时代“我国社会主要矛盾已经转化为人民日益增长的美好生活需要和不平衡不充分的发展之间的矛盾”，描绘了我国发展从“全面小康”到“全面现代化”新征程的宏伟蓝图，号召全国人民紧紧围绕实现伟大梦想去进行伟大斗争、建设伟

---

① 韩进．有声有色　欣欣向荣：新世纪安徽儿童文学印象［C］．文艺百家，2008(2)：178-179.

大工程、推进伟大事业。特别是十九大报告提出了"加快生态文明体制改革,建设美丽中国"的新任务,强调"人与自然是生命共同体,人类必须尊重自然、顺应自然、保护自然。人类只有遵循自然规律才能有效防止在开发利用自然上走弯路,人类对大自然的伤害最终会伤及人类自身,这是无法抗拒的规律";强调"我们要建设的现代化是人与自然和谐共生的现代化,既要创造更多物质财富和精神财富以满足人民日益增长的美好生活需要,也要提供更多优质生态产品以满足人民日益增长的优美生态环境需要。必须坚持节约优先、保护优先、自然恢复为主的方针,形成节约资源和保护环境的空间格局、产业结构、生产方式、生活方式,还自然以宁静、和谐、美丽"①。

新时代安徽大自然文学发展迎来新空间。首先是将大自然文学上升到建设生态道德和美丽中国的时代高度,从高站位策划和高质量发展两个方面取得突破;同时要认真总结安徽大自然文学 40 年的成功经验和问题不足,从继承与创新两个维度推出新作品;第三是要加强与国内国际大自然文学界的交流与合作,扩大刘先平大自然文学创作和安徽大自然文学的业界影响力和引领力。"要继续发挥好安徽作为中国大自然文学重镇的创新示范作用,讲好安徽大自然故事、讲好中国大自然故事、讲好人类与大自然的故事;继续扶持好发展好安徽大自然文学这一优势文学品牌,为重振文艺皖军开辟了一条捷径,为中国大自然文学发展做出安徽贡献"②。

进入新时代的安徽大自然文学,以习近平生态文明思想为指引,按照习近平总书记在全国宣传思想工作会议上提出"不断增强脚力、眼力、脑力、笔力"的要求,刘先平带头深入大自然考察调研,第三次登上云南高黎贡山,创作了用"全媒体"展现的大自然文学新作《续梦大树杜鹃王》。博物学文化倡导者刘华杰认为,"这是关于杜鹃花属植物的非凡赞歌,地质学、植物学、生态学的大量知识融贯其中,以文学的手法完美呈现"。中国新闻出版研究院数字出版研究所所长王飚认为,"这是一部将文学与博物学有机结合、实地探险与虚拟体验无缝对接的数字新媒体读物。读者可以从中感受到寻梦、圆梦、续梦大树杜鹃王的历程,切实领略作者呼唤生态道德的初心。通过丰富多彩的博物学知识呈现,解答自己心中的疑惑;更可以通过书中丰富的虚拟实景、音视频、图片资源,理解绿水青山环绕中的大树杜鹃王,以及它所寄托的梦想远方"③。两位专家都从各自专业的角度对刘先平这部新作的"新特点"给予充分肯定。2018 年该书获得首

① 习近平.决胜全面建成小康社会 夺取新时代中国特色社会主义伟大胜利:在中国共产党第十九次全国代表大会上的报告[G]// 中国共产党第十九次全国代表大会文件汇编.北京:人民出版社,2017:40-41.

② 韩进.新时代安徽儿童文学新追求[C].文艺百家,2018(1-2):38-39.

③ 文中引用刘华杰、王飚的文字见他们为《续梦大树杜鹃王》写的推荐评语,见该书封底。

届“中国自然好书奖”（华文原创奖）。2019 年，刘先平以作品《魔鹿》代表中国大自然文学作家首次获得国际大自然文学奖——第三届比安基国际文学奖(同时获奖的还有一位中国大自然文学作家黑鹤)。2019 年 7 月 24 日，中共中央宣传部主管、《党建》杂志社主办的“党建网”，全文转发了刘先平的《呼唤生态道德》一文，以及选刊刘先平长篇纪实文学《美丽的西沙群岛》一部分，传递出刘先平的大自然文学创作和“呼唤生态道德”的大自然文学主题已经上升到党和政府高度重视的程度，被纳入国家生态文明建设和美丽中国建设的发展战略，这既是鼓励肯定，更是希望和动力。在做好大自然文学创作和研究的同时，刘先平又将大自然文学新人培养和大自然文学队伍建设提上重要议程，在他的策划和组织下，安徽大学大自然文学协同创新中心、刘先平大自然文学工作室和长江少年儿童出版社(集团)有限公司共同举办“大自然文学作家班”，首届作家班学员 39 人，是从安徽大学在校生中招收的学生。刘先平大自然文学工作室负责聘请在全国有影响力的大自然文学作家、评论家授课，同时将云南的高黎贡山、湖北的神农架、安徽的“两山一湖”（黄山—九华山—太平湖）等大自然保护区作为学员的创作考察基地，他们中间已经有人发表了大自然文学作品和评论文章。创建“大自然文学作家班”，充分发挥安徽大学在大自然文学教学科研方面的优势，培育未来的大自然文学人才，这是一项放眼长远的战略决策，也是安徽大自然文学界持之以恒推进大自然文学的有力行动，必将对安徽大自然文学发展和中国大自然文学繁荣发挥积极作用。

四、安徽大自然文学与世界同步

早在刘先平创作大自然探险长篇系列之初，1988 年前后，苏联儿童文学杂志就介绍了刘先平的创作情况。1991 年，刘先平应国际儿童文学研究会邀请参加在巴黎召开的会议，会议期间介绍了中国儿童文学和大自然文学的创作发展情况，引起强烈反响，演讲论文收入会议文集由法国兰希出版社出版。此后又多次应邀赴英国、美国、加拿大、南非、澳大利亚等国访问讲学，正是在多次出访交流中，感受到起步阶段中国大自然文学与世界各国五彩缤纷的大自然文学的巨大差距，刘先平才有了强烈的冲动和愿望——创作具有中国特色的大自然文学，让中国大自然文学“走向世界”。

2008 年，刘先平的《我的山野朋友》获国际儿童读物联盟荣誉作家奖。2010 年刘先平获得国际安徒生奖提名，2011 年、2012 年连续两年被列为林格伦纪念文学奖候选人。刘先平的大自然文学作品也被译成英文、法文、波兰文等多种语言在国外出版，获联合国教科文组织和国际儿童读物联盟联袂推荐。2014 年 10 月，刘先平组织召开首届“大自然文学国际研讨会”，来自美国、俄罗斯、英国、瑞典等国的大自然文学专家介绍交流了各国大自然文学的发展情况,会议得出一个结论:中国大自然文学与世界同步,代表作家作品即是刘先平的创作,重要作品有:“大自然探险 · 寻找系列”(2001,4册)、“东方之子刘先平大自然探险”系列(2003,8册)、“大自然在召唤”系列(2008,9册)、“大自然探险 · 海洋系列”(2012—2017,3册)。2019年,刘先平获得比安基国际文学奖荣誉奖,学界也开始了以中国作家刘先平与俄罗斯作家比安基为代表的中俄大自然文学的比较研究。日前,第二届“大自然文学国际研讨会”正在筹划落实之中,相信在不断深入地交流、启发、借鉴中,中国大自然文学以“讲好美丽中国故事”的鲜明特色,融入世界大自然文学潮流,在走进世界大自然文学舞台中央的进程中,为构建人与自然和谐共生、人类命运共同体的美好明天,做出中国大自然文学的应有贡献。

中国大自然文学 40 年[①]

中国大自然文学成为一种明显的文学现象，发端于新时期安徽作家刘先平的大自然探险文学创作，形成于新世纪安徽儿童文学界对大自然文学的倡导，到新时代在文学界呈现出百花齐放的繁华景象。这一进程已经有了 40 年历史，到了应该给“中国大自然文学现象”一个说法的时候了。

这里的大自然文学是现代文学观念，指与生态时代人与自然和谐发展要求相适应的文学，也称自然文学。它以人与自然关系作为审美对象，反映生态危机的现实，追寻人与自然和谐共生的理想，以生态道德主题建设生态文化。包括大自然探险文学、生态文学、环保文学等多种文学形式。广义的大自然文学指以自然为题材的文学。

一、中国大自然文学发展的“两个同步”和“三个阶段”

中国大自然文学 40 年，以刘先平创作为代表，有两个显著特征：一是与中国改革开放同步；二是与世界大自然文学同步。这两个同步贯穿于新时期、新世纪、新时代三个发展阶段。

（一）两个同步：与改革开放同步、与世界大自然文学同步

一代有一代之文学。“两个同步”就是文学与时代关系的本质呈现，也是把握中国大自然文学的“初心与使命”的一把钥匙。

1977 年 8 月，中共十一大宣布“文化大革命”结束。1978 年 12 月，十一届三中全会召开，重新确立了党的实事求是的思想路线，停止使用“以阶级斗争为纲”的口号，把

---

① 该文为 2019 年 9 月 18 日至 22 日在云南临沧召开的中国作家协会儿童文学委员会 2019 年会暨中国儿童文学论坛上的大会交流发言，会后其要点以《刘先平与中国大自然文学 40 年》发表于《中华读书报》2019 年 12 月 11 日第 16 版。

全党的工作重点和全国人民的注意力转移到社会主义现代化建设上来，实行改革开放的伟大决策，中国社会主义建设进入新时期。1979 年 10 月，以十一届三中全会精神为指导，第四届文代会召开，文艺战线重申“百花齐放，百家争鸣”的方针，大自然文学与伤痕文学、反思文学、寻根文学、改革文学等文学思潮一起，将新时期的中国文坛装点得热闹非凡。

最先涉足大自然文学创作的是安徽青年作家刘先平。1977 年下半年，人民文学出版社编辑周达宝来安徽向刘先平约稿，但那时的刘先平还不敢答应稿约，过去的教训让他心有余悸、诚惶诚恐，他不得不汲取教训，小心翼翼。

这还得从刘先平两次“因为文学”而被批判的经历说起。刘先平自幼热爱文学，文学却给他带来伤害。1957 年，还是中学生的刘先平就开始发表诗歌、散文等作品。1958 年，刘先平考进杭州大学中文系后，在主办中文系刊物《水滴石》时因发表不同的文学观点受到批判，1961 年大学毕业前得到改正。1963 年，在中学教书的刘先平，再次因为评论文章的观点在报上被公开点名批判。1972 年，为纪念《在延安文艺座谈会上的讲话》发表 30 周年，刘先平被调到恢复出版的《安徽文学》做编辑。

1978 年是刘先平人生的转折点。这年 5 月，刘先平在“文革”中受到的错误批判被改正。之后的第三天，刘先平就赶到了皖南山区与野生动物考察队会合，继续他的大自然探险。也正是在这次大自然探险中，刘先平做出了人生的“伟大决定”——决定答应出版社的约稿，恢复甩笔 15 年的创作，创作大自然文学。

为什么要创作大自然文学？这和刘先平的编辑生活、童年生活、大自然探险生活密切相关。

在《安徽文学》做编辑期间，编辑部对稿源采取由编辑分片负责联系的编稿制度，刘先平主动要求负责皖南地区的来稿，这样他每月就有一周时间可以到皖南地区联系作者并深入生活，想着离身边的社会远一点，安全一点，也是想在自然的宁静里获得心灵平静的一种生活方式。

为什么在自然的宁静里可以获得心灵的慰藉呢？这与刘先平的童年体验有关。1938 年 11 月 22 日，刘先平生于安徽巢湖北岸的长临河镇西边湖村，5 岁时不幸失去双亲成为孤儿，孤独的心让他本能地远离人群，亲近自然，成了以湖边为家的“野孩子”，就像刘先平在散文《咕里咕，咕里咕》的开头写道的，“我的童年，应到故乡的沙滩、巢湖、草滩、苇丛中去寻找”，“在这片充满生意，熙熙攘攘的湖边世界，给我幼小心灵倾注了无限深厚的爱、爱的种子。以后，我常常去崇山峻岭、大漠戈壁、雪峰冰川、江河湖海，寻找它生出的绿叶、开出的紫色小花、飞出的鸟群、启航的白帆，以及五光十色的幻想”。孤独童年与自然为伴的生活经历，以及两次被错误批判的世态炎凉，让他的心总想着回到童年的大自然，和大自然的动植物在一起，他的心里才有宁静，才有安全感。

仿佛是命里注定，刘先平在皖南山区的大自然中放任自我的时候，却与一支野生动物考察队相遇，他们是从省城大学来黄山考察野生动物生态的大学师生，年龄相仿，环境相似，他们相见恨晚，很快融为一体，刘先平成了科考队的一员，也由此改变了刘先平的文学人生。刘先平回忆说："正是他们的点化，使我突然明白了这么多年在大自然中寻找的是什么，突然明白了'自然保护''生态平衡''人与自然和谐'以及野生生物世界对于人类的意义……他们领着我到达了山顶，回头一看，我所走过的那片世界已完全改变，是一片崭新的神奇的世界，充满了科学，充满了造化"，"是这些科学家领我走出了'大自然属于人类'的误区"，"是他们把我领到'人类属于大自然'的境界。在这个境界里，每走一步，都美不胜收"。然而，随着考察的深入，"目睹了大片森林被乱砍滥伐、水土流失正在加重……自然生态一种破坏的恶果，引起了我们的痛心疾首"。

多年的大自然探险生活，在作家刘先平心里逐渐起了波澜，有了越来越强烈的创作冲动。但直接促使刘先平做出恢复文学创作并创作大自然文学决定的，正是 1978 年 5 月刘先平平反后的那次大自然考察。2008 年，刘先平在《跋涉在大自然文学的 30 年》中有一段文字生动记述了当时的心路历程：

> 在黎明鸟的叫声中醒来，走到山岭，山野的清香扑面。我深深地吸了几口，似乎已将一夜的污浊涤荡。
>
> 晨曦正将天宇展现，欢快的鸟鸣中，山谷里逸出了淡淡的、丝丝缕缕的云丝，山岚飘忽着，在绿的森林上空汇聚，宛如怒放的望春花。清风裹着花的芬芳，柔柔拂动，露珠滴滴答答地响着……啊！山谷中升起一朵白云，冉冉飘浮，云花灿烂，在绿海中，在山的怀抱里中，变幻无穷；山在动，树在动，鸟在唱……充满生命的欢乐，大自然展示出无比壮丽、宏伟、惊人的和谐之美……太阳出来了，一道电光石火突然耀起——创作的冲动，激得我透不过气来，听到了大自然的呼唤，心灵已追着森林、白云、红日……这么多年来，在大自然中探险的种种生活，都成了生动的无穷的画卷展开……
>
> 是的，就在那个早晨，就在那座山岭，就在山谷里升起一朵白云时，以后几部长篇小说中的无数场景、人物都鲜活地在脑海中展现……
>
> 是的，就在面对着山谷里升起的一朵朵白云，我决定恢复文学创作，写在大自然中的见闻、思考，写我和大自然一脉相通的对话。以所展现的画卷，只有长篇小说才能表达。虽然我停笔了十多年，虽然我从未写过小说，更未写过长篇小说，但我有着最坚强的依靠——大自然母亲。

就是在这样的心境、冲动和憧憬下，刘先平以自己的大自然文学创作开启了中国新时期儿童文学的新景象。1978 年 10 月，第一部描写在猿猴世界探险的长篇小说《云海探奇》脱稿，经过三次修改，1980 年初由中国少年儿童出版社出版，《人民日报》以《开拓出一片新天地》发表了评论。此后一发不可收，1979 年描写在梅花鹿世界探险的长篇小说《呦呦鹿鸣》由人民文学出版社 1981 年出版。1980 年描写在鸟类世界探险的长篇小说《千鸟谷追踪》由中国少年儿童出版社 1985 年出版。上述三部长篇小说堪称"姊妹篇"，都是描写作者在安徽皖南黄山地区野生动物世界探险的故事，有着相同的人物、事件串联，但又各自独立成篇。1983 年，刘先平"走出安徽"，深入四川考察大熊猫生态，创作了在大熊猫世界探险的长篇小说《大熊猫传奇》，由人民文学出版社 1987 年出版。这一年，刘先平将他在大自然探险中写的散文结集为《山野寻趣》由安徽少年儿童出版社出版。从 1978 年到 1987 年的 10 年间，刘先平先后创作了 4 部大自然探险长篇小说和 1 部大自然探险散文，成为中国大自然文学的奠基之作。

没有改革开放，就没有刘先平的大自然文学创作。当刘先平将他的大自然探险长篇小说《呦呦鹿鸣》交给人民文学出版社出版时，刘先平对曾经于 1977 年率先向他约稿的周达宝编辑表示歉意，向她解释了自己当时的顾忌。周达宝说，不是改革开放我也不敢向你约稿，还有你写云海、写猿猴、写梅花鹿，颂扬感恩自然、保护野生动物、提倡人与自然和谐，这些内容在改革开放之前，也是根本不可能出版的。

没有改革开放，就没有刘先平的大自然文学创作。刘先平多次在文章中写道，"1978 年已用金色的大字载入了史册，闪耀着时代的光芒，党的十一届三中全会吹响了改革开放的号角，从此展开了中华人民共和国辉煌的篇章"，"1978 年对我来说，也是人生的新的一页。这年 7 月，我带着一包稿纸，捡起了被甩掉 15 年的笔，悄悄地到了大别山的佛子岭水库，开始了艰难的文学的大自然探险：四十年来一直在天地间跋涉"。

1996 年，刘先平将上述 5 部作品结集为"刘先平大自然探险长篇系列"，由中国青年出版社出版，浦漫汀教授在审读全部书稿后对刘先平说："你以崭新的人与自然的关系审美，写出的是最新的大自然文学，有鲜明的特点，是中国的大自然文学。"世界上大自然文学流派的真正兴起，也是在七八十年代，如美国自然文学。

无独有偶。自 1987 年创作《伐木者，醒来》后专注于生态文学创作的徐刚，2017 年在其获得鲁迅文学奖的作品《大森林》里也写道："中国自然文学的出现在时间上具有两个特征：与中国改革开放同步，与西方尤其是美国自然文学的复兴同步。这两个'同步'体现了以发展经济为主导的中国改革开放的丰富与复杂，也是中国和世界面临着共同的生态恶化的明证。"[①]

中国大自然文学与世界同步，刘先平创作是突出代表。早在刘先平创作大自然探

---

① 徐刚. 大森林 [M]. 北京十月文艺出版社，2018：412.

险长篇系列之初，1988 年前后，苏联儿童文学杂志就介绍了刘先平的创作情况。1991 年，刘先平应国际儿童文学研究会邀请参加在巴黎召开的会议，会议期间介绍了中国儿童文学和大自然文学的创作发展情况，引起强烈反响，演讲论文收入会议文集由法国兰希出版社出版。此后又多次应邀赴英国、美国、加拿大、南非、澳大利亚等国访问讲学，正是在多次出访交流中，感受到起步阶段中国大自然文学与世界各国五彩缤纷的大自然文学的巨大差距，刘先平才有了强烈的冲动和愿望——创作具有中国特色的大自然文学，让中国大自然文学“走向世界”。

2008 年，刘先平的《我的山野朋友》获国际儿童读物联盟荣誉作家奖。2010 年刘先平获得国际安徒生奖提名，2011 年、2012 年连续两年被列为林格伦纪念文学奖候选人。刘先平的大自然文学作品也被译成英文、法文、波兰文等多种语言在国外出版，获联合国教科文组织和国际儿童读物联盟联袂推荐。2014 年 10 月，刘先平组织召开首届“大自然文学国际研讨会”，来自美国、俄罗斯、英国、瑞典等国的大自然文学专家介绍交流了各国大自然文学的发展情况，会议得出一个结论：中国大自然文学与世界同步，代表作家作品即是刘先平的创作，重要作品有：“大自然探险 · 寻找系列”（2001，4 册）、“东方之子刘先平大自然探险”系列(2003，8 册)、“大自然在召唤”系列(2008，9 册)、“大自然探险 · 海洋系列”（2012—2017，3 册）。2019 年，刘先平获得比安基国际文学奖荣誉奖，学界也开始了以中国作家刘先平与俄罗斯作家比安基为代表的中俄大自然文学的比较研究。相信在不断深入的交流、启发、借鉴中，中国大自然文学以“讲好美丽中国故事”的鲜明特色，融入世界大自然文学潮流，在走进世界大自然文学舞台中央的进程中，为构建人与自然和谐共生、人类命运共同体的美好明天，做出中国大自然文学的突出贡献。

“两个同步”揭示了一个现实：中国大自然文学的发生有其深刻的社会原因。20 世纪中期以来，西方工业大革命和中国“文化大革命”给大自然生态带来的毁灭性破坏集中爆发，大自然开始以大污染、大洪水等多种方式报复人类，人类也在大灾难中惊醒，开始反省自己“不道德”对待大自然的行为，开始通过调整“人与自然的关系”，来达到修复、重建、保护大自然生态，实现人与自然和谐共生的绿色发展。文学是时代的晴雨表，一种面对生态危机的现实、以生态审美为特征、与生态文明时代同步调的大自然文学便应运而生，并且与时俱进，经过 40 年的发展，不仅成为中国文学中独树一帜的文学现象，而且融入世界大文学潮流，与世界大自然文学同步，为建设美丽中国、构建人类命运共同体贡献文学的力量。

（二）三个发展阶段：新时期　新世纪　新时代

中国大自然文学 40 年“两个同步”的独特历程，其主题深度和表现形态的演进，呈现新时期、新世纪、新时代三个不同的发展阶段。

1. 新时期大自然文学(1978—2000)

新时期大自然文学是中国大自然文学的启蒙期和发生期,热爱自然、保护环境是其基本主题。中国大自然文学萌芽于新时期文学的开放格局中,带有新时期文学寻根反思的性质。大自然文学作家面对环境破坏和生态失衡的现实,开始有意识地在大自然书写中,反思人类对待大自然的行为,将生态批评融入现实主义文学创作,突出人与自然和谐发展的时代主题,颠覆了一个"文学是人学"的传统观念,开拓了中国新时期文学的新疆域和新境界。主要作品有刘先平的"刘先平大自然探险长篇系列"(5 册)和徐刚的"守望地球系列"(6 册)。长篇纪实风格的探险文学和生态报告文学是其主要表现形式。

2. 新世纪大自然文学(2000—2017)

新世纪大自然文学是中国大自然文学的正名期和发展期。直面生态危机的现实、呼唤生态道德是其基本主题。名不正则言不顺。发生期的中国大自然文学创作,首先从儿童文学界脱颖而出,刘先平的大自然探险文学被称作"大自然文学"。1999 年蒋风、韩进著述的《中国儿童文学史》第一次以"刘先平的大自然文学创作"为标题,在文学史上给予刘先平"中国大自然文学作家"的身份。2000 年,刘先平在"安徽儿童文学创作趋势研讨会"上,第一次提出了面向新世纪的安徽儿童文学创作,应该"以大自然文学"为发展方向,并成立"大自然文学创作研究中心",在文学界首举"大自然文学"的旗帜。2001 年,束沛德在《新景观　大趋势:世纪之交中国儿童文学扫描》中,将"安徽大自然文学"与"浙江的幽默儿童文学""江西的大幻想文学"并称为 20 世纪 90 年代中后期中国儿童文学界高扬的"三面美学旗帜",大自然文学开始从安徽走向全国,引起中国儿童文学界的关注。2003 年,安徽儿童文学界主办"大自然文学研讨会",第一次将"大自然文学"作为一种重要的文学现象给予专题研讨和大力倡导,与会专家对大自然文学概念、源流、特征、价值与意义进行全面探讨,形成了关于大自然文学的基本概念和初步理论。此后"大自然文学"成为安徽文学优先扶持发展的文学品牌,实现了"两个走出"的大发展——走出安徽,走出儿童文学,成为中国大自然文学的"第一个高峰期"。又经过 10 年的发展,到 2014 年安徽举办"大自然文学国际研讨会"时,来自美国、俄罗斯、英国、瑞典等国的大自然文学专家介绍交流了各国大自然文学的发展情况,得出一个结论:中国大自然文学与世界同步,代表作家作品即是刘先平的创作。这一时期刘先平的主要作品有:"大自然探险·寻找系列"(2001, 4 册)、"东方之子刘先平大自然探险"系列(2003, 8 册)、"大自然在召唤"系列(2008, 9 册)、"大自然探险·海洋系列"(2012—2017,3 册)。

这一时期的重要成果是对大自然文学概念的认识日益理论化、学科化、产业化。刘先平认为,大自然文学对"文学是人学"的传统观念加以新的诠释,以人本主义与生态主义相结合的科学自然观，书写人与自然的故事，歌颂人与自然和谐共生的理想，以文学的力量呼唤生态道德，推进生态文明建设。随着刘先平大自然文学工作室、安徽大学大自然文学研究所、安徽大学大自然文学协同创新中心等以大自然文学为核心的社会组织相继成立，形成了创作、科研、教学、产业“四位一体”的大自然文学新格局。从来还没有哪一种文学能够像大自然文学这样将文学创作、文学教育、文化创意和文化产业融合起来，将文学反映社会生活又反作用于社会变革的作用生动表现出来，大自然文学的价值和意义也因此得到充分体现，大自然文学在文学大家庭的地位也日益凸显并确立起来。

3. 新时代大自然文学(2017以来)

新时代大自然文学指十九大以来以习近平生态文明思想为指导的新阶段。培育生态文化、建设美丽中国是其基本主题。十九大报告提出了“加快生态文明体制改革，建设美丽中国”的新任务，明确指出“我们要建设的现代化是人与自然和谐共生的现代化”，强调“人与自然是生命共同体，人类必须尊重自然、顺应自然、保护自然。人类只有遵循自然规律才能有效防止在开发利用自然上走弯路，人类对大自然的伤害最终会伤及人类自身，这是无法抗拒的规律”。从此，“绿水青山就是金山银山”的绿色发展理念深入人心，生态文明被纳入社会主义核心价值观，要求从娃娃和青少年抓起，从家庭、学校教育抓起，引导全社会树立生态文明意识。把生态文明教育作为素质教育的重要内容，纳入国民教育体系和干部教育培训体系，要求将生态文化作为现代公共文化服务体系建设的重要内容，挖掘优秀传统生态文化思想和资源，创作一批文化作品，创建一批教育基地，满足广大人民群众对生态文化的需求，形成人人、事事、时时崇尚生态文明的社会氛围，推动形成人与自然和谐发展的现代化建设新格局，为保护生态环境做出我们这代人的努力。

在十九大精神和习近平生态文明思想指导下，大自然文学承担起培育生态文化和建设美丽中国的文学使命，得到社会广泛关注，出现了发展大自然文学的新气象。中宣部党建网连续转载刘先平的《呼唤生态道德》理论文章和《美丽的西沙群岛》等大自然文学作品，将其作为新时代党和国家建设生态文明的学习材料。八十高龄的刘先平也推出全媒体大自然文学新作《续梦大树杜鹃王》，讲述了他37年间“三上云南高黎贡山”寻梦、圆梦、续梦的追梦故事，用文学、视频、微信等全媒体形式，浓缩了近百年来几代中国科学家追寻中华民族伟大复兴“中国梦”的心路历程和奋斗精神，成为新时代中国大自然文学的新高峰。为培养大自然文学作家队伍，在刘先平的提议和策划组织下，2019年5月，刘先平大自然文学工作室和安徽大学大自然文学协同创新中心、长江少年儿童出版社(集团)有限公司共同举办的“大自然文学作家班”开班。第二届“大自然文学国际研讨会”也在紧张有序地筹办中。

与此同时,倡导大自然文学成为新时代文学的一种时尚。一批有心人加入大自然文学活动,引进“比安基国际文学奖”,设立“中国自然好书奖”,主办“大自然原创儿童文学作品征集活动”,召开多种形式的“自然与文学”论坛,出版“大自然文学理论丛书”,等等,呈现出复兴大自然文学的喜人景象。种种迹象表明,新时代将迎来中国大自然文学的大发展、大繁荣。

二、中国大自然文学发展的“两条河流”和“三大景观”

文学是一个大家庭,大自然文学是其中一员。作为生态文明时代的大自然文学,自有其久远的中华文化传统。中华传统文化有“天人合一”的哲学观、“道法自然”的发展观、“和而不同”的文化观、“乐山乐水”的人生观,反映到文学里,大自然是文学创作的永恒母题,神话、传说、民间故事等远古文学,在本质上可以说是人类对自然现象以及人与自然关系的解释。中国第一部诗歌总集《诗经》中就有上百种动植物的描写,南北朝时期谢灵运《登池上楼》开创了中国山水诗派,明代徐霞客的《徐霞客游记》达到了中国山水旅游探险纪实的高峰,20 世纪中叶高士其笔下的大自然科普创作已经包含了现代大自然文学的科学自然观。可以说一部中国文学史,从自然母题创作的视角看,也是一部“人与自然关系”的审美史,为 20 世纪七八十年代大自然文学的兴起做了充足的文学准备。

(一)两条河流:大自然文学的“长江”与“黄河”

人类文明进入生态时代,一种与之相适应的大自然文学便会应运而生。追寻中国大自然文学 40 年的足印,可以发现,在儿童文学和成人文学各有一条大自然文学的河流,像长江和黄河那样,横穿文学大地,奔流不息向前,汇聚成中国大自然文学的主潮。

从儿童文学出发的大自然文学,以刘先平的大自然探险文学为代表,好比风景如画的长江,虽然生态环境受到破坏,但生态基本完好,仍然青山绿水、生机盎然,其美学特征是宁静与和谐。作品描绘青山绿水的自然美,礼赞生存竞争的生命美,讴歌休戚与共的和谐美,洋溢着爱自然爱祖国爱人类的美好情感,呼唤以生态道德维系人与自然血脉相连的纽带,坚信唯有以生态道德修身济国,人与自然的和谐之花才会遍地开放。沿着这条河流,有刘先平的大自然探险文学、吴然的大自然散文、胡东林的北方森林故事、浬鎏洋的兴安岭黑熊传奇、黑鹤的草原动物故事、韩开春的博物学科普读物、毛芦芦和李姗姗的自然观察笔记等作家作品,以及“大自然文学研讨会”(安徽黄山,2003 年 11 月 6 日至 10 日)、“大自然文学作家班”、“大自然原创儿童文学作品征集活动”、“比安基国际文学奖”评选等大自然文学活动。这条发源于儿童文学的大自然文学河流,从发自童心的自然之爱为保护动物、保护森林、保护生命放歌，到从环境伦理、生态批评、文明建设的时代高度为生态文明时代高歌，已经“走出了儿童文学的藩篱”，汇入文学大家庭的海洋了。

稍后于儿童文学，成人文学界也“涌现”出一支大自然文学河流，以徐刚的生态环保文学为代表，好比黄河，虽然生态环境得到修复和重建，但生态破坏严重，仍然水土流失、满目疮痍，其审美特征是苍凉和悲壮。作品直面生态危机的残酷现实，毫不留情地对人、人性进行解剖与批判，力图使人回归原点——动物——万类万物之一种，让人类看清自己在大自然中的位置，以天道自然为中心，呼告着使大地成为完整集合的大地，成为人类的家园，坚信唯有人与万类万物完整集合的大地，才是永续之地。沿着这条河流，有徐刚的生态报告文学《伐木者，醒来》《大森林》、哲夫的生态报告文学“江河三部曲”（《黄河生态报告》《长江生态报告》《淮河生态报告》）、苇岸的自然文学《大地上的事情》、李文波的生态文学思考《大地诗学》等，以及“大自然文学研讨会”（新疆喀纳斯，2016年6月28日）、“‘自然与文学’论坛”（山东高密，2018年9月25日）、“中国自然好书奖”（深圳，2018）等大自然文学活动。这条发源于成人文学的大自然文学河流，在反思人类中心主义的批判中，越是回归自然的本质，越是充满诗意和童心，从当初直面生态的挑战，为保护生态呼号，到寻寻觅觅、真真切切地赞美江河流水、山花水草、大漠胡杨、戈壁苍凉，中国大自然文学越来越呈现出沉思的力量和童心的纯美。

发源于儿童文学和成人文学的两条大自然文学河流，带有“儿童的”和“成人的”不同视角与审美期待，各有其性情，各有其风景、各有其气象，成为中国大自然文学的两大支柱、两条山脉、两座高峰。它们相望两不厌，相互借鉴、相互促进、相互交融，在人与大自然关系的本质认识上，在大自然与文学关系的审美表现上，渐行渐近，相融相通了。“两条河流”的奔涌，体现了生态时代对文学的要求，也反映了大自然文学是生态时代的文学自觉。这一自觉意识让人们反顾以往的文学历史和当下的文学现象，还发现书写大自然的文学不仅由来已久，而且丰富多彩，不是只有“儿童的”和“成人的”两种典型的大自然文学，在这两条大河之外，还有一个更广泛、更丰富、更多彩的“非典型大自然文学”世界——以大自然为题材的文学书写，偏于自然的知识和草木的性灵，一般称之为科普文学和抒情散文。

（二）三大景观：生态自然美、生态道德美、生态和谐美

在大自然文学作家的眼里，大自然就是他心中的风景——植物是站着的风景，江河是流动的风景，而大自然文学中的风景，是大自然文学作家亲历的大自然，呈现在读者面前的是物景（所见）、声景（所闻）、心景（所思）及愿景（所想）的多维度风景，让你身临其境，流连忘返，在享受自然美和艺术美的同时，又得到道德和精神的升华。考察中国大自然文学的风景，在人与自然关系的审美中，呈现出三种不同的“美学景观”，也可以理解为大自然文学风景的“三个层次”。

1. 崇拜自然力的生态自然美

这类作品“以大自然为题材”，书写自然知识和草木情思，在认识自然中认识自我，在尊重生命中凸显人性，在保护自然中实现发展。生态自然美体现了大自然生态的完整美，实践中具有知识启蒙意义，习惯称之为科普文学、旅游文学或情景美文，是最广泛意义上的大自然文学。如高士其的《我们的土壤妈妈》、刘先平的《山野寻趣》、冯骥才的《万物生灵：冯骥才给孩子的散文》、汪曾祺的《万物有时》、甘草的《自然心：草木哲思》、祁云枝的《低眉俯首阅草木》、毛芦芦的《自然笔记》、许东冬的《养一缸荷养一缸菱》等。

2. 反思人类行为的生态道德美

这类作品关注人与自然的关系，直面生态危机的现实，反思人类在自然界中位置，要求人类承担起修复与重建自然生态的责任，以生态道德修身济国，不断调整人与自然的关系，建立和谐共生的生态文化。生态道德美体现了人类主动调节人与自然关系的人性美，实践中具有儿童文学的自然教育意义，习惯称之为探险文学、生态文学或儿童文学，是大自然文学最核心的内容。如刘先平的《大熊猫传奇》《走进帕米尔高原——穿越柴达木盆地》《追梦珊瑚》《一个人的绿龟岛》《续梦大树杜鹃王》、胡冬林的《神奇山谷》《巨虫公园》《野猪王》《原始森林手记》、黑鹤的《黑焰》《驯鹿六季》《狼谷的孩子》等。

3. 讴歌人与自然协调发展的生态和谐美

这类作品发忧患之声，在生态意识觉醒与生态环境压迫的双重意义上，发出拯救森林草木、江河大地的呐喊，呼唤人类要回到大地上，敬畏谦恭地面对一山一水一草一木，做大地和天籁的追问者、追随者，护卫大地、守望家园、寻找天籁、承担责任，以绿色发展理念憧憬人与自然和谐共生的美景。生态和谐美体现人类追寻自身终极命运的崇高美，实践中具有回归传统的哲理沉思意义，习惯称之为自然文学、生态文学或环保文学，是大自然文学的重要组成部分。如刘先平的《走进帕米尔高原——穿越柴达木盆地》《追梦珊瑚》、徐刚的《伐木者，醒来》《守望家园》、苇岸的《大地上的事情》、张炜的《九月寓言》、李青松的《遥远的虎啸》、王治安的“人类生存三部曲”等。

三、发展中国大自然文学的新挑战

在生态文明的新时代，大自然文学虽然迎来了千载难逢的发展机遇，但大自然文学作为一门新兴的文学门类，历史还很短暂，其对生态文明建设的重要性和重大作用，还没有得到文学界和社会的普遍认同，要实现大自然文学的大发展，还面临很多方面的挑战。主要来自五个方面：

（一）对大自然文学在文学中的独立品格和特殊地位的认识还不够坚定

大自然文学作为书写“大自然”的文学，有着与文学历史一样悠久的传统，人们很容易将生态文明时代的大自然文学与此前的以大自然为题材的文学混为一谈，因而文学界对大自然文学这一文学新现象缺乏敏锐观察，对大自然文学表现出的文学新特征缺乏敏感认识，对接受大自然文学这一新文学现象缺乏思想准备，仍然习惯以传统的“文学是人学”的文学观来评价和限制大自然文学的独立发展，孤立地、静止地、教条而不无武断地将大自然文学归入儿童文学、生态文学等文学形态的一部分，极大地束缚了大自然文学的发展空间，究其原因之一，还是脑子里或思想深处仍然有“人类中心论”的旧自然观作祟，还没有真正树立起“人与自然和谐共生”的生态文明自然观，因而，当大自然文学不以人们的意志成为了一种引人注目、别具一格的重要文学现象时，文学界还没有来得及接受这一新文学的形态，并给予其独立的文学门类来加以推进发展，思想认识上的“时代差”必将阻碍大自然文学的发展壮大。

（二）对大自然文学与生态文明建设密切关系的认识还不够透彻

大自然文学是伴随着生态文明时代而产生的新文学，它与生态文明建设的联系与生俱来，通过文学的力量进行生态文明教育。生态文明建设本来就是新时代中国特色社会主义建设的新课题，人们对生态文明建设的认识本身还有一个过程，对如何建设生态文明建设还在探索之中。面对生态危机的现实，人们往往首先想到并高度重视的是立竿见影的政策宣传和立法整治，对培养生态意识、宣传生态文化、养成生态文明的大自然文学，通过生态道德教育建设生态文明的潜移默化的效果，觉得远水解不了近渴，从而忽视了大自然文学的生态文明建设属性，没有能够将发展大自然文学提升到建设生态文明的时代高度，必将错失中国大自然文学发展的最佳时机。

（三）对大自然文学的理论研究与大自然文学的发展要求还不很适应

理论来自实践又指导实践，大自然文学有没有理论支撑是大自然文学是否具有独立的美学品格并由此形成独立文学门类的重要标准。因为大自然文学的历史还不长，大自然文学的重要地位还没有被广泛接受，对大自然文学的理论研究和学科建设也远远不够，目前尚处于起步阶段，主要是大自然文学作家的创作体会以及大自然文学作品研讨会的书评式短论，缺少将大自然文学作为一门学科来进行系统研究。在这方面，大自然文学作家刘先平走在了时代前列，他不仅以创作谈的形式发表了多篇大自然文学研究的文章，从创作实践出发来回答什么是大自然文学以及大自然文学的意义、任务及美学特征，而且不遗余力地组织和引导大自然文学研究，以“刘先平大自然文学工作室”为支撑，以安徽大学为基地，成立“大自然文学研究所”，出版《大自然文学研究》

辑刊,开办“大自然文学作家班”,编写大自然文学教材,已经有了初步成果。但中国大自然文学要发展,仅仅只有以刘先平为代表的安徽文学界、教育界对大自然文学的研究是远远不够的,需要得到文学界和教育界的普遍认同,形成中国特色社会主义建设生态文明新时代的大自然文学理论,以理论的力量助推中国大自然文学不断向前推进,不断繁荣发展。

(四)对大自然文学发展的组织引导还不够有力

大自然文学虽然是新时代一种引人注目的文学现象,但围绕大自然文学发展的有关组织还没有建立和发展起来,加速推进新时代大自然文学发展的文艺政策及重大活动引导也没有制定和规划出来,因而大自然文学的发展现状仍然处于一种自发状态,如果不能得到重视和支持,其前途也可能是自生自灭,或者说自由生长,游离于文学主潮之外,大自然文学对于生态文明建设的作用就不能发挥出来。中外文学史都说明,文学是时代的晴雨表,不仅是现实生活的“一面镜子”,还应该是人类文明前行的思想灯塔,自身发展还很不充分,其重要性和意义还没有得到充分体现。

(五)大自然文学作家创作力与大自然文学跨学科性质对创作的要求还有明显差距

大自然文学不是简单地书写大自然,核心是正确处理人与自然的关系,而“人与自然关系”这一古老命题,在新时代已经深刻地融入人与人、人与社会的关系中,需要作家具有博物学、环境学、生物学、生态学、社会学、人类学等多方面的自然知识和社会知识,需要作家具备创作大自然文学的“脚力、眼力、脑力、笔力”等综合能力,因而大自然文学创作比一般文学创作更难,难以形成普及模式,并不是人人都可以成为大自然文学作家,这让有心于大自然文学创作的作家也望而却步。因而,除像刘先平、徐刚等少数作家以外,真正投入大自然文学创作的作家还不多,优秀的大自然文学作品数量还很少,大自然文学的发展还难以快速形成蓬勃发展的繁荣局面,虽然进入新时代的大自然文学呈现出方兴未艾的喜人气象,但仍然困难重重、任重道远,需要全社会关注和文学界不断努力,从培养队伍和创作精品两个方面,扎实推进大自然文学的持续发展,为生态文明建设贡献作家的智慧和文学的力量。

虽然大自然文学的发展面临着严重挑战,但哪一种新生事物的成长壮大没有经历过困境甚至逆境的风吹雨打。人类发展已经进入生态文明时代,这个大方向是不可阻挡和不可逆转的,21 世纪将是以自然与人类和谐共处为主题的世纪,这就表明以探索人与自然关系为主题的大自然文学,不仅是现实的需要,而且是未来的需要。不仅如此,大自然文学反映的对象“大自然”就是一个永续不断的历史,人与自然的关系就是一个永恒不变的主题,就像爱情、战争和死亡一样,成为经久不息的话题和文学创作永恒的母题,大自然文学即使发展缓慢,那也没有关系,只要人类还存在,大自然文学就处在默默生长之中,有着与人类一样的命运。如今中国特色社会主义建设进入生态文明新时代,这是一个需要大自然文学的新时代,也必将是大自然文学繁荣发展的新时代。新时代的大自然文学虽然还很弱小,却代表着方向,以及与时俱进的品格,有着非常广阔的前景,值得信赖,值得期待,值得为之奋斗。

新时代大自然文学再出发[①]

——“生态文明视野下的当代大自然文学创作研讨会”述评

冬日的阳光，灿烂温暖。新时代生态文明建设的春风，送来大自然文学勃勃生机。为推进大自然文学创作及批评研究走深走实，2019 年 11 月 15 日至 17 日，安徽大学文学院、安徽大学大自然文学协同创新中心、安徽省文联文艺理论研究室、安徽省文艺评论家协会在合肥共同主办“生态文明视野下的当代大自然文学创作研讨会”。会议围绕大自然文学与生态文明建设、大自然文学创作研究与理论批评、中西文化交流与大自然文学比较研究、刘先平大自然文学创作研究等议题，展开广泛深入地研讨，吹响了新时代大自然文学再出发的号角。刘先平、鲁枢元、贺绍俊、吴怀东、赵凯、韩进等 40 多位专家学者和安徽大学大自然文学作家班学员参加会议。石海毓以《美国自然文学发展概述》为题给大自然文学作家班学员授课。

大自然文学作家刘先平作《为繁荣大自然文学而努力》的大会主旨发言。他回顾了 40 年来三次重要会议对推进大自然文学发展的作用和意义——2000 年“安徽儿童文学创作趋势研讨会”充分肯定了大自然文学的意义，举起了大自然文学的旗帜，确立了安徽创作优先发展大自然文学的方向，开始大自然文学倡导；2003 年“大自然文学研讨会”，高扬大自然文学旗帜，使之成为世纪之交中国儿童文学“三面美学旗帜”之一；2014 年“大自然文学国际研讨会”开启中外大自然文学交流，中国大自然文学主动融入世界大自然文学潮流。“三次会议”引导中国大自然文学从新时期出发，在新世纪发展，迈进生态文明的新时代，记录了大自然文学走出儿童文学、走出安徽、走向独立、走向世界的发展进程。生态文明是新时代精神文明建设的新主题，以“生态文明视野下的当代大自然文学创作研讨会”为题召开第四次会议，就是要以习近平生态文明思想为指导，谋划新时代大自然文学高质量发展，通过研讨会集聚大自然文学理论与评论队伍，研究大自然文学作家和大自然文学作品，构建大自然文学批评法则和理论框架，

---

① 该文为 2019 年 11 月 15 日至 17 日在合肥召开的“生态文明视野下的当代大自然文学创作研讨会”撰写的新闻通稿。

探讨大自然文学在培育生态道德与建设生态文化中的价值和作用，以文艺批评的力量助推大自然文学可持续高质量发展。刘先平还重点介绍了安徽大学和长江少年儿童出版(集团)有限公司联合开设“大自然文学作家班”的情况，强调发展好大自然文学的关键，是要培育一批文学新人和建设一支德艺双馨的作家队伍，寄希望于青年，唯有青年才有未来。

一、生态文明视野下刘先平大自然文学创作的再认识

刘先平是中国大自然文学的开拓者。他以“一木支大厦”的精神和气概，在大自然中探险 40 多年，引领中国大自然文学走过了 40 个年头，创建了“大自然文学门类”和“大自然文学学科”，被誉为“中国大自然文学之父”。从 20 世纪 80 年代发现大自然的价值到 90 年代提倡大自然文学，从新时期呼唤生态道德到新时代建设生态文明，刘先平始终走在时代的前列，他的名字和“大自然文学”紧紧连在一起。

在生态文明视野下审视刘先平大自然文学创作，对刘先平“呼唤生态道德”有了新认识。著名文艺理论家、评论家、黄河科技学院生态文化研究中心主任鲁枢元教授认为，应该从生态时代道德体系重建的高度来考察刘先平大自然文学创作的价值与意义，完全赞同刘先平从其旷野考察与大自然文学创作实践中得出的结论——生态道德的缺失是造成生态危机的根源，认为大自然文学作家在本质上是一位“生态人”，“走出去思考”应该是“生态人”的基本功，刘先平就是这样一位先知先觉的先行者。在生态灾难依然频频发生的当下，生态道德的培养既迫切需要，又任务艰巨，以文植德的文学负有义不容辞的责任。首都经贸大学自然文学研究中心主任石海毓认为，中外大自然文学作家在自然观上体现出生态整体观倾向，并以美国自然文学作家爱德华·艾比和中国大自然文学作家刘先平的大自然书写进行比较，指出艾比的大地伦理思想和刘先平的自然界整体思想的共同点，不是否定整个文明、科学和人类，而是批判人类的失误和科学至上主义，批判人类的狂妄自大和人类中心主义，主张人与自然和谐共生。西北大学雷鸣教授和河南师范大学王欣教授都指出刘先平大自然文学创作的“诗性”特征，雷鸣称之为“生态伦理的诗学演绎”，体现了人与自然平等相处的生态道德观；王欣称之为“行走的诗学”，饱含着对动植物世界的温情和责任。武汉大学汪树东教授认为《走进帕米尔高原——穿越柴达木盆地》是“一块生态文明的指路石”，刘先平不仅“以诗意的笔触描摹大自然，书写人与自然的故事”，更体现了生态视角的自觉性和意味深长的生态忧思。

安徽大学文学院院长、大自然文学协同创新中心主任吴怀东教授分享了他阅读

《追梦珊瑚》的“惊奇和快乐”，赞誉这是一部“我手写我心”的美文，以人与自然和谐之美写“呼唤生态道德”之心。大自然文学评论家薛贤荣认为，刘先平的大自然文学创作用艺术的手法，表现了真实的大自然，并将艺术的真、自然的真、科学的真与作家心灵的真诚融为一体，体现了“大自然、大情怀、大开拓”的鲜明特征。中国社会科学院李铮博士从刘先平《续梦大树杜鹃王》对“自然风景”的描写里看见人类“心灵的风景”——那是指向生态道德的和谐之花，刘先平“真实的叙述”是当下文学创作中极为宝贵的品质。安徽大学文学博士张玲从生态批评视野看刘先平大自然文学创作，将刘先平大自然文学创作分作“回归自然、讴歌自然、肩撑自然”三个阶段，探究其生态道德观所包含的个人、社会、人与自然和谐共生三个层次，指出刘先平大自然文学与国内兴起的生态文学思潮形成汇流，与西方生态主义运动同声同气，体现出“一个人的生态主义运动历程”。安徽大学文学院周志雄教授提出要研究“刘先平的文学视野和精神情怀”。安徽大学大自然文学协同创新中心理事长、安徽大学原党委书记李仁群提出了“研究作家刘先平”的新课题，不仅要研究刘先平创作的大自然文学作品，更要研究“刘先平这个人”，研究刘先平为什么创作大自然文学，为什么要“呼唤生态道德”，为什么要把自己宝贵的时间和精力倾注到大自然文学作家班上，是什么力量支持他四十年如一日为大自然文学奔走呼号，在作家刘先平身上体现了怎样的精神追求；要研究“刘先平精神”在创作中的影响以及对新时代发展大自然文学的意义。

二、大自然文学是人类文明发展到更高阶段的产物

在生态文明视野下聚焦当代大自然文学现象，对大自然文学有了新思考新收获。一代有一代之文学，大自然文学是生态文明时代的新文学，是适应新时代人民美好生活对精神产品的新需求。沈阳师范大学教授、中国当代文学研究会副会长贺绍俊在《人类的大自然或大自然的人类》中认为，“如何处理人类与自然的关系、如何处理经济发展和环境发展的关系，是一个非常复杂的问题”。认为“大自然是人类的大自然，美好的大自然要靠人类来维护和建设，我们保护和建设一个美好的大自然，其目的就是要让人类有一个美好的未来；同时，人类又是大自然的人类，是大自然孕育了人类，塑造了人类，大自然的盛衰决定着人类的盛衰，人类也许永远属于大自然”。通过比较中外两位作家在不同文化背景下创作“生态问题小说”的“生态叙述”特点，贺绍俊提出要“重新认识文学中对人类与自然关系的书写”，因为“过去的文学存在着太多的问题”，即使像《鲁滨孙漂流记》《老人与海》这样经典作品，也在张扬人类力量和个性的同时，传达出人类违反自然规律、与自然为敌的“人类中心主义”的偏颇，而“生态文学是更高端

的文学，它是人类文明发展到更高阶段时的产物，它代表未来，它也是文学面对现实问题的有力应答”。正是在这个意义上，贺绍俊评价“刘先平 40 多年来执着于大自然文学的写作，并在此基础上提出生态道德问题，他的文学实践可以说是在努力建构生态道德并倡导生态道德的实践。刘先平是值得人们尊敬的一位作家”。

有什么样的自然观就有什么样的大自然文学，大自然文学最能反映作者的自然观。安徽大学文学院博士胡安琪从迟子建的小说《候鸟的勇敢》里看到了“三种自然观”——“候鸟人”代表现代主体自然观、“留守人”代表朴素万物有灵观、“黑脸人”代表主体间性自然观。雷鸣和胡安琪不约而同地借用德国哲学家胡塞尔的“主体间性”学说，打破人与自然的主客二元对立，强调人与自然互为主体，是主体与主体间的共在，彼此尊重、沟通、对话、互动与理解，认为动植物也具有其主体性以及与之相应的权利和它所体验到的世界。当所有生命的主体性和权利都获得承认之后，人与人、人与自然、自然与自然的关系就是一种主体间性关系。人与自然关系的复杂性，正是当今社会人与自然矛盾的真实写照。矛盾是一种常态，和谐是矛盾的统一，中国人民大学邓小燕博士让我们从“一场自然书写的论争”得到启发。论争发生在当代中国生态文学作家止庵和苇岸之间，却是穿越了 4 个世纪关于人与自然关系的心灵对话。20 世纪中国文学家周作人(1885—1967)的“草木虫鱼之学”，与 19 世纪美国博物学家梭罗(1817—1862)的自然文学经典《瓦尔登湖》和 18 世纪英国博物学家怀特(1720 —1793)有“生态的圣经”之称的《塞耳彭自然史》跨越时空的链接，让人们在“真假隐士”的辩论中有了“两个发现”：一是发现了博物学与大自然文学的关系由来已久；二是发现了周作人的“草木虫鱼之学”对中国大自然文学书写的启示。

从人与自然关系的审美出发，建立中国大自然文学美学框架，开展中国大自然文学的文本研究成为关注热点。江西省社会科学院副研究员、《鄱阳湖学刊》编辑王俊暐以《大自然文学概念界定及其中国特质》为题，探讨大自然文学在中国生态批评话语体系中的建构及其与中国当代文学乃至世界文学接轨，提出要加强中国大自然文学的理论建构，形成完善的话语体系；要推进大自然文学与生态批评的双向繁荣，消弭大自然文学与生态批评脱节的状态；希望独具中国特质的大自然文学真正成为当代文学的生力军之一，与生态批评一起为生态文明建设贡献文学的力量。合肥学院任雪山副教授从大自然文学的兴起、定位、特征、主题、创作风格、美学形态和教育意义等八个方面，对大自然文学研究现象进行耙梳，让人们对大自然文学 40 年的评论研究有了整体把握和宏观印象。从生态文明视野看大自然文学现象，安徽大学大自然文学研究所所长、大自然文学协同创新中心副主任赵凯教授从中国大自然文学生成与发展的历史，研究“大自然文学的审美特征与思想基础”，为大自然文学理论话语构建寻找学理基础。这一研究成果也收入到由他牵头主持的省级社科重点项目《生态文明视阈中的“大自然文学”研究》课题，目前该课题已经通过结项验收。这是一部以生态文明视野研究大自然文学的最新理论成果，也将是我国第一部《大自然文学论纲》式的教科书。该书以马克思主义生态观为指导，结合中国大自然文学创作实践，对大自然文学进行了系统研究，回答了“什么是大自然文学”“大自然文学的审美特征及其价值”“发展大自然文学与建设生态文明的关系”等关于大自然文学学科建设的基础理论问题。聚焦大自然文学基础理论的研究是中国大自然文学理论自觉的体现，也是中国大自然文学走向独立和成熟的标志，建立中国大自然文学的批评标准和理论系统，是中国大自然文学发展繁荣的必然要求和必要前提。

三、以高站位助力新时代大自然文学高质量发展

回望中国大自然文学40年风雨兼程，安徽大学大自然文学协同创新中心学术委员会委员、安徽文艺评论家协会主席韩进提出了中国大自然文学“与改革开放同步、与世界大自然文学同步”的判断，认为“两个同步”贯穿于新时期、新世纪、新时代“三个发展阶段”。新时代赋予大自然文学新使命，需要以更高站位谋划高质量发展。

刘先平强调指出，新时代是中国大自然文学发展的重大机遇。十九大提出“加快生态文明体制改革，建设美丽中国”的新任务。2019年10月，中共中央、国务院印发的《新时代公民道德建设实施纲要》强调，“绿色发展、生态道德是现代文明的重要标志，是美好生活的基础，人民群众的期盼”，在“推动道德实践养成”过程中，要“以优秀文艺作品陶冶道德情操”。2019年10月31日，十九届四中全会通过的《中共中央关于坚持和完善中国特色社会主义制度，推进国家治理体系和治理能力现代化若干重大问题的决定》强调，“生态文明建设是关系中华民族永续发展的千年大计”，要“坚持和完善生态文明制度体系，促进人与自然和谐共生”，“建设美丽中国”。党和政府高度重视文艺作品在生态文明建设中“文以植德”的作用，这是一个呼唤大自然文学的新时代，这是一个需要大自然文学精品而且一定能够产生精品的新时代，中国大自然文学迎来了千载难逢的发展良机。

如何发展好新时代大自然文学，大家一致认为，要自觉以习近平生态文明思想为指导，站在人与自然和谐共生的立场上，站到新时代生态文明建设的高度上，系统谋划大自然文学高质量发展，核心是出精品出新人；要深入人民建设中国特色生态文明社会的伟大实践，讴歌人与自然和谐共生的现代化，讲好“美丽中国”故事和“美好生活”故事；要培养一支“有信仰、有情怀、有担当”的大自然文学作家队伍，特别是继续办好大自然文学作家班，为培养大自然文学作家和理论研究人才探索一条新路；要建立生态批

评和大自然文学创作的联系，开展评论家和作家结对子活动，对重点作家作品和新人新作给予及时评论，构建具有中国特质的大自然文学话语体系；要加强中外大自然文学交流和研究，与世界大自然文学发展同步，为构建人类命运共同体做出中国大自然文学的贡献；要发挥安徽大自然文学的品牌优势，深度融入文学大潮，起到“一花引来万花开”的引领作用，迎来“百花齐放春满园”的繁荣景象。

刘先平对中国大自然文学的贡献[①]

回顾40年中国大自然文学的发展历程，刘先平的名字总是和“大自然文学”连在一起的，人们习惯称之为“刘先平·大自然文学”，刘先平甚至成为中国大自然文学的代名词，说到刘先平就会想到大自然文学，说到大自然文学就会想到刘先平。如果说有一种文学现象是因为一个作家的创作而形成的，那就是指中国大自然文学与刘先平。

一、创立了一个叫“大自然文学”的门类

2014年10月19日，大自然文学国际研讨会在安徽合肥召开，高洪波在贺信中写道：“中国现代意义的大自然文学发端于安徽，开拓者是著名作家刘先平。他从20世纪70年代中期起，就致力于开创中国文学新领域、新题材的创作，突出了‘人与自然和谐相处’的主题，在广大读者之中引起了强烈的反响。”王泉根认为：“中国大自然文学的兴起、发展与安徽作家刘先平的名字联系在一起。大自然文学的诸多特征在刘先平的艺术实践中有着充分的呈现，或者说，刘先平的艺术实践有力地丰富了大自然文学的内涵，为打造具有中国特色、民族风格、时代精神的大自然文学积累了新鲜经验。”[②]曹文轩认为，是刘先平“为中国创造了一个叫‘大自然文学’的门类”[③]。

中国有“大自然文学”这一名词，最早出现在我国世界儿童文学研究专家韦苇译介苏联（俄罗斯）儿童文学的著作中。在苏联（俄罗斯）儿童文学中以自然为题材、写动植

① 该文为2019年11月15日至17日在合肥召开的“生态文明视野下的当代大自然文学创作研讨会”上的发言论文。该会由安徽大学文学院、安徽大学大自然文学协同创新中心、安徽省文联文艺理论研究室、安徽省文艺评论家协会共同主办。

② 王泉根．大自然文学的特征[J]．中国少儿出版，2009(1)：35.

③ 曹文轩．大自然文学的美学回归[J]．中国少儿出版，2009(1)：32.

物故事的作品,我国译者称作“关于自然界的读物”或“关于自然界和动物界的故事”,韦苇将这类儿童文学作品统称为“大自然文学”。

以“大自然文学”指称中国作家的作品,最早为1996年我国儿童文学教育专家浦漫汀教授评价刘先平的作品是“中国的大自然文学”。浦漫汀教授所说的“中国的”,是与“外国的”苏联(俄罗斯)、美国的“自然文学”相比较而言的。

那么,刘先平被称为“中国的大自然文学”的大自然探险文学创作,与苏联(俄罗斯)和美国的大自然文学(自然文学)有关系吗?

回答是肯定的,刘先平的大自然探险文学创作与苏联(俄罗斯)、美国的大自然文学(自然文学)没有直接的因果关系,也就是说,刘先平创作大自然文学的初心是他自己在大自然探险考察的文学发现和文学反映,是先有“刘先平大自然探险长篇系列”等5部以大自然为题材的作品,然后才有评论界根据作品所表现出的文学特质,将其称为“大自然文学”,而且是“中国的大自然文学”,具有鲜明的中国特色、中国风格、中国味道的大自然文学作品,在世界大自然文学中独树一帜。

显然,刘先平的大自然文学创作,不是舶来的外国概念,不是对外国大自然文学作品的模仿;也不是先有“大自然文学”的理论指导,才去创作“大自然文学”,而是刘先平以自己真切的审美感受和独到的文学形式,自己在创作中摸索而开创的一种具有明显跨学科、跨文体的综合性文学门类。正因为这一文学的独创性,在现有文学世界的规范理论中,找不到能够与刘先平作品呈现的创作特征相一致的文学概念,也就是说在刘先平创作大自然探险文学之前没有一个现成的“大自然文学”概念和理论,而是刘先平的大自然探险文学创作表现出明显的颠覆“文学是人学”的传统文学观,表现出与苏联和俄罗斯的“自然界的文学”、美国的“自然文学”某些相似的美学特征时,才被称为“中国的大自然文学”。此后,“大自然文学”这一提法得到刘先平的认同和儿童文学界的认可,又在刘先平矢志不渝、不遗余力、旗帜鲜明的倡导和推进下,才成为一种明显的文学现象,其影响逐渐走出儿童文学得到文学界的认可,走出安徽得到全国乃至世界的关注。因而,刘先平的名字总是同“大自然文学”连在一起,成为一种文学门类的名称。

诚然,刘先平倡导并以刘先平为代表的“大自然文学”发展有一个艰难确立的过程。从一开始就有很多议论和不同看法,甚至有人认为没有“大自然文学”这样的一种文学现象存在。刘先平的大自然探险题材的创作已经放在“儿童文学”中,没有必要再提出一个“大自然文学”新概念。或者说不认为刘先平提倡的“大自然文学”会有好的前途和命运,因而将刘先平的名字直接与大自然文学连在一起,如果不是对刘先平开创“大自然文学”这一新文学的认同和肯定,就是多少带有“那是刘先平一个人的文学”的漠视和否定,这也真实地反映了刘先平作为“大自然文学先驱者”的孤独与寂寥,却也从一个侧面反映了刘先平开创中国大自然文学的勇气和功劳。

事实上,“大自然文学”或“刘先平大自然文学”的说法最初只是在“儿童文学的圈子内”流传并获得认可和赞许,并没有在文学界得到关注和重视的原因,一大半是与“儿童文学”在当今这个文学系统中地位不高、受重视程度不够有直接关系。儿童文学对于儿童成长的重要性、对于国家、民族、人类未来的重要性不言而喻,但实践中的儿童文学在文学界“小儿科”的认识和地位至今没有得到实质性改变,甚至将儿童文学作品不当作文学作品、儿童文学作家不当作作家的偏激言论也时有耳闻,文学界对儿童文学的偏见由来已久,而且根深蒂固,瞧不起儿童文学的作家大有人在,那为什么“大自然文学”或“刘先平大自然文学”在当下又能够“走出儿童文学的藩篱”,得到更多关注呢?除了社会背景等非文学的因素外,最根本的原因还是这类作品所体现出的超越儿童文学的“单纯”和“简单”,具有某种成人文学的“丰富”和“深刻”——从内容到形式、从人物到主题。从表象上看,大自然文学是以大自然为题材的文学,写大自然的文学。但从本质上看,大自然文学是人类文明进入生态时代的文学,涉及“人与自然关系”这个社会最重要的基本关系,涉及环境保护这个世界最重大的现实问题,涉及生态文明这个人类最紧迫的文化建设,因而具有文学反映生活的广泛性、国际性、现实性和时代性。这也是为什么“大自然文学”现象,不仅自发地出现在以刘先平为代表的儿童文学界,而且自发地出现在以徐刚为代表的成人文学界;而且儿童文学界和成人文学界的“大自然文学”已经有了相互促进、交融,汇聚成一股“中国大自然文学”主潮,进而融入世界大自然文学潮流并在其中发挥积极引领作用的新现象。

没有刘先平坚持40年的大自然探险创作,就没有中国的大自然文学。刘先平不仅以50多部作品奠定了其中国大自然文学开拓者与奠基者的文学史地位,而且通过他的倡导和创作示范,回答了什么是大自然文学、中国大自然文学的特质在哪里。

刘先平对大自然文学的认识非常丰富,从以下七个方面奠定了中国大自然文学理论的基础。

(一)大自然文学是现代文学概念

刘先平认为,大自然文学是以人与自然关系为审美视点、以呼唤生态道德为文学主题、以讴歌人与自然和谐发展为美学理想的文学。大自然与文学的关系由来已久,可以追溯到我国第一部诗歌总集《诗经》,写了三四百种动植物。宋朝诗人谢逸有“谢蝴蝶”之称,写了三百首歌咏蝴蝶的诗。唐代诗人王维以其隽秀的山水诗被誉为“田园诗人”。明代地理学家徐霞客终生在山水间奔波,写出了不朽的《徐霞客游记》,既是科学著作,又是文学作品。刘先平认为,古代很多作品虽然描写了自然,但仍然是“人物”的背景,写的是人与人、人与社会的故事,还没有走出“文学是人学”的范畴,不是今天所说的大自然文学。人与自然的关系是人类赖以生存的根本,生态文明是一切文明的基础，大自然文学弥补了几千年来文学少有讲述“人与自然的故事”这一重大缺憾，它以大自然为题材，表现了作家对生态文明时代要求人与自然和谐发展的文学表达。

（二）大自然文学以生态自然观为立论基石

刘先平认为，有什么样的自然观就有什么样的大自然文学观。大自然文学视野里的“自然”不是单纯的“自然风景”，而是人与自然和谐共生的“生态美景”。人类属于大自然，大自然是人类的家园，保护大自然就是保护人类自身。大自然文学中对自然保护、生态平衡的描写是揭示自然界——人类与动植物世界、山川河海和气候土壤等之间相互依存的生态关系。“生态”的要义是“平衡”，刘先平将生态平衡区分为“三个层次”，首先是“人”本身的生态平衡，这主要是指一个人自身的心理和生理的平衡，精神和物质的统一；再是自然界的生态平衡；最高的境界则是人与自然的和谐、共荣共生——天人合一。刘先平非常推崇中华传统文化对人与自然关系的表述，包含着“人与自然和谐共生”的生态哲理，如“天人合一”“道法自然”等。

（三）大自然文学的主题是呼唤生态道德

刘先平强调，大自然文学就是呼唤生态道德的文学，以生态道德培育生态文化，建设生态文明，建设美丽中国。刘先平首提文学的“生态道德”主题，认为环境危机实质上就是生态危机，生态危机的本质是生态道德的缺失，生态道德就是处理人与自然关系的行为规范。这是刘先平在长期的大自然考察探险和大自然文学创作实践中独到的发现，是大自然给了他最生动最深刻的生态道德教育，因而无论是描写在大熊猫、相思鸟世界探险的长篇小说，还是讲述在野生动植物世界探险的奇遇故事，刘先平都在努力宣扬生态道德的伟大，努力使生态道德在人们心间生根、发芽。用刘先平自己的话说，就是“我在大自然中跋涉 40 多年，写了几十部作品，其实只是做了一件事：呼唤生态道德——在面临生态危机的世界，展现大自然和生命的壮美；生态道德是维系人与自然血脉相连的纽带。我坚信，只有人们以生态道德修身济国，人与自然的和谐之花才会遍地开放”。

（四）大自然文学具有跨文体写作的综合特征

刘先平认为，大自然文学是一种特殊的文学类型，这种特殊性体现在它是跨文化的对话、跨代际的沟通、跨文体的写作。以大自然探险文学为例，这类体裁的特点是有“奇”可看、有“险”可探、有“趣”可享，将娓娓动听的人与自然的故事，载入探险小说惊心动魄的情节之中，将知识性与趣味性融为一体，创造了一种“刘先平大自然文学文体”——兼有小说、故事、散文、报告文学等多种文体的文学特征，又有文学与摄影、视频、音像、图画等非文学形式融合的现场情景，展示了大自然文学融合其他文体形式的综合能力。

(五)大自然文学就是大自然文学

刘先平认为,大自然文学首先是文学,是作家审美创作的文学作品,具有文学的性质和特征。强调大自然文学就是大自然文学,而不是其他什么文学,它属于文学大家庭中有着独立门户的文学新品种,它虽然与生态文学、儿童文学、纪实文学、科学文艺等文学类别有着千丝万缕的联系,那也只是文学大家庭的"兄弟姐妹"关系,常有交融却不是一个概念,也是其他的文学概念代替不了的,因为大自然文学只能是生态时代的文学,而不能跨越它所发生、生存和发展的文明阶段。

(六)大自然文学与儿童文学关系最密切

刘先平是以儿童文学作家的身份创作大自然文学的,因为他的大自然文学创作也被人们当然看作儿童文学,为此刘先平提醒人们,大自然文学不是儿童文学,但大自然文学与儿童文学关系最为亲密。儿童来自自然,保留着自然的天性和自然的状态,与自然最亲近。大自然文学的自然书写让其与儿童生活更贴近,让大自然文学走进校园,让孩子们走进大自然,还给孩子一个真实的大自然,也是激活人类曾有的记忆,接通与大自然相连的血脉,接受生态道德的启蒙。一部优秀的大自然文学作品,已经没有年龄的限制,儿童成人都需要、都喜欢。孩子们从故事情节本身体味到乐趣,受到热爱自然、保护自然的教育,养成生态道德,建设生态文明;成年人则品尝其中的意蕴,重新思考并调整人与自然关系,实现人与自然和谐共生的绿色发展。

(七)大自然文学作家需要具备特殊素质

刘先平认为,大自然文学作家需要具备作家以外更多的特殊素质。要有一颗热爱自然的心,对大自然无动于衷的人,不会热爱生命,也不会热爱生活;要有善于观察思考的能力,观察与思考,以至于追根求源,就能使我们得到更多的知识,永远有新的发现;要有对自然的科学看法,人类来自大自然,人类不能脱离大自然而独自前行,只有人与自然和谐共生,人类才能实现永续发展;要有不怕牺牲的革命精神,勇敢地到大自然中去探险,冒着随时可能发生的生命危险,只有不怕牺牲,在探险中走得更远、探得更深、发现更多,才能写出大自然文学的精品力作。

二、创建了一个叫"大自然文学"的学科

刘先平不仅是大自然文学作家,以 50 多部作品为中国大自然文学奠基,还是一位倡导大自然文学的社会活动家,在创作同时撰写大自然文学创作心得和理论评论文章,主办多种形式的"大自然文学研讨会",借国内外重要的文学论坛宣讲大自然文学。特别是 2010 年"刘先平大自然文学工作室"建立以后,刘先平更是以"工作室"为核心,

以安徽大学为基地,围绕"大自然文学",开展了一系列学科建设活动,将一种文学形式发展为一门高等教育学科,通过大自然文学与高校教育的创新型融合,提升了大自然文学的影响力和独立品质,也为高等教育改革创新探索了一条新路。

2010 年 1 月,安徽省人民政府批准建立并授牌"刘先平大自然文学工作室",同时规定了"工作室"的任务,包括"大自然文学作品的创作、研究、整理、展示和衍生产品的开发等"五大内容。刘先平充分发挥"刘先平大自然文学工作室"建在安徽大学校园内的区位优势,有意将大自然文学与高校教育融合起来,开创一条大自然文学发展的新路径。刘先平的大胆想法得到安徽大学的肯定和支持,共同策划、组织开展了一系列创作科研活动,主要有:

2010 年 5 月,安徽大学大自然文学研究所成立,作为安徽大学文学院的科研机构,主要开展四项工作:一是在文学院开设大自然文学选修课;二是招收大自然文学方向硕士、博士研究生;三是发布大自然文学研究年度开放课题征集活动,专项资金扶持课题研究;四是出版《大自然文学研究》辑刊。

2013 年 8 月,"刘先平大自然文学工作室"和中国出版集团合作,在人民文学出版社、天天出版社成立"刘先平大自然文学品牌推广中心",推出"刘先平大自然文学精品集"系列作品。

2015 年 10 月,安徽大学成立大自然文学协同创新中心,安徽大学党委书记李仁群任中心理事长,刘先平任副理事长,文学院院长吴怀东为中心主任。该中心以安徽大学刘先平大自然文学工作室、安徽大学大自然文学研究所为基础,借助教育部"2011 计划",发挥安徽大学的学科优势和研究资源,按照学科建设、科学研究和人才培养三位一体的原则,做好大自然文学创作与研究、志愿行动、人才培养、衍生开发和传播展示等平台建设,强化刘先平大自然文学创作与影视、旅游、动漫等相关产业深度融合,同时汇聚跨学科师资力量,开设大自然文学专业课程,编写大自然文学课程教材,计划在四年内培养大自然文学研究生 25 至 30 人,其中硕士研究生不少于 20 人,博士研究生 5 到 10 人,将中心建设成中国大自然文学创作、研究、传播和产业开发中心。

2019 年 3 月,安徽大学大自然文学协同创新中心、长江少年儿童出版社(集团)有限公司、刘先平大自然文学工作室共同创办的大自然文学作家班在安徽大学举行开班仪式。这是我国首个该类型的作家培训班,中国作协创作研究部发来贺信,安徽大学党委书记、中心理事长李仁群出席开班式并讲话。首届 2018 级大自然文学作家班学员 41 人,学期一年,免费学习。遵循理论与实践相结合的原则,邀请名家授课,研讨大自然文学经典作品,组织学员到自然保护区深入生活和创作,结集出版学员作品等,通过校企合作加强学科建设,推进大自然文学发展。

呼唤生态道德[1]

——生态审美视野下的刘先平大自然文学

刘先平是中国大自然文学的开拓者和中国生态道德建设的呐喊者。他不仅常年在大自然中考察生态，用笔记下对大自然的深沉情感；同时奔走在学校、军营和社区，举办生态道德教育公益讲座，既是创作大自然文学的作家，又是宣讲生态道德的活动家，被誉为“中国大自然文学之父”。2018 年，刘先平在新作《续梦大树杜鹃王》卷首语中写道：“我在大自然中跋涉 40 多年，写了几十部作品，其实只是在做一件事：呼唤生态道德——在面临生态危机的世界，展现大自然和生命的壮美；生态道德是维系人与自然血脉相连的纽带。我坚信，只有人们以生态道德修身济国，人与自然的和谐之花才会遍地开放。”[2] 这段话为我们解读刘先平大自然文学创作提供了一把钥匙。

一、以生态道德规范人类行为

刘先平大自然文学创作的主题是“呼唤生态道德”。“生态道德就是处理人与自然关系的准则”[3]。生态原本指“一切生物的生存状态”，这“一切生物”中就包括“人”。因为“人”长期“不道德”地对待“一切生物”（包括人），造成人与自然关系的严重对立。刘先平说：“40 多年来对大自然的考察，70 多年的人生经历，使我逐渐深刻地认识到：树立生态道德的重要性和紧迫性。30 多年前我所描绘的青山绿水，现在已有不少面目全非。大片原始森林被砍伐了，很多小溪小河都已退化或干枯，有些物种消亡了……我曾立志为祖国秀丽的山河谱写壮美的诗篇，但只是短短的二三十年，我所描写的山川河

① 韩进．呼唤生态道德：生态审美视野下的刘先平大自然文学 [J]．科普创作，2019(2)：5-10.

② 刘先平．续梦大树杜鹃王 [M]．武汉：湖北科学技术出版社，2018：卷首语．

③ 刘先平．跋涉在大自然文学的 30 年 [M]// 安徽大学大自然文学研究所．大自然文学研究：首卷．合肥：安徽人民出版社，2013：10.

流不少已是'历史老照片'……想到这些,我无限忧伤、愤怒,我要更加努力地呼唤生态道德的建立,也寄希望于孩子们未来的努力。"[①]

寄希望于孩子们,刘先平"呼唤生态道德"的创作实践,可以分为四个阶段:

(一)认识自然阶段(1978—1988),代表作"刘先平大自然探险长篇系列"(5册)。刘先平从城市的喧闹回归大自然的寂静,在跟随科考队进行的野外考察中,寻趣大自然,认识大自然,以长篇探险小说的文学形式,反映生态环境遭到破坏的现实,表达热爱自然的生态意识。

(二)讴歌生命阶段(1988—1998),代表作"东方之子刘先平大自然探险"系列(8册)。刘先平探险的足迹从安徽的自然保护区走向全国,在与大自然动植物生命的亲密接触中,探险大自然,亲近大自然,以图文并茂的纪实形式,记录生态危机的世界,展现生命可贵的平等价值。

(三)呼唤道德阶段(1998—2008),代表作"大自然在召唤"系列(9册)。刘先平探险的足迹从皖南紫云山走上西北帕米尔高原,在探索生命之源的重大发现中,感悟大自然,反思大自然,以《呼唤生态道德》作为丛书总序,总结30年创作经验,抒发人与自然命运与共的强烈情感。

(四)追梦和谐阶段(2008—2018),代表作《追梦珊瑚》《续梦大树杜鹃王》等4部作品。刘先平探险的足迹从广袤的陆地走向浩瀚的海洋,在生态系统修复与重建的哲学思考中,三上高黎贡山,两下西沙群岛,以科学家、守岛官兵、普通渔民为主人公,讴歌生态和谐,描绘绿色发展的美丽中国。

从上述四个阶段可以看出,刘先平对大自然文学的坚守和"生态道德"主题的呼唤,有一个对自然不断认识、对人与自然关系不断思考、对社会发展方式不断探索的过程。刘先平说:"感谢大自然! 在我40多年的山野跋涉中,大自然给予了我最生动、深刻的生态道德教育,因而无论是描写在大熊猫、相思鸟世界探险的长篇小说,或是讲述在野生动植物世界探险的奇遇故事,我都在努力宣扬生态道德的伟大,努力使生态道德在人们心间生根、发芽。"[②]

---

① 刘先平.续梦大树杜鹃王[M].武汉:湖北科学技术出版社,2018:代序Ⅲ-V.

② 同①代序I.

二、生态整体观下的道德意识

环境危机已经危及人类的生存发展,人们纷纷追究其原因并寻找解决良方。正是“生态危机的现实”和“坚信生态道德的伟大”,刘先平决定创作大自然文学,在“生态危机的世界里展现大自然和生命的壮美”,提倡“人与自然和谐共生”的生态道德。因为“正是生态道德缺失,造成了我们生存环境的危机。强调生态道德,在于强调、突出它较之于其他道德的鲜明特点——关注人与自然的关系。我们急需建立对于自然应具有的行为规范,消解环境危机,构建人与自然的和谐。这是时代向我们提出的重大命题”①。

1978年,刘先平创作第一部大自然探险长篇小说《云海探奇》,就是写两位少年与野生动物科考队一起考察紫云山短尾猴的生态故事,通过对短尾猴种群生态的追踪研究,提出建立紫云山短尾猴种群自然保护区的重要性和迫切性,避免人类的行为打破动植物世界的宁静。

1980年,刘先平创作第二部大自然探险长篇小说《呦呦鹿鸣》,书名取自《诗经·小雅》的首篇《鹿鸣》:“呦呦鹿鸣,食野之苹。”原诗描写一群鹿儿呦呦鸣叫,在原野上自由自在地吃着艾蒿,一片自然和美的景象。而现实中的母鹿和它的幼崽小月亮却是另一番生存状态,不仅面临弱肉强食的丛林法则,还要逃脱人类偷猎者的围追堵截,生命时时处于危险中。小说以动物学家陈炳岐带领自然保护小组追踪救护梅花鹿母子为线索,开展对梅花鹿生态的考察研究,指出梅花鹿种群生态遭到破坏的根本原因,是人类对森林乱砍滥伐而导致自然生态失衡,让梅花鹿失去了生存的自然环境,更有人类对梅花鹿惨无人道的猎杀。自然保护小组通过跟踪记录梅花鹿母子的生活踪迹和小月亮的成长历程,形成梅花鹿种群保护的科学报告和恢复梅花鹿种群生态的科学计划,在此基础上编制出梅花鹿生态环境监测数学模型,对自然生态失衡的情况进行预报。

1983年,刘先平创作第三部大自然探险长篇小说《千鸟谷追踪》,描写几位小探险家在护林员带领下,在皖南山区追踪相思鸟、考察鸟类生态的探险故事,在故事的最后发出呼吁:“让我们共同接受由相思鸟群带回的大自然的信息,倾听大自然对人类发出信号的回答!”②和自然对话,与自然为友,拜自然为师,是这部作品传达的人与动植物生命的平等意识。

1984年,刘先平创作第四部大自然探险长篇小说《大熊猫传奇》,写兄妹俩救助被

① 刘先平.续梦大树杜鹃王[M].武汉:湖北科学技术出版社,2018:代序II.

② 刘先平.千鸟谷追踪[M].合肥:安徽少年儿童出版社,2008:224.

独眼豹和偷猎者围困的大熊猫母子，随着情节的推进和场景的转换，介绍了国宝大熊猫的生活习惯和生态习性，深情呼唤生态道德，还给大熊猫一个自然、安全、和谐的生态环境。

1987 年，刘先平将十年来探险大自然所见所闻所思所感结集为大自然散文《山野寻趣》，在该书后记《热爱祖国的每一片绿叶》里，刘先平第一次谈到“文学和大自然的关系”[①]，认为中国文学的自然书写可以追溯到第一部诗歌总集《诗经》，自然是文学创作永恒的母题。刘先平创作大自然文学，源自他在自然科考中“发现了大自然”：“突然明白了这么多年在大自然中寻找的是什么，突然明白了自然保护、生态平衡、人与自然的和谐、野生动植物世界对人类的意义……是这些科学家领我走出了‘大自然属于人类’的误区。”他以十年教师经历的职业敏感和儿童文学作家的责任，“毫不犹豫决定为孩子们写作，因为他们正是自然保护事业的未来”。[②]

2013 年，刘先平策划并主编《生态道德读本》[③]，呼吁“实施生态道德教育工程，着力推进生态文明建设”。该书从《中国的生态足迹》入手，写了三个方面内容：一是生态危机警示录——缺少生态道德给人类带来的灾难；二是讲述生态道德模范和人们为保护自然所做的努力；三是日常生活中的生态道德。希望启发读者意识到培养、树立生态道德的紧迫性和重要性，再次重申“只有人们以生态道德修身济国，人与自然的和谐之花才会遍地开放”。《生态道德读本》更好地阐释了刘先平的生态道德观，让人们能更好地理解生态道德为什么成为刘先平大自然文学创作的基本主题。

刘先平说：“感谢大自然！在我 40 多年的山野跋涉中，大自然给予了我最生动、深刻的生态道德教育，因而无论是描写在大熊猫、相思鸟世界探险的长篇小说，或是讲述在野生动植物世界探险的奇遇故事，我都在努力宣扬生态道德的伟大，努力使生态道德在人们心间生根、发芽！”[④]刘先平的大自然文学创作，从一开始就将人类命运与大自然生态联系起来，在人与自然关系的描绘中，体现了大自然文学的生态整体观：人与自然是生命与共的生命共同体；人类来自自然，自然永远是人类之母，人类不能凌驾于自然之上；人是万物之灵，人也不可能退化到原始人类，自然离开人类也无所谓自然。

---

① 刘先平．热爱祖国的每一片绿叶［M］// 安徽大学大自然文学研究所．大自然文学研究：首卷．合肥：安徽人民出版社，2013：14.

② 刘先平．跋涉在大自然文学的 30 年［M］// 安徽大学大自然文学研究所．大自然文学研究：首卷．合肥：安徽人民出版社，2013：7.

③ 邱江辉，刘先平．生态道德读本［M］．合肥：安徽人民出版社，2013.

④ 刘先平．续梦大树杜鹃王［M］．武汉：湖北科学技术出版社，2018：代序 I.

三、追寻和谐共生的审美理想

生态整体观是生态审美的基础，它以人与自然整体为审美对象，以人与自然和谐共生为审美理想，突破了“文学是人学”的“人类中心主义”，又不忘“万物之灵”的人类负有保护和改善生态环境的责任。刘先平大自然文学创作以生态整体观为指导，以生态审美聚焦人与自然的关系，描绘了人与自然和谐共生的生态理想，作品具有“生态纬度”的本真美、自然美、知性美、和谐美、崇高美。

（一）回归“人之初”的本真美

草本有本心，天地有大美，大自然文学就是探究“本心”与“大美”的文学。刘先平“把考察大自然看作第一重要，然后把考察、探险的所得写成大自然探险纪实，希望以真实性的魅力，给读者一个真实的奇妙的自然世界”①。在《山野寻趣》散文集里，写故乡童年的沙滩、草地、苇丛、山野、巢湖、小溪……不仅有他纯真童年的美好记忆，更有他这位“自然的热爱者”一颗不老的童心。自然总是呈现心灵的色彩。刘先平将童年的纯真复活在每一部大自然文学里——巢湖岸边的云雀、沙漠深处的红柳，皖南山区的千鸟谷、雪域高原的金丝猴，四川卧龙的大熊猫、西沙群岛的绿龟岛，高黎贡山的大树杜鹃王、两河流域（麻阳河和红渡河）的黑叶猴王国……这些大自然的动植物，都是刘先平的好朋友，与它们相处，刘先平如鱼得水，返老还童，在“和大自然息脉相通的对话”②中，“言”天地有大美，“议”四时有明法，“说”万物有成理③，将自然生态的本真展现在读者面前，有一种草木情缘的哲理情思。

（二）热爱每一片绿叶的自然美

大自然不仅按照美的规律——自然法则来创造自然美，而且还满足人类另一种崇高的需求：热爱美。“当你置身在大自然的怀抱时，认真地观察，你会发现它是那样壮美，那样富有”，激起人们“热爱祖国的每一片绿叶、每一座山峰、每一条小溪”④的崇高情感。在《一个人的绿龟岛》⑤里，刘先平描绘了“你从未见过的大自然之美”：形象美、

① 刘先平．跋涉在大自然文学的30年［M］// 安徽大学大自然文学研究所．大自然文学研究：首卷．合肥：安徽人民出版社，2013：9.

② 同① 6.

③ 语出《庄子·外篇·知北游》：“天地有大美而不言，四时有明法而不议，万物有成理而不说。”意思是说：天地有大美却不言语，四时有分明的规律却不议论，万物有生成的条理却不说话。

④ 同① 13.

⑤ 刘先平．一个人的绿龟岛［M］．北京：人民文学出版社，天天出版社，2017.

多样美和悲壮美。首先映入眼帘的是大海绚烂多彩的形象美——大海的蓝色，是一种匪夷所思的变幻美，蔚蓝、湛蓝、钢蓝、湖蓝、宝石蓝、靛青……在阳光的辉映下，又呈现出赤、橙、黄、绿、青、蓝、紫相融相映的迷离……日出时大海燃烧，辉煌灿烂；日落时万千霞光射向蓝天，多姿多彩的云霓，幻化出山峦、虎、豹等无尽的形象，映得大海如繁花似锦的草原；待明月升空，大海又如少女般娴静妩媚。海面下有着生命千姿百态的多样美——有的生命“美得惊人”，如能跳会蹦的螃蟹、飞翔的鱼群、跳摇摆舞的花园鳗；有的生命“美得你毛骨悚然”，如惹不起的海葵、碰不得的海百合、笑面杀手彩霞水母；有的生命“美得你肃然起敬”，如海龟为着种族的繁衍，不远千里也要到出生的小岛去产卵，在被鲨鱼潜伏猎杀的最后时刻，也要闪出耀眼的红光——那是鲜血怒放的生命之花。生命的悲壮在“生的执着”与“死的坦然”中迸发出灿烂耀眼的光芒。刘先平说：“热爱生命，尊重生命，热爱自然，保护自然，是生态道德最基本的范畴。”①

(三)养成科学自然观的知性美

大自然是一部宏伟浩繁的百科全书，是赋予人类知识的导师。刘先平的大自然文学就是从生态视角审视大自然、传播自然知识、普及科学自然观、建立生态道德的科普读物。刘先平笔下的大熊猫、黑叶猴、金丝猴、雪豹、麋鹿、绿海龟、白海豚、珊瑚礁、大树杜鹃王等动植物形象，都是他在大自然中探险的对象，对这些动植物的生长习性和所处的生态环境，以及发生在它们身上的传奇故事和历史文化，刘先平都了如指掌。作品中不仅有较为系统的动植物知识介绍，还有对动植物的生存状态和生态环境的考察记录，以及对物种保护和生态修复的哲理思考。刘先平巧妙地将大自然科学知识融入文学的人物、情节、环境和事件之中，让读者在文学阅读中潜移默化地接受知识教育，由无知到有知，由浅知到深知，由知其表到知其里，涉及自然科学和社会科学的诸多方面，最终都聚焦到养成科学的自然观，集中体现在如何科学处理人与自然的关系。不仅推进人们自然观的变革，也将深刻改变人类的生活方式和发展方式。只有了解自然，才能善待自然，实现人类与自然和谐共生、协调发展的美好生活。刘先平的大自然文学具有信息量大、科学性强、文化味浓、立意高远的鲜明特点，体现出知识的力量和文学的魅力。

(四)追求“诗意栖居”的和谐美

诗意的栖居一定是人类在自然的和谐中找到了自我的位置。人类生活要达到的目标即是与自然和谐共生。“诗意”源于人与自然的和谐，和谐必须建立在生态道德基础之上。刘先平说：“正是在丈量大地、探索祖国大自然的神秘中，我逐渐领悟到生态平衡

---

① 刘先平．呼唤生态道德[M]//安徽大学大自然文学研究所．大自然文学研究：首卷．合肥：安徽人民出版社，2013：24.

的意义：首先是‘人’本身的生态平衡，这主要指自身心理和生理的平衡，精神和物质的统一；再是自然界的生态平衡；最高境界则是人与自然的和谐、共荣共存——天人合一。建设良好的和谐社会，则必须建立生态道德。”① 在《美丽的西沙群岛》② 里，作者不仅描写了西沙群岛拥有无与伦比的自然之美，还抒写了另一种至高无上的美——守岛官兵的心灵之美和人类与大海相依与共的和谐美。每个小岛都被大海环绕，最缺的是淡水；每个小岛都是一块陆地，最缺的是可以种植庄稼、蔬菜的土地。正是在反差极大的环境里，守卫建设海疆的战士和渔民，创造了另一种震撼人心的美——令人神往的精神家园。当你踏上西沙最大的岛屿永兴岛，“爱国爱岛，乐守天涯”八个大字最先映入你的眼帘。在军港码头和营房驻地，你会看到这样的标语：“提高军人环保意识，建设一流生态军队”“建设美丽的边疆，爱护我们的家园”“善待地球，就是善待自己”。当朝霞映红东方的海面，整个海洋泛着金光，在大海和小岛交界处，有哨兵在站岗，有海鸥在翱翔。此时守岛官兵正在举行庄严的升旗仪式，在雄壮辽阔的国歌声中，五星红旗从战士的手中与朝阳一同升起。大海与小岛、朝阳与红旗、海鸥与哨兵已经融为一体，互为风景，这是一首激昂壮美的诗篇，又是一幅和谐完美的画卷。

（五）讴歌“时代英雄”的崇高美

“时代英雄”不仅是《美丽的西沙群岛》中“英雄岛”的官兵，还有建设中国第一座南海海洋博物馆的科学家。科学家不仅是环保事业的先行者，也是引领生态时代的导师。中国环境保护事业开始于20世纪80年代，刘先平的大自然文学创作与时代同行，为科学家立传，向科学家致敬，塑造了一代又一代献身生态环保事业的科学家形象，他们是生态时代最可爱的人。如《云海探奇》中的动物学教授王陵阳、《千鸟谷追踪》中的鸟类学家赵青河、《大熊猫传奇》中的兽医冷秀峻、《呦呦鹿鸣》中的动物学家陈炳岐、《寻找大树杜鹃王》中的植物学家冯国楣、《黑叶猴王国探险记》中的环保专家李明晶，以及《追梦珊瑚》中“为保护珊瑚而奋斗的科学家”。在这些科学家的身上，反映了中国环境保护事业的进程，寄托了人与自然和谐共生的美好愿景，讴歌了科学家在建立生态道德、培养生态文化、建设生态文明、实现绿色发展进程中的责任自觉、科学自信和使命担当。

40多年来，刘先平以“一木支大厦”的坚强意志，与改革开放同步，以一批精品力作，将中国大自然文学引领到一个新高度。他是自觉践行文艺工作者“四力”要求的楷

① 刘先平．跋涉在大自然文学的30年［M］//安徽大学大自然文学研究所．大自然文学研究：首卷．合肥：安徽人民出版社，2013：10.

② 刘先平．美丽的西沙群岛［M］．济南：明天出版社，2012.

模。他行走大地，思考人与自然关系等重大问题，以一双慧眼和一支生花妙笔，创作中国大自然文学，呼唤建立生态道德，弘扬科学探险精神，描绘了美丽中国的美好前景，作品具有鲜明的科学普及价值——普及科学的自然观和科学发展观、普及环境保护知识和生态道德知识，是新时代生态文明建设不可多得的文学读本。中共中央、国务院《关于加快推进生态文明建设的意见》明确指出，要积极培育生态文化、生态道德，使生态文明成为社会主流价值观，成为社会主义核心价值观的重要内容，从娃娃和青少年抓起，从家庭、学校教育抓起，引导全社会树立生态文明意识，把生态文明教育作为素质教育的重要内容，纳入国民教育体系和干部教育培训体系。将生态文化作为现代公共文化服务体系建设的重要内容，挖掘优秀传统生态文化思想和资源，创作一批文化作品，创建一批教育基地，满足广大人民群众对生态文化的需求。中国大自然文学的春天已经来临。刘先平正以饱满的创作激情，跋涉在山水之间，不断创作出无愧于新时代的大自然文学精品。

追寻人与自然和谐共生的新时代[①]

——读徐鲁的长篇小说《追寻》[②]

《追寻》是一部带有纪实品格的生态小说，它以长江流域和洞庭湖周边自然环境危机造成中国珍稀鲸类动物白鳍豚濒临灭绝的生态灾难为大背景，讲述伍老、徐佩芬、刘俊为代表的三代科学家为保护白鳍豚锲而不舍、前赴后继、奉献青春和生命的感人故事，再现了被誉为"长江女神"的白鳍豚鲜为人知的生存故事，表达了追寻人与自然和谐共生的强烈愿望。

《追寻》共二十六章，从大自然春天的使者布谷鸟的呼唤声写起，到在布谷鸟的叫声中迎来长江流域生态治理的春天结束，其间有意识地以洞庭湖四季景色的变化——第十一章"新的难关"里的夏天、第十二章"惦念"里的冬天——与湖畔居民的生活变迁相呼应，描绘了一幅人类与大自然同呼吸共命运的生命交响曲，整部小说的核心故事就是讲述白鳍豚淇淇被发现、被保护，直至终老的全过程。与淇淇"由得到失"的命运同时展开的，还有洞庭湖少年柳伢子的妈妈玉娥这位年轻的农村女性，由离家出走到重新返回家园的命运相交织，由此构织了一幕人与自然命运与共的宏阔场景。作品之后附录了"白鳍豚小常识 20 问"，不是单纯介绍白鳍豚的常识，而是对作品描写白鳍豚起到很好的科学支撑和知识补充，为读者更好地阅读作品提供了一把科学知识的钥匙，与作品相互联系成为一体。整部作品题材重大，紧扣时代脉搏；主题突出，弘扬主旋律；形象鲜明，充满正能量；情节曲折，又在情理中；故事完整，读后令人回味。作者在创作题材、叙事格局上的开拓与探索，也对新时代儿童文学的"主题创作"，做了一次成功的"追寻"。

① 韩进．追寻人与自然和谐共生的新时代［N］．中华读书报，2019-05-08(19)．

② 徐鲁．追寻［M］．武汉：长江少年儿童出版社，2019．

一、一部反映我国近半个世纪白鳍豚科考与保护事业从无到有的文学纪实

在母亲河长江里，很早就生活着白鳍豚和长江江豚两类淡水鲸类动物，我国古代典籍《尔雅》曾有记载，称白鳍豚为“白鱀豚”。20 世纪初叶的 1914 年，美国少年霍伊在洞庭湖边捕获一头白鳍豚，因为将“白鳍”误听为“白旗”，从那时起，外国淡水生物研究者将其命名为生活在中国长江里的“白旗豚”，而中国对白鳍豚的研究依然一片空白。直到 60 年后的 1974 年，“小型鲸类国际会议”在加拿大召开，在发给与会科学家的材料上，中国长江的“白鳍豚”条目下标注为“unknown”，意为“情况不明”。这引起中国科学家的高度注意，激发起他们的民族责任心和历史使命感。白鳍豚生活在古老和伟大的中国，如果中国科学家不能了解和知悉它的生活，不能揭开它的生命和生存奥秘，就是愧对祖国，也愧对这种生活在中国江河湖泊的珍稀生命。于是有了以科学家徐佩芬牵头的中国第一个白鳍豚研究组的成立，开始了中国自己的白鳍豚保护事业，并且很快有了重大收获。1980 年 1 月，渔民在靠近洞庭湖口的长江边发现一头误入浅水区的白鳍豚，中国科学院水生物研究所的科研人员将白鳍豚运回位于武汉的研究所内，修建白鳍豚馆开始人工饲养。这头大约 2 岁的白鳍豚在人工饲养条件下存活了 22 年 185 天。小说以白鳍豚“淇淇”为原型，真实再现了以伍老、徐佩芬、刘俊为代表的三代科学家为“淇淇”治伤、命名、饲养、找伴儿（雌性白鳍豚珍珍），直到“淇淇”自然死亡的全过程，以及围绕“淇淇”发生的一系列大事件，展示了中国科学家在白鳍豚研究方面——特别是在白鳍豚的生物学、生态学、人工饲养、行为学、生物声学、血液学、疾病防治等方面的许多研究成果，是一部浓缩的中国白鳍豚保护的发展史和中外白鳍豚保护的交流史，真实反映了我国环境保护和生态治理的历史进程，深刻揭示了社会发展必须牢固树立生态红线观念、走绿色发展道路的时代主题。

二、一部描绘新中国三代科学家献身白鳍豚保护、追寻科学理想的生命赞歌

中国的白鳍豚保护事业虽然起步晚，但成绩巨大，这是一代又一代科学家用青春和生命铸就的精神丰碑。小说塑造了伍老、徐佩芬、刘俊三代科学家献身白鳍豚保护事业的英雄形象。伍老是新中国刚刚诞生时，从美国返回祖国怀抱的一位老科学家，也

是中国水生物科学研究领域的奠基人之一,中国白鳍豚的保护事业一直在他的关心下得到发展,而且培养了第一批白鳍豚研究科学家。徐佩芬教授最初进入淡水生物科学研究时,就在伍老身边工作,在伍老的直接培养下,成为我国著名淡水鱼类科学家。她的科考足迹遍布长江流域,特别洞庭湖、鄱阳湖、梁子湖、太湖等大大小小的湖泊,以及数不清的河湾、溪流和汊港……被科学界誉为"中国白鳍豚之母"。在白鳍豚保护这份长久、艰苦的事业追寻中,她不仅献出了自己全部的心血和智慧,也献出了自己儿子大星年轻的生命。大星在大学生物专业毕业后,毅然放弃到青岛海洋研究所做一名实验室科学家的优厚待遇,响应妈妈的召唤和鼓励,加入到妈妈的白鳍豚研究小组,成为野外考察队成员,在一次追寻"大鱼"的考察中,不幸被江上的洪峰卷走,献出了年仅27岁的生命。刘俊从复旦大学生物系毕业后,追随徐佩芬教授继续追寻白鳍豚,在常年野外考察和对"淇淇"的饲养保护中,渐渐体味到徐教授对他说的"在长江上搜寻,在洞庭湖和鄱阳湖上蹲守"的深刻含义,自觉将自己的一生献给了中国白鳍豚保护事业。三代科学家将人生追求与事业追寻结合起来,在追寻白鳍豚保护的事业中实现人生价值,体现了新中国科学家坚定信念和坚守追寻的坚强意志、不忘初心和牢记使命的责任担当、热爱自然和敬畏生命的平等意识、无私奉献和献身科学的牺牲精神。三代科学家的人格力量也会启示人们,人的一生应该怎样度过?追寻是一种人生态度,没有追寻的人生,生命无处寄托,灵魂无以安顿,如果虚度一生,也是对生命的大不敬。

三、一部展望新时代人与自然和谐共生、铭记乡愁珍爱家园的深情呼唤

在有着生态危机的长江流域,描写保护珍稀濒危动物白鳍豚的紧迫性和重要性,是小说的基本内容。白鳍豚只在中国长江中下游特定流域生活着,活动区域十分狭窄和集中,加上自身繁殖能力低下,所以数量极少,可以说比大熊猫还要珍稀珍贵。然而白鳍豚主要生活的长江中下游,如洞庭湖、鄱阳湖和长江连通的湖泊,这些区域的自然环境已经受到严重污染,生态系统已经受到严重破坏,直接威胁到白鳍豚的生存。更令人忧伤心碎的是,这种情形还在继续,人们不惜以牺牲环境为代价换来一时的经济增长。当第一位申请来中国从事白鳍豚科学研究的国际著名白鳍豚研究专家、瑞士科学家皮埃尔先生的专车奔驰在长江中游的岸边公路时,看到的是这样一番景象:本来就不宽阔的水道上面,来来往往的挖砂船和运输船,几乎把江面挤得没有缝隙。运沙船排着长长的"蚁阵",一眼望不到尽头……在这样密集的挖沙船和运输船的夹缝里,在柴

油燃烧冒出的浓重的黑烟里，在轰鸣不止的马达噪音和飞速转动的螺旋桨里，哪里会有白鳍豚的生存空间？还有一些大大小小的化工厂、加工厂、造纸厂，将废水直接排入江河湖泊。这还不够，水面之下还有不易察觉的滚钩、锚钩、电网、土炸弹和“迷魂阵”！这样的环境污染和人为捕猎，甭说白鳍豚无法生存，对一般鱼类来说也是致命的威胁。虽然沿岸的群众已经有了一定的环保意识，知道白鳍豚是国家一级保护动物，不能捕杀，但他们仍然缺乏如何对待白鳍豚的知识。淇淇的遭遇就是一例。江中的滚钩在白鳍豚的颈背部造成了两个很深的洞伤，造成伤口感染严重，差点要了淇淇的性命。淇淇的遭遇警醒人们，长江流域的生态环境问题已经到了很严重的程度，非采取最严厉的措施不可，不然不仅生态环境会进一步恶化，人们设想的经济增长目标也不能实现。必须清醒地认识到保护环境就是保护生产力，要像对待生命一样对待生态环境，把不损害生态环境作为发展底线。小说在尾声里特意写到党和国家领导人考察长江的新闻报道，特别强调到白鳍豚和江豚的主要活动区域都在这次考察中，而且国家已经全面推行“河长制”，开展了长江流域生态大普查，制定了“让母亲河永葆生机活力”的行动方案。已经鬓发斑白的刘俊在看到这些新闻报道后，眼里噙满泪花，他抬头仰望窗外的天空，坚定的目光里让人们看到了他对白鳍豚保护的未来充满信心，对青山绿水的长江充满希望，对人与自然和谐共生的美丽家园充满期待。刘俊以他一生保护白鳍豚的体会告诉人们，人类是自然的一部分，在开发自然、利用自然中，人类不能凌驾于自然之上。人与自然是生命共同体，人类必须尊重自然、顺应自然、保护自然。人类只有遵循自然规律才能有效防止在开发利用自然上走弯路，人类对大自然的伤害最终会伤及人类自身，这是无法抗拒的规律。

四、一部将时代追寻的大主题与儿童文学的艺术品格融为一体的精品力作

当今中国社会发展正由工业文明向生态文明迈进，我国社会主要矛盾已经转化为人民日益增长的美好生活需要和不平衡不充分的发展之间的矛盾，建设美丽中国不仅是生态文明的要求，也是人民美好生活的重要内容，宁静、和谐、美丽的自然是人民美好生活的家园。这一时代追寻很好地体现在这部儿童文学作品中，集中体现在少年柳伢子形象的塑造上。少年柳伢子是这部小说贯穿始终的主人公，是中国白鳍豚保护事业的参与者和继承者。作品从少年柳伢子听妈妈唱童谣写起，到柳伢子长大后参加白鳍豚保护工作结束。柳伢子自小生长在洞庭湖边，爸爸在洞庭湖挖沙时不幸船翻人亡，

妈妈离家出走打工迄无音信，自己和摆渡的爷爷相依为命，童年的艰辛是他成长的力量。他目睹江河湖泊的严重污染和白鳍豚的不幸命运，在幼小的心田播下了保护环境和热爱生命的种子。他从懵懂的洞庭湖少年成长为白鳍豚保护者，是“环境造人”和“人也创造环境”的统一，揭示了少年成长与环境（自然环境和社会环境）的密切关系。与柳伢子一样，始终贯穿整个作品的人物还有柳伢子的妈妈。母子情感的描写是作品最揪心、最感人的情感。柳伢子想妈妈的时候，就会唱小时候妈妈教的一首童谣：“洞庭湖干了，妈妈哭了……”柳伢子只记得这两句，却不知道这两句的含义，但童谣里有妈妈的声音，童谣就是妈妈了。妈妈玉娥离家出走到深圳打工，在作品中一直是个“隐身形象”，直到小说最后第二十六章“妈妈回家了”，才第一次正式出场。作者这样构思表面看是首尾呼应的交代，也是小说叙事的一条隐线（虚线），其实是作者用来承载小说重大主题的精心营造。因为洞庭湖生态的严重破坏，已经危及湖边人家的正常生活，妈妈的出走本质上是在承受江河湖泊对人类滥捕滥杀行为的一种警告和报复。当王小月在深圳偶遇打工的玉娥，并劝她回家时，玉娥泪流满面地说：“谁没有想家的时候？特别是到了逢年过节的时候，谁不想回去看看自己的亲人？可是，我发过誓，等洞庭湖有一天变好了，我再回去。”一个年轻的妈妈如此决绝、抛家别子到外打工，她要追寻的是自己的明天，是实现自己的生命价值，何况这个目标和价值是最基本的需求——“只想趁自己还年轻，能多挣点钱，以后供柳伢子好好念书”。从玉娥这样年轻的乡村女性身上，读者看到了人民追寻美好生活的愿望和力量，而个人的美好生活与社会发展联系在一起，社会发展与自然和谐共生联系在一起。环境好则生活好，生态兴则人类兴。玉娥妈妈从出走到重返家园的故事启示人们，环境就是民生，青山就是美丽，绿水就是幸福，人们追求人与自然和谐共生、追求美好幸福的生活，也是时代发展的必然。小说以时代追寻为主题，将白鳍豚保护重大题材设置在孩子们所向往的寻找和探险的故事情节里，又以“白鳍豚保护事业”和“玉娥离家出走”双线结构来叙述故事，将讲述白鳍豚保护事业和人物命运联系在一起，其中穿插了很多富有地域风情的传说故事，使故事细节更为丰饶，人物形象也更接地气。除此之外，作者说他写《追寻》时，心中还有“两点希望”：一是希望小读者们通过这个故事能感受到中国科学家们为保护和研究白鳍豚付出的艰辛和努力，感受到科学家身上的一种热爱理想、追寻梦想的励志精神；二是给孩子们一些关于白鳍豚的科普知识，也让孩子们看到白鳍豚的生存现状与濒临灭绝的命运，感受到长江、洞庭湖的自然环境保护的必要性、紧迫性，唤醒孩子们的环保意识。这“两点希望”被作者潜移默化地融合在故事的讲述里，可谓匠心独运。

真正有温度、有情怀的作品和创作者，一定不会失去对现实生活的热情。《追寻》正是一部“从当代中国的伟大创造中发现创作的主题、捕捉创新的灵感”“为时代画像、为时代立传、为时代明德”的力作。

2020 年

大自然文学与生态文明建设①

大自然文学是以“人与自然关系”为审美对象的文学，人与自然的关系是人类社会最基本的关系，其核心是生态关系，即人对自然的看法以及人与自然相处的法则。人从自然中走来，成为万物之灵，成为自然的主宰者，进而无视自然规律，无视万物生存，自然生态受到破坏，人类受到自然惩罚。重新审视人与自然的关系，重建生态文明，日益成为社会共识和自觉追求。

生态文明是指人类遵循人、自然、社会和谐发展这一客观规律而取得的物质与精神成果的总和，是指人与自然、人与人、人与社会和谐共生、良性循环、全面发展、持续繁荣为基本宗旨的文化伦理形态。生态文明是人类自原始文明、农业文明、工业文明后更高级的一种文明方式，它将使人类社会形态发生根本转变。建设生态文明，坚持人与自然和谐共生，是一场涉及生产方式、生活方式、思维方式和价值观念的革命性变革。实现这样的变革，在依靠制度和法治的同时，需要建设社会普遍的生态道德。

以“呼唤生态道德”为己任的大自然文学，在生态文明建设中，发挥着文学启蒙的独特作用。大自然文学以批判现实主义精神关注生态失衡的现实，以革命浪漫主义的情怀追求生态文明的理想，以文学的情感力量呼唤生态道德，以全社会特别是少年儿童生态道德的养成推进生态文明建设，实现大自然文学的文学价值和社会责任。

一、人与自然关系的重新审视

人与自然的关系是人类社会最基本的关系。自然界是人类社会产生、存在和发展的基础和前提，人类可以通过社会实践活动有目的地利用自然、改造自然，但人类归根

---

① 本文为 2020 年 12 月 13 日在合肥召开的“大自然文学与新时代生态文明建设暨刘先平大自然文学工作室成立十周年研讨会”交流论文。研讨会由安徽省文联、安徽大学大自然文学协同创新中心主办。

到底是自然的一部分，人类不能盲目地凌驾于自然之上，人类的行为方式必须符合自然的规律。习近平指出："人与自然是生命共同体，人类必须尊重自然、顺应自然、保护自然。"[①] 人与自然是相互依存、相互联系的整体，对自然界不能只讲索取不讲投入、只讲利用不讲建设。保护自然环境就是保护人类，建设生态文明就是造福人类。

人类对人与自然之间关系的认识随着科学发展和人类改造利用自然界能力的提高而发生重大变化。在古代，由于认识自然和控制自然的能力都极其有限，因而人类把自然界当作至高无上的神加以崇拜；近代以来，由于科学和生产力的迅猛发展，人类试图把自然界当作一种异己和敌对的力量加以征服；从 20 世纪 60 年代开始，由于生态危机日益严重，随之诞生了反人类中心主义的思潮。由此可见，人类对人与自然关系的认识经历了三个阶段：自然崇拜阶段、人定胜天阶段、和谐共生阶段。

（一）自然崇拜阶段

"人类社会不论如何变化不定，他们仍然被看作是一种生态系统的一部分。"[②] 生物圈以其生态系统的相互作用所形成的特定的结构、功能，为人类提供适宜生存的环境条件。人类生存离不开生态环境，人类通过社会实践，把自然界化为人类"无机的身体"，建立起人与自然的关系。

原始时代，人类认识自然界的能力非常低下，对变化无常的自然现象迷惑不解，因而产生神秘感和恐惧感。看到太阳每天从东方升起到西方落下，周而复始，非常惊异；看到天上会下雨下雪、电闪雷鸣等自然现象，非常奇怪；看到地震、火山、洪水、干旱等自然灾害，非常神秘；看到瘟疫、疾病、生死无常等生命现象，非常恐惧。为着寻求事实真相，只好用想象来解释原因，以为自然界由神主宰，白天有太阳神，晚上有月神，有雷公电母，有天堂地狱，万物有神，万物有灵，将鬼神看作是自然界的主宰，产生了种种迷信思想和神秘思想，认为在强大的自然力面前，人类无能为力，束手无策，只能听其自然，一切都由神来操纵，人类遭遇的一切灾难，都是神的惩罚；人类从自然中的获得，都是神的恩赐。人类唯一能够做到的，就是乞求神的慈悲、怜悯和保佑，即对自然界的神顶礼膜拜。

但人类与其他生物物种的生存方式又有本质区别，不是被动地适应自然，而是积极主动地利用自然，甚至改造自然，为自己的生存和发展解决各种生活所需。利用和改造自然的前提是要认识自然和了解自然，由于人类自身能力的低下，无法认识和了解身边千奇百怪的自然现象，在恐惧地面对自然的同时，试图用想象来解释自然，将自然

---

① 中共中央宣传部．习近平新时代中国特色社会主义思想三十讲［M］. 北京：学习出版社，2018：243.

② N.J. 格林伍德，J.M.B. 爱德华兹．人类环境和自然系统［M］. 刘之光，吴景岩，张将德，等译．北京：化学工业出版社，1987：493.

力加以神话，表达对自然的崇拜，这也是人类神话的起源。

现代考古学、人类学、历史学等领域的研究均表明一个事实，无论亚洲、非洲、欧洲、美洲和澳洲，无论哪个民族和国家，整个人类的发展史都经历了早期的自然崇拜阶段。在这个阶段，人与自然的关系是一种狭隘单向的形式，人与自然处于原生态的平衡当中，人属于自然，是自然之子，也是自然的附庸，人类主要是以利用而不是改造的方式与自然界相连接，表现为人对自然的依赖、敬畏、崇拜、恐惧，自然对人类的主宰，人类只能适应自然环境以求生存。这种原始的生态平衡状态，随着文明时代的到来，大约在 16 世纪有了本质的突破，逐步进入以人类为中心的人定胜天阶段。

（二）人定胜天阶段

所谓“人定胜天”，就意味着人力一定能战胜自然力，自然界应该以人为中心，或者叫“人类中心主义”。人类中心主义的观念早在古希腊时期就有端倪，公元前 5 世纪的哲学家普罗泰戈拉就提出过“人是万物的尺度”①，柏拉图也认为，人的理念构建了这个世界，因而这个世界是“以人为中心”的体系。这种思想的火花，在生产力极其低下的远古时代，乃至整个中世纪，人类中心主义都让位给了宗教神学。

农业文明时代，社会生产力有了发展，人类在了解自然的基础上，开始按照自己的意愿改造自然，人与自然的关系出现了初步对抗，出现了相互竞争和相互制约的局面，人为造成的人与自然关系的矛盾冲突问题日益加剧，表现为农业自主地发展，砍伐森林，水土流失，植被破坏等，这表明人类在与自然的相处中逐渐萌生了人定胜天、人类中心的思想。

16 世纪随着文艺复兴运动和宗教改革运动的发展，兴起了“提倡人权、反对神权，崇善科学、反对神学”的思想解放运动，随着科学技术成为生产力，“知识就是力量”，人类对自然界的了解日益加深，自然的神秘被一一揭开，对自然的利用、改造不断扩大和深入，人与自然的关系逐渐发生了颠覆性的改变，人类日益成为自然界的主人，与人是万物之灵相呼应，人主宰万物，为达到人类的私欲，可以为所欲为。在这时的人类眼里，自然界的价值仅仅在于它能够满足人类的需要，离开人的自然界变得毫无存在的意义，甚至将自然界看成是一种异己的力量或敌对的力量，提出了“征服自然、人定胜天”的口号。培根就认为，“人类为了统治自然需要了解自然，科学的真正目标是了解自然的奥秘，从而找到一种征服自然的途径”②。有人认为，“对自然的否定就是通往幸福之路”（洛克语），因为“人就是目的”（康德语），这些都是典型的“以人为中心”的“人定胜天”的自然观。

---

① 北大哲学系外国哲学史教研室．西方哲学原著选读［M］．北京：商务印书馆，1981：54.

② 童天湘．新自然观［M］．北京：中共中央党校出版社，1988：211.

随着工业文明时代的到来，人类与自然的关系又发生了革命性的逆转，人类完全占据了自然界的主导地位，人类不断征服自然、改造自然，与自然关系发生巨大矛盾和冲突，表现为大量废弃物排向环境，造成空气、水、土壤等污染，自然净化能力下降，自然生态自我修复能力被破坏，人与自然矛盾冲突骤然全面激化。到了当代，生态危机成为全球性问题，自然界对人类破坏生态平衡的行为开始报复和惩罚，向人类敲响了警钟，自然界已经不堪重负，仅靠自然界自我调节和自我修复已经不能解决问题，必须从根本上调整人与自然的关系并制约人类的行为。

（三）和谐共生阶段

工业文明带来的对自然生态的破坏，已经反过来危害人类的生存和发展，迫使人类思考，我们能否真正地超脱自然、统治自然，做自然的主人，甚至凌驾自然之上。反思的结果让人类惊醒，认识到人与自然和谐共生的重要性，既不能像古代那样做自然的奴隶，也不能像工业革命以来那样做自然的敌人，而应该做自然休戚与共的朋友，人与自然是生命共同体，必须尊重自然、顺应自然、保护自然，选择一条人与自然和谐相处、永续发展的道路，建设生态文明社会。

人与自然的关系是文明的基础。人类经历原始时代、农业文明时代、工业文明时代，如今已经进入生态文明时代，而每一文明的转型首先是人与自然关系的转型。从人与自然的发展关系看，人要从自然的主宰变为自然的伙伴，由征服自然、掠夺自然变为保护自然、建设自然，与自然保持和谐统一，正是从这个意义上说，现在我们开始重建人与自然和谐统一的时代，就是生态文明时代。

生态文明时代是继原始时代、农业文明、工业文明之后的更高一级的文明，它将人类的长久生存建立在与自然和谐发展的基础上，将人与自然视为生命共同体。生态文明摒弃了只注重经济效益而不顾人类自身生态需求和自然界进化的工业化、信息化发展模式，强调经济建设、政治建设、文化建设、社会建设、生态文明建设“五位一体”的总体布局，实现人与自然共同演进、和谐发展。生态文明强调人与自然是生命共同体，必须和谐共生，但这种和谐状态不可能自然地出现，需要建立社会的生态道德，树立生态文明的发展观。

二、文学审美中的生态道德教育

有人认为，大自然文学是“人与自然的道德对话”①，其张扬的道德评判具有鲜明的

---

① 吴尚华．人与自然的道德对话：刘先平“大自然文学”生态意涵初探［C］// 安徽大学大自然文学研究所．大自然文学研究：首卷．合肥：安徽人民出版社，2013：56.

生态伦理取向,体现了生态哲学的整体观,并且反思人对自然的无度介入和利用,批判人类中心主义的自然观,进而拷问人性、追问人对自然的道德关怀和义务。

(一)"文以载道"的审美指向

当代大自然文学是根植于生态文明时代的现实主义文学,它秉承中国文学"文以载道"的传统,其审美指向"人与自然的道德对话",在对话中建设生态文明的新道德,由此开创一个"文以载道"的生态文学新时代。

1."文以载道"的文学观

"文以载道"源自"诗言志"。"诗言志"最早出于《尚书·尧典》:"诗言志,歌永言,声依永,律和声。"所谓"诗",《礼记·乐记》说:"诗,言其志也。"许慎《说文解字·言部·诗》说:"诗,志也。"孔颖达《尚书·尧典》疏:"诗是言志之书。"这里的"诗"狭义的特指《诗经》,广义的指文学。所谓"言",是用来表达、显示"志"的。《左传·襄公·襄公二十五年》记载孔子的话:"不言,谁知其志?"许慎《说文解字》进一步明确提出"志发于言"。《六朝选诗定论》卷五说:"志之所至,言亦至焉",有什么样的"志",就有什么样的"言",也就会有什么样的"诗","言"将"诗"与"志"联系了起来,正如宋人司马光《赵朝议文稿序》所说:"在心为志,发口为言。言之美者为文,文之美者为诗。"可见"诗言志"的"言",并非一般的日常语言,而是一种诗化的审美语言,就是文学语言,对于古代诗歌来说,就是一种讲究声韵、文采和意象的语言;对于今天的文学来说,就是从《诗经》开始萌芽,经过魏晋南北朝文人的努力,到唐宋时期日渐成熟,"诗言志"也演变为"文以载道"的文学观。北宋理学家周敦颐第一个明确提出"文以载道",他在《通书·文辞》里强调"圣人之道"有重道轻文的倾向:"文所以载道也。……文辞,艺也;道德,实也。笃其实,而艺者书之;美则爱,爱则传焉,贤者得以学而至之,是为教。"周敦颐将道德作为文的内容,指的是身心性命的义理之学,是一种哲学意义上的"道"。现代文学家朱自清则认为,"言志"的本义就是"载道",这里说的"道"就是道德、道义、正义、伦理的意思。

2. 大自然文学之"道"

如果说大自然文学是以"文学"的形式,反映"大自然"的内容,那么这个形式与内容结合所表达的主题就是大自然文学之"道"。这个"道"可以说是大自然文学的逻辑起点,没有这个"道",大自然文学也就没有存在的必要。大自然文学所载之"道"就是"自然之道",或者叫"道法自然",是宣传人与自然生命共同体的和谐之道。

大自然文学之道是"自然之道",与我国古代哲学家老庄的道家思想有着深厚的渊源关系。老子曰:"道生一,一生二,二生三,三生万物。"[①] 意思是由"道"衍生出混沌未

① 李耳,庄周.老子·庄子[M].北京:北京出版社,2006:92.

开的原初状态的"一",由"一"派生出天地阴阳,由天地阴阳逐渐演化出世间万物。这里的"生"有"生成、分化、演化、发展"之意。可见,"道"指自然界一切的物质的本原,它先于天地万物而存在,是自然万物运动变化的规律。与此同时,"道"还含有"人道"的意思,指统治者的治国之道。老子就主张"以道佐人主"①,认为统治者必须认真治理国家,而解决纷争不一定要用武力,可以通过学"道"、为"道"并以此治世、救世,从而使世界达到自然无为的境界。老子把宇宙间的一切都看作一个自然而然的过程,道生成天地万物也是一个自然而然的过程,人类治理应该遵循自然规律。庄子继承了老子学说,进一步提出,"夫道,覆载万物者也"②,"道"存在于万物之中又主宰着万物。"道"来源于自然,反映客观自然的法则,而自然是道的本质属性。庄子赞美自然,认为天生的就是美善的,一切自然的都是美好的,一切人为的都是对自然的破坏。"天地与我并生,而万物与我为一"③,人与自然完全是一个二而一、一而二的共生体,即人与自然的合一。人本身就是一种自然物,与自然界中其他自然物没有什么本质的区别。

大自然文学之道是"道法自然"。"道法自然"是大自然文学的核心命题。"人法地,地法天,天法道,道法自然"④,这里的"法"就是效法、取法之意。人、地、天都应当取法于道,以道为法则,而道应当取法于自然,以自然为法则。换句话说,不仅道要效法"自然",天、地、万物包括人都要效法"自然"。老子所言的"自然"就是指"大自然","道法自然"就是顺应自然、遵循自然的法则,不与万物的自然本性相违背,不以人为的造作来扭曲事物的本性。人与万物一样源于自然,必须遵循自然的法则。大自然文之道,就在于通过以大自然为审美的文学形式,让读者在阅读大自然文学作品时,接受"大自然之道"潜移默化的情感教育,或者说大自然文学的价值在于"传道"——传播"道法自然"的道理。

(二)生态审美的道德养成

大自然文学之所以将大自然整体作为审美对象,是因为人类开始意识到自己"不道德地"对待大自然,造成大自然生态失衡,最终受到伤害的还是人类自身。正如中国大自然文学开创者刘先平指出的:"生态道德缺失,造成了我们生存环境的危机。"以生态审美为特征的大自然文学,必然承担起"呼唤生态道德"的文学责任。⑤

---

① 李耳,庄周.老子·庄子[M].北京:北京出版社,2006:66.

② 同① 204.

③ 同① 183.

④ 同① 57.

⑤ 刘先平.续梦大树杜鹃王[M].武汉:湖北科学技术出版社,2018:代序.

1. 人与自然的道德对话

大自然文学最重要的价值是阐释人与自然的道德关系。通过人与自然之间的道德关系，进而折射人与社会之间的关系。大自然文学作为当代生态文学书写的一种自然书写，将自己的审美功能定位在人与自然关系的探寻上。它以关注生态破坏的现实为逻辑起点，有明显的现实忧患意识和环保意识，但这些生态问题在作品中更多地作为典型环境来呈现，通过人与自然之间的伦理冲突以及由此引发的生态恶化，上升到有关人类生存发展与自然生态保护的文学追问和哲学思考，简言之，人类从自然中走来，又如何看待自然，亦即人与自然之间应该建立怎样的伦理关系，才能建构人与自然和谐共生的美好前景。因而，大自然文学与生态文学的明显区别，在于大自然文学的自然书写，更关注以原生态自然作为审美对象，而不是“人化的自然”；在讲述人与自然的关系上，通过人对自然的体验和融合来展现“天人合一”的理想境界，而不是纠缠于“异化的自然”。大自然文学中人与自然的对话，往往是以作者的亲身经历，写作者走进自然怀抱，通过零距离的现场观察来体验感悟自然的启示，面对面地与自然对话，作深刻的灵魂剖析。正如环境伦理学创始人施韦泽所说：“我们越是观察自然，就越是清楚地意识到，任何生命都有价值，我们和它不可分割。处于这种认识，产生了我们与宇宙的亲和关系”，“对其他任何生命都保持敬畏的态度。保持生命、促进生命就是善，反之毁灭生命、压制生命就是恶”。环境伦理学先驱、诺贝尔和平奖获得者史怀哲认为，“伦理学所要解决的真正问题确是人对世界及他们遇到的所有生命的态度问题”，在他看来，所谓伦理学“就是敬畏我自身和我之外的所有生命意志”，因为“每个生命都是一个秘密，我们与自然的生命密切相关。任何生命都有价值，我们和它不可分割”。[①] 在大自然文学视野里，所有生命都是相互关联、休戚与共的一个整体，人只有把其他生命视为与人类一样神圣、把动植物生命视作人类同胞兄妹，并尽人类所能去帮助自然界所有需要帮助的生命的时候，人类才是道德的。所以，大自然文学的价值取向，是在强调生态整体价值上，以生态系统的整体利益和内在规律为尺度来衡量万物和人类，约束人类的活动、需求和发展，使得人类的行为都必须遵守生态规律。从这个意义上来说，大自然文学最重要的审美价值，就是在人与自然的心灵交流中，文学地阐释人与自然的道德关系。

2. 呼唤生态道德

建设生态文明，需要法律和道德双管齐下。法律和道德是解决一切问题的两大支柱，生态文明建设在呼唤生态法制建设的同时，也需要呼唤生态道德的养成。法律惩

① 吴尚华．人与自然的道德对话：刘先平“大自然文学”生态意涵初探［C］// 安徽大学大自然文学研究所．大自然文学研究：首卷．合肥：安徽人民出版社，2013：83-85.

罚人对自然的恶行，道德规范人对自然的善行，但几千年来，我们已有了处理人与人、人与社会之间关系的行为规范——法律和道德，却没有处理人与自然关系的行为规范。生态立法是法律部门的事情，“生态道德的缺失，正是引发环境危机的重要原因。长期以来，我们在处理人与自然关系方面，没有建立起道德规范，不注重从道德层面加以引导，法律也严重滞后，因而无视其他生命的权利，对大自然进行无情的掠夺……只有受到大自然的严厉惩罚，直到危及人类本身的生存，才迫使人类重新审视自身与自然的关系，规范人与自然关系的法律和建立生态道德的重要性才得以凸显”。大自然文学呼唤生态道德，就是借用文学的力量，引导人们“关注人与自然的关系”。“我们急需建立对于自然应具有的行为规范，以调节人与自然之间的关系，消解环境危机，构建人与自然的和谐”，这是时代对大自然文学提出的重大命题。所以，刘先平说：“我在大自然中跋涉 40 多年，写了几十部作品，其实只是在做一件事：呼唤生态道德——在面临生态危机的世界，展现大自然和生命的壮美；生态道德是维系人与自然血脉相连的纽带。我坚信，只有人们以生态道德修身济国，人与自然的和谐之花才会遍地开放。”① 在刘先平看来，大自然文学就是生态道德文学读本，人们应该充分认识到，生态道德在全社会的建立，将是一个艰难而长期的任务，需要全社会动员一切可行的形式来参与，而大自然文学更是应运而生，大有可为。

三、生态文明建设视域下的大自然文学

生态文明建设是在生态危机日益严重的情况下提出的，它是一项系统工程，首要任务是提高全民的生态意识，特别是从培养少年儿童的生态意识做起。大自然文学在生态文明建设中发挥着其他意识形态工具所无法替代的作用，因为大自然文学叙述的是人与自然的关系，是对严峻生态现实的文学反映，主要读者对象是少年儿童，对少年儿童树立正确的生态观与和谐发展观，有着潜移默化的认识、教育和感化作用。

（一）生态观：大自然文学与生态文明建设的道德观

大自然文学与生态文明是属于同根同源的生态文化大河，而且文学属于文明的组成部分，两者拥有共同的生态观。生态观的核心是人对自然的看法，人与自然关系集中反映人是否“道德地”对待人之外的环境，将“自然的人化”上升到环境伦理学的高度，以正确认识人的起源、人类归属以及人与自然的关系。

大自然文学所倡导的生态观，就是大自然文学作家的生态观在作品中的审美反

---

① 刘先平．续梦大树杜鹃王［M］．武汉：湖北科学技术出版社，2018：代序．

映。大自然文学倡导的人与自然和谐相处的生态道德观，也是生态文明建设所赖以建立的生态道德观。生态道德作为大自然文学的出发点和重点，恰恰是生态文明建设的起点和基石，大自然文学不仅有其自身文学审美的独立价值，而且有服从于生态文明建设的责任自觉，进而言之，如果说大自然文学视阈下的生态文明是一种审美理想，那么生态文明建设特别需要大自然文学为社会生态道德的建立摇旗呐喊。

1. 大自然文学的生态观

大自然文学作为生态文明建设的文学力量，自觉以生态文明建设的生态观为创作指导，呼唤生态道德，培育生态文化，建设生态文明。

大自然文学本质上是生态文学的一种，它源自生态危机现实，呼唤生态道德养成，讴歌生态和谐理想，体现了科学的生态观。大自然文学是反映人类认识自然的文学，当人类对自然的认识达到“生态文明时代”，大自然文学作为生态文学的重要一支，得到显著发展。催生大自然文学发展的现实动力是人类对自然的破坏达到了丧心病狂的程度，严重的生态危机已经开始危机人类自身的生存。正如恩格斯对人类的忠告：“不要过分地陶醉于我们对自然界的胜利，对于每一次的胜利，自然界都报复了我们。每一次胜利，在第一步都确实取得了我们预期的结果，但是在第二步第三步却都有了完全不同的、出乎预料的影响，常常把第一个结果又取消了。”① 这里的“报复”是指人类的行为违背了生态平衡这一自然发展规律而遭到自然的惩罚，希望人类应当正确地认识自然、尊重自然和保护自然，遵守大自然法则。

大自然文学的生态观以马克思主义自然观为基础，体现了“人的自然主义与自然的人道主义的统一”。大自然文学强调人是自然的存在物，人类的能力也仅仅是自然能力的一种体现形式；另一方面，人类的能力足以改变自然，让自然满足自己日益增长的需要的同时，也使自然拥有了“人的意义”。从这个意义上说，人不仅是“自然存在物”，而且人类自身拥有“再生产整个自然界”的能力，让自然界“人化”，所以，人类对自然界的生态保护负有绝对的义不容辞的责任和义务，解决人类与自然之间的矛盾，就是实现“人的自然本质”与“自然界人的本质”的统一，就是“自然的人本主义”与“人的自然主义”的统一，只有“人同自然界完成了的、本质的统一”，才是“自然界的真正复活，是人的实现了自然主义和自然的实现了的人本主义”。

大自然文学的生态观，表现为对人与自然关系的“根源性”关注。如果说一般的文学书写是将自然看作文学创作的“资源”，借自然抒情言志，那么大自然文学是将自然看作文学探究的“根源”，将人还原到自然的整体结构中，来探寻人在自然中的应有

① 中共中央马克思恩格斯列宁斯大林著作编译局编．马克思恩格斯选集：第 3 卷［M］．北京：人民出版社，1972:517.

位置即人与自然的关系。“资源性关系”是一种纯粹实用性的、单向性的和技术性的关系，表现在人力图控制、改造和征服自然；“根源性关系”则是全面的、双向性的和伦理性的关系，将人与自然看作一体，希望把自然变成“人的无机的身体”，正如罗尔斯顿认为的，“当我们探寻的不是资源而是我们的根源时，我们就上升到了环境理论学习的高度”①。

大自然文学的生态观，使其具有生态文学的本质特征。生态文学是“以生态整体主义为思想基础、以生态系统整体利益为最高价值的考察和表现自然与人之间和探寻生态危机之社会根源的文学。生态责任、文明批判、生态理想和生态预警是其突出特点”②。大自然文学和生态文学一样，都是以生态系统的整体利益为最高价值的文学，以生态整体观来指导考察人与自然的关系，增强读者的生态意识。但与一般生态文学不同的是，大自然文学关注的重点不是对生态危机现实的批判揭露，停留在生态批评的层面，而是在客观记录生态危机现实的基础上，通过呼唤生态道德，更关注“人心的建设”，即挽救人心，改造人性，消除人类贪得无厌的欲望，重建沦丧的生态道德。因而，生态道德观成为大自然文学的核心生态观。大自然文学通过生态失衡的现实描写，唤起人类对生态危机的忧患意识，激发人类生态道德的觉醒，为生态文明建设奠定道德基础。同时，大自然文学通过挖掘现实生态的诗意美，讴歌美好的生态形象，展示理想的生态社会，为生态文明建设描绘美好的前景，从而具有滋润感化人心的道德力量。

2. 生态道德是生态文明的根基

前文说过，大自然文学的文以载道的“道”就是“道法自然”，这个“道”有“自然之道”和“人道”两层含义。“自然之道”就是自然万物运动变化的规律，“人道”就是“人道主义”地对待自然界，也就是建立在人与自然关系上的生态道德。生态道德是生态文明建设的根基。文明始于道德，道德可以养成。道德的养成有多种途径，文学的教育是其中最有效的途径之一。生态文明建设需要加强生态文明宣传教育，强化生态意识，推动形成节约适度、绿色低碳、文明健康的生活方式和消费模式，让践行生态道德成为社会风尚，推动形成人与自然和谐发展的新格局。在生态文明建设中，提高公民的生态文明素质是出发点也是落脚点，大自然文学所包含的生态道德思想，在生态文明建设中发挥着培育生态文化、树立生态意识、开展生态教育、提升生态素质的独到作用，使人们既明确生态权利，又明确生态义务，以生态道德规范和生态法律法规，共同建设生态文明社会。

---

① 霍尔姆斯·罗尔斯顿．环境伦理学：大自然的价值以及人对大自然的义务［M］．杨通进，译．北京：中国社会科学出版社，2000：269.

② 王诺．欧美生态文学［M］．北京：北京大学出版社，2003：11.

社会生态道德的形成，有赖于国家生态教育体系的建立和生态教育的全面开展。生态教育是全民教育、全程教育和终身教育，关系到全民生态文明意识的形成和热爱自然、保护环境行为规范的落实。大自然文学作品通过文学的情感力量，是名副其实的生态道德教育读本，在一个个文学形象的感染下，潜移默化地接受生态道德教育，认识到生态道德风尚的形成，同每个人息息相关。每个人都应该成为践行者和推动者，不仅要从自身做起，从身边的事情做起，形成良好的生态习惯；还要参与生态文明教育，推动形成节约适度、绿色低碳、文明健康的生活方式和消费模式，使生态意识上升为全民意识，形成全社会共同参与的良好风尚，为生态文明建设营造浓厚的文化氛围和良好的社会环境。

大自然文学作家坚信，要从根本上解决生态困境，建设生态文明，需要借助大自然文学从人类自身的救治作用开始，解决人类的思想意识根源，开展生态道德教育。因为道德可以帮助人类这个最有可能打乱生态系统的物种进行自我调节，面对越来越严重的生态危机，大自然文学义不容辞地承担起建设生态文明的时代使命，成为生态文明大厦的一块奠基石。在思考引发生态危机的思想文化中，对人类自身进行生态思想启蒙，唤醒生态良知，建立生态道德，以此探究解决生态危机的文学方案，以文学的道德力量进行生态文明建设。

（二）和谐观：大自然文学与生态文明建设的发展观

生态文明是人类社会进步的重大成果，是实现人与自然和谐发展的必然要求。建设生态文明，要以资源环境承载能力为基础，以自然规律为准则，以可持续发展、人与自然和谐为目标，建设生产发展、生活富裕、生态良好的文明社会。生态文明建设的和谐发展观，正是大自然文学所追求的终极目标。大自然文学通过对大自然整体的生态审美，认同人与自然是生命共同体，人与自然关系的最高境界是和谐共生。大自然文学的和谐观和生态文明建设的发展观一脉相通，使得大自然文学不仅立足当代，更指向未来，成为具有历史高度、思想深度、情感温度、哲学维度的文学。

1. 追求人与自然和谐共生

大自然文学被誉为“人与自然和谐的颂歌”①，其和谐观与生态文明建设的发展观在本质上有着高度一致性。生态文明的发展观就是人与自然和谐相处，自然万物和谐共生。唤起人类的生态意识，实现人与自然和谐友好，是大自然文学的初衷，也是从事大自然文学作家的责任和使命。

大自然文学是在 20 世纪全球性的生态环境危机背景下崛起的，它以人与自然的关

---

①高洪波．人与自然和谐的颂歌[C]//安徽大学大自然文学研究所．大自然文学研究：首卷．合肥：安徽人民出版社，2013：168.

系作为主要书写内容，以生态哲学作为思想基础，以构建人与自然和谐共生的诗意家园为最高的审美理想境界，是具有鲜明的现代生态伦理意识和生态文明精神的一种文学思潮和文学想象。人与自然和谐共生是大自然文学的核心主题，大自然文学或以对丰富多彩而又神秘造化的自然生态景观作为审美对象，在展示大自然的风光之美和生物世界的生存图景、探索人与自然和谐共生的维度上，构建人类诗意栖居的想象性图景；或以人类与自然界生物之间的冲突为矛盾，通过人对自然的体验和融合来感悟人与自然之间的和谐关系，传达人对自然的道德义务，展现“天人合一”的理想境界，进而思考人类的文明发展模式——绿色发展，具有鲜明的生态文明理想和追求人与自然共生的和谐美。

大自然文学的和谐美，源自大自然文学的生态整体观。生态整体论者认为，人与自然是互相紧密联系的整体，人类入侵自然、破坏自然就是在破坏人类自身，人与自然是一种共生共存的关系。“人类与自然的价值关系是一种休戚与共、共存共荣的关系，本质上是一种共同生存关系”①。人与自然的共生趋向于自然生态系统中多样性生命存在的良性互动与融合，无法脱离其他生命存在个体而独立存在，因此，美必然不是人类的“独美”，而是人类与其他一切生命的“共生之美”，是一种人与其他生命存在的和谐发展，呈现“万类霜天竞自由”的生机和活力之美。

大自然文学的和谐美，体现在人与自然的共生和谐之美。“生态共生的基础是自然生态系统中多样生命体的共生”②。人类与其他自然生物一样，都生活在自然环境中，生命之间是相互联系的。有个叫西雅图的印第安酋长说得好：“人类属于大地，但大地不属于人类。世界上万物都是相互关联的，就像血液把我们身体的各个部分连接在一起。生命之网并非人类所编织，人类不过是这个网络中的一根线、一个结。但人类所做的一切，最终会影响到这个网络，也影响到人类本身。”③ 人类应把自己看成大自然生态链中的一个组成部分，思考人与自然和谐相处的方式，正如大自然文学中写到的海葵与海葵虾的关系一样。在神秘的海底世界，海葵虾依附着海葵生活，海葵虾遇到敌人时，就可以依靠海葵的毒触角来摆脱危险，而比较懒惰的海葵就可以分享海葵虾的食物而生存下来，这就是共生。人与自然同样是共生的关系，这种关系一旦被打破，必然会伤害到人类自身。“1962 年，蕾切尔·卡逊《寂静的春天》的发表，以大量的事实和科学依据揭示了滥用杀虫剂对生态环境的破坏和对人类健康的损害，激烈抨击了这种依靠科

---

① 裴广训 . 环境伦理学 [M]. 北京：高等教育出版社，2002：149.

② 曾繁仁 . 当代生态文明视野中的美学与文学 [M]. 郑州：河南人民出版社，2006：521.

③ 韩进 . 呼唤生态道德　讴歌自然和谐：刘先平与他的大自然文学 [C]// 安徽大学大自然文学研究所 . 大自然文学研究：首卷 . 合肥：安徽人民出版社，2013：187.

学技术来征服自然、统治自然的生活方式、发展模式和价值观念”①，警醒人类要建立起尊重自然、尊重生命、敬畏自然，以整体的、平等的观念来对待自然界中任何一种物体的生态伦理观，促使人与自然关系的缓和，逐步建立起和谐相处的新型关系。为此，首先要放弃人类中心主义的片面认识，把自然界看作人类“有机的身体”；其次，还要放弃狭隘的人类自我，追求更高、更宽大的人类与自然和谐相处的“大我”，实现物质财富与精神财富的共同追求。

大自然文学的和谐美，体现在人与人关系的和谐之美。马克思主义生态观认为，人与自然界的关系，实际上体现了人与人的关系；解决人与自然的矛盾，首先从解决人与人的矛盾做起。“所谓人与人和谐是指人际关系之间的一种互动与和睦状态，包括个体与个体之间、个体与群体之间、群体与群体之间关系的和谐，体现为人们在权利、义务、人格等关系上的平衡，以及在此基础上形成的相互尊重、平等互利、诚信友爱、互帮互助、融洽相处的关系”②。然而工业文明社会是一个片面的功利型社会，生存在这样的社会环境中的人类也是功利型的，人们善于依靠外力去征服人、征服自然，追求物质利益，对艺术审美遭到冷落，精神世界贫乏，人跟人的情感不再纯真纯洁，人与社会的关系充满矛盾，人与自然的对立日益突出，究其原因，是人与人关系的异化，因此，要实现人与自然、人与社会的和谐之美，必须首先努力构建一种人与人的和谐关系。“人意识到别人是同自己平等的人，人把别人当作同自己平等的人来对待”③，就会在平等思想下构建人与人和谐相处的友好关系；同理，当人意识到自然万物是同自己平等的时候，才会在平等思想下构建人与自然和谐相处的友好关系。

2. 确立并推进绿色发展

大自然文学追求人与自然和谐共生的生态理想，就是要保持人类自身与自然界呈现可持续发展的状态，确立并推进绿色发展。绿色发展理念是以人与自然和谐为价值取向，以绿色低碳循环为主要原则，以生态文明建设为基本抓手，将环境保护作为实现可持续发展的重要支柱，是以人与自然和谐共生为核心的一种新型发展模式。

与资源型传统发展方式相比，绿色发展体现了社会发展方式的革命性转变，是生态文明建设的基本抓手。习近平总书记指出：“生态文明建设事关中华民族永续发展和‘两个一百年’奋斗目标的实现，保护生态环境就是保护生产力，改善生态环境就是发

---

① 王春荣．意义的生成与阐释［M］．沈阳：辽宁人民出版社，2007：151.

② 许华．马克思社会和谐思想研究［M］．合肥：中国科学技术大学出版社，2014：114.

③ 中共中央马克思恩格斯列宁斯大林著作编译局．马克思恩格斯文集：第 1 卷［M］．北京：人民出版社，2009：264.

展生产力。"[①] 生态环境问题归根到底是生态道德观和经济发展方式问题,要正确处理好人与自然的关系,正确处理好经济发展同生态环境保护的关系,切实把绿色发展理念融入经济社会发展各方面,推进形成绿色发展方式和生活方式,使青山常在、清水长流、空气常新,人类在良好生态环境中生活,在人与自然和谐共生中建设美丽家园。

大自然文学追求人与自然和谐共生、确立并推进绿色发展理念,是生态文明建设的重要支撑。生态文明建设的核心是保护生态环境、实现绿色发展。"环境就是民生,青山就是美丽,蓝天也是幸福。要像保护眼睛一样保护生态环境,像对待生命一样对待生态环境,把不损害生态环境作为发展的底线",明白"绿水青山就是金山银山"[②],按照绿色发展理念,树立大局观、长远观、整体观,坚持保护优先,坚持节约资源和环境保护,把生态文明建设融入经济建设、政治建设、文化建设、社会建设各方面和全过程,建设美丽家园,开创人类生态文明的新时代。

四、新时代大自然文学与生态文明建设的关系

"社会主义在本质上是生态社会主义"[③]。生态社会主义的自然观也就是社会主义自然观的基本内容,包括"人与自然和谐共生的发展理念""资本主义制度是生态危机的根源""坚持人与自然、社会发展与自然系统相协调的绿色发展方式"等。

当代中国作为世界最有影响和最为成功的社会主义国家,自新中国成立以来,不断探索一条中国特色社会主义的绿色发展道路,特别是在20世纪70年代改革开放以后,中国明确提出了"生态文明"的新理念,党的十八大将生态文明建设纳入中国特色社会主义总体布局,提出了"美丽中国"的奋斗目标。党的十九大进一步提出了"坚持人与自然和谐共生"的基本方略。2017年10月24日通过修订的新党章增加了"中国共产党领导人民建设社会主义生态文明"的内容,提出要"树立尊重自然、顺应自然、保护自然的生态文明理念,增强绿水青山就是金山银山的意识,坚持节约资源和保护环境的基本国策,坚持节约优先、保护优先、自然恢复为主的方针,坚持生产发展、生活富裕、生态良好的文明发展道路","把我国建设成为富强民主文明和谐美丽的社会主义现代化强国"[④]。2018年3月11日通过的《中华人民共和国宪法修正案》写入"生态文明

① 中共中央宣传部．习近平总书记系列重要讲话读本［M］．北京：学习出版社，2016：234.

② 同① 230-233.

③ 同②．

④ 中国共产党第十九次全国代表大会文件汇编［G］．北京：人民出版社，2017：74，71.

协调发展”[①],生态文明已经上升为党的主张和国家意志。

2018 年 5 月 18 日,全国生态环境保护大会召开,习近平总书记发表《推动我国生态文明建设迈上新台阶》[②] 的重要讲话,这篇讲话标志着“习近平生态文明思想”的正式确立,包括“八个坚持”:坚持生态兴则文明兴;坚持人与自然和谐共生;坚持绿水青山就是金山银山;坚持良好生态环境是最普惠的民生福祉;坚持山水林田湖草是生命共同体;坚持用最严格制度最严密法治保护生态环境;坚持建设美丽中国全民行动;坚持共谋全球生态文明建设。

习近平生态文明思想内涵丰富、系统完整,深刻回答了为什么建设生态文明、建设什么样的生态文明、怎样建设生态文明等重大理论和实践问题,是当代中国社会主义生态文明建设的指导思想,也是新时代大自然文学创作必须遵循的指导思想。

(一)新时代中国特色社会主义生态文明建设的自然观

中国特色社会主义生态文明建设实践经验和理论成果,集中体现于《习近平谈治国理政》(第一卷、第二卷)、习近平在中国共产党第十九次全国代表大会上的报告、在全国生态环境保护大会上讲话等系列重要讲话、《习近平新时代中国特色社会主义思想学习纲要》以及《中共中央国务院关于加快推进生态文明建设的意见》(2015 年 4 月 25 日)、中共中央国务院印发的《生态文明体制改革总体方案》(2015 年 9 月)等重要文件中,核心内容是建立在生态整体自然观基础上的生态文明理念,包括以下六个方面重要内容:

1. 坚持人与自然和谐共生的科学自然观

“人类的发展活动必须尊重自然、顺应自然、保护自然,否则就会遭到大自然的报复”[③],“人类只有遵循自然规律才能有效防止在开发利用自然上走弯路,人类对大自然的伤害最终会伤及人类自身,这是无法抗拒的规律”[④]。天育物有时,地生财有限,“生态环境没有替代品,用之不觉,失之难存”[⑤],要“着力推进人与自然和谐共生”。

---

① 中华人民共和国宪法修正案 [G]. 北京:中国民主法制出版社,2018:4.

② 习近平 . 推动我国生态文明建设迈上新台阶 [J]. 求是 .2019(03):4-19.

③ 习近平 . 推动形成绿色发展方式和生活方式 [G]// 习近平 . 习近平谈治国理政:第 2 卷 . 北京:外文出版社,2017:394.

④ 习近平 . 决胜全面建成小康社会,夺取新时代中国特色社会主义伟大胜利:在中国共产党第十九次全国代表大会上的报告 [G]// 中国共产党第十九次全国代表大会文件汇编 . 北京:人民出版社,2017:40.

⑤ 习近平 . 深入理解新发展理念 [G]// 习近平谈治国理政:第 2 卷 . 北京:外文出版社,2017:209.

2. 树立“绿水青山就是金山银山”的科学发展观

2013 年 9 月，习近平总书记在哈萨克斯坦纳扎尔巴耶夫大学回答学生提问时，进一步作出清晰全面阐述：“我们既要绿水青山，也要金山银山。宁要绿水青山，不要金山银山，而且绿水青山就是金山银山。”[①] 这一重要论述深刻阐明了生态环境保护与经济发展的关系，揭示了保护生态环境就是保护生产力、改善生态环境就是发展生产力的道理，指明了实现发展和保护协同共生的新路径，饱含尊重自然、谋求人与自然和谐发展的价值理念和发展理念，也是推进中国现代化建设的重大原则。生态环境保护和经济发展不是矛盾对立的关系，而是辩证统一的关系。良好的生态本身蕴含着无穷的经济价值，能够源源不断创造综合效益，实现经济社会可持续发展。生态环境保护的成败归根到底取决于经济结构和经济发展方式。经济发展不应是对资源和生态环境的竭泽而渔，生态环境保护也不应是舍弃经济发展的缘木求鱼，而是要坚持在发展中保护、在保护中发展。

3. 坚持山水林田湖草是生命共同体的大生态观

2017 年 7 月，在中央全面深化改革领导小组会议上，习近平总书记在谈及建立国家公园体制时说，坚持山水林田湖草是一个生命共同体。“从山水林田湖，到山水林田湖草，虽然只增加了一个‘草’字，却把我国最大的陆地生态系统纳入生命共同体中，体现了习近平总书记深刻的大生态观”[②]。人的命脉在田，田的命脉在水，水的命脉在山，山的命脉在土，土的命脉在林草，这个生命共同体是人类生存发展的物质基础。生态是统一的自然系统，是相互依存、紧密联系的有机链条。要用系统论的思想方法看问题，从系统工程和全局角度寻求新的治理之道。统筹山水林田湖草系统治理，就要按照生态系统的整体性、系统性及其内在规律，统筹考虑自然生态各要素、山上山下、地上地下、陆地海洋以及流域上下游，进行整体保护、系统修复、综合治理，增强生态系统循环能力，维护生态平衡；就要实施山水林田湖草一体化生态保护和修复，实施重要生态系统保护和修复重大工程，加快水土流失和荒漠化、石漠化综合治理，扩大湖泊、湿地面积，保护生物多样性，全面提升生态系统稳定性和生态服务功能，筑牢生态安全屏障。

4. 推动形成绿色发展方式和生活方式

绿色是生命的象征、大自然的底色。绿色发展，就其要义来讲，是要解决好人与自然和谐共生问题。习近平总书记指出：“推动形成绿色发展方式和生活方式，是发展观

---

① 中共中央宣传部 . 习近平新时代中国特色社会主义思想学习纲要 [M]. 北京：学习出版社，169-170.

② 高敬，王博，周楠，等 . 为了美丽的绿水青山：习近平总书记考察生态文明建设回访 [N]. 安徽日报，2019-08-26(1).

的一场深刻的革命。”生态环境问题归根结底是发展方式和生活方式问题，要想从根本上解决生态环境问题，必须贯彻绿色发展理念，坚决摒弃损害甚至破坏生态环境的主张模式，加快形成节约资源和保护环境的空间格局、产业结构、生产方式、生活方式，把经济活动、人的行为限制在自然资源和生态环境能够承受的限度内，给自然生态留下休养生息的时间和空间。加快形成绿色发展方式和生活方式，就要“正确处理经济发展和生态环境保护的关系，像保护眼睛一样保护生态环境，像对待生命一样对待生态环境，坚决摒弃损害甚至破坏生态环境的发展模式，坚决摒弃以牺牲生态环境换取一时一地经济增长的做法，让良好生态环境成为人民生活的增长点、成为经济社会持续健康发展的支撑点、成为展现我国良好形象的发力点，让中华大地天更蓝、山更绿、水更清、环境更优美”。①

5. 提高全社会的生态文明意识

在人与自然关系中，人是起主导和决定作用的因素，人与自然的关系集中体现在人与人、人与社会的关系，建设生态文明的社会主义社会，必须从人做起，通过人人尽责，实现人人受益。要加快形成绿色生活方式，在全社会牢固树立生态文明理念，增强全民节约意识、环保意识、生态意识，培养生态道德和行为习惯，让天蓝地绿水清深入人心。要通过“积极培育生态文化、生态道德，使生态文明成为社会主流价值观，成为社会主义核心价值观的重要内容”；通过“从娃娃和青少年抓起，从家庭、学校教育抓起，引导全社会树立生态文明意识”；通过“创作一批文化作品，创建一批教育基地，满足广大人民群众对生态文化的需求”；通过“提高公众节约意识、环保意识、生态意识，形成人人、事事、时时崇尚生态文明的社会氛围”②，“一代接着一代干，驰而不息，久久为功，努力形成人与自然和谐发展新格局，把我们伟大的祖国建设得更加美丽，为子孙后代留下天更蓝、山更绿、水更清的优美环境”③。

6. 实行最严格的生态环境保护制度

保护生态环境需要道德与法制双管齐下，而且特别需要解决“体制不健全、制度不严格、法治不严密、执行不到位、惩处不得力”的现实问题。习近平总书记指出：“只有实行最严格的制度、最严密的法治，才能为生态文明建设提供可靠保障。”④必须把生态

---

① 习近平．推动形成绿色发展方式和生活方式［G］// 习近平谈治国理政：第 2 卷．北京：外文出版社，2017：395.

② 中共中央国务院关于加快推进生态文明建设的意见［N］. 人民日报，2015-05-06(12).

③ 习近平．弘扬塞罕坝精神［G］// 习近平谈治国理政：第 2 卷．北京：外文出版社，2017：397.

④ 中共中央宣传部．习近平新时代中国特色社会主义思想学习纲要［M］. 北京：学习出版社，2019：174.

环境保护制度建设作为推进生态文明建设的重中之重，深化生态文明体制改革，把生态文明建设作为系统工程，融入经济建设、政治建设、文化建设、社会建设各方面和全过程，“把生态文明建设纳入制度化、法治化轨道”[①]。

（二）生态文明建设新时代对中国大自然文学创作的新要求

党的十八大以来，生态文明建设被纳入中国特色社会主义建设事业“五位一体”（经济建设、政治建设、文化建设、社会建设、生态文明建设）总体布局，生态文明被纳入社会主义核心价值观，生态文明教育被纳入国民教育体系和干部教育培训体系，要求从娃娃和青少年抓起，从家庭、学校教育抓起，从国民素质教育抓起。大自然文学无疑是生态文明宣传教育的有效手段，在呼唤生态道德、传播生态知识、宣传生态意识、培育生态文化等方面，具有不可代替的审美教育作用。

1. 呼唤生态道德

大自然文学是呼唤生态道德的文学，生态道德是建设生态文明的基石。所谓生态道德，就是人类对自然的看法和态度。热爱生命，尊重生命，热爱自然，保护自然，实现人与自然和谐共生，是生态道德的基本内容。

人类怎样对待其他生命，其他生命就会怎样回报人类。一旦认识到人类生存环境的危机正是来自人类自身“不道德”地对待大自然，一种呼唤生态道德的大自然文学就会应运而生。刘先平以自己创作为例，认为自己在大自然中跋涉 40 多年，写了几十部作品，其实只是在做一件事——“呼唤生态道德”，因为他要感谢大自然！是大自然给予了他最生动、深刻的生态道德教育，因而无论是描写在大熊猫、相思鸟世界探险的长篇小说，或是讲述在野生动植物世界探险的奇遇故事，刘先平都在努力宣扬生态道德的伟大，努力让生态道德在人们心间生根、发芽。

2. 传播生态知识

大自然文学是传播生态知识的文学。生态知识不仅是大自然文学的重要内容，还是建设生态文明的知识力量。如何不再发生“不道德”地对待自然的行为，就需要“有道德”地对待自然的生态知识。

大自然文学的认识功能集中体现在对生态知识的传播上，包括四个层面：一是关于大自然的知识，帮助人们了解自然现象，认识自然规律，按照自然规律办事；二是关于人类与自然关系的知识，讲述人与自然关系变迁的历史，人类如何适应自然、利用自然、改造自然，乃至破坏自然、重建自然的经验和教训；三是关于人类社会发展的知识，人类如何走出自然、建构人类社会，以及人类社会发展的知识；四是关于人类社会发展进入

---

① 习近平．树立“绿水青山就是金山银山”的强烈意识［G］// 习近平谈治国理政：第 2 卷．北京：外文出版社，2017：393.

生态文明时代的知识,如何构建人与自然生命共同体、实现绿色发展的知识。

上述四个层面的知识又是一个整体,涉及博物学、社会学、环境学、生态学、人类学、未来学等方方面面的知识,共同成为大自然文学的反映对象,从这个意义上说,大自然文学可以被当作关于人与自然关系的科学文艺来欣赏。如刘先平的《大熊猫传奇》讲述了濒危物种大熊猫的保护知识,《续梦大树杜鹃王》讲述了植物皇后大树杜鹃的植物学知识,《追梦珊瑚》讲述了珊瑚礁生态系统的海洋知识,《一个人的绿龟岛》讲述了人与自然命运与同的生活知识。生态知识将改变人对自然的看法,也将改变人类自身的行为,成为生态文明建设的认识基础。

3. 宣传生态意识

大自然文学是宣传生态意识的文学,生态意识是建设生态文明的前提。生态意识的核心是环保意识,环保意识不仅是大自然文学的重要内容,还是推进大自然文学发展的现实动力。

1962 年,蕾切尔・卡逊出版《寂静的春天》,以大量事实和科学依据揭示了滥用杀虫剂对生态环境的破坏和对人类健康的损害,猛烈抨击了这种依靠科学技术来征服自然、统治自然的生活方式、发展模式和价值观念,让人们想起恩格斯曾对人类行为发出的忠告,"不要过分地陶醉于我们对自然界的胜利,对于每一次的胜利,自然界都报复了我们。每一次胜利,在第一步都确实取得了我们预期的结果,但是在第二步第三步却都有了完全不同的、出乎预料的影响,常常把第一个结果又取消了"[①]。

人们越来越强烈地意识到,保护生态环境就是保护人类自身,特别是随着社会发展和生活水平不断提高,人们对干净的水、清新的空气、安全的食品、优美的环境等的生态要求越来越高,生态环境在人们生活幸福指数中的地位不断凸显,环境问题日益成为重要的民生问题,人们从过去"盼温饱"到现在"盼环保"、从过去"求生存"到现在"求生态",在这一生态意识觉醒的进程中,特别需要大自然文学给人们补上一堂"环保文学课",让人们认识到生态危机的危害性和树立环保意识的紧迫性,形成良好的社会舆论导向,放弃人类中心主义的片面认识,把自然界看作人类"有机的身体";放弃狭隘的人类自我,追求更高、更宽大的人类与自然和谐相处的"大我";正确处理经济发展与生态环境保护的关系,像保护眼睛一样保护生态环境,像对待生命一样对待生态环境,坚决摒弃损害甚至破坏生态环境的发展模式,坚决摒弃以牺牲生态环境换取一时一地经济增长的做法,让良好生态环境成为人民生活的增长点、成为经济社会持续健康发展的支撑点、成为展现我国良好形象的发力点。一句话,要提高保护生态环境的社会意

① 马克思,恩格斯.马克思恩格斯全集:第 31 卷[M].中共中央马克思恩格斯列宁斯大林著作编译局,译.北京:人民出版社:1971:519.

识，协调物质财富与精神财富的均衡发展，创造人与自然和谐共生的美好家园。

4. 培育生态文化

大自然文学是培育生态文化的文学，生态文化是追求人与自然和谐共生的文化，是生态文明建设的重要支撑。中共中央、国务院《关于加快推进生态文明建设的意见》明确指出，生态文明建设要“坚持把培育生态文化作为重要支撑。将生态文明纳入社会主义核心价值体系，加强生态文化的宣传教育，倡导勤俭节约、绿色低碳、文明健康的生活方式和消费模式，提高全社会生态文明意识”。

大自然文学表现人与自然的关系，挖掘生态危机的根源，讴歌生态和谐的美好，以其独特的生态关怀，潜移默化中教给了人们一种认识世界的方法——从生态的视角看问题，建立一种人与自然和谐相处、协同发展的新型文化——生态文化。利奥波德在《沙乡年鉴》一书中提出，人类应该“像山那样思考”，亦即在牵一发而动全身的生态世界整体面前，人类应该谦卑地学会“换位思考”，摒弃盲目自大的人类中心主义，与自然世界里的万事万物心连心、同呼吸、共命运。因为“人不是自然存在的主人，而是自然界的看护者、存在的牧羊人。人应该懂得他仅仅是整个生态系统的一部分，并且人的命运从属于整个生命系统的命运”（海德格尔语）。

大自然文学对生态文化的培育有三层含义：一是关注生态现状，激发人们对自然环境的忧患意识和人类发展的生态意识，重新思考人与自然的关系以及生命存在的价值，人因自然而生并对自然界的生态保护负有绝对的义不容辞的责任和义务。二是倡导和谐共生，告诫人们充分认识维护人与自然关系的重要性、紧迫性和艰巨性，把推动形成绿色发展方式和生活方式摆在更加突出的位置，形成全社会共同参与的良好风尚。三是憧憬诗意栖居，讴歌天人合一的生命智慧和生态和谐的美好前景，树立和践行“绿水青山就是金山银山”的发展理念。

刘先平大自然文学观探析①

刘先平创作大自然文学40余年，被誉为“中国大自然文学之父”。刘先平从内容和形式两个方面，高度概括了大自然文学的本质和特征，体现了其对大自然文学创作的理论思考，具有独创性和典型意义。研究刘先平大自然文学观，不仅对刘先平自己的大自然文学创作有指导意义，而且对中国大自然文学理论建设有引领和示范意义，表明中国大自然文学已经具有自身的理论，昭示大自然文学是具有独立品格的新文学。综合刘先平的创作思考和理论探索，可以将大自然文学概括为：以大自然为题材，以探索人与自然关系为内容，以呼唤生态道德为主题，描绘人与自然和谐发展美景的文学。大自然文学最有特色的表达方式，是以第一人称非虚构的散文体，讲述人与自然命运与共的生命传奇。及时总结刘先平的大自然文学观，准确把握其丰富的内涵，不仅是研究刘先平大自然文学创作的一把钥匙，也是建设中国特色大自然文学理论的重要内容。本文试图从五个方面，系统解析刘先平的大自然文学观，为中国大自然文学理论建设提供参考和启示。

一、大自然文学发生论

20世纪中期以来，越来越严重的环境污染给人类的生存发展环境带来严重破坏和灾难，人类开始对工业文明的利弊进行反思，也开启了从工业文明向生态文明过渡的新阶段。

1973年，英国著名历史学家阿诺德·汤因比(Arnold Toynbee)从生态哲学的高度，提出人类正处在“何去何从”的交叉路口，然而结论却是明确的——放弃“滥用日益增长的技术力量”，“克服”“导致自我毁灭的放肆的贪欲”，人类不要“将置大地母亲于死

① 韩进．刘先平大自然文学观探析[J]．鄱阳湖学刊，2020(3)：98-106.

地”，而是“能够使她重返青春”。[①]

生态危机的现实引发人们深思，在转变经济发展模式的同时，社会文化也随之转型，甚至可以说，“需要文化先行来启蒙和引领经济发展”，正如意大利经济学博士、著名工业家奥雷利奥·贝切伊认为的，人类对于自然的无限扩张实质上是“人类文化发展的一个巨大过失”[②]。著名环保组织“塞拉俱乐部”前任执行主席麦克洛斯基也认为，“在我们的价值观、世界观和经济组织方面，确实需要一场革命。因为，文化传统建立在无视生态地追求经济和技术发展的一些预设之上，我们的生态危机就根源于这种文化传统。工业革命正在变质，需要另一场革命取而代之，以全新的态度对待增长、商品、空间和生命”[③]。

刘先平认为，生态危机是一种文化危机，解决危机需要把人与自然的关系上升到哲学层面来理解。他选择了以古代中国哲学和当代生态批评理论作为武器。大自然文学以生态道德调整人与自然的关系，这是生态危机的现实需要。刘先平生长在安徽，这片土地曾经出现了老子和庄子这样伟大的哲学家，老庄哲学中“道法自然”“天人合一”的生态思想，成为刘先平大自然文学观的哲学基础。生态危机的现实又让他领悟到“生态道德是维系人与自然血脉相连的纽带”，通过生态道德重新建立起以生态平衡为特征的三个层次的生态文化，即“首先是‘人’的本身的生态平衡，这主要是指一个人自身的心理和生理的平衡，精神和物质的统一；再是自然界的生态平衡；最高境界则是人与自然的和谐，共荣共存——天人合一”[④]。刘先平为大自然文学所作的这一哲学阐释，正是在呼唤一种建立在人与自然新型关系基础之上的新文化和新道德——生态文化和生态道德，赋予大自然文学以生态道德建设生态文化的文学责任。

为什么要创作大自然文学？刘先平认为有内外两个方面的主要原因。从个人来说，刘先平在追随科考队进行生态考察过程中，看到了大自然和生命的壮美，从而爱上大自然，爱上祖国的每一片绿叶，由衷地发出赞美大自然的心声；同时，他也看到美好自然正在遭受来自人类“以发展为由”的种种破坏活动，生态危机日益深重，他因此由衷地发出保护大自然的心声。“两种心声”的焦点是“人与自然的关系”，即人类如何正确地对待大自然。他进而创造性地引进“道德”观念，第一次从文学的立场提出“生态道

① 阿诺德·汤因比．人类与大地母亲：一部叙事体世界历史：下卷［M］．徐波，等译．上海：上海人民出版社，2012：64.

② 曾繁仁．当代生态文明视野中的生态美学观［C］// 曾繁仁．当代生态文明世界中的美学与文学．郑州：河南人民出版社，2006：4.

③ 王诺．欧美生态文学：修订版［M］．北京：北京大学出版社，2011：120.

④ 刘先平．为大自然谱写诗篇［N］．光明日报，2002-02-06(B3).

德”主题,并四十年如一日,坚持用大自然文学讲述生态道德故事,为生态文明建设贡献文学的力量。

从当时的社会环境来看,禁锢人们思想的“文化大革命”刚刚结束。1978 年,党的十一届三中全会作出重大战略转移,明确提出将“以阶级斗争为纲”转到“以经济建设为中心”,作出改革开放的重大决策部署。在“伤痕文学”“反思文学”等种种新思潮的影响下,文学创作题材有了从人类社会向大自然拓展的可能性。正如 1980 年刘先平第一部大自然探险长篇小说《云海探奇》的责任编辑后来回忆所说的,如果没有改革开放带来的思想解放和文学禁区的突破,出版社是不敢出版写动植物的小说作品的。可以说,没有改革开放就没有大自然文学,中国大自然文学与改革开放的进程同步。

2004 年,《云海探奇》首版 20 年后由中国少年儿童出版社列入“儿童文学传世名著书系”重新修订再版。刘先平在新版序言中回顾了自己创作大自然文学的来龙去脉,重申了他过去多次坚持的观点:“新的时代需要崭新的文学。”他倡导大自然文学其实只是主动响应时代的呼唤。中国大自然文学发生于 20 世纪 80 年代,有其深厚的社会根源。刘先平写道:“随着社会经济的发展,人与自然的矛盾不断升级,迫使人类开始重新审视与大自然的关系。人类终于发现所居住的大地,只不过是个小小的星球,是唯一家园、唯一保护区;继之才非常不情愿地承认:万物之灵的人只是大自然万物中的一员。简而言之,是人类属于大自然,我们必须迅速从‘大自然属于人类’的传统误区中走出!这一发现,可称为人类认识史上最重要的发现之一。因而,大自然文学出现了崭新面貌,成了观照人类本身生存、发展,追求人与自然和谐、共荣共存的文学——产生了现代意义上的大自然文学。全世界现代意义上的大自然文学的兴起,也多发轫于 20 世纪七八十年代。因而,可以说,现代大自然文学是时代的呼唤。”①

二、大自然文学目的论

(一)描写人与自然关系的文学

早在 20 世纪 80 年代,刘先平创作的 4 部长篇小说《云海探奇》《呦呦鹿鸣》《千鸟谷追踪》《大熊猫传奇》,“都是反映研究自然保护的科学考察的现实生活,描写了一群小探险家出发于‘保护自然’,参与揭示动物世界奥秘的故事,因此也被称为‘动物科学

① 刘先平. 云海探奇 [M] 北京:中国少年儿童出版社,2004:3-4.

探险小说'‘大自然探险文学’或‘人与自然’主题的探索”[①]。作家秦兆阳高度评价刘先平这一时期的创作:“人与自然是永恒的主题,你以崭新的视角写人与自然的关系、在野生动物世界探险、尊重所有的生命,写别人从未写过的世界。”[②]

刘先平认为,大自然与文学的关系由来已久,可以追溯到中国第一部诗歌总集《诗经》,其中就写了三四百种动植物,有很多鸟兽虫鱼方面的知识。唐代诗人王维以其隽秀的山水诗,被人誉为“田园诗人”。宋朝诗人谢逸写了三百多首歌咏蝴蝶的诗,有“谢蝴蝶”之称。明代地理学家徐霞客,终生在山水间奔波,写出了不朽的《徐霞客游记》,既是科学著作,又是文学作品。刘先平认为,古代很多作品虽然描写了“自然”,但其仍然只是“人物”的背景,或借景抒情,或托物言志,还没有走出“文学是人学”的藩篱,仍然不是大自然文学,因为“怎么写”比“写什么”更重要。将大自然作为审美主体,从人与自然的关系来写大自然,这样的文学只能出现在人类发展的更高阶段——生态文明时代。

刘先平创作与改革开放同步,对大自然文学有了更多的思考和想法,他越来越强烈地感受到应该“创作具有中国特色的大自然文学,将中国的大自然、丰富多彩的野生生物世界谱写成壮美的诗篇、回荡在天宇的乐章。朝这个目标努力的基础,必须用自己的双脚去认识大自然,亲身体验中国大自然的特殊风韵和底蕴”[③]。

21 世纪之初,刘先平先后两次主持大自然文学研讨会,他对大自然文学的认识也基本成熟,包括三个方面内容:“其一,大自然文学是时代的呼唤,面对着地球村的生态危机,它承担着歌颂人与自然共荣共存、以构建人与自然和谐、永续发展的重任;其二,大自然文学开拓了一个广阔的崭新的文学天地,已成为一面美学旗帜,需要对‘文学即是人学’加以新的诠释,也即是后来提出的人本主义与生态主义的结合;其三,为适应时代的需要、消解人与自然的矛盾,应大力繁荣大自然文学;随着时代的发展,人们对大自然文学的理解将更为深刻,大自然文学肯定将有更大的发展。”[④]

2008 年,刘先平总结自己 30 多年的创作实践和近 40 年的大自然探险,对“什么是大自然文学”提出了更为简洁明确的概念:“大自然文学即是描写人与自然关系的故事,歌颂人与自然的和谐,以构建生态文明的社会。”他进一步解释道:“说得简单一点:如

---

① 刘先平 . 对大自然探险小说的蠡测 [C]// 束沛德 . 人与自然的颂歌:刘先平大自然探险文学评论集 . 合肥:安徽少年儿童出版社,1999:167.

② 刘先平 . 跋涉在大自然文学的 30 年 [C]// 安徽大学大自然文学研究所 . 大自然文学研究:首卷 . 合肥:安徽人民出版社,2013:7.

③ 刘先平 . 为大自然谱写诗篇 [N]. 光明日报,2002-02-06(B3).

④ 同② 11.

果一定要从‘文学是人学’的角度讲，那么就应清楚每个人都生活在人与人、人与社会、人与自然的三维关系中。但几千年来，文学多是描写人与人、人与社会的故事，而少有专写人与自然的故事”，而“人与自然的关系是人类赖以生存的根本。生态文明是一切文明的基础”，大自然文学正是弥补了文学讲述“人与自然”的故事这一重大缺憾，它的创作宗旨正是以大自然为题材，书写人与自然的故事，追求人与自然的和谐，使人与自然的关系成为文学创作的母题和永恒主题，是面向未来的文学。这种文学观念和审美追求，表现了作家对当代社会科学发展的深刻理解，也是当今时代对文学潮流的呼唤。①

（二）呼唤生态道德的文学

刘先平大自然文学创作的最大特点，或者说刘先平大自然文学与其他作家创作的生态文学的鲜明区别，就是刘先平高举“生态道德”的旗帜。没有一个作家在刘先平之前提出过“生态道德”的文学主题，也没有一个作家像他那样将自己的文学创作集中指向这一主题。刘先平第一次提出文学的“生态道德”主题，有其深刻的社会文化背景和深厚的创作实践体验。

大自然文学是生态危机的产物，其最初以保护生态环境的先行者身份出现。面对生态危机的现实，大自然文学高举文学批判的武器，揭露人类的私心贪欲给自然界带来不可逆转的破坏，其主题积极向上，有破有立，在批判人性弱点的同时，表现出“人对自我价值”的肯定和期待，即“更强烈地表现为社会责任感和历史使命感，以及为担负起这些责任，而对应有的勇敢、智慧、灵敏、顽强、坚毅品质的培养”②。

刘先平认为，在众多品质的培养中，“生态道德”应该是大自然文学最重大的主题，因为“生态道德的缺失，造成了我们生存环境的危机”，“环境危机实际上是生态危机”，生态道德就是“处理人与自然关系的行为规范”，呼唤“生态道德的树立，从根本上消解环境危机，保护、营造良好的生态环境”。“如果不能在全社会牢固地树立生态道德观念，就无法建设生态文明和人与自然和谐相处的社会”③。刘先平之所以能够提出大自然文学的“生态道德”主题，用他自己的话说，还要“感谢大自然！在我 40 多年的山野跋涉中，大自然给予了我最生动、最深刻的生态道德教育。因而无论是描写在大熊猫、相思

① 刘先平．跋涉在大自然文学的 30 年［C］// 安徽大学大自然文学研究所．大自然文学研究：首卷．合肥：安徽人民出版社，2013：11-12.

② 刘先平．对大自然探险小说的蠡测［C］// 束沛德．人与自然的颂歌：刘先平大自然探险文学评论集．合肥：安徽少年儿童出版社，1999：176.

③ 刘先平．呼唤生态道德［C］// 安徽大学大自然文学研究所．大自然文学研究：首卷．合肥：安徽人民出版社，2013：22-23.

鸟世界探险的长篇小说，或是讲述在野生动植物世界探险的奇遇故事，我都在努力宣扬生态道德的伟大，努力使生态道德在人们心间生根、发芽”。所以，他多次强调，“我在大自然中跋涉40多年，写了几十部作品，其实只是做了一件事：呼唤生态道德——在面临生态危机的世界，展现大自然和生命的壮美；生态道德是维系人与自然血脉相连的纽带。我坚信，只有人们以生态道德修身济国，人与自然的和谐之花才会遍地开放”①。

刘先平认为，“生态”一词的出现不过200年历史，关注人与自然的关系则是更近的事。“长期以来，我们在处理人与自然关系方面，没有建立起道德规范，不注重从道德层面加以引导，法律也严重滞后，因而无视其他生命的权利，对大自然进行无情地掠夺；没有预后评估、监测，任意倾倒垃圾、滥用科技，导致环境污染、自然资源枯竭、生态失去平衡；只有受到大自然的严厉惩罚，直至危害人类本身生存，才迫使人类重新审视自身与自然的关系，规范人与自然关系的法律和建立生态道德的重要性才得以凸显。强调生态道德，在于强调、突出它较之于其他道德的鲜明特点——关注人与自然的关系。我们急需建立对于自然应具有的行为规范，以调节人与自然之间的关系，消解环境危机，构建人与自然的和谐。这是时代向我们提出的重大命题”②。

三、大自然文学思想论

（一）颠覆“文学是人学”

刘先平认为，大自然文学首先是文学，是以情动人的语言艺术，其作为作家审美创作的成果，具有文学的性质和特征。但大自然文学又是具有独立品格的文学门类，虽然它与生态文学、儿童文学、纪实文学、科学文艺等文学形式有着难解难分的形似和千丝万缕的联系，但它不属于其他任何文学。恰恰相反，大自然文学颠覆了以往文学的正统观念——“文学是人学”，转而以自然界中的动植物作为文学作品的主人翁，把“万物之灵”的人还原到大自然中，与万类万物平起平坐。刘先平认为，大自然文学以大自然为题材，但关注的不是大自然本身，也不是大自然背景下的人，而是人与自然关系的整体。一方面大自然是人类赖以生存的家园，另一方面是人对待大自然的态度，特别是人在自然中的行为。从这个意义看刘先平创作，就能理解他为什么在作品中要“着力描绘野生动植物最具生命光彩的场景，展现动植物形象的魅力”。弱肉强食是野生动植物世界生存竞争的法则，这种竞争往往是以激烈的搏斗、残酷的猎杀惊心动魄地表现出

① 韩进．呼唤生态道德：生态审美视野下的刘先平大自然文学［J］．科普创作，2019(2)：5.

② 刘先平．呼唤生态道德［N］．人民日报，2008-07-03(16).

来，这时激发出的生命光华震撼人心，仿佛雷霆万钧的生命交响曲。刘先平的作品让读者看到另一幅“自然风景”：在蓝天白云的天空下，还有大地上野生动植物生命“为生向死”的悲壮美和崇高美。大自然是人类的教科书，大自然文学就是这样以自然万物的命运来形象地“解释自然界中的辩证关系，人类历史发展中的辩证关系”[①]。

（二）自然观

自然观是大自然文学立论的基石。刘先平的自然观建立在中国古代“天人合一”的哲学观和当代“和谐共生”的生态观“双支点”上。刘先平认为，大自然文学视野里的“自然”不是单纯的“自然风景”，而有特定的意义表达，至少包括以下三个方面：

1. 整体的自然

虽然现代汉语中自然、自然界、大自然三个概念在一定条件下可以通用、混用，但“大自然文学”中的“大自然”的“大”确有与“小”相对的意思，表示整体、全部、广大。当人们说“大自然”“大生命”“大文学”“大时代”等，一般都带有强烈的感情色彩，“大自然”不仅是一个名词，而是一篇“大文章”。刘先平提倡“大自然文学”，而不说“自然文学”，其中就有刘先平对“自然”的特殊情感与认识。这里的“大”内含“人是自然的一部分”这一重要思想，“大自然”不是简单的“自然界”，而是人与自然生命的生命共同体。

2. 系统的自然

刘先平认为，人类属于大自然，也永远走不出大自然这个生命共同体；恰恰相反，人类应该走出“大自然属于人类”的认识误区，明白“人只不过是大自然万千成员中的一员”这个事实，“必须扫除唯‘人’为大的狂妄。没有了大自然——失去了家园，人类将怎样生存”。[②] 比如，人类对野生动物的猎杀只是大量物种消失的原因之一，比此更重要的原因是“掠夺了它们生存的空间”。野放华南虎、麋鹿等濒危动物固然令人振奋，但野生动物生存的环境已经不是“原生态的”——一只华南虎需要几十平方千米森林提供的生物量。人类如果不能“归还濒危野生动物的生存空间”，那就“为它们建立具有足够的生存空间的保护区”[③]。

3. 天人合一

人类和动植物都是大自然的住客，相互之间有着千丝万缕的关系。自然界的美有

---

① 刘先平．对大自然探险小说的蠡测［C］// 束沛德．人与自然的颂歌：刘先平大自然探险文学评论集．合肥：安徽少年儿童出版社，1999：174.

② 刘先平．跋涉在大自然文学的 30 年［C］// 安徽大学大自然文学研究所．大自然文学研究：首卷．合肥：安徽人民出版社，2013：10.

③ 刘先平．麋鹿王在角斗中诞生［M］．北京：外语教学与研究出版社，2010：154.

其鲜明的象征意义，即使是未经人类改造过的自然风景的美，也是作家“心中的风景”，曲折隐晦地含有人类社会的文化投影。“大自然文学中对自然保护、生态平衡的描写也是整个自然界的——人类与动植物世界、山川河海和气候土壤等等之间相互依存、排斥的种种关系”[①]。这种关系隐藏在“山野趣事”的背后，折射出“更多的思想”，让人类拜自然为师。[②]刘先平非常重视中华传统文化对人与自然关系的经典表述，认为其中包含了“人与自然和谐共生”的生态哲理。“生态”的要义是“平衡”，刘先平将生态平衡区分为“三个层次”：“首先是‘人’的本身的生态平衡，这主要是指一个人自身的心理和生理的平衡，精神和物质的统一；再是自然界的生态平衡；最高的境界则是人与自然的和谐、共荣共生——天人合一。”[③]

四、大自然文学本体论

（一）积极的审美追求

正能量和儿童性是刘先平大自然文学创作最基本的属性，而且以儿童为读者的文学，给予儿童读者的必然也必须是正能量，所以刘先平的大自然文学创作不是揭露和批判造成生态危机的人类行为，更多是从正面讴歌自然和生命之美，讴歌人与自然和谐之美，以美的力量打动读者，启迪心灵，培育道德，影响言行。这是刘先平大自然文学创作最为显著的审美追求。

自小在巢湖边长大的刘先平，对当下孩子与自然隔绝的现状忧心忡忡。“城市钢筋水泥的建筑，活生生地切断了孩子们与自然的联系。现在城里的孩子不知稻、麦为何物已不是怪事，甚至连看到蚂蚁也发出了惊呼。缺失生态道德的社会、科学技术的发展，不仅使自然失去了自然，更为可怕的是使孩子们失去了自然”[④]。所以，刘先平在很多作品的扉页上都印上两行醒目的大字：“让大自然文学走进校园，让孩子们走进大自然。”他希望用大自然文学“还给孩子一个真实的大自然世界，激活人类曾有的记忆，接通与大自然相连的血脉，接受生态道德的洗礼、启蒙，同时，启迪智慧的成长”[⑤]。

---

① 王景．人与自然和谐共生：论刘先平儿童文学［D］．合肥：安徽大学，2010.

② 刘先平．对大自然探险小说的蠡测［C］// 束沛德．人与自然的颂歌：刘先平大自然探险文学评论集．合肥：安徽少年儿童出版社，1999：170.

③ 刘先平．为大自然谱写诗篇［N］．光明日报．2002-02-06(B3).

④ 刘先平．现代大自然文学呼唤生态道德［N］．文艺报．2010-10-29(5).

⑤ 刘先平．呼唤生态道德［N］．人民日报．2008-07-03(16).

大自然文学天生具有儿童文学的性质，合乎儿童的审美心理。孩子们往往是通过自己生活的自然环境来认识世界的，对自然表现出强烈的渴望和热情。而生活在城市的孩子，生活在空气混浊、污染严重的建筑群里，难得见到崇山峻岭和莽莽森林，更难以见到生活在山野中的珍禽异兽、花鸟虫鱼。因而，探险自然、寻找失却的自然美、考察珍贵野生动物题材的作品，无疑适合儿童的审美要求。在乐趣无穷的对大自然的探险中，秀丽壮美的山河，将激发孩子们对每片绿叶、每座山峰、每条小溪的喜爱，直至升华为对祖国的热爱、对人类生活环境优美与否的关注，以及保护自然的决心。

刘先平不排斥大自然文学作品是孩子们最好的精神食粮，但同时强调优秀的大自然文学作品，“在审美上总是满足了多层次的需要，如安徒生童话《皇帝的新装》，孩子们能从中得到审美情趣的满足，成人也可能得到迥然不同的审美需要”。一部优秀的大自然文学作品，“完全不应再去划分年龄段的”，儿童成人都需要都喜欢，“首先应是满足少年儿童读者的审美需要”。大自然文学不仅写给孩子们，也写给成年人，孩子们从故事情节本身体味到乐趣，受到热爱自然、保护自然的教育，养成生态道德，做生态文明的建设者；成年人则品尝其中的意蕴，重新思考并调整人与自然关系，改变生产方式和生活方式，实现人与自然和谐共生的绿色发展。①

（二）跨文体特征

刘先平 40 多年间创作了 50 多部大自然文学作品，开创了一种“刘先平大自然文学体”，包括大自然探险长篇小说、大自然探险故事、大自然探险散文、大自然报告文学“四大文体”。小说、故事、散文、报告文学都有一个共同特征，就是善于第一人称讲述，给人身临其境的现场感，富有极强的感染力。不仅如此，因为大自然文学的纪实特点，给“文体与媒体”融合创造了得天独厚的条件，即文学与摄影、视频、音像、图片等非文学形式的融合。如《续梦大树杜鹃王》，就是将实地探险和虚拟体验无缝衔接的数字新媒体读物，读者可以通过书中大量摄影图片，特别是可以通过手机扫码进行音频视频的微信阅读，非常直观、形象、生动地了解绿水青山环绕中的大树杜鹃王，仿佛置身大自然中，充分展示大自然文学融合其他文体形式的综合能力。

作为大自然文学重要类型的大自然探险文学，其艺术魅力来自“探险”二字，也是刘先平大自然文学创作最重要的表现形式。“这类体裁的作品，首先是要有‘奇’可看，有‘险’可探，有‘趣’可享。‘奇’和‘险’首先是孩子们眼中的，是适合他们审美水平的”，过高“艰深难懂”，过低“乏味无趣”，但是“在创作主体审美时应该注意对‘水平’的超前。‘超前’的尺度是难以把握的，然而又必须把握得恰到好处，才能得到较好的审美

---

① 刘先平．对大自然探险小说的蠡测［C］// 束沛德．人与自然的颂歌：刘先平大自然探险文学评论集．合肥：安徽少年儿童出版社，1999：178.

效益。如果仅仅停留在险、奇或知识性上，那往往只能是科普或其他的读物”，因为，大自然文学首先是文学，“必须有其特有的任务：将娓娓动听的人生故事，载入探险小说惊心动魄的情节之中，用文学将知识性与趣味性融为一体”。[①]

由此可见，“大自然文学”不仅指“大自然题材”和“人与自然关系主题”，而且还有“特殊”的表现形式与内容相适应并融为一体，共同呈现鲜明的“大自然文学”面貌。评论家王泉根认为：“大自然文学是一种特殊的文学类型，这种特殊性体现在它是跨文化的对话、跨代际的沟通、跨文体的写作。这是刘先平大自然文学重要的艺术取向……刘先平的大自然文学，文体很难界定，他的很多作品都是跨文体的写作风格。由于大量的主角是动物，因而这是一种动物小说、探险文学，以野外报告文学为主体，又兼有游记散文、科学小品、考察笔记、随笔性质的综合性文体。他的作品既不同于沈石溪、金曾豪等人写的纯粹的动物小说，也不同于高士其、叶永烈等人写的科学文艺，它既是浪漫的，又是纪实的，既是脚踏实地的，又是仰望星空的，它是饱满情感与喜怒哀乐的，又是冷静的克制的理性的，它是打动孩子的，又能使我们大人震撼，它是文学研究的对象，我相信它也会成为领导层、决策层关注的重要话题。所以刘先平大自然文学为我们提供了多种阐释的可能性。”[②]

五、大自然文学创作论

刘先平以自己创作大自然文学的切身实践，认为大自然文学作家在具备作家这个前提条件外，还需要具备以下特殊素质。

（一）有颗热爱自然的心

刘先平说，“热爱祖国的每一片绿叶、每一座山峰、每一条小溪”，“是我写作《云海探奇》《呦呦鹿鸣》《千鸟谷追踪》……那些作品时的初衷”。“对大自然无动于衷的人，他不会热爱生活，更不会热爱生命！谁的心中没有故乡的山川，就不会热爱自己的故乡，更不会热爱祖国！”从更深的层次说，“人类对于大自然的热爱并不仅仅在于赏心

① 刘先平．对大自然探险小说的蠡测［C］// 束沛德：人与自然的颂歌：刘先平大自然探险文学评论集，合肥：安徽少年儿童出版社，1999：169.

② 王泉根．我们最缺少的是这样的书：读《追梦珊瑚》［C］// 赵凯．大自然文学研究：第 3 卷．合肥：安徽文艺出版社，2018：126.

悦目，更多的是能使灵魂得到净化”。[①] 刘先平呼吁，“热爱大自然吧！大自然哺育了人类。随着科学的发展，人们愈来愈认识到必须爱护大自然，保护人类生活、工作的优美、良好的环境，否则，人类将无法生存，无法发展”。[②]

（二）善于观察思索

“眼力”和“脑力”是大自然文学作家认识自然的基本功。刘先平说，“大自然是一部宏伟浩繁的大百科全书。读这部五光十色的史诗，主要的是观察和思索。伟大的科学家巴甫洛夫说，“科学研究是从观察开始的”。我们认识大自然，首先也应是从观察开始。只要注意观察，你就会发现每一棵小草，每一朵小花都有各自的特点。同是一棵野蔷薇上的白色花朵，它们也有色调深浅、大小、姿态的不同。带有淡淡的象牙黄的花，总是躲在枝叶中，像个害羞怕臊的小姑娘，悄悄地掩口而笑。那凌踞绿叶、随风起舞的花朵却自豪地炫耀起耀眼的雪白。”观察让人思考，为什么野百合花“有的开三朵，有的只开两朵？最多可开几朵呢？”植物学家为之解谜：那开三朵的是三年生的，那开两朵的是两年生的。每长一岁增花一朵。原来野百合是用花的朵数来纪年，就像川西山中的箭竹是用竹节的变化纪年一样。这说明，“只要我们认真地在大自然中观察，你就会有收获；而思索和询问，以至于追根求源，就能使我们得到更多的知识，使我们的头脑聪明起来”，“永远有新的发现”，发现大自然表象背后的奥秘。[③]

（三）坚持科学自然观

大自然文学讲述人与自然关系的故事，具有哲学高度、科学深度和史学（自然史、人类史）广度，需要作者有科学的世界观作指导，有相关科学的知识作基础，有广博的科学知识作背景，甚至要和科学家交朋友。只有站在科学技术的前沿，才能在文学作品中有科学、准确的描写，不致在常识和科学上出现错误。一个大自然文学作家，不仅要以生态科学观指导创作，还要在作品中不违背科学知识。在重点描写的题材领域，作家同时也应该是一位科学家——动物学家、植物学家、博物学家、海洋学家。譬如刘先平在大自然文学作品中大多有“科学家形象的塑造”，而且他自己对作品中描写的大熊猫、黑叶猴、杜鹃王、珊瑚礁等动植物的研究和知识，也可以与这方面的专家或科学家一比高下。正如刘华杰评价刘先平的《续梦大树杜鹃王》所说的：“这是一部关于杜鹃花属植物的非凡赞歌，地质学、植物学、生态学的大量知识融贯其中，以文学的手法完美呈现。”由此可见，没有关于大自然的科学知识，就做不成大自然文学作家，没有对大

---

① 刘先平．对大自然探险小说的蠡测［C］// 束沛德．人与自然的颂歌：刘先平大自然探险文学评论集．合肥：安徽少年儿童出版社，1999：176-177.

② 刘先平．山野寻趣［M］．合肥：安徽少年儿童出版社，1987：239，245.

③ 同② 247，249.

自然科学的准确书写，也没有真正的大自然文学。

（四）不怕牺牲的精神

大自然文学作家是大自然的行走者，其作品是作者跋山涉水一步一步走出来的，是用汗水甚至冒着生命的危险探得的第一手素材。大自然文学作家写的是自己在大自然中探险的亲身感受，写探险中的惊险和发现，这不是坐在书斋里可以杜撰出来的。在大自然中探险随时都有生命危险，探险者不仅要有健康的体魄、野外生存的能力，还要有坚强的意志和不屈的毅力，同时还要有一定的经济基础，譬如购买野外探险的整套设备、摄影摄像器材等。具备了物质和精神的准备，还要在探险中发扬不怕苦、不怕累、不怕牺牲的精神，才能在探险中走得更远、探得更深、发现更多，才能写出大自然文学的精品力作。正如刘先平经常引用的马克思名言，“在科学上没有平坦的大道，只有不畏劳苦沿着陡峭山路攀登的人，才有希望达到光辉的顶点”。

“刘先平大自然文学创作”评论综述①

广义的评论指“读者反应批评”，狭义的评论指文艺评论界的反应，也称作大众读者意见与专家学者评价。刘先平大自然文学创作自始至终都得到评论界的高度关注，与刘先平创作有着很好的互动，形成了创作与评论相互促进的良性循环。本文试从评论界关注的刘先平大自然文学创作的兴起、定位、特征、主题、分期，以及创作风格、审美价值、比较研究、刘先平精神等九个方面做一综述，为刘先平大自然文学创作研究和中国大自然文学理论建设提供参考。

一、大自然文学创作的兴起

中国大自然文学兴起于安徽，安徽作家刘先平是中国大自然文学的开拓者，这是评论界的共识。韩进在《中国大自然文学安徽独树一帜》一文中，回顾了中国大自然文学兴起的过程。1996 年“刘先平大自然探险长篇系列”（5 册）出版，评论家浦漫汀高度评价刘先平的创作“以崭新的人与自然的关系审美，写出的是最新的大自然文学，有鲜明的特点，是中国的大自然文学”②。正式以“大自然文学”的名义倡导一种新的文学形态，始于 2000 年 10 月召开的“安徽儿童文学创作趋势研讨会”。刘先平的《高举大自然文学的旗帜》、金波的《标举大自然文学的旗帜》两篇会议论文，不约而同地提出了安徽的“大自然文学方向”，得到与会代表的共鸣和响应，一个以刘先平为代表、以安徽儿童文学作家为团体的“大自然文学”快速兴起，很快成为引人注目的中国文学现象。

---

① 韩进．“刘先平大自然文学创作”评论九大话题 [D]// 何向阳．呼唤生态道德：刘先平大自然文学作品评论选集．北京：人民文学出版社，2020：116-125. 收入本书时将题目作了修改。

② 刘先平．跋涉在大自然文学的 30 年 [C]// 安徽大学大自然文学研究所．大自然文学研究：首卷．合肥：安徽人民出版社，2013：8.

2001 年 10 月 29 日，央视“东方之子”栏目，以“今天走进‘东方之子’的是文学界公认的、我国现代意义上的大自然文学的开拓者刘先平”为卷首语，播映了对刘先平大自然文学创作的专访。2002 年 1 月 1 日，评论家束沛德在《文艺报》发表《新景观　大趋势：世纪之交儿童文学扫描》一文，将“安徽大自然文学”称为世纪之交中国儿童文学的“三面美学旗帜”（大幻想文学、幽默儿童文学）之一。2003 年 10 月 8 日，浦漫汀在《中华读书报》发表《兼跨文学两个领域的名篇——读“东方之子刘先平大自然探险”系列有感》，指出“20 世纪 70 年代末以来，始终致力于大自然文学创作的刘先平，已被公认为我国现代意义上的大自然文学的开拓者”。

2009 年，刘先平“大自然在召唤”系列(9 册)研讨会召开，会议一个重要成果，就是确立了刘先平在中国大自然文学史上的地位。高洪波在给《走进帕米尔高原——穿越柴达木盆地》这部作品参加中宣部第十一届精神文明建设“五个一工程”奖的推荐词中写道：“自 20 世纪 70 年代以来，刘先平就以巨大的热情、坚韧的毅力和非凡的勇气投入到对大自然的观察、研究及相关文学作品的创作中，三十年如一日，创作了数百万字的优秀文学作品，开创了中国的‘大自然文学’流派。”评论家王泉根认为“安徽作家刘先平是大自然文学的积极开拓者与探索者”①，评论家曹文轩认为刘先平“为中国创造了一种叫‘大自然文学’的门类”②。

二、大自然文学创作的定位

如何定位大自然文学，首先要搞清楚什么是大自然文学，这经历了一个比较漫长的过程。因为“大自然文学”是刘先平倡导的一个新文学种类，没有现成的理论。广义的理解为“以大自然为题材的文学”，评论界都能接受，但狭义的理解则各有各的解读。有人将其与古代的自然书写相比较，认为“刘先平大自然文学是中国当代最早的现代意义上的大自然文学”③。有人将其与欧美的自然文学相比较，认为“有共通之处，但也有很多不同之处。可以笼统地认为，欧美的‘自然文学’(nature writing)是一种狭义概念，我国的‘大自然文学’(literature of nature)是一种笼统概念”④。有人将其与生态文学

① 王泉根．中国儿童文学史[M]．天津：新蕾出版社．2019：419.

② 曹文轩．大自然文学的美学回归[J]．中国少儿出版．2009(1)：32.

③ 赵凯．生态文明视野中的大自然文学[C]// 安徽大学大自然文学研究所．大自然文学研究：第 2 卷．北京：人民文学出版社，2015：60.

④ 梅杰．大自然文学漫谈[N]．文学报．2019-07-11(7).

相比较，认为刘先平大自然文学“是中国特色的生态文学”①，或者说是“当代生态文学书写的一种独特形态”②。有人坚持大自然文学的独立性，认为“大自然文学就是大自然文学，是整个文学的一个门类，就像文学分成人文学和儿童文学一样，大自然文学也有‘成人’与‘儿童’之分”③。刘先平自己认为，“歌颂人与自然和谐、呼唤生态道德的文学，即是当代大自然文学”④。

如何定位大自然文学，与如何定位作家刘先平密切相关。张之路认为，“刘先平是一位作家，他也是一位大自然的‘探索者’。是一位向青少年也包括我们这些成年人介绍大自然的‘普及者’，同时他也是一位‘呼唤生态道德’的‘布道者’”；“刘先平是我国现代意义上大自然文学的开拓者，他以崭新的人与自然观，在文学领域开拓了一片新天地”。⑤

综上所述，2000 年以前的 20 年，刘先平创作更多地被认为是儿童文学范畴内的大自然探险文学；2000 年以后的 20 年，刘先平创作更多地被认为是保留了儿童文学纯美和生态文学批评的别具一格的大自然文学，是与儿童文学、生态文学等平等的类文学关系，是经过 40 年发展出的具有独立的“创作法则和批评理论的大自然文学”。

三、大自然文学创作的特征

对刘先平大自然文学创作特征的探讨，几乎是每一篇评论文章都涉及的话题，以此为专题的研究文章也有不少，如汪习麟的《以文学统一科学性和趣味性》(1989)、韩进的《大自然的呼唤——刘先平大自然文学创作散论》(1996)、王泉根的《大自然文学的特征与刘先平的意义》(2009)、谭旭东的《刘先平大自然文学的特点和价值》(2014)、祖琴的《论刘先平大自然文学的审美特征》(2014)、吴琼的《刘先平大自然文学创作特色研究》(2016)，以及赵凯、张玲的《大自然文学的审美特征与思想基础》(2019)等。

---

① 谭旭东．从文学的人本主义到生态主义［C］// 安徽大学大自然文学研究所．大自然文学研究：首卷．合肥：安徽人民出版社．2013：73.

② 吴尚华．人与自然的道德对话：刘先平“大自然文学”生态意涵初探［C］// 安徽大学大自然文学研究所．大自然文学研究：首卷．合肥：安徽人民出版社．2013：80.

③ 樊发稼．高举大自然文学旗帜：兼谈刘先平新作《走进帕米尔高原——穿越柴达木盆地》［C］// 安徽大学大自然文学研究所．大自然文学研究：首卷．合肥：安徽人民出版社．2013：175.

④ 刘先平．我和中国当代大自然文学［C］// 何向阳．呼唤生态道德：刘先平大自然文学作品评论选集．北京：人民文学出版社，2020：259.

⑤ 张之路．“大自然在召唤”的回响［J］．中国少儿出版．2009(1)：38.

综合评论界诸多观点，大自然文学的最大特征有两个方面。第一个方面体现在内容要素的“写什么”，这有两层意思，一层是题材概念，指描写生态危机的大自然；一层是主题概念，即刘先平强调的“歌颂人与自然和谐、呼唤生态道德”。第二个方面体现在形式要素的“怎么写”，也有两层意识，一层是创作视角或创作立场，从生态视角亦即从“人与自然关系”立场来写；一层是创作形式或文体特征，兼有小说、散文、游记、故事等体裁因素的“跨文体写作”，形成一种特有的“刘先平大自然文学体”。

四、大自然文学创作的主题

作品主题中蕴含着作者创作动机。大自然文学的主题关乎大自然文学的本质，即为什么需要大自然文学，以及刘先平为什么选择大自然文学，为什么创作大自然文学，为什么倡导大自然文学。主题自身带有的目的性和功利性，让评论家不能回避对创作主题的探究，因为主题既是作家思想的表达，也就会对读者的思想产生潜移默化的影响，是文学实现自身价值和社会效益的重要途径。

研究者都非常重视刘先平的说法，对“呼唤生态道德”主题非常熟悉并高度认同。刘先平多次表示，他在大自然中探险 45 年，创作大自然文学作品 50 余部，最终发现只有一个愿望，就是通过自己的大自然文学创作，通过读者向社会呼吁建立生态道德，也就是人类应该与自然和谐相处，人与自然万物是生命共同体，人类只有建立生态道德、养成生态文化、建成生态文明，人与自然才能和谐共生，人与人的关系才会和谐美好，人类社会才有持续发展。

在“呼唤生态道德”的总主题下，刘先平大自然文学创作的主题又是十分丰富的。因为写大自然，热爱大自然成为主题；因为写探险，探险精神成为主题；因为写动植物生命，热爱生命成为主题；因为传递科学知识，热爱科学成为主题；因为写生态危机的现实，生态环保成为主题；因为写中国大自然，爱国主义成为主题；因为写人与自然的辩证关系，养成科学自然观成为主题……生态道德主题的一贯性和体现这一主题的丰富性相统一，使得刘先平的大自然文学有着经典的魅力，不仅孩子和成人都喜欢阅读，都能各取所需、各有所得，而且不同时期的读者、同一个读者的不同人生阶段，都喜欢阅读刘先平的大自然文学。刘先平大自然文学作品获得各类重要的文学奖项、不断再版重印，与其主题的深刻性、典型性、时代性、丰富性、启发性有着重要关系。

五、大自然文学创作的分期

创作分期是对创作现象阶段性特征的认识。要准确认识刘先平的大自然文学创作，就要对其 40 年创作历程作线性分析，从不断变化的创作轨迹里，将创作经验上升到找寻创作规律的理论高度，从而通过对刘先平创作史的研究，了解中国大自然文学的发展史。

刘先平大自然文学创作的分期，主要有“三分法”和“四分法”。“三分法”的代表有赵凯和谭旭东。赵凯将刘先平的全部文学创作活动分作三个时期。第一个时期（1957—1963）是刘先平创作的尝试阶段，第二时期（1978—1987）是刘先平文学生涯中的黄金时期，第三个时期（1987 年至今）是作家的文学理念与实践更加自觉更加成熟的阶段。[①] 谭旭东将刘先平的大自然文学创作分作“初创、发展和成熟”三个阶段。初创期为 20 世纪 70 年代末 80 年代初。“这一时期，由于大自然文学表现内涵契合了儿童对神秘大自然的天然亲近的本体属性，于是大自然文学与儿童文学亲密合流，在儿童文学得到了广泛认可，并成为儿童文学的一面重要美学旗帜”。发展期为 20 世纪 90 年代。这一时期，大自然文学“与生态文学、绿色文学和环保文学相呼应，形成了一种对生态进行批评、由文学的人本主义到生态主义大自然文学创作潮流”。新世纪以来的大自然文学创作进入了较为成熟的阶段。“首先是刘先平提出了自己成熟的创作观并对大自然文学的艺术旨向及审美追求提出了自己的见解”；同时在创作中“树立了人类生态整体观念，构建了一个个大自然审美意象，突破了儿童文学的边界，也突破了传统生态文学的边界，既保留了儿童文学的纯美气质，又借鉴了西方生态文学对大自然的温情的关怀，同时也得到了环境文学的艺术滋养”。[②]“四分法”[③] 的代表是韩进，从题材和主题的演变中，将刘先平 40 年的大自然文学分作四个时期，每个时期 10 年，即第一时期“突出环保主题”（1977—1987）、第二时期“讴歌生命壮美”（1988—1998）、第三时期“呼唤生态道德”（1999—2009）、第四时期“追梦和谐共生”（2009 至今）。

---

① 赵凯．大自然的壮美诗篇：刘先平创作论 [C]// 安徽大学大自然文学研究所．大自然文学研究：首卷．合肥：安徽人民出版社，2013：87.

② 谭旭东．用文学呼唤生态道德 [N]．人民日报，2009-03-19(16).

③ 韩进．呼唤生态道德：生态审美视野下的刘先平大自然文学 [J]．科普创作 .2019(2)：6.

六、大自然文学创作的风格

风格即人。刘先平的大自然文学创作具有鲜明的个人特色，从而被称作“刘先平大自然文学”，说明大自然文学这种文体已经深深打上了刘先平的创作个性。束沛德认为，刘先平“把小说的叙事、散文的抒情、纪实文学的真实、摄影文学的逼真传神，水乳交融在一起，构筑成别具特色的大自然探险文学。这是他为建设中国特色的大自然文学作出的独特贡献”[①]。韩进认为，刘先平大自然文学创作的最大特色，就是纪实风格，用刘先平的话说，“不是亲历考察的不写”、道听途说的不写、捕风捉影的不写。甚至为着达到“现实的真实”，不允许有“合理的虚构”，也不允许“编辑作技术处理”。所以，阅读刘先平的作品，亲历性、探险性、纪实性和在场感扑面而来，不看作者就能知道是刘先平的作品。

吴琼在其硕士论文《刘先平大自然文学创作价值研究》的第二章“刘先平大自然文学的艺术价值”中，从文体、语言、形象、视角等四个方面，对刘先平大自然文学创作风格有全面的分析。一是“独特的文体”。融合了传统小说、传奇故事、探险小说、儿童故事、报告文学等不同类型的文本形态，形成跨文体写作的风格。二是“多种语言风格”的统一。叙述自然科学知识的语言非常严谨，讲述动物故事的语言轻松活泼，描写儿童生活的语言充满童趣，描绘自然场景的语言诗性优美，思考问题的语言带有哲学……语言的丰富性展现了强大的表现力。三是“丰富的动植物形象”。刘先平作品中的动植物形象丰富多彩，但没有一种写进作品中的形象不是作者精心挑选的，在这些平凡的动植物身上，都有不平凡的生命奇迹。珍爱生命、敬畏生命、讴歌生命是刘先平创作的基本主题，刘先平笔下的动植物，无论是大熊猫、短尾猴，还是麋鹿、香獐，又或者是石斛、杜鹃，都充满了顽强蓬勃的生命力。四是“独特的儿童视角”。刘先平在创作大自然文学作品中，“儿童的视角”贯穿始终。初期从儿童文学的立场创作大自然探险文学，他总是想着给孩子创作的同时，也要给孩子身后的大人们写点什么。后来从生态文明视野创作大自然文学，他总是想着给大人们创作的同时，要正在长大的孩子们也能喜欢。儿童视角的“童真”与大自然文学的“本真”融汇一体，让刘先平的大自然文学达到了现实真实与文学真实的有机统一。

---

① 束沛德．有胆有识的拓荒者［J］．中国少儿出版．2009(1)：31.

七、大自然文学创作的审美价值

在新时期儿童文学的春天里，刘先平大自然文学无疑是一道亮丽的风景，给人赏心悦目的审美感受。束沛德赞赏道："时代呼唤着大自然文学。新时代赋予大自然文学以新的艺术魅力和审美价值……大自然文学这面绿色文学旗帜在新世纪闪耀着绚丽的美学光辉。"[①] 早在 2009 年，翟泰丰在评价刘先平的"大自然在召唤"系列(9 册)时就指出："如何评价刘先平'大自然在召唤'系列在文学史上的历史地位及其审美价值，已引起文学界乃至学术界的广泛议论，已成为大家共同思考和探求的一个议题，且已有很多精到的论述、论争。""'大自然在召唤'无疑突破了传统的大自然探险文学作品原有的审美格局，开辟了大自然探险文学创作的新境界，其审美观照是开拓性的，其审美视角已跨入生物科学与信息技术的新时代，其笔触已伸向人与自然内在联系的哲学领域，大声疾呼生态道德"。翟泰丰强调："血的教训告诉我们，坚持科学发展观势在必行。血的教训告诉我们，树立生态道德迫在眉睫。这正是刘先平大自然探险文学在文学史上的历史地位和审美价值，历史已经证实了这个价值之所在，历史还将继续证明这个审美价值的分量。"[②]

张小影在《刘先平大自然探险文学的审美价值》中高度肯定刘先平创作能够给当下儿童读者提供他们最需要、但儿童读物中最缺少的"创造意识、创新品质、探险精神"，"在一定的意义上说，探险精神、创造精神确实和我们民族的凝聚力和向上精神是联系在一起的"。[③] 曹文轩认为，刘先平通过大自然文学创作，"告诉人们的道理，绝不是普通意义上的保护自然，绝不在保护草木与动物这样一个层次上，而是将自然与人的精神、灵魂放置在一起的。他通过他的小说向人们诉说的是自然的哲学、人生的哲学"；"刘先平作品的意义还在于，在我们失去对自然理解力、审美力的今天，提醒我们注意自然与我们生命的休戚相关"。[④]

韩进在《呼唤生态道德——生态审美视野下的刘先平大自然文学》中认为，刘先平大自然文学创作以生态整体观为指导，以生态审美聚焦人与自然的关系，描绘了人与自然和谐共生的生态理想，作品具有"生态纬度"的多种美学形态，如"回归'人之初'

---

① 束沛德．新景观　大趋势：世纪之交儿童文学扫描 [N]．文艺报．2002-01-01(2).

② 翟泰丰．大自然探险文学与时代的呼唤 [J]．中国少儿出版．2009(1)：28.

③ 张小影．刘先平大自然探险文学的审美价值 [C]// 安徽大学大自然文学研究所．大自然文学研究：首卷．合肥：安徽人民出版社，2013：40-41.

④ 曹文轩．大自然文学的美学回归 [J]．中国少儿出版，2009(1)：34.

的本真美”“热爱每一片绿叶的自然美”“养成科学自然观的知性美”“追求‘诗意栖居’的和谐美”“讴歌‘时代英雄’的崇高美”。①

八、大自然文学创作的比较研究

评论界对刘先平大自然文学创作的关注，首先是在与美国自然文学的比较中发生的。早在1996年“刘先平大自然探险长篇系列”（5册）出版之时，浦漫汀就对刘先平说：“你以崭新的人与自然的关系审美，写出的是最新的大自然文学，有鲜明的特点，是中国的大自然文学。世界上大自然文学流派的真正兴起，也是在七八十年代。”刘先平也是以美国自然文学为参照来立志创作“中国的大自然文学”。刘先平说：“世界各国五彩缤纷的大自然文学，以及数年来的创作过程中的感受，使我原来的愿望逐渐鲜明和强烈：创作具有中国特色的大自然文学，将中国的大自然、丰富多彩的野生生物世界谱写成壮美的诗篇、回荡在天宇的乐章。朝这个目标努力的基础，必须用自己的双脚去认识大自然，亲身体验中国大自然的特殊风韵和底蕴。”②2014年，翟泰丰在“大自然文学国际研讨会”上指出：“国际上大自然文学作家，潇洒挥笔，创作了大量优秀作品，俄罗斯、英国、法国、日本、美国的许多大自然文学作品，在中国享有众多读者。瑞典著名儿童文学作家林格伦的作品，也深受中国孩子们欢迎。刘先平具有中国特色的大自然文学，在世界大自然文学中，独树一帜，多种作品被译为外国文字。他创造性地开创了大自然文学的一种新形态，一种新文体。”

刘国辉认为，地球村是人类唯一的家园，生态危机威胁着全世界的人们，化解人与自然的矛盾是地球村所有人面临的任务，而“自然文学从古至今都是人类的共同语言，是真正意义上的‘世界语’”。建议“全方位地将刘先平大自然文学打造成真正拥有国际声誉和大众影响力的中国大自然文学作家品牌和中国大自然文学品牌，引导和推动中国大自然文学的创作、出版、研究、发展，进一步提升中国大自然文学在国际上的影响和地位”③。韩进认为，以刘先平大自然文学创作为代表，“中国大自然文学与世界同

① 韩进．呼唤生态道德：生态审美视野下的刘先平大自然文学［J］．科普创作．2019(2)：5.

② 刘先平．跋涉在大自然文学的30年［C］// 安徽大学大自然文学研究所．大自然文学研究：首卷．合肥：安徽人民出版社，2013：8-9.

③ 刘国辉．在大自然文学国际研讨会上的致辞［C］// 安徽大学大自然文学研究所．大自然文学研究：第2卷．北京：人民文学出版社，天天出版社，2015：16.

步”[①]。石海毓通过对刘先平大自然文学创作与美国自然文学作家爱德华·艾比(Edward Abbey，1927—1989)的大自然文学创作对比，指出“大自然文学作家以走进自然的亲身体验来书写自然，通过描写自然中千姿百态的万物来展现热爱自然世界的生态伦理观”。“大自然文学作家的生态伦理观是客观的，不是感情用事的极端见解，他们所否定的‘不是整个文明、科学和人类，而是批评文明的缺失和不健康发展，是批判科学的失误和科学至上主义，是批判人类的狂妄自大和人类中心主义’[②]。‘只有人们以生态道德修身济国，人与自然的和谐之花才会遍地开放’[③]”。[④]

王俊暐指出了我国大自然文学研究与创作的不平衡，因为“从时间上看，中国的大自然文学创作与世界生态文学的兴起相差无几，中国生态批评与世界生态批评的发展也几乎同步。这无疑给中国学者增加了不少学术自信。但遗憾的是，目前国内的生态批评研究中，我们看到更多的仍然是中国学者对西方生态理论和相关文学作品的引介和解读，而对中国传统的生态思想和当代生态文学作品的研究少之又少，即便有，也难见高质量、有深度的成果”。“具体到大自然文学的研究而言，我们在相关中国当代生态文学研究中更是难见其踪影。作为一个如此具有中国特质的文学类型，大自然文学似乎一直在安徽本土的较小范围内独自生存和发展，这是中国生态批评的遗憾，也是中国大自然文学的困境”。[⑤]

九、大自然文学创作中的刘先平精神

金波最早提出要研究“刘先平精神”。他在评价刘先平作品《追梦珊瑚》时指出：“我们对先平的作品当然要研究，更重要的是对先平这个人进行研究，他这么些年是怎么走过来的，是哪一种精神支持着他走到今天，而且写的作品越来越好、越来越深刻，这是具有普遍意义的。”金波在这里有感而发的是刘先平坚持大自然文学创作 40 年，始

---

① 韩进．文学皖军扛旗：中国大自然文学与世界同步：大自然文学国际研讨会述评［N］．中华读书报．2014-12-03(8).

② 王诺．生态与心态：当代欧美文学研究［M］．南京：南京大学出版社，2007：97.

③ 刘先平：走进帕米尔高原：穿越柴达木盆地［M］．北京：人民文学出版社，2016：4.

④ 见《大自然文学作家热爱世界的生态伦理观——以爱德华·艾比和刘先平大自然文学书写为例》，该文为作者石海毓在 2019 年 11 月召开的“生态文明视野下的当代大自然文学创作”研讨会上的交流论文。

⑤ 见《大自然文学概念界定及其中国特质——兼及中国生态批评话语体系的建构》，该文为作者王俊暐在 2019 年 11 月召开的“生态文明视野下的当代大自然文学创作”研讨会上的交流论文。

终在做一件“呼唤生态道德”的事情。金波感慨地说:“这么多年了,先平能坚持在大自然中写作,是非常不容易的。我从他的好多作品中,看到这是非常艰苦的事业。先平的这些作品是跋山涉水、一步一步走出来的,是蘸着他的汗水写出来的。像我们,定好题材,回去就可以在书斋里写了,而先平,则要在万水千山中行走——这种精神贯穿了他45年的写作经历,因此在儿童文学作家中是一个楷模,是很值得我们去学习的。”“先平的精神在今天,特别是对于儿童文学作家来说,要真正踏踏实实地走下去,下到生活中去,不断地写出好作品,这是很有启发意义的。”[①] 无独有偶,对“刘先平精神”的关注,翟泰丰早在10年前的2009年就已经有了概括。翟泰丰认为,“刘先平在大自然探险中之所以取得如此巨大的成就,我以为有四点特别值得我们共同探讨和学习”,“其一是为追求和认识大自然的真谛,不辞万苦,坚韧不拔,自讨苦吃的精神”;“其二是不拘一格,走自己之路的探索精神”;“其三是他在创作中永不满足,永不停步,艰苦跋涉的精神”;“其四是他的顽强求知欲”。[②]

---

① 金波.呼唤生态道德四十年:读《追梦珊瑚》[C]// 赵凯.大自然文学研究:第3卷.合肥:安徽文艺出版社.2018:122-123.

② 翟泰丰.大自然探险文学与时代的呼唤[J].中国少儿出版.2009(1):29.

建议设立“刘先平大自然文学奖”①

应该设立“刘先平大自然文学奖”，既是表彰刘先平对大自然文学的贡献，更是激励更多人参加到大自然文学队伍中来，发扬“刘先平精神”，发展中国大自然文学。

没有刘先平对大自然文学的倡导和坚守，就根本没有大自然文学这一说。刘先平是公认的中国大自然文学的开拓者、奠基人，是中国大自然文学的旗手。刘先平以“一木支大厦”的英雄气概，创造了一个叫作“大自然文学”的门类，创建了一个叫作“大自然文学”的学科。以刘先平的名字命名大自然文学奖，是自然而然的事情，是不二选择，是唯一正确的决定。

然而，设立“刘先平大自然文学奖”还是一个美好的愿景。随着生态文明建设写入党章、宪法，成为国家发展战略，重新认识人与自然的关系、确立人与自然和谐共生的自然观，成为时代潮流和全民共识，以“自然”为主题的好书奖评选活动越来越多，层次越来越高，影响越来越大，设立“刘先平大自然文学奖”已是水到渠成、大势所趋、时不我待。而众多“自然好书奖”的设立和运行，也为“刘先平大自然文学奖”的设立和运行提供参考和经验。下面以时间为序，介绍几种有影响的大自然文学奖，如“大鹏自然好书奖”“大鹏自然童书奖”“大鹏生态文学奖”“中国自然好书奖”“大自然原创儿童文学奖”“比安基国际文学奖”等。

一、大鹏自然好书奖

国内第一个专为自然主题图书设立的奖。2016 年由深圳市大鹏新区管委会设立，

① 原题为《如果没有“刘先平大自然文学奖”，将是一种遗憾》，选自《刘先平大自然文学创作研究》的后记《我有一个愿望》的第四部分。韩进．刘先平大自然文学创作研究 [M]. 合肥：安徽大学出版社，2020:405-414.

评选在国内出版的,以自然为写作主题,在传递自然知识、传播人文价值、践行社会责任等方面,具有卓越成绩的图书作品。评选结果在每年11月举行的深圳读书月活动中公布,宣布入选图书100种,向读者推荐阅读,并揭晓"十大自然好书",举行隆重的颁奖典礼,同时邀请名家、作者举办自然讲座等读书活动。

首届"大鹏自然好书奖"(2016)评选范围是2011年1月至2016年9月五年间在国内出版的作品。入选"十大自然好书"的图书有:获得"国际作品大奖"的是美国著名生态学家戴维·乔治·哈斯凯尔(David George Haskell)的《看不见的森林》(熊姣译,商务印书馆,2014)、获得"华文原创大奖"的是我国台湾著名探险家徐仁修的《徐仁修荒野游踪:写给大自然的情书》(北京大学出版社,2014),此外《缤纷的生命》([美]爱德华·威尔逊著,金恒镳译,中信出版社,2016)荣获"年度学术奖"、《大灭绝时代》([美]伊丽莎白·科尔伯特著,叶盛译,上海译文出版社,2015)荣获"年度远见奖"、《昆虫记》([法]让-亨利·法布尔著,戚译引译,天津人民出版社,2016)荣获"年度版本奖"、《雨蛙老师的趣味自然课》([日]松冈达英著,彭懿译,宁波出版社,2015)荣获"年度童书奖"、《猿猴家书》(张鹏著,商务印书馆,2015)荣获"科学普及奖"、《檀岛花事》(刘华杰著,中国科学技术出版社,2014)荣获"在地关怀奖"、《时蔬小话》(阿蒙著,商务印书馆,2014)荣获"自然生活奖"、"十万个为什么"系列(韩启德总主编,少年儿童出版社,2013)荣获"特别成就奖"。两部大奖图书奖金各3万元人民币,其他奖项奖金各1万元人民币。值得一提的是,颁发给获奖者的获奖证书上,印制有深圳大鹏珍稀动植物的手绘图案,并与获奖图书的主题一一对应,展现了大鹏半岛物种的多样性与大鹏新区生态和谐的发展理念。

第二届"大鹏自然好书奖"(2017)评选范围是2016年7月至2017年9月在国内出版的以自然为写作主题,集科普性、文学性、趣味性、思想性以及有良好设计品位的自然好书。《征程——从鱼到人的生命之旅》([加]舒柯文、王原、[澳]楚步澜著,科学普及出版社,2017)获得"年度华文原创奖",《第三极的馈赠》([美]乔治·夏勒著,黄悦译,生活·读书·新知三联书店,2017)获"年度国际作品奖"。除大奖外,"十大自然好书"中《海错图笔记》(张辰亮著,中信出版社、中国国家地理,2016)荣获"年度传播奖"、《假如海洋空荡荡——一部自我毁灭的人类文明史》([英]卡鲁姆·罗伯茨著,吴佳其译,北京大学出版社,2016)荣获"年度思想奖"、《香港方物志》(叶灵凤著,商务印书馆,2017)荣获"年度经典奖"、《图案密码——大自然的艺术与科学》([英]菲利普·鲍尔著,李祖凰译,电子工业出版社,2017)荣获"年度视觉奖"、《像山一样思考——寻找梦幻步道的旅程》(徐铭谦著,北京出版社,2016)荣获"在地关怀奖",同时《北京路亚记——一个钓鱼人的博物之行》(王铮、王松著,上海交通大学出版社,2016)荣获"年度博物奖"、《醉酒的植物学家——创造了世界名酒的植物》([美]艾米·斯图尔特著，刘夙译，商务印书馆，2017）荣获“年度生活奖”、《鲸背月色》（[美]戴安娜·阿克曼著，丰慧、崔轶男译，中信出版集团，2017）。

“大鹏自然好书奖”共主办 2016 年、2017 年两届。2018 年开始升级为“大鹏自然童书奖”。对于这个奖项的意义，北京大学传播中心博士生导师、博物学家刘华杰，在第二届“大鹏自然好书奖”颁奖期间，接受《中华读书报》采访时有过一段中肯评价：

> 大鹏自然好书奖由一个城市下面的一个区政府设置，这很不可思议。北京有许多区，有海淀区有朝阳区等，哪个也没有想着设这样的奖。比深圳大的城市也有许多，但也没有设类似的奖。深圳大鹏不但设置了，而且奖金数额还不小。这个奖是要鼓励自然写作，增强人们对自然世界的了解，从而改进人与自然的关系。说它注重舆论引导，实实在在地推动生态文明建设，也很恰当。现在进行了两届，评出的作品确实都很棒。这样的奖项如果能坚持若干年，可以猜测它的社会影响会递增的。去年颁奖时，《看不见的森林》作者哈斯凯尔激动地说，没想到中国还能设这样的奖。往大点说，这个奖也对树立中国良好的国际形象有积极作用。好的激励机制，能够鼓励作者和出版社，同时也能引导读者。现在书非常多，许多人不知道什么是好的作品。[①]

二、大鹏自然童书奖

全国首个儿童自然图书奖，是此前“大鹏自然好书奖”的升级版。自 2016 年起，深圳提出“积极推动儿童友好型城市建设”，并将其纳入城市国民经济和社会发展第十三个五年规划纲要。为帮助中国儿童在成长过程中与国内外优秀的自然好书相遇，成长为体格强健、眼界开阔、爱护自然的优秀少年，大鹏新区于 2018 年将连续举办两届的“大鹏自然好书奖”品牌升级为“大鹏自然童书奖”。“十大自然好书”包括“国际作品大奖”和“华文原创大奖”两项大奖和 8 个特别奖。大奖奖金分别为人民币 2 万元，特别奖奖金为人民币 1 万元。迄今已经举办两届（2018、2019）。

首届“大鹏自然童书奖”（2018），评选 2013 年 9 月至 2018 年 8 月五年间（以版权页信息为准）在国内出版、面向儿童的自然主题图书。经过评委会专家初选、复评、终评，选出培养自然认知、传播科学知识、追求人文情怀、践行社会责任的优秀作品。在终评

① 王洪波. 大自然之于人类心灵具有首要的重要性：访“大鹏自然好书奖”评委刘华杰教授 [N]. 中华读书报，2017-12-06(9).

阶段，评委会引入公众评选环节，组织广大读者在线投票，最终结合投票结果与专家评审意见，评选出 2018 “大鹏自然童书奖” 入围图书 100 种，在深圳读书月活动期间揭晓 “十大自然童书”。

《生命：万物不可思议的连接方式》（江苏凤凰美术出版社）荣获 “国际作品奖”，《这就是二十四节气》（海豚出版社）荣获 “华文原创奖”。8 个年度特别奖分别为：《不想和你说再见》（北京联合出版公司）荣获 “远见奖”、《艾达的秘密》（贵州人民出版社）荣获 “发现奖”、《蓝色时间》（清华大学出版社）荣获 “视觉艺术奖”、《盘中餐》（中国少年儿童出版社）荣获 “在地关怀奖”、《动物眼中的世界》（明天出版社）荣获 “探索奖”、《我努力爱蜘蛛》（外语教学与研究出版社）荣获 “童趣奖”、《内伶仃岛上的猕猴》（新世纪出版社出版）荣获 “青春致敬奖”、《墙书 · 自然通史》（江苏凤凰少年儿童出版社）荣获 “创意奖”。

第二届 “大鹏自然童书奖” (2019)，评选 2018 年 1 月至 2019 年 8 月在国内出版的适合少年儿童阅读的自然主题图书。《故宫里的博物学：给孩子的清宫鸟谱》（故宫出版社、中信出版集团）荣获 “华文原创大奖”、《大峡谷》（长江少年儿童出版社）荣获 “国际作品大奖”。8 个特别奖分别为：《自然世界》（长江少年儿童出版社）获得 “生物多样性特别奖”、《鄂温克的驼鹿》（接力出版社）获得 “在地关怀奖”、《大自然的一年》（北京联合出版公司）获得 “视觉艺术奖”、《疯狂梦想家马格努斯》（长江少年儿童出版社）获得 “童趣奖”、《动物的爱情》（北京联合出版公司）获得 “探索奖”、《迷人的生命》（北京联合出版有限公司）获得 “创意奖”、《苏丹的犀角》(21 世纪出版集团）获得 “新人奖”。本届评奖增设 “年度致敬奖” 和 “年度主题”。“年度致敬奖” 授予美国专注动物科普的著名图画书作者史蒂夫 · 詹金斯，他 67 岁创作 69 本图画书。“年度主题” 为 “多样的生命”，关注自然生态研究与科普领域的热议话题——生物多样性。

三、大鹏生态文学奖

大鹏新区管委会与深圳市作协联合主办。在 2017 年成功主办首届 “大鹏文学奖” 的基础上，2019 年举办第二届全国 “大鹏生态文学奖” 征文大赛，活动自 3 月 8 日起至 8 月 31 日截稿，共收到小说、散文、诗歌作品 6500 多篇（首）。最终 48 篇（首）作品获奖。毕仁美的《白鹤滩》、鲁子的《梧桐书简》、李青松的《老鹰谷》分别获得小说类、诗歌类、散文类一等奖，奖金分别为人民币 1 万元。特别值得重视的是，2019 年 12 月 10 日，第二届 “大鹏生态文学奖” 征文大赛颁奖仪式在深圳举行，原环境保护部副部长周建，全国政协委员、中国作家协会副主席徐贵祥，国家林草局退耕办副主任、生态文学作家李青松等重要嘉宾出席并研讨生态文学，希望大鹏新区继续扛起“生态文学”之旗，充分发挥生态优势，打造“生态文学基地”，号召广大作家用笔聚焦生态，书写自然，呼唤社会，共同爱护和保护我们赖以生存的美好家园。周建指出生态文学创作具有三个特点：一是文化源流与生态变迁的相互交融是永恒的，随着生态观的演变，生态文化主脉不断进步；二是生态与经济、社会、文化更紧密融合的趋势已展现；三是当代中国生态文学、生态文化演变体现出更尊重人与自然关系、更关注生态环境变迁及更强化生态与经济社会政治联系的三个趋势。[①]

四、中国自然好书奖

2018 年，为鼓励自然写作者，也让读者阅读到更多优秀的自然好书作品，由环境保护部宣传教育中心指导，阿里巴巴公益基金会主办，深圳市越众文化传播有限公司承办的“中国自然好书奖”设立。

“中国自然好书奖”是专门评选以自然为写作主题的图书奖项，希望通过活动评选出在传递自然知识、传播人文价值、践行社会责任等方面具有卓越成绩的图书作品。中国自然好书奖坚持公益性，希望能推动全民参与自然阅读与自然写作，在自然好书的熏陶下树立新时代正确的自然观，与自然更和谐、更理性地相处，创造更好的生存家园，也为自己的生活增添一份美好。该评选每年举办一届，已举办两届。由业内权威专家组成评审委员会，评委会为读者推荐“年度中国自然好书 100 种”“入围中国自然好书 50 种”和“年度十大自然好书”。“年度十大自然好书”包含“年度华文原创奖”“年度国际作品奖”两项大奖和“自然文学奖”等 8 个单项奖。大奖奖金人民币 3 万元，单项奖奖金人民币 1 万元。组委会特约著名自然插画师翁哲为荣誉证书绘制了中国国家保护动物插图，传递和谐自然生态和在地人文关怀的理念。评选结束后也将在全国各大城市进行一系列的自然好书阅读推广活动。

首届“中国自然好书奖”，从 2017 年 7 月至 2018 年 7 月期间在国内出版的 300 本优秀自然类图书中，评选出“十大自然好书”。英国国际著名动物学家珍·古道尔的《大地的窗口》（杨淑智译）获得“年度国际作品奖”，中国大自然文学作家刘先平的《续梦大树杜鹃王》获得“年度华文原创奖”。50 多年来坚持在一线研究和守护中国野生动物的北京大学生命科学院教授潘文石获“年度致敬奖”。除大奖外，德国历史学家安德烈娅·武尔夫的《创造自然》（边和译）获得“年度思想奖”，美籍古生物学家苗德岁的

① 陈智美．第二届“大鹏生态文学奖”征文大赛颁奖［N］．深圳侨报，2019-12-11(B1).

《给孩子的生命简史》获得“年度童书奖”，年高的《四季啊，慢慢走》获得“自然文学奖”，张辰亮的《海错图笔记》获得“年度传播奖”，赵欣如的《中国鸟类图鉴》获得“在地关怀奖”，王原、葛旭、邢路达等的《听化石的故事》获得“年度视觉奖”，张海华的《云中的风铃》获得“自然生活奖”，《彩虹汉字丛书·触摸阳光草木（盲文版）》责编姜海涛获“年度编辑奖”。

第二届“中国自然好书奖”，从2018年6月至2019年8月期间在国内出版的400多本优秀自然类图书中，评选出“年度十大自然好书”。英国埃德·扬的《我包罗万象》（郑李译）获“年度国际作品奖”，初雯雯、王昱珩的《初瞳》获“年度华文原创奖”。美国理查德·O. 普鲁姆的《美的进化》（任烨译）获“年度思想奖”，英国DK公司的《DK博物大百科》（张劲硕等译）获“年度传播奖”，比利时冈特·鲍利的“冈特生态童书”（第五辑36册，闫世东等译）获“自然教育奖”，刘从康的《武汉植物笔记》获“在地关怀奖”，英国娜恩·谢泼德的《活山》（管啸尘译）获“自然文学奖”，半夏的《与虫在野》获“自然生活奖”，美国特里·邓恩·切斯的《怎样观察一粒种子》（光合作用园艺译）获“年度视觉奖”，曾广春、纵瑞文、刘琦的《隐藏的风景》获“年度编辑奖”。

五、大自然原创儿童文学奖

国内首个从专业聚焦的角度设立的垂直型奖项。2018年10月18日，由中国儿童文学研究会、辽宁出版集团发起成立，辽宁少年儿童出版社承办的“首届大自然文学原创儿童文学作品征集活动”在北京启动。10月24日，《中华读书报》以《中国儿童文学研究会首举“大自然儿童文学”文艺旗帜》为题，在首版头条位置给以重点报道。大自然原创儿童文学作品征集活动的启事中对“设立意义”做了三个方面的解读：

1. 习近平总书记提出“绿水青山就是金山银山”，本奖项的设立，从儿童文学的角度，让儿童及家长树立敬畏生命、尊崇自然、热爱生活的良好理念，正是对这一论断的积极响应，也是为“五位一体”的总体布局做好青少年层面的铺垫，为社会的和谐发展奠定良好基础。

2. 此奖项有利于原创作品的迅速积累，通过作品征集的方式，挖掘潜力作家原创的大自然文学、图画书作品，广泛营造良好的社会效益。

3. 目前，国内尚未有垂直型的奖项，从专业聚焦的角度首次设立本奖项，有利于吸引优秀作家投身大自然儿童文学创作，推动优秀大自然儿童文学作品的脱颖而出，对促进中国儿童文学的发展以及对中外儿童文学的交流都有着深远的意义。

该奖参评对象为“国内外 18 周岁以上作者的中文文稿均可参加评选征集活动,不受作者国籍、民族、种族与性别的限制”。分为两个子奖项,即文字作品奖和图画书奖。文字作品奖的作品体裁限定为长篇或中篇儿童小说,内容只要与大自然相关即可(包括但不限于动物文学、人与自然和谐共生等),图画书奖征集原创且图文全部完成的稿件。作品未以图书形态公开出版过。奖项每两年举办一次,投稿日期为每年的 6 月 1 日至次年 9 月 30 日(首届投稿日期从即日起至 2019 年 5 月 31 日)。截稿日期之后收到的稿件,自动进入下一届参评。“文字作品奖”设“鸿雁奖”1 名,奖金 10 万元(含税);“黑熊奖”2 名,奖金 3 万元(含税);“白桦奖”5 名,奖金 1 万元(含税)。“图画书奖”设“风信子奖”1 名,奖金 5 万元(含税),“薰衣草奖”3 名,奖金 1 万元(含税)。辽宁少年儿童出版社拥有获奖作品的优先出版权,为了更好地将大自然儿童文学的优秀作品呈现给广大读者,除出版“大自然儿童文学获奖书系”外,还将出版“大自然文库”。

首届“大自然原创儿童文学奖”颁奖典礼于 2019 年 8 月在北京国际图书博览会期间举行。从 417 位参赛作品中,评选出“鸿雁奖”1 名、“黑熊奖”2 名、“白桦奖”4 名。许廷旺的《风之子》获鸿雁奖(最高奖),汤雄的《鹌鹑王》、刘天伊的《夏虫语冰》获黑熊奖,鹿鸣的《呼伦贝尔大草原》、张琳的《羚羊回家的路》、张紫华的《巴掌城里的脚印》、袁博的《鸟飞芦苇荡,人迹红海难》获白桦奖。本次“图画书奖”空缺。第二届“大自然原创儿童文学作品征集活动”正式启动,活动截稿日期为 2021 年 4 月 30 日。

六、比安基国际文学奖

以俄罗斯著名大自然文学作家维达利·瓦联金诺维奇·比安基的名字命名,由莫斯科州立综合图书馆于 2015 年设立,每年评选一次,迄今已举办三届,共收到来自 19 个国家的 2319 部作品,大奖及荣誉奖得主共 56 人。该奖旨在遴选以自然、动物为书写对象的优秀青少年作者、作品,表彰鼓励从事生态活动的图书机构,提高当代大自然文学作品的社会意义,吸引阅读界对此类作品以及比安基创作的关注。

2019 年 6 月,由接力出版社、俄罗斯莫斯科州立综合图书馆联合主办的第三届“比安基国际文学奖”在莫斯科颁奖。中国大自然文学作家刘先平的《孤独麋鹿王》、黑鹤的《黑焰》分别荣获“小说荣誉奖”和“小说大奖”,这是中国作家首次获得“比安基国际文学奖”。本届文学奖共收到来自俄罗斯、中国以及白俄罗斯、乌克兰、哈萨克斯坦、德国、加拿大、澳大利亚等国的 980 部作品。白俄罗斯作家阿辽娜·马斯洛获童话大奖;

沃斯克列谢斯克城市第 33 图书馆获"优秀图书馆生态项目"大奖;"动物文学画家奖"由叶莲娜·马科维耶娃获得。谢尔普霍夫城市青少年中心图书馆获得荣誉奖。

"比安基国际文学奖"中国评委会主席朱自强表示,希望通过该奖的设立,促进中俄两国儿童文学作家尤其是自然文学作家之间的交流,推进中俄自然文学出版的交流合作。

综上所述,以自然书写为主题的图书奖,从基层政府深圳市大鹏新区设立的"大鹏自然好书奖"系列,到环境保护部宣传教育中心指导、阿里巴巴公益基金会主办的"中国自然好书奖",再到中国儿童文学研究会和辽宁出版集团设立的"大自然原创儿童文学奖",以及从俄罗斯引进"比安基国际文学奖",在两三年的时间内,已经雨后春笋般涌现,从区域、行业、全国、国际四个层级,体现了中国社会各界对大自然文学及其承担的生态文明建设功能的重视和期待。形势喜人,形势逼人,已经到了应该设立"刘先平大自然文学奖"的时候了。该奖项设置,既可以是由安徽文学界设立的政府行为,也可以是安徽大学大自然文学协同创新中心的品牌建设项目,还可以是刘先平大自然文学工作室与出版集团深度合作的市场行为。他山之石可以攻玉,设立"刘先平大自然文学奖"的时机已经成熟,首要问题是思想认识,要有"两个认同",即对发展中国大自然文学战略意义的认同以及对发扬刘先平大自然文学品牌价值的认同,然后才是经济问题和运作问题。安徽作为中国大自然文学的发源地,安徽刘先平作为中国大自然文学的开拓者,安徽如果没有"刘先平大自然文学奖",将是一件非常遗憾的事情,是安徽文学品牌的一次丢失,也可能是安徽文学失去了一次融入并引领文学发展潮流的机遇。

中国大自然文学理论的逻辑起点①

——论韦苇对中国大自然文学理论的贡献

在中国文学界,“大自然文学”一词的使用,有一个从无意识到有意识的过程。所谓“无意识”,就是那么随便一说,谁也没有太在意,太当回事。所谓“有意识”,就是有人开始重视“大自然文学”这一概念,觉得应该赋予它新的内涵乃至明确的含义,而且渐渐把“大自然文学”当作一回事,当作文学界一件重要事件,不断去说它,不断去丰富它,并且从一个人创作到一批人追随,一个人倡导到一批人呼应,再从创作到研究、到理论探讨、到学科建设、到“走出去”扩大世界影响,从个人“大自然文学爱好”的倡导逐渐发展为一种“大自然文学运动”的推进,最终成为一门新兴的当代中国文学现象,到了需要“另立门户”的高度。

冷静地回顾“大自然文学”一词的流变,可以帮助我们切实感受到中国大自然文学的兴起,不仅有历史的渊源,更有现实的需求,还有文学的参照,是中国当代文学中一种活生生的存在并有远大前景的文学事件,特别是在生态文明建设的新时代,大自然文学更富有普及科学自然观、倡导生态道德、建设生态文化的神圣使命。

就笔者所掌握的文学资料,“大自然文学”一词最早出现在韦苇对苏联儿童文学的介绍中,“大自然文学”的概念也在不断介绍的过程中渐渐明晰起来,由最初的“文学题材论”到后来的“文学现象论”再到最后的“文学支脉论”,体现出“大自然文学”走出“动物文学”、走出“儿童文学”,走向“独立的文学种类”的发展趋势,对中国的大自然文学研究和创作实践有着积极的参照作用和借鉴意义。

韦苇(1934—),浙江师范大学教授,我国系统研究世界儿童文学第一人,著名世界儿童文学史研究专家,儿童文学作家、翻译家。编著《世界儿童文学史》《西方儿童文学史》《世界童话史》等各类儿童文学史著作 10 余部。韦苇的“大自然文学”观及其演变,主要体现在以下四部理论著作中,这四部理论著作是:《世界儿童文学史概述》,

---

① 2020 年 10 月 21 日,韦苇教授新著《动物文学概论》学术研讨会在浙江师范大学儿童文学研究中心红楼举行。该文根据会上交流论文修改完善。

浙江少年儿童出版社，1986 年 8 月第一版;《俄罗斯儿童文学论谭》,湖南少年儿童出版社，1994 年 5 月第一版;《世界儿童文学史》,安徽教育出版社，2015 年 5 月第一版;《动物文学概论》,复旦大学出版社,2020 年 5 月第一版。

一、《世界儿童文学史概述》:以“大自然”为题材的文学

韦苇在早期儿童文学研究著作《世界儿童文学史概述》里,从“大自然”题材视角，重点介绍了两位苏联儿童文学作家普里什文(1873—1954)和比安基(1894—1859)的儿童文学创作,从介绍的标题《普里什文的诗体散文》和《比安基的动物故事》看,与“大自然文学”还没有明显关系,只是在介绍中强调他们的创作是“写大自然的”儿童文学。

韦苇评价普里什文“是苏联的一位风格独特的作家,一位公认的语言艺术大师。他的描绘大自然的诗体笔记、动物故事在世界儿童文学中占有显著的地位。他的关于通过自然认识人、在大自然中寻找和挖掘人类美好心灵的主张被越来越多的人所理解”。称赞普里什文的代表作《大自然的日历》(1925)是“经过多年悉心观察、体验、研究周围的大地和自然景象之后而创作出来的艺术精品”。

对普里什文以大自然为题材的儿童文学创作,韦苇分别引用了作者普里什文、苏联儿童文学奠基人高尔基、同时代著名儿童文学女作家伏隆科娃的三段代表性评论来表达他的观点。

普里什文谈到自己创作《大自然的日历》时说:

> 笔记是我所喜爱的文学形式,我喜欢它的不受任何拘束,这些笔记确实是在春天的口授下写成的——后来几乎没有做任何加工,只根据自然界生活的运动力结集起来,这种运动力,在人的心灵中也引起相应的运动……要知道我笔下写的是大自然,而我心中想的却是人。

高尔基在《致普里什文》中说道:

> 您对于您所描写的森林和沼泽、游鱼和飞鸟、草木和野兽、猎狗和昆虫都了如指掌——您的知识世界是惊人的丰富和宽阔。……在您的作品里,我没有看到拜倒于大自然的人物。在我看来,您所写的不是自然,而是比自然更大的东西——是大地,是我们伟大的母亲。在任何一个俄罗斯作家的作品中,我没有遇到和感觉到像在您的作品中看到的和感受到的那种对大地的热爱

与对大地知识的和谐结合。

伏隆科娃以《慈祥的作家》为题,向小读者介绍普里什文及其作品:

……他教我们热爱我们祖国的大地,让我们好好保护她。他向我们发出号召:“我们是我们的大自然的主人,大自然对于我们是一个贮藏大量珍宝的太阳的宝库。这些珍宝我们还保护得很不够。我们应该开发它们,发挥它们的效能。

“鱼类需要清洁的水——我们不要去污染水源。在森林里、在草地上、在群山间生活着各种各样的珍禽异兽——我们要保护好我们的森林、草原和山峦。

“鱼要水,鸟要空气,野兽需要森林、草原和群山。我们人呢?需要祖国。保护好大自然,就意味着保护好祖国。”

很明显,韦苇介绍的普里什文是一位杰出的“写大自然的”儿童文学作家,他的作品在描绘大自然的同时,已经有着可贵的环境保护意识和生态平衡思想,而且“保护好大自然”就是“保护好祖国”,从爱自然与爱祖国的情感中,已经体现出自然与人类共生共荣的密切关系。

写“大自然的”文学,还有一位与普里什文齐名的儿童文学作家比安基。普里什文曾经这样评价比安基的创作:“他那蓄蕴着丰富的大自然知识的书能在各种年龄的少年儿童读者中唤起对于大自然的积极兴趣。”韦苇称誉比安基是“苏联最卓越的动物故事作家”,将比安基的大自然题材创作称作“动物故事”,评价这些动物故事“堪称是用艺术手段把科学知识和大自然考察结合得天衣无缝的典范”;“对于对大自然所知甚少的俄罗斯儿童来说,比安基的书简直是一种福音”。韦苇特别推崇比安基的代表作《森林报》,在评价这部重要作品时,韦苇第一次出现了“大自然的文学”一词,意思仍然是“写大自然的”文学作品:

在苏联描述大自然的文学书籍中,《森林报》显示了崭新的面貌,同时也显示了贯穿始终的崭新的世界观。以往的同类作品都脱离自然环境,无视于事物间相互复杂的联系,孤立地、静止地、琐碎地编写些情节和故事,如今出现在读者面前的《森林报》则完全是另一番气象:它给人描绘的图景总是处在运动和变化之中,物候现象不断更新,动植物月月相异。建立在唯物主义世界观基础之上的《森林报》,引导孩子们从自然现象间的相互联系、用变化的观点来考察大自然,引导孩子们从小就养成正确的研究大自然的方法,而这对于造就一代新人有着根本性的意义。

韦苇高度评价比安基以自然界动植物为题材的儿童文学创作,特别是高度肯定比安基以《森林报》为代表的自然题材的文学创作,在当时“显示了崭新的面貌”,“贯彻始终的崭新的世界观”,是用“唯物主义世界观”来“引导孩子们”“考察大自然”“研究大自然”。

韦苇对普里什文和比安基以自然为题材的儿童文学创作评价,基本遵循了 20 世纪五六十年代苏联儿童文学的基本评价。这个年代韦苇正在上海外国语学院俄文翻译专业读书,可以直接阅读俄文的作品和著作。20 世纪 80 年代在浙江师范大学从事世界儿童文学教学和研究的时候,韦苇又一次发挥自己的俄文专长,重温苏联儿童文学作品和理论,其中由格列奇什尼科娃著、苏联教育部审订、列为师范学院教材的《苏联儿童文学》是他最珍爱的一部。该书第六章“1929—1941 年时期的苏联儿童文学”的第十节“关于自然界的读物”,认为“自然界的生活是儿童文学经常采用的题材之一”,并重点介绍普里什文和比安基的创作。评价普里什文的创作“培养儿童热爱俄罗斯自然,热爱它那珍奇而奥妙的世界,他号召读者认识这个世界”;评价比安基的创作“不仅帮助读者看到一些作为自然界和动物生活的特征的事实,而且还帮助他们理解支配这种生活的规律”。该书第十四章“普里什文”分三节专门介绍普里什文的“关于自然界的读物”:第一节“普里什文的作品里的自然界和动物界”;第二节“普里什文的短篇小说里讲到的对自然界的观察”;第三节“真实的童话‘太阳的宝库’”。借用高尔基对普里什文的评价,指出“普里什文的创作最宝贵的意义是他用语言来创造他的土地的面貌和他的国家的生动形象这种令人惊异的技能”,从普里什文的作品里看见了“对于我们土地的无所不包的、令人惊奇的、异常欢乐的爱”。普里什文“以他关于俄罗斯土地上的任何动物的杰出的短篇小说充实了苏联儿童文学”。

二、《俄罗斯儿童文学论谭》:作为儿童文学“支脉”的“大自然文学”

1994 年,韦苇出版新著《俄罗斯儿童文学论谭》时,在中国儿童文学界第一次正式使用了“大自然文学”一词。

《俄罗斯儿童文学论谭》共五编,其中第三编就是讲俄罗斯的“大自然文学”,从目录中就一目了然:

从目录可以看出,韦苇将比安基作为最重要的大自然文学作家的代表给予专门章节论述的文学史地位,评价比安基是“一位天才的大自然文学作家”。强调“大自然是比安基成才的摇篮”,“比安基把自己全部的情感倾注于大自然”,创作了三类大自然文学作品:“一类主要以动物为主人公的童话、故事、特写、速写、散文”;“另一类是写人与野生动物的深厚、动人的友情的作品和谴责猎杀野生动物的猎人的作品”;“第三类作品即以林猎生涯为内容的故事”。对普里什文的大自然文学创作及其文学史地位,放在比安基之后,而且和帕乌斯托夫斯基(1892—1968)并列,认为“把这两位风格独特、在大自然文学创作上有卓杰贡献的作家放在一起叙述完全是合理的”。韦苇评价“普里什文是位能和大自然融为一体的魔术师”,“他给世界儿童留下了一大批描写大自然和与大自然休戚相关的人创造性劳动的珍贵文学遗产”,“在世界儿童文学中占有显著的地位”。评价帕乌斯托夫斯基是“散文巨匠和写景大师”,“给儿童文学文坛带来了新颖的天才和独异的风格”。

韦苇在重点介绍了比安基、普里什文和帕乌斯托夫斯基三位大自然文学代表作家后,指出“大自然读物是俄罗斯儿童文学的一大优势”,对俄罗斯大自然文学做出了整体评价:

> 俄罗斯儿童文学中,大自然文学读物享有很高的声誉,拥有自己日益增

> 多的读者群,以大自然为描述内容的、高品位作品年年都保持很可观的出版量和销售量,所以大自然文学的创作也应运而生。30年代有瑞特科夫、拉尔里(《昆虫历险记》,1937)、普里什文、比安基、恰鲁申、恰普丽娜;战后十年里有兹维莱夫(《白马鹿》《五彩山的禁猎区》,1946;《兽族童话》,1946;《鸟兽故事》,1948;《谁跑得快》,1949;《各样动物各样爬法》,1949;《动物故事》,1952),索科洛夫-米凯托(《大地的精华》《猎人的故事》,1949;《森林图画》),盖·阿·斯克列比茨基(《不安的日子》《狼》,1946;《公乌鸦和母乌鸦》,1946;《在林间空地上》《狗熊》,1946;《松鼠》,1947;《两栖动物》,1947;《动物故事》,1951),斯拉德科夫的第一批精彩作品,俄罗斯教育科学院通讯社院士、生物学家维尔济林(《林中医院》《沿着鲁滨孙的足迹》,1946;《植物与人的生活》,1952),帕甫洛娃(《在有人的小屋》,1946;《万年青——沙漠的宠儿》,1947;《黄色的、白色的、淡紫色的》,1954;《一月的宝库》,1955)。
>
> 俄罗斯的大自然文学到了20世纪六七十年代出现了繁荣期,并成为俄罗斯当代儿童文学最具茁壮生命力的富有人道主义的文学枝丫。当今大自然文学作家们赖以自然科学的飞速发展,都奋力从事作品创造。这些作家是:斯拉德科夫、恰普丽娜(《牧羊人的朋友》,1961;《快活的猴子》,1962)、帕甫洛娃、阿凯姆莫什肯、巴内肯(《在生长白桦的地方》,1975;《早秋季节》,1981)、罗曼诺娃、德米特里耶夫、萨哈尔若夫、斯涅革廖夫、里亚宾宁、斯拉维奇(《我想跟海豚交朋友》,1976)、莱夫(《龟一生中的五天》《因为它们很美丽》,1974)、雅鲁什尼科夫(《老人和火狐》《卡佳和天鹅蛋》),等等。
>
> 当代大自然文学作家有两个新的特点:第一是作家们追随着现代意识,认为在世界动物数量日渐减少的情况下,对所有动物都要采取道义的态度。例如对蝴蝶的讲述就不能停留于实用主义的有害还是有益。第二是这类文学读物所担负的也不只是知识启蒙和知识普及任务,而是需要提出整个生命科学的相互有机联系。

上述文字完整引用了韦苇有“俄罗斯大自然文学简史”的论述,在我们眼前呈现了一种“现象级”的大自然文学创作潮流。结合韦苇对比安基、普里什文和帕乌斯托夫斯基三位大自然文学代表作家以及“一批大自然文学的重要作家”的介绍,可以看出韦苇“大自然文学观”的初步形成,其标志有以下五个方面的内容:

一是第一次完整地使用“大自然文学”一词;

二是“大自然文学”不是指普里什文、比安基“以大自然为题材”的儿童文学创作,而是指以普里什文、比安基为代表的一种“大自然文学创作现象”,或者叫儿童文学创作的“大自然文学流派”,而且这一流派有“一批大自然文学作家”,分作“专写动物和植物的作家”和“在动物和人的关系中表现动物的作家”两大类。

三是简要勾勒了俄罗斯大自然文学的发展简史,从 20 世纪 30 年代到 80 年代近半个世纪的创作情况以及创作特点,重视“大自然文学作家”的“现代意识”,强调“大自然文学的任务”不仅是“知识启蒙和知识普及”,“而是需要提出整个生命科学的相互有机联系”,蕴含了生态文化的主题。

四是将“大自然文学创作现象”不仅放到苏联、俄罗斯儿童文学中去考察,而且放到世界儿童文学的格局中去研判,指出“比安基是苏联大自然儿童文学的奠基作家”,“大自然文学读物是俄罗斯儿童文学的一大优势”,俄罗斯大自然文学读物“居世界前列”。

五是明确将“大自然文学”作为“儿童文学”的一种形式或综合性文学类型,所以韦苇对“大自然文学”的叙述总是在“俄罗斯儿童文学中”的“大自然儿童文学”的边界内,确定了大自然文学“作为一条儿童文学支脉”的位置。

但这一时期,韦苇对“大自然文学”概念并没有做出明确的界说,在使用“大自然文学”这一名词时,也常常与知识读物、动物文学一起使用。韦苇指出:“俄罗斯儿童文学中,知识性读物,主要以动物和大自然为主要描写对象的适合儿童阅读或为孩子阅读而创作的作品向来就有,其传统颇为悠远……这个传统在 20 世纪二三十年代,尤其是后半世纪和人道主义传统扭结在一起,显示了动物文学、大自然文学读物作为一条儿童文学支脉的强大。”

三、《世界儿童文学史》:大自然文学“事关人类对大自然的理解和把握”

《俄罗斯儿童文学论谭》出版 20 年后,韦苇推出了他最重要的著作《世界儿童文学史》,俄罗斯大自然文学始终是他关注的重点,并在研究中不断有新的发现。在这部最新的研究著作中,分别在中卷“自觉起来的儿童文学成为文学的朝阳性领域”的第五章“自觉起来的儿童文学在二战前百余年间成为一条为儿童而存在的文学支脉(五)”的第四节“俄罗斯动物小说”和下卷“壮大起来的儿童文学成为文学的重要方面军”的第十二章“20 世纪后半期拥有稳定读者群的动物文学”的第三节“俄罗斯一枝独秀的大自然文学”中,集中介绍了俄罗斯大自然文学。从两个章节的目录可以看出韦苇“关于大自然文学”的基本认识。

中卷第五章第四节“俄罗斯动物小说”下有三个“小标题”,分别为“瑞特科夫的纪实性动物传奇故事”“普里什文的大自然文学”和“比安基的大自然文学”。第一次在普里什文和比安基的名字后面直接加上“大自然文学”来给两位作家的儿童文学创作定性。但“大自然文学”仍然属于“俄罗斯动物文学”的名目之下。

将“大自然文学”看作是“动物文学”的一支，是韦苇的一贯主张。这也就不难理解，在第十二章讲述“20世纪后半期拥有稳定读者群的动物文学”时，依然将“俄罗斯一枝独秀的大自然文学”看作“世界动物文学”的成就，与其他国家的动物文学相提并论。来看第十二章的目录：

第十二章　20世纪后半期拥有稳定读者群的动物文学
第一节　吉约的动物文学作品
第二节　乔伊·亚旦森的《野生的爱丽莎》
第三节　俄罗斯一枝独秀的大自然文学
恰鲁欣的动物故事
特罗耶波利斯基的《白比姆黑耳朵》
斯拉德科夫的纪实动物文学
德米特里耶夫和萨哈尔诺夫的动物文学作品
斯内革廖夫的纪实动物故事
佩罗斯卡娅的动物故事
恰普丽娜的动物故事
罗曼诺娃的动物故事
第四节　椋鸠十的动物小说

虽然“大自然文学”仍然是“动物文学”的一种，但对大自然文学的含义和价值的认识有了新进展。韦苇认为，“大自然文学在俄罗斯是文学的一个支脉，对于儿童文学来说则是主要的有机组成部分”，已经成为一种重要而具有独立价值的文学现象，其标志主要体现在以下六个方面：

1. 关于“大自然文学”的基本含义

韦苇认为，大自然文学就是“以大自然或大自然与人为内容的文学”，第一次将大自然文学的审美对象由“大自然动物”拓展到“大自然与人”，将“自然与人的关系”纳入大自然文学范畴，丰富和提升了大自然文学的内涵和价值。

2. 关于大自然文学的文体特征

韦苇认为，大自然文学的文体主要有“三大类”：“第一大类是用故事和散文笔调写成的实录性、知识性、科普性的作品；第二大类是森林、草原、海洋等大自然氛围浓郁的小说作品；第三大类是以拟人手段、幻想方式为中介传递人类‘绿色思想’的作品。”

3. 关于大自然文学的读者对象

韦苇认为，大自然文学首先是为“儿童”的，同时也是为“成人”的。大自然文学作家“用孩子般睁得大大的双眼去察看大自然世界，敏锐地听出了这个世界的各种声音，并且把这个世界所讲述的一切都用人类的语言翻译给我们听”。在“我们”中，就有“儿童和成人”，正如大自然文学作家德米特里耶夫所说的，他的创作宗旨就是“为儿童和成人读者”，“为任何一个年龄层次的读者寻找那些他们喜欢知道却又不知道的从而使他们迷恋的东西”，从而将大自然文学冲出“儿童文学的藩篱”，走向更广阔的文学天地。

4. 关于大自然文学的作家特质

韦苇认为，成功的大自然文学作家，大多是“具备大自然研究能力的科学家”，“他们当中不少人从童年时代起就扛起着防身猎枪，携带望远镜和笔记本，长期深入原始森林和国家自然保护区，对大自然的生命状态和物候现象作科学考察和科学研究。他们在莽莽森林里、在广袤的原野间虽然备尝了辛苦，但是他们在自己潜心专注的观察和探究中感悟所得的大自然真谛，也是切实而深刻的，其收获之丰，实令他们倍感欣慰和鼓舞。他们用绿色的心灵感悟和体验生命与自然，然后用充满灵性的艺术笔墨把自己所得所获传递给少年儿童读者”。大自然文学作家“毕竟同时也是大自然探索者”，科学家和文学家的结合正是大自然文学的本质特征，或者说科学与文学是大自然文学作家必须兼备的基本素质。

5. 关于大自然文学的创作特色

韦苇认为，正因为大自然文学作家具有科学家和文学家的双重身份，又是“为儿童”写作，大自然文学作品一般具有三个方面的特色。第一，保持严格的科学性。大自然文学作家“只写他目睹和亲眼观察过的东西”，是用脚行走、用眼观察、用脑思考、用笔记录的科学文艺。第二，保留一颗充满童真的心。像孩子那样“对大自然所呈现的各种现象以及这些现象之间无限多的联系总是叹赏不已”，但又“从不停留于叹赏，而是以此为起点，对大自然中深蕴的奥秘进行深入的探究”，满足少年儿童的好奇心和求知欲。第三，“不排斥利用任何现代科技手段，如录音、录像等”，因而，“向儿童呈现的大自然现实时既是生动、活泼、新颖，又贴切、准确、科学，在内容和艺术上与前辈同类作家显然有区别”。

6. 关于大自然文学的意义价值

韦苇认为，当代大自然文学关注“人与自然的关系”，在更高层次上启发读者的生态意识，其意义与价值已经超出了文学自身。虽然“当时人类生存环境和人类生存危机的问题并没有像今天这样成为人们常识性的话题，可是从他们的作品中可以明白地看出，他们对人类生存环境和人类生存危机的诸种问题已经有了先知先觉，将这种有科学依据的忧患、预见以文学的方式、以给孩子提供审美享受的方式影响、启示和武装年少一代，新一代人于是就能站在被垫高了一层的平台上对‘我们只有一个地球’、对人类的生存环境威胁进行思考，从而比他们的先辈对‘人与大自然’的种种问题有更高的觉悟”；“文学化的人与大自然，事关审美欣赏领域向无限广阔的大自然扩延，事关人类对大自然的理解与把握，事关人类对自身生存环境的认识，事关地球生物物种的保全，事关子子孙孙的自然生态安全……其意义其价值可以想见是超越文学本身的，其成果是最容易向国际普及的”。

四、《动物文学概论》：大自然文学与动物文学的关系

2020年5月，韦苇累积他一辈子研究世界儿童文学的经验和感觉，推出《动物文学概论》理论著作，认为“是到了可以尝试为动物文学建立专门、系统理论的时候了”，因为“动物文学以其审美内容、审美对象、审美价值区别于‘人与人’的文学。与‘人与人’的文学相比，动物文学是异质性的文学、是陌生化的文学”[①]。

从理论上创建一门叫作“动物文学”的学科，首先就是要讲清楚什么是动物文学。韦苇在绪言第八部分“‘动物文学’命名”[②]里，讲到了动物文学与大自然文学的关系。主要有以下几层意思：

（一）动物文学与大自然文学是一个概念，只是不同的说法而已。韦苇认为：“C.G.D. 罗伯茨于20世纪初年在《动物故事概述》的自序中第一次提出了‘动物文学’这一术语。但是欧洲后来并没有普遍采用，即并没有用‘动物’作为定语来限定这一类‘文学’。教科书里用的是‘大自然文学’‘儿童大自然文学’‘以动物为描述对象的文学’‘动物故事’。”

（二）大自然文学、动物故事、动物文学三种指称互有交集，西顿、普里什文、比安基三位作家的创作“都有‘动物文学’的内涵，但三者所指都不尽一致”。韦苇认为，“‘大自然文学’的描述对象包括山川湖海间生活着的所有生物，虽然野生动物必然是描写的主要对象，但对植物、花卉的观察与实录也一定会占相当重要的位置”。

（三）“动物文学”书写注重的是动物，“更重要的是，‘大自然文学’不涵盖活跃在田园中、庭院中、动物园中的动物，而动物文学中，‘庭院狗猫文学’‘田园动物文学’是其重要一脉”。

（四）为了不混淆“大自然文学”与“动物文学”的界限，韦苇在《动物文学概论》的

① 韦苇．动物文学概论［M］．上海：复旦大学出版社，2020：182.

② 下文引用均见韦苇所著《动物文学概论》的绪言部分。

第四章“盛产动物文学的俄罗斯”里，将普里什文的创作称作“大自然文学”，而将比安基的创作称作“动物文学”。

由此可见，韦苇对“大自然文学”的题材是有特指的，是写“大自然”中的动植物，而不包括“田园中、庭院中、动物园中的动物”，而“动物文学”是包括了野生和家养的所有动物。这也从某种意义上“修正”他过去将“大自然文学”和“动物文学”混为一体的“模糊概念”，也让人们对“大自然文学”有了更清晰的认识和更精准的理解，这是韦苇的独到之处，这样可以让“大自然文学”与“动物文学”各自独立出来，而不是像其他论者那样，将两者混为一谈，在理论上不能自圆其说，也给创作实践带来混乱，不利于文学的发展。

五、运用韦苇的“大自然文学概念”评价刘先平创作

韦苇对俄罗斯大自然文学的关注和研究经历了上述四个阶段，对大自然文学的认识也由题材论、现象论、支脉论到比较论，体现出大自然文学走出自然书写，走出儿童文学，走出动物文学，走向独立的文学种类。关注大自然文学成为韦苇世界儿童文学研究的鲜明特色之一，最先接受并受益的是他的学生，而没有引起中国儿童文学界的高度关注。也因为中国大自然文学步履维艰，很少有人注意到韦苇大自然文学理论的启蒙意义，其大自然文学理论的观念不仅没有得到充分重视，也没有与中国的大自然文学创作实践结合起来，非常遗憾地被“淹没”在他对世界儿童文学作品介绍和理论研究的突出成就里。

深受韦苇“俄罗斯大自然文学”观点影响的是他的学生韩进。韩进于 1990 年至 1993 年间拜师蒋风、韦苇两位教授攻读儿童文学专业硕士研究生，严格按照导师韦苇的学术训练，认真研读导师的《世界儿童文学史概述》并重点阅读了以高尔基、普里什文、比安基等为代表的俄罗斯儿童文学作品，特别是对普里什文的《大自然的日历》和比安基的《森林报》爱不释手，印象深刻。1993 年研究生毕业后，韩进到安徽少年儿童出版社从事儿童文学编辑工作，受蒋风、韦苇的委托拜访时任安徽省作协常务副主席并主持省作协工作的刘先平老师。刘先平在杭州大学中文系读书期间曾是蒋风教授儿童文学课的学生，与蒋风和韦苇都是非常熟识的儿童文学“圈内人”。1995 年蒋风教授邀请学生韩进编著《中国儿童文学史》[①]，韩进就此向刘先平请教。在刘先平的指导下，征得刘先平同意，将刘先平的儿童文学创作作为中国新时期儿童小说创作的重要

① 蒋风，韩进．中国儿童文学史［M］．合肥：安徽教育出版社，1998：633-634.

类型，借用韦苇评价俄罗斯儿童文学作家普里什文和比安基时使用“大自然文学”的概念，第一次在“中国儿童文学史”写作中，以“刘先平的大自然文学创作”为题，给刘先平的儿童文学创作以特殊的地位。

《中国儿童文学史》第五编“中国儿童文学的发展（二下）（1949—1994)”的第二章“以任大霖、梅子涵、沈石溪、孙云晓、刘先平为代表的儿童小说创作”的第三节“沈石溪、孙云晓、刘先平的儿童小说创作”的第三部分“刘先平的大自然文学创作”中，这样写道：

> 刘先平，1938年生，安徽肥东人。现为中国作协全国委员会委员、中国作协儿童文学委员会委员、中国野生动物保护协会理事、安徽省作协常务副主席和省儿童文艺家协会主席。1957年发表处女作《儿山与母山》。大学毕业后，做过教师与编辑。之后，因故搁笔近15年。但其中一次偶然的机会，为他后来进行儿童文学创作打下了基础。那是1972年，他结识了一批在野外考察的动物学家，使他有机会从科学的角度去认识山野中丰富多彩、喧嚣繁荣的动植物世界，认识到新兴的自然保护事业的意义以及引导青少年热爱大自然的重要性，爆发了强烈的创作欲望。
>
> “文革”结束后，恢复了写作自由的刘先平毅然放弃了他已有成绩的诗歌、散文与美学研究，将审美视野投注于大自然，从1978年至1987年这10年间，写下了百余万字的大自然文学系列，为那个时期在恢复中艰难发展的新时期儿童文学竖起了一道充满生机的绿色风景线。
>
> 这一“大自然文学系列”包括《云海探奇》（中国少儿出版社，1980)、《呦呦鹿鸣》（人民文学出版社，1981)、《千鸟谷追踪》（中国少儿出版社，1985)、《大熊猫传奇》（人民文学出版社，1987)、《山野寻趣》（安徽少儿出版社，1987）等作品。其中《山野寻趣》是一部很优美的游记散文集，但它却是对其他4部长篇的必要补充，在主题、题材、表现手法与艺术风格上都是融为一体的，也是人们研读刘先平大自然文学不可或缺的重要作品。其他4部均为长篇小说，这4部长篇小说都是我国第一部描写在猿猴世界、梅花鹿世界、鸟类世界、大熊猫世界——野生动物世界探险的长篇小说。
>
> 刘先平的大自然文学创作，就篇幅而言，不像同时期的其他作家那样选择短小优美的童诗、童话与散文形式，而是选择了包容量很大的长篇小说，而且一写就是100多万字。就作品体裁的特征而言，它传达了大量的自然知识与科学知识，但它又不像是传统意义上的知识读物和科普文学，因为它作为作者艺术审美的成果，塑造了一些典型形象——鲜明的动物形象、生动的人

物塑造。但它又不像人们印象中的动物小说,动物小说往往借动物界写人类社会,借物性写人性,而刘先平的作品主要描绘的是实实在在的自然界(动物界)本身。然而对自然界本身的展现,又不像一般报告文学那样是真人真事,而是作者运用虚构与典型化方法创造的"人化了的自然",或者说对大自然审美的对象化。

刘先平独树一帜的大自然文学创作,以探索人与自然为主题,揭示动物世界奥秘;以科学探险为契合点,将纪实与审美相融合,使得他的作品融知识性与科学性、探险性与儿童性、生存意识与爱国情愫于一体,始终保持有一种内容的神秘感、阅读的新鲜感,具有长久的艺术生命力,不仅为那个时期的儿童文学创作开拓了一个全新的领域——大自然探险文学或称其为大自然保护文学,而且在审美视角、审美意识上也进入了一个新的层次。

韦苇从 1986 年在《世界儿童文学史概述》中第一次提出"大自然的文学"概念,到 2020 年在《动物文学概论》中对比"动物文学"让大自然文学的特质更加鲜明,记录了韦苇 35 年来将世界儿童文学研究与中国儿童文学实践相结合不断得出新成果的理论进程。从文学发生学的意义上看,韦苇在中国儿童文学史上第一次将一种以"大自然"为题材、以生态为主题的世界儿童文学创作现象称之为"大自然文学",为中国大自然文学创作的兴起做了最初的理论启蒙。如果说 20 世纪 80 年代,安徽作家刘先平的大自然探险文学创作开启了"中国的大自然文学"(浦漫汀语),那么,几乎在同一时期,韦苇在世界儿童文学研究中对"大自然文学的发现"则是中国大自然文学理论的逻辑起点。此后,2000 年安徽儿童文学界第一次打出"大自然文学"创作旗帜,2003 年安徽儿童文学界第一次主办全国性"大自然文学研讨会",以及此后中国大自然文学运动的不断推进和发展,其间对于什么是大自然文学认识的不断深入,都一直受到韦苇大自然文学观的影响(还有程虹的美国自然文学的介绍),其中也有一个不可忽视的客观因素——在中国倡导大自然文学的刘先平和从事大自然文学评论的韩进,他们都是韦苇的好朋友,中外大自然文学的历史、现状与未来的场景都装在他们的脑海里,他们之前关于大自然文学有着共同话题,其学术交流也一直没有停止过。

从理论上重新发现“动物文学”[1]

——评韦苇的《动物文学概论》[2]

韦苇先生以新著《动物文学概论》为他40年来致力于儿童文学教学与研究再添里程碑意义的成果。韦苇先生“以一木支大厦的精神和气概”（陈伯吹语），在世界儿童文学史领域不断耕耘，总在别人不留意处和不经意间不断发现，为中国儿童文学学科建设做着开创性工作。

一、“动物文学”是应运而生

韦苇先生对中国儿童文学学科建设的贡献有“三大发现”。一是1986年在《世界儿童文学史概述》里发现了“儿童的被发现”，从此“儿童的被发现”成为中国儿童文学理论研究的逻辑起点；二是1994年在《俄罗斯儿童文学论谭》里发现了“大自然文学”，确立了以普里什文、比安基、帕乌斯托夫斯基为代表的俄罗斯大自然文学的典范意义，为中国大自然文学的兴起提供理论指引和创作启示；三是2020年以《动物文学概论》发现“动物文学”，将动物文学作为一种独立的文学现象加以思考并形成系统性理论成果，开创了一个属于儿童文学的动物文学门类。“三大发现”确立了韦苇先生作为中国儿童文学学科建设的开创者和奠基者的重要地位。

韦苇先生关于“动物文学”的发现来自他对世界儿童文学发展史的全面了解和独到观察，还有他创作翻译一大批动物文学作品的感悟体会，如主编“世界动物文学”丛书，译介《写给孩子的动物文学》等。他从自己的创译实践和孩子们的阅读接受出发，忠实于自己的内心感受和儿童的阅读反应，不受已有理论的局限，没有先入为主的框架束缚。每一次重大发现，似乎都是韦苇先生灵感式的自说自话，其实个中都有韦苇先

① 韩进．从理论上重新发现“动物文学”[N]．中华读书报，2020-11-18(16).

② 韦苇．动物文学概论[M]．上海：复旦大学出版社，2020.

生独到的学术发现、理论价值和思想智慧。就像“动物文学”概念从灵感式提出到系统性理论阐释，其间凝聚了韦苇先生几十年来的探索思考。

早在 35 年前编著《世界儿童文学史概论》的时候，韦苇先生就有专章讲述《20 世纪欧美诸国的动物文学》。在 2019 年第五版《世界儿童文学史》里，韦苇先生更是用了第五章和第十二章两个章节较大篇幅，分别讲述“20 世纪前半期动物文学成为世界儿童的热门读物”和“20 世纪后半期拥有稳定读者群的动物文学”。从这两个标题中也鲜明地体现了韦苇先生判定“动物文学”这一文学现象的前提是“儿童读者”将“动物文学”占为己有的事实，而不是从概念中抽象出可能有的价值与意义。“读者反应批评”的接受美学原则是韦苇先生观察评价动物文学以及所有儿童文学现象的基本立场，也是他“儿童的被发现”这一“儿童本位”思想的学术实践。

在韦苇先生看来，一个学术名词的提出或一种学术概念的形成，包括一门新兴学科的诞生，都必须根植于儿童阅读接受的现实土壤又反过来推进儿童的阅读接受。就像“动物文学”起初也有韦苇先生“说给自己听的味道”，但“动物文学”作为一种文学理念对现实创作产生的影响让韦苇先生有了意外收获，反过来坚定了他将“动物文学”作为一种显著的儿童文学现象加以重视和研究的初衷与决心。他说：“新世纪第一个年代快过完的时候，动物文学的‘富豪’沈石溪有一次席间告诉我，说他动物小说创作的开始和坚持，最早是得到了我的文学史的理论支持。我才意识到当时把动物文学独立出来作为一章来描述是意义深远的。以动物、人与动物为描写对象的文学，在欧洲，19 世纪末到 20 世纪初，已经有一批作品说明它是一个强有力的存在，我在我的文学史里堂而皇之地独立成章，只不过是应运而生而已。”

二、动物文学需要独立研究

韦苇先生以自己熟练掌握多种语言的优势，一只眼睛盯着世界，一只眼睛凝视国内，站在浙师大这座中国儿童文学学科的制高点上，饱览中外儿童文学风景，汲取世界儿童文学精华，放出自己的眼光，发出“动物文学需要独立研究”的声音，开风气之先，成一家之言。

动物文学是本源、本色、本真的儿童文学。动物文学“天然容易被儿童所接受”，儿童在生理、心理上最接近动物生命的自然状态。欧洲第一部动物史诗《列那狐列传》(12 世纪)、世界公认第一部儿童文学名著《鹅妈妈故事集》(1697)、“动物小说之父”加拿大作家西顿的动物小说《我所知道的野生动物》(1898)、法国博物学家法布尔的《昆虫记》(1879—1907)、苏联大自然文学奠基人比安基的《森林报》(1928)、“中国动物小说大王”

沈石溪的动物小说和“中国大自然文学之父”刘先平的“大自然探险系列”……都是被证实了的世界范围内公认的儿童文学典范作品。韦苇先生说,“动物文学能给孩子们以独特的生命教育”,“他们的人格也就能够在更宏阔、更丰盈的背景上得到健康的发展”。

动物文学是现代文学概念,是生态文明时代的新文学。虽然动物与文学的关系与生俱来,但“动物文学不可能在工业文明、科技文明和城市文明兴起的19世纪以前产生”。此前文学中大量的动物书写,本质上只是将动物当作人类表情达意的道具。在“人类中心主义”的年代里,人类充满对动物的偏见、傲慢和敌视,以为人类可以主宰自然界一切生命,无视动物生命的价值与意义,无视人也是“两条腿”动物的历史事实。用韦苇先生的话说,“人只不过是地球上一种能用语言思考、表达,从而具有物质和精神创造能力的动物而已”。大自然并非为人类而存在,而人类来自大自然,也从未离开过大自然。“只有当我们认识到,地球是一个人与动物命运与共的生物圈,地球是任何动植物一起拥有的生存共同体,我们的生态观念才能正确建立起来。这样,我们就会对有些生命意识和生态环境意识特别强的人怀有深深的敬意”;也只有“当动物的生存问题因为工业和城市迅猛发展而引起关注的时候,当作家对动物生命有新的理解的时候,以动物为本位、为重心的动物文学就应运而生了。动物文学作家只不过是用文学来思考大自然、思考生命的一批人,他们把真实的动物世界用艺术的语言经营成一个个精彩的故事、不朽的生命传奇,打造成文学图书的常青树”。

动物文学是大自然文学,关注与自然的关系。大自然文学是关于人与自然关系审美的文学,人与动物的关系集中体现了人与自然的关系。“大自然文学”一词是韦苇先生1994年首先创译的,是他将俄罗斯儿童文学作家比安基以《森林报》为代表的包罗万象的动植物故事首译为“大自然文学”,在《俄罗斯儿童文学论谭》里,第三编标题就是《俄罗斯居世界前列的大自然文学读物》,讲述比安基、普里什文和帕乌斯托夫斯基三位动物文学作家的创作。韦苇先生之所以给他们创作的动物文学取名“大自然文学”,是认为三位作家有一个共同的创作理念:“只要是生命就值得去发现爱意”,“不敬畏所有生命,就不是真的道德”。这些理念已经“明显超越了环境保护和动物保护层面上的意义”,体现出自觉的生态道德观和生态整体观,“激励读者去亲近大地母亲,去和大地和谐相处,去恢复与大自然的良好关系,去关注每一株草、每一棵树、每一种禽鸟野兽、每一座山峦、每一条河流”,用普里什文的话说,“我们和整个世界都有血缘关系,我们现在要以亲人般关注的热情来恢复这种血缘关系”,依此重新找回人类在大自然中的位置,而人与自然的关系是人类社会最基本的关系。人与自然是生命共同体,人类必须尊重自然、顺应自然、保护自然。保护自然就是保护人类,建设生态道德就是造福人类。韦苇先生将“文学是人学”的命题提升到人与自然关系审美的时代高度,既有动物学、博物学、生态学的丰富知识内涵，又有自然美、生命美、和谐美的审美价值追求，为发展大自然文学指出了一条动物文学创作之路。

动物文学就是动物文学，动物文学研究将成为一种显学。作为一种明显而独立的文学现象，动物文学源自民间文学，以神话、传说、寓言、童话和故事、大自然文学等多种形式出现，在儿童文学中孕育发展，在生态文学中汲取营养，在生态文明新时代发展壮大，成长为可以与诸种文学形式平起平坐、分庭抗礼的新文学；同时，动物文学又不失其初心，不背叛其历史，在创新型传承和创造性发展中，不断丰富当代儿童文学的内涵和形式，更好地展现出儿童文学与时俱进的品格，成为拥有最多儿童读者又老少咸宜、写给孩子又相伴一生的文学。与此同时，韦苇先生又提醒人们注意，动物文学的“重心不在人文”，它“不是以生态环境保护为宗旨的文学”，它描写的对象也并不“包括山川湖海间生活着的所有生物”，因而要把它与人文文学、环保文学、大自然文学区分开来，与借动物来拟人的童话、来象征的寓言、来科普的知识读物区分开来；在创作动物文学时，“不能滑向沃尔特·迪士尼，把动物写成披着动物外衣的人类”。韦苇先生强调“动物文学自有独特内蕴和魅力”，它是“文学的一个类别”，“要求蓄涵文学的阅读魅力”，要求“严格地遵守动物文学的国际通则：把生物界生命科学奠为这块文学的基石，强调的是大自然生命观的真实，是一种与人类密切相关却远离人类中心主义的对动物生命历程和生活习性的种种事件的生动呈现和细致描摹”，具有独立审美价值、深厚文化意蕴、广泛读者需求、广阔市场前景的新文学。

做动物文学研究，要有中国立场和中国自信。韦苇先生毕生研究世界儿童文学，却不像有些人那样言必称希腊，对中国儿童文学采取虚无的、不屑一顾的否定态度。韦苇先生给自己的研究订立“新思路”，就是“更多地摆脱西方学人”的影响，“更多地依据中国读者、中国孩子感觉的可读性”，在介绍世界儿童文学时，特意将“中国人读来感觉得劲”的世界经典作品挑出来做详说细评；同时，“作为一个越来越自信的中国人”，在介绍中国儿童文学时，特意将“中国人读来感觉得劲”的中国经典作品添列到世界儿童文学之列，就像这部《动物文学概论》对中国动物文学的论述那样。虽然动物文学在中国起步较晚，但发展迅速，涌现出了沈石溪、刘先平、黑鹤、韩开春等一批受到儿童读者欢迎的动物文学作家，韦苇先生将他们作为“在追随中崛起的亚洲动物文学”的代表，在《动物文学概论》中给予专门章节的论述，不仅体现了韦苇先生对中国动物文学的自信，也是希望在与盛产动物文学的加拿大、俄罗斯的对比中，“一步步超越，一步步走到世界前列去”。

如果用一种动物来比喻韦苇先生，人们自然想到他的生肖属狗——忠诚、敏锐、机智，有正义感、责任感、人情味。但在韦苇先生的价值观里，把尊严和傲骨看作人的脊梁，最不能容忍“给根骨头就摇尾巴”的德行。他说：“我的尾巴并不乖巧，我没有一个狗的灵魂。”他把自己比作一只“思路别致的田鼠”——勤奋、忙碌、快乐。春天里忙着“把阵雨拧开”,夏天里忙着“把花儿描好”,秋天里忙着“带来小麦和核桃”,冬天里,忙着把收集来的阳光、颜色撒抹在田鼠们的心头,忙着用收集来的词儿作美妙的诗(《我愿意我就是那只田鼠》)。韦苇先生把自己比作“一峰骆驼”,“倔强”是他的性格特征。他说:“我是一峰骆驼 / 荒沙和漠风 / 教会我倔强 / 而我终于是倔强的 / 我倔强地摇响我的驼铃。”“我从来觉得我是富有的——/ 不需要恩赐 / 不需要乞讨 / 不需要怜悯 / 不需要为了一点残羹冷汁 / 去博取他人的欢心 / 我驮的是种子 / 去播撒我的春天 / 我驮的是水 / 去泼起我的彩云 / 我驮的是太阳 / 去点燃我灿烂的黎明 / 我是一峰骆驼 / 我倔强地摇响我的驼铃”(《我倔强地摇响我的驼铃》)。

心中的风景①

——推荐黑鹤新作《风山的狼》

风山的狼，是草原上的奇迹，它不是一种传说，而是千百年来牧民与狼的约定，是人与自然关系的象征，是一朵在辽阔的呼伦贝尔大草原悄然开放的生态文明之花。

小说讲述一段猎犬与风山狼相遇的生命传奇，反映风山草原牧民自我形成的自然观和发展观。牧民们在长期生存斗争中明白了一个道理：草原是人与狼共同的家园，人与狼是生命共同体；没有狼的日子，草原衰败不堪，人类也不会有好日子；有狼年代，草原生机勃勃，人类与狼共建美好家园。

发生在美好家园的故事也是美好的。风山的“狼井”，不是陷狼于死地的罪恶陷阱，而是人类为狼及所有草原动物提供的饮水之井、生命之源。风山的狼很守规矩，从不伤害牧民的羊群；牧民也体察野狼捕食不易，在有狼崽的特殊日子里，牧民们会把羊作为礼物送到狼洞里，也算是感谢狼对草原腐物的清理。千百年来，游牧人与狼群一直共享着这片草原，人类与狼恪守互相尊重互不侵犯这沿袭千年的隐秘契约，人类与狼的关系从未对立，人类敬称狼为“天狗”，这为猎犬伊斯格与风山狼之间发生的传奇故事有了合逻辑的“本性”基础。

小说塑造了伊斯格和风山狼两个鲜明形象。作者在这两个动物身上倾注了人类最美好的情感。一岁的伊斯格初到草原时的兴奋、顽皮和聪明，就像孩子一样可爱、天真、浪漫。作者对牧民与草原关系，人类与动物的关系，牧羊犬、猎犬和野狼的关系，有透彻深刻的理解，在描写上细致入微，惟妙惟肖，既坚守人类与自然的本质，又对人类与狼、狼与犬、犬与人之间的安全距离有科学准确的把握，在距离中凸显各自的本色美，在距离中感受相互的朦胧美，在距离中蕴含共同的和谐美。在游牧人眼里，猎犬、牧羊犬、狼都是狗，只是狩猎狗、看家狗、天狗而已。它们的行为出自本能，又与人类对待它们的态度有关。它们虽然是动物，却懂得规矩和回报，人类怎么对待它们，它们就怎样对待人

① 韩进．心中的风景［J］．十月少年文学，2020(8)：65．黑鹤的原创动物小说《风山的狼》也同期发表。

类。它们与人类的关系也体现在相互间的物理距离上——保持合理的距离,不仅是人与动物相处的规矩,也是人与人相处的规则。

作者善于运用烘托渲染、悬念设置、对比夸张等小说艺术手法,把故事讲述得跌宕起伏、引人入胜。写风山的狼,先写牧场上的"狼井",那是草原上的生命之源;再转述老牧民的话,他家牧场上生活着一对狼,狼洞就在风山上;再写游牧人对待狼的态度,狼是游牧人的朋友,游牧人敬它为"天狗";最后写游牧人的伟大传统,一种符合草原生态系统的自然伦理,让人类与狼的关系从未对立,而且共享草原,和平共处,和谐共生。这是第一章"狼井"的内容,交代了故事发生的地理环境和文化传统,特别是游牧人从实践中形成的人与自然和谐共生的发展观,不仅奠定了全篇的主题,也是解读发生在猎犬和狼之间传奇故事的一把钥匙。

写风山的狼,狼到第五章才出场,在此之前"我"做了极尽渲染。第二章"再访"、第三章"猎犬"、第四章"原生草原"都在描写小猎犬伊斯格来到草原的情景,像一个孩子那样好奇、顽皮、聪明、率真,为第五章狼的出现作铺垫。在第五章"狼"里,伊斯格只是那远远地一次相望,老狼那种健壮、轻盈、镇定、自信、潇洒、高傲的狼神,让小猎犬突然间长大了,它追随狼性的呼唤,挣脱束缚它的缰绳,消失在漆黑的夜色里……小说由此进入故事主体,写猎犬和风山狼相会、相亲、相助、相分的传奇故事。它们出自本性、追求真情、忠于内心、生死与共的坚定行为,连人类也自叹不如,其中自有做人的道理,让人沉思。第十四章"冬日"写伊斯格产下六只狼崽,小说到此圆满落笔,仿佛一切又恢复常态,老牧民又看见那头伫立在风山山顶的雄狼,仿佛一幅远方的风景,留给读者无言的遗憾和无边的遐想……

小说以"我"之口,讲述"我"在风山草原牧场的所见所闻所思所想,以2002年春天、十三年后的秋天、一个半月、冬日、两个月后等明确的时间为叙述线索,将整个故事发生设置在近20年的宏阔背景上,让人联想到这20年来生活中最大的感受,就是人们工作和生活环境的巨大变化,山更青、水更绿、天更蓝、空气更清新,这正是我国实施生态文明建设基本国策、提倡保护生态全民意识、改变人类生产方式和生活方式取得巨大成就的20年,正是人们对美好生活的憧憬和向往。在这样的生态语境下来阅读这部小说,有一种历史的纵深感和现实的紧迫感。

曾几何时,人类教育总是说"狼来了",人类何曾想过狼也会告诫它们的孩子"人来了"。人是万物之灵,人与动物本应该是朋友,但自私和贪婪让人类失去了人性,成为万恶之源。小说里写到"我"冒着被狼吃掉的生命危险,毅然坚决地解救了被偷猎者诱捕受伤的风山狼,但"我"心里却多了一份担心和自责。狼啊,千万不要因为"我"救了你,你就从此放松了对人类的警惕,那样就是"我"害了你!狼啊,你要记住即使在风山草原如此宽容的牧场上,仍然是人类伤害了你,不要轻信每一个人!狼啊,你要记住这次可怕的遭遇，要明白与人类相关的一切都是危险的，你最好的办法，就是与人类保持距离！人与狼的关系是人与自然关系的缩影，自然是人类与动物共同的家园，珍爱地球上的一切生命，就是爱护人类自身。在全国人大开启修订《中国野生动物保护法》的时刻，在中国特色社会主义建设进入生态文明新时代的今天，让少年儿童读一读《风山的狼》，可谓恰到好处，也应该各有所悟。

《风山的狼》是生态文明的一朵小花，开在自然文学的世界里。它写自然——讲述人与自然关系的故事。它自然地写——以时间为序，以猎犬与狼的传奇故事为主线，前有序幕，后有结局，遵循发生、发展、高潮、结局的故事结构，顺其自然，水到渠成。小说叙述生动，描写有度，情感纯真，文字干净，完整的故事和完美的形式，表达了深刻的主题：人与自然是生命共同体，人类只有道德地对待一切生命，和谐之花才会遍地开放。这是风山的狼给我们的启示。

风山的狼，是一朵生态文明的小花，它是草原上的风景，也是人们心中的风景……

2021 年

女神形象的创新意义及理论价值[①]

——读刘先平大自然文学新作《高黎贡山女神》[②]

《高黎贡山女神》是大自然文学作家刘先平精心创作的一部呕心之作、创新之作。传主李恒现年 92 岁，是我国著名植物学家、中科院昆明植物研究所研究员。她 60 年来坚持在条件艰苦的高黎贡山地区开展野外科考，采集了 4 万多份植物标本，主编学术巨著《高黎贡山植物资源与区系地理》，体现了我国在植物分类学、植物区系地理学、植物资源学研究领域的前沿水平，被人们敬称为“高黎贡山女神”。作者刘先平和传主李恒神交已久，从当初在高黎贡山考察植物世界时“听见”女神的故事到 40 年后与女神相见恨晚、惺惺相惜，刘先平将这段跨越 40 年在植物世界相遇相识的传奇故事记录在这部《高黎贡山女神》作品里，以题材、形象、结构、手法等全方位的创新意识，塑造科学家李恒的女神形象，突出“人与自然关系”中“人的文学”地位，带来了大自然文学创作理论的新思考，拓展了大自然文学创作的新空间。

一、第一部描写在植物世界探险的长篇报告文学

《高黎贡山女神》是中国第一部描写在植物世界探险的长篇报告文学。40 年前，刘先平以描写在动物世界探险的“四个中国第一”(《云海探奇》《呦呦鹿鸣》《千鸟谷追踪》《大熊猫传奇》分别是中国第一部描写在猿猴世界、梅花鹿世界、鸟类王国、大熊猫世界探险的长篇小说)奠定了他作为中国大自然文学开拓者和奠基者的地位，如今又以《高黎贡山女神》这部“中国第一”续写大自然文学创作的新篇章。这种由动物世界向植物世界的创作转变，表明刘先平的创作理念更加成熟，发现了植物之于自然界及人类的特殊意义——生命系统从一开始就形成了绿色植物、动物和广义的微生物三者

---

① 韩进．女神形象的创新意义及理论价值 [J]. 科普创作评论，2021(2)：86-90.

② 刘先平．高黎贡山女神 [M]. 武汉：长江少年儿童出版社，2020.

同源又三位一体的生态系统，而其中的绿色植物一直占据着第一生产者的位置发展至今。换个通俗的说法，植物是所有生物，包括人和动物生命赖以存在的基础；植物学是科学最基础的学科之一，是与人类生存发展直接相关的科学之一。然而人们对植物及植物学重要性的认识一直不够，反映植物世界的长篇文学作品也少之又少，这种现象应该有所改变，在以人与自然关系为审美对象的大自然文学里，理所应当地带头描写大自然植物世界，打开一扇通往植物世界的大门，还给人类一个绿色的、包含动物和植物的完整大自然。

其实，刘先平在创作大自然文学伊始就注意到自然中的植物世界，早在 40 年前创作的第一部大自然探险散文集《山野寻趣》时，就有描写他跟随森林植物组的科学家在安徽黄山牯牛降自然保护区考察森林植被的作品《黄山绿珠》(1982)。刘先平在这部短篇作品中借植物学家吴诚和教授之口告诉人们：牯牛降自然保护区是“难得的生物基因库”，“保护森林、保护自然植被就等于保护了生物基因”；指出牯牛降自然保护区与西双版纳同为“静风区”，它们在“生物学、地理学上”有着重要意义。而最初激发刘先平创作大自然文学的生活之源，也正来自他在安徽黄山和云南高黎贡山考察大自然生态的启示。

1981 年，刘先平完成了描写在动物世界探险的长篇小说《云海探奇》《呦呦鹿鸣》《千鸟谷追踪》三部“黄山姊妹篇”后，在原国家林业部保护处的安排下，来到云南高黎贡山深入生活。高黎贡山被称为“世界自然博物馆”和“世界物种基因库”，是“哺乳类动物祖先的发源地”和“东亚植物区系的摇篮”。这里有“人类的双面书架”的美誉，森林资源极其丰富，珍稀植物随处可见，有当今世界上最大的杜鹃树种——500 多年树龄的大树杜鹃，有被称为“绿色寿星”的古老孑遗植物——国家一级保护珍稀树种秃杉，有云南樱花的原始种、云南山茶的原生种以及其他珍稀树种，是中国珍稀树种汇集的森林。高黎贡山植物世界的无穷魅力深深吸引着刘先平，成为他梦寐以求、向往已久的人与自然和谐之花遍地开放的精神圣地。此后刘先平三上高黎贡山，创作了描写在植物世界探险的长篇纪实作品《圆梦大树杜鹃王》(2002)、《续梦大树杜鹃王——37 年，三登高黎贡山》(2018) 和《高黎贡山女神》(2020) 三部“高黎贡山姊妹篇”，讲述在高黎贡山植物世界的探险故事，讴歌中国科学家献身高黎贡山自然保护区的奋斗精神，描绘了人与自然命运与共的和谐美景。

二、塑造了高黎贡山女神全新的科学家形象

《高黎贡山女神》塑造了植物科学家李恒的新形象。以科学家作为大自然文学中

的形象，刘先平的作品中比比皆是，但以科学家为主角的长篇报告文学作品，《高黎贡山女神》还是第一部。

顾名思义，《高黎贡山女神》就是一部写女科学家李恒在高黎贡山成为女神的传记故事。李恒与高黎贡山的关系一开始就有传奇色彩，她是随丈夫工作被调往云南的，半路出家从翻译工作改为研究她之前毫不了解的植物学，但她服从组织分配，到祖国最需要的地方去；善于学习，善于请教，敢于实践，敢于付出；干一行爱一行，像一颗螺丝钉那样，哪里需要就在哪里生根、开花、结果；勇当开路先锋，甘当铺路石，追求真理、追求完美。《高黎贡山女神》讲述的就是李恒由一名植物爱好者成长为植物科学家的传奇故事和女神精神。高黎贡山的植物世界正是李恒心中那个最神圣的、等待探索的殿堂，李恒人生的辉煌正是在高黎贡山这样世界级的植物王国里实现的，高黎贡山在世界植物学和园林学中的崇高地位，又是以李恒为代表的一代又一代中国植物学家不断探索不断发现的结果。李恒已经与高黎贡山不可分，她探索、发现、记录、修复、再造、卫护高黎贡山植物世界的美，将自己的人生和生命奉献给高黎贡山的自然保护事业，她大爱大美的心灵滋养着高黎贡山的一草一木，在博大的高黎贡山正好栖居她探索的灵魂，她和高黎贡山已经化身一体，人们称她“高黎贡山女神”。

李恒是刘先平精心塑造的大自然文学新形象。在李恒形象身上有高黎贡山植物世界的全部，有高黎贡山几代科学家的影子，代表了人与自然关系中“天人合一”的最高境界，寄托了作者关于人与自然和谐共生的大美理想。以科学家为主角的《高黎贡山女神》仿佛又回到了“文学是人学”的传统，其实是在更高的审美层次上，诠释了“人与大自然关系”中“人的文学”的新境界。生态危机的现实是人为造成的，生态和谐的理想也同样需要人去创造。在人与自然的关系中，人是起主导作用的主动因素，自然是被动因素。决定人与自然关系的是人而不是自然，就像高黎贡山的植物世界，它自然地存在于自然界中，是植物科学家发现了它、保护了它、建设了它，能够站在人与自然关系的高度，敬畏自然、敬畏生命，正确地处理人在自然中的地位和人对于自然的作用，这样的科学家是掌握了自然规律，又脱离了人类私欲，成为能够掌握人与自然命运的神，就像李恒至于高黎贡山一样，是神而不再是人了——既在自然之中，又在自然之外，以人类文明的生态自然观来处理人与自然的关系，这样的人就是先知先觉的神，他们是生态文明时代的觉醒者、引领者、实践者、贡献者。

三、以“格式的特别”反映形象塑造的重大转变

为塑造高黎贡山女神这一大自然文学的英雄形象，刘先平调动了他 40 年大自然文

学创作的经验，将大自然文学的跨文体表现特征发挥得淋漓尽致，以“格式的特别”反映形象塑造的重大转变。俗话说，“画鬼容易画人难”。植物学和科学家都是具象的、科学的，需要作者有植物学的知识和对科学家的了解，才不会说外行话，才能写出科学家的灵魂；基于科学、基于事实，来不得半点虚假，是报告文学中的科学文艺，既要懂科学，又要懂文学，不是一般作者能够驾驭的题材和能够把握的艺术，也是对刘先平大自然文学创作力的一次挑战。

首先，刘先平延续了大自然文学的习惯表现法，以自己亲历高黎贡山探险考察为叙事线索，巧妙地以自己“重走女神之路”为核心事件，将作者与传主交集到高黎贡山植物世界的探险考察中，以李恒工作成长的中科院昆明植物研究所为叙事原点，以高黎贡山地区为叙事半径，以研究所门前石碑上的碑文“原本山川，极命草木”为精神主题，以传主李恒的科研人生及成就为中心故事，以作者在高黎贡山考察中“听说”李恒到作者在高黎贡山考察时“遇见”女神的 40 年时空交织总揽全篇，融探险性与故事性、科学性与文学性、新闻性与学术性为一体，将一个科学家奋斗人生的励志故事完整地讲给读者。

同时，刘先平调动多种表现手法，多层面展示传主的多彩人生。故事主体内容是第二章至第五章，分别以《结缘：热带雨林和一座大山》《仗剑识龙江》《重楼奶奶》《高黎贡山女神》为题，采取专题展览式的平行结构，以四个典型事例讲述李恒在高黎贡山从事植物学科研的奋斗故事，重点包括她留下遗书闯荡独龙江并带回数千份植物标本的故事、指导药农种植千万亩重楼而改写独龙江地区人们生活和命运的故事、为高黎贡山植物多样性保护和世界物种基因库建设做出突出贡献的故事。在讲述典型事迹的同时，以碑文“原本山川，极命草木”这一昆明植物研究所的奠基铭为象征，浓缩了中科院昆明植物研究所悠久的历史，传承和发扬了老一辈植物学家的精神和事业，同时传递一种生态智慧——生长在山川的草木是人类赖以生存和发展的自然资源，人类是围绕着植物宇宙运转的，没有植物，我们的文明就失去了赖以生存的基础。热爱植物、了解植物、研究植物、保护植物是人类最基础的科学活动，也是人类最基本的生态道德。这是作者赋予李恒女神形象的基本意义，也是《高黎贡山女神》要表达的基本主题。

为写活女神形象的科学内涵，作者对创作结构做了重大调整，采用“背景 + 故事”的模式，将新闻性和文学性结合起来，塑造了真实可信、光彩照人的科学家女神形象。李恒是一位植物学科学家，很多读者对植物学知识了解不多，为弥补读者阅读接受的知识缺欠，作者在讲述主体故事之前，打破常规，不是开门见山讲故事，而是别出心裁，宕开一笔，以《中国——世界园林之母》《中国植物对世界园艺的贡献》及引言较大篇幅介绍有关背景知识，引用中外学者著作中的观点，介绍中国植物学在世界园艺界的影响、昆明植物研究所在中国植物学界的地位，以及李恒在研究所老所长吴征镒院士的引领下走进高黎贡山植物世界。至此,读者的阅读欲望被激发起来,渴望更快地了解李恒是怎样的一位植物学科学家。然而,在如此大量的铺陈渲染之后,仿佛古老的中国戏剧在演出前必有长长的前奏一样,仍然是只听鼓乐喧天,不见主角登场,接下来的第一章“书名之争”,并没有直接讲述女神的故事,而是向读者倾诉起为新作取个“好书名”的烦恼,诉说自己从“独龙大侠”“重楼奶奶”“亡命徒”“高黎贡山女神”四个备用书名中最终做出的艰难选择。这段取名故事实际上是对传主女神成长历程的“新闻报道”,又仿佛是《高黎贡山女神》的“内容概要”,都在为读者进一步阅读设置悬念,让“女神是怎样炼成的”故事更加丰满精彩。

四、女神形象之于大自然文学理论建设的启示

刘先平笔下的女神形象,体现了刘先平大自然文学观的丰富内涵,为中国大自然文学理论建设提供了新视野、新思考。

与“高黎贡山姊妹篇”中的其他两部描写高黎贡山植物——大树杜鹃不同,《高黎贡山女神》描写的是“人”——高黎贡山植物科学家李恒。从写“植物”到写“人”,刘先平大自然文学创作在“写什么”上又有了重大转变。此前,刘先平非常看重评论界对其创作特征的评价——“自自然然地颠覆一个只写‘人’的以往文学世界”(班马语),以至人们有这样的误解:以为刘先平倡导大自然文学,就是反对“文学是人学”这一传统文学观。

其实,刘先平倡导大自然文学的特殊意义,是在“只写‘人’的以往文学世界”以外,开辟了一个与“人的文学”相对应而不是“相对立”的“大自然的”文学,这里的“大自然”即“人与自然关系”中的“自然”,大自然文学中描写的“人”是“人与自然关系”中的“人”。人与自然的关系是人类发展需要处理的一切关系之“元”,刘先平倡导大自然文学正是基于生态危机的现实问题而思考“人与自然关系”这一“元问题”,其学理基础是马克思主义关于“人与自然的对象性关系”理论所形成的“生态关系”,是中华传统文化所孕育的“天人合一”“道法自然”的生态文化,是新时代中国特色社会主义建设坚持人与自然和谐共生的生态文明。

“生态”二字是大自然文学的本质。所谓大自然文学就是从生态视角描写人与自然的生态关系、呼唤“道法自然”的生态文化、表达人与自然和谐共生主题的生态文明。因而每一部大自然文学作品都在讲述一个“人与自然关系”的故事,故事的主角有两种基本情形,或在“人与自然关系”中侧重于“自然”,如《圆梦大树杜鹃王》中的大树杜鹃;或在“人与自然关系”中侧重于“人”,如《高黎贡山女神》中的科学家李恒。

以“人与自然关系”中“人”的视角来回望刘先平的大自然文学创作,人们会有一种“众里寻他千百度,蓦然回首,那人却在,灯火阑珊处”的惊喜。不仅最初创作的三部“黄山姊妹篇”,还有此后创作的三部“海洋姊妹篇”(《美丽的西沙群岛》,2016;《追梦珊瑚》, 2017;《一个人的绿龟岛》, 2018),以及最近完成的三部“高黎贡山姊妹篇”,这 9 部长篇作品中都有科学家、战士、渔民、向导、环保工作者等“人”的形象,他们就是“人与自然关系”中的那个“人”,只是到了《高黎贡山女神》这里,这个“人”在作品中的地位已经从配角上升为主角,既是大自然故事的讲述线索,也是大自然故事本身;既是人们认识自然的向导,也是人与自然关系中起决定性主导作用的“人”。在《高黎贡山女神》里,这个大写的“人”就是以植物学家李恒为代表的科学家。

刘先平精准塑造女神科学家这一新形象,表明刘先平大自然文学创作重点的重大转变,已经从过去以动植物为主角、反映生态危机的现实为内容、呼唤生态道德为主题,转向以人与自然关系中的“人”为主角、反映生态和谐的实践为内容、讴歌自然科学家为主题,简言之,这个创作转变表明了作者思想的清醒和深刻,由发现生态问题的存在和原因,到找到解决生态问题的办法和路径,文学地讲述生态文明建设的新征程,从生态道德的热情呼唤到生态文明建设的典型示范,不仅让读者了解人与自然休戚与共的关系,而且让读者明白人在自然中的位置,以及应该像科学家那样科学地对待自然。刘先平的大自然文学创作由此进入一个塑造生态文明建设英雄的新境界。

《高黎贡山女神》是刘先平精心创作的一部大自然文学创新之作、得意之作,通过讲述植物科学家不断探索不断发现的大自然探索故事,展现多样性植物世界的自然美,讴歌科学家前赴后继的崇高美,描绘人与自然命运与共的和谐美,展现了大自然文学的生态美;特别是从植物题材、女神形象、叙事结构、表现手法等方面进行了大胆探索,表达刘先平创作创新的追求美,为中国大自然文学创作拓展了新空间,在刘先平大自然文学创作史上具有里程碑意义,也将成为中国大自然文学的经典之作,载入文学史册。

中国大自然文学的重要收获 ①

——读韩开春的“少年与自然”系列 ②

韩开春将他近年来创作的童年时代动植物故事的名篇佳作集结为“少年与自然”系列，包括“动物篇”（4册）和“植物篇”（4册）共8部70余万字，集中展示了他追求儿童文学创作“小目标”所取得的可喜成果，更成为中国大自然文学具有里程碑意义的“大事件”，韩开春也因此以儿童文学作家与大自然文学作家的双重身份得到高度关注并载入文学史册。

一、引起孩子们对大自然的兴趣

韩开春儿童文学创作有一个“小目标”，他希望自己的作品“能够引起孩子们对大自然的兴趣，激发孩子们主动探寻大自然奥秘的欲望”。为此，他将自己创作的主题设置为“自然和生态，还有童年，说得更加确切点，就是和童年有关的动植物”。“少年与自然”系列就是写给少年的大自然文学，即以童年视角讲述“我”与大自然的亲历故事，揭示天人合一、万物共生的生态主题。

评论界对“少年与自然”系列的误读有两种情形，一种认为是科普作品，将其比作法国作家法布尔的《昆虫记》；一种认为超出了儿童文学的深度，其深刻的生态主题孩子们还不能很好的体味。对此，作者有自己的看法。

韩开春认为，从科普的角度看，他不是科学家，向孩子准确地传授动植物的科学知识不是他的强项，他的特长是文科背景和乡村生活经历，“在给孩子们讲述某种动物或

① 韩进．中国大自然文学的重要收获［J］．出版参考，2020(11)：84-86.《国际出版周报》以《激发孩子们对大自然的无限热爱》为题于2021年2月4日整版发表。2021年2月9日，中宣部“学习强国”学习平台全文转发。《生态文化》杂志2021年第3期全文转载。

② 韩开春的“少年与自然”系列（8册）由二十一世纪出版社2020年出版。

者植物的生物学特点的同时，穿插一些与之相关的小故事或者民间传说，在特定的背景下，用拉家常、讲故事的方法来吸引孩子们的注意，进而引发他们的兴趣”，因为“兴趣比知识更为重要”，它能“激发孩子们主动探寻大自然奥秘的欲望”。因而我们读韩开春的作品，科学知识是它的底色，通过科学“小故事”讲述人与自然关系的“大道理”，才是创作的初心和作品的灵魂。这从作者为每篇作品设计的“三段论”结构也可见一斑。作品的主体是讲述童年时代的动植物故事，配有著名插画家的精美插图；在故事本体之前，设置有介绍该篇动植物的知识词条；在故事讲完之后，附有该篇动植物题材的诗文名篇以拓展阅读。这种将知识、故事、图画、文学“四要素”融会贯通地创作方法，呈现给少年读者的是融自然课、语文课、文学课于一体的有趣有味的文化美文，这也是作品多次被选为中考、高考语文阅读试题的原因所在。

韩开春将“少年与自然”系列明确“定位为儿童文学。更进一步说，还可以定位为科普散文，或者博物学散文”。他指出“很多人对于儿童文学有误解，认为儿童文学就是写给小孩子们看的，大人们读后觉得肤浅，甚至是幼稚可笑的，实际情况并非如此。一部优秀的儿童文学作品应该是老少咸宜的，正如《儿童文学》杂志在它的封底写的那样——适合 9 岁至 99 岁公民阅读，而这，正是我所追求的目标”。“少年与自然”系列“就很适合爸爸妈妈们甚至爷爷奶奶们带着孩子一起阅读，不同年龄段的人可以从中得到不同的感受。孩子们可以从中获得一些关于大自然的知识，对大自然产生兴趣，进而走进大自然、热爱大自然，也可以从中了解到长辈们的一些童年生活；大人们则能从中看到小时候的自己，从而引起美好的回忆，产生共鸣”。他希望“少年与自然”系列可以帮助改变大人们和孩子们的观念，“把孩子们从繁重的作业堆里和令人眼花缭乱的各种游戏面前拉到大自然中”；希望在“蓝天下、碧草中”看到孩子们“最活泼”的身影和“最灿烂”的笑容，让孩子们在与大自然的亲密接触中度过“最幸福”的童年。

二、告诉孩子人与自然的关系

韩开春将自己“关于自然、生态和童年、记忆”的作品命名为“少年与自然”系列，用孩子们喜欢的“科普散文，或者博物学散文”的形式，把自己童年时代的动植物故事讲给今天的孩子们听，告诉孩子们人与自然的关系，人类应该道德地对待自然万物，珍爱自然就是珍爱人类自身。这正是大自然文学的典型特征。

“童年”和“自然”都是儿童文学创作的永恒母题，两大母题在儿童文学创作中的融合，变化出特色鲜明的“儿童自然文学”。因为给“儿童的”文学是关系人类未来前途的“大文学”，“自然文学”也是关系人类未来命运的“大文学”，为着突出儿童自然文学的重要性和特殊性，与已有的生态文学视野下的“自然文学”相区别，学术界将从儿童文学发生发展起来的具有独立品格的自然文学，称作“大自然文学”。

在反顾童年的自然情趣里，表达万物共生的人文情怀，反思人在自然界的位置以及人与自然的关系。“少年与自然”系列共写了“我”与223种动植物的遇见故事，其中“动物篇”《雀之灵》《与兽为邻》《虫虫》《水精灵》4部作品，写了122种生活在“我”身边的“鸟兽虫鱼”；“植物篇”《陌上花》《原上草》《水草书》《野果记》4部作品，写了101种与“我”生活相关的“花草果木”。223种动植物世界构成了“我”以家庭为圆心、家乡时庄为半径的“生物圈”——以“猫狗牛羊猪”为代表的家畜圈和以“鸟兽虫鱼草”为代表的野生圈，这也是“我”童年的“生活圈”和“朋友圈”。待“我”长大成人，做了儿童文学作家，再来回望那段童年的自然生活，既有与动植物和谐相处的美好回忆，也有无意间伤害过动植物的愧疚遗憾，现在把这些感受和教训写成感恩自然的故事，告诉今天的孩子们要有“四心”：以自然之心遵循自然规律，以好奇之心发现自然奥秘，以道德之心对待自然万物，以敬畏之心尊重自然生命。一句话，大自然是人类之母，自然万物是人类的朋友；只有道德地对待自然生命，人与自然才能和谐共生。

在自然界生态系统中，各种动植物在其生物链上的位置履职尽责，共同构建欣欣向荣的和谐生态。韩开春善于在相生相克的生态关系中，描写动植物发自生命本能的生存竞争，讴歌生命的壮美。《与兽为邻》中有篇长文写《鼠》，写老鼠偷粮食、啃家什、传瘟疫，无恶不作，声名狼藉；写自己追捕、惩罚，甚至虐待老鼠的愤怒、正义、满足之情；又对老鼠的种种恶行来自“以食为天”的自然规律表示理解，更对老鼠处在生物链低端的不幸命运深表同情。在《猫》《獾》《狗》《黄鼠狼》等作品中，虽然老鼠不是主角，但都是作为猫、獾和黄鼠狼的天敌被写进作品，甚至连狗也欺负捉弄老鼠。作者不禁为老鼠鸣不平又敬佩老鼠顽强的生命力：“想想看，老鼠真是一种倒霉的动物，它的天敌可不止猫一种，黄鼠狼要吃它，蛇要吃它，獾也要吃它，就连我家黄狗赛虎，虽然不把它吃下肚去，却也要置它于死地——敌人太多，老鼠的生存环境可谓恶劣。即便如此，它依然占据了哺乳动物数量最多的那个种类——啮齿类动物的主要部分，可见它的生命力有多顽强”。

自然是“人化”了的自然。人来自自然，又走出了自然，成为自然的对象物。自然一旦与人类活动发生直接关系，就不再是孤立的自然现象，而是有了社会学意义，反映了人类的文化价值观。在《与兽为邻》里有篇《牛》的故事，就以“狗眼看人低”“鹅眼看人小”来对比“牛眼看人高”，让读者对牛眼的结构和功能有形象的认识。在《羊》的故事里，从十二生肖的羊文化开题，讲到羊亚科里不同种群的状态，再到世界上第一只人工克隆羊多莉，反思人类克隆技术可能带来的生态灾难。在《猪》的故事里，从人与六畜的关系来看猪的地位，所谓“上品马牛羊、下品鸡狗猪”。写植物也是如此，《水草书》

中的前五篇《荷花》《莲藕》《莲蓬》《荷叶》《睡莲》,就可以作为一部总名为《荷》的完整作品来读,从博物学视角,介绍了睡莲科代表植物 “荷” 的形象、功能和生态习性,呈现出 “清水出芙蓉” 的自然美和 “鱼戏莲叶间” 的和谐美。

万物有灵且美。自然美、和谐美的本质是生态平衡的美,而打破生态平衡的恰恰是人类,人类对大自然无限制的掠夺,最终会受到大自然的报复。作者在《刺猬》中写道:“大自然是最讲究平衡的,一物降一物,是大自然不变的规律,如果物种之间缺失了相互制约,那么某种生物就会毫无节制地疯狂发展,最后泛滥成灾,轻则给环境造成破坏,重则甚至可能毁灭众多生物共同生长的美好家园——地球,后果不堪设想。” 当 “我” 看到刺猬出现在它不该出现的菜市场时,才明白了人类才是一切动植物 “最大的敌人”:“人类真是一种可怕的动物,包括刺猬在内的所有动物,可能都有这样一个共识,在和这种用两条腿直立行走的动物无数次的交手中,最终的失败者一定会是自己。” 在《穿山甲》里,作者讲述了一个震撼人心的人类捕杀穿山甲的故事。“那只母穿山甲自身体重不超过十斤,却用血肉之躯历经摔打与灼烧,至死护卫着自己的孩子,被烤至半熟,竟还能保得孩子的周全。穿山甲的母爱的精神之力,早已超越了生命的极限。” 作者把这个故事写进作品里,“分享给更多的读者,希望更多的人能因为这个故事而更加关爱这种可怜的然而却是可爱的值得尊敬的小动物,并因此尊重每一个生命”。在《水精灵》里,黑鱼和鲇鱼同样是值得人类尊敬的鱼,它们对父母和孩子们的爱,都是以牺牲自己的生命为代价。作者对万物之灵的大人们发出灵魂考问:“面对这样有爱的伟大的爸爸妈妈,你还忍心吃它们吗?” 少年的 “我” 始终想不明白,为什么没有人出来阻止大人们对动物的猎杀呢?

三、中国大自然文学的新发展

人类对大自然生命的态度最好地反映了自身文明的程度。生态道德的缺失本质上是一种文化危机,是基于对大自然的误解而产生的关于 “人与自然关系” 的错误认识。不敬畏所有生命,就不是真的道德。生态道德就是处理人与自然关系的行为规范,呼唤生态道德是生态文明时代的文学主题,生态道德养成必须从世界观正在形成的孩子们做起。这是大自然文学的责任。

现在的孩子已经很难有与大自然亲密接触的机会,就像作者女儿对世界上是否有推磨虫这样的小生命发出疑问一样。作者从女儿 “一脸好奇的表情” 中 “突然惊觉”,应该给今天的孩子们写些 “有关自然、有关生态” 的作品。从此,作者在这个 “明确的方向” 上一写就是 15 年,像中国大自然文学的开拓者刘先平一样,从儿童文学出发,走向生态文明时代的高度,融合并跨越儿童文学与生态文学的界限,举起大自然文学的旗帜。

韩开春生于20世纪60年代,童年在江苏泗阳一个叫时庄的小村子里度过,大自然中的动植物是他最好的朋友,童年与乡村、自然与生态成为他文学创作的题材和主题。在花草树木间流连,与鸟兽虫鱼嬉戏,是他最开心的童年生活。他把自己童年时代的动植物故事讲给今天的孩子们听,不仅有如鱼得水的欢乐,更有对自己年幼无知对动植物生命造成伤害的忏悔和反思。读他的作品,不仅获得动植物科学知识,还分享与大自然亲密接触的童年欢乐,进而引起对于大自然的兴趣,以科学的态度重新审视大自然生命,确立人与自然和谐共生的生态自然观。韩开春讲述少年"我"与动植物相处的故事,既是他童年的自然记忆,更有成年后作为作家在更深层次更高站位的思考;既是个人与自然的交流,又折射出对人与自然关系的反思,极大地拓展了儿童文学自然书写的艺术空间,填补了我国大自然文学长久以来缺乏博物学美文的不足,开拓了一个属于韩开春的大自然文学时代。

中国大自然文学发端于20世纪80年代,儿童文学作家刘先平以《云海探奇》(1980)、《呦呦鹿鸣》(1981)、《千鸟谷追踪》(1985)和《大熊猫传奇》(1987)4部"大自然探险长篇系列",开创了一条中国大自然文学的创作新路。经过20年的探索前行,世纪之交的中国大自然文学成为中国儿童文学"三面美学旗帜"之一。再经过20年的发展,大自然文学走出儿童文学的藩篱,成为生态文明新时代具有自身美学法则和彰显时代精神的文学现象,并在世界范围内产生了影响,刘先平被尊称为"中国大自然文学之父",是公认的中国大自然文学的开拓者、奠基人、旗手。然而遗憾的是,因为大自然文学创作十分艰难,对作家素质要求非常之高,儿童文学界一直难以产生有重大影响的、可以接过大自然文学旗帜的文学新人。韩开春携"少年与自然"系列横空出世,恰如新时代儿童文苑的一声春雷,打破了已往的沉默与寂静,预示着中国大自然文学的第二个春天已经来临。

韩开春将了不得!期待他写出当代儿童与自然关系的现实题材新作品,沿着自己开创的博物学美文的新路,将新时代中国大自然文学推向新高度。

生态文学创作空间的新拓展①

——读华海的生态散文诗集《红胸鸟》②

《红胸鸟》被誉为“国内第一部自觉写作的生态散文诗集”，为拓展当下生态文学的创作空间做了新探索，这里有三个关键词：自觉写作、生态主题和散文诗形式。自觉写作是一种创作态度，体现了作者的文学观。作者大学时代迷上郭风和柯蓝的散文诗，写下一些“清新而透明”的记录青春岁月的文字。新世纪之初“非典”来袭，作者“自觉地延伸到了生态散文随笔、生态散文诗以至生态小说的写作。通过表达形式多样化的尝试，用各种体裁来进行生态书写”，探索生态文学创作的新空间。特别是 2020 年新冠肺炎疫情暴发以来，作者自觉投身文学抗疫，记录抗疫现实、讴歌战疫精神，反思人类行为，呼唤生态文化。作者生态书写的态度更坚定、题材更广泛、主题更深入、情感更浓烈、形式更多样，丰富和拓展了生态文学创作的新空间。

这部散文诗集《红胸鸟》就是一部自觉探索生态文学的创新之作。《红胸鸟》收录作者近年来创作的生态散文诗 88 篇，分为《鸟语》(11 篇)、《山居》(31 篇)、《火焰》(46 篇)三辑。每辑内容相对独立，又在主题上层层递进，从书写自然的鸟语花香，到融入山水的诗意栖居，再到生态危机的哲理沉思，仿佛一部交响乐的三大乐章，一气贯通，跌宕起伏，浑然一体。《鸟语》通过对各种鸟及自然物的观察，以鸟的眼光和立场看人类，重新审视人与自然的关系，并表现领悟到的生态哲理。《山居》以清远地域为原点，探索人回归自然重建生态关系的可能路径，以及人与自然和谐共生的美妙体验。《火焰》以新冠肺炎疫情为背景，追问生态问题的人类根源，彰显反思精神和悲悯情怀。全书以《红胸鸟》为名，寄寓作者一种愿望，希望红胸鸟不仅在那片想象的树林里出没，更能飞进人们的心灵，让人与自然和谐共生的生态之花遍地开放。

《红胸鸟》根植于作者生活在粤北清远的独特地域生态，写人们虽然走出了贫困的山村，已经在大城市扎下了根，但灵魂却依然安居在童年故乡的山林原野里。那里四季

---

① 韩进．生态文学创作空间的新拓展 [J]．生态美学与生态批评通讯，2021(3)：A5-A7.

② 华海．红胸鸟 [M]．广州：南方日报出版社，2021.

分明,《坐在季节深处》,有《秋风,扑动着翅膀》;《临河而居的山城》,“山水孕育了她的清远”;“走很远的山路,只为走进一大片桃林”,那是“春天的一部分”;“在岭背,人们只让自己像绿色的风吹过去,像绿色的雨落下来,这一切都发乎自然,他们甚至听到自己生命里面也在发芽、开花、结果”(《岭背·绿色的风》);“于是,丘壑进入人的心中,人的灵魂又化作山川云霓。在水墨中,你看到自己的影子,它与山水草木、虫鱼鸟兽走到了一起”(《沉迷于一种墨》)。人类本来就是自然之子,与自然气息相通,明白“一棵树和另一棵树如何交谈”,“飞禽走兽昆虫之间如何沟通”,“只要进入丛林,你就能感受一种无处不在的气息——植物和动物们呼吸的气息,生长和腐烂的气息”,“这种气息就是森林唯一的语言,类似于一种精神,而这种气息是混合的,属于一个生生不息的整体”(《山林的气息》)。人在山中露宿,人体也会一点点透明起来,可以“清晰地看到自己生命的内部”,“看到自己红色的心脏,如青蛙的气囊一张一合。那两叶肺呢？是卷曲的芭蕉叶子。血管的泉溪迂回流动时,脑子里却开满五颜六色的野花,还有一些普通的蜂鸟和清高的白鹭飞来飞去……”作者“相信这是真实的,就像土地和山林相信所有生灵,包括我的肉身和灵魂也是大山的一部分”(《大山的一部分》)。

《红胸鸟》记录了作者回归自然的观察和体验,在人与自然关系的变化中,警醒人们应该回到人在自然中的本来位置,敬畏自然,敬畏生命,拜自然为师。人类从山村走向城市的发展进程,也是人类从脱离自然到走向自然反面的生态危机过程。久住钢筋水泥建筑的大城市,只能“在楼宇与楼宇之间的空白”“看到自然”(《城市速写簿》);将南方的老榕树移植到城市里,老榕树的生命却枯萎了(《生命树》)。《牛背鹭》从反顾童年的视野里追思消失的乡村文明。《蓑羽鹤》描述五万只蓑羽鹤飞越喜马拉雅山的壮观场景,鸟之坚强不仅是义无反顾地响应大自然的召唤,而且是一首以生命掌握命运的悲壮之歌。《反嘴鹬》本是性情温驯的鸟,白色的羽毛装饰着黑色的条纹,细长地翘起嘴巴,有着独一无二的美,是人类“贸然进入了它们的世界,打破了时光和流水的宁静”,“还在一步步逼近它们的巢和刚出生的小生命”,愤怒的反嘴鹬也“只能用它长长的翘起的嘴巴,发出秋风般嘶鸣的声音”,企图吓阻人类侵犯它的家园。人们看到《一群骡子穿过阳光下的大街》,它们被装在锈迹斑斑的铁窗内,不停地传来赶骡人野蛮的吆喝声和粗暴的鞭笞,作者发问:“只因为他们是骡子的主人,就能这样肆意驱遣？”同样是在正午的阳光下,在城市的路口,一只断了长臂的刀螂,一直保持起舞的姿态——“那只是一只昆虫生命的样子,它在生活中本来的样子”,让人肃然起敬(《刀螂舞者》)。在一个“寒冷的春天”,“有一个神秘的小魔鬼,戴一顶奇怪的花帽子,你看不见它,它却钻进你的身体里”(《孩子眼里的小魔鬼》)。“人在与自然的生命共同体中到底应处在什么位置？我们面对自己的狂妄自大、为所欲为该做出什么样的改变？”(《春天的路口》)“在疫情面前,我们思想的火花碰撞成一种觉醒:唯有人和人、人和自然相守相爱,我们才能远离戴着死神王冠的病毒”(《新生的阳光》)。在《学习一种新的建筑方法》里,则表达了以鸟为师的“心领神会”。

《红胸鸟》有着奇特的想象、夸张的梦境和诗人的激情,从人与自然生命共同体的整体性视角,探索一种新的生态审美诗境,有着象征意义。在《雪鸡》里,作者写了一个奇怪的梦,他在梦里完成了“从一个人到一只雪鸡的转化”,作者将其看作是“我作为人类和雪鸡最好的相遇”,其中之意让人体味。《鸟语》中作者写了十多种心态各异的鸟,唯有红胸鸟“似乎更接近于幻想”。作者说得明白,“我曾见过一只红胸鸟,它胸口的羽毛像一团火焰,有一种令人惊异的美。我用散文诗来写红胸鸟,与写其他的鸟及自然一样,并非只是如实地描摹它们,更多想表达的是对自然的体验和对反生态行为的反省从而寄寓一个人与自然共生的生态之美”。原来,红胸鸟只是作者个人的“玄想或虚构,但它确实与我们当下的生态状态和精神生态关联。这本书自然也寄寓我的一种愿望:希望红胸鸟不仅在那片想象的树林里出没,它也能飞近你——我的读者的居所和生活,飞进你我的心灵”(自序)。这也是作者以《红胸鸟》作为书名的良苦用心。

《红胸鸟》还以凝练、生动、形象、抒情的文字描写自然、讴歌自然,有着宁静的自然美、和谐的生态美和深刻的哲思美,让人自然联想到冰心《繁星》《春水》的纯美童心,郭风散文诗的草木情思,以及泰戈尔《飞鸟集》的哲理沉思。作者充分调动散文诗融纪实、抒情、议论于一体的体裁优势,写鸟兽虫鱼、山林河流、城市乡村,看似信笔写来,兴之所至,却紧扣生态主题,探索人与自然的关系,反思反生态的行为,从而建构人与自然和谐共生的诗意栖居。这是本书的主旨,也是作者“生态写作的定位和立意所在”。《红胸鸟》仿佛是一炬“点燃生命的火焰”,照亮人类走向未来的路——人与自然命运与共、和谐共生。

附 录

大力扶持我省优势文学门类 积极推进文化创意产业发展[①]

内容提要 我省大自然文学、儿童文学，是全国公认的优势文学门类，大自然文学更是独树一帜；只要稍加扶持和整合，完全可以转化为市场广阔的文化创意产业。人与自然是国际性的永恒主题，极易走向世界参与文化竞争。建议：1. 由省政府或省出版集团牵头，集结作家、出版社、电视台、剧团等方面的力量，共谋产业发展大计。2. 排除门户之见，高度重视，积极采取措施繁荣两大优势文学创作。3. 对著名代表作家和大自然文学创作研究中心、安徽省儿童文艺家协会，给予资金扶持。4. 加强理论研究和作品评介。

文学是文化的基础，打造文化强省，首先要大力发展文学事业。而发展文学事业必须对优势文学门类，实行重点突破。

大自然文学和儿童文学，是全国公认的我省两个优势文学门类。据不完全统计，近年来，我省作家的作品获得国家奖的有 12 次(项)，其中有 11 次(项)是这两个门类的。大自然文学和儿童文学既有交融，又各有特色，对培养未成年人保护自然的品德，具有重要意义。胡锦涛同志强调，进一步加强和改进未成年人思想道德建设，是中央从推进新世纪新阶段党和国家事业发展、实现党和国家长治久安出发做出的一项重大决策，对于确保我国在激烈的国际竞争中始终立于不败之地，确保实现全面建设小康社会、

① 在刘先平的带领下，安徽自 2000 年打出大自然文学旗帜，在文艺界产生积极影响。2003 年“大自然文学研讨会”召开后，又成立“大自然文学创研中心”，扎实推进大自然文学发展，成为安徽文艺界的“大事件”。2007 年 4 月 6 日，安徽省政府参事室向省委、省政府报送“政府参事建议”（第 6 期），刊载刘先平、余恕诚、陈有志、方介入 4 人建议文章《大力扶持我省优势文学门类，积极推进文化创意产业发展》。特别需要注意的是，在这篇参事建议里，刘先平将“大自然文学”与“儿童文学”并列为两个文学门类，而不是将大自然文学看作是儿童文学的一部分，凸显在刘先平眼中“大自然文学”是和“儿童文学”平起平坐的具有独立文学品格的新文学类型。

进而实现现代化的宏伟目标,确保中国特色社会主义事业兴旺发达、后继有人,确保实现中华民族的伟大复兴,具有重大而深远的战略意义。

特别需要指出的是:这两个文学门类,是我省独特的资源,只要大力扶持,就完全可以转化为庞大的文化创意产业。

我国现代意义大自然文学,文学界公认发端于安徽,至今依然独树一帜,它对文学的发展、构建和谐社会,都具有特殊的意义。后工业化带来的对自然、生态的破坏,已危及到人类的生存和发展。于是,在20世纪的70年代现代意义大自然文学应运而生——成了观照人类本身生存、发展、追求人与自然和谐、共荣共存的文学。这正是区别于文学史上的大自然题材文学创作的最显著特点,在世界上已形成一股潮流。我省某作家早在20世纪70年代,已敏锐地关注人与自然这个主题,1980年出版了第一部描写人与自然的长篇小说,立即受到文艺界的瞩目:“开拓出一片新天地”;“开拓了我国文学新领域,被称为大自然探险文学或自然保护文学,至今依然独树一帜”。因此,这位作家走进了中央电视台的“东方之子”栏目,大自然文学成了一面美学旗帜。30多年来,他跟随科学考察队,几乎走遍了我国的生态关键区。如五赴青藏高原、两次横穿中国从南北两线走向帕米尔高原,数次带着帐篷在横断山脉穿行……如今,他出版了20多部作品,获国家奖8次(项)。作品有的被译成外文,有的被选入大学课本,有的被推荐到联合国教科文组织。作品受到读者普遍欢迎,并不断再版。他多次应邀出国访问、讲学。在他的影响下,安徽已形成了一个大自然文学的作家群,出版了大量的优秀作品。同时,对大自然文学的理论探讨,也有了一定的基础。2000年、2003年邀请了全国著名的评论家与会。特别是2003年的黄山会议,在全国产生了较好的影响,媒体给予了充分肯定和重点报道。总之,我省大自然文学在全国独树一帜,是较为成熟的优势文学门类。

从文化市场看,人们对大自然文学的需求方兴未艾,前景广阔。据出版界的同志估算,近几年,仅从国外引进的图书版权就在2000本左右。大自然文学为其他艺术门类提供了丰富的资源,可以形成庞大的产业链,如著名的电影《熊的故事》《金海豹》《大白鲨》等都是根据小说改编的,大自然文学还是我们奇缺的动画片、影视、卡通剧的最佳改编脚本,人与自然是国际性的永恒主题,因而极易走向世界,参与文化竞争。安徽美丽富饶的自然资源,30多个自然保护区,为大自然文学的创作提供了厚实的土壤;具有本土特色的大自然文学,是生动、形象地宣传安徽的重要载体。

儿童文学一直是我省的亮点,在全国有着重要的地位。2007年1月,《文艺报》和安徽省儿童文艺家协会联合召开创作会议,这是《文艺报》创刊50多年来首次和一个省的作家,一起共商繁荣儿童文学的大计。儿童文学是希望的文学、未来的文学。胡锦涛同志曾深情地说过,“和我同龄人一样,我是在少年儿童文艺的熏陶和启迪下长大成人的”,希望作家们“把最好的世界献给孩子们”。时任总理的温家宝收到儿童文学前辈严文井夫人寄去的《严文井文集》,重读数篇后,满怀激情地在回信中写道:“他的作品和人品就是一个燃烧的火种,留给人们,特别是孩子们用来点燃希望的明灯。”

省儿童文艺家协会在省委、省政府和社会各界的关心、支持下,现已组成了一支具有较强创作实力潜力、机构合理、门类齐全的三四十人的作家队伍;他们团结、奋进,有从事理论研究的,有从事小说、童诗、寓言、童话、散文,低幼文学、科学文艺、大自然文学创作的,这在全国也很罕见。在每一种体裁内,几乎都有领军的作家,如伍美珍已创作了四五十部校园小说,基本上形成了自己的品牌;韩进、薛贤荣的理论研究在全国已产生了较大的影响(《寓言学概论》是我国首部研究寓言的专著);潘仲龄的童诗被选进日本的教科书;李秀英的低幼文学被选进小学课本。据不完全统计,近几年出版的作品多达 200 部。我省的儿童文学在全国名列第一方阵。

我国有 3 亿多儿童。成人读者对文学选择性较大,而儿童文学却是孩子们的必读,因而市场广阔,随着人们生活质量的提高,特别是建设农村的发展,需求量将成倍增长。据出版界的同志估算,在全国图书总量中,儿童读物占了近半数的码洋。儿童文学同时为影视、动画、卡通等文化产业提供了丰富的资源,有潜力形成强大的产业链。

为贯彻落实省委、省政府关于“发展创意产业、打造文化强省”的战略决策,特提出如下 4 条建议:

一、由省政府或省出版集团牵头,集结大自然文学和儿童文学作家、出版社、电视台、剧团等方面的力量,共同商讨和谋划我省如何发展文化创意产业。多年来,省人大原副主任苏平凡同志就多次提出这一主张,可惜未能如愿。

二、排除门户之见,彻底改变那种“墙内开花墙外香”“安徽开花、外省结果”的状况,倡导以多出作品、多出精品、多出人才为荣的良好风气。充分认识大自然文学、儿童文学在发展文学和推进文化强省跨越式发展中的重要意义,高度重视、积极采取措施繁荣这两个门类的文学创作。

三、对其著名代表作家和大自然文学创作研究中心、儿童文艺家协会,给予资金扶持。特别是对从事大自然文学创作的作家,要落实胡锦涛同志在“两代会”上的《讲话》精神,“增加投入,改善条件”。因为从事大自然文学创作,首先是要走进自然。在野外进行考察、探险时,不仅需要有不畏艰难、勇敢顽强的精神,同时还需要必备的装备,如帐篷、车辆、相机等,花费较大,一般作家很难负担。国外的作家可向各种机构申请资助,如《黑猩猩在召唤》的作者古尔·珍妮在非洲的考察,是由英国自然博物馆资助。但目前我国尚未建立这种机制,这是制约我国大自然文学发展的重要因素之一。对大自然著名代表作家的资助,最好能参照“学科带头人”的办法,由省财政给予。

大自然文学创作研究中心旨在规划繁荣创作和理论研究,但因没有经费,目前进展缓慢。省儿童文艺家协会是由热心于儿童文学创作的作家们组织起来的公益性群众团体,工作人员都是兼职,尽义务,没有正常的经费来源。该协会经历了20多年的努力,具有了相当的凝聚力和基本经验,哪怕每年能给予数万元,也能极大地促进儿童文学的繁荣和发展。

四、加强理论研究和作品评介工作,夯实这两个优势门类的理论基础,使其根深叶茂。特别是现代意义上的大自然文学,它是新兴的文学流派(学科),不仅其本身的发展具有广阔的空间,而且对整个文学的发展将产生巨大的影响。我省在这方面的研究工作已有了一定的基础,应尽快对研究课题进行长远规划和年度规划,并分步实施,进行组织,认真开展,如坚持数年,必大见成效。

刘先平　余恕诚　陈有志　方介入

国务院参事室主任陈进玉给刘先平的信

刘先平参事：

您今年 2 月 12 日写给温家宝总理的来信，国家信访局已摘要报送了温家宝总理。您来信中提出的《亟待树立生态道德、实施生态文明建设》的建议，非常重要，对于化解人与自然的矛盾，建设良好生态环境具有很强的现实意义。为此。我们拟将该建议全文刊登国务院参事室《国是咨询》第四期，报中央领导同志和各地区、各部门负责同志参阅。

您不仅在大自然文学领域取得突出成就，而且认真履行参事职责，充分发挥专长，积极建言献策。在此，向您表示崇高的敬意！

衷心祝愿您工作顺利，身体健康，阖家幸福！

国务院参事室主任陈进玉

2009 年 7 月 10 日

【后记】

国务院参事室《国是咨询》全文刊发刘先平题为《亟待树立生态道德、实施生态文明建设》的建议后，在全国产生了积极广泛的影响，尤其是刘先平 “第一次” 提出了 “生态道德” 这一新概念，并且将 “树立生态道德” 与 “实施生态文明建设” 联系起来，具有独创性意义。

据刘先平回忆，当初他提出 “生态道德” 这一概念时，曾经受到质疑，《国是咨询》全文转发了刘先平的建议信后，等于肯定了 “生态道德” 的提法，这给刘先平此后呼唤 “生态道德” 以坚定的信念。

2015 年 5 月 5 日，中共中央、国务院印发了《关于加快推进生态文明建设的意见》，在 “提高全民生态文明意识” 的段落中写道：“积极培育生态文化、生态道德，使生态文明成为社会主流价值观，成为社会主义核心价值观的重要内容。从娃娃和青少年抓起，从家庭、学校教育抓起，引导全社会树立生态文明意识。把生态文明教育作为素质教育的重要内容，纳入国民教育体系和干部教育培训体系。”

刘先平在《意见》发布五六年前，就敏锐地看到“人与自然关系”的矛盾现实，提出以“生态道德”来调节人与自然的关系，确实具有前瞻性和时代性。

刘先平的建议在《国是咨询》发表后，安徽省政府参事室于 2009 年再次以省政府参事室名义，以《亟待将我省在全国独树一帜的现代大自然文学做成强大的文化创意产业》为题，向省政府专题报告，认为省政府参事刘先平先生是我国现代大自然文学的开创者，他所倡导的以构建人与自然和谐、热爱生命为主旨的现代大自然文学在全国独树一帜，其思想内涵对实施科学发展观有着深刻的现实意义；刘先平创作的现代大自然文学作品具有深刻的社会价值和文学价值，以及开发为文化创意产业的深厚潜力和广阔前景，应抓紧时间研究开发，利用其创作资源，建立起我省现代大自然文学教育研究中心，真正让这一具有发展潜力和独创性的现代大自然文学成为我省文化创意产业的一个亮点，在安徽的土地上生根发芽、开花结果。

安徽省人民政府
关于刘先平大自然文学工作室授牌的批复

安徽省人民政府皖政秘〔2010〕26号

省发展改革委：

《关于建设刘先平大自然文学工作室的请示》(皖发改社会〔2009〕128号)悉。经研究，现批复如下：

一、刘先平先生作品在国内外具有广泛深远的影响、具有很大的开发价值和市场潜力，省政府同意授牌"刘先平大自然文学工作室"。

二、"刘先平大自然文学工作室"主要承担大自然文学作品的研究、创作、整理、展示和衍生产品的开发等任务，为我省的文化创意产业发展提供发展平台。

三、你委要负责统筹安排好"刘先平大自然文学工作室"建设的地点、规模、资金筹措等相关事宜。

四、有关市和省有关部门要支持配合"刘先平大自然文学工作室"建设，合力打造文化创意产业品牌。

安徽省人民政府(公章)

二〇一〇年一月三十一日

【后记】

安徽省人民政府批准建立"刘先平大自然文学工作室"(皖政秘〔2010〕26号文件)发布后，经过近一年的筹备，2010年12月22日，省政府在稻香楼宾馆隆重举行"刘先平大自然文学工作室"授牌仪式，省长为"刘先平大自然文学工作室"授牌，省政府秘书长主持仪式，将中宣部原副部长、中国作家协会原党组书记、名誉副主席翟泰丰题写的"刘先平大自然文学工作室"牌匾，授予现代大自然文学开拓者、著名作家刘先平。工作室将在安徽省财政专项资金支持下，重点建设现代大自然文学作品展示场馆，在安徽大学建立大自然文学研究所，开发动漫图书、3D影像、玩偶、大自然生态体验区，以及配套影院等相关产业链，带动一条兼具社会效益与经济效益的创意文化产业链。

“刘先平大自然文学工作室”是全国首家、也是唯一一家由省人民政府批准、省财政专项资金扶持、以作家刘先平的名字命名建设的工作室，是一家专门从事大自然文学的创作、研究、整理、展示和衍生产品开发的文化机构。刘先平亲自担任工作室负责人。工作室挂靠在安徽省政府参事室，坐落在安徽大学校园内，是一座园林式徽派建筑，依坡傍湖而建，体现了人与自然和谐而居的生态理念。

“大自然文学与新时代生态文明建设暨刘先平大自然文学工作室成立十周年研讨会”举行

12月13日，由安徽省文联、安徽大学大自然文学协同创新中心主办，安徽省文艺理论研究室、安徽省文艺评论家协会、安徽省写作学会协办，刘先平大自然文学工作室、安徽艺术界杂志社承办的“大自然文学与新时代生态文明建设暨刘先平大自然文学工作室成立十周年研讨会”在合肥举行。中国文联副主席郭运德出席会议并讲话。中国作协副主席高洪波、中国作协创研部主任何向阳，人民文学出版社社长臧永清，以及评论家束沛德、金波、王泉根、徐德霞等分别发来贺信和祝贺视频。天天出版社社长张弋辉，人民文学出版社教材出版中心主任陈建宾，长江少年儿童出版社总编辑姚磊，安徽省关工委主任张俊、副主任郎涛，以及吴炫凝、陈娟、张畅、邱江辉、余群、刘奇、韩进、陈来、刘飞等专家学者、出版人、大自然文学作家班学员等50余人与会研讨。会议由安徽省文联党组书记、副主席何颖及安徽大学文学院教授赵凯主持。

安徽作家刘先平被誉为“中国当代大自然文学之父”，是大自然文学的开创者。他曾经两次横穿中国、三次穿越塔克拉玛干大沙漠、四次探险怒江大峡谷、六上青藏高原，多年跋涉在横断山脉、两赴西沙群岛，作品获三届“五个一工程”奖、三届全国优秀儿童文学奖，2010年获国际安徒生奖提名，2011年、2012年被列为林格伦纪念文学奖候选人，2018年获首届中国自然好书奖，2019年获第三届比安基国际文学奖。刘先平虽已年过八旬，但仍笔耕不辍，同时注重培养年轻作家，为安徽文学发展贡献力量。

郭运德在致辞中表示，刘先平四十年如一日地从事大自然文学创作，以敬畏之心对待自然，以工匠之心对待创作，以赤诚之心对待读者。他的野外考察，是为了真正看到生态的重要性，验证大自然创作的理念，也为了拿到第一手真实材料。他的创作最初源于热爱自然的人生观念，这种观念慢慢发展成“大自然赋予我生命，我爱大自然如生命”的文学理念。当他察觉到环境污染带来的灾难和严重后果后，便开始用文学来述说，从生态道德的观念出发，从感性到理性，并实现了理性的升华。刘先平作为先行者，以大半生的精力呼唤人们去尊重自然和生命，具有前瞻的价值和意义。刘先平大自然文学从萌芽到成长、壮大的过程，显示出作家的眼光，更彰显了历史的担当，理应给予充分的肯定和赞扬。

何颖在致辞中说,大自然文学是安徽文学的亮丽名片,刘先平是中国大自然文学的开拓者、奠基人。刘先平从事大自然探险 45 年,潜心大自然文学创作 40 年,为广大读者奉献了近百部大自然文学精品,为安徽文学发展和中国大自然文学发展做出了突出贡献。2010 年由安徽省政府批准并授牌的“刘先平大自然文学工作室”,已不仅是作家的个人行为,而是将大自然文学作为安徽省重要文化品牌和重大文化产业来打造。安徽省政府参事室原主任、刘先平大自然文学工作室首席顾问邱江辉介绍了工作室成立十年来取得的成绩。自成立以来,工作室出版作品 60 余部,并推出了 5 个平台:一是由中国出版集团、人民文学出版社、天天出版社成立的“刘先平大自然文学品牌研发中心”;二是安徽大学联合省委宣传部、省政协人资环委、九龙峰自然保护区等联合成立“安徽大学大自然文学协同创新中心”;三是举行大自然文学国际研讨会;四是成立安徽大学大自然文学研究所;五是创办大自然文学作家班。无论是创作或是理论研究,都使大自然文学的影响力得到较大的增强。

与会者围绕“大自然文学与生态文明建设”主题展开学术交流,探讨刘先平大自然文学的创作阶段及大自然文学观的演变、审美意识生成与构筑,以及大自然文学对安徽文学的促进和发展、大自然文学对生态文明建设的意义和作用等议题。大家认为,以刘先平为开拓者的大自然文学,歌颂了人与自然和谐相处,呼唤生态道德,是具有中国特色、创新性的文学,也是面向未来的文学,它将是生态文明建设的重要组成部分,会发挥重要作用。而一种创新文学样式的诞生、成长、壮大,必须有创作实践和理论研究两者的相辅相成。大自然文学的创作或理论目前还具有强烈的拓荒性,更加需要开拓者和后来者一起砥砺前行。

会议期间,安徽大学原党委书记、安徽大学大自然文学协同创新中心理事长李仁群主持了大自然文学研究最新成果发布会和赠书仪式。大自然文学研究最新成果包括我国第一部大自然文学教材《大自然文学论纲》(赵凯等著)、第一部刘先平大自然文学研究专著《刘先平大自然文学创作研究》(韩进著),以及《呼唤生态道德——刘先平大自然文学作品评论选集》(何向阳主编)、《大自然文学研究》(第四卷)等。首届大自然文学作家班的学员还汇报了学习心得和收获。(*尹超*)

中国作家网,2020 年 12 月 15 日

安徽大学大自然文学协同创新中心在合肥成立

新华网合肥(2015年)10月12日电 昨日,安徽大学大自然文学协同创新中心在合肥成立。未来将积极进行文学创作、文学研究、志愿行动、人才培养、衍生开发和传播展示等平台建设,努力建设成为中国的大自然文学创作、研究、传播中心。

据介绍,中心以安徽大学为牵头单位,安徽大学与安徽省委宣传部共建,刘先平大自然文学工作室、中国出版集团、人民文学出版社、安徽省政协人资环委员会、安徽省林业厅等单位参与建设。

大自然文学是人类在现代工业化迅猛发展之后,对自身生存危机认识和反思的产物。大自然文学重在呼唤"生态道德"以及人与自然和谐。刘先平先生于1978年开创了我国当代大自然文学创作,至今已出版300多万字的作品,产生了很大的社会反响。其作品共获得国家奖9项,其中有9部作品已译成英文版。我国的大自然文学,与西方的自然文学遥相呼应,成为不可忽视的文学景观。我国大自然文学经过30余年的发展历程,取得了丰硕成果,已经引起美国、英国、俄罗斯、瑞典等国专家和学者的高度关注与赞许。

大自然文学具有文化与生态双重品质,是我国及我省推进生态文明建设和文化建设所急需的精神产品,也是当今世界文学研究的前沿课题。据介绍,该中心建设将推动高校综合改革,开拓学术研究领域,提升人才培养质量,繁荣大自然文学创作,传播生态文明观念,服务地方文化建设,打造走向世界的安徽文化品牌,实现文化强省的战略目标,发挥安徽省文化建设在全国的示范作用,提升安徽大学对地方的服务能力。

安徽省委宣传部副部长汪家驷、安徽大学党委书记李仁群等领导和著名大自然文学作家刘先平出席成立大会,会议选举安徽大学党委书记李仁群为理事长,安徽大学文学院院长吴怀东为中心主任。(陈诺)

关于联合召开中国当代大自然文学理论建设研讨会的报告

中国作家协会创研部：

在习近平生态文明思想指引下，事关中华民族伟大复兴和中国梦实现的中国特色社会主义建设已进入生态文明新时代。中共中央、国务院《关于加快推进生态文明建设的意见》明确要求，“坚持把培育生态文化作为重要支撑”，以“提高全民生态文明意识。积极培育生态文化、生态道德，使生态文明成为社会主流价值观，成为社会主义核心价值观的重要内容”。当代歌颂人与自然和谐、呼唤生态道德的大自然文学，是生态文化的重要组成部分，在传播社会主义核心价值观和建设生态文明社会中发挥着无可替代的作用。

当代大自然文学发端于40多年前的安徽，崭新的人与自然的主题，得到文学界的高度关注。2000年和2003年，在安徽省委宣传部的领导下，邀请了中国作协部分领导和北京的专家，在黄山举办了两次大自然文学研讨会，对新时期的文学发展，产生了广泛的影响。2010年，安徽省政府建立并授牌“刘先平大自然文学工作室”。同年，安徽大学成立了大自然文学研究所，出版《大自然文学研究》辑刊。其后，安徽大学又建立了大自然文学协同创新中心，开设大自然文学课程，招收大自然文学研究生，开办大自然文学作家班，编写大自然文学教材，对大自然文学学科建设做出积极探索，取得初步成果。如今，安徽大学已经形成包括大自然文学创作、研究、教学、产业开发、品牌推广等多层次立体化建设中国大自然文学的协同创新基地。

大自然文学在中国已经走过40多年历程，涌现出了刘先平、黑鹤、韩开春等一批有影响的大自然文学作家，受到文学界广泛关注。在40年创作实践的基础上，安徽大学的大自然文学理论研究也不断取得新成果，不仅连续出版《大自然文学研究》辑刊(1—4卷)，而且于2020年底集中推出了全国第一部《大自然文学论纲》(省哲学社会科学规划重点项目)和第一部《刘先平大自然文学创作研究》以及《呼唤生态道德——刘先平大自然文学作品评论选集》等一批理论研究成果，同时在《人民日报》《光明日报》《文艺报》《文学报》《科普创作评论》《鄱阳湖学刊》以及大学学报等媒体不断有研究论文发表。中国当代大自然文学理论建设已经顺理成章地被提上议事日程。

为更好地总结中国大自然文学的创作实践，创建具有中国特色的大自然文学理论体系，培养大自然文学评论理论人才，推进中国大自然文学高质量发展，为生态文明建设做出贡献。素仰中国作协创研部一直致力于推进建设性的文学评论和文学研究，经与中国作协创研部多次协商，我们迫切期盼得到中国作家协会创研部的指导、支持；共同举办"中国当代大自然文学理论建设研讨会"，并作为本次会议的牵头主办单位。

中国作协长期以来高度重视中国大自然文学在安徽的发展，翟泰丰、金炳华、束沛德、高洪波、陈昌本、郑伯农、雷达等领导、专家都对安徽大自然文学创作与评论给予大力支持。中国大自然文学有今天的发展成绩，始终离不开中国作协的支持与引导，将来发展更需要中国作协的领导和支持。

本次"中国当代大自然文学理论建设研讨会"，计划于2021年10月在安徽合肥召开（会期前后三天），会议将由中国作家协会创研部与安徽大学大自然文学协同创新中心共同邀请文学界、理论界、教育界10至15位专家学者，围绕中国大自然文学理论建设主题进行大会交流研讨，会议成果将在《大自然文学研究》第五卷汇编出版。

特此报告。恳请给予支持。

安徽大学大自然文学协同创新中心

二〇二一年六月二十日

关于联合创办大自然文学作家班的协议

甲方:安徽大学大自然文学协同创新中心

乙方:长江少年儿童出版社(集团)有限公司

丙方:刘先平大自然文学工作室

建设生态文明是保持人类可持续发展和实现中华民族伟大复兴的基本国策。中共中央、国务院《关于加快推进生态文明建设的意见》指出:建设生态文明需要坚持把培育生态文化作为重要支撑,生态文明应成为社会主义核心价值观的重要内容。

歌颂人与自然和谐、呼唤生态道德的大自然文学是生态文化的重要内容。中国大自然文学发端于40年前的安徽,现已成为我国文艺界一面美学旗帜和生态文明建设的文化品牌。

当代大自然文学是创新的文学,其繁荣和发展需要培养大批作家,从事大自然文学创作;同时需要培养理论评论人才,从事大自然文学研究。这些工作都具有拓荒意义。

为更好地解决大自然文学创作与研究急需人才问题,加强大自然文学学科建设,推进大自然文学发展,经三方商议,决定发挥各自优势,共同联合创办大自然文学作家班,并形成以下共识:

一、创办大自然文学作家班的目的

1. 培养大自然文学作家,创作出版更多更好的大自然文学作品,为繁荣大自然文学而努力;

2. 培养大自然文学研究人才,加强理论研究,构建大自然文学美学体系,努力为安徽大学建设有特色的一流学科;

3. 为出版社出谋划策,出版更多更好为大众喜闻乐见的大自然文学作品;

4. 加强安徽大学大自然文学协同创新中心的学科建设,形成学科特色,创新校企联合办学新路,增强协同创新中心活力。

二、创办大自然文学作家班的任务

1. 甲方负责组织大自然文学作家班招生工作。第一期招收学员 20 至 30 名,学期以一年为限。以后招生工作由甲方根据具体情况提出计划,三方协商确定。

2. 甲方负责大自然文学作家班课时安排和教学管理工作,三方协商课程内容、聘请授课老师。

3. 乙方负责大自然文学成果出版工作,包括:(1)大自然文学作家班学员优秀作品选集;(2)《大自然文学年度优秀作品选》;(3)大自然文学研究所研究成果;(4)优先出版学员个人作品,并注明由作家班供稿。

4. 丙方协助甲方做好教学工作并负责部分讲课任务,重点负责联系安排作家班学员深入生活的基地建设;三方共同组织对丙方出版的大自然文学作品进行研讨。

5. 三方协商制定大自然文学理论研究选题,由安徽大学大自然文学研究所负责实施,课题资助列入安徽大学大自然文学协同创新中心研究项目规划。

6. 作家班教师讲课费、学员深入生活差旅费,原则上由甲方在实习费中列支。其他费用由乙方和丙方协商解决。

三、权利与责任

1. 大自然文学作家班教学、创作、研究等一切成果,由三方共享。

2. 三方共同承担创办大自然文学作家所可能产生的责任;在各自分工职责范围内积极主动工作并承担相应责任。

3. 合作过程中遇到问题,包括本协议中未能明确议定的事项,三方本着友好原则协商解决。

4. 本协议一式三份,三方各执一份。

5. 本协议自签订之日起执行,有效期五年。

甲方:安徽大学大自然文学协同创新中心

地址: **联系方式:**

签约人: **签约时间:2018 年 月 日**

乙方:长江少年儿童出版社(集团)有限公司

地址: **联系方式:**

签约人: **签约时间:2018 年 月 日**

丙方:刘先平大自然文学工作室

地址: **联系方式:**

签约人: **签约时间:2018 年 月 日**

大自然文学作家班招生简章

为加快推进生态文明建设,需要培养生态文化,需要培养大批优秀的大自然文学作家和理论研究人才。

为培养作家队伍和研究工作者,推动大自然文学的创作与研究,打造安徽大学的特色学科方向,安徽大学大自然文学协同创新中心联合长江少年儿童出版社(集团)有限公司、刘先平大自然文学工作室共同创办大自然文学作家班。有关招生事项如下:

一、招生对象

(一)安徽大学在校本科生、研究生。

(二)社会上有志于大自然文学创作且有一定创作基础的青年作家。

二、报名条件

(一)热爱大自然,热爱文学创作。

(二)有一定的创作基础。

三、招生名额

每期招收 20 至 30 人。

四、教学内容

(一)本期(2018 级)学习时间为 1 年,结业后从中择优升入高级班。

(二)包括课堂教学与深入生活两个环节;着重深入生活和创作。

1. 课堂教学。主要内容包括:开设文学理论、文学史、大自然文学、生态美学等方面的专题课程;大自然文学经典作品的研读;大自然文学代表作家的创作经验谈;学员作品的分析研讨;小型的学术研讨会及中心组织的相关活动。拟邀请相关领域的著名学者及大自然文学著名作家进行授课。着重经典作品及学员习作的研讨。

2. 实践活动。学习期间,将组织、安排学员到国家级或省级自然保护区认识自然、深入生活,同时进行大自然文学创作。除统一组织外,学员也可自愿选择地点。选取优秀作品进行分析、研讨、修改,并优先推荐发表和出版。

3. 学习时间。课堂教学与深入生活时间平时主要以周末为主。但寒暑假期间将安排学员去自然保护区长期生活和创作。对长期深入生活经济确有困难的学员将予以资助。上课地点在安徽大学龙河校区。

五、结业考核与成果发表

（一）学员结业时至少要完成 2 至 4 个短篇或 1 部中、长篇大自然文学的作品创作，作家班将为结业的学员发放结业证书。

（二）作家班将选取学员的优秀作品结集出版。

（三）对于创作成果突出的学员，将优先推荐相应的单位工作。

六、报名方式

（一）申请者应填写申请表（见附件）并至少提供习作 1 篇，中心将根据申请者的综合条件择优选拔，分批录取。

（二）报名时间：即日起至 2018 年 12 月 31 日。

（三）报名地点：安徽大学大自然文学协同创新中心办公室（安徽大学龙河校区文西楼 307）。

（四）联系人：孟凡萧：手机 1338635×××× 邮箱：51711××××@qq.com

金秀枝：手机 1845517×××× 邮箱：12822××××@qq.com

附件：申请表（略）

安徽大学大自然文学协同创新中心

长江少年儿童出版社（集团）有限公司

刘先平大自然文学工作室

2018 年 12 月 10 日

中国作家协会创作研究部
给大自然文学作家班的贺信

安徽大学、长江少年儿童出版社（集团）有限公司、刘先平大自然文学工作室：

欣悉大自然文学作家班开班在即，谨向你们表示衷心的祝贺！对作家班的开办表示最良好的祝愿！

大自然文学是文学创作的一种重要样式和类型，在中国当代文学发展史上占有一席之地。近40年来，特别是近些年来，大自然文学创作取得了长足的进步，涌现了一批优秀的作家作品，作为生态文学的一个重要组成，在引领生态文学的创作潮流、方向等方面都发挥了积极的作用。刘先平同志是大自然文学的代表性作家，他以自己多年来丰富的创作成果，屡获各项文学大奖，为大自然文学，也为生态文学增添了独特的光彩。

为了传承弘扬光大大自然文学的优良传统，安徽大学等单位发起设立大自然文学作家班，这是着眼长远，推动文学创作、推动作家成长的一件十分有意义的事情。中国作协创研部长期致力于促进多出文学精品、多出文学人才这项中心工作，我们愿与安徽大学等单位携手，共同在推动大自然文学创作、理论研究和发展方面，竭尽绵薄。

我们国家正在全面推进经济建设、政治建设、文化建设、社会建设、生态文明建设“五位一体”总体布局，推动全面建成小康社会，推动中华民族走向伟大复兴，生态文明建设在国家发展战略中占有举足轻重的地位。与生态文明相伴而生的大自然文学、生态文学，其意义不言而喻。希望大自然文学作家班能够紧紧围绕国家经济社会发展的中心任务，着眼于推动多出优秀作家、多出优秀作品这个中心，精心设置学思践悟的课程，精选社会各界的优秀导师，开展卓有成效的社会实践，深入生活，扎根人民，切实增强脚力、眼力、脑力、笔力，不断催生与这个时代、与大自然文学相匹配的优秀文学作品。

预祝大自然文学作家班取得圆满成功！

中国作家协会创作研究部
2019年3月9日

我国首个“大自然文学作家班”开班①

我国第一个“大自然文学作家班”于2019年3月10日在安徽大学举行开班仪式，由著名文学评论家、安徽大学教授赵凯主持。开班仪式上，安徽省作协副主席、时代出版传媒股份公司副总经理韩进宣读了中国作家协会创作研究部贺信。贺信中评价设立大自然文学作家班是着眼长远，推动文学创作、推动作家成长的一件十分有意义的事情，中国作协创研部长期致力于促进多出文学精品、多出文学人才这项中心工作，愿与安徽大学等单位携手，共同推动大自然文学创作、理论研究。

安徽大学大自然文学协同创新中心主任、文学院院长吴怀东在致辞中说，大自然文学作家班是要培养具有大自然情怀的作家，让安徽大自然文学驶入时代的汪洋大海，让春天更像春天。长江出版传媒股份公司副总经理李兵发言说，大自然文学是一面文艺界美学旗帜，出版了许多精品力作，获得了广泛的社会赞誉，作家班的推出将围绕理论研究开展系列合作，培养新人，推出更多精品。

省政府参事室原主任、大自然文学协同创新中心理事会副理事长邱江辉，国务院参事特约研究员、省政府参事刘奇，大自然文学作家韩开春，安徽大学党委书记李仁群也都先后发言，他们一致认为歌颂人与自然和谐、呼唤生态道德的大自然文学是生态文化的重要内容，同时也是弘扬美丽中国和说好中国故事的载体。中国当代大自然文学发端于40年前的安徽，现已成为我国文艺界一面美学旗帜和生态文明建设的文化品牌。他们纷纷表示，要重视、爱护、开发好这个品牌，为生态道德建设贡献力量。

据悉，大自然文学作家班由安徽大学大自然文学协同创新中心、长江少年儿童出版社（集团）有限公司、刘先平大自然文学工作室共同创办，第一届2018级“大自然文学作家班”学习时间暂定为一年。教学内容遵循理论与实践相结合的原则，包括邀请名家进课堂，研讨大自然文学经典作品，着重组织学员到自然保护区深入生活和创作，以及对其习作进行研讨，择优结集出版。继之再开办高级研讨班。

---

① 韩进．我国首个“大自然文学作家班”开班［N］．市场星报，2019-03-12(16).

第一届大自然文学作家班结业仪式隆重举行

大自然文学协同创新中心(2021年)6月22日讯 2021年6月20日下午3点，安徽大学第一届大自然文学作家班结业仪式在安徽大学刘先平大自然文学工作室举办。安徽大学原党委书记、安徽大学大自然文学协同创新中心理事长李仁群，大自然文学著名作家、安徽大学大自然文学协同创新中心副理事长刘先平，安徽大学文学院教授、院长、大自然协同创新中心主任吴怀东，长江少年儿童出版社文学分社社长胡同印，安徽大学文学院教授、大自然协同创新中心副主任刘飞，安徽大学大自然文学协同创新中心学术委员会委员、安徽省文艺评论家协会主席、时代出版传媒公司副总经理韩进，安徽省政府参事室办公室原副主任汪书贵，《传奇·传记》文学选刊杂志社主编王蜀、副主编刘君早，大自然文学协同创新中心、刘先平大自然文学工作室工作人员周玲、孟凡萧、陈照娣以及作家班各位学员参会，会议由大自然文学协同创新中心副主任刘飞教授主持。

按照会议议程，领导嘉宾首先发表真诚而激情昂扬的讲话；作家班学员代表发表结业感言；李仁群理事长发表总结讲话；最后颁发结业证书、纪念品[①]，全体与会人员合影留念。

各位领导、专家回忆总结了两年多来大自然文学作家班工作的艰辛与成果，表达了对作家班组织者及工作人员的敬意与谢意，对作家班成员的顺利结业表示祝贺，对大自然文学协同创新中心的未来发展寄予期待。李仁群理事长满怀期望地指出："大自

---

① 结业证书全文为：学员×××2019年3月10日至2020年3月10日参加了由安徽大学大自然文学协同创新中心联合长江少年儿童出版社(集团)有限公司、刘先平大自然文学工作室主办的大自然文学第一届作家班的学习，修完培养计划规定的全部课程，成绩合格，准予结业。特发此证。安徽大学大自然文学协同创新中心、长江少年儿童出版社(集团)有限公司、刘先平大自然文学工作室(公章)2020年5月20日。纪念品为墨绿色咖啡杯，上面印有"安徽大学第一届大自然文学作家班"字样。

然文学作家班不只文科学生可以加入，而且要打通文理科的界限，让大自然文学得以更好地推广、发展、走出去。”刘先平先生饱含深情地说：“如果要问作家班最大的收获是什么，那就是学员们懂得了人与自然的关系，或者说学会了从人与自然的关系视角来看问题。过去看一棵树、一朵花，就是一棵树、一朵花，现在就不一样，就会想到这棵树、这朵花和我有什么关系？学会了用联系的、生态的观点看问题，这是最大的变化和收获。希望同学们继续写作，继续在大自然中寻找灵感，提高自己，做一个有心人。”吴怀东主任坚定地说：“无论多么困难，我们也会坚持把作家班办下去，周玲老师、刘先平先生用行动默默地诠释‘情怀’的真正内涵。大学应该有一种‘大精神’，这是一种超越自我、超越个人物质利益的崇高精神追求。”学生代表丁佩同学说：“在作家班学习过程中，我感受到了生命的丰富与自然的辽阔，感受到了文字的力量与坚持的意义。”

大自然文学作家班由安徽大学大自然文学协同创新中心、长江少年儿童出版社（集团）有限公司、刘先平大自然文学工作室三方发挥各自优势创办，以培养大自然文学作家、研究人才，传播生态理念为目标，是全国首创的一项具有深远意义的尝试。作家班立足教学内容和方式的创新，带领学员进行野外考察，力争让学生们认识真实的自然。通过两年多的学习，学员们提高了写作水平和审美能力，加深了对人与自然关系的认识，增强了对大自然文学意义的理解。安徽大学大自然文学协同创新中心将总结经验，协同创新，进一步做好作家班招生和教学工作，把大自然文学作家班办得更好，办出品牌，为推进中国大自然文学繁荣发展培养更多新人。

吴怀东主任在第一届大自然文学作家班结业仪式上的讲话

尊敬的刘先平先生、李仁群书记、胡同印先生，
各位老师、各位同学：

大家下午好！

首先，我代表安徽大学大自然文学协同创新中心感谢诸位在百忙中赶来参加这个简短的会议和仪式！

2019 年 3 月 10 日，春光旖旎的周日，我们在这里举行了大自然文学首届作家班开班仪式。今天，2021 年 6 月 20 日，多情梅雨初歇的周日，我们再次在这里举行仪式，这个仪式将为首届作家班的培养工作画上圆满的句号。

原计划这个结业仪式是在去年进行的，但是，2020 年初暴发的新冠肺炎疫情改变了人类的生产、生活方式，也改变了我们这个小小的作家班结业仪式的举行。因为疫情复杂，本来我不主张举行这个仪式，并且不准备讲话，但是，联想到这几年的风风雨雨以及在工作中所接触的人和事，我同意举行这个仪式，答应讲话，而且要利用这个难得的机会多讲几句。

在各位领导的关怀下，尤其是在长江少年儿童出版社（集团）有限公司和刘先平先生的大力支持下，首届大自然文学作家班开展了丰富多彩的理论教学以及写作实践活动，我们给同学们开设了有关大自然文学的系列学术前沿专题讲座，并且克服困难（冒着风险）组织两批学员分别前往云南省保山市高黎贡山国家级自然保护区和安徽省黄山九龙峰进行为期二十天的采风考察实践活动，同学们的学习实践成果已在 2019 年 9 月举行的采风活动总结汇报会上得到很好的展示。唐宁同学在云南高黎贡山采风时写的文章《只有百花岭知道的歌声》，当时读到我就非常感动，我从中不仅看到大自然的美，还有自然保护区的工作人员的无私奉献，我更看到孩子们在这个过程中精神的发育与健康！

如今快两年过去了，更多的成果逐渐显现，比如根据班主任周玲老师掌握的信息，首届作家班学员已有多位同学在正式文学期刊上发表了原创作品，这是第一；第二，首

届作家班的学员因为参加了这个班级的集中学习,他们对人与自然的关系有了进一步深刻的体认,对保护生态环境的重要性有了更切身的体会,他们注定将成为环境保护观念和生态文明思想最好的传播者、践行者;第三,在参与学习与实践的过程中,同学们增加了对自然美的认识,增加了社会责任感,参加作家班的学习之后,同学们的人格思想和精神境界获得提升乃至升华,身心健康,这也许是我们这个作家班最重要的成绩。今天,我们可以自豪地宣布:首届作家班取得了圆满成功。在此,我要热烈祝贺参加首届作家班的同学们,你们是幸运的;也要感谢你们,你们用你们的努力,证明了我们的努力是有价值的!由此我也想到,做成一件事,需要各种资源,而首要的还是一群有共识、有理想的人,大家能聚在一起,共同努力。后面无论多么困难,我们会坚持把作家班办下去!

回首过去两年多,影响我们作家班原计划教学活动的最大因素就是新冠肺炎疫情。在战胜疫情的过程中,充分展示了我们伟大祖国社会主义制度的优越性。新冠肺炎疫情提醒我们,尽管人类的科技很发达,但在战胜疾病方面,人类依然脆弱。无论人类社会科技多么发达,人永远属于大自然,人类的生命仍然遵循自然运行的规律。我们利用自然的前提是必须尊重自然、保护自然,否则就要接受大自然的报复和惩罚。

今年的六月最像六月,梅雨准时而至,试想,一旦缺少了六月的"梅子黄时雨",缺少的不仅是诗和美,我们的饭碗也将难保!从这个意义上说,我们必须加快生态文明建设,必须增强全社会的环保意识。我们既需要现代科技,也需要人与自然的和谐共生!在建设生态文明的过程中,虽然文学艺术不如现代科技那样直接,但是,文学艺术作用于人的心灵,文学之美、诗歌之美唤醒的是人与自然的和谐美好。我们一定要顶住身边那些急功近利的实用主义压力,努力办好大自然文学作家班,为了生态文明建设,为了地球上所有生命和谐相处,为了留住自然之美、留住黄昏落日之美、留住松涛阵阵之美、留住百花齐放之美,贡献我们独特的力量!

开办作家班,办好作家班,我要感谢很多人,感谢在座的我们杰出的系友邱江辉秘书长长期的关注和指导,感谢高瞻远瞩的李仁群书记的精心设计,感谢不计功利的长江少儿出版社(集团)有限公司及其领导支持,感谢一直主持大自然文学协同创新中心学术部工作、勤恳开拓的赵凯教授,在这里我还要特别感谢这间会议室的主人刘先平先生和每次都辛辛苦苦、默默无闻为我们布置会场的周玲老师。

周玲老师是刘先平大自然文学工作室聘请的工作人员,作家班开设以后,她义务担任这个班级的班主任,协助教学管理,大夏天冒着炎热酷暑潮湿,亲自带学生到云南高黎贡山采风考察,细心用心保证孩子们的安全!记得 2019 年 7 月底,我正在宁夏银川参加公安部一个座谈会,遇见一位来自云南农科院的专家,他告诉我, 7 月是高黎贡山的雨季,经常发生泥石流,还有野生动物出没,我当时真是担心孩子们的安全健康啊,我恨不得跟到云南,眼睛盯着每一个孩子!孩子们在高黎贡山那段时间,周玲老师和我的微信联系可以说无时不在。一群孩子,那么多琐事,在那样艰难危险的环境里,她从不抱怨,她给我的回复永远是分享孩子们的可爱和进步。一位到了退休年龄的人,这么痴迷带学生,冒着风险,不怕烦琐,不求名,不求利,真是让我刮目相看,肃然起敬。

最值得我尊敬的是刘先平先生。我认识刘先平先生很晚,也就是我回到文学院主持行政工作,并在李仁群书记的指示下建设大自然文学协同创新中心之后。从 2015 年秋冬开始,我逐渐走近刘先平先生,也逐渐了解刘先平先生,也就愈加钦佩刘先平先生!因为忙碌,我阅读刘先生的作品并不多,但是,我认真阅读了刘先生的《追梦珊瑚》这部富有创意的作品,并且认真写了一篇论文。该文开头,我就说到我接触刘先生的真实而独特感受:"这几年常常见到刘先平先生,我总是试图将这位老人的日常行为(比如手的颤抖)和神圣的文学创作活动联系起来,我好奇而纳闷的是:这样一位每天和我一样活动在安大校园里的老人,为什么会做出和安大校园眼镜湖边树林里乘凉的那些老人不一样的事情?"其实,我现在明白,已是耄耋之年的刘先生,不像一般的老年人那样安安静静喝茶,在校园绿荫下池塘边悠闲散步,却要不断冒着生命危险,去高原海岛实地考察,不断夜以继日撰写作品,并且不计功利地和我们一起,办作家班,组织大自然文学学术研讨会……他所有的行动其实出自对生态文明建设的关注,对纯真的自然美的无限热爱,出自一种无言的社会责任感!等我下半年行政卸任之后,我一定要找来刘先生的书,一本一本地读下去,接受刘先生的精神熏陶!

我知道,促使刘先平先生、周玲老师这么做的内在动力最简单地说就是"情怀"!什么叫"情怀"?周玲老师、刘先平先生用行动默默地诠释"情怀"的真正内涵!此刻,我们正身处安徽大学的校园里,"大学"是什么?大学不是人多就叫大学,不是楼多就叫大学,不是钱多就叫大学!古人说得好"大学之道,在明明德,在亲民,在止于至善"。之所以叫"大学",就是大学应该有一种"大精神",这是一种超越自我、超越个人物质利益的崇高精神追求!很遗憾,现代社会中,片面性、极端化思维流行,功利主义盛行,重视技术而轻视人文,重视个人而忽视集体,贪图物质快感而忽视更丰富、更有趣的心灵享受,当今的世界科技发达却纷争不已,扰攘不已,就是因为唯利是求,缺少人文主义精神,缺少和平主义精神。所以,我们要学习、发扬刘先平先生、周玲老师身上的这种精神,坚持再坚持,办好作家班,坚守文学与美的立场,让我们的社会、首先也让我们自己,在追求物质利益的同时保持精神的丰富与追求,保持一点美的优雅,保持一点超越世俗的崇高,保持一种精神的高洁与高贵!

唐代大诗人李白说过:"夫天地者,万物之逆旅也;光阴者,百代之过客也。"唯物主义常识告诉我们,现代科学告诉我们,宇宙间的一切,包括所有的人,都将是过客,但是,为人类社会做出贡献的人,一定会在人类文明史上留下永远的痕迹,闪耀永恒的光芒，永远滋养人类，科学家如袁隆平、吴孟超是这样，文学家如屈原、陶渊明、李白、杜甫、苏轼、曹雪芹、鲁迅等也是。我最后提议，请把掌声献给为作家班付出大量心血的刘先平先生、周玲老师！感谢他们！祝周玲老师身体健康生活快乐，祝刘先平先生“生命之树常青”，并有更多精彩的作品问世！

丁佩、王艳同学在第一届大自然文学作家班结业仪式上的发言

一、丁佩同学发言

尊敬的各位老师、各位同学：

大家下午好！

很荣幸作为研究生代表发言。我是18级中国古代文学专业的硕士研究生，两年来，刘先平大自然文学工作室是我经常来的地方，我觉得这里是我心中的一座花园，是很温柔又很坚定的存在。作家班一年的学习时间，让我有很多感受和收获。

(一)感受到生命的丰富与自然的辽阔

我们这一代人，在物质上是丰富的，但是在精神层面，却处于较为困窘的状态。为何感到困窘，其实我也说不上来，只是觉得自己更容易感到焦虑，更容易陷入悲观情绪，显得脆弱和无助。我尝试着去分析原因，发现可能是因为我们对这个世界了解得太少，我们又被保护得太好。我们时常会忽略身边发生的很多事情，也忽略了生命的丰富与自然的辽阔。当我们选择不再只是关注我们自身，而是在周围的事物上投注一些精力的时候，我觉得我们能够发现很多不一样的事情。例如，我观察到我们学校有几棵很特别的树，有一棵悬铃木，它的中心完全是空的，但是春天到了的时候，它仍然长出了绿叶；还有几棵桃花树，它们是匍匐在地上的，但是每年春天，都会开出很灿烂的桃花；还有鹅池边的一棵树，也许是小时候受过伤，它的主干有一个九十度的弯曲。看着这些植物的生长，会觉得生命是不拒绝以任何形式存在的，它们坚定地以各种方式扎根，然后生长。在这样的过程中，能够体会到生命的神奇，不低估生命的力量。这让我们不再局限于一时一地的困窘，而是能够看到更辽阔的东西。也只有意识到生命的参差多态以及自然的辽阔神奇，我们也不再低估自己的力量，会感受到自己的生命是有价值的，自己的存在是有意义的。对周边人与自然的关注，有助于我们了解生命，了解自然，也了解我们自己。

（二）相信文字的力量以及坚持的作用

我很感谢这个作家班，在这个班级里，我感受到了生命的丰富、壮阔，也感受到了文字的力量。刘老师有一段话让我深受感动。刘老师在谈大树杜鹃时提到“希望把这壮美的珍贵花卉赠给每个人，让人们种植在心灵的家园”。让我觉得自然文学是极其具有魅力和影响力的，自然文学真的可以在我们心中生根发芽，并且，影响的也不仅仅是我们这一代人，它与儿童文学深厚紧密的关系，注定会影响更多的人，影响更多人的生命。而这些影响，很多是靠文字进行传递的。刘老师让我明白文字的魅力和深厚影响，并且，他的坚持也对我非常有启发。说起来非常惭愧，我是一个做事情三心二意的人，所以，我尤其懂得坚持一件事情的难处，刘老师这么多年来，笔耕不辍，坚持写作，也一直在提倡“生态道德”，还与安徽大学大自然文学协同创新中心以及长江少年儿童出版社（集团）有限公司一起办成了这个作家班，让我们受益良多。这样的坚持与执着，也教会我在人生的道路上，有一份自己的坚持和勇气。在此，我想感谢刘老师以及工作室的周老师、陈姐姐；也感谢我们大自然文学协同创新中心以及长江少年儿童出版社（集团）有限公司，在作家班上倾注了很多心血，看似在做一件见效不那么快速的事情，但之于我们个人来说，作家班的成立让我们真正走进了自然、了解生命，让我们重拾对文字的热爱，能够静下心来将自己的所闻所感记录下来。在这个节奏很快的世界，能让我们知道文字是有震撼人心的力量以及坚持真的可以改变一些事情，我觉得是非常了不起了。非常感谢！

其实还有很多收获与感受，在此就不一一道来。我相信班级的每一位同学也有着很多与我相同或者不同的感受，这是我们人生宝贵的精神财富，我将携带着这宝贵的财富继续前行，不论前路如何，我也相信对自然文学倾心的人，对自然倾注热情的人，至少会生活得更为快乐。

在此，祝我们结业快乐，每天都能发现新的可爱和快乐。

谢谢大家！

二、王艳同学发言

尊敬的各位老师、同学：

大家下午好！

我是 18 级汉语国际教育的学生王艳，很荣幸有这次能在结业仪式上发言的机会。

两年前我怀着对知识的渴望以及对自然的憧憬报名参加了大自然文学作家班，或许你们当时也与我想的一样，在报名之际可能会想到用画笔蘸取大溪地海水作画的高更；想到高中哲学书上四位文士绕松静思的插图；想到王子安“落霞与孤鹜齐飞，秋水共长天一色”的绝唱等，由此想到自然也会对我们的创作有很多无私的馈赠，我们也可以在自然中学习，在自然中创造。但今天你问我收获到了什么、创作了什么，仔细想想，貌似也没有什么值得一说的内容。

我不像一些同学，他们以动物为主角创作出了很多有趣的故事，并且在正式的文学期刊发表出来；也不像有些同学，他们因为热爱已经积累了很多经验和知识，对鸟对植物有了很深的认识。但即使是他们，也会有一些同学质疑，花时间认识这些有什么用？更不用说我这种只是走马观花、浅尝辄止的学生了，可能对比起来更加是虚掷了时间，学了个寂寞，所以我想问我、或者说我们到底收获了什么呢？

几年前的我也会有类似的疑问，为自己读书如竹篮打水一样而郁闷，感觉就是在做无用功，于是开始寻找读书的价值，其中看到这样一句话：“读书就像吃饭，或许不记得吃过了什么，但内容都会化作自身的骨与肉。”我觉得这段话同样很适用探索自然的我，或许我不记得那朵花的名字，可是我还记得那首令人感动的小诗“做一张桌子，需要花一朵”；或许我想不起来那片树叶的样子，可是我还记得我曾经对着它枯枝上的新芽发出“树犹如此，人何以堪”的感叹；或许我一时说不出那只蝴蝶的名字，可是我还记得在高黎贡山遇到的那个孩子的梦想——以后要买一个大别墅养满各种各样的蝴蝶，虽然有人笑他，做这种工作是赚不到钱的，可他却毫不在意……

自然让我从各种角度感受文学、感受艺术、感受生命，让我在情感上、在精神上都更加丰富、更加明朗，或许这些对我而言更加重要。正如蕾切尔·卡逊所说：“感知远比认知重要得多，或者说‘知道’的重要性还不及‘感受’的一半。如果客观事实只是日后生产出知识和智慧的种子，那么情感和感受就是种子赖以生长的沃土。”

我相信在座的各位同学心中也有自己的答案，在这次大自然作家班的旅程中，我们拥有鲜花、拥有鸟鸣、拥有月亮、拥有良师益友，还拥有文学，我们都是满载而归的人。

拥有这些的我们要感谢自然，感谢自然中遇到的每一个人，每一个生命，感谢大自然文学作家班中为我们传授丰富经验的老师以及为我们提供宝贵学习机会与资源的机构单位，同时我们也要感谢我们自己的选择。

最后祝大家都能在自然中发现生命的美好。

谢谢大家。

第一届大自然文学作家班学员、教师名单

班主任:周　玲　　**工作人员**:陈照娣　孟凡萧　刘君早

作家班学员名单(41人):

文学院18级(19人):罗希(女)、徐礼艳(女)、余梦婷(女)、王艳(女)、王嘉怡(女)、潘银(女)、马欣雨(女)、农情(女)、张雪翎(女)、陈煜桐(女)、李光建、张泽雨、王瑜斐、戴綦宏、琚若冰(女,文典学院)、李梦莹(女,文艺学研究生)、韩泽伟(女,现当代文学研究生)、刘家玲(女,现当代文学研究生)、丁佩(女,古代文学研究生)

文学院17级(16人):汪可欣(女)、张知瑾(女)、许静(女)、杨聃(女)、毛畅(女)、刘耀洁(女)、李紫微(女)、何逸凡(女)、姚瑶(女)、李鑫宇(女)、邹泓江、殳东、金秀枝(女,古代文学研究生)、王慧(女,古代文学研究生)、王京涛(古代文学研究生)、万梅(女,语言学及应用语言学博士)

文学院16级(4人):陆洋、唐宁(女)、杨王颖(女)、陶春悦(女)

哲学系18级(1人):俞胤智(女)

历史系17级(1人):沈乘风

作家班教师名单(18人):

刘先平　　安徽大学兼职教授、大自然文学作家

赵　凯　　安徽大学文学院教授、博士生导师

吴怀东　　安徽文学院院长、教授、博士生导师

刘　飞　　安徽大学文学院教授、博士生导师

方盛良　　安徽大学文学院教授、博士生导师

王泽庆　　安徽大学文学院教授、博士生导师

周立志　　安徽大学生命科学院教授、博士生导师

尹华宝　　安徽大学生命科学院副教授

韩　进　　安徽大学兼职教授,编审、评论家
司振龙　　安徽大学文学院讲师
郑　鹏　　安徽大学文学院讲师
韩联宪　　西南林业大学教授、博士生导师
石海毓　　首都经贸大学教授
李家华　　云南省高黎贡山国家保护区隆阳分局副局长
韩开春　　大自然文学作家
梅　杰　　长江少儿出版集团首席编辑
周小春　　安徽省林草厅
周　旗　　作家、编审

第二届大自然文学作家班招生简章

为培养作家队伍和研究工作者，推动大自然文学的创作与研究，打造安徽大学的特色学科方向，安徽大学大自然文学协同创新中心联合长江少年儿童出版社(集团)有限公司、刘先平大自然文学工作室将举办第二届大自然文学作家班。有关事项如下：

一、招生对象

(一)安徽大学在校本科生、研究生。

(二)社会上有志于大自然文学创作且有一定创作基础的青年作家。

二、报名条件

(一)热爱大自然文学创作。

(二)有一定的创作基础。

三、招生名额

本期招收30人。

四、教学内容

(一)本期学习时间为1年。

(二)主要包括理论教学与野外教学两个环节。

1.理论教学：主要内容包括开设文学理论、文学史、大自然文学、生态美学等方面的专题讲座；大自然文学经典作品的研读；大自然文学代表作家的创作经验谈；学员作品的分析研讨；小型的学术研讨会及中心组织的相关活动。拟邀请相关领域的著名学者及大自然文学著名作家进行授课。

2.野外教学(到自然中认识自然)：学习期间，组织学员到自然中，认识自然，深入生活。除中心统一组织外，学员也可自愿选择采风地点。根据采风内容，进行大自然文学的创作。选取优秀作品进行分析研讨。

(三)上课时间、地点：理论教学与野外教学时间平时主要以周末为主。上课地点在安徽大学龙河校区。

五、结业考核与成果发表

(一)学员结业时至少要完成1篇大自然文学的作品创作,并作现场汇报。中心将为结业的学员发放结业证书。

(二)中心将选取学员的优秀作品结集出版。

六、报名方式

(一)报名填表:申请者请填写申请表(见附件)并至少提供习作1篇,中心将根据申请者综合条件择优录取。(申请者需提交申请资料电子版和纸质版各一份,纸质版请送至报名地点,电子版请发至电子邮箱:daziran20151011@126.com。)

(二)报名时间:即日起至2021年6月30日。

(三)报名地点:安徽大学大自然文学协同创新中心办公室(安徽大学龙河校区文西楼307室)。

(四)联系人:申俊(手机:1916551××××)、任志宏(手机:1735653××××)

附件:第二届大自然文学作家班申请表(略)

安徽大学大自然文学协同创新中心

2021年4月26日

大自然书写的文学价值与社会意义①

在我看来，“大自然文学”其实是自然文学、生态文学、环境文学的别称。

大自然文学，顾名思义，就是以大自然为书写对象，以人与自然关系为表现主题，关注生态发展，倡示生态道德，构建生态和谐的文学。它是自然观与文学观的交汇，是生态学视野与人文关怀的融合。大自然文学倡导人类精神层面“自我中心意识”向“自然生态意识”转变，抛弃人类中心主义立场，而以生态整体主义立场“为天地立心”“为大自然立命”。这样的文学书写业已成为当今生态文化发展和生态道德建设的题中之义。

实际上，说起大自然文学，世界范围内，人们常把玛丽·雪莱19世纪初创作的《弗兰肯斯坦》视为开山之作。而亨利·戴维·梭罗发表于1854年的长篇散文《瓦尔登湖》则让自然文学获得了国际性地位，及至1948年，生态文学家奥尔多·利奥波德的随笔集《沙乡年鉴》诞生，自然文学作为审视并表达工业革命与技术进步背景下人与自然关系的文学品类，已然在世界文学园囿中卓然而立，风采独具。上述作品可谓自然文学的“自在”形态，而自然文学的“自为”形式，或者说真正现代意义上的自然文学艺术自觉，则始自于20世纪下半叶世界范围内日益严重的生态危机。

1962年，美国女作家蕾切尔·卡逊创作的系列散文《寂静的春天》出版，开启了美国文学的“生态时代”。此后，以“生态中心主义”自然观为哲学基础，以“人与自然和谐相处”为价值取向的自然文学创作蔚然成风。1978年，美国学者鲁克尔特首次提出“生态批评”术语，明确“将文学与生态学结合起来”，由此，世界自然文学进入新的发展阶段。时至今日，生态批评已成为文学研究领域内的“显学”，而自然文学（生态文学）更是全球性的文学现象。

中国的自然文学源于20世纪80年代。国外生态思想和生态文学译介，以及伴随

---

① 李学斌.大自然书写的文学价值与社会意义［N］.文学报，2021-03-05(9).李学斌，儿童文学作家、评论家，上海师范大学教授，博士生导师。

着市场经济发展而日益凸显的环境问题共同催生了中国的自然文学创作。从 20 世纪 70 年代末到 80 年代大量涌现的生态报告文学，到 90 年代以及新世纪以来的出现的一系列生态小说，中国自然文学已然经历两个发展阶段，走过了 40 年发展历程。

在这样的文学背景下，安徽作家刘先平迄今所创作的一系列"大自然文学"作品实际上就是中国自然文学的有机组成部分。不仅如此，刘先平以其持续 40 余年的创作和洋洋 50 多部"大自然文学"作品，已然成为中国自然文学领域内的"现象级"作家，其极具"中国特色"与"童年意识"的"大自然文学"作品，很大程度上也代表了中国自然文学在"童年文化"层面的最高成就。也正是在这个意义上，韩进先生的理论专著《刘先平大自然文学创作研究》[①] 的出版，对推进中国新世纪大自然文学创作和研究具有特殊意义。

作为国内第一部系统研究刘先平大自然文学创作的专著，《刘先平大自然文学创作研究》以习近平生态文明思想为价值准则，在系统阐释"什么是中国大自然文学""刘先平与中国大自然文学的关系"等议题基础上，辨析了"大自然文学"与生态文学、自然文学、科普文学、儿童文学的异同，通过对刘先平 40 年创作历程和 50 余部创作成果的深度解析，阐述了"刘先平大自然文学创作对中国当代文学的贡献"，以及"刘先平大自然文学创作对生态文明建设的意义"。上述研究成果不仅丰富了中国当代自然文学的基础理论和话语体系，而且对加速中国自然文学创作繁荣和学科建设有着积极的推进作用。

论著共九部分内容，分"引论""本论""余论"三个层次。引论部分开宗明义，首先阐明"大自然文学"是人类发展到生态时代才有的新文学。它与中国改革开放和生态文明建设同步，与世界自然文学同步。经过 40 多年艰难跋涉，由刘先平开启并身体力行的这种文学体式已经走出"儿童文学"的藩篱，融入中国生态文学大潮，成为具有独创原则、美学理想与发展规律，并逐渐形成中国特色、世界影响的"自然文学"品类中的"这一个"。

本论主要阐述了"刘先平大自然文学"在中国自然文学谱系中的结构地位和价值意义。在这部分内容中，著者立足于"大自然文学"的"生态价值"以及"人与自然"的关系审美，深入辨析了"大自然文学"与"自然文学""生态文学"的关系，重点阐释了"大自然文学"与儿童文学各异其趣、相映生辉的不同价值取向与审美方式。

在韩进的理解中，"大自然文学"在题材内容、创作方法以及发生发展历程上，都与儿童文学有着密切关联。换句话说，儿童与自然的天然联系，使得儿童文学成为培育"大自然文学"最合适的温床。在这个意义上，刘先平的"大自然文学"既是优秀的儿

① 韩进．刘先平大自然文学创作研究［M］．合肥：安徽大学出版社，2020．

童文学作品，但又不局限于儿童文学，而是“走出了儿童文学的藩篱”，成为儿童与成人都喜欢的“大自然文学”。足见，“刘先平大自然文学”从儿童文学出发，最终走向了中国自然文学的大舞台。

在此基础上，著者进一步对“大自然文学”作为文学类型之价值范式、审美归属做出界定，将“大自然文学”分为“成人”的“大自然文学”和“儿童”的“大自然文学”。尽管这样的划分尚嫌简单，也值得商榷，但就现实创作而言，仍不失为一种行之有效的区分。与此同时，就题材内容和审美方式而论，又将“大自然文学”分为以科普形式讲述自然故事的“广义大自然文学”；从人与自然关系视角讲述生态道德主题的”狭义大自然文学”;以及以第一人称非虚构形式讲述大自然探险故事的“核心大自然文学”。“广义大自然文学”“狭义大自然文学”与“核心大自然文学”如同三个由大到小的同心圆，内含着共同的自然观，都以大自然为审美观照和书写对象，深挚体现人与自然之间的关系审美。而在其中，以刘先平系列作品为代表的“核心大自然文学”往往呈现出类似生态报告文学的文本特质，这些以“第一人称”纪实视角讲述人与自然关系的探险、历险故事具有强烈的现场感、代入感和时代感，也因其故事性和童年意识的自然融合，具有老少咸宜的读者效应，很多时候被归属为“儿童的大自然文学”。

至此，“刘先平大自然文学”在当代中国自然文学格局中的定位已经比较清晰了。也由此体示了韩进这部《刘先平大自然文学研究》专论四个层面的价值意义：

其一，作为国内第一部“刘先平大自然文学”研究专著，填补了当代中国自然文学研究的一项空白。刘先平作为优秀儿童文学作家，其大自然文学创作洋洋大观，其文学创作无论题材选择、主题表达，还是审美结构、叙事方式都体现出对传统儿童文学范式的某种丰富与拓展。论著对“刘先平大自然文学”诸多作品的审美特征分析不仅具有文本研究价值，同时也为新世纪中国儿童文学提供了一种艺术参照。

其二，以开放性观念、建构性理解阐释了大自然文学作为“时代文学”从艺术萌蘖，到类型分化的过程，具有理论建构的学术价值。实际上，自刘先平提出“大自然文学”概念以来，质疑声就不绝于耳。针对这种情况，著者对“大自然文学”从文学命名、类型定位、哲学基础、审美方式，到其与自然文学、生态文学、科普文学、儿童文学的关联依次进行阐释、辨析，一定程度上弥补了“刘先平大自然文学”研究的诸多缺失，廓清了笼罩在“大自然文学”文体属性、创作实践、理论研究等层面的认知迷雾，在呼应生态道德养成和生态文明建设时代主题同时，将“大自然文学”的社会功能与文学价值融为一体，彰显了“大自然文学”“文章合为时而著”的文学价值。

其三，在生态文明建设的大背景下，昭示了“大自然文学”研究的特殊社会意义。

“大自然文学”本质上是一种现代文学，其土壤只能是生态危机的现实，它以“大自然”为审美对象，以生态整体观为哲学观，聚焦人与自然的关系，呼唤生态道德建设，是与生态文化密切相关、跨文体写作的一种综合性新文学。不仅如此,它还是生态文化的一部分,是生态文明建设的基本构成。由此,《刘先平大自然文学研究》一定程度上就为新时代生态文化发展、生态道德建设提供了形象化的审美坐标与理论支持。

其四,跨代际、跨学科、跨文化的审美功能和文学价值。

“大自然文学是一种特殊的文学类型。其特殊性体现在它跨文化的对话、跨代际的沟通、跨文体的写作。”(王泉根语)基于此,韩进先生这部论著的推出不仅仅是“大自然文学”层面的学术研究,其实也是社会实践层面的生态教育普及、生态道德养成和生态文明建设。这一点和刘先平大自然文学作家、社会活动家的双重身份不谋而合。

综上,在笔者看来,《刘先平大自然文学创作研究》集史料性、学理性、前瞻性于一体,视野开阔、结构清晰、持论鲜明,不仅是新世纪以来“刘先平大自然文学”创作研究的重要收获,而且也是中国当代生态文学研究领域的重要参考文献。

李学斌

叩开中国大自然文学理论之门①

提到中国大自然文学，自然会想到安徽作家刘先平的大自然文学创作，反之亦然。从这个意义上说，韩进的《刘先平大自然文学创作研究》其实也就是中国大自然文学研究。这部44万字的理论专著，以独特的理论悟性、翔实的资料和严密的论证，为读者展示了刘先平大自然文学即中国大自然文学40年来的辉煌成就，剖析了大自然文学现象背后的历史、社会和美学的因缘。

一位作家的创作和一种文学现象的产生联系得如此紧密，首推刘先平的大自然文学创作；而一位评论家对一位作家及文学现象的追踪研究如此执着并成果斐然，则首推本书作者韩进。韩进读过刘先平创作的所有作品，一直追随刘老师倡导大自然文学，把研究评论刘先平大自然文学作为一个评论家义不容辞的责任。在此之前，韩进在30年间发表的有关大自然文学的文章多达60余篇，为写此书而研读参考的中外文献有50余种，在长久的学术储备和扎实的理论素养下完成的研究著作，发一家之言，自成体系，成为中国大自然文学理论的奠基石。

刘先平大自然文学创作自发端迄今已有40年了。从文学史的角度看，40年时间并不算太长，但因其成果丰硕，社会反响热烈，在创作界和学术界影响广泛。安徽省政府成立了“刘先平大自然文学工作室”，扶持刘先平大自然文学创作、研究、整理、创意和产业开发，重大的专题研讨会就有十余次，各种观点交融碰撞，呈现出创作与评论共荣的喜人情形，涌现出一大批研究成果。在教育界和出版界，刘先平大自然文学作品的影响也日益凸现。安徽大学成立了大自然文学研究所与大自然文学协同创新中心，开设大自然文学课程，招收大自然文学研究生，举办“大自然文学作家班”，出版《大自然文学研究》辑刊。人民文学出版社、长江少年儿童出版社（集团）有限公司等出版单位也成立了刘先平大自然文学创作品牌推广机构，助推大自然文学快速发展。

---

① 薛贤荣．叩开中国大自然文学理论之门［N］．中华读书报，2021-02-24(16)．薛贤荣，儿童文学作家、寓言家、评论家，编审、安徽省儿童文艺家协会副主席。

韩进对大量的缺乏历史沉淀的材料进行了梳理，去伪存真，去粗取精，厘清了刘先平大自然文学创作40年的脉络和特征，并以专著的形式出版。对作家作品的专题研究，韩进已有丰富的经验，他的《高士其评传》《陈伯吹评传》和《世界童话大王安徒生》问世后，均受到好评，并荣获中华优秀出版物奖和安徽省哲学社会科学奖。但这本专著的写作还是具有挑战性，因为此书的写作，是一种真正意义上的拓荒性的工作。

从理论架构看，《刘先平大自然文学创作研究》既是一部作家作品论，也是一部文学流派论。全书分7章，加上引论和余论，共9个板块。作者充分运用哲学、社会学、文艺学、美学和比较文学的研究方法，将刘先平的创作实践和中国大自然文学发展的全貌，置于多学科透视的焦点上，进行立体化的剖析，具有理论的深度。书中专辟两章，对刘先平大自然文学创作评论进行评述，这无疑增加了本书的理论广度。

以精当的理论语言揭示一个作家的创作规律和一种文学现象的发展轨迹，是很困难的，不仅要求立论正确，而且更讲究表述的科学与系统。本书在这两方面都无可挑剔。如对刘先平大自然文学创作四个时期的表述（一、突出环保主题；二、讴歌生命壮美；三、呼唤生态道德；四、追梦和谐共生），对三大主题意蕴的表述（一、呼唤生态道德是永恒主题；二、生态整体观下的道德意识；三、追寻和谐共生的审美理想），对三大创作类型的表述（一、大自然探险长篇小说系列；二、大自然探险纪实系列；三、大自然探险海洋纪实系列），等等，皆为作者的学术发现，见解独到而精辟。再如对中国大自然文学发展进程的两个同步与三个阶段的表述（与改革开放同步，与世界大自然文学同步；新时期，新世纪，新时代），对中国大自然文学分类的两大部类和三个层次的表述（成人的、儿童的；核心层、第二层、第三层），等等，同样言前人所未言，构建了中国大自然文学理论的美学框架。

40年来在报刊、文集和学术会议上发表的评析刘先平大自然文学的论文已超过百篇，刘先平本人也在其著作的前言、后记，以及讲话、访谈和论文中多次谈到对大自然文学的认识。韩进仔细研读这些资料后，在“刘先平大自然文学的十大特征”“刘先平大自然文学创作评论中的两阶段四时期”“刘先平大自然文学创作评论界关注的九大话题”等篇章中加以归纳总结，从翔实的史料中发现刘先平大自然文学创作的规律、特质和价值，第一次对刘先平创作作出全方位系统性学术研究，堪称中国大自然文学研究的开拓者。

我们深知，研究一个作家，对其在文学史上的准确定位很有必要也很困难。韩进对此没有回避，在引论中他明确肯定了刘先平“中国大自然文学之父”的地位，指出：“如果有一种文学现象，是因为一个作家的创作而形成的，那么就是指刘先平与中国大自然文学。”在随后的阐述中，他引用了浦漫汀、束沛德等权威理论家的论述以及刘先平在大自然文坛“十个第一”的突出表现支撑这一定位。

无论从体系上还是见解上看,《刘先平大自然文学创作研究》都是一部新意迭出而又论述严谨的学术专著。任何创新的体系、学说、观点、见解,都必须有坚实的基础,不能凭空产生。本书丰富而翔实的第一手资料,以及对这些资料的精辟分析,减少了探索的片面性,增强了说服力,这是作者严谨的治学态度的体现。更可贵的是,作者抛弃了"飘在空中"和"趴在地上"两种不良的研究方式,也就是说,既避开了天马行空式的从理论到理论的平面直线的推理,也避免了就作品论作品式的缺乏理论深度的评析。

学术研究需要引用别人的成果。片面引用、机械应用是学术研究中的弊端,别人的结论是彼时彼地根据具体事物而得出的,不是专供引用的。因此,正确的引用应该在具体分析之后找出能证明自己观点的那一部分,而舍弃其他部分。本书引文众多,从先哲到时贤,从经典著作到当代文论,都有涉及。在作者条分缕析之下皆能为我所用,避免了误引、歪曲原意和生搬硬套,将论点与引用在论述中有机化一,既有自己独到的学术发现,又有丰厚的理论和严密的逻辑论证,整部著作具有开创性、系统性、学理性。作为中国大自然文学理论的第一块奠基石,该书的出版将有力推进中国大自然文学创作和理论研究的发展繁荣。

薛贤荣

助力中国大自然文学美学法则建构[①]

2020年是刘先平第一部大自然文学长篇小说《云海探奇》创作出版40周年，也是安徽省政府成立“刘先平大自然文学工作室”10周年。40年来刘先平大自然文学创作成为中国新时期以来重要的文学现象，得到文学界持久关注，在生态文明建设的新时代，刘先平创作对于中国大自然文学的开创意义和大自然文学至于生态文明建设的文化价值，得到文艺界高度重视。如何认识刘先平大自然文学现象以及如何构建中国大自然文学美学法则，成为理论界急需回答的学术课题。大自然文学评论家韩进及时推出专著《刘先平大自然文学创作研究》，将他30年来对刘先平大自然文学的创作观察和对中国大自然文学建设的学术思考奉献给读者，填补了大自然文学理论研究与学术出版的空白，被誉为“构建中国大自然文学美学法则的奠基之作”(刘先平语)。

《刘先平大自然文学创作研究》是第一部以刘先平创作大自然文学为研究对象的作家论。作者以习近平生态文明思想为指导，将刘先平大自然文学创作放在中国生态文明建设的历史进程中去考察，通过对刘先平40年创作历程和50余部创作成果的深度解析，回答了什么是中国大自然文学、刘先平创作与中国大自然文学的关系、刘先平大自然文学创作对中国当代文学的贡献以及对生态文明建设的意义；初步完成了中国大自然文学作为一种独立文学样式的基础理论建设和话语体系建构，对加速中国大自然文学的创作繁荣和学科建设有着积极的推进作用和重要的学术价值。

《刘先平大自然文学创作研究》有自成一体的学术构架和完整的文本结构。在引论“刘先平与中国大自然文学40年”和余论“中国大自然文学的‘安徽现象’”外，主题部分有七章，主要包括四个方面内容：(一)大自然文学的基本概念；(二)刘先平的大自然文学观和大自然文学创作；(三)刘先平大自然文学创作的特色及价值；(四)评论界对刘先平大自然文学创作现象的评论。与主题内容相呼应，附录部分辑编了刘先平大自

---

① 刘金凤．助力中国大自然文学美学法则建构[N]．中国艺术报，2021-03-03(3)．刘金凤，安徽大学出版社副编审、《刘先平大自然文学创作研究》责任编辑、安徽省文艺评论家协会会员。

然文学创作年表以及有关评论研究资料，后记部分提出了设立“刘先平大自然文学奖”的愿景，为更好地了解和研究刘先平大自然文学创作提供参考和思路。作者认为，大自然文学是人类发展到更高阶段的生态时代的新文学；中国大自然文学发端于安徽作家刘先平的大自然文学创作，刘先平是中国大自然文学的开拓者、奠基人，有“中国大自然文学之父”的美誉，在刘先平身上有着中国大自然文学发展史的缩影；中国大自然文学与中国改革开放进程同步、与中国生态文明建设同步、与世界大自然文学同步，经过40年的艰难跋涉，已经发展出具有独创原则、美学理想与发展规律的新文学；已经走出了“儿童文学”的藩篱，融入生态文学大潮，形成中国特色和具有世界影响的独树一帜的中国大自然文学；已经在构建人与自然生命共同体、实现人与自然和谐发展的伟大实践中，发挥着举生态文明旗帜、聚绿色发展民心、育生态道德新人、兴生态和谐文化、展美丽中国形象的重要作用。

《刘先平大自然文学创作研究》用“三个第一次”完成了中国大自然文学美学法则的初步构建：第一次回答了什么是大自然文学以及中国大自然文学的美学特征；第一次描述了中国大自然文学40年发展历程并提出“三个同步发展理论”；第一次对刘先平大自然文学创作进行全面深入研究并论述了刘先平创作对于中国大自然文学的开创意义。“三个第一次”从基础理论、发展史论、作家作品论等方面，将刘先平大自然文学创作现象作为中国当代文坛一面重要的美学旗帜，论述了中国大自然文学从自发走向自觉的全过程，为大自然文学这一新文学样式的确立奠定了理论基础。

有什么样的大自然观，就有什么样的大自然文学。作者在详细搜理古今中外大自然观演变发展的基础上，第一次回答了什么是大自然文学。大自然文学顾名思义由“大自然”和“文学”两个词组合而成，文学是其不变的形式，大自然是其永恒的母题。广义的大自然文学指以大自然为题材的自然书写。狭义的大自然文学指以大自然为题材、以生态意识反映人与自然的关系、以呼唤生态道德和建设生态文明为主题的文学。可以说，中国大自然文学作为一门新兴的综合性文学门类，既是新时代中国讲述“美丽中国”故事和“美好生活”故事的重要载体，也是普及科学自然观和发展观、建设生态文化和生态文明社会的特殊文学，与自然文学、生态文学、儿童文学、科学文艺既相交融，又有着明显的边界。大自然文学就是大自然文学，而不是其他文学。

中国大自然文学是生态文明时代的产物，属于现代文学范畴。它兴起于20世纪80年代的绿色运动，发展于21世纪的生态文明社会，具有鲜明的时代性、地理性、纪实性、科学性和文学性五大特征，是运用一切文学样式和表现方法创作的一种跨文体书写的文学形态，其典范意义的代表作品是安徽作家刘先平创作的大自然探险系列。在中国大自然文学40年的发展历程中，刘先平的名字总是和“大自然文学”连在一起，或者说中国大自然文学特指“刘先平创作”。刘先平创作大自然文学40年，其与时俱进的品格，生动体现在“三个同步”：一是与中国改革开放进程同步。改革开放让刘先平恢复了创作的自由，激发了刘先平的创作激情，给予了刘先平作品的出版机遇，让他的大自然文学能够得到社会认可。二是与中国生态文明建设同步。中国大自然文学始终追寻着中国生态文明建设的步伐，经历了环境文学、探险文学和大自然文学三个阶段。三是与世界大自然文学发展同步。美国自然文学也兴起在 20 世纪 80 年代，中国大自然文学从发生的那一刻起，就有西方大自然文学作为参照，逐渐融入世界大自然文学主潮并发挥积极影响。

40 年来，刘先平以“一木支大厦”的英雄气概，一个人创建了一个大自然文学门类，成为中国当代文学重要的文学现象，日益成为被关注研究的课题。作者系统梳理了刘先平的大自然文学人生，详细论述了刘先平大自然文学的创作分期、主题意蕴与创作类型，重点分析了刘先平在不同时期创作的 13 部(套)代表作品以及评论界对刘先平大自然文学创作的研究成果，高度概括了刘先平对于中国大自然文学拥有“十个第一”开创意义：第一位旗帜鲜明地倡导大自然文学并矢志不渝地创作了一批带有典范意义的大自然文学作品的作家；第一位四十年如一日地坚持大自然探险并以第一人称讲述探险故事的大自然文学作家；第一位将一种文学体裁发展为一门特色学科并拓展为一类文化创意产业的作家；第一位将中国大自然文学介绍到国外的文学活动家；第一位同时获得国际安徒生奖和林格伦纪念文学奖提名的中国作家……

《刘先平大自然文学创作研究》内容丰富，视野开阔，观点明确，评价中肯，文风扎实，自成体系。作者追随刘先平创作 30 多年，研读过刘先平所有作品，长期致力于大自然文学创作评论和理论研究，是安徽大学大自然文学研究所副所长兼研究员、《大自然文学研究》副主编，安徽大学大自然文学协同创新中心学术委员会委员，对刘先平创作情况非常熟悉，对中外大自然文学发展现状非常了解，占有大量第一手资料，拥有开阔的学术视野，有自己独到的学术发现。作者以刘先平大自然文学创作为例，将刘先平创作放到中国当代文学的发展进程中去考察，放到中国生态文明社会建设的伟大实践中去考察，放到世界大自然文学的发展潮流中去考察，以扎实的基础理论、作家作品论和文学史论的功底，为中国大自然文学理论体系构建了整体框架，为中国大自然文学美学法则的建立奠定了基础。

刘金凤

后　记

我的文学梦

《新世纪中国大自然文学观察》可以看作是“一个人的大自然文学批评的编年史”，记录了我新世纪22年来关注、参与、呼吁、建设中国大自然文学的心路历程，客观反映了我对大自然文学的用心用力什么时候最多、什么时候最深，又在什么时候做了什么、为什么做，表明我对大自然文学的认识和理解也有一个渐进的过程，以及我为什么越来越钟情于大自然文学。

没有无缘无故的爱。对文学的钟情源自童年时代的文学梦。

一、启蒙老师叶泽高、史云

我的文学梦始于童年梦。小学语文老师叶泽高和中学语文老师史云以他们生动的语文课，在我幼小的心田播下了文学的种子。他们都是那个年代从城里被下放到农村接受贫下中农再教育的，因为是读书人、有文化，就被安排在学校教书育人，缓解农村学校教师的奇缺。不同的是，叶泽高老师已是五十开外的老先生了，曾在国民党旧政府的教育机构里做过小官，那时他是返回自己的出生地接受劳动改造的“臭老九”；史云老师是城里来的中学生，是安徽省桐城中学校长史耀明的女儿，她来到农村小学教书，是响应知识青年上山下乡支持农村社会主义革命和建设的号召。

历史的机缘让不同命运的一老一少成为我的文学启蒙老师。老知识分子的骨气和知识青年的朝气，仿佛燃烧的文学火把，给我苦难的童年带来希望之光。我从他们那里接受了家乡桐城派文学的熏陶，懵懂中产生了幻想，有了复兴桐城派的想念——既为桐城人，就要光大桐城派，似乎是天经地义、责无旁贷、舍我其谁了。

2018年，我的纪传体童年小说《杜鹃花开》由希望出版社出版，其中第三章“文学老师”里有三节内容——《启蒙老师朱玉兰》《语文大师叶泽民》《最美老师史芸芸》，分别写了我学前班、小学、中学的三位语文老师，其中叶泽民、史芸芸的原型就是叶泽高老师、史云老师。我大学毕业的第二年(1985),叶泽高先生因病永远地离开了。36年来我深深怀念他,忘不了他那始终微笑着看我的眼神,满是慈爱和鼓励。史云老师后来从桐城县到安庆市工作,我去拜望过她。我大学毕业后回家乡桐城教书,她到我读书的安庆师范大学医院工作,去年安庆师范大学医院荣获“安徽省抗击新冠肺炎疫情先进集体”,也有她的奉献和牺牲,我为老师自豪和骄傲。今年她荣誉退休后,参加了安庆市黄梅戏票友会,是黄梅戏表演艺术家韩再芬的铁粉,又可以回到从前,像她十几岁下到农村时那样,登台表演她最爱的黄梅戏《天仙配》了。40多年来,史云老师一直放心不下班上那个最瘦弱的穷学生,关心我追梦文学的步伐。我每有一点进步,她就像当年批阅我的作文那样,毫不吝啬地给我点赞。我每发表一篇文章、出版一部作品,也像当年做语文课代表时那样,及时地交上作业本,把从老师那里得到的肯定和鼓励当作学生的荣誉与动力。我衷心地祝愿她健康幸福,开心快乐。

二、儿童文学的根深扎在苦难的沃土里

文学的种子播种在童年,儿童文学的根深扎在苦难的沃土里。

1980年高考,我最得意的语文没有考好,这让我痛心不已。虽然总分超出了重点院校十多分,但一流的名牌大学是不可能了。我索性填上祖国最东最西最南最北省份的重点学校,赌它一把,以为离安徽桐城越远,就越是偏僻没人愿意去的地方。班主任老师要求我填北京上海等地的重点师范院校,我没有,觉得自己个子矮,担心上课板书够不着黑板,被学生笑话。结果可想而知,所有志愿无一录取,最后按照志愿服从,录取到安徽劳动大学中文系。拿到通知书后的那段时间,我不开心、不甘心、不死心,想过放弃上学,复读重考。

生产队队长对我父母说,恭喜你儿子考上大学,毕业了欢迎再回来带领村里科学种田、劳动致富。那时人们不明白“劳动大学”是怎么回事,以为是农业劳动技能培训类学校,心里根本瞧不上,即便没有考取大学的同学也宣称不上什么劳动大学。我父母自尊心强,要面子,听话听音,这些话传到耳朵里,认定是在挖苦笑话我没有考上重点大学,父母只能强忍着,脸上赔着笑,心里却不是滋味。我正好表明志向,告诉父母今年没有考好,复读明年再考。

可怜天下父母心。我说复读重考,吓坏了父母大人。本来穷苦农家的孩子考上大学,离开农村,能分配工作,吃上皇粮,不用像父辈那样面朝黄土背朝天地挣工分,已经是祖坟冒烟了,何况那年村里考上大学的就我一人,也是村史第一,这是开天辟地头一回的大喜事啊。父母应该很有面子了,算是光宗耀祖,扬眉吐气。现在听我说放弃大学,

父母连忙找来家族亲戚中有威望的长辈们，轮番做我工作，又说家里也没有钱供我复读，我也不能保证第二年就一定考得更好，如果还是不如意，岂不是白白耽误了一年。我明白家里的苦难，又是个听话孝顺的孩子，本来说放弃大学，也只是说说而已，现在看着父母失魂落魄的情形，心里已经很是愧疚，就赶紧顺着台阶快快溜了下来，准备上大学了。

然而，难题接踵而至，家里穷得没有我上学的路费钱。我家是村里的极贫户，因为孩子多，劳动力少，父母挣的工分收入连一家人温饱都解决不了，何况父母坚持让四个孩子上学读书——这是村里人看不明白的。那时很多贫困家庭，几乎都选择让孩子辍学，男孩子务工赚钱，减轻家里负担；女孩子早早嫁人，可以换些粮食和彩礼。可我父母信奉"不读书不如猪"的古训，把孩子上学当作头等大事。父母以开放的态度，给子女平等上学的机会，只要孩子能考上学校，父母表示，就是砸锅卖铁、逃荒要饭，也要供孩子把书读完。结果，母亲从25岁我家最小的弟弟出生后，直到我小弟大学毕业的25年间，总是在学校开学前，偷偷到医院卖血，给我们兄妹四人准备学费。这期间，为着不让母亲卖血，懂事早的妹妹与母亲闹到几乎断绝母女关系的地步，妹妹初中毕业后选择退学到北京打工，自己养活自己。但贫困的日子却没有因此而有改变。贫困是那个时代的"绝症"。

读书让家里穷上加穷，太穷又要被人欺负。为我上大学的路费，父母以低人一等的谦卑，求生产队借给他们10元钱。但生产队领导小组研究后决定不能借，因为我家是贫困户，年底生产队兑现工分收入时，我家没有足够的工分来还借款。父亲咬咬牙，多方托人找到一辆到巢湖拉煤的卡车，凌晨两点父亲带我一起爬上没有帐篷的露天车厢里，从桐城坐到巢湖，再从巢湖买站票坐火车到芜湖，找到父亲多年都没有走动的表叔家。表叔当年在芜湖汽车运输公司上班，见父亲带我"投奔"而来，为我考上大学高兴。表叔一家都热情客气，没有一点嫌弃我们乡下人，留我们在他家住了两夜，还让孩子们——我的表哥表妹带我们去市里旅游观光。第三天，表叔找了趟车送我到安徽劳动大学所在地宣城县的叶家湾。父亲送我上车后，也坐上表叔找的另一趟车，从芜湖回到老家桐城。从那以后，我和表叔家就没有了联系，但那段贫困中慷慨相助的人情，一直温暖着我，我从没有忘记，也一直牵挂着表叔一家现在可好。人情人性的美好和极度贫穷的苦痛，一样让我刻骨铭心，教会我要做一个有爱心的好人。

安徽劳动大学原来是一所没有围墙的、在当年部队农垦营地的基础上建设起来的省立综合性重点大学，取名"劳动大学"是仿照苏联共产主义劳动大学而来的，当时几乎每个省都有一所劳动大学，根本不是生产队长说的农业劳动技能培训。我因为高考失利，上学不顺，贫困所迫，心有不甘，无处排遣，就到学校图书馆看书，意外发现了初中时看过的没有封面、也没有书名的张天翼童话《宝葫芦的秘密》，由此对童话产生了阅读兴趣,就将图书馆里的童话书一一找来看,仿佛回到了童年时代,饥饿的童心得到了极大满足。顺着童话这条路读下去,我发现了文学百花园中的儿童文学,发现了浙江师范学院蒋风老师招收儿童文学硕士研究生,这让我眼前一亮,仿佛看到了人生的方向。

三、拜师蒋风、韦苇教授攻读儿童文学

1984 年大学毕业前夕,就像契诃夫笔下的儿童人物凡卡写信“乡下爷爷收”那样,我冒昧写信“浙江师院蒋风老师收”,想了解如何报考研究生。我对蒋风老师能不能收到我的信,其实没有多大信心,但很快就收到了蒋风老师欢迎我报考他的研究生的回信。这时我才知道蒋风老师原来是浙江师院院长,我为自己不礼貌地写信打扰感到歉意。带着考研的愿望,我毕业分配到家乡桐城的中学教书,一边工作一边复习考研,因为英语成绩总达不到录取分数线,学校又希望我承担更多教学和管理工作,县教委也有了新规定,原则上不批准一线青年教师考研。1989 年新学年开学的时候,我便给蒋风老师写信,告诉我不再报考的情况并感谢他对我的关心。我很快收到了蒋风老师的回信,那时蒋风已经是浙江师范大学校长了,他在信中鼓励我:“理想的琴弦只有扣动奋斗的琴键,才能奏出人生美妙动听的乐章!欢迎你继续报考我的研究生。”我以为这是蒋风老师的安慰和客气,心中充满感激,也难免有不能考研的失落与苍凉。没想到县教委突然来电话通知,要我马上去一趟,说有事面谈。

原来蒋风老师给我回信的同时,又悄悄给桐城县教委写了一封信,大意是说他认为我是值得培养的儿童文学人才,他对我有信心,更寄予厚望,希望县教委领导能相信他、支持他,同意我继续报考他的研究生。一石激起千层浪,大学校长给县教委写信为一名中学教师考研报名的事情很快传为美谈,我也因此一夜成名,成为很多人争相了解的对象。幸亏当年我以最好的成绩被杭州大学、浙江师范大学录取(现当代文学专业两校联合招生)。我的文学人生从此走在了儿童文学的大道上。

引导我推开儿童文学大门、又护卫我一路前行的,还有另一位导师韦苇教授。1988 年我考研总分超线、英语要求 45 分差 2 分,作为复试之一,我接到通知来浙江师大争取以破格或调剂增加名额的方式录取,因为那年已有合格考生。争取失败后,韦苇老师留我在他家吃饭,然后送我到金华火车站,临别时突然一把把我搂到怀中,动情地说,明年再来考。第二年(1989)浙江师大没有招收儿童文学研究生, 1990 年我入校时,蒋风、韦苇是我的共同导师,因为蒋风出访会议多,很多工作都是韦苇老师在做。有了之前情同父子的深情拥抱,我在心里一直把韦苇老师当作自己的父亲敬重,私下里也以“老

爸”称呼他,他像老来得宝那样,开心得像个老小孩。1993年蒋风到日本讲学半年,我突然遇到毕业就业问题,因为浙江师范大学儿童文学研究所突然通知我不能留在研究所工作,让我自己寻找工作单位。在我手足无措的时候,韦苇老师主动帮我联系家乡的安徽少年儿童出版社。我从浙江改派到安徽工作,需要缴纳3000元改派费。我一个穷学生,哪有钱呢?韦苇老师给中文系领导写下担保字据,盖章又按手印,请系里不要为难我,让我如期回安徽报到上班,改派费从他工资里扣除。这是怎样的一种“父爱如山”啊。人生最紧要处,就那几步。没有蒋风、韦苇两位导师对我的关心和呵护,我的人生就不是今天的命运。我深知老师对学生的爱最无私,他们希望学生学有所成,能够把他们视为自己生命并为之奉献的儿童文学事业继承下来、发扬光大。滴水之恩当涌泉相报。我的选择、目标、心愿也只有一个,就是像老师那样,做儿童文学的有心人,把自己献给伟大的儿童文学事业,给导师争光。

从1990年拜师蒋风、韦苇门下学习儿童文学,转眼已经过去30年了,我们师生间情同父子,虽然分别生活在金华与合肥两地,但交通和通信越来越发达,联系和见面越来越方便,儿童文学合作也越来越深入,特别是今年蒋风老师已经96岁高龄,韦苇老师也已87岁,他们仍然坚持儿童文学创作、著书立说、参加儿童文学教学推广活动,仍然不知疲倦、不遗余力地培养儿童文学新人,不断有新的作品和成果发表,心态像孩子一样纯真,让我敬佩和欣慰。这是他们用德行修来的福气,更是中国儿童文学的福气。他们是中国儿童文学的灯塔,燃烧自己照亮别人,是这个时代最可敬可爱的人。作为他们的学生,我正在做一篇“大作文”,为两位导师各写一部评传,表达学生敬意的同时,宣传好两位导师的学术精神,也想为中国儿童文学史留下些史料,为推进中国儿童文学发展提供精神力量。

四、安徽作家刘先平带我走进大自然文学

1993年毕业时,能够回到家乡的安徽少年儿童出版社工作,离不开浙师大韦苇老师和北师大浦漫汀老师的共同推荐,那时安徽少儿社的吕思贤社长接到两位教授的推荐信,当即表示欢迎我回到家乡的少儿社工作。吕社长还风趣地对浦漫汀教授说:“我是思贤若渴啊!”

到安徽少儿社从事儿童文学编辑工作,是我没有想到的。韦苇、浦漫汀两位老师又不约而同地向我推荐了著名儿童文学作家刘先平,介绍我去拜访他。刘先平时任安徽省作家协会常务副主席、安徽省儿童文艺家协会主席。尽快拜访刘先平老师,是从事儿童文学研究和儿童文学出版双重身份的我应该做的,也是向作协组织报到,尽快归队

并融入安徽儿童文学建设，为安徽儿童文学发展做些力所能及的事情。

1993年国庆期间，我去拜访刘先平老师。有刘先平两位好友韦苇、浦漫汀教授的介绍信，刘先平老师非常开心，他还告诉我，他也是蒋风老师的学生。原来刘先平老师毕业于杭州大学中文系，蒋风那时是杭州大学中文系老师，给刘先平上过儿童文学课。这里说的杭州大学就是浙江师范学院的前身，或者说，浙江师范学院是从杭州大学分迁到浙江金华市的。刘老师热情地询问我工作、生活和创作情况，希望我发挥自己儿童文学研究专业和儿童文学出版职业的优势，为安徽儿童文学评论和创作多做些实实在在的事情。临别时刘老师送我两本他的作品，让我读后谈谈感想。一本是他的第一部大自然文学长篇小说《云海探奇》，中国青年出版社1980年第一版；一本是他的第一部大自然文学探险散文集《山野寻趣》，安徽少年儿童出版社1987年第一版。这两部是中国大自然文学的开创之作，如今已是具有文物价值的重要史料，我一直珍藏着。

1996年11月，中国青年出版社隆重推出"刘先平大自然探险长篇系列"（5册），中国作家协会在北京召开该书研讨会，我在会上发言的题目是《大自然的呼唤——刘先平大自然文学创作散论》，这是我写的第一篇刘先平大自然文学创作评论。会后汇编研讨会所有发言，以《人与自然的颂歌——刘先平大自然探险文学评论集》为书名，束沛德主编，由我责编，安徽少年儿童出版社1999年出版，这是我责编的第一部刘先平大自然文学创作评论集。1998年，刘先平第二部大自然文学探险散文集《红树林飞韵》，由安徽少年儿童出版社出版，我的评论《神奇·科学·哲理——读大自然探险纪实〈红树林飞韵〉》在《文艺报》发表，这是我写的第一篇刘先平大自然文学新作的书评。

转眼到了2000年，刘先平以安徽省儿童文艺家协会名义，在安徽黄山举办安徽儿童文学创作趋势研讨会，面对新世纪如何发展安徽儿童文学，会议认为安徽儿童文学的最大特色是以刘先平为代表的大自然文学创作，面向新世纪的安徽儿童文学发展应该以"大自然文学"为方向，为进一步调研和策动安徽大自然文学发展，会上成立了"大自然文学创研中心"。会上增选我为省儿童文艺家协会副秘书长，参与"大自然文学创研中心"工作，由此与发起于安徽的"大自然文学运动"结下不解之缘。

在刘先平老师的带领、指导、鼓励和督促下，我的儿童文学研究开始转向大自然文学，此后20年间，我参与了刘先平主导发起的所有大自然文学活动，特别是2010年刘先平大自然文学工作室成立后的10年，我文学人生的主要精力都投入到大自然文学学科建设上，所有这些都在这部《新世纪中国大自然文学观察》中以编年的形式做了明晰地呈现。

从目录上可以发现，2006年和2007年是空白，2005年到2008年四年间没有关于刘先平大自然文学的评论，这里有别的原因。2005年10月安徽出版集团进入实质性运营，我到集团承担初期改企转制工作，先后任集团党群工作部主任、出版业务部主任。2008

年安徽出版集团的出版主业借壳科大创新上市，上市公司按股权结构更名为时代出版传媒公司，我在上市公司任副总经理兼出版业务部主任。转企和上市等于"两次创业"，我的时间和精力都投放到工作中了，锦上添花的"文学梦"只能是美好的梦想，被放到一边了。

2018年以后，因为年龄原因，组织上把我放到了"二线"，我又可以挤出时间来重续自己的文学梦了，正好赶上党的十八大以后的好形势，文艺工作得到高度重视，生态文明建设上升为国家发展战略，绿水青山就是金山银山的生态观念深入人心，中国大自然文学迎来了千载难逢的发展机遇，我的文学梦在大自然文学充满生机的生态文明时代，迎来重新开放的春天。2019年，我接任了安徽省文艺评论家协会主席的工作，关注以刘先平创作为代表的大自然文学评论，成为我的重点工作，我投入了更多时间和精力。2020年，我在安徽大学出版社出版了我国第一部大自然文学理论著作《刘先平大自然文学创作研究》，长江少年儿童出版社又将出版我国第一部编年体大自然文学评论《新世纪中国大自然文学观察》，其实这些都是在做一件事，尽自己所能，为中国大自然文学40年发展历程建一份档案资料，既总结成功的经验，也总结失败的经验，不敢说是为中国大自然文学树碑立传，如能给中国大自然文学通向未来的发展铺就一块稳固的垫脚石，也就心满意足了。

五、长江少年儿童出版社：梦想花开的地方

2003年1月，湖北少年儿童出版社推出一套"东方之子刘先平大自然探险"系列(8册)，在介绍作者刘先平时，借用2001年央视"东方之子"栏目对刘先平创作大自然文学的专访，第一次将刘先平称作"东方之子"，第一次评价刘先平是"我国现代意义上的大自然文学的开拓者"。这一年11月，刘先平策划、安徽省儿童文艺家协会主办的"大自然文学研讨会"在安徽黄山举办。这也是中国文学有史以来第一次旗帜鲜明地以"大自然文学"名义召开的文学研讨会，吹响了向大自然文学进军的集结号。

十年后的2014年，长江少年儿童出版社(原湖北少年儿童出版社，以下简称长江少儿社)推出一套"刘先平大自然文学画本馆系列"(4册)，第一次引入画本形式，将刘先平的长篇海洋大自然文学《美丽的西沙群岛》(2012)进行"二度创作"，以大量绘画代替以前常用的摄影图片，在还原刘先平大自然探险的现场感时，以画本的艺术美给读者视觉美感，对大自然文学文体形式的创新做了积极探索，丰富了大自然文学的表现形态，引起多家出版社争相仿效。

2017年，长江少儿社推出刘先平第一部讴歌海洋科学家的原创长篇大自然文学

《追梦珊瑚——献给为保护珊瑚而奋斗的科学家》，在介绍作者刘先平时，第一次称刘先平为"我国当代大自然文学之父"。

上述刘先平作品出版时对作品创作价值与文学史意义的不同评价，既吸收了评论界对刘先平大自然文学创作研究的最新成果，又对刘先平大自然文学创作研究有启发和引导作用，长江少儿社出版的上述刘先平作品也是在中国大自然文学创作研究中具有文学史意义的标志性成果。

为什么长江少儿社总能敏锐地抓住刘先平创作的特点，在不同时期推出刘先平的代表性作品？这与一个人的坚守、痴情与追求分不开。

细心的读者会发现一个有意思的细节，长江少儿社最早出版刘先平作品是2003年的"东方之子刘先平大自然探险"系列（8册），策划和责编的名字是何龙。这套丛书里有一部以探险云南高黎贡山大树杜鹃王为题材的纪实作品《圆梦大树杜鹃王》，此后同类题材的原创作品还有刘先平2018年出版的长篇纪实文学《续梦大树杜鹃王——37年，三登高黎贡山》和2020年出版的长篇纪实文学《高黎贡山女神》。这两部原创大自然文学新作的出版人、策划人也是何龙。

何龙是一位资深少儿出版人，现为长江少儿社董事长，2003年是湖北少儿社编辑室主任，2018年是湖北科学技术出版社社长，可见不论是工作单位调整，还是职务升迁，不变的是他对刘先平大自然文学创作持之以恒的关注重视和出版支持，追踪刘先平大自然文学创作20年，而这不是出版人单纯追逐出版名利的功利行为，而是出版人的社会责任和文化情怀，是对刘先平坚持大自然探险人格魅力的敬仰和刘先平创作大自然文学价值的认同。出版者与作者间的关系，就像一对伉俪，没有共同的理想追求作为根基的情投意合，就不会有心灵的沟通与精神的契合，单凭激情或利益的合作是不可能长久的。出版人称"作者是出版社的衣食父母"，反过来也是一样的道理，也可以说"出版社是作者的衣食父母"。没有长江少儿社为代表的众多出版单位的认同和付出，刘先平的大自然文学创作就没有与读者见面的机会，也就不可能发生"刘先平大自然文学现象"。同样没有何龙为代表的一群出版人的远大眼光和持续推动，刘先平的大自然文学创作、倡导、建设之路一定倍感孤单而充满艰辛。

我与何龙相识正是他在新世纪之初来安徽合肥向刘先平组稿"东方之子刘先平大自然探险"系列（8册）的时候。刘先平老师叫我一起参加选题讨论，也将同行的何龙介绍给我认识，那时我还是安徽少儿社副总编辑，当时对何龙的印象是虚心敬业、雷厉风行、来去匆匆，有做事的雄心、决心和恒心。这个踏实做事的印象20年来始终没变，倒是又多了领导者的眼光、胸襟、谋略和坚定，策划实施了一些大项目、大工程、大活动，儿童文学出版品牌形象树立了起来，在出版界、学术界产生了很好的影响。

2018年，长江少儿社在与作家刘先平长期合作的基础上，又与安徽大学大自然文学协同创新中心、刘先平大自然文学工作室一起创办了全国首个“大自然文学作家班”，此后，又主动参与2019年的“生态文明视野下的当代大自然文学创作”研讨会和2020年的“刘先平大自然文学工作室成立10周年暨大自然文学与新时代生态文明建设研讨会”。2021年，又将联合举办“中国当代大自然文学理论建设研讨会”，这部《新世纪中国大自然文学观察》也是为这次会议准备的交流材料。

从20年前策划出版刘先平大自然文学作品，为中国大自然文学鼓与呼，到如今深度参与大自然文学学科建设，培养大自然文学新人，大自然文学已经成为长江少儿社的出版特色和发展方略，产生了大自然文学作家作品资源主动向长江少儿社集聚的品牌效应，长江少儿社内部也形成了出版资源向大自然文学倾斜的出版机制——社长何龙亲自抓，总编辑姚磊、儿童文学分社社长胡同印带领分社文学编辑组成强大的出版团队，他们是推进中国大自然文学发展的热心人、有心人，与他们交往中，感到他们可贵的激情状态、精神传承、人文情怀和理想坚守，以及由此呈现出中国少儿出版的朝气、底气和志气。借此机会，衷心感谢他们为我这本书的出版给予的关心扶持和辛劳付出，祝愿长江少儿社发展越来越好，大自然文学品牌出版越来越旺。

六、关于《新世纪中国大自然文学观察》

我的文学梦发蒙于50年前童年时代的语文课，在40年前的大学图书馆里野蛮生长，直到30年前在蒋风、韦苇两位园丁的修剪下开出儿童文学的花朵，又在20年前新世纪生态文明的曙光里走进大自然原野，特别是10年来在刘先平老师的引导下结出大自然文学的果实，有了《刘先平大自然文学创作研究》(2020)和这部《新世纪中国大自然文学观察》(2021)，这既是我个人关于大自然文学的随想录，也从一个人的视角回望大自然文学的身影，希望留下一些足印，让后人踏着它可以迈向未来的路。

《新世纪中国大自然文学观察》是我22年来关于大自然文学思考的第一部文集，给自己一个纪念，也是给新世纪的中国大自然文学留一些痕迹。以编年的形式呈现，多少有点“史”的意思。全书以史为纲，以论写史，史论呼应，展现新世纪中国大自然文学的原生态进程，具有一定的史料价值和文学史意义。

全书由“评论观察”和“附录史料”两部分组成。以评论为主体，以史料为背景，以时间为线索，力图丰满地展现新世纪中国大自然文学兴起发展的全过程。

评论观察是全书的主体。收录作者2000年至2021年间关注中国大自然文学的评论文章47篇，内容涵盖三个方面。一是大自然文学作家作品论，共30篇，包括刘先平大自然文学创作研究16篇，以及高士其、徐刚、黑鹤、韩开春、王蜀、邢思洁、金好、华海等其他作家的大自然文学创作评论14篇。二是关于大自然文学现象的理论思考，共13篇，包括大自然文学理论建设的思考4篇，如《什么是大自然文学？》《中国大自然文学的基本理论问题》《大自然文学与生态文明建设》等；以及大自然文学现象的理论思考9篇，如《搜寻大自然文学的踪影》《两次重要的“大自然文学”会议》《中国大自然文学理论的逻辑起点》等。三是关于大自然文学的安徽现象，共4篇，如《中国大自然文学安徽独树一帜》《文学皖军扛旗：中国大自然文学与世界同步》《安徽大自然文学简史》等。

史料作为附录，也是本书的重要组成部分。收录新时期以来与大自然文学有关的重大事件、重要现象等，包括三个方面：(一)安徽省政府成立刘先平大自然文学工作室，以及安徽大学大自然文学研究所、大自然文学协同创新中心等组织机构；(二)大自然文学作家班；(三)《刘先平大自然文学创作研究》评论。收录史料侧重文献与活动两大类型。文献资料主要指有关文件、报告、批复、信函等，如《安徽省人民政府关于刘先平大自然文学工作室授牌的批复》《中国作家协会创作研究部给大自然文学作家班的贺信》等。活动资料主要指有关活动通知、公告、报道等，如《大自然文学作家班招生简章》《关于联合召开中国当代大自然文学理论建设研讨会的报告》等。这一部分资料最容易散失，需要及时搜集。此外，收录3篇关于拙作《刘先平大自然文学创作研究》的代表性评论，表示该作可以视作《新世纪中国大自然文学观察》的姊妹篇，共同为读者了解中国大自然文学以及从事大自然文学研究、教学与创作提供参考。

2021年6月20日，星期日父亲节
于天鹅湖畔书香苑